全國高等院校古籍整理研究工作委員會規劃重點項目
二〇一一——二〇二〇年國家古籍整理出版規劃項目
國家古籍整理出版專項經費資助項目

俞樾全集

汪少華 王華寶 — 主編

右台仙館筆記 附耳郵

（清）俞樾 — 著

王華寶 余力 — 整理

鳳凰出版社

圖書在版編目（CIP）數據

右台仙館筆記：附耳郵 /（清）俞樾著；王華寶，余力整理. -- 南京：鳳凰出版社，2020.9（2022.8重印）
（俞樾全集 / 汪少華，王華寶主編）
ISBN 978-7-5506-3257-8

Ⅰ. ①右… Ⅱ. ①俞… ②王… ③余… Ⅲ. ①筆記小説－中國－清代 Ⅳ. ①I242.1

中國版本圖書館CIP數據核字(2020)第154176號

書　　名	右台仙館筆記(附耳郵)
著　　者	(清)俞　樾　著　王華寶　余　力　整理
責任編輯	汪允普
裝幀設計	姜　嵩
出版發行	鳳凰出版社(原江蘇古籍出版社) 發行部電話025-83223462
出版社地址	江蘇省南京市中央路165號，郵編:210009
照　　排	南京凱建文化發展有限公司
印　　刷	蘇州市越洋印刷有限公司 江蘇省蘇州市吴中區南官渡路20號，郵編:215104
開　　本	880毫米×1230毫米　1/32
印　　張	15.625
字　　數	273千字
版　　次	2020年9月第1版
印　　次	2022年8月第2次印刷
標準書號	ISBN 978-7-5506-3257-8
定　　價	128.00圓

(本書凡印裝錯誤可向承印廠調换，電話:0512-68180788)

《俞樾全集》編委會

主編

汪少華　王華寶

編委（按音序排列）

白朝暉　傅　傑　顧莉丹　胡文波　黄曙輝

劉珈珈　羅雄飛　倪永明　喬秋穎　喬玉鈺

孫　煒　滕振國　田松青　王其和　王倩倩

魏慶彬　謝超凡　許　丹　顏春峰　張燕嬰

目録

前言

俞樾（一八二一——一九〇七）是晚清傑出的、具有近代意識的學術大師。他涉獵廣泛，既沉澱着深厚的傳統國學思想，又深受西方民主思想的薰陶，是一位名副其實的「通才」。俞樾不僅以《群經平議》《諸子平議》《古書疑義舉例》等書獲得較高的學術聲譽，而且以大量的詩文、小説和戲曲創作等在文學史上占有一定的地位。其筆記《右台仙館筆記》（以下簡稱《右台》），「雜記平時所見所聞」，「體例頗與紀文達公《閱微草堂筆記》相近」，成十六卷，共六百六十七則，是俞樾在創作上的代表作，更將他「通才」的一面展現得淋漓盡致，形成了學者筆記的特點。

關於《右台》的寫作情況，俞氏有自序：「余自己卯夏姚夫人卒，精神意興日就闌衰，著述之事殆將輟筆矣。其年冬，葬夫人於錢唐之右台山，余亦自營生壙於其左。旋於其旁買得隙地一區，築屋三間，竹籬環之，雜蒔花木，顔之曰『右台仙館』。余至湖上，或居『俞樓』，或居斯館，謝絶冠蓋，暱就松楸，人外之遊，其在斯乎！余吴下有『曲園』，即有《曲園雜纂》五十卷；湖上有『俞樓』，即有《俞樓雜纂》五十卷；『右台仙館』安得無書？而精力衰頹，不能復有撰述，乃以所著《筆記》歸之。《筆記》者，雜記平時所見所聞，蓋《搜神》《述異》之類，不足，則又徵之於人。嗟乎！不古訓之是式，而惟怪之欲聞，余之志荒矣。此其所以爲『右台仙館』之書歟！」《春在堂隨筆》卷八談到：「余著《右台仙館筆記》，以《閲微》爲法，而不襲《聊齋》筆意，秉先君子之訓也。」《春在堂全書述要》也稱「體例頗與紀文達公《閲微草堂筆記》相近」。

俞氏自記與《述要》雖不長，而對於創作背景、寫作主旨、方法、體例等均有所交待。前人對俞氏之作則給予了充分的重視。關于該書的思想内容，魯迅《中國小説史略》最早指出《右台》「止述異聞，不涉因果」，而《耳郵》「鬼事不過十一而已」，與《閲微》「内容殊異」，説明魯迅認爲《右台》和《耳郵》與之前以《閲微》爲代表的傳統志怪小説内容上有所不同。張舜徽《〈清人筆記條辨〉敘目》也指出《右台》與《閲微草堂筆記》的不同，「有談説神鬼狐怪者，如紀昀《閲微草堂筆記》之類是也；有稱述因果報應者，如俞樾《右台仙館筆記》之類是也」。而書中内容與現實生活的聯繫，吴奈夫等人的《試論俞樾〈右台仙館筆記〉》中指出《右台》「其中許多篇幅都直接地反映了清代普通人民的生活和社會活動，鄉土氣息十分濃厚，具有一定的社會意義」（《蘇州大學學報》

一九八四年第二期）。張立旦《俞樾與通俗文藝》説《右台》「内容大都描寫妖狐神鬼故事，有相當一部分直接采自江浙民間」（《文史雜誌》一九八九年第二期）。學術界普遍認爲，《右台》涉及了當時社會的方方面面，如多次寫到太平天國起義等時事，記浙東「搶婚」「典妻」、上海「放鵓鴿」、蘇州「仙人跳」等事，可藉以瞭解當時婚姻陋俗，特别是更多地反映了中下層百姓的生存狀況，揭示民生疾苦，雖有寫奇聞異事的傾向，而從中亦可窺見晚清社會的客觀歷史面貌。

至于筆記所折射出的俞氏思想和價值觀，特别是他的婦女觀和禮教觀，今人有較多的關注。如苗壯《筆記小説史》認爲俞樾在婦女題材上的思想傾向較爲復雜：「作者雖不贊成婚姻自由，客觀上也寫出封建禮教、封建婚姻制度對婦女精神的桎梏乃至生命的扼殺。」（浙江古籍出版社一九九八年版）而謝超凡《遊心與呈藝：晚清文化視閾下的俞樾及其文學著述》卻認爲俞樾的婦女觀仍是比較保守的，「俞樾在婦女觀上强調『敦禮』，要求婦女遵守婦道，爲丈夫守貞節，從一而終」。但是韓洪舉等人卻認爲俞樾有着較爲進步的婦女價值觀：「他在小説中對真情的肯定，的確有着很大的開放性和進步性。」（《俞樾〈右台仙館筆記〉的近代意識》，《浙江師範大學學報》二〇一二年第二期）寧稼雨《中國志人小説史》重點研究了《耳郵》中的婚戀題材，并指出「『禮』與『情』的碰撞總在書中交替出現，而能以『情』的認識占上風」。從這點看出俞樾思想的進步性，不拘泥於傳統的禮學禁錮，而主張「重情」。由上述認識的較大分歧可以看出，俞樾研究仍有較大的空間。

《右台》的藝術特色研究，一直也是研究重點之一。俞樾身爲經學大師，其文學創作自然會與普通的作家有所區別，而大多數學者還是會將這兩部筆記與清代前期的筆記小說、志怪小說相比較。魯迅在《中國小說史略》中將《右台》和《耳郵》歸於「清之擬晋唐小說及其之流」一章，而且認爲《耳郵》「頗似以《新齊諧》爲法，而記敘簡雅，乃類《閱微》」。點出了俞樾的文言小說對前人小說的承襲關係。二十世紀八十年代，寧稼雨《中國志人小說史》較早論述俞樾文言小說的藝術特色，他認爲《耳郵》「既保留了傳統文言小說的簡雅特點，又汲取了白話小說注重故事情節的長處」。他的評論延續了魯迅所説的「簡雅」特點，同時又讚揚了其故事生動的一面。苗壯也將《右台》劃歸《閱微草堂筆記》之流，同時又指出「俞樾比紀昀要注重小説的藝術性，對《聊齋志異》有所借鑒，不少人物形象較鮮明，有的還能寫出人物心理活動……有的篇幅頗長，但不似《聊齋志異》那樣鋪張華豔」。二十一世紀初，宋莉華在《清代筆記小説與乾嘉學派》（《文學評論》二〇〇一年第四期）中指出乾嘉時期的筆記小説「從内容形式到審美特徵上都體現出了鮮明的學者化傾向」。作爲以高郵王念孫、王引之父子爲學術榜樣的俞樾，很自然地將考據、音韻、訓詁等乾嘉學人的治學態度融入到文學創作中，因此加強了筆記的寫實性，形成了筆記「學者化」的特點，此説成爲評論的主流觀點。當然，也有學者將該書與晚清時期題材類似的志怪小説和筆記小説相比較來考察它們的藝術特色。

《右台》在文學、文獻史料、語言學等多個方面具有獨到的貢獻。在文學方面，提高了筆記小説的地位。二十世紀二十年代以來，隨着小説革命的不斷深入，小説的地位也不斷提高，傳統觀念裏處於「俗文學」地位的小説逐漸受到人們重視，尤其是身爲經學大師的俞樾着手寫小説，高度肯定小説的價值，親身創作并修改小説，同時在小説中融入古典詩詞，既展示了其高超的詩詞功底，又化雅入俗，使俗雅化，耐人尋味，敘事曲折生動。在文獻史料方面，他作爲乾嘉學風的有力繼承者，自然以學者之筆寫筆記，學者化氣味濃郁。然雖多記鬼靈、「男女飲食之間」等奇聞異事，但是他還是注重遵循客觀事實，記「異」而不求「玄」，反映了清末的社會現狀和各地的民風民俗，揭露了苦難的社會現實。而且他注重考據事件的真實性，經常旁徵博引，用各種史書材料或各地相似事件來佐證，考據之風鮮明。在語言學方面，該書語言幽默詼諧外，清末國門一步步被打開，中外交流較多，書中出現不少外來詞和音譯詞，俞氏多次結合古詞、古語加以考證。此外，他還在筆記中運用俗語和諺語來總結和解釋一些因果報應之事，通俗易懂、形象生動。由此也可見《右台》混合型筆記的屬性，其「消閑娱老」的表徵外，似有借民俗風物、婚戀奇聞談因果報應以寓勸懲垂戒之意，借淪落士子、爲官士人之衆相以顯士風世運之心，用俞樾自己的表達就是「聊備《右台》一故事，敢附《左傳》三不朽」(見《春在堂詩編》卷九)。

總的來説，對《右台》的研究，逐漸脱離了《閲微草堂筆記》的藩籬，而將它們視作晚清學人筆下的筆記小説先驅之作來看待，提高了它們的文學地位，并開始肯定了俞樾在新舊交替時代承前啟後的重要地位。

在談《右台》版本問題之前，需要探討的是，俞樾名下的另一部作品《耳郵》四卷與《右台》的關係。《耳郵》最早於清光緒四年(一八七八)收録於《申報館叢書》，成書年代毋庸置疑。而《右台》的成書年代，學術界的看法不斷變化。二十世紀二十年代，魯迅在《中國小説史略》中説道：「光緒中，德清俞樾作《右台仙館筆記》十六卷，止述異聞，不涉因果；又有羊朱翁(亦俞樾)作《耳郵》四卷，自署『戲編』，序謂『用意措辭，亦似有善惡報應之説，實則聊以遣日，非敢云意在勸懲』。」魯迅認爲《右台》成書在《耳郵》之前，此説對後世有一些影響。實則此説可商。江蘇省立蘇州圖書館一九四〇年校印的徐澂《俞曲園先生年譜》記述俞樾，在光緒六年(一八八〇）寫道：「先生既葺右台仙館，乃著《右台仙館筆記》十六卷。」（《民國叢書第三編》），鳳凰出版社在二〇一〇年出版的《春在堂全書》（影印本）的附録《俞樾年譜》中記載「光緒六年著《右台》十六卷」，所以光緒六年（一八八〇）成書之説影響較大。而徐澂在光緒十六年（一八九〇）又寫道：「先生撰《右台仙館筆記》十六卷成，其書皆雜記所聞所見，體例與紀曉嵐（昀）《閱微草堂筆記》相近。」姚奠中、董國炎在《章太炎學術年譜》（山西古籍出版社一九九六年版）中也提到《右台》成書於光緒十六年。此後，有學者取折中之説，如張立旦在《俞樾與通俗文藝》（《文史雜誌》一九八九年第二期）一文中説道：「自光緒六年至十六年，在十年時間内編寫成《右台仙館筆記》。」苗壯在《筆記小説史》中説《右台仙館筆記》「書中記事，不少在光緒五、六年，最晚爲光緒十一年，寫作時間當在此數年間」。多人認爲《右台》成書於一八九〇年或前五年内。然而到了二〇〇七年，又出現了「一八八一年之説」。王穎在《俞樾及其〈右台仙館筆記〉研究》（南京師範大學碩士學位論文，二〇〇七年）中，指出「《右台仙館筆記》至光緒七年（一八八一）春夏季節已經完成」。後來謝超凡在《遊心與呈藝：晚清文化視閾下的俞樾及其文學著述》一書中從内證和外證出發，與王穎觀點一致，否定了「一八九〇年或前五年内説」，認爲《右台》始作於光緒五年（一八七九）冬，成書於光緒七年（一八八一）。

俞樾在寫完《耳郵》後緊接着寫了與《耳郵》内容大致一樣，體例相同，但卷數增多的筆記《右台》。《春在堂詩編己辛編詩注》（卷九）中《築右台仙館成落之以詩》題之三：「正似東坡老無事，強人説鬼在黄州。」句下自注：「及右台仙館成，不能成書，姑成筆記十二卷，聊述異聞而已。」又同題詩有云「未容讖語應辰年」，「辰年」即一八八〇年，那麽一八八〇年《右台》成書十二卷。而《右台》前四卷的内容與《耳郵》大抵相同，都是志怪性質的筆記小説，而《右台》的十三至十六卷當中出現了「光緒辛巳歲」（一八八一年），所以我們肯定《耳郵》的前四卷存在於一八八一年所成的十二卷中。而且俞樾在《右台》序中附録《徵求異聞啟》，説明他的異聞材料不足，而之前的《耳郵》與此書旨意大抵一致，因此俞樾有意删改《耳郵》，收録到《右台》中，成爲一本新書。據統計，《耳郵》四卷共二一七則，《右台》前四卷共一八九則，相同篇目共一七二則。《耳郵》和《右台》前四卷的不同之處，包括相同篇目的不同之處和不同篇目的不同之處兩部分。相同篇目在字、詞、句上會有出入，字表現爲古今字、異體字、脱文和衍文等；詞表現爲同義詞的替换；句表現爲語序位置的顛倒和調换。不同篇目即《耳郵》被删除的部分（四十五則）和《右台》增加的部分（十六則），這些部分都是兩書的獨有篇目。我們有充分理由可以肯定《耳郵》成書在前，《右台》是在《耳郵》的基礎上稍作修改和增删而成，兩書并非同一本書，因作品完成時間不一，思想傾向也有些許變化。參見王華寶、余力撰寫的《比較視閾下的〈右台仙館筆記〉與〈耳郵〉》（載《中國語言文學》二〇一八年第二期）。

本書《右台仙館筆記》以《春在堂全書》光緒二十五年重訂本爲底本，并據《春在堂全書校勘記》及相關文獻進行校正，特别對《右台》前四卷與《耳郵》進行了詳細的校勘，并參考了已有整理本，如徐明霞點校《右台仙館筆記》（上海古籍出版社一九八六年版）。《耳郵》版本有《筆記小説大觀》本、廣文書局有限公司一九六九年版，我們將四十五則獨有部分按原書次序編排。

《右台仙館筆記》部分由王華寶校點，《耳郵》部分由余力初步整理，王華寶覆校。標點校勘如有不當，請讀者批評指正。

二〇一五年十二月初校
二〇一九年十二月校定

右台仙館筆記序

余自己卯夏姚夫人卒，精神意興日就闌衰，著述之事殆將輟筆矣。其年冬，葬夫人於錢唐之右台山，余亦自營生壙於其左。旋於其旁買得隙地一區，築屋三間，竹籬環之，雜蒔花木，顔之曰「右台仙館」。余至湖上，或居「俞樓」，或居斯館，謝絶冠蓋，暱就松楸，人外之遊，其在斯乎！余吴下有「曲園」，即有《曲園雜纂》五十卷；湖上有「俞樓」，即有《俞樓雜纂》五十卷；「右台仙館」安得無書？而精力衰頽，不能復有撰述，乃以所著《筆記》歸之。《筆記》者，雜記平時所見所聞，蓋《搜神》《述異》之類，不足，則又徵之於人。嗟乎！不古訓之是式，而惟怪之欲聞，余之志荒矣。此其所以爲「右台仙館」之書歟！曲園居士自記。

附録《徵求異聞啟》并小詩二首：

余今歲行年六十矣，學問之道，日就荒蕪；著述之事，行將廢輟。書生結習未能盡忘，姑記舊聞，以銷暇日。而所聞所見，必由集腋而成。予取予求，竊有乞鄰之意。伏望儒林丈人、高齋學士，各舉怪怪奇奇之事，爲我原原本本而書，寄來「春在草堂」，助作秋鐙叢話。約以十事爲率，如其多則更佳。先將二絶爲媒，幸勿置之不答。

衰積不復事丹鉛，六十原非親學年。正似東坡老無事，聽人説鬼便欣然。

郭沖五事太寥寥，戲學姚崇十事要。不論搜神兼志怪，妄言亦可慰無聊。

卷一

馮孝子，佚其名，太倉州之老閘鎮人。少孤貧，傭耕以養母。亂後無田可耕，乃行乞於市，得錢則市酒肉以進，而歌俚曲以侑之。同治六年，母卒，乞得義冢地，并其父柩合葬之。日則仍出行乞，夕即於墓旁宿焉。每日必攜數石以歸，環墓成垣，自結草廬，寢處其下。後數年，無病卒。鄉人即葬之於其所廬處。知州方公傳書立碣表之，曰「馮孝子墓」。《春秋》二百四十年，人材極盛，而開卷即載潁考叔事，表純孝也。余研經餘暇，偶掇拾見聞，成斯筆記，而首以馮孝子事，亦庶幾《左氏》之義夫。

木工陶某，金陵人。年甫四歲，值粵賊陷城，父爲所擄，母子相依，幸而無恙。大亂既平，仍設肆於城中。至同治甲戌，陶年二十五矣，忽有老翁攜瞽婦至門乞食，與之錢不去，熟視陶曰：「爾非陶姓乳名某者乎？」陶問：「何以知我？」翁曰：「爾乃吾子也。」陶呼母出視，果其父，因扶之入，拜問由來。則始而被擄北行，後又流轉至川、陝，今自陝歸也。解腰纏出銀數錠，皆累年貿易所得，恐途中遇盜賊，僞爲窶人耳； 瞽婦則其續娶者也。 因大歡慰，親黨畢賀。 夫兵亂以來，父子夫妻離散者多矣，此家乃得完聚，意其有陰德乎。

吾兄福寧太守，官廈門同知時，署附近有僧寺曰「碧山巖寺」，僧曰碧禪，能詩畫，貌亦恂恂，吐屬風雅。 署中潘少梅、蔡瑜卿諸君皆喜與之游。 一日，忽具牒請還俗。 吾兄素不喜僧，罵之曰：「今日既欲還俗，當初何必出家邪？」呵叱而遣之。 碧禪故與署中吏魁某甲有隙，疑其譖於官也。 是晚甲自署歸其家，經由一隘巷，聞碧禪呼其名，回顧之，則已剚刃於胸出於背。 某甲猶能帶刃狂奔，至家，告家人曰：「碧禪殺我。」言已，倒地而絶。 事聞於官，吾兄命捕碧禪，不得。 數月後，有人於署後山上見碧禪，則已有髮辮矣。 呼曰：「碧禪在此！」碧禪飛一足，蹴其人仆地，而自從山後躍而下，捷如飛鳥。 望之，見其帽墜於地，辮乃綴於帽，非真髮也。 嗣後署中一幕友王姓者，房中每夜窗户不開，而頻有所失。 其所失物則皆得之署後山穴中，疑碧禪所爲也。 閲時既久，捕事益懈，而王姓者失物亦愈稀。 已而吾兄調福防同知以去，繼之者爲龔司馬，知此事，命捕之。 有金姓者，偵知其在妓樓，糾衆以往。 碧禪見衆至，自樓窗躍至平地，復從平地躍至屋上，頃刻絶跡。 而龔司馬於内室中得一書云：「吾與汝無讎，汝捕吾何也？ 然汝亦欲升官耳，吾不汝怨。 汝他日還省，當訪我於鼓山。」大駭，不知所自來，疑其人蓋古劍客之流也，乃不復言捕碧禪。及任滿還省垣，竟不敢至鼓山，而碧禪始終不可得。

邢阿金，農家女也。幼隨其母往來大家，故有大家風範。修眉纖趾，望之楚楚，烹飪縫紉，并皆精妙。誦唐人小詩，略能上口。年及笄，嫁田舍兒，性粗暴，以其荏弱不任井臼，虐遇之。阿金性柔和，惟背人啜泣而已。其母聞之大戚，以錢贖之歸。又嫁一富家子，年少美丰儀。阿金自幸以爲得佳婿也，不意其佻達無度，得新棄舊，旋即仳離。乃嫁一官人爲妾，又不容於大婦而歸。於是阿金年亦二十外矣。有黄大令者年逾周甲，得之爲篷室，甚嬖之。黄妻久卒，謀以爲妻，阿金不可，曰：「妾出身微賤，豈足伉儷君子？不獨損折年壽，亦且累君盛德。」黄鑒其誠，益愛重之。黄有子婦，與年相若，阿金待之極有恩禮。子婦承翁意，事之如姑，阿金雖謙不敢當〔一〕，然子婦執禮不衰。無何黄病，阿金侍湯藥惟謹，年餘黄卒，竟仰藥以殉。黄之子感其殉父，附葬如禮焉。此女四易所天，不爲貞，卒殉其夫，不得不謂之烈。使其初適即得良奥，必爲善婦。乃所如不合，遂歷四姓，卒成大節，是謂質美而未學。君子哀其遇可也，取其晚蓋可也，若豫讓「衆人」「國士」之言，本非正論，固非女子所得藉口矣。

〔一〕 謙，《耳郵》無。

江西玉山縣有水南寺，亦古刹也。有老僧曰月印，年六十餘，終日坐一室誦經，足不出户，戒行頗高。畜一狗十許年矣，每月印誦經，狗必往聽，一聞木魚聲，輒摇尾而至，僧俗咸歎異焉。後其狗忽病癩，皮毛脱落，且有穢氣，然每日聽經如故。一日，月印忽謂其徒曰：「此狗可厭，汝曹可牽出撲殺之。」其徒咸駭然，罔測其意。以師素嚴重，不敢違。姑呼狗出，禁勿使聽經，實未忍殺之也。越三日，狗又乘間來聽誦經，月印見之，驚曰：「汝曹未殺此犬乎？殆矣，殆矣！」命其徒至某村某姓家探問，則有一婦坐蓐，三日未産，其勢垂危，乳醫束手。月印乃曰：「汝曹不忍殺此犬，乃忍殺彼婦乎？此犬不死，彼婦不産。」乃命其徒立時撲殺之。再偵之，某姓家則已産矣，男也。月印曰：「此犬以聽經善果，得託生爲某姓男子，小有禄位。吾不及見矣，汝曹識之。」及某氏子稍長，輒來寺中，依依不去。月印摩其頂曰：「汝不昧宿根，此意甚善。但尚有小富貴未享，勿遽來此也。」某氏子後果膺微秩，其家亦有中人之産。晚歲家居，恒寄宿寺中。時月印圓寂久矣，爲葺治其塔；寺中屋傾圮，亦出貲修理之，并買田供常住費。年七十餘而終。

維揚李氏婦，早寡，以紡績自給，有子甫九齡。同邑富人某，豔其色，而無以自通，乃重賂其鄰，使爲間。會其子將出就傅，鄰人以告某曰：「是有機可圖也。」乃築精舍於其旁側，移子弟於其中，延師課讀。宣言曰：「欲入塾者，勿拒。」使鄰人以告婦，極言其使，婦乃使子往讀。某善遇之，頻以飲食饋遺。一日，出十數金相贈，曰：「聞子家徒四壁立，願以此少佐饘粥。」子持歸白母，婦曰：「幣重言甘，得毋誘我乎？」乃使其子往謝曰：「極感長者厚意，母當踵門拜謝。」某則大喜。又使其子出金還之曰〔一〕：「母性多疑，此不敢受。」某又爽然若失。子歸備言其狀，婦歎曰：「是可得其情矣。」明日戒子勿往。某自來招之，婦使其子謝曰：「子之惠愈厚，子之過愈大矣。絕子，所以報子也。」某慚而退。此婦不特以禮自持，其智識亦足多矣。

明歸熙甫著論，極言女未嫁夫死守節之非。然考之禮，婿死，女斬衰往吊。聖人既爲制斬衰之服，則已有夫婦之義，其曰既葬而除之者，禮爲中人以下設耳。歸氏之言，未爲定論。乃粵東之俗，有所謂慕清者，則真出乎人情之外，爲禮法之所不許矣。粵俗，未婚夫死不嫁，曰守清；原未許嫁而締婚於已死之男子，往而守節，曰慕清。有許氏女，年逾摽梅，言於母，求慕清。母謀之父，父不可。女曰：「姊以遇人不淑，貽父母憂。倘女亦然，不重有憂乎？且女弱，亦不任中饋事。苟或遁跡空門，是廢大倫，誠不可也。若女蘿喬木，得託清門，無廢大倫而克

〔一〕又，《耳郵》作「乃」。

成素志,父母何病焉?」乃許之。適有陳氏子將婚而夭,所聘之婦不能守清。陳氏寡母止此一子,乃訪求慕清者。媒妁以許女告,遂成二姓之好,迎娶如禮。許女既往,每日略循定省虚文,此外無一事,窗明几淨,焚香靜坐而已。有小姑已許嫁葉氏,與嫂極相得。每至嫂所共話,輒歎曰:「嫂幾生修此清福?」許女曰:「止憑此一念之堅耳。」小姑曰:「嫂幸而未許嫁,不然,亦無如何矣。」許女曰:「未入其門,事猶在我也。」小姑乃日聒其母,亦求慕清。母溺愛,曲從之,言於葉氏。初不可,既而曰:「彼女既絶意于歸,強之亦恐非福。」索還聘禮而已。於是二女同居,至於白首,親族中或頗稱焉。真所謂非禮之禮矣。

道光間,江南常州龍舟特盛,然多亦不過四五舟。且舟高於屋,運掉不靈,實亦無可觀,觀者之意不專在龍舟也。自五月起至六月初旬,或猶未止。城外有地名唐家灣者,尤畫舫聚集之所,每日東舷西舫,鱗次櫛比,笙歌如沸,粉黛如雲,蓋亦一銷金鍋矣。余時客常州,居停主人邀余同往觀之。見鄰舟一大腹賈,挾三妓飲酒,擁一幼妓於懷,狀甚褻,余命移舟避之。一榜人且解纜且太息曰:「孽報,孽報!」余問其故,榜人曰:「此三妓乃三姊妹也。其父在日爲武進縣吏魁,豪侈特甚,每年夏日輒乘舟至城外納涼,招妓侑酒。舟中先攜有紗縠衫褲,妓至則命易之,遍體雪膚,望之了了如無衣者然。屢坐吾舟,吾時年少,樂觀之,輒給事於其側,得寓目焉。不圖至今日而其三女子乃有甚於斯也。豈非孽報！」余歎曰：「然則此大腹賈亦可危矣。」

譚某，不知何許人，客於荆州之沙市，年少美丰儀。市有周媪者，賣阿芙蓉爲業，生一女，年十八，亦有風致。譚屢過之，遂與目成，使人風示媪，媪居爲奇貨，未諾也。女乃與譚約，效文君故事，具舟江上，中夜偕亡。媪偵探無蹤，痛哭數日，竟服生鴉片而死。譚與女寄居漢口，甚相得。然女每夢母呼與俱返，覺而語譚，譚曰：「此所謂思夢也。」一夕，女倩鄰媪買佳釀半壺置牀頭，女故善飲，亦不異也。夜半，忽自帳中躍出，披髮跣足，腹内聲如轆轤，十指甲色皆紫黑，始知已和生鴉片而飲之矣。救治不及，竟宛轉而死。咸謂母來索命。余謂此女背母而逃，致母於死，死固其分，非必鬼母之爲祟也。衛靜瀾廉訪曰〔一〕：「余披覽案牘，見服生鴉片隕命者，幾於無日無之。蓋此物近來所在皆有，非如砒石等毒物必購求而得也。有一方可救之，宜廣爲傳播。其方用雄黄二錢，雞蛋青一枚，生桐油一兩，河水調勻灌服。」

張永祺，南雄州人。娶何氏，生子甫一歲，挈之如母家。其姨女適某氏者亦至，有女亦一

〔一〕 廉訪，《耳郵》作「中丞」。

歲，與張子貌酷似，乍視之莫辨也。及何歸，則呱呱者已爲某氏女矣〔一〕，蓋母家戲易之以博一笑也。何命婢往易之，及至家，仍某氏女也。又命媼往易之，至何家，諦視，則實張氏子，而非某氏女。何氏之母曰：「此事本由嬉戲而起，乃已易子而歸，仍見爲女，及攜女來易，又見爲子，此必有異矣。」乃自攜其女之子至張家還之，且曰：「事誠可異，勿播揚也。」嗣是兩家子女時時互易，莫知其所以然。後招姨女來，分宅居之，始已。或曰，此殆狐魅播弄以爲戲也。

黃某，不知何許人，父商於羊城，遂家焉。妻何氏，父在時所聘父執女也。黃闒冗不能自立，父死，遂入於下流，數年盡亡其貲，至無以存活。何曰：「相偕俱死，與君何益。有一策可兩全，君意如何？」黃曰：「苟不爲門户羞，任卿所爲。」何曰：「妾姑母有子婦，早寡，欲得一人爲伴侶。君如肯捨妾，彼譬如買婢，數十金不吝也。」黃從之。何商於姑，歸告黃曰：「姑始以離人夫婦，執不可，妾力言之乃可。然須郎親筆一紙書爲券，免日後有違言，姑當以五十金潤筆也。」黃欣然書券。何持去，遂不歸。有知其事者，曰：「何女蓋效買臣妻故事，所言鬻〔二〕也。」

〔一〕某氏女，《耳郵》無「女」字，揆下文，有「女」字義明。

〔二〕鬻，《耳郵》作「僞」。

殷懷鄉，江浦人。少孤，有母及諸弟〔一〕，無恒産，傭力以養。耕作之暇，輒入山刈薪，至夜分始休。明旦入市易甘脆奉母，日以爲常。年三十，始娶婦，教之事姑，婦亦婉娩聽從。無何歲大荒，無所得食，乃謂婦曰：「俱死無益，不如嫁汝，得銀錢可以養吾母及吾弟，汝亦得生路，一舉而兩利也。」婦不可，殷曰：「此吾意也，非汝負我。且吾母得存活，即汝所以報我也。」婦乃從之，母及弟卒賴以全。後母死，負土成墳。諸弟成立，皆爲婚娶，或勸續娶。泣曰：「吾婦歸我，無失德，且得母歡心。昔以貧故棄之，今復娶，是負吾賢婦也。」卒不娶，獨廬於墓側以終。按《陳書》，徐陵弟孝克當侯景之亂，京師大飢，賣妻臧氏與孔景行，以其貲養母。是鬻妻養母，古人有行之者。然郭巨埋兒，論者謂不可爲訓，然則鬻妻養母，於義似亦未安也。或曰是蓋舍其輕且小者，全其重且大者。然此婦既得姑歡心，或母知婦見出以己之故，涕泣不食，則去婦而轉不足以養母；又或婦守從一之義，知事難兩全，慷慨自殺，則未能養母，而適以殺婦。且歲飢乏食，非如水火盜賊之變起猝然者也，委曲圖全，豈遂乏術而計必出此乎？殷委巷細民，未聞大道，能割愛爲此，亦復大難。然以事而論，則徐孝克與郭巨同一不可爲訓者也。

〔一〕有母及諸弟，《耳郵》作「事母至孝，家」，强調了「孝」字。

阿勝，廣州人，談者逸其姓氏。少孤，游於美利加國之舊金山，善貿易。居六載，積貲頗豐，航海而歸，將締婚於中土。有某氏女及笄，因媒合之，女母聞其豐於貲也，許焉。既又懼其仍遠游也，曰：「吾女豈能相從於海外哉！」故使媒妁索重聘。阿勝鄙之曰：「賣婚，非禮也。吾何患無妻！」遂已其事，復游金山。女聞之，不直其母，竊附海舶，至金山尋夫。一日，於途中遇之，連呼曰：「阿勝，阿勝！」勝顧之驚曰：「卿閨中弱質，何爲至此？」女具告之。勝感其義，與俱歸旅舍成禮焉。論者謂女子在室從父母之命，此女不從母命，而從六禮未備之夫，不可爲訓。然重洋睽隔，萬里追尋，亦不可云非奇女子矣。君子姑取其從一之貞，勿責其越禮也。

廣東花縣有一村聚，距城數十里，河水瀠洄，清流如帶，有橋甚鉅。橋畔一石，形似老翁，村中咸呼爲橋頭土地神，香火頗盛。後有女子六人〔一〕，守志不嫁，相約赴橋畔投水死，蓋粵俗然也。父老謂神不能保衛，遂廢其祀。附近有磚窰，相距里許，窰人舁之歸，謀奉爲窰神。是夕，窰中有聲若霹靂，次日視之，所燒之磚皆成血色，咸謂石爲祟，復舁而棄之河干。適有漁舟

〔一〕女子，《耳郵》無「子」字，兩通。

維岸側，見此石，異之，載之船唇。俄疾風大作，舟幾覆，懼而棄石於河。漁人旋腹痛欲死，乃使人泅水出之，仍置河干。鄰邑三山縣人聞其事，曰：「神既有靈，曷去彼而就我乎？」夜竊之去，及境，輿從鼓吹導之以入，靈異大著，祭賽無虚日，爲立廟焉。昌黎云：「偶然題作木居士，便有無窮求福人。」況石乎？然以《風俗通義》所書汝南石賢士事觀之，則知此亦人心使然，久之當自歇也。

朱了頭者〔一〕，婁縣農家子也。家本赤貧，又煢煢無所依，日行乞於市。咸豐辛酉歲，粤賊自嘉善趨楓涇〔二〕，遇之，劫與俱去。朱曰：「我丐也，既無錢財自贖，又無一藝可供爾用，何劫我爲？」賊曰：「汝既丐也，饑寒之困甚矣。從我去，不憂不富貴。」朱怒曰：「我惟甘饑寒，故丐耳；否則爲竊爲盜，胡不可乎？我不爲竊爲盜，乃從爾等作賊乎？」抗聲大駡，遂見害。嗚呼！如朱了頭者，可謂有古烈士風矣。

漢陽朱勳臣，僑寓淮城。一日，忽於案頭得張禹門書云：「欲借宅同居。」朱初不知張爲何人，且罔測書所從來。正疑慮間，倏又得一書，乃知張爲狐也。嗣是頻有書來，而不以形見。

〔一〕 了，《耳郵》作「丫」。
〔二〕 嘉善，《耳郵》作「嘉祥」。

朱懼，謀徙居以避之，徙居而張仍從焉。有請箕仙者，朱往問之，則柳仙，降判曰：「張禹門，吾弟子也，與汝有宿緣，宜爲建祠。」朱謝力不及。又判曰：「三日再議。」及期而往，盤中書一「吝」字。朱方欲再問，而家人告火作，奔救乃熄。於是大懼，鳩工庀材，刻日成之。祠成，而張仍往來朱家。適有爲朱女議昏者，朱以問張，張報書曰：「此不可許，三日後當有高人來爲媒。」越三日，有一老嫗來爲徐秀才之子求昏。老嫗高姓，始悟高人謂嫗也。狐居人家，載籍所記多有其事，此狐自稱張禹門，不知其何從得姓、何義命名也。箕仙殆即此狐爲之託名。柳仙亦無其人，世傳柳仙爲呂純陽弟子，蓋本元人雜劇，此豈足爲典要？且考宋鄭景璧《蒙齋筆談》，載呂詩「惟有城南老樹精，分明知道神仙過」。城南老樹，乃古松也，則知元劇已屬訛傳矣。余雅不信箕仙，竊謂當今之世而欲絶地天通〔一〕，宜首禁此術也。

何明達，桂林人，商於嶺南，挾貲數千，頻年折閱，耗其大半。旅況無聊，偶作狹邪游，至一所曰「巢雲别館」，有妓名翠蓮，頗楚楚有致，何流連久之。忽見一婦自簾外過，淡妝素服，丰韻天然，何見而好焉。倩翠蓮爲之先容，翠蓮曰：「是必無成。」問何故，曰：「伊因家難鬻身於

〔一〕 絶地天通，《耳郵》作「絶地通天」，義順。

此，有能拔出污泥中者，則委身事之；若視作路旁柳，伊不屑也。」何曰：「若然，此女大有志節，宜詢其顛末。」乃呼問之。婦自言譚氏：「夫廣西人，姓王名基，客游至此。娶妾甫兩載，因事被逮於官，非百金不能出獄。妾念夫婦之義，自鬻以拯之。夫出囹圄，妾墮火坑矣。」言已泣下。何曰：「爾夫與吾同鄉，吾不忍其家室流離。但不知爾夫已西歸否？」曰：「聞猶未也。」何乃辭出，竟訪得其夫，助貲使贖婦以歸。市井細民，有此高行，雖士大夫或不及矣〔一〕。

陳朝贊，江西南安府人，談者失記其縣。家巨富，止一子，已抱孫矣。陳於生日置酒召族人共飲，語之曰：「某幸藉先業，加以積累，今擁貲三十餘萬矣。多藏厚亡，非所願也。願留奇零之數以贍妻孥，其二十萬歸始祖祠中，其十萬歸支祖祠中。歲入其息，仍以三分之一歸吾子孫，恐子孫或不能守吾業，仍可藉此爲生也。其三分之二以供春秋祭祀之需，族之人冠婚喪葬咸有助，孀者、孤者、廢疾者、貧不能存者咸有養。歸始祖祠者，遍及同族；歸支祖祠者，惟及同支。以賢且才者一人司其事，雖一隴之地不得私鬻。即以吾今日之言爲息壤矣。」聞者咸起拜曰：「盛德事也。但不知翁之子以爲何如？」子亦矢言「惟父命是從」。議遂定。夫金穴銅

〔一〕 士大夫，《耳郵》作「士夫」。

山,終歸於盡,陳翁此舉,非獨高義,抑亦明智也。擁三十萬之貲於一家,不三十年必盡矣,今推之於一族,而仍使歸其所入三分之一,則是使子孫長有十萬也。老子曰:「既已爲人,己愈有;既已與人,己愈多。」其是之謂乎!

貞女王蕙芳,常州人。父遭兵亂,挈家避滬瀆,遂家焉。貧不能自存,乃鬻女於王姓者爲女,時女甫四歲。及長,丰姿秀麗,嫻習女紅,王頗愛之。無何王卒,其妻舊居北里,搔頭弄姿,非良婦也,攜女再嫁。女心非之,而不敢言。其後夫素有登徒子之名,見女美,屢挑之。女懼不免,於同治癸酉歲二月十三日夜縊而死。此事誘與拒兩無實跡,女雖死不得以貞女旌,因紀大略,冀不泯耳。

廣東潮州鄉間多種柿,柿熟製爲餅,必先曝之於場,夜則邏守之。有某甲以此爲業,場中積柿如山,中設木棚,爲守望所。一夕寢棚中,聞有聲自東來,近而聲益厲,咻咻焉,木棚爲之震動。自隙窺之,虎也。急以刀斫之,斷其尾,虎咆哮去。甲走歸鳴金,集丁壯數十人,荷梃尋之。至一處,見虎屹然立,衆莫敢近;久之不動,或以戈揰之[一],應手而仆,則已僵矣,乃裂其

〔一〕揰,《耳郵》作「舂」。揰,撞擊,義長。

肉焉。此人猝見猛虎，從容不亂，可謂膽力俱全矣。孔子曰：「上士捉虎頭，下士捉虎尾。」然下士亦正未易爲也。

陳元紹，順德人。家少康[一]，父母俱存。妻某氏，亦故家女，而驕蹇殊甚[二]，不修婦職。陳責之，輒反唇。父母戒陳曰：「和氣致祥，慎勿爾也。」陳恐傷親心，亦曲忍之。會陳父病，湯藥皆母子經理，婦若無其事者，陳固心銜之。及父病愈，陳薄責婦，婦怒曰：「誰無父母。小恙非大事，何便作踐人家兒女哉！」陳聞言，忿不可遏，揮以老拳，婦亦攘臂與爭。母出排解，陳偶一舉手，誤擠母仆地，急扶母起，伏地請罪，母麾之出。陳驚懼不自安，竟亡去。月餘，自廣州貽其弟書曰：「兄無狀，不可爲子，惟有逃罪海外耳。重洋萬里，無望生還，書到之日，即死別之年矣。」父見書大駭，自至省訪之，不得，託人於外國招工局詢問，亦無其子姓名，或云已於上月自澳門出洋矣。陳擠母仆地，事出無心，不孝之小者；長投海外，永絶天倫，不孝之大者。如陳者，其至性頗亦過人，惜其不學無術也。

同年應敏齋廉訪寶時，嘗從金華至杭州，夜行錢唐江中。其時將二更矣，月色微茫，遠樹

[一] 少康，《耳郵》作「小康」。
[二] 殊甚，《耳郵》前有「也」字。

約略可辨。帆風而行,風力甚小,故舟行頗遲,而了不傾側。長年三老皆偃息篷底〔一〕,舟中諸客亦俱酣睡,敏齋獨攜一僕坐船頭觀江中夜景。所過之地名鮎魚口,有小沙洲,舟沿洲而行。相距才數武,見洲上有一人與舟并行,遲速適相等。其人長丈餘,視常人幾三倍之,遍體青緑色,但望之不甚親切,不知其爲肌肉,爲皮毛,爲鱗甲也。顧問其僕曰:「汝見彼人否?」其僕不應。敏齋因還入舟中,其僕攜坐具從之入,旋即大吐。問其故,曰:「主人所見,奴亦見之,不特形狀可畏,且其氣甚腥。適聞其氣,故吐也。」敏齋後爲余述之,云:「不知是何怪,殆傳記所稱楓人之類歟?」余謂:「沙洲無草木,不應有此。且草木之精,其氣亦不腥。此必水怪也。以形論之,其長如此,非魚即蛇。《搜神記》載孔子厄於陳,弦歌於館中,夜有一人,長九尺餘,皂衣高冠,咤聲動左右。子路出與戰,仆之於地,乃是大鯷魚。君之所見,或亦此類乎?」

聶道人,湖北鍾祥縣人。乾隆甲子歲,邑大水,聶已五歲矣。有盛契真者,元游宫之道士也,憫其孤露,收之門下。然聶故鈍根,一無所能。盛死,聶雲游天下,不知歷幾何年月。嘉慶初,始居鄂之長春觀,往往赤雙腳,持長柄鑱,行歌於市。至同治甲戌,其年一百三十有五,髮

〔一〕篷,底本原作「蓬」,蔡啟盛《右台仙館筆記校勘記》(下簡稱《校勘記》)正作「篷」,今據改。

絲齒貝，無異曩時，不知其得道引術而不死耶〔一〕，抑其稟賦獨厚也？不可謂非異人矣。

鄂人王慕堂，游於津門，遇盜，喪其所齎，寓居同鄉陳姓家。偶出散步，過一曲巷，見一家簾櫳低掩，中有麗人，衫痕鬟影，隱約可睹。王意方鬱鬱，亦不顧也。行數武，有小鬟追及之，曰：「主人相候，請君移玉。」問主人伊誰，曰：「至自識之。」至即簾中人也。然彼此均不相識。女齇然曰：「誤矣。」王問故，曰：「妾本秦淮煙柳中人，從賈人至此。賈人死，遂獨居。頃從簾隙窺君〔二〕，頗似舊識某郎，故遣婢相招，而不知非也。」王因辭去。女請置酒小飲以謝過，王謝曰：「素昧平生，何煩厚意。」女曰：「相逢何必曾相識，萍水遇合，即是前緣。君既閑游，妾亦枯坐，杯酒小敘，亦足破寂。君何介介歟？」王遂留飲。酒半，言及被盜事，女問行止，曰：「客囊如洗，進退維谷。若小有膏秣資得入都門，則輦下尚有故人，或猶可謀幹也。」女曰：「君勿憂。妾雖齷齪，頗具湖海襟懷，必當竭力。」酒罷，竟出百金贈之。王持以入都，所謀果遂。復訪之，則門庭如故，人面不知何處矣。

番禺何桐嶼，於同治癸亥初冬，有戚某向其借洋錢五百枚。何以其人舊曾借貸兩次，皆如

〔一〕道引術，《耳郵》作「道行術」。
〔二〕頃，《耳郵》作「曩」，「頃」字義長。

期而償，遂諾之，立券期於歲杪。至期往索，某詫曰：「君夢歟？抑戲也？業已還君，何又索爲？」何驚問：「何時還我？」曰：「十二月初三日，我攜洋錢至君家交君手，承君留我小飲，猶如昨日事，何遽忘之？謂予不信，君還我借券猶在也。」乃取示何。何曰：「此券尚存我篋，君何僞造此？」某曰：「如君尚存借券，請以示我。」何至家檢視，篋中諸券皆在，此券獨無，惟諸券中雜有一紙，頗似前所書券，而無一字。其事遂無以自明，偕至神前，瀝雞血爲誓，不知究竟若何也。此殆有秘物代墨書，券久而字跡脱落，遂成空紙。段成式《酉陽雜俎》稱江東人或取烏賊魚墨書契，以脱人財物，知古有此事矣。

落地開花礮，其礮子雖年久尚能炸裂。鄉民拾得者，因其封口處有金皮，貪取其金，每致傷命。甲戌正月，上海瀏河鎮東洋子涇橋鑷工陳小弟，因新歲負人博進無以償，思同治元年七月中官軍開放落地開花礮有礮子落其地，陳小弟埋之土中，久思鑿取其金，未敢措手，至是已歷十三年，久在土中，必受潮溼，計必無礙矣。乃掘出，用斧鑿取金皮，忽然炸裂，陳頭面俱焚，左手打在數里外楊樹上。室中一老婦、一童子均轟死。軍興以來，官軍用落地開花礮，無往不利。其礮子之遺落者，所在有之，願得者以此爲鑒，勿貪小利而致大害也。

上海某甲，商於津門，十年不歸。其家止一妾二女〔一〕，妾故冶蕩，不能獨守空幃也。長女頗有母風，母倚之爲錢樹子。無何從人亡去，乃使次女繼其業，次女不可，母憾焉。會有六十翁欲買妾，母貪重值，以次女妾之。甫一載，翁死，無子，家業盡爲族人瓜分，女惟以針黹自給。母謂之曰：「人生世上，如輕塵棲弱草，何自苦爲？當爲汝别覓佳婿。」女斷髮自誓，竟不可奪。梅禹金有《青泥蓮花記》，殆此女之謂乎？

李廣元，不知其鄉里。妻早卒，遺二子，長曰上朋，年七歲；次曰上俊，三歲。李續娶鄭氏，性陰險，善蠱惑，視前妻子如仇〔二〕，日加楚毒。會鄭所生子夭，謂由朋驚之使然，益虐遇之，朋竟死。俊忽得顛癇疾，忽歌忽泣，殊無人理。鄭以爲僞，試以穢物予之，食盡無難色，乃視爲廢物，亦不顧問。如是者數年，鄭死，俊忽自愈。父怪之，俊泣曰：「兒病僞也。非僞爲痼疾，則死繼母手久矣。今繼母死，又察父復有憐兒意，故敢以情告也。」此子在童年即能韜晦自全，其德慧術智過人遠矣。

黄岡縣易家坂有易翁者，夫婦二人老而無子，止生三女，長、次皆適人，惟幼女在室。翁

〔一〕其，《耳郵》作「某」。
〔二〕前妻，《耳郵》作「前室」。以「前室」指亡妻，義長。

死,母女相依爲命,每撫女歎曰:「恨汝非男子也。」年十九而嫁,夫家甚貧,故恒居母家。癸酉十一月初十日,風雨大作,女偶立門前,爲狂風卷去,母偵探無蹤。三日後,忽自返,問所往,茫然也,而下體已化爲男。母遍告族人驗之,信,乃出錢七十千與夫,令别娶妻。女易釵而弁,已聘王氏女爲婦矣。晋定公二十五年,西山女子化爲丈夫,與之妻,能生子,事見《開元占經》引《汲冢紀年》。然則此事自古有之,不足異也。

戴琴莊先生名福謙,先祖母戴太夫人之侄孫,與余兄弟行。而余少時曾請其授讀,故始終以先生稱之。其館臨平孫氏時,一日行於途,有娶新婦者,彩輿經過,先生避立道旁。俄風揭轎簾,瞥見轎中白如霜雪,一瞬之間,未能諦視,而心頗異之。偶言於先大夫,先大夫曰:「此必是日犯白虎凶星,得君文星解釋之,傳記中多有此事。君異時必大貴也。」衆皆以爲然。然先生於道光丁酉舉於鄉,越二歲客死京師,竟不顯。

安徽玉溪口[一],泊有礮船二。有某廣文,挈眷屬坐小船過其地,日暮泊焉。夜鼓再嚴,管帶礮船之營官乘他船出巡,船中兵勇起意至小船行劫,持刀登其艫。廣文見盜至,大呼礮船救

[一] 玉溪口,《耳郵》作「裕溪口」。

援。即殺之，并及其一妻一子一女一僕；長年三老，均投於水。因斷其纜，使順流而去。及營官回，見鄰舟不在，問之，衆曰：「已解維行矣。」營官驚曰：「黑夜江行，必有失事，汝曹胡不阻止？」衆曰：「阻而不聽也。」營官見几上有翡翠條脱一事，審視即鄰舟女子腕上物也，因亦不言。及旦鼓發晌〔一〕，乃告於統帶之官，捕船中兵勇，嚴鞫得實，梟其首於竿。苜蓿槃中，度無長物，扁舟江上，竟占無妄之災。信乎江湖之險〔二〕，不獨風波也。

范某年四十無子，止一女，名婉如，頗婉孌可愛。有甥李仙槎，五歲而孤，偕其母以歸，與婉如年相若，交相憐也。仙槎性柔和，范妻亦喜之，呼爲李郎。仙槎母將死，泣謂范曰：「吾惟此子，恨不見其娶婦。婉如我所愛也，異日無令歸他族，吾死目瞑矣。」仙槎既長，范予千金，使營什一利。而仙槎不善經營，數年折閱殆盡。范因憾之，寢前議。仙槎聞之，仰藥死，婉如亦縊以殉。范大悔恨，合葬之。

揚州某甲，生一女，年破瓜矣，頗有姿色。其東鄰爲某氏別業，某子爲邑諸生，讀書其中，翩翩少年也。女屢入園採花，與生有私，女父母知而防閑之，遂絶跡。生思慕綦切。一日女

〔一〕發晌，《耳郵》脱「晌」字。發晌，也作「發餉」，謂軍旅天明待發。

〔二〕險，《耳郵》無。無「險」字則連下讀。

至,曰:「殆矣,父母將爲我擇配矣。君急以媒妁來,或猶可及也。」言已即去。生告父母,初不可,強而後可。媒者致命,女父母曰:「齊大非吾耦也。」且知女私於生,恐異日不爲舅姑所禮,竟謝絶之,而許女於他族。女知事不諧,服阿芙蓉膏死,生聞之亦自經死。兩家父母皆大悔,卒合葬焉。癡兒蕩婦,頗乖風化,其情可憐耳。此與前所記李仙槎、范婉如事相類,然彼則始有成言,謂之因情而死可也,謂之守義而死亦可也,固非此事所能擬矣。

上海北鄉有黄某者,妻李氏頗有姿。而黄貧不能自存,謀於李,李曰:「君爲男子而謀及婦人,無已,請鬻我乎?妾我可百金,妓我可千金也。」黄不可,李曰:「然則放鵓鴿乎?」滬俗僞鬻妻妾於人,伺間亡歸,謂之放鵓鴿。黄從之,僞爲兄妹,鬻於浦東曹氏爲妾。不三日,黄往訪之,李出見,頗落寞。曹留黄宿於家,翌日將告歸,促李出言别。李始不出,久之乃出,不數語,遽厲聲曰:「汝鬻我於此,乃謀與我偕遁乎!我至此無返理,汝不速去,我言於主人,縛送官矣。」黄大窘,踉蹌而歸。鵓鴿化爲黄鶴,一去而不復返矣。此亦爲鬼爲蜮者之所不自料也。

韶州李弼廷有女曰松姑,年十五矣,自幼佞佛,奉一檀木觀音像,已歷六寒暑。父母欲議婚,女不可。父曰:「此皆奉佛之故也。」欲毁其像。女急白母,言像不可毁,請從父命。乃締姻於程氏。女自是清癯異昔,醫者診之,言脾肺俱弱矣。一夕,女午夜欲起禮佛,覺有物觸臂,方驚詫而腕已受傷。呼婢燭之，則有一蛇長二尺許，色如墨，蜿蜒下榻去。父母聞聲趨視，蛇已不知所適往[一]，視女傷處，蛇齒宛然，黑氣縷縷直達臂上。醫至，謝不治，黎明竟卒。或言女本天仙化身[二]，不合締人間姻眷，故菩薩使以潔身歸淨土。果爾，何不使以無疾化去，而必死於蛇口乎？是殆有夙冤也。

閩中黄生，富家子也。年十五六，翩翩如璧人。忽得狂疾，歌哭不倫，自食其穢。夜或縱火燒屋，家人不能防[三]，乃於山中構屋數椽，使居之，守以健僕。久之，益憔悴無人狀。其所聘林氏女，父母欲絶其婚，女不可，曰：「未婚而婿膺惡疾，女之命可知矣。從一而終，萬無他議。與其老死閨中爲父母累，不如與狂夫同處空山，猶得稍盡婦職也。」父母初不許，言之益堅，乃如其志。與婿居山，饑飽寒暖，調護維謹。一日同坐石上，忽溪中有魚躍出，長二尺許，其首類犬。夫即取食，女力阻不聽，竟食盡，越宿病若失。翁姑聞而喜甚，迎歸成禮焉。《山海經》

[一] 所適往，《耳郵》無「適」字。
[二] 化身，《耳郵》作「化人」。
[三] 家人，《耳郵》無「人」字。

云：「諸懷之水多䱗魚，食之已狂。」黄生所食，豈即此歟？殆由林女《芣苢》之歌〔一〕，感動幽明，故得此靈藥，非偶然也。

杭州顧茂才，客吴中。甲戌春，死而復蘇。自言初死時，但覺飄飄如淩雲而上，俄而復下，則仍在吴市也。青衣三人，導至一處，即蘇州府城隍廟。神出，略詰數語，便云：「誤矣。遣之還。」甫出門，遇故人徐某，吴中諸生，前數年死者也。與偕至圓妙觀茶寮小坐〔二〕，顧問冥中事，曰：「與人世同，亦隨時變易。陽間盛傳十殿閻羅，此唐制也。唐分天下爲十道，故冥中亦設十殿，今則否矣。道光以前，冥官尚有前代遺賢，今則皆本朝貴官，衣冠儀從，悉今制也。」茶罷，徐别去。及家門，如夢忽覺，則已死三日矣，因胸次微温，故未殮耳。考唐太宗分天下爲十道，開元二十一年又分山南、江南爲東西道，增置黔中道。然則唐制十道爲時不久，中葉以後冥中又當增置閻羅矣，何仍止十殿也。至云冥官皆近代貴官，則理固不妄。蓋人死爲鬼，人不能無賢愚，鬼亦不能無善惡，非於人鬼中擇聰明正直者主之，則不勝紛紛矣。然世間無不死之人，即冥中亦無不散之鬼，蓋精氣固不能常存也。自夏以上，祀柱爲稷，自商以來，祀棄爲稷，

〔一〕林女，《耳郵》誤作「程女」。
〔二〕圓妙觀，當作「玄妙觀」，諱改。

蓋柱之神泯矣。此聖人知鬼神之情狀也。前在京師見許文恪公，公言有一人因病至冥中，所見冥中官吏，大半熟識，聲音笑貌，一一與生時無異。余曰：「然則生而有官者〔一〕，死亦有官守。如余者生爲閒散之人，死亦宜爲閒散之鬼。清風明月，任我遨游，不亦仙乎？」公大笑。

滬上有流寓陳氏婦，嫠也，攜一女甚美。婦與某甲私，甲曰：「爾曷以女妻我，則我并迎妻母以歸，誰議我者？」婦以語女，女不可。婦惑於甲言，卒以女許之。將成婚，女醜其事，縊而卒。婦慚懼，即遷去。而居此室者，輒見怪異，竟莫敢居。余謂貞烈之魄，固應不泯，然女之烈益著，母之醜益彰，惜無人敷陳此義以消釋其怨氣也。

湖北荆門州後港鎮有田氏兄弟，皆以獵爲業。甲戌初夏，獵於鄰村李家臺。偶憩林下，同夢一老人告之曰：「午後幸助我一臂。」覺而異之。前行里許，雷雨大作，趨避枯廟中，雷聲益厲。仰見簷下一物，長二尺餘，有四翅，雷下擊，則吐黑氣禦之。乃相謂曰：「夢中求助，豈雷神乎？」發火槍擊之，槍發而疾雷驟至，兄弟皆昏不知人。雨過始蘇，眉毛辮髮各灼去少許，亦無大苦。聞人言五里外茭尾鄉雷擊死一蜈蚣，長二尺餘，有四翅，知即此物矣。

〔一〕官者，《耳郵》作「官吏者」。

粵東丁維勳，賈於滬上，娶婦王氏。甫逾年，丁病瘵，王扶持維謹。丁自知不起，語王盍自爲計，王以死自誓。越日疾亟，又言之。王曰：「君何不諒之甚。」乃趨别室，縊而死。丁大感慟，將殮，力疾起拜，無何亦死。此婦殉夫於夫未死之前，似乎太早，然因其夫再三勸令自爲計，故以死自明，亦田先生不使人疑之意也。余幼時嘗作《秋胡婦》詩曰：「桑下相逢本偶然，黄金翻似試嬋娟。妾身願學田光死，一使人疑不值錢。」此婦殆亦此意矣。

上海譚家橋有宋姓，寓此有年矣。一女年十六，頗有姿。會有誣以他事者，女無以自明，縊而死，厝其柩於河干。宋旋遷居維揚，女之柩遂無過問者。久之，將陷於河。鄰人胡寶素豔女美，心悼之，爲改厝於高阜。俄夢女來拜謝，姿態如生。胡大喜，引與并坐。語及絶命之際，哽咽不成聲，良久不去，遂與狎。自是無夕不至，胡竟病瘵死。此女可謂以怨報德矣。昔伍員、伯嚭皆以宗族覆滅，逃死於吴，吴王爲之報讎雪恥。其後伍員苦口犯顔，所以報吴王也；伯嚭逢迎將順，亦所以報吴王也。吾安知伯嚭之意，不以子胥之悻悻然爲負恩哉？然其報之適以亡之，此女毋乃類是。

揚州城外二十里有地名灣頭，一夕大雷雨，震開一穴。次日，集人縋入，則穴中空洞若夏屋，然一棺甚巨。衆意其有寶器，發之。一人偃卧，白鬚及腹，儀容甚偉。得一珠於頤，得一劍於腰，取之出，更入搜索，則屍已化爲灰矣。於棺之前斫片木出，隱約有「大業」字，不知隋代何人之墓也。其事在甲戌五月。

太倉城北十里地曰毛市，有許姓染店，其染工皆句容、溧水人。許督之嚴，每年止許一人歸。是歲應句容陸姓者歸，某工與同邑，託傳語其家。及陸返，某問家事，陸囁嚅久之，曰：「吾負君矣。嫂因久曠，留余共衽席，余不能拒也。」某不信。陸曰：「嫂脇下有兩黑子如豆大，然乎？」某遂無語，次日懷刃亡去。許知而追之，已附舟歸矣。某抵家叩門，婦出，刃之斃，即至婦翁家言狀。婦翁大駭，偕其子同往視之，則婦固無恙。問以前事，婦茫然曰：「吾未見夫前言之妄。蓋陸至某家，婦登梯取屋上所曝醬餉客，陸竊窺其腋，故見之也。一言之戲，幾至歸也。」相與駭異。忽見所奉觀音像有刀痕數處，乃悟其故。正共羅拜，而許與陸踵至，陸力白殺人，非菩薩慈悲，則此獄坐死者不止一人矣。

紹興周某，習申、韓家言，館於某邑。邑有因姦殺夫者，亦舊族也。死者一美少年，年二十餘，婦年與相若，國色也。其姦夫年近半百，黑醜可憎。官鞫婦，婦惟俯首飲泣，歷其指，痛欲絕。周窺而憐之，私問其故。婦曰：「數年來惘惘如夢，都不自知，殆夙業也。」周曰：「以卿弱質，何以堪此，不如姑認之，徐圖一死。」因舉小盒示之，蓋阿芙蓉膏也。婦亦會意。案將定，周遲回未忍屬稿,而婦仰藥死矣。俄見夢於周曰:「妾死不蔽辜,仍墮畜類,畢命碪礩以償今世之愆。三十年後,君爲平陽士人,當侍君巾櫛也。」事在隔世,無可證驗,或當不妄耳。觀其後果,信其前因,婦所云夙業,亦不虛矣。

上海浦東張老達,先世本多田翁。老達性儉嗇,未嘗妄用一錢。及病篤,命其弟與子析祖產爲二,各得其一。室中有銀一篋,乃老達手自積累,封識嚴密。至是命其妻啟之,將議分析,而老達已逝。方共驚怛,忽篋中銀錠隨風飛去〔一〕,爭起撲之,如蛺蝶蹁躚,不可捉摸。或偶得一二,隨手即空,俄頃之間,篋中之銀烏有矣。乃悟作守錢虜亦正須福,張老達不能用之,猶得守之;其子若弟欲作守錢虜而不得也。

慈谿北鄉有葉姓者,於甲戌五月生一男,人身而虎面,駭而棄之野。其鄰人往視,猶未死,乃祝曰:「爾三啼,當抱汝歸。」兒果三啼,乃抱之歸。明日,鄉黨畢集,爭取視之。或有爲葉惜者,葉亦悔之,以青蚨一貫贖兒去。越宿,兒竟死。不死於野,不死於鄰,而仍不可育,不知此何故也。

〔一〕 飛去,《耳郵》無「去」字。

宜興山中一趙姓者，每夕宿火於鑪，加煤其上，以供明日之用。忽一夜，煤火皆發棄地上，連夕皆然。伺之，則一獨足鬼俯鑪而窺，且笑且發，群起搏之，一跳即逝。或曰此山魈也，是畏爆竹。乃伺其至，然爆竹投之〔一〕。鬼驚仆，衆入執之，於其足旁得一鼗鼓〔二〕。鬼雖黑醜，殊無所能〔三〕，惟叩首作乞憐狀。或予之飲食，恐怖不敢多食，惟示以所棄鼗鼓，則喜而笑。姑與之，入手即大笑，奮足一躍，倏忽脱去。《抱朴子·登陟篇》：「山精形如小兒，獨足向後，夜喜犯人，名曰魈。呼其名，則不能犯也〔四〕。」此鬼形狀爲山魈無疑，但不知所持鼗鼓何用耳。

吴中錢氏婢，嫁鄉間一農家子。其地有所謂清明山太太者，相傳爲太湖黑魚精也。忽附婢言前生爲姊妹，故來省視，口操北音，清脆可聽。嗣是每數日必一至，積三十餘年，惟婢見之。或問婢：「太太作何狀？」曰：「年三十許，歷年以來，未嘗衰老。我今龍鍾日甚，而太太

〔一〕然，《耳郵》作「燃」。
〔二〕於其足，《耳郵》少「於」字。
〔三〕殊，《耳郵》前有「亦」字。
〔四〕也，《耳郵》無。

仍如初見時也。」錢氏舊主使婢入山進香，并命僕阿勤從之，欲覘其異。甫出門，婢騰身作據鞍狀，又舉手作揚鞭狀，其行甚疾。阿勤追之不及。歸而問之，曰：「太太憐我不任跋涉，以僕馬來迎也[一]。」婢卒，亦無他異。山中初無神祠，惟空屋中一几一椅而已。後村人塑爲男像，又有「飛虎城隍」之名。聞高伯足宰吴縣，禁絶之。

吴中某甲，以行賈至滬上，偶作狹邪游，悦一妓。酒闌之後，送客留髡，將歌同夢。偶問及家世里居，則即其亂中失去之幼女也，顔色俱變。妓問之，以實告。妓大啼，父摇手戒勿聲：「徐謀爲汝脱籍。」乃悤悤辭去[二]。念客囊羞澀，安得此贖女之貲？而又不忍其淪落，轉展無計，竟服阿芙蓉膏死。此人既遇其女，不思援手，而以身死之，亦可謂無策之甚者矣。

粤人某甲，游於滬，悦一妓名紫鵑，脱籍，攜之歸，將偕老矣。俄某以訟事破家，鵑自鬻於平康，以其貲料理，訟始解。鵑再入青樓，鬱鬱不自得。甲時往慰喻之，擬重爲脱籍，而苦無資。乃復至滬，將醵於舊友，久而無成。鵑在粤，日夕企望。忽有傳甲已在滬物故者，遂服阿芙蓉膏死，同伴覺之，救治復蘇。其事傳聞至滬，人咸義之，助甲使歸，復圓破鏡焉。此女以既

[一] 以，《耳郵》前有「故」字。
[二] 悤悤，《耳郵》作「匆匆」。

嫁之雲英，爲下車之馮婦，未免可惜。然本妓也，不能責以不貞；且其自鬻也，所以解其夫之訟；其再入風塵而不死也，所以待其夫之贖：則其意固未嘗一日忘其夫也。善善從長，仍以貞烈許之可矣。

卷二

姑熟曹氏兩孝女，長曰靜宜，自幼許嫁姚氏，因兵亂阻隔。及亂定，姚氏子來爲贅婿，居久之，始知其已娶妻生子矣。父母怒，責婿無禮，靜宜曲爲解之。姚氏子羞憤去，遂絶。靜宜居家，事父母維謹，并以母病，代操家政，咸井井焉。婉宜者，其第三妹也，幼慧甚，讀書過目成誦，父母奇愛之，苛於擇婿，故未許人也。同治七年，父卒，婉宜誓以身殉，家人以母在勸止之。乃與靜宜長齋奉佛，共誦《金剛經》，爲亡父資冥福。無何，母又卒。二女乘人不備，同時仰藥死。靜宜有臨終留别兄弟書曰：「妹不幸爲女子身。自有知識，即念女子同受罔極之恩，而獨無以爲報，深覺歉然。稍長，見母有痰疾，發無定時，必有人晝夜經心方免不測，誠恐一朝遠嫁，不得侍奉母疾。而幼字姚氏，親命難違，無術分身，焦思萬狀。及贅婿後，欲令别置媵妾，以便他日歸寧。天幸其先已娶妻，并生子女。維時衆歎遇人不淑，咸譏士也無良，而妹獨欣天假之緣，得遂養親之志，是以力阻正名之議，安心在家侍奉。滿冀雙親壽享期頤，永敘天倫之樂。何圖天降鞠凶，慈父見背；喪服未終，老母又染沈疴，殆將不起。嗚呼！吾父吾母，既違定省於堂前；生佛生天，誓必相從於地下。從此色笑常親，亦復何恨。惟念在室養親，義非姚氏之人；生事死殉，可謂曹門之女。所存原聘金簪二枝，望即檢還姚氏，永斷葛藤，以明決絶。三妹於父殁之日，百計求死不得，此番恐亦不免矣。哀哉！兄弟疊遭大故，雙折連枝，悲傷之情，不堪設想。竊有一言勸慰者，泉下庭闈，有妹等侍奉，足可放心。兄弟等子職所當盡者，不徒在哀毁二字，但能修身訓子，積德顯親，自足慰父母之靈，而妹等亦從旁含笑矣。二妹已爲孔氏婦，有其當盡之職，務宜節哀自愛，勿蹈非禮。死别須臾，臨穎愴然！」

紹興老儒王致虚言：乾隆之末，有賈慎庵者〔一〕，亦老諸生也。嘗夢至一處，似大官牙署〔二〕，重門盡掩，闃其無人。正徘徊間，俄有數人擁一婦自遠來，至此門外，將婦人上下衣服盡去之〔三〕。婦猶少艾，微有姿首，瑩然裸立，羞愧之狀，殆不可堪。賈素負氣，直前叱之曰：「若輩何人，敢肆無禮！」衆微笑曰：「此何足異？」言未畢，門忽啟，有數人扛一巨桶出，一吏執文

〔一〕賈慎庵，《耳郵》作「賈慎齋」。
〔二〕牙署，《耳郵》作「衙署」。
〔三〕上下衣服，《耳郵》無「上下」二字。

書隨其後而去。衆即擁裸婦入，賈亦隨入。歷數門，至一廣庭，見男女數百，或坐，或立，或卧，而皆裸無寸縷。堂上坐一官，其前設大榨牀，健夫數輩，執大鐵叉，任意將男婦叉置槽内〔一〕，用大石壓榨之，膏血淋漓。下承以盆，盆滿即挹注巨桶中。如是十餘次，巨桶乃滿，數人扛之出。官判文書付一吏與同出。賈視吏，乃其已故鄰人周達夫也，因前呼之。周驚曰：「子胡在此？此豈可久留邪？速從我出。」賈問：「桶中何物？」周曰：「鴉片煙膏也。」時鴉片煙未行，賈不知有此名目，因問：「鴉片煙何物？」周曰：「方今承平日久，生齒繁衍，宜有大劫銷除。而自來大劫，無過水火刀兵之類。遇此劫者，賢愚同盡，福善禍淫之説，往往至此而窮。是以上帝命諸神會議，特創鴉片煙劫，借世間罌粟花汁熬煉成膏，供人吸食。食此煙者在劫中，不食此煙者不在劫中，聽其人之自取，不得歸咎於造物之不仁。而有此劫以銷除繁衍之數，則水火刀兵諸劫可以十滅五六矣。然罌粟本屬草花，自古有之，其汁淡薄，不能熬膏。故又命九幽主者，於無間地獄中擇取不忠不孝、無禮義廉恥諸罪魂，録送此間，榨取膏血，轉付地上山陵原隰墳衍之神。使將此膏血灌入罌粟花根内，自根而上達花苞，則其汁自然濃郁，一經熬煉，光色

〔一〕叉，《耳郵》無。

黝然。子試識之，數十年後，此煙遍天下矣。」賈欲更有所問，忽又有人驅數十男婦至，鞭策甚苦，齊聲呼號。賈悸而醒，以語人，人無信者。至道光中葉後，鴉片煙果盛行，而賈已前死矣。然其語猶在人耳，故其時皆言鴉片煙中有死人膏血，實由此語傳訛也。

楚士吕鳳梧，游於姑蘇。於舟中見一女子，美而豔。來橈去楫，一瞬即過，然思之盈盈在目也。是夕就枕，夢有人告曰：「舟中人，汝妻也。」吕固未娶，不能無動，然無可蹤跡，亦姑置之。明年，以貢入成均，遂如京師。偶於琉璃廠見一畫，畫中一女子像，酷似舟中人。上有詩云：「新妝宜面出簾來，共數庭花幾朵開。我比敬君差解事，不曾輕去畫齊臺。」吕不知敬君事，惘然莫測，姑以青蚨一貫買得之。是歲，以知縣籤分江西，與同官沈君甚相得。沈君者，蘇人也，一日至吕齋中，見畫大驚，曰：「此亡婦像，僕所手繪。昔歲在京師，亡一篋，遂失此幢。君得無於都門市上得之乎？」吕曰：「然則僕曾見君夫人。」因告以吴門舟中相遇事。沈曰：「否，否。吾婦前一年已物故矣。」吕曰：「若然，何相似之甚？」沈曰：「此必吾姨也。吾妻父生二女，面目相同，雖家人不能辨别。長即亡婦，君所見者其妹也。」吕因以夢中語告，沈曰：「吾姨固待聘者，當爲君作蹇修。」竟宛轉媒合之，一時以爲佳話。按《説苑》載齊王起九成之臺，募國中能畫者，賜之錢。有敬君居常饑寒，其妻妙色，敬君工畫臺，貪賜畫錢[一]，去家日久，思憶其妻，畫像對之而笑。沈所用敬君事即此。然事見《藝文類聚》所引，今本《説苑》無此文也。

滁州府來安縣民劉某，夜起如廁，聞牆外語曰：「不食三日矣，蒙神許我明日以前村張氏童養婦供我一飽。汝與三郎亦得與焉，幸無他往。」劉訝其語，梯而觀之，則牆外二狼相對坐，大駭而下。因思張氏婦，其族女也，天明趨往告之。女甫十三歲，是日遂閉門不出。姒婦笑謂之曰[二]：「誑汝耳，豈有狼而人語者。」及暮，姒使至門外曳柴供晚炊，女不可。姒乃自往門外取之，且四顧曰：「狼何在？」言未既，一狼自積薪中出，銜姒倒，入門，銜女去。姒驚呼，鄰人咸集，見狼猶未遠，逐之，將及矣，忽路旁又出二狼，遂並驅而去。

吴瓊香者，湖南沅陵士族女也。幼孤，依其舅寓居武陵。咸豐四年，粤寇至，舅家咸避去，獨女隨其舅居危城中。城破，女謂舅速去。舅曰：「若母以汝託吾，吾舍汝去，何面目見汝母地下乎？」女曰：「甥累舅非一日，今危急之際，豈忍復以孱軀爲舅累哉！」入室，雉經死。越

[一] 敬君工畫臺貪賜畫錢，《耳郵》作「敬君工畫，貪畫臺賜錢」。
[二] 笑謂之，《耳郵》無「之」字。

數日，賊入其居。時方酷暑，訝其屍久而不殠。解視之，衣皆縫紉，胸前得一詩云：「城破身難辱，途危志愈貞。千秋名節重，兩字死生輕。未報君親德，羞懷兒女情。願將三尺組，畢此百年身。」

漢口鎮袁家灣有老木工，年六十三矣。二子未娶，俱執父業。而兄弟不相能，偶因口角，兄舉斧斫弟之頭，弟即死。鄰人欲縛其兄送官〔一〕，父泣曰：「老朽止生此不肖子二〔二〕，今幼子已死非命，而長子復抵法，則暮年何恃焉？」衆哀其言，各散去〔三〕，其事竟已。余按紀文達《筆記》中載有一事，與此相類，天下事竟有情與理兩妨者。律載重囚無子者許其妻子入獄，此或可以通其變乎？

山右侯氏，在國初鉅富，傳聞其始富甚奇。有夫婦二人，窮而無子，然每日必禱於神，願得橫財，即死無恨。如是數十年無驗，而夫婦則已老矣。一夕就寢，忽聞地上有聲罊然〔四〕，如釜

〔一〕縛，底本原作「縳」，《校勘記》正作「縛」，《耳郵》作「縛」，今據改。
〔二〕此，《耳郵》無。
〔三〕各散去，《耳郵》無「去」字。「各散」二字連上讀。
〔四〕罊然，《耳郵》作「勃然」。

溢起，視之則遍地皆元寶湧出。驚喜，捉取之，而愈取愈多，至於不勝取，二老皆力竭而仆。有族子者，少孤未娶，所居相距不遠，每日至其家助炊汲。是日至，而門不啟，叩之不應，踰垣入視，則老翁已爲元寶壓死，老婦僅存一息，尚能言，未幾亦死。族子葬埋之，擁其所有，爲富人，乾隆末始衰。

英吉利國有帆船名夭仙尼，於同治十三年四月中開往亞甸。行六十餘日，舟中失火，救之不得。舟師乃放小艇三，縱人逃命，登小艇者凡三十一人。行數日，一艇獨後，望前兩艇不復見。所齎糧食俱盡，死者二人，尚存六人，惟飲鹹水度日，中有一人創議曰〔二〕：「同死無益，苟一死而五人得生，是亦殺身成仁也。」乃相議以人爲糧，削木爲籌，掣得最短者任衆殺食。已而創議之人掣得最短之籌。時有同載之水手名阿加士藐刺者，自以飲鹵水多，恐不能活，願代之死，而掣得短籌者執不可。乃殺而飲其血，食其肉，五人者遂不死。越數月，英國又有一大火輪船於亞非利加洲之南失火。二人逃小艇中，隨風漂蕩，數日不得崖岸，饑甚，竟食其同伴者以延殘喘。觀此二事，亦見航海之險矣。按晉楊泉《物理論》，漢末有管秋陽與弟及伴一人避

〔一〕一人創議，《耳郵》作「以大利人」。下文「創議之人」、「代之死」的「之」字、「掣得最短籌者執」，《耳郵》均作「以大利人」。

亂俱行，天雨糧絶，謂其弟曰：「今不食伴，則三人俱死。」乃與弟共殺之，得糧達舍。後遇赦無罪。孔文舉論此，以食之爲是[一]。梁元帝《金樓子》則以文舉之論爲悖逆之言。夫弱肉强食，禽獸之事，使饑而相食，則人何以異於禽獸乎？

華亭顧秉藻，幼而慧，父母皆奇愛之。咸豐十一年，與諸昆弟奉其母避兵滬上，得疾而卒。臨終，牽母衣，請以仲兄子禮樞爲嗣，母泣而許之。無何，母亦卒。及亂定還里，諸昆弟將如母命，而以秉藻未娶，不得有嗣。適金山錢氏有女，未許嫁死，與秉藻年相若也，遂媒合之。仿迎娶之禮，迎其柩歸，合葬於秉藻之墓。好事者爲賦「催妝詩」。按此事自古有之。遷葬嫁殤，媒氏職其明禁，而鄭司農注《周官》曰「今時娶會」是也，則漢代固有此風。魏武帝爲鄧哀王聘甄氏亡女合葬，亦循世俗之見而已。

蘇州袁氏女，許嫁吴氏子，未婚嫁而遇庚申之亂，兩家咸徙避。及亂定，女從父兄復還。父故業賈，復理舊業，居積頗贏。而吴氏則人亡家破，僅存老孀婦，即女之姑也。女請於父，願適吴氏，事孀姑。父不可，且謀别嫁之，女斷髮自誓，因亦不强也。同治十三年，有吴氏親串自

[一] 以食之爲是，《耳郵》作「事以爲無嫌」，連上讀。

秦中歸，言與吴氏子同被掠，轉展至江西，吴氏子於某年月日死。女聞大慟，謂父曰：「今日當從兒志矣。如不許，願死之。」父不得已，歸諸吴焉。此女不以貧富生死易心，可謂賢矣。明歸熙甫著論，極言女未嫁夫死守節之非，近時汪容甫亦主此説。余頗不謂然。《列女傳》曰：「衛寡夫人者，齊侯之女也，嫁於衛。至城門，而衛君死。女入行三年之喪〔一〕，作詩曰：『我心匪石，不可轉也。我心匪席，不可卷也。』」如執歸、汪之説，則衛女之詩，聖人何取而録之哉！憶前在滬上，應敏齋同年以所記張貞女事見示，余書其後，説此義頗詳，今存文集中。

廣東開平縣城外有張橋邨，皆張姓所居，鉅族也。有張某者，聘楊氏女，未娶而卒。楊女衰絰入門，拜見舅姑，築室於夫之墳塋，居三日，乃還。張氏因擇近支一人爲之後，楊撫之，至於成人，爲聘蘇氏女。婚有日矣，而子又卒。蘇女請仍以其日至夫家成服，楊曰：「是又一我也，此事不易。」固卻之，蘇女不可，乃如其志。姑婦二女并以未嫁女守義，可謂難矣。聞蘇女嗣子已有聲黌序間，或兩節婦之報乎。

蘇州城外有小家女〔二〕，幼受某氏聘。及女長，父母俱死，獨與兄居。聞婿游蕩，入於下流，

〔一〕女入行三年之喪，《耳郵》作「女不聽，遂入行三年之喪」，多三字。

〔二〕蘇州城外有小家女，《耳郵》作「蘇城外有一小家女」。

心鄙之，有背盟意。乃以所積女紅貲洋錢十枚付其兄[一]，屬交原媒償男氏聘幣，索還婚書。其兄亦無賴，盡以供飲博[二]，而僞爲婚書以紿其妹。女不知也，以爲真與絶矣，示意鄰媪，使爲媒妁，遂與城中護龍街王姓者成婚。其前聘夫知女歸王氏，謀劫之。以王氏有備，不果，即於其日訟於官。官鞫得實[三]，笞其兄三百，判女仍歸前聘夫。以律以禮，固應爾也，然女之不能安其室，則可卜矣。

番禺大石鄉有某甲，生三子一女，次子早卒。某年爲長子娶婦何氏，而以其女許嫁陳氏子，即何氏之從母昆弟也。何與女極相得，女偶刺繡，何見而歎曰：「工妙至此，可謂針神[四]，如有才無命何！」女怪其語，固問之。何曰：「姑之婿乃寒家葭莩親也，雖美如冠玉，然狎游無度，已染惡疾，虧其體矣。」女聞之，不食累日。母問之，以告，母曰：「或傳聞誤也。」而女以嫂言爲信，一日自斷其髮。母大驚，呼婦至，咎其多言，何亦大驚，曰：「姑太不爲我地矣！我與

[一] 洋錢十枚，《耳郵》無。
[二] 飲博，《耳郵》無「飲」字。
[三] 官，《耳郵》無。
[四] 神，《耳郵》下有「矣」字，語氣完足。

姑相愛如姊妹，故隱以相聞，而姑遽爲此決絶之事。今尊章見責，我何以堪！」甲夫婦乃使原媒至婿家求絶。婿家不可，反欲訟甲背盟。甲夫婦追事所由起，曰詬何。何不能忍，亦翦髮投地曰：「新婦知罪矣，請偕小姑長齋繡佛以贖罪，可乎？」於是舉家大嘩。甲子適他出，促之歸，婉勸其婦與妹，而仍使人卑詞求絶於陳。陳不得已，許之。此女未達韓詩《芣苢》之義，殊不可訓，亦未知其卒如何也。

李繩武字肯堂，廣東韶州府人。本窶人子，以居積起家，暮年居然素封矣。生平所值，多是九數〔一〕，蓋其父於四十九歲生繩武，至六十九歲而卒。繩武十九歲始出學賈，五十九歲歸老於家。生九子九女。六十九歲時，其繼室年三十九，又生一子。未幾，其第四子卒，仍爲九子。子各娶一婦〔二〕，無娶妾者，女之夫亦無娶妾者。九子九婦，九女九婿，有孫十九人，外孫男女二十九人。光緒元年正月初九日，其九十生日也。是亦熙朝人瑞矣。

江北一婦，與其姑不相得，常勃溪。一日，婦吞金指環自盡，宛轉欲絶。有人教以用羊脛骨燒炭研末，餳餹調服。次日，金環從大便出，竟無恙。張少渠爲余言，因書之以廣其傳。

〔一〕　九數，《耳郵》作「九歲」。
〔二〕　子，《耳郵》無。

某甲家小康，而數遭訟事，耗其財，鬱結成疾，殆將不起。有丐踵門，自言能醫。延之入視，已不食三日矣，氣垂欲絶，而腹中尚咻咻動。丐曰：「是中有物，非吾所能治，當請吾師來。以二十日爲期。」其家人曰：「旦夕不能保，可再旬乎？」丐出藥授之，曰：「服此可待矣。」服之，果如熟寐者然，雖不食，竟不死。越二十日，一僧來，曰：「丐所薦也。」入視病者，於鉢中出一丸藥，用鐵絲繫之，納病者喉間，頻牽曳之〔一〕，復以手摩其腹。良久，病者口吻微動，僧摩腹益亟〔二〕，仍牽曳其鐵絲。忽突然掣出，即有一物隨藥而出，遽投諸地，乃一小蛇也。僧以藥少許糝之，蛇化爲水，病良已。人問蛇何自生，僧曰：「怨毒之氣所結也。老僧不惟治病，且消其怨氣，毋令與所訟者來生再冤孽糾纏也。」其家厚酬之，不受而去。此僧此丐，殆仙佛化身歟。

姑蘇某寺僧，每歲舉行佛會，託鄰比一嫗招致衆善信。凡入會者咸輸香錢數百文，僧與嫗瓜分之〔三〕。婦日以饒裕，而僧清貧如故。某歲除夕，索逋者踵於三門〔四〕，僧無以應，竟亡去。

〔一〕頻，《耳郵》作「頻頻」。
〔二〕腹，《耳郵》無。
〔三〕瓜分，《耳郵》作「公分」。
〔四〕三門，《耳郵》無「三」字。

明歲,里人以他僧主之。上元之夕,循例舉佛會,仍託鄰嫗代爲招致。事已,僧向嫗索錢,嫗遷延久不與。一日,僧歸自外,將入房,聞有聲。入之,則有人在牀,擁衾而卧。呼問之,嫗也。問何至此,不應。僧將曳出之,甫一啟衾,嫗裸無寸縷。僧大驚,趨出,至嫗家招其子。子初若不信者,強拉之至。嫗知事不諧,反誣僧。僧入廚取刀,斷一指,忍痛示之曰:「以此自明!」嫗母子踉蹌去。乃悟前僧之墮婦術中也〔一〕。若有定力如後僧者,佛矣。

有孝廉下第南歸,病於逆旅,不攜僕從,惟一車夫與之周旋。病月餘乃愈,而負逆旅主人及車夫錢已數十緡,無以爲計。車夫曰:「君行既無資,住又不可。此間有一館,吾託人先容,當可成。君曷就之,稍積館穀,再謀歸計,何如?」孝廉喜而從之。已而車夫來告曰:「事諧矣。惟距此尚百餘里,明日吾御君行也。」遲明首塗,所行殊非恒境,始則阡陌縱横,繼則山徑叢雜,間有小村聚,亦不知名。行三日,始達其家,雕牆峻宇,規制甚宏。然無多人,亦無與交一語者。車夫導之入,歷十餘重屋,至一院落,花木翳然,窗明几淨,乃語之曰:「此下榻所也。所司惟筆墨事。主人適他出,并筆墨事亦無之,君但居此,無苦也。君所負錢,已悉爲君償之,

〔一〕墮,《耳郵》作「墜」。

勿以爲念。惟此間僕御不多，苦無伺候之人，但於壁間置輪盤以通飲食。君有所需，扣盤而語之，即得也。」言已辭去。孝廉獨居是室，供饌頗豐。然居月餘，不見一人，殊深疑慮。偶出散步，則諸屋悉加扃鎖，不得而入。獨一室未扃，入之，則有書十餘櫃。因攜一册歸，將以遣日。書面大書一「水」字，中多符呪，不可通曉，殊無意味。明日擬往易之，而迷其處所，因復持歸，姑置案頭。又居數月，朔風戒寒，木葉盡脱，鄉思頗切。偶啜茗，手披是書，見一符，屈曲如蛇，旁有呪語。戲以指醮杯中茗，畫其符，并誦呪語，忽覺身在大水中，風濤澎湃，茫無畔岸。大懼，自分必死，姑閉目聽其所之〔一〕。食頃，忽履平地，衣履初不沾濕。道有行人，就之，問此何地，曰「紹興府也」。駭甚。孝廉本吴中人，距家非遠，適有同年生宧於越〔二〕，乃往謁之，助以資斧而歸。既抵家，妻子迎問曰：「君館某所，何遽言歸〔三〕？」問何以知之，曰：「數月前，有客持百金來，言君之脩脯，寄家中供薪水，因事冗故無書也。」孝廉益怪之，乃語其事，又慮爲所蹤跡，移家避之，後亦無他。或曰其符乃術家水遁法，孝廉已不能記憶，且亦不敢試也。

〔一〕姑，《耳郵》無。
〔二〕宧，《耳郵》作「官」。
〔三〕何遽言歸，《耳郵》作「何以遽歸」。

嘉慶間，有選人謁選得貴州某縣令，挈家赴任，從者頗多。至省會謁大府畢，同僚語之曰：「此縣瘠苦異常，萬不可以眷屬往。」乃留眷屬於會垣，獨行至郡見太守。太守曰：「君所官非人境也。幸其印在吾處，君便可接印，不必前往矣。吾幕中適缺一書記，君文士，必嫻翰墨，暫以奉屈，可乎？」令自念一官雖瘠，終勝幕下客，固欲往。太守乃命首縣具車徒，且募一曾至此縣者導之行。行數日而失塗，所遇皆苗獠異族，無可問。計其地不過五六百里，而行十許日未到。一日，導者告曰：「前途似是矣。」因共前進，至則積垣環繞，若有城者。其中荆榛塞路，行頗不易。良久，見有土屋數間，其壞牆有字跡，審視之，則某縣也。詫曰：「豈即公署乎？」呼其門，有人自草中出，問誰何，告之，其人叩首曰：「吾即縣吏也。已二十餘年無縣令矣，不圖今日復見令君。」問：「有隸役乎？」曰：「曩固有之，今久無官，此輩皆散處各鄉，不相聞久矣，不知其在亡也〔一〕。」乃導之入，室中積土數尺，曰：「此公案也。」又其内荒冢累累。問：「此何人？」吏曰：「皆前令君也，死於此，不能歸骨，小人穴土瘞之耳。」令聞之喪氣，即日言歸。至郡中，太守以其始之固請往也誚讓之，流落數載，始得量移焉。此事曩在京師時聞之

〔一〕在亡，《耳郵》作「存亡」。

友人吴文南，并能言其縣名，今記憶不真矣。邊徼荒涼，事容有之，或談者亦過其實乎？

文南言此時，因言薄宦遠游，蹤跡孤危，事有不可問者，國家定制，仕宦不得在五百里内，竊謂一命之員，從事萬里，亦殊可憐，何不爲之限制，使不得在一二千里外乎〔一〕？乾嘉間有某甲者，以縣尉至滇南涖任，未一年而卒。無子，止一妻、一妻弟、一僕、一媪。居無何，妻弟亦死，僕媪皆散去，妻尚少艾，寄居民舍。久之，無食，爲人浣濯衣服以自給，十指流血，而不免饑寒。有鄰媪者，在官之媒氏也，一日過而謂之曰：「何自苦乃爾。今有一策，可暫救饑寒，能從之乎？」婦問何策，媪曰：「新到縣官，少年佻㒓，而慕道學名，喜笞妓，笞必去衣〔二〕。妓恥之，以多金求免，不得；又以多金募代己者，亦無其人。若能代之到官，吾當與諸妓約〔三〕，受杖一，予錢千也。伍百諸人皆受妓賂〔四〕，行杖必輕〔五〕。且形體是而名氏非，初不爲泉下人羞也。」婦

〔一〕一二千里，《耳郵》作「二三千里」。
〔二〕「新到」至「去衣」，《耳郵》作「邑有一妓，爲訟事牽纏，官逮之急，到官必去衣受杖」。
〔三〕諸妓，《耳郵》無「諸」字，是也。
〔四〕伍百，《耳郵》作「伍佰」。
〔五〕行杖，《耳郵》作「行刑」。

以貧失志，竟從其策。嗣後邑有妓女應到官〔一〕，悉此媪爲介紹而代之，縣中皂隸無不識者，皆笑其頑鈍無恥也。然婦竟積二百餘金，以其夫之喪歸葬。余謂此婦受辱雖甚，然究未失身，不得謂之不貞；不惜父母之遺體，以歸其夫之遺骸，不得謂之不義。君子哀其志，悲其遇，未可重訾之也。

金陵鄉間有某翁者，生一子，與鄰村某氏聯姻。兵亂，失其子。翁故爲行賈，因轉徙四方，收得一小兒，與其子年相若也，遂子之，而即名以子之名。及金陵收復，翁仍行賈於外，而某氏則已歸矣。以女年長，將遣嫁，訪得某翁所在，貽書告之。翁思己子雖失，幸有養子，可以贋代真也〔二〕，乃作復書，訂以是年夏秋間攜子而歸。及期果至，而故居無存，乃賃屋爲娶婦計。兩家均有成説，娶有日矣，翁之子忽歸，歸而不得其家，乃至鄰村造婦翁之門而求見。婦翁大駭，因親送至某翁家。子見父母，牽衣慟哭。翁欲不認，則真其子也〔三〕；欲認之，又礙有婦翁在。乃曰：「此吾兄子，非吾子也。自幼失散，彼記憶不真耳。」婦翁歸而疑焉。旋偵訪得實，乃使

〔一〕妓女應到官，《耳郵》作「婦女應受杖」。
〔二〕贋代真也，《耳郵》作「贋鼎代真」。
〔三〕真其子也，《耳郵》無「真」字。

媒氏告曰：「原聘者，吾婿也，他人子安得婿吾女？」某翁正峙躅無計〔一〕，而其養子知事且不諧〔二〕，於人定後懷刃出門，突入婦翁之家。婦翁出，因左手把其袖，而右手以刃擬之曰：「爾女不我嫁，吾先殺爾及爾女。歸殺婿〔三〕，吾亦自殺，四人同日死矣！」婦翁見事急，請如期。曰：「不能待矣，事在今夕！」婦翁曰：「然則當釋吾入内，略爲小女治裝，子姑小坐。」婦翁既入，謀集健僕縛而送之歸。其妻曰：「非計也。如此，彼不愈恨乎？吾婿吾女，終必死其手。」「然則奈何？」妻曰：「彼有假子，吾何妨有假女。」乃潛自後户送其女至其叔父家，而飾一婢居青廬中，招婿入行禮。既成婚，乃語之曰：「汝不告而成婚，汝父必怒，毋遽言歸，請留此滿月何如？」喜曰：「諾。」婦翁使媒氏告某翁曰〔四〕：「爾子已婿吾女矣。爾尚有兄之子，吾亦有弟之女。再以相配可乎？」翁亦喻其意，使其子爲贅婿於女之叔父之家〔五〕。既滿月，婦翁擇吉日送兩婿兩女偕歸，其伉儷各相得，遂相安無事。

〔一〕峙躅，《耳郵》作「躇躊」。
〔二〕而，《耳郵》作「忽」。
〔三〕婿，《耳郵》作「爾婿」。
〔四〕使，《耳郵》前有「又」字，義長。
〔五〕其子，《耳郵》無「子」字，疑脱字。

江西廣昌人邱某，幼讀書，困於童子試。忽夢至冥中，冥吏方據案決事，見邱，曰：「此十名相公也，何遽至此？」麾之出，遂寤。以語人，或曰：「子必以第十名入學矣。」甲私念：「若果以第十名入學，則竟呼秀才可矣，何言十名相公乎？此殆非佳兆。」乃棄儒而賈，爲同鄉之賣茶者司筆墨事[一]。春出秋歸，歲以爲常，絶意進取矣。一歲，歸途過郡城，適值郡試，同學之友及親串咸在，慫慂入試。邱不可，而衆已爲之在縣注册[二]，在府納卷，乃勉就之。及府出圓榜，招覆試，果第十名也。邱見之驚悸，覺體中不佳，因不覆試而歸。未至家，卒。噫！府試招覆，是何大事，其名次乃亦注冥籍乎[三]。

桐鄉沈寶樾，字茂庭，富而好施與，凡遇善事，必勇爲之，遠近有善士之名。庚申、辛酉之亂，避寇遠出，其族姻從之者數十家。辛苦墊隘，卒不相舍，人尤稱焉。初無子，中年後納妾，生丈夫子二。鄰有不戒於火者，火及其閭，天反風以免，咸曰爲善之報也。乃於光緒元年冬日牆壞壓死，向之稱善者，至是而不能無疑。嚴芝生庶常，其友也，求余爲文以釋疑。余乃據《援

[一] 賣，《耳郵》作「買」。
[二] 而，《耳郵》無。
[三] 其，《耳郵》無。

神契》遭命之説及王充《論衡》福虚禍虚之義，爲文以應之，娓娓千言。然王充所謂福虚禍虚者[一]，余雅不以爲然。夫餘殃餘慶之文，著於《周易》；天人相應之理，備於《春秋》。苟禍福皆虚，則勸懲無寄矣。同其時，適有張少渠之事。少渠名豫立，光緒元年以縣丞奉檄與於海運之役。凡從事海運者，皆至滬瀆附火輪船以行。有輪船名「福星」者，行有日矣，江蘇海運局之官大半附是舟。少渠初亦預焉，適有一輪船先「福星」二日而首塗，少渠舍而從之。同袍之友爭摻其袪，卒不爲留。已而少渠安抵丁沽，「福星」輪船竟沉於海，坐是船者皆死焉。少渠平日亦樂爲善事者也。光緒二年，少渠行年五十，乞言於余。余因言少渠行善而得福報，宜益加勉，而力闢王充之説。恐後之讀者有矛盾之疑，故掇舉其事，著於此編。

杭州有老儒[二]，以教讀爲生。一妻一女，家有餘屋，因賃與某甲居之。居數歲，某甲遷居他處，然猶通問如常時，其眷屬亦相往來也。一日，某甲使二人荷轎來迎其女去。及暮，老儒自館中歸，女猶未返，使人至某甲所迓之，則空無人矣。問其鄰，言今日午前盡室而去，不知所之。老儒偵探無蹤，懼爲門户羞，不復深究。是女已許嫁，乃以暴卒告其婿氏，存亡聽之矣。

[一] 者，《耳郵》無。
[二] 老儒，《耳郵》前有「一」字，可參。

某甲挾女至江蘇無錫，據爲妻。而某甲故窶人，又慵惰不能治生，轉仰食於女。女工針黹，傭於蘇州一宦家，月得洋錢二以畀其夫。而甲殊未饜，謀鬻女於妓家。女微聞之，無以自脱。忽有浙人來詣其主，女見其名紙，曰：「此吾杭之大姓，吾父嘗教授於是家者也。」訪知其所在，次日至其家求見，言家世及通家之誼，甚有條理。乃爲招其父至，訟於官，笞逐某甲，而判歸其女於父。老儒愀然不樂曰：「此女歸，辱門户矣。」邵君步梅亦杭人官於蘇者，舊與老儒相熟也，乃於吴下爲此女相攸嫁一官人焉〔一〕。余聞此事於步梅，以非美事，故不書其姓氏。

唐西鎮勞氏，富於財〔二〕。生一兒，年七八歲矣，猶口不能言，足不能步。其家創建育嬰堂，堂成之日，兒即能言，越二歲能行，今且讀書游泮水矣。報施之不爽如此。

余二兒婦，唐西姚氏女也。今春從母家還，言去歲其弟婦病甚奇。病中從牀上一躍，高及牀頂，有一鐵鉤隨手折爲二，如枯竹焉。其弟晋卿知爲鬼孽附麗而然，對之長揖，以洋錢數十枚置其前曰〔三〕：「吾以此買紙錢，焚化與汝，汝可歸矣。」病者曰：「可。然吾杭人也，須送我至

〔一〕此女，《耳郵》作「之」。
〔二〕富，《耳郵》前有「家」字。
〔三〕以，《耳郵》前有「且」字。

航船。」晉卿從之，且行且焚紙錢，至船乃告之曰：「此杭州航船也。」突有旋風起其側，爲之慄然。及歸家，婦病若失。異哉！鬼亦如人，來往以舟車乎？詁經精舍監院校官沈蘭舫，臨平鎮人也，寓於杭。其子婦家無子，蓄一他人子爲子，紹興人也。蘭舫子婦偶歸寧，忽得病，口作紹音，蓋即此子之祖也，索還其孫甚急。俄又作數人聲，皆杭音，則其母家鬼也，曰：「此無理取鬧，彼已作沈家婦，何預此事？非至臨平招沈氏人來不可。」越日而沈氏之鬼大至。蘭舫之祖母及父母又一庶母，皆臨平口音，與生前畢肖，曰：「吾儕附船從菜市橋登岸至此。有吾儕在，婦必無恙。然不可久居此，宜還家。」其地距蘭舫所寓尚數里，群謀所以歸，鬼曰：「仍以轎舁之。但命轎夫徐行，遇陰涼處則稍憩[一]，且使人頻頻以湯水飲之，必無妨也。」如其言而歸。沈氏之鬼從之，仍附病者，與家人相問答。時蘭舫適在吴下，其家人問：「宜召之歸乎？」鬼曰：「此無大事。新婦病不出三日愈矣，可無召也。」婦病果即愈，鬼語亦遂寂。蘭舫爲余言之甚詳，此其大概耳。以是二事觀之，鬼雜處人間，與人不異。周公作《金縢》曰「能事鬼神」，孔子贊《周易》曰「知鬼神之情狀」，聖人固未嘗言無鬼神也。晉人無鬼之論，豈其然乎。

[一] 陰涼，《耳郵》無「陰」字。

杭州山墩某姓一女，兵亂時陷於賊，轉徙至上海，爲某甲所得，遂爲夫婦。某甲固刀鑷工也。及亂平，父母訪得之，挈女還家。以其夫執賤業，不善也，謀僞爲待聘者〔一〕，別擇婿，而女不可。乃招其夫至，而其夫無他能，仰食於婦〔二〕，一家咸輕之，女亦偃蹇不甚爲禮。夫鬱鬱無聊，食生鴉片以死，女竟別醮焉。此女始知從一之理〔三〕，似明大義者；而終始參差，遂成兩截人，亦可異矣。

紹興某生，應京兆試入都，不售，寓其族子家。一日忽失之，十餘日乃返，則止一衫一袴，面無人色。問旬餘何往，何狼狽至此，某縷述所遭，乃可捧腹〔四〕。蓋其日某閒行入内城，至西四牌樓一曲巷中，見有一家門署「荷包出售」四字，乃叩門欲買荷包。有一少婦出〔五〕，以一枚示之，已敝矣。問有新者無，婦曰：「欲新者請入内。」乃入共坐，婦絮絮閒談，不及荷包。問之，仍以舊者進曰：「吾家止此一枚也。」「然則何以署門求售？」婦微笑曰：「所售非此荷包也。」

〔一〕待聘，《耳郵》作「待字」。
〔二〕婦，《耳郵》後有「家」字。
〔三〕理，《耳郵》作「義」。
〔四〕乃，《耳郵》作「大」。
〔五〕一少婦，《耳郵》無「一」字。

某會其意，以言調之。婦曰：「吾荷包價昂，郎有此貲乎？」某即解囊出錢券示婦，可數百千。是時銀一兩易錢十千，計之亦值銀數十兩。婦曰：「可矣。」相將入室，弛服橫陳，某惑之，遂止宿焉。其家止一媪，婦所傭也；一童子，婦之弟也。朝夕饔飧，咸仰給於某，數日而空其囊。婦曰：「囊中空矣。」某曰：「此細事，吾自能籌之。」數日，婦又語如前，某答之亦如前。一日方共卧〔一〕，忽有男子至其庭，聲如虓虎。婦曰：「殆矣，吾夫歸矣，不去必血其刃。」乃導某出北牖，使逾後垣去。某倉卒不得衣，故止一衫一袴也。聞者咸粲然曰：「此皆僞局耳，然亦不可再往。」族子乃予以資而使南歸。

蘇州閶門外李繼宗巷有某甲者〔二〕，以裁縫爲業《唐六典》有裁縫之名，蓋裁之縫之而後成衣，較《周官·縫人》其義爲備，年逾三十，家亦小康。偶見江北篷船一女子，頗有姿首，悦之。旋有人爲之平章，以洋錢一百爲聘。議既定，乃擇日迓以彩輿，果見女子以紅巾羃首，數人扶而就輿，并有一衣包，亦置輿中。鼓吹迎歸，將扶女出，則弱不勝衣，玉山積矣，審視之，一草人也。啟視衣包，則磚石也，蓋恐輿輕致疑，故以此壓之。舉家大譁，亟尋原媒，去如黄鶴矣。某悵然凝立，

〔一〕方，《耳郵》前有「二人」。
〔二〕巷，《耳郵》作「巷口」。

亦如木偶[一]。

寶山鄉民鄒玉寶，幼聘某氏女。玉寶少孤，育於女家，未婚也，而與女以兄妹見。久之，年各十六七矣。玉寶偶入内，見女獨坐治粉餈，戲問曰：「甜乎？」曰：「甜。」玉寶曰：「製成當以一枚甜我。」女笑而頷之。及成，父母與女共食，不及婿。女心憾焉，私以一枚使傭媪餉之。他日又相見，女戲問：「甜乎？」玉寶曰：「余未得嘗，惡知甜！」女知媪之紿也，詈之曰：「老大婢，尚口饞如此乎！」媪曰：「視年稚而私於男子者何如！」女恚，交相詬也。父母聞之，薄責女。女益慚，其夕縊而卒，玉寶聞之亦縊。

光緒丙子、丁丑間，直隸大無[二]，有兄嫂二人，挈其妹至天津求食。行至紫竹林，日將暮矣，有以小車載糕而鬻者適駐其旁，嫂饑欲食，兄因出錢數十買糕，夫婦共食，而不與妹。其妹旁坐啜泣。賣糕者大不忍，乃推車就女曰：「吾糕垂盡矣，所值無多，盡以乞汝[三]，不責直

[一] 某悵然癡立亦如木偶，《耳郵》在「亟尋原媒」句前。
[二] 大無，《耳郵》作「大荒」，近是。
[三] 盡以乞汝，《耳郵》作「以畀汝」。

也[一]。」已而三人皆食畢，兄嫂起而招妹偕行。女曰：「前路茫茫，行將安往？往而無食，亦無生理。吾受此人一飽之恩，不如從彼去，免爲兄嫂累也。」賣糕者喜曰[二]：「吾固無妻者，得此女爲妻，何幸如之。」轉求之兄嫂，兄嫂曰：「既彼此皆願，吾何間焉。」賣糕者乃以車載女，并招兄嫂同至其家。翌日成禮，掃旁舍居其兄嫂。其家固不甚貧，有騾二頭，分一與其兄，使賃於人而食其值焉。余謂此女頗有識見，而此賣糕者亦長者也。萍水相逢[三]，遂成伉儷，頗非偶然。安知其子孫不寖昌寖熾，成一大族，而推本所自，傳爲美談乎！

光緒三年正月，余同年張子青制府之母孟太夫人卒於蘇寓。先是，李眉生廉訪於二年十二月夢至張寓，入其内寢，見太夫人蒙被卧牀上，子青制府於牀前西向坐，有一人跪其前。李問何人，有告之者曰：「酆都令也。」問：「何爲跪此？」曰：「制府孝子也，故跪而求之。」李寤，語人曰：「制府豈將奉諱乎？」時距太夫人之殁不二十日矣。此眉生親爲余言，并云：「酆都令冠七品冠，而不衣補服，殆其時國服未除故乎？其人恂恂如忠厚長者。從者十許人，形狀頗

[一] 直，《耳郵》作「值」。
[二] 喜，《耳郵》作「大喜」。
[三] 逢，《耳郵》作「遇」。

不詭異，非如世俗所傳牛頭馬面而陰慘之氣逼人，殊可怖也。」余按〔一〕：酆都有平都山，山有五雲洞，爲道書所傳七十二福地之一，宜爲神仙之窟宅。乃考《抱朴子·對俗篇》曰：「勢可以總攝羅酆。」則酆都治鬼之説，晋世已有之矣。獨念自蜀至蘇，迢遥數千里，酆都令君跋涉遠來，無乃太勞，且何以必使眉生見之？豈以眉生蜀人，有維桑之誼邪！

某甲，農家子也。其父母愛之，以其荏弱不任農事，有叔父開藥肆於市，使從之學賈。其叔父嗜飲，每日必使就對門屠肆沽酒。甲時年十二三，眉目娟好，屠婦愛之，輒多與之酒。如是數年，甲年十六七矣，屠婦語之曰：「若知我愛汝乎？」曰：「知之。」「然則何以報我？」甲曰：「不知所報。」婦笑曰：「易耳。」乃出酒肉共食，食已，招之登樓，私焉。嗣後伺屠他出，輒就之，事秘無知者。一歲值中秋，藥肆中友皆出步月，甲亦與焉。已而雨作，諸友皆反，而甲後之，及肆，則門闔矣。念叩門而入，必爲叔父所責。正徘徊間〔二〕，屠婦適開樓窗下視，樓固臨街者，見甲在下，招之以手。甲曰：「屠在乎？」曰：「買豬去矣。」乃開門納之，登樓而寢焉。會屠亦遇雨而歸，呼於門。甲窘曰：「奈何？」婦曰：「無妨。」使尾其後以行，匿甲於門側，屠入

〔一〕「余按」至「晋世已有之矣」，《耳郵》全無，當是俞氏後補。
〔二〕正，《耳郵》無。

而甲出，不知也。甲念夜益深矣，叩門而入，叔父怒更甚，乃立簷下，以待天明。俄其婦又啟窗，見甲猶在，曰：「未歸乎？」曰：「然。屠安在？」曰：「醉而眠矣。」甲因遺其帽於樓，乃以手自捫其頭，且伸手作索取之狀。婦曰：「諾。」未幾開門招甲，甲入曰：「屠在，招我何爲？」婦曰：「已殺之矣。」甲驚曰：「奈何殺人？」婦曰：「汝以手示我，使我殺之，何問焉[一]？」登樓視其牀，赫然死人也。問：「何刀？」曰：「屠刀。」「刀安在？」曰：「在牀下。」甲即就牀下取刀，斫婦死，而取帽以出，徑歸其家，紿其父母曰：「頃偕諸友步月，行稍遠，距家近矣，故暫歸也。」父母喜而留之。有皮匠者，藥肆之鄰也，素豔屠婦而未得間。遲明荷擔出，過屠肆之門，見門虛掩，入之，無問者。皮匠固知昨暮屠出，而不知其反，私計婦必獨寢於樓[二]。乃登其樓，則屠死於牀，婦死於地，流血濡其履，驚而走出，歸而閉户卧。久之，天大明，列肆皆啟，見屠户已啟而無人，呼之不應。入視得狀，又窮履跡，而至皮匠之門，遂縛送官。不勝鞭箠，自誣服。越數日，某甲反，諸友告之曰：「對門屠肆夫婦爲鄰人皮匠所殺矣。[三]」甲曰：「信乎？」曰：

[一] 汝以手示我使我殺之何問焉，《耳郵》作「汝手示我殺之，又何問焉」。
[二] 婦，《耳郵》作「屠婦」。
[三] 屠肆，《耳郵》無「肆」字。

「到官已自承，不久將尸諸市矣。」甲曰：「此我爲之，何誣匠爲？」叔父掩其口。甲不可，走縣，撾鼓以聞，述本末。官曰：「義士也。」末減其罪，竟不死。此事前在新安聞諸程君心言，曾記載其事，歲久稿佚，遂不能舉其姓名鄉里矣。唐沈亞之所撰《馮燕傳》〔二〕，頗與此類，古今事固有相同者乎！

粵中李氏子，幼讀書，應童子試，不售。性好博，父屢誡之，不悛，婦陳氏因之屢與反目。俄舉一子，父名之曰阿靠。及阿靠週歲，父謂陳氏曰：「汝夫屢從牧豬奴游，非吾子也。吾名孫曰阿靠，將舍子而靠孫矣。爲汝計，亦宜舍夫而靠子。」是日，父具酒食以飲食其子，謂之曰：「汝強飲食，俟汝醉飽，吾送汝赴清流矣。」李叩頭求活，不許；復涕泣跪其婦前乞爲緩頰，陳亦不應。父乃以布囊蒙其頭，使健僕負而投之河。載沉載浮，將及里許，有人拯之起，則博場中舊友也，即留之博場中。居月餘，李辭其友曰：「吾以好博故，父不以爲子，妻不以爲夫。今在此旦夕聞呼盧喝雉之聲，彌觸我隱痛矣。」乃去而乞食於市。顧尚能書，自買紙寫楹聯，遍送市廛，市人亦稍酬其筆墨之費，雖乞也而所得較豐。流轉數千里，至山東某縣，寓道觀中，大

〔二〕唐，《耳郵》作「唐人」。馮燕傳，底本誤作《馬燕傳》，《耳郵》作「馮」字，今據改。

病幾死。觀中老道士憐而飲食之，醫藥之，幸而病愈。道士謂之曰：「此間頗重南中文士，吾爲招童子數人，使子授以經書，必有至者。此寒士謀生之恒業也，不勝於仰面求人乎？」李欣然從之，遂得與邑中士大夫游。有趙翁者，設逆旅以待四方之客。家頗小康，而無子；止一女，欲爲女招婿而即以爲子，久而未得其人。道士乃説趙翁曰：「翁女若婿本地人，此時雖暫爲翁子，久必挈女歸耳。李氏子，無家者也，孑然一身，流落千里，若爲翁婿，必長爲翁子矣。」趙翁韙其言，乃贅李於家。久之，謂趙翁曰：「某視此間庠序中人，其文藝亦與某等耳。使得與試，一衿非所難也。」翁大喜，即使以趙姓應試，補博士弟子員。逾年舉於鄉，聯捷成進士。數年後選授粤中一縣令，攜妻之官，歷任繁劇，宦橐豐盈。因官本籍，恐致人言，未敢問其家也。服官十餘年，以公事罷職。將歸山東，乃迂道訪之，則父死久矣。妻與子顧無恙，然貧甚，無以爲生。李乃自至其家，詭言李氏子舊時博友也，請見其妻。時李鬑鬑有鬚，且貌又豐腴，其言操北音，妻固不識也。呼其子視之，二十餘歲矣。問：「有妻乎？」曰：「無。」問：「何不娶？」告以貧故。李慨然曰：「吾與李某自幼在博場中交好，今故人長逝，妻子單寒，西華葛帔，令人歎息。吾雖小人，不忍坐視。」乃出橐中數千金與之，且爲作媒，娶鄰村某氏女，婚費悉出自李。廟見之日，李亦至焉。李妻親至堂前叩謝，并使其子與新婦登氍毹展拜，中設一坐，請李坐之。時賓客咸在，意李必從謙抑，而李儼然踞坐，受其拜謁。拜已，大聲呼曰：「阿靠！汝幼而無父，不識我宜也。阿靠之母，何亦不識我乎？」李妻在旁，聞而大驚。李乃語之曰：「吾即爾夫也。」因歷敘前事，衆賓咸詫歎。李曰：「吾官此多年，今不能復歸原籍矣，即將辭爾等北去。夫妻父子，緣盡於斯。」妻聞之哭失聲，衆賓之長者或進言曰：「君既榮顯，何不挈其母子同歸山東？」李笑曰：「曩者之事，誠出老父之意。然夫妻死别，人間至慘，乃視吾布囊蒙首，漠不動心，人之無情，一至於此。吾在山東，有妻有子矣，焉置此爲？其舍夫靠子，遵吾父之命可也。阿靠，阿靠，善事爾母。」言已，不顧而去。

余舊居臨平鎮時，其西鄰有曰范桂芳者，故充仁和縣役。曾得罪於孫文靖相國之孫古雲襲伯，荷校通衢，然其後武斷鄉曲，豪橫如故。余幼時屢見之，今死久矣。光緒五年，臨平有沈氏婦病死，將死前數日，范桂芳附其體，與沈氏婦女相問答。蓋范生前曾以錢債事與沈氏有隙也。范故杭人僑寓臨平者，故其語猶雜杭音，鬼語亦然。溯范之死，四十餘年矣，溯其生年，則已在百歲外。范本一小人，宜乎如昌黎公所云「其身已死，其鬼不靈」者，何其氣久而不散如此邪？鬼神之事，真有不可知者。古者廟焉而人鬼享，是鬼恒居家廟也。孔子又曰：「骨肉斃於下陰爲野土，其氣發揚於上爲昭明，焄蒿悽愴。」是又居墟墓也。鬼果安在乎？延陵季子則曰：「若魂氣則無不之也。」夫鬼，不過人之餘氣。人之生也，非舟不能行水，非車不能行陸，乃其餘氣爲鬼，遂能無所不之，是鬼轉勝於人矣。漢文帝問鬼神，不知賈生之對云何。孔子之告子路，則曰：「未知生，焉知死？未能事人，焉能事鬼？」蓋孔子亦有所不知耳。紫陽氏之説曰：「非原始，而知所以生；不能反終，而知所以死。」此説也，余所不解。夫原始反終，故知死生之説，不過謂生者人之始事，死者人之終事耳。若謂知生即可知死，此恐有所不能。夫人之生也，由父精母血感而成胎，夫人而知之矣。《淮南子》云：「一月而膏，二月而肤，三月而胎，四月而肌，五月而筋，六月而骨，七月而成，八月而動，九月而躁，十月而生。」是未生以前之情狀，古人有能歷歷言之者。今謂魂升魄降以後作何情狀，亦可據此而推之，得乎，不得乎？紫陽又言：「幽明始終，初無二理，但學之有序，不可躐等。」此説又非也。如其説，則子路所學，未及乎此。誠哉，等不可躐矣！顔、曾之徒，所學高出仲氏倍蓰，豈諸賢所孜孜講求者，已不在人事而在鬼事，已不在生事而在死事乎？寒夜無事，因范桂芳事，縱論及此。世無賈生，誰與決之。

李老道流寓楚北，自言蜀人。問其名，曰：「無名。」問其年，曰：「忘之矣。」視之如六七十歲人，然八九十老翁皆云自幼見之已如是，則其年固未可測也。所衣單布衫褲，外著葛布袍，或旬日不飲不食，不言饑渴。人皆以爲得道者。或叩問養生術，老道曰：「吾不知其他，惟任其自然而已。」咸曰「自然」二字平平耳，何能若是，老道必別有異術而秘不言也。余謂《老子》云「天法道，道法自然」，是「自然」二字，固老氏之要旨，天且法之，况於人乎！人之一身，清升濁降，本有自然之節。古之至人，患人不能循此自然之節，故有鑪鼎之術，鉛汞龍虎之説，使人循此以求自然之節而已，非有他道也。推而言之，聖人之治天下，亦若是也。君臣、父子、夫婦、昆弟、朋友，皆有自然之節。聖人制爲禮法，使人循此以求自然之節也。又推而言之，制爲六書，以求合於自然之文。制爲五聲六律，以求合於自然之音。是故拘拘於偏旁點畫，非知書者也，見擔夫爭道，可悟書法；沾沾於上工四尺，非知音者也，聞海上波濤，可悟琴理。無他，自然而已。李老道之言，深得養生大旨。誠得此旨，則《參同契》可燒也，况《悟真篇》之類乎！

卷三

余門下士蔣澤山孝廉，至崇明縣勷校試卷。事畢，觀於文廟，見兩廡先儒中湯文正公之位闕焉。問之學官，學官曰：「此地舊有五通神爲祟。民間被五通之祟者，輒向學中門斗言明將湯文正之位私自請去，供奉其家，則祟自去，歷來如此。吾儕職司學校，每十餘日必來審視，如文正之位久而不歸，則向門斗催取而已，不能禁止也。」夫吴中五通久爲文正禁絶，崇明海外之地，當時或未盡奉行，乃身後栗主猶足以懾伏姦邪，是其正氣固長存天地間也。

蘇人陶阿尼，性好博，而博屢負，槖中罄矣。計無復之，踽踽獨行，將告貸於所識者。忽有人自後拍其肩曰：「阿尼輸矣乎[一]？」回視[二]，則其已死之友朱大也。陶大恐，朱曰：「吾非禍君者。君能葬我骨，我當助君博。」陶諾之。朱乃出巨金一錠，曰：「持此入博場，壓白虎門，必

[一] 乎，《耳郵》無。

[二] 視，《耳郵》下有「之」字。

勝。再以所得者盡壓白虎門，又勝[一]。四度而止，勿過貪也。」陶從其教，果大得彩，比曉，腰纏纍纍矣。視其中有紙錠一枚，乃故人所假之原注也。訪諸野，得其棺，買地而葬之。

天津市中無賴少年，往往於博場索規例錢，諸博徒亦樂應之。然其始得也，頗不容易。余寓天津時，有粗作人田升日往來於博場。一日見有醉人昂然而至，上不衣，下不褌，止以尺布蔽下體。一入局中，便肆口嫚罵，博徒群起，各執白木棍痛打之。然打者自打，罵者自罵，至體無完膚，氣息僅屬，猶喃喃罵不絕口。於是群歎曰：「好漢，好漢！」以童便飲之，又以温水滌其血污，負而歸之開局者之家，自此月有規例矣。斯人也，豈所謂北方之強者與？

歙縣汪氏婦，孕十六月而生一兒，軀體甚肥，齦有齒，頰有髯，目炯炯然。咸懼，欲棄之。其母不忍，仍爲包裹。兒不啼，亦不食乳[二]。至六七日，僉謂無生理，置諸奥窔，將俟人定而棄之河。比晚，忽聞啞啞有聲，視之，則以兩手掬土而食，其身驟長。乃聽其自然，至月餘乃死。衆人聚觀，宛若廟中所塑土地像，身長二尺八寸，鬚長寸許，秤之重二十一斤[三]。

[一] 又勝，《耳郵》作「又必勝」。
[二] 食乳，《耳郵》無「食」字。
[三] 二十一，《耳郵》作「廿一」。

京師一大家，富於貲，傭一僕婦，爲昌平州人，服役有年。性甚黠，能得主人心，故主婦頗委任之，凡金帛所藏，悉與知焉。一夜人定後〔一〕，有盜六人，自屋而下，皆塗面執刃，群僕驚逸。此婦聞聲趨出，爲盜所執。以刃擬其頸曰：「爾主人何在？」曰：「值内班未歸。」盜揮其徒曰：「速縛其主婦來。」婦跪而泣曰：「主母遇我厚，願勿嚇之，我願以身代。」盜曰：「既如此，爾但告我金帛所在。」婦囁嚅不欲言，盜舉刃欲斫之，婦大駭，乃具告焉。盜搜括既已，意猶未足，復以刃脅使盡言。婦曰：「金帛盡矣，尚有珠寶首飾在某所。」於是盜又盡取之，笑謂婦曰：「汝所言未必盡實，念汝頗忠誠，姑留餘地。」乃呼嘯而去。主母深感此婦，出而慰謝之，而婦則面色如土，不作他語，連呼「嚇殺、嚇殺」而已〔二〕。比曉，主人歸，知狀，亦慰謝之。然念婦雖爲盜所劫，何必盡情洩露，當遑遽時，乃纖悉不遺如此乎？且僕婦甚多，何以獨劫此婦？其事似有可疑。而婦自此即云驚悸成疾，越三日以病重告歸。主人重賞而遣之，密遣幹僕尾之行。婦初臥車中，出齊化門，即自起遣車反，而别雇一車以行，至昌平州某村止焉。有數人迎門而笑，婦亦笑而入。僕即奔告於官，遣役偕往。時已半夜，奪門而進，則婦正與衆分所盜之

〔一〕人定後，《耳郵》作「三鼓忽」，「忽」字連下讀。
〔二〕嚇殺嚇殺，《耳郵》作「嚇殺」。

物，金帛首飾俱在。縛送官〔一〕，論如律。

京師又有一部郎家，傭一少婦，乃三河人。婦與其夫成親甫一月而别，别時與夫約曰：「歲暮宜至京城某媒媪家訪我所在，而見我焉，我必有以畀汝。」及歲暮，婦日至門前候其夫。一日，有鄉人徘徊其門，婦見之，誤以爲夫也。蓋相聚不久，而别已經月，面貌音聲，不甚了了矣。遽招之曰：「爾今日始來歟〔二〕？我望眼欲穿矣，汝少待，我取錢與汝。」其人惘然莫測，姑待之。婦果攜錢券數紙出付之，其人大喜持去。明日，其夫果來，閽者達於婦，婦訝其復至，出而詰之曰：「昨付爾之錢，尚不足用乎？我則無矣。」夫曰：「我昨暮始至城中，宿於汝所言媒媪家，今日倩其幼子導引而來。昨豈曾至此，爾得無夢歟？」婦始悟昨日之誤認，癡立無語，嚶嚶啜泣。夫固問之，乃哭失聲。内主人聞之，呼入問故，知其事，大笑，憐其少年夫婦以貧故别離，以錢十餘貫與之，使畀其夫焉。

蘇州楓橋有高某，以課蒙爲業，而性喜吟詠。一日，有江北難民數人闌入其塾乞食，高方執筆吟《感懷》詩，得句云：「有限年華催老易。」屬對未就，難民中一老翁援筆續之曰：「無靈

〔一〕縛，《耳郵》前有「遂」字。
〔二〕歟，《耳郵》作「耶」。

文字送窮難。」高大喜，延之坐，不坐；問其名，不告；贈以錢，受之而去。烏呼〔一〕，江湖漂泊中乃有詩人哉，亦可喟矣！

光緒丁丑九月，揚州城内教場中有山東人張設布圍，其中有奇形人五。一男子上體如常人〔二〕，而兩腿皆軟，若有筋無骨者，有人抱其上體而旋轉之，如絞索然。一男子胸間伏一嬰兒，皮肉合而爲一，五官四體悉具，能運動言語。一男子右臂僅五六寸，右手小如錢，而左臂長過膝，左手大如蒲葵扇。一男子臍大於杯，能吸淡巴菰，以管入臍中〔三〕，則煙從口出。一女子雙足纖小，兩乳高聳，而頷下虬髯如戟〔四〕。於是觀者甚衆。事聞於官，謂是采生折割者流，逐之出境。

杭州武林門外之山墩，有橋曰新橋，亂後重修，頗爲堅固。丁丑之秋，村人於橋旁搭臺演戲，橋上觀者甚多。有小兒呼曰：「橋下有人掊土，《史記・封禪書》《索隱》：掊，扒也。橋將圮矣！」

〔一〕烏呼，《耳郵》作「嗚呼」。
〔二〕上體，《耳郵》作「上身」。
〔三〕以，《耳郵》無。
〔四〕虬髯，《耳郵》作「虬鬚」。

衆皆笑而不信。俄頃之間，橋果崩毁，死傷者甚衆。此小兒不知誰何，或者鬼神使之警衆歟〔一〕？又聞此日麯部中一老優先知必有變異，恐傷其儕伍，密於臺之四柱各斫一刀，又倒燃雙燭於房以厭之。豈知伶人無恙，而反傷觀者也，殆亦有數存矣。

蔣某，溧陽人〔二〕。偶立門外，忽有素不相識者〔三〕，口操紹興土音，向之借洋錢五枚。蔣曰：「吾適無有，子姑少待，吾將乞諸鄰。」及向鄰家借錢歸〔四〕，而此人已他去，不可蹤跡矣。蔣大呼曰：「吾負汝〔五〕！」即取刀自刭而死。噫！人雖好行其德，亦不至此，殆有宿冤歟？此紹興人爲人爲鬼，未可知也。

直隸永平府某縣，其地閨範極嚴。凡女子初嫁，母家必使偵探，成婚之次日，夫家鼓樂諠闐，賓客雜沓，則大喜；若是日闃然，則女家爲之喪氣，女之留否，惟夫家爲政，不敢與爭矣。積習相傳如此，雖其意固善，然亦敝俗也。有王姓嫁女於李氏，卻扇之夕，李以新婦貌

〔一〕或者，《耳郵》作「殆」。
〔二〕溧陽人，《耳郵》前有「亦」字，承前條而言。
〔三〕者，《耳郵》作「之人」。
〔四〕借錢歸，《耳郵》作「借洋錢持歸」。
〔五〕吾負汝，《耳郵》重三字。

陋嫌之。次日託言非處子〔一〕，不舉樂，仍呼媒妁送歸母家。女幼失母，隨其嫂以居，嫂知小姑無他，乃問昨夜洞房情事，則固未合歡也。嫂曰：「然則安知其不貞歟？」力言於翁，使翁訟於官。官命驗之，果守禮謹嚴之處子也〔二〕。乃判李姓仍以鼓樂迎歸。余按《毛詩·草蟲篇》：「亦既覯止，我心則降。」鄭康成解「亦既覯止」爲男女覯精，解「我心則降」爲自此可以寧父母，故心下也。説經者皆笑其陋。今觀永平之俗，信必既覯而後可以寧父母，豈詩人之意固如此歟〔三〕？

鄞人李姓者，爲其弟娶婦，賃其鄰陳氏屋作新房。每至夜半，房中輒有聲，頗滋疑懼。一夜聲作甚厲，舉家咸集，覺牀下泥土浮鬆，乃共掘之，得銅盆四具，鐵如意一柄，鐵碗一隻。嗣後聲遂不作，後亦無他。

昌黎云：「偶然題作木居士，便有無窮求福人。」《風俗通》所載如鮑君、李君、石賢士等，大率類此，從古然矣。乃若津門所傳雪彌勒事，則尤可笑。某歲津門大雪，好事者戲聚雪作彌

〔一〕次日，《耳郵》下有「乃」字。
〔二〕果，《耳郵》前有「則」字。
〔三〕詩人，《耳郵》作「古詩」。

勒,低眉垂目,笑態可掬,偏袒踞坐,大腹彭亨,右手持牟尼珠,左手持布袋。又爲作侍者二人,皆生動有致。愚夫愚婦見之,膜拜作禮,竟有以香燭供奉者。諸無賴子遂藉以斂錢,侈談靈異。瞻禮者衆,乃搭棚以蓋之,檐前懸紅燈二,居然一佛殿矣。然人多氣盛,又益以香氣燭光,薰蒸終日,未及浹辰,玉山穨矣,諸善信皆廢然而返。

揚州興教寺有萬佛樓,相傳前明所建。樓中之佛,實有萬數,雕鏤工巧。兵燹之後,此樓未毁。丁丑正月,有白髮翁登樓焚香,謂寺僧曰:「中懸長生燈,宜防失火。」寺僧亦姑諾之。乃越十日,果以燈火上騰〔一〕,由樓而至大殿、方丈,竟罹祝融之虐。此翁之言不幸而中,豈鬼神使之先告歟?聞災之前三日,樓中佛像自仆於地者十數尊,亦可異也。

天津有鄔三者,其父以沙船起家,死已久矣。鄔三性嗜賭,遂耗其貲,田園皆歸他姓,惟屋猶在,與母共居之。俄而母死,津俗喪禮尚奢,而出殯尤甚,鄔賣屋治喪,遂無立錐地,寄居博徒家。有姑嫁奚姓,頗富,以其侄不肖,亦久不與通矣。鄔年二十餘,尚未有室。一歲迫歲除,窘甚,無以爲生。有博徒與之謀,假以衣冠,使至其姑家求見,姑辭焉。告閽者曰:「此來非有

〔一〕果以,《耳郵》作「果然」。

干求，特以將成婚禮，不敢不告於長者耳。」姑聞此語，乃命入見，衣冠楚楚，頗不藍縷。問頻年何在，以貿易對；問婚期何日，曰：「即後日是也。」姑大喜，贈銀十兩爲婚費，并云：「屆期當來賀。」姑有子婦二人，各送津錢十千。鄔持銀錢歸，商於博徒。諸博徒喜曰：「然則尚有後惠矣。」乃即所居屋，使工爲之標飾，覓一青年之妓，飾以荊布，使僞爲新婦也者。及期，其姑果至，見婦而悦之。婦又善於承迎，入廚作羹，跪坐而饋。姑欣然食已，謂曰：「此屋偪仄，吾不能宿此，明日當復來，少有資助。」明日又至，出屋契一紙曰：「此屋贈汝夫婦，即可遷移其中。」又出田契曰：「薄田百畝，粗供饘粥。」鄔驚喜過望。此妓之父亦一博徒，因負人博進，暫以女爲錢樹子，今知鄔有田有屋，即以女妻之。弄假成真〔一〕，鄔之謂與。

陳某，杭州人。素性迂謹，負人錢百千，不能償，憂憤不釋，遂成心疾。一日，路過鬻明器之肆，見有紙糊元寶曬於地上，大喜曰：「此天賜我也。然余無多求，取其二足矣。」即取二元寶去。肆中人知其騃也，亦姑聽之。陳歸，語妻曰：「今日天賜我二元寶，可以償宿負矣。」妻取視之，笑曰：「此泉臺上寶也。」見《清異録》。陳曰〔二〕：「我取歸時，明明元寶二枚，今化爲紙，

〔一〕 弄，《耳郵》前有「諺云」二字。

〔二〕 陳，《耳郵》下有「神氣沮喪」。

天絶我也！」遂痛哭求死。妻勸慰之，不可，其病益劇。親屬中有高姓者，素豐於財，且勇於爲善，乃取真元寶二付其妻，使詭告其夫曰：「天賜之寶，又化爲銀矣。」陳大喜，遂以易錢償所負，以其餘爲卒歲資，而心疾頓愈〔二〕。

蘇州胥門外梅灣里有姚嫗者，老寡婦也。撫孤子至二十歲，將爲娶婦。積洋錢四十餘圓，以備婚費。又製銀首飾數事，并新婦庚帖，同置一小匱中。一夕，忽然失去。嫗念十餘年所蓄全在於此，今既失之，不能復措，而婚期已近，計無所出，朝夕悲泣。越三夕，忽於人定後聞屋上有人呼曰：「姚大娘！前夜冒昧，幾誤人婚姻，今仍送還，可至檐下取之，我去矣。」嫗呼子出視，果得原物於檐下。斯人也，所謂梁上君子者乎！

去丁字沽三十里有地名楊柳青，其地多女閭。有某甲浪游至此，見一家門署「招租」二字，旁注：「欲租者，請入面議。」某本無求舍之心，姑作尋芳之想，款扉而入。一蒼頭導之升堂，有少婦自房出，明眸皓齒，年約二十許。請導觀屋宇，乃招之入房，紅羅復帳，角枕錦衾，固其卧室也。某欲辭出，婦曰：「良人遠客，度日無資。既不能枯坐食貧，又不屑倚門賣笑，

〔二〕而心疾頓愈，《耳郵》作「而心疾自此小愈。所謂心病當以心藥醫乎」。

姑借招租之帖，聊當賣酒之簾。君既惠臨，豈得無所留贈？」某辭以無錢，婦笑曰：「何言之謙也。」即至身旁搜索，於靴靿夾袋中得錢券六十千，謝曰：「有此可爲纏頭之費矣[一]。」即持付户外，交二男子手。某視婦雖荏弱，而此二男子固健者，知墮其計中，不敢與爭，踉蹌而出。此與前所記荷包出售事情狀略同。某雖見機而作，未受虚驚，然所費不貲矣，亦可爲冶游者戒也。

粤西有姚三者，幼時不異常人，年十八時，偶釣於池，得一魚，無鱗，烹而食之。忽暴病，月餘病愈[二]，則軀體驟長尺許。已而屢病屢愈，病愈，體必加長。數年之間，長及一丈矣。然其首仍與常人無異。詢其故，則食魚時棄魚頭未食，一犬食之，俄而犬首亦大倍於前。惜此犬旋爲人撲殺，否則亦必有可觀矣。

江西豐城鄉間，某年春夏間，路斃一媪。衆人憫之，醵錢買棺以斂，舁至義冢，未及葬埋，忽雷電大作，風雨暴至，衆皆趨避。俄而霹靂一聲，棺截爲兩段，此媪起坐棺中，視之，則已生矣。余謂此媪偶然氣閉，非真死也，爲雷所震蕩，氣復流通，故仍生耳。然其棺無故爲迅雷所

[一] 有，《耳郵》無。
[二] 病愈，《耳郵》作「病時」。

劈，亦非偶然，殆命不應絶，如虢太子之遇扁鵲矣。

鄞有汪翁，富於財，妻死無子，納一妾，生子而殤。及翁死，族人利其財，逼嫁其妾。翁死後三七之日，其家作佛事，親族畢集，妾出遍拜之，泣而言曰：「未亡人雖小家女，亦知從一而終之義，誓死不出此門，願長齋奉佛，以了餘生。但求諸尊長見憐，與我一室之地，我便削髮修行，家中貲産所不問也。」言已，袖中出翦刀，翦髮投地，哭而入内，時其年甫二十也。衆人中亦有爲感泣者，乃掃除屋西偏一小樓使居之。嗚呼！是亦居然一燕子樓矣。

有丐者乞食於吴市，忽有武弁遇之，問曰：「子非某鄉某氏子乎？」丐曰：「然。」弁曰：「吾嘗受子之惠，今何一寒至此？」乃攜之至茶肆，使之啜茗，小坐以待，未幾取衣服帽履而至〔一〕，悉與易之。又於懷中出銀十餘兩與之，曰：「子有此，可作歸計，勿久吹吴市簫也。」丐者茫然不測所自來，向弁問故。弁曰：「事雖久遠，子忘之，我不敢忘也。」竟別去。此弁感恩報德，殊有風義，使其得志，則淮陰侯之一飯千金豈所難哉！

番禺李氏女，許嫁趙氏子。趙子以貧故，謀食海外，歲久不歸，音問遂絶。女待至二十八

〔一〕　帽履，《耳郵》作「履帽」，義同。

歲，父母欲别嫁之，女不可。乃使媒妁言於趙氏，先娶婦入門，以待其子之歸，蓋亦粤俗然也。女於是或居夫家，或居母家，又歷十餘年。而趙氏子果由海外附輪船以歸，行至中途，輪船飄没。同舟之人皆死於海，惟趙抱一木浮游數十里，遇他船救之，得生還家。後與女重行合巹之禮，夫婦皆年將五十矣。趙之遇難不死，或鬼神哀憐貞女，故陰相之使得完聚歟？

山左程姓者寓於吴中，有一婢，嫁農家葉氏子。庚申之亂，程全家避於葉氏，器用財賄悉寄焉。不數年，程氏相繼死，止遺一幼子在襁褓中，婢撫以爲子，使與諸子齒。俄而其夫亦死，婢守義不嫁，撫程子及其子俱成立。爲程子聘鄰村一女爲妻。成婚之日，請姑出，將以新婦見，而婢遽出，自房登氍毹而先拜焉。程子大驚，婢對衆自陳曰：「我非新郎之母，乃程氏之婢也。主人不幸遭亂流離死亡殆盡，我以郎君年幼無人管束，故十餘年越主婢之分，冒母子之名，今敢不道其實歟？」於是具述顛末，并出資財，盡以歸之。程子欲分其半以與，婢不受，乃使其妻以姑事之，而已仍呼爲母焉。

甲與乙，兄弟也，同室而異爨。甲鰥而無子，乙有子，已十餘齡矣。甲欲嗣以爲子，而乙惑於後妻之言，執不可。一日，乙之子至河干淅米，失足墮於河，後妻望見之，惟大聲呼救，坐而不動。甲適有小疾卧牀，聞聲趨出，一躍入河，拯之而起。子得免，而甲之疾則加劇。乙歸知狀,感焉,延醫治甲疾,以其子子之。烏呼〔一〕!乙之始惑於後妻之言〔二〕,必以後妻爲愛其子,而以甲爲不愛其子焉,不遇事變,真僞烏乎見哉!

「有病不治,恒得中醫」,賈公彦引此入《周禮疏》,非惟古諺,直是經義矣。潘玉泉方伯嘗爲余言,有病者延醫治之,醫言宜用麻黄少許以發汗。持方至藥肆,而肆中適缺麻黄,以僞品予之,服之無效。次日醫至,詫曰:「豈用麻黄太少,不足以發之乎?」乃倍其數,而肆中已購得真麻黄,如方服之,大汗不止而死。然此藥之誤也〔三〕。又有兄弟二人,庚申、辛酉間,避亂於滬瀆,同時而病,醫者各授以方,且戒曰:「病異藥異,切勿誤投。」而其家止一爨,婢煎藥,竟誤投焉,次日皆愈。設使不誤,不將俱死歟?醫之不足恃如此。余謂醫所憑者脈也,而脈之失傳久矣〔四〕。《史記·扁鵲傳》言扁鵲飲長桑君所與藥,「視見垣一方人,以此視病,盡見五藏癥結,特以診脈爲名耳〔五〕。」又曰:「至今天下言脈者,由扁鵲也。」夫扁鵲特以診脈爲名,則其精於

〔一〕烏,《耳郵》作「嗚」。
〔二〕始,《耳郵》無。
〔三〕然此,《耳郵》下有「猶」字。
〔四〕脈,《耳郵》下有「法」字,義長。
〔五〕「特以」至「夫扁鵲」,此二十三字《耳郵》無。

醫，非精於脈也。而至今言脈者宗之，則是扁鵲特以爲名，而後人乃真以治病，即此知其不足恃矣。《素問》有《三部九候論》。所謂三部者，豈今所謂三部乎？所謂九候者，豈今所謂九候乎？脈法既已失傳，醫道亦可不講，而懸壺之客，遍滿通衢，衒推之名，被之屠酤。又以其書傳自黄帝，其職列於《周官》，從古相承，莫之敢廢。父母之於子女，子孫之於祖父，苟醫藥之不具，即慈孝之有虧，而人之不獲終其年命者多矣。醫師、卜師，并列《周官》，卜亦聖人之所重，而唐李華有廢龜之論。卜可廢，醫亦何不可廢之有？余曾有《廢醫論》，刻入《俞樓雜纂》[一]，雖駭俗聽，不顧也。

北地嚴寒，冬日則水澤腹堅，舟楫不通，雖通洋諸口，不能不停橈以待，謂之封河。若南中，則向無是也。乃光緒丁丑臘月大雪之後，氣候凜冽，河中冰厚尺許，來橈去楫，爲之停滯者旬有餘日。蘇城有某姓子，聘胥門外某氏女爲妻，期於是月初八日迎娶。乃至是而冰雪交阻，將由陸路，則雪深没脛，輿不能行；將由水路，則冰堅如石，舟不能進。兩家父母令新郎新婦望空交拜，以應吉時，越七日而黄姑織女乃得相見。是亦婚禮之中亡於禮者之禮也。

[一] 余曾有《廢醫論》，刻入《俞樓雜纂》，《耳郵》作「余擬爲《廢醫論》未果，姑識其説於此」。此段異文，正可見俞氏修改之時間。

鄞有卜者，設肆於市。一日，有男子在肆中大駡，勢將用武。衆人環集問故，其人曰〔一〕：「夏間因人口不安，就彼問卜。彼問竈何向，我對曰：『南向。』彼曰：『宜改西南。』我謹如其言。乃至秋而仍多疾病，又來問卜，彼仍問竈何向，我曰：『西南。』彼曰：『宜改正西。』我亦如其言。今入冬後，病者未愈，加以貿易折耗，無聊之至，姑再卜之。彼問如前，及我告之，則曰：『宜改南向。』是仍復其初矣。自夏徂冬，我奉彼爲蓍龜，乃顛倒如此乎！」衆大笑，爲解勸之而去。余因憶親串中有從相宅者之説，一歲之中，三易其竈而復其初，與此相類。然彼則三人三説，此則一人而前後異説，尤可笑也。江湖術士之説，固無足據矣。

蘇有某翁，於庚申之亂失其子，旋於亂中收得他人子。及亂定復歸，屋廬幸而無恙〔二〕，乃即以他人子爲子，而爲之娶婦焉。俄而此子死，將爲之斂，忽欠伸而起，遍拜其父母曰：「别父母久矣，幸無恙乎？」又指其所娶之婦而問曰：「此伊誰也？」怪而察其聲，則即其所失之子也。問曰：「汝故吾子歟？今從何來？」其子曰：「吾自與父母相失，轉徙至某所某所，今甫趁某人之船而歸耳。」言未已，其所謂某人者自外叩門而入，曰：「我載爾子歸，將至家而暴病死，

〔一〕其，《耳郵》在上句「故」字前。
〔二〕無恙，《耳郵》作「無患」。

今其屍尚在舟也。」父母趨而視之，則果其子之屍，始悟其子死，而借他人子之屍以生也。因即以所具之棺斂之，共相慶幸，謂假子死而真子生矣。乃其所娶之婦，則以其夫聲音舉止與昔頓殊，恥與同室。舅姑無如何，請其父母來再三勸導，始爲夫婦如初。

光緒丙子夏秋之交，浙中大雨，臨安一縣凡出蛟二十七尾，其北鄉有二山忽合而爲一。徐花農孝廉書來述之，言其邑人來赴鄉試者所言〔一〕，當不妄也。余按《明史·五行志》，秦州有二山，相距甚遠，民居其間者數百萬家，一日地震，兩山合〔二〕，居民并入其中。然則此事亦前史所有，不足爲異矣。

紹興某翁，生一子而妻死，乃續娶焉，又生一子。兩子并長成，皆有室矣，而翁死。遺産千金，族人爲均分之，俾兄弟同居而異爨。乃其弟慵惰，耗其所分之産，遂與母謀，將逐兄而據其所有，於是母子、兄弟、娣姒間終日勃稽矣〔三〕。兄不堪其逼，一夕謂其妻曰：「某所某所

〔一〕鄉試，《耳郵》作「省試」。
〔二〕合，《耳郵》作「忽合」。
〔三〕勃稽，《莊子·外物》：「室無空虚，則婦姑勃谿。」勃谿，吵架、爭鬥義。勃稽當指爭吵。

有錢若干，爾可撫遺孤度日，我已市有生鴉片煙，拚一死以解冤矣〔一〕。」婦奪其煙，曰：「君死，我何賴焉？不如我死爲愈耳。」夫初以爲勸解之詞，亦不留意。未幾，聞婦在房中聲息有異，入視之，則已宛轉牀蓐間，灌救無及，竟死。婦故妊身數月矣，死後腹中大動，逾時乃止，見者惻然。

杭有鄭姓者，年四十餘，妻始有孕，甚愛護之。傭一媪於家，凡爨汲浣濯之事皆使代之，命其妻安坐勿勞頓。一日，曝衣於庭而雨驟至，傭媪適他出，乃自起收之。還入室，聞呱呱聲，以爲鄰兒也，察之，則出己腹中，大驚而卧。夫歸語之，延乳醫治之，亦無效。時妊甫七月，兒啼腹中月餘乃止。及期而產，竟無他異。

紹興張某，自幼聘陳氏女爲婦，旋以父母雙亡，又遭回禄之虐，無以爲生，遂入天台削髮爲僧。而陳氏待婿不來，訪知其遁跡空門，乃別嫁其女於沈氏。成婚之日，沈已大病，勉強成禮，未久即卒，女實猶處子也。其姑憐之，將爲擇婿。時張某在天台三年矣，有舊友入山遇之，勸其還俗，遂從之歸。訪所聘妻，已別嫁矣。其友爲平章，娶沈氏之妻〔二〕，而實即其元聘妻也。

〔一〕 冤，《耳郵》作「宿冤」。
〔二〕 妻，《耳郵》作「孀妻」。

故劍復得，殊非偶然〔一〕。但多此周折，不知造物者果玉成之歟，抑播弄之歟？

某孝廉家貧落魄，無以爲生，貸於親友，皆莫之應。有一博徒，獨善遇之，時有饋遺，以資薪米。及公車北上，又爲治裝，且贍其家。未幾，孝廉捷南宫，授縣令，感念舊恩，使人招之。謝不往，曰：「吾儕呼盧喝雉，席地帷天，放浪久矣。一入朱門，則束縛欲死，非所以愛我也。使我居君之所，仍日日外出從牧豬奴游，不於君官聲有損乎？又非所以愛君也。」孝廉乃使人贈之千金，亦不受，曰：「君雖日贈我千金，亦不過供我博場之一擲而已，徒傷君惠，而無救我貧，不如其已也。」此博徒見識甚高，使淮陰侯能見及此，則無鳥盡弓藏之歎矣。誰謂市井中無英雄哉！

寧波孫氏有屋一區，忽於戊寅之春不時火起，雖旋起旋滅，而梁柱窗檽均有焦灼痕。孫氏之子亦猝然顛狂，時發時愈。愈時問之，云見有紅袍紗帽者五，自云兄弟五人，皆明季翰林，欲孫氏爲之立祠。又不時有字紙從梁上飛下，間有詩句。一日得七言詩一首，用四豪韻，而有跳字，群以爲出韻，或以爲誤筆。少頃梁間飛下一紙云：「《集韻》：跳與逃通。」又問：「古人用過否？」次日臨睡，問者於牀頭得一紙，曰：「元微之詩『主帥驚跳棄旄鉞』。」衆皆驚服。余按

〔一〕 殊，《耳郵》作「頗」。

《漢書·高帝紀》：「漢王跳。」如淳曰：「音逃。」此鬼不讀古書[一]，但以元微之詩句爲證，信乎明季翰林也。

紅蘭，蘇妓也，與某生訂嫁娶，而生無力脱其籍，紅蘭鬱結成疾。有費媪者，傭於妓家者也，謂曰：「娘子傾城姿，何患無藏嬌金屋，乃戀戀一窮措大乎？」蘭曰：「秦樓楚館中所往來者，率皆紈絝兒、大腹賈，誰似某郎之甘苦相憐者。彼也力綿，我也命薄，茫茫孽海，不知伊於何底矣。」媪曰：「果爾，吾當爲娘子玉成之。」一夕，乘假母他出，負紅蘭至某生所。生懼，不敢受。媪出紅蘭身契付生，曰：「吾已爲盗得此紙，彼無如何矣。」媪歸，乃跡假母所在，而告以紅蘭逃。尋覓數日，始同至生處見之。假母促蘭歸，蘭誓死不從。嫗曰：「此女心變矣，速歸取身契，訟於官，必得直，我請爲證。」假母歸覓契，則無矣，不得訟。媪乃爲調停，使生酬假母百金，而紅蘭竟歸生矣。此媪者，其亦古之許俊、崑崙奴歟？

蘇人某甲，無賴惡少年也。屢與人鬭毆[二]，爲人痛打而不悛改，人皆呼之曰「石臼」，以其耐打也。一日，飲於酒家，飲畢徑出。酒保索錢，甲曰：「乃翁適乏杖頭資，俟諸異日可也。」肆

[一] 此鬼，《耳郵》作「此怪」。
[二] 鬭毆，《耳郵》作「毆鬭」。

中人惡其無狀，群出詬罵，捽而毆之，如舂如揄，血流漂杵。視之幾無生理，乃縱之去。越數日復至〔一〕，則傷痕已愈，咆哮如故。群歎曰：「真石臼也。」予以千錢而去。

阿保者，小家女也。父母早卒，育於比鄰金氏媪。及長，頗有姿，媪欲倚之爲錢樹子。阿保泣曰：「豢養之恩，没齒不忘，雖鬻我爲妾爲婢，我不敢怨。若令墮入煙花，則刀鋸鼎鑊，不能奪我志也。」媪無如何，鬻於某姓爲妾。而大婦妒甚，日加鞭笞，體無完膚，阿保惟飲泣而已。一日，婦乘夫外出，送之歸金媪〔二〕，而以逃亡告其夫。阿保俟夫歸，作書自陳，杳無復書，亦未知其得達否。金媪乃僞爲其夫書，命其他適。阿保得之，即日仰藥死。烏呼〔三〕！此女節烈之行如此，而淹没無聞，談者并姓氏里居而失之，是可慨矣。

山東藩司管庫之吏某甲，生女甚美，自幼許嫁其從母之弟。未嫁而婿死，問名者踵相接，而女誓不他適。父母勸諭之，不從，遂爲別築一靜室居之。長齋事佛者數年，心如古井矣。俄其父盜用官錢事發，繫囹圄，當死，計無所出。有富家子謂之曰：「吾喪耦未娶，爾能以女妻我

〔一〕復至，《耳郵》前有「而甲」。
〔二〕金媪，《耳郵》作「金嫗」。
〔三〕烏，《耳郵》作「嗚」。

者，我必爲代償官錢。」父母商之女，女執不可。母泣曰：「爾父無生理矣。父死，我亦必死，爾守未嫁之夫而不顧父母之死乎？今舍此無他法，而爾執不可，我先死爾前矣！」女飲泣數日，從之。既嫁，事果得解。而女以違其初願，居恒鬱鬱，不數年竟死。自來表揚節婦者，必題以「節孝」二字。蓋女子奉父母之命，以身事人，不負其夫，即是不負其父母，故節即孝也。乃如此女，則節孝不能兩全，是亦居人倫之變矣。然女子爲未婚夫守義，歷來議論頗有異同。此女改歸他族，於禮本無不可，使其執志不從，父死而母隨之，此恨豈有極歟？勉從親命以全孝，而又鬱鬱以死，則仍所以徇其節。君子於此女無譏焉。

津門流妓，多出楊柳青，獨流諸處，其地淫風流行過於溱洧矣。乃有劉氏婦者，亦楊柳青人，其姑傭於某氏。某氏子知其子婦之美，乃以重金啗其姑，使招子婦來供縫紉之役。其子婦初意不願，姑強之乃往。始至無所事，針黹稀少而飲饌豐腆，亦頗相安。數日後，某氏子於薄暮入其室，挑以言，婦不從；直前犯之，婦奪門而出，奔回其家。某氏子乃使其姑勸諭之，姑告其子，子亦以爲可。母子二人朝夕聒焉，婦投水死。嗟呼〔一〕！碧玉小家之女，又居採蘭贈芍之

〔一〕嗟呼，《耳郵》作「嗟乎」。

鄉，而堅白自持如此，人之貞淫固出於天賦歟〔一〕？

蘇州閶門外高版橋一富翁，晚年得子。甫三歲，忽患驚風之疾，一厥不醒。翁痛甚，舉家惶駭，四出求醫。有道人踵門求見，自言能醫。問所須，令於静室中爲壇，取白米一斗，金銀各十兩，爲鎮壇之用。道人入室，誦咒良久，令抱兒出。道人以手撫摩數四〔二〕，又以中指重按兒鼻，兒忽作一嚏。道人曰：「生矣，生矣！」翁大喜，留之飯，不肯，悤悤别去。視鎮壇金銀，封裹依然，而已易以瓦礫矣。正共驚疑，小兒倏復驚厥，竟於是日死。

蘇人某甲，清狂不慧。母死未逾月，即欲納妾，遍求佳麗。其親串某乙知之，出一西洋法所照女子像視之曰：「君視此美否？」甲曰：「美甚。」乙曰：「此某氏女，可圖也。然須重聘耳。」甲即託乙平章，往返數四，乃報甲曰：「事成矣。議定聘銀五百兩，先付二百爲女治奩具。」甲如數付之。數日無耗，使人問之，則乙已遠出矣。留書别甲曰：「君甫遭大故，即納小星，非特人言可畏，抑亦國法不容。此事宜徐之。天下多美婦人，俟君服闋，再爲留意。僕適有遠行，前銀暫借一用。」甲得書，惘惘累日。或慰之曰：「費此二百金，省卻幾許事，亦值得

〔一〕 出，《耳郵》作「由」。
〔二〕 撫摩，《耳郵》作「摩撫」。

也。」又有人於學使者按試時，詭言是使者葭莩戚，可爲買通關節。一生惑其説，乃與議定用銀二百兩，先付四之一。及試畢無效，再訪其人，杳無蹤跡。忽得其一書云：「學使者乃朝廷大臣，豈可干以私？士子讀書，當知義命，萬無夤緣倖進之理。承惠銀兩，暫充杖頭資。願此後努力下帷以求上進，勿圖僥倖，致犯刑章。」斯言也，可爲藥石之言矣，以五十金買得之，亦不得謂之不值也。

某甲，銅匠也。居蘇州閶門外，孑然一身而頗有積蓄，然性儉嗇，衣履不完，所居破屋兩間，中惟草薦敗絮而已。一夕獨坐未寢，時風雨交作，忽聞門外有泣聲〔一〕，啟視，一少年女子也，頗姣孋。問所自，此女操江北口音，自言：「父母俱亡，爲族人誑誘至此，將鬻我於倡家。恐陷入火坑，故冒雨而逃，然我無歸矣。」言已又泣，且出金簪一枝付甲，求爲之計。甲既豔其色，又利其財，乃招之入室，曰：「室止一榻，奈何？」女靦然曰：「既至此，固惟君所爲矣。」甲喜，擁之而卧。及天明，女起爲執爨，若甚相安者。俄有江北人數輩排闥而入，見女曰：「在此矣！」乃并執甲曰：「汝誘藏良家女子，當縛送官。」女俯首不一言，甲亦無從置辯。衆人遍搜

〔一〕　忽，《耳郵》無。

室中，得金簪并金約指十六枚，洋錢數十，問女曰：「簪與此等皆汝所攜來乎？」女點首，乃盡攫之，挾女出。復欲拉甲去，一人故相解勸〔一〕，乃舍之，鬨然而散。

山東人朱翁，商於姑蘇。性好施與，有以緩急告，輒假貸之，不責其償。及病且死，其子問父：「外人所假貸者，亦有契券乎？」翁曰：「此可勿問也。吾枕函中有一小匣，吾死，汝取視之，一生喫著不盡矣。」俄而翁死，子發匣視之，中無他物，惟《朱子家訓》一篇。此翁大有晏子鑿楹之意，其所見高出士大夫上矣。

有於薄暮見一中年婦人哭於路，問之，曰：「吾某處人，附航船至此投一親戚，而其家已遷至別處。我欲歸家，則夜航開矣。進退無所，是以悲耳。」其人爲惻然，乃招之至家，飯以脱粟，而止宿焉。天明，不辭而去，則失去衣服什物無算，乃悟是此婦所爲：是婦女能爲賊也。有一家，每日必有所失，雖所值無多，然日日如此。而室中實無外人往來，惟鄰舍一幼子日或數至，嬉戲良久乃去。年未十齡，固不疑也。一日，此子將去，逾閾而仆，急爲掖之起，則懷中墮出零物數事，皆其家物也，乃悟是此子所爲：是童子能爲賊也。金陵有某氏子，應童子試有年，考

〔一〕相解勸，《耳郵》作「相勸」。

鳳池書院，居然高等。乃其素性佻達，母又溺愛，不加防範。與鄰女有私，丁娘十索，苦無以應。適其同居朱姓一老寡婦，頗饒於貲，某氏子乃乘夜入其室，竊得洋錢數十，黄金三十兩，珠十餘顆。質明，朱告於官，官往勘驗，曰：「此非外賊也。」大搜其家，於某氏子書室得金珠焉，洋錢則無矣，乃縶之去。是士子能爲賊也。蘇城道前街有一客寓，多樓屋，每一間以版隔之，分爲前後二間〔一〕，客各居其一。有前樓之客，扃户外去，及歸，啟鑰而入，則後樓之客正在其室胠篋探囊發匱矣。蓋版不甚高，累卓倚而登〔二〕，即可逾而過焉。然後樓之客寓此已經月，平日冠五品之冠，乘肩輿而出，一僕應門，一僕從之，居然一官也。是官亦能爲賊也。嗟乎！外户不閉之風，固難望於中古以下矣。

金陵楊立庵，醫生也。一夜已二更矣，有人打門甚急，問之，曰求醫者〔三〕。乃使傭媪啟入之〔四〕，則一盜也。塗面而持刀，徑入楊室。楊見之，惶遽失措，顧曰：「爾何必塗面來。」其意謂

〔一〕分，《耳郵》無「分」字，此句連上讀。
〔二〕卓倚，《耳郵》作「桌椅」，近是。
〔三〕者，《耳郵》無。
〔四〕啟，《耳郵》下有「關」字。

我無所有，爾來此無謂耳。盜聞斯言，誤謂楊識其面，不敢行劫而去。又滁州一張姓者，亦醫生也。一夜有盜入室，亦塗面而執刀。張固識其人，謂之曰：「爾何必塗面來。」盜知主人識己，懼其明日告官，竟殺張而去。同一塗面之盜，同一何必塗面之言，而一以獲免，一以見殺，天下事其可以一律論哉？

徽之績溪縣有殷翁與柳翁者，相善也。柳翁且死，託其子於殷翁。及其子長，則流蕩不肖，日以飲博爲事。殷翁述乃父之遺言，苦口勸戒，至於流涕痛哭而罷。如是者非一次矣，而其子終不悛。殷翁知其不可教也，乃使其客日從之博，博大負則又教之賣田，而殷翁出己金託他人之名以賤值買之。其田之所入，則別置一處，不侵蝕其絲粟。凡柳子此後鬻田、鬻地，鬻金玉器皿，鬻字畫玩好，殷翁悉以其田所入之錢一一購買之。未數歲，良田美産，悉歸殷翁。而除購買柳氏物外，又無他用，所積益饒，柳子固不知也。久之，并其所住之屋亦歸於殷。柳遂無立錐地，其初寄宿親串家，大受殘杯冷炙之辱。又轉徙至僧廬道觀，亦不見容納。遂行乞於市，夜則席地帷天，與群丐爲伍。殷翁乃招之至家，熏沐之，飲食之，謂曰：「若亦憶我向者之言乎？」柳子痛哭自責。殷翁曰：「所失之物，不可復返矣。姑努力讀書，或可望晚成耳。」柳子嗣是果發憤下帷。期年之後，得隸諸生籍。殷翁乃以所買田宅一一歸之，曰：「曩見足下迷而不悟，不可以口舌爭，非山窮水盡不知變計[一]，故不得已出此背水之計，置之死地而生之。曩與子共飲博之某甲某乙[二]，皆吾所遣[三]；曩買子田宅之某甲某乙，即老夫託名也。今此計果成，郎君前程未可限量。老夫年邁，不久就木，死見尊翁，亦無愧九泉矣。」柳子感極，厥角稽首，不知所云。里黨聞之，咸歎殷翁高義而又有遠見，非尋恒所及也。余按元人雜劇中有一事與此相類，疑即古事而誤傳爲今事，然言者鑿鑿，以爲不誣，姑爲記之。稗官小説家固不必拘拘於事之真僞，但取其足以風世而已矣。

有客自寧波來，言其地有焚死女嬰一事。於空地積薪，置女嬰其上，舉火而焚之。始則呱呱啼，繼則趯趯動，久之皮骨俱焦，不復成人形矣，乃縋以石而投之江。觀者數百人，咸爲歎息。問其故，則此家已生二女，皆溺死之。至是復生女，故不甇之水而甇之火，冀其魂魄知懼，不敢復來也。嗟乎！溺女已爲敝俗，乃更以一炬了之。赤子何辜，慘罹王莽焚如之刑，爲民牧者如何不爲之厲禁也！

〔一〕　不知，《耳郵》作「不可」。
〔二〕　之，《耳郵》無。
〔三〕　吾，《耳郵》作「我」。

金少伯樞部之祖母某太夫人，享高壽，幾及百齡而終。其末年神識日衰，見其子婦孫婦，輒呼大姊二姊，以爲是親串也。每至家祭之日，子婦具饌，則以既食辭。初謂是老耄謬誤耳〔一〕，已而每祭皆然，怪之。因問所食何物，則皆祭品也。始悟其形神已離，家祭之日，已與祖先一同受享矣。又緣此知「吉蠲爲饎」，實有來享之者。聖人知鬼神之情狀，而制祭祀之禮，《詩》所謂「苾芬孝祀，神嗜飲食」者，初非虚語也。

秦娘者，維揚勾欄中人。其父固老諸生也，談者失其姓。生而國色，幼失怙恃，依其舅以居。而其舅負官逋，不得已，議鬻其甥女，爲媒者所誑，遂入青樓。女守貞不辱，假母好言勸之，不從，恫愒之，撻楚之，惟以死自誓。假母計窮，議轉鬻之他所，而以其貌美未忍也。或爲假母謀曰：「凡爲女子，孰無情欲？宜廣覓少年美男子，勿責以纏頭之費。苟有當女意者，任留一二宿。此後事易爲計矣。」假母從之，凡所交好者，皆託其物色。於是裘馬少年，日有至者。女見之輒哭泣，稍近之則怒詈。假母不能忍，日以鞭朴從事，女決意求一死。夜夢老翁曰：「吾，爾父也。汝慎無死，吾已爲汝覓佳婿，明日當可諧秦晉之好矣。」吴下有蔣生者，以應

〔一〕老耄，《耳郵》作「老老」。

京兆試，道出蕪城。初無意尋芳也，蔣有友，平時亦嘗受假母之託，以蔣貌美，導之往。蔣始不可，友固慫臾之。及至，女向壁哭如故。蔣調之曰：「聞卿名秦娘，小生則小字晋郎，秦晋自宜爲姻好，何拒我之深也？」女聞言，憶夢中父語，秋波斜睇，見蔣風度不凡，不覺哭聲頓止。假母喜曰：「大好，大好！今日仙女思凡矣。老身且去料理酒食。」女與蔣同坐房中，雖無一言，亦無慍意。須臾酒食至，假母招女同坐，女亦盈盈而至，然淚痕固涔涔也。蔣見旁無他人，乃問之曰：「觀卿情狀，必有隱懷。僕雖交淺，何礙言深。」女細述己志，且告以夢，又哽咽而言曰：「郎君若能爲百年之計，夢中父命敢不敬從。若以爲風塵中人，苟遣一時意興，則雖死不從也。」蔣歎曰：「有志女子哉！小生固未娶，然貧無金屋，奈何？」女曰：「苟許相從，荆布無恨。但求先矢天日，然後再陪杯勺。」蔣許之，共誓於神。是夜遂同讌好。假母喜女意轉，堅留小住，乃流連三日。女謂蔣曰：「郎君别後，假母必不容獨居，宜早爲計。君家有何人？所居何處？可詳告妾。」蔣曰：「家中無人，惟一寡姊相依，所居則姑蘇某巷也。」女喜曰：「妾得計矣。君宜爲一書與令姊，詳述妾事，妾自有策脱此火坑。」蔣悉如其言。及蔣去三日，假母果别招一客至，女强笑承迎，醉之以酒。乃服客之衣帽韈履，詐爲客狀，啟户逕出，大駡曰：「何物婢子，如此倔强，令人憤氣填膺！」假母疑女又有變，得罪於客，追出謝之，則揚長竟去矣。入房審視，客固醉臥未醒，而女兔脱，乃始追。女甫出門，而暴風驟起，燈燭皆滅。蓋女之出也，默禱於父，有陰相之者也。追者皆悚然而返。女獨行昏黑中，若有導之出者，遂附船至蘇州，竟至蔣家，投書於姊。姊審書不謬，留之，而女已有身。及期，産一男。姊始猶狐疑，視所生男酷似其弟，乃大喜焉。蔣自别女入京，應京兆試，不售。或薦之就四川學政幕，甫至而學使者卒，蔣留蜀不得歸。始惟司筆札之事，居久之，灰盤密謀，罔不參預，以軍功保舉訓導。是時道路梗塞，魚雁罕遇，而蔣亦從事戎旃，置家事不問，遂與家人久絶音問。及川楚平敘功，以知縣銓選，始乞假而歸。自辭家北行，至此將二十年矣。遥望故山，頗有近鄉情怯之意。乃至所居坊巷，則門庭如故，且紅燈雙掛，彩幕高張，鼓吹諠闐，溢於户外，不知其有何事。入門則坐上客滿，多不相識。有少年，就問客從何來。蔣詫曰：「吾故蔣某，此吾家也。」少年大駭而入。無何，有中年婦人出，則其姊也。驚且喜曰：「吾弟歸歟？」引少年就蔣曰：「此吾弟之子也。」蓋其子年已弱冠，是日適爲畢姻耳。坐客皆大驚歎，以爲巧遇。姊曰：「正有一事爲難。弟婦已將作阿婆，而猶垂髮作女兒裝束，使之改妝，不可。今吾弟幸而歸來，事當如何？」一客曰：「何不趁此吉日，使父母、子婦同日完姻，亦佳話也。」滿堂轟然曰：「然。」於是青廬之内，花燭高燒，翁姑拜前，兒婦拜後。觀者皆嘖嘖，謂爲未有之盛事。好事者爲作《秦晋配傳奇》。

蘇州鄉間有某甲者，饒於貲而無子，年四十而鰥，乃謀買妾。偶入閶門，遇一媪，似曾相識，邀至其家。略敘寒暄，便問：「君今喪偶，當續弦乎，抑買妾也？」甲曰：「亦思買妾耳。」媪力以蹇修自任。言次，有女子奉茶出，媪曰：「此弱息也，君視可抱衾裯否？」甲睨之，女頗娟秀，乃問聘金幾許，媒妁伊誰，媪曰：「老身無夫無子，久思託足空門，正苦此女爲累。若得所歸，便大慰矣，何敢多求，止望洋錢一百，爲老身瓶鉢之資。君如許可，則覿面一言，人財兩易，媒妁奚爲？」甲大喜，囊中適有此數，即以付媪，攜女逕出，同舟而歸。甫出城，有數人飛棹而至，中有老翁，哭而呼女，女亦哭而呼父，兩舷切近，一擁登舟，翁抱女去。衆人匈匈，勢將用武。甲無婚書，無以自明。問女，則女無一言。知爲媪所紿，但呼咄咄，而衆已一鬨而散矣。蘇諺所謂「放白鴿」者也。

卷四

松江鄒生，娶妻喬氏，生一子名阿九，甫周歲而鄒死。喬守志撫孤，家尚小康，頗足自存。而是時粵賊已據蘇、杭，松江亦陷於賊。喬慮不免，思一死以自全，而顧此呱呱者又非母不活，意未能決。其夜，忽夢夫謂之曰：「吾家三世單傳，今止此一塊肉，吾已請於先亡諸尊長矣，汝寧失節，毋棄孤兒。」喬寤而思之，夫言雖有理，然婦人以節爲重，終不可失，意仍未決。其夜又夢夫偕二老人至，一翁一媪曰：「吾乃汝舅姑也。汝意大佳，然爲汝一身計，則以守節爲重；爲吾一家計，則以存孤爲重。願汝爲吾一家計，勿徒爲一身計。」婦寤，乃設祭拜其舅姑與夫曰：「吾聞命矣。」後母子皆爲賊所得，從賊至蘇州。喬有絶色，爲賊所嬖，而喬抱阿九，無一日離。語賊曰：「若愛妾者，願兼愛兒。此兒死，妾亦死矣。」賊戀其色，竟不奪阿九。久之，以喬爲貞人，以阿九爲公子。貞人者，賊婦中之有名號者也。方是時，賊踞蘇、杭久，城外村聚，焚掠殆盡，雞豚之類亦皆斷種。賊中日用所需，無不以重價買之江北。於是江北諸貧民，率以小舟載雜貨渡江，私售於賊。有張秃子者，夫婦二人操是業最久，賊尤信之，予以小旗，凡賊境内，無不可至。喬聞之，乃使人傳貞人命，召張妻入内與語，使買江北諸物。往來既諗，乃密以情告之，謀與俱亡。乘賊魁赴湖州，僞言己生日，醉諸侍者以酒，而夜抱阿九登張秃子舟以遁。舟有賊旗，無誰何者，安穩達江北。而張夫婦意喬居賊中久，必有所齎；偵之無有，頗失望，乃載之揚州，鬻喬於娼家，喬不知也。娼家率多人篡之去。喬仍抱阿九不釋，語娼家曰：「汝家買我者，以我爲錢樹子耳。此兒死，我亦死，汝家人財兩失矣。若聽我撫養此兒，則我故失行之婦，豈當復論名節？」娼家然之。喬居娼家數年，阿九亦長成。喬自以纏頭資爲束脩，俾阿九從塾師讀。俄而賊平，喬自蓄錢償娼家贖身，挈阿九歸松江，從其兄弟以居。阿九長，爲娶婦，乃復設祭拜舅姑與夫曰：「曩奉命存孤，幸不辱命。然婦人究以節爲重，我一婦人，始爲賊貞人，繼爲倡，尚何面目復生人世乎？」縊而死。此婦以不死存孤，而仍以一死明節，不失爲完人。程子云：「餓死事小，失節事大。」然餓死、失節，皆以一身言耳，若所失者一身之名節，而所存者祖父之血食，則又似祖父之血食重而一身之名節輕矣。管仲有一匡天下之大功，則不必徇溝瀆之小節，特非長樂老一流人所得藉口耳。

咸豐三年，山東幅匪起，掠費縣之仲村集。有一賊騎馬走荒郊，遇少婦獨行，遽下騎推婦於地，將淫之。不知此婦固倡也，殊不慚懼，乃反笑曰：「汝騎將逸，奈何？」賊思其言良是，而四顧無可繫馬處。婦又笑曰：「拙哉，賊也！何不即繫於汝足？」賊亦笑曰：「諾。」乃引馬韁繫己足上，解衣就婦。婦猛起拾地上賊刀，力斫馬尾。馬驚，又負痛，狂奔十餘里不止。賊爲其牽曳而去，顱碎脅折，生死不可知矣。婦望之，鼓掌大笑，檢賊衣，得巨金數錠，懷之歸。

徽有富翁徐某，將葬其親，廣招堪輿家，足繭千山，未得吉壤。偶過一樵舍，有地師喈曰：「此地眾山環抱，風藏氣聚，真吉兆也。」徐翁曰：「然則其家何貧窶乃爾？」地師曰：「宜陰宅，不宜陽宅耳。」徐使人謀諸樵叟，叟曰：「先人之敝廬，百金不易也。」徐門下客有周姓者，工心計，善口辯，復使往説之，叟卒不可。將辭出，見有垂髫女荷薪而入，面目頗娟好。周曰：「此叟之掌上珠乎？」叟曰：「然。老夫婦無子，止此一女。」問：「許嫁乎？」曰：「未也。」周歸，告徐曰：「得之矣。渠有女，與君家季子年相若也。盍聘爲兒婦，此地必可得矣。」徐〔一〕翁曰：「樵耳，奈何與爲婚姻！」周曰：「君何迂之甚！得地之後，此女去留，固在君也。」乃使周爲媒。叟初以非耦辭，往返數四，始許之。逾歲，即草草畢姻。徐翁謂樵叟曰：「吾家頗有曠宅，盍移

〔一〕徐，底本原作「陳」，《校勘記》正作「徐」，今據改。

家來此，使婿女得朝暮見，差不落寞。」叟從之，與媪俱來。始至，亦甚相得。徐乃復以地爲請。叟曰：「既成至親，何愛湫廬，竟以奉贈可也。」徐乃擇吉日，招地師定穴開壙，掘數尺許，得一斷碑曰：「居此絶，葬此吉。」乃悟地師宜陰宅不宜陽宅之言不謬也。既葬數年，家益富厚，長子入粟，仕秦中爲縣令，次子亦登賢書，居然搢紳矣。而徐之季子頗喜狎游，旋娶一倡歸以爲妾，樵女微有違言，輒與反目，樵女訴於舅姑，舅姑顧不直之，曰：「汝小家女，眼孔淺耳。」而夫大家子，東眠西宿，自是常事，豈如田舍兒止一婦哉！」妾聞之，意益驕，日進讒言於夫，又誣以陰事。樵女無以自明，雉經死，媪痛女亦死，乃逐樵叟。叟歸，徘徊於徐氏新塋〔一〕，痛哭其下，觸墓石死。未幾，天大雷雨，震徐氏之塋，發其穴，破其棺。徐翁不得已，易棺而更葬之，於其穴下又得斷碑曰：「義則吉，不義則絶。」與前所得碑語意相承，蓋一石也。改葬之日，季子暴卒。其明年，次子應禮部試入都，墜車死。長子官秦中，以侵冒軍餉伏法。徐翁暮年失所，亦以憂死。而門下客周姓者，偶過徐氏塋，見樵叟揖之入，則仍昔日樵舍也。悸而覺，恍然如夢，奔還其家，與家人言所見，未竟，忽曰：「樵叟又至矣！」歐血而死。

〔一〕徐，底本誤作「陳」，據文義改。下改同。

有巫者名就地滚，能以術致亡者之魂。其爲術也，先伏地喃喃誦呪，誦畢，就地一滚，則亡者之魂已附其身，與家人問答如生時。其術甚驗，故得是名，而其真姓名轉不甚著矣。一日，有士人託致其父之魂，良久，竟不至。巫者甚愧，往見其師而問焉。師曰：「其人之父必大惡人也。」巫曰：「此亦儒流，未聞其有大罪孽。」師曰：「然則其人必生天矣。」巫請其説。師曰：「汝但能行召亡之術，而未能知亡者之情狀也。夫人之生也，爲血肉之軀，其質重濁。故雖聖賢如孔、孟，有蟠天際地之學，神勇如賁、獲，有裂兕曳牛之力，而離地一步，即不能行。及其死也，此塊然之質埋藏地下，而其餘氣尚存，則輕清而上升矣。大凡其氣益清，則其升益高。故孔、孟、顔、曾，千秋崇祀，而在人間絶無肸蠁，蓋其氣已升至極高之地，去人甚遠也。苟有一分濁氣未淨，即不能上與太清爲體，於是有赫然森列而爲明神者焉。其品愈下，則濁氣愈多，而去人亦益近。至於尋常之人，則生本凡庸，死亦闒冗，不過依其子孫以居。汝平時所一召而即至者，皆此等鬼也。若夫兇惡之人，清氣久絶，純乎濁氣。生前有形有質，尚可混跡人間；死後形質既離，便非大地所載。其氣愈沉愈下，墮入九幽，去人亦遠。吾始疑其人之父爲大惡人，恐其墮入九幽，故非吾術所能召也；既非此類，則必其人之氣濁少而清多，已超然在聲臭之外，故吾知其已生天也。」余謂此論極精，非他巫覡所能見及。佛家天堂地獄之説，不外乎此。余嘗疑匹夫匹婦死猶有鬼，而士大夫一經易簀，則反寂然，殊不可解。得此巫師之論，乃釋然矣。若夫有恩報恩，有怨報怨，其心既有所係著，則無論氣之清濁，而皆不能上升，故往往能見形爲禍福。此巫師所未言，而可推論及之者也。

胡某，蘇州人，役於冥中。其赴役也，每不自知。或行於通衢，忽然倒地；甚或自樓梯墜下，頭面破壞，甚以爲苦。哀於冥中主者，願預示期日。主者曰：「他人皆不爾，而汝如是，是有夙譴也。宜自讖悔乃可。」甲自矢從此永不殺生，嗣後遂預知期日，先就牀榻安卧，昏沉若死，或一二日始寤。其入冥爲何事，則不與人言，惟言冥中城郭市廛與人間無異，然陰晦無天日，途中之人肩相摩也，而從無交一言者。又言冥中境域有數等，其所治事之處，最下一層也；由最下一層望次上一層之人，猶外邑之人視省會中人也；望再上一層之人，猶京師中人也；若更上，則不可得見矣。最下一層者，可以暫至次上一層，而不能至再上一層；其再上一層之人，則可至最下一層，但至者少耳。所言若此，與巫師之言可相印證矣。

江西南昌鄉間有童子放鴨於河，一鴨遁入田塍，其田主乃某秀才也，適行田畔，遂捕以歸。童子尋至索鴨，秀才怒麾之以肱，墜門前池水中。池闊水深，童竟溺死。其母哭而至，秀才大言：「爾子自墮水死，與我何涉！」母見其詞色甚厲，不敢與辨，又痛子死，亦自沉於池。事聞於官，秀才竟擬抵。臨刑之日，一妻三子均來哭送，而秀才默無一言，但流涕而已。環觀者甚衆，見其人可四十餘，貌亦閒雅，無兇悍之色。以一鴨之故，竟罹大辟，豈前生冤孽歟？亦可爲小不忍者戒也。

漢口一錢肆中，以錢一千置錢版上，轉瞬間并版失之。時無他人，惟一婦在櫃前小立而去。乃使數人分東西追尋，果遇之於隘巷，方傾錢入袖中，猶未盡也。即拉之歸，盡取其錢。將縱之去，一少年曰：「男子作賊已可惡，況乃婦人，宜重懲之。」乃盡褫婦上身之衣，縛之於柱，加笞楚焉。少年之意，非惡其作賊，蓋以婦年止二十餘，饒有姿首，欲觀其袒露耳。方縛婦時，少年故意以手觸其乳。鞭笞既久，復曰：「此婦頑鈍無恥，宜并褫下衣。」衆人咸曰：「不可。」少年乃手脱其舄，解其雙行纏，擲置通衢，曰：「聊以示辱。」衆人咸勸，乃始釋之。婦披衣拾履，號哭而去。婦本良家，素無遺行，偶以貧失志，遘此大辱。既歸家，又飽其夫老拳，既羞且憤，夜竟投繯焉。明日，少年在肆中，忽曰：「此婦又來竊錢矣！」衆以爲戲語，而數數言之，乃始駭問少年忽張目作婦言曰：「吾豈來竊錢邪？來索命耳！吾誠不合竊汝錢，然何至辱吾如此？吾死，汝豈得生邪！」言已，以穿錢之草繩向喉下作自經狀。衆方驚顧，而少年已氣絶矣。

高郵縣某村有農家姊妹二人，其姊嫁而死，婿請繼室以其妹[一]。父母皆喜，女不可，父母固命之，執不可。母私問之，女曰：「閨房之内，夫婦之私，天下之至恥，幸無他人得與聞耳。若姊妹俱事一夫，則吾姊之私，吾得而知之，是重吾姊之恥也。」父母不能强，乃已。按《明史·列女傳》，虞鳳娘，義烏人，其姊嫁徐明輝而卒。明輝聞鳳娘賢，欲聘爲繼室。女知，泣謂父母曰[二]：「兄弟未嘗同妻，即姊妹可知。」父執不聽，女自經死。余謂虞鳳娘事不足爲法[三]，其所言亦於義未精，蓋同夫與同妻迥别。妻不可同，非獨兄弟爲然，即非兄弟，亦無可同妻之理。夫則固有可同者。《春秋公羊傳》曰：「諸侯娶一國，則二國往媵之，以侄娣從之。侄者何？兄之子也。娣者何？女弟也。」然則姊妹同夫，古禮固然。使謂姊妹不可同夫，則堯不當以二女妻舜矣。今此女所見，與虞鳳娘正合。古今事固有相類者，然皆一偏之行，非中道也。

奚猷子，鄂人也，以樵蘇爲業，貧未有妻。然性喜淫，每負薪入市，遇婦女問價，輒賤售之，不與論所直，故市人呼曰「奚猷子」。市有某翁者，生女及笄，有姿首。奚見而豔之，每日束薪，

[一] 以，《耳郵》作「於」。
[二] 曰，《耳郵》無。
[三] 事，《耳郵》無。

賣之其門。俄而翁女死，奚知其瘞處，乘夜發冢負屍歸，與之媾焉。翼日鍵户出采薪[一]，而遺火於室，煙出自笮。鄰人排闥入，撲滅之，顧見牀有卧者，笑曰：「諠呶如此，尚未寤歟！此伊誰也？」發其衾，則一裸婦，迫而視之[二]，死人也，乃大驚。有識者曰：「此某翁女也。」翁聞，奔赴驗之，信聞於官，論如律。異哉！天下竟有好色如此人者！乃歎宋孝武帝爲殷淑儀作通替棺，欲見輒引替睹屍，尚非異事。

有夫婦二人者，廣東人，寓於蘇。婦每至歲終，積針黹所儲，并向其夫索洋錢數枚，寄廣東遺其母。一歲索之，夫不之應，婦忿泣數日，雉經而死。有一子，甫兩歲，夫以乳哺乏人，鬻之劉氏。劉抱子去。越二日，婦之鬼忽附其子而語劉曰：「速召我夫來。」劉大驚，召其夫至。鬼曰：「爾不恤我之母，并不自恤其子，何無良至此！我今來挈兒去，無使謂他人父也。」言已，其子竟絶。此婦可謂有靈矣，然懟其夫，遂殺其子，自是一悍婦，宜其輕以自戕也。

光緒丁丑正月，餘姚城中失火，延燒屋宇四百餘間。有某姓之聽事燬矣，而大門巋然獨存，其門額乃前明王文成所書也。故老相傳，此門三遇火災，而皆無恙。豈大儒翰墨，固有神

[一] 翼日，《耳郵》作「翌日」。

[二] 而，《耳郵》無。

物護持歟？

蘇州齊門外黄姓嫠婦，汲水於河，其子甫五歲，隨之行。婦失足墜水，兒大啼，亦匍匐入於水。適有舟過，拯婦起。而兒已隨流去，至對岸，始救出之，則腹彭亨而氣已絶矣。姑依法治之，覆兒大栲栳上，研皂角爲末，吹入其鼻，未幾，兒哇然有聲，吐水無數，竟得復生。孩提之童，從母入水，此赤子之真性也。絶而復蘇，殆鬼神陰相之歟？

徐烈婦，名仲婉，平湖人，嫁同里趙寶善。夫兄寶源，亦娶於徐，於婦爲從姊妹。甚相得也。其舅宦於蜀，姑從之。婦每以手書問起居，書法秀勁，舅姑得之甚喜。寶善能畫花鳥，婦輒摹其粉本，繡之於縑，生動有致，見者咸歎美焉。生子女各一。寶善卒，婦曰：「姒，吾姊也。吾兒不患無母，惟逝者敻敻無侣，吾當相從地下耳。」家人共守之，不得死。日久，守稍懈，竟自經焉。發其篋，得數紙書，留别其父母舅姑者。又爲韻語訓其孤，并處分身後事，戒勿以佛事溷喪禮。夫烈婦殉夫，世多有之，若徐者賢而有才，尤難得也。

顧孝女，名嗣徽，字亞芬，金匱人。年十六，隨父母避寇鄉間。父或以詩文課諸子，孝女輒效爲之。每出一語，雋永可喜，患難中以是博父母歡焉。及亂平還里，父母相繼病，女刲臂肉，和藥以進，卒無效。父母死，女欲殉之。或尼之曰：「母病，以弱弟託汝。今家庭之間，櫟釜燃萁，情事孔亟。汝死，如汝弟何？」女乃不復言死。而兵燹後室廬盡毁，所居一室，黑暗如漆。女又厭人事相擾，杜門塞竇，足不逾閾，日坐其中，焚膏讀書，服素而食淡。或勸以事佛，則曰：「非吾所願也。」弟自塾歸，必呼之問所讀書。衣服飲食，調護惟謹。或弟有所需，而主者吝不與，則拔釵搜篋以給之。及爲弟畢姻，乃歎曰：「今而後可以見父母於泉下矣。」仰藥死。所著有《緑香吟草》，臨終投之火。此與徐烈婦皆賢而且才，故并録之。雖《虞初》小説，而未始不以表章孝義爲主也。

漢口鎮有劉氏女，許嫁張氏子，彼此往來嬉戲，從不避忌，亦其鄉俗然也。有富家兒，見女而豔之，謀於父，將以千金買爲妾，父漫應之。女以爲實然，是夜，啟户潛出，如張氏告之，乃即夕成禮焉。質明，父失女，奔告於張，則女及婿雙雙而出拜矣。夫六禮不備，貞女不行，此女所爲殊乖禮法。然既聘，則非奔也。宋儒云：「權而得中，是乃禮也。」或可爲此女解嘲歟？

蘇州三鄉廟有一僧曰皆通，年六十矣。除夕，其生日也。先期一月，大會僧俗，盛設酒麪，以慶六十之壽。而即於是日備豫後事，絞紟衾冒，手自料量。客問其故，曰：「吾不臘矣。」衆莫之信。乃至十二月二日，竟趺坐而逝。此僧平日飲酒食肉，了不異人，而來去分明如是，可異也。

癡道士，賣藥於蘇州閶門外之渡僧橋，不知所自來，其言語不倫，人咸以爲癡。每夜棲宿一草屋中。丁丑冬，大雪盈尺，而其草屋之上無雪。或問其故，道士曰：「明日飲吾酒，吾告汝。」次日，有好事者攜酒而往，則道士不知所之矣。豈其異人溷跡市廛者歟？

山右何君，談者失其名，以丁卯孝廉入貲爲郎中，官農部。屢試春官，不得志。至丁丑春，忽夢一人向之誦詩曰：「十載鶯花春夜夢〔一〕，八年魚水鏡中歡。」寤而思之，似非佳語，居恒快快。俄而感疾，遂卒。計丁卯至丁丑十載，而其續娶之妻適止八年，夢中詩句年數正符，亦足異矣。

李玉桂者，妓也。故蜀産，不知其姓氏，流轉至漢皋，姓假母之姓，故曰李，頗有聲北里間。有李孝廉者，長沙人也，計偕北上，道出漢皋，爲友人拉作狹邪游〔二〕，遂與妓相遇。妓屢目之。友曰：「若愛李郎乎？是固將買妾而未得其人也。」妓私於李曰：「信乎？果信也，妾有私貲如干，當出以佐君，爲脱籍費。」李感其意，諾之，而請俟之禮闈捷後。已而春風失意，旅食京華，遂失前約。妓偃蹇風塵中，未嘗一日忘李也。有富商某，豔其色，强委千金於其假母，劫之去。

〔一〕 春夜，《耳郵》作「春裏」。
〔二〕 狹，《耳郵》作「狎」。

妓不食七日，不死，仰藥死。嗟乎！節烈如是，此女不妓矣。

民間呼縣尉曰四衙，蓋以縣令之下有丞、簿、尉〔一〕，故尉次第四也。通州德興鎮有毛某者，武斷鄉曲，俗有「土四衙」之號。畜一犬，甚愛之，名之曰阿生，飲食寢處輒與共。每年六月六日，相傳爲狗生日，則具酒麪爲壽焉。一歲爲鄰人王長林擊斃。毛大怒，迫使具棺以葬之，斬衰而送之。且使手書訃狀〔二〕，榜諸通衢，其文曰：「不孝狗男王長林，罪孽深重，不自隕滅，禍延狗父阿生府君，於某年月日壽終，即日成服治喪。謹此訃告。」此真未有之奇文也。昔楚莊王所愛馬死，使群臣喪之，以大夫禮葬之，因優孟之諫而止。阿生竟得成禮以葬，「土四衙」之豪横亦可想見矣。

河南有一縣，談者忘其縣名，其俗喜爲少子娶長婦，欲以操井臼、持門户也。有農家子甫十三四，而所娶婦年長以倍矣。新昏之次日，賀者畢集，而寢門未闢，日且旰矣。舅姑呼於門外，聞其子應聲而不見其出，穴窗視之，則麕縛於牀足。驚而問故，其子曰：「昨暮人定後，有男子自牀下出，縛我於此，而擁新婦睡。」問：「何故不言？」曰：「言則殺我。」語未竟，男女二

〔一〕簿，底本原作「薄」，《校勘記》正作「簿」，《耳郵》卷四作「簿」，今據改。

〔二〕書，《耳郵》無。

如人皆啟帳出，男子抗聲曰：「吾與爾新婦自幼有交，昨乘人亂入此室處，當容我盡歡而去。如敢破扉而入者」，袖中出白刃指其子曰「吾剚刃爾子之腹矣！」舉家驚異，罔知所措。而男子在室中索酒肉，索飯，索湯餅〔一〕，曰：「不我與者，殺而子，與我而不豐美，亦殺而子。」其家不得已，一一與之。男子使自窗中置案上，而以長繩繫其子，使就窗間取之。先命其子品嘗，食然後食，以所餘食其子。食畢，置虛命撤。於是觀者雲集，皆恐傷其子，計無所出。相持三日，聞之於官。官亦駭異，親詣視之，信。官問：「新婦有父母乎？」曰：「有。」乃逮之至，使呼其女，女不應。官命隸笞其父臀，批其母頰。父母呼譽，哀號甚慘，復使呼其女，仍不應。如是者三。母頰批至百，父臀笞至二百，流血漉漉。父母跪窗外哀其女，使開門，若罔聞知。官無如何，命人邏守之，縶其父母去。是時獄中有一賊，善穴人壁。官命之至其家，先伏人於門外，而使此賊伺男女皆睡熟，從屋後穴而進，潛以刀斷其子之繩，曳之走。而門外伏者破扉突入，男女皆就縛，天明送之官。其事轟動一邑，觀者自大門至大堂皆滿，官坐堂皇鞫之。男子乃屠者，面麻有鬚髯，黑醜可憎。女則娟娟白皙，纖腰弓足，頗有風致。官呼女至前，戟手厲聲大罵之

〔一〕索酒肉索飯索湯餅，《耳郵》作「索酒索肉索餅」。

曰：「吾見人多矣，從未見無恥如爾、不孝如爾者！犬彘之不若〔一〕，非人類也。律載，婦女犯姦，去衣受杖，況爾豈可以人理論乎！」命左右盡去其上下衣，不留寸縷。先批頰如其母數，再笞臀如其父數，然後科以姦罪，決大杖四十，命其父母領去，而歸聘禮於夫家。父母扶裸女出縣門，各脱衣衣其女，而觀者無慮數千人，爭前褫奪，竟不得衣而歸。屠者笞二千，不死，次日又笞二千，未畢，死。女父母羞且憤，相繼死。女杖創尋愈，無恙。後數歲有人於逆旅中見此女爲人行酒，風致如故，而頰則有批痕矣。或指以問女，女縷述前情不少諱。至公堂受辱情狀，尤言之歷歷如繪，人多樂聽之，藉博纏頭以餬口焉。

江寧徐某爲贅婿於汪氏，生一子矣。汪以其貧也，庸奴視之，徐不能堪而歸。其婦翁商於皖，將移家至皖。徐聞之，往迎其婦，婦不可。徐知其將從母遠去矣，謀於族人，議奪其子歸，族人咸以爲然。乃將七八人偕往，先遍拜其鄰比，告以故，已而直入婦室，劫其子去。婦之母大呼有盜，而鄰人無應者。責其坐視不救，鄰曰：「徐氏之子，爲徐氏父兄抱去，此正理耳，吾儕何與焉？」婦母又至徐氏索之，徐氏群起詬誶，不敵而返。斯人斯舉，大有張飛、趙雲勒兵截

〔一〕 之，《耳郵》無。

江奪回阿斗之意，想亦從看演義得來也。

維揚王氏婦，孕六月矣，適有鄰貓來攫其籠中之鳥，婦起逐之，仆於地，震動胎氣，勢甚危殆。一鄰媪曰：「可速覓一二紙過期不贖之當票，燒灰和開水服之，則胎即安矣。」如其言，果無恙。夫過期當票，已成廢紙，乃有安胎之妙用，其理不可解，亦見天下之無棄物也。

揚州之俗，嬰兒初生，必服化毒丹以滌胎毒。有何氏者，生一子，命老嫗至藥肆買化毒丹。此嫗乃金陵人，口音與揚州有異，藥肆中人聽之不審，誤會爲買活絡丹者，即以付之。嬰兒服後忽大病，不食乳，數日竟死。偶檢點得蠟丸，刻「活絡丹」三字，窮究之，乃得其故，然無及矣。是故買藥不可不慎也。

有賣柴老媪，挈其子入城，至一富家。其子年十八九，未娶也。富家適有隔夜冷粥一盂，有蜈蚣死其中，議棄之於河。其子正苦餒，即曰：「此不足爲患。」乃以指捉去蜈蚣，而啜之立盡。富家有女，睨之而笑。其子以爲悦己也，歸而思之不置，遂成疾，日以羸瘦，幾不起矣。媪知其情，偶以語富家之婢，遂達於女。女曰：「然則速召此子來。」其子喜甚，力疾奔赴。女一見大罵曰：「天下有此妄人邪！我見汝饑不擇食，是故哂之。汝敢遽萌妄想乎！」命婢媪輩批其頰數十，其子叩頭服罪，始叱之出。及歸，病若失矣。

陳廣輔、陳廣弼，安徽巢縣人，兄弟也。一日，因喧傳天半有龍見，因登城觀之。先有一人在城上，天雨泥滑，仆於地，壓廣輔之足。輔舉足欲使挽之而起，不意足一舉而其人滚落城下，頭面破損，奄然斃矣。於是城門之兵役咸集，執二人將送官。輔曰：「是誠我之罪也，與弟何與？」弼曰：「否，此我爲之，非兄也，宜執我。」兄弟兩爭不已。輔曰：「我一時鹵莽，致有此事，安可誣弟？」弼曰：「兄甫有室，兄死嫂必嫁；我又無力娶婦，則宗祀絶矣。不如我死之愈也。」於是衆皆歎曰：「義士，義士。彼人雖絶，或尚有救，姑試救之。」移時果蘇。而其母亦奔至，見其子已蘇，衆又告以輔、弼之言，母亦泫然曰：「吾子幸而得生，即不幸，吾不責汝償也。」輔、弼咸厥角謝之。道路嗟歎，以爲三義。

高郵一農家，衣食粗足。生一女，極美。父母愛之，擇婿殊苛。其後門臨大河，有宦家子泊舟河干，見女而蠱之，停橈不去。一日，見有尼自其門出，遂尾之至庵，告以故，許以重賂。尼諾之。越數日，醉女以酒，而送之至舟，遂揚帆而去。女醒大啼，宦家子曲意撫慰之，矢以白首。比至家，則有翁在，女哭訴於翁。翁曰：「是吾兒之過也。然既至此，毋戚戚，吾爲汝玉成其事。」乃倩媒妁，具彩幣至其父母家，聘爲子婦焉。農家失女，正愁苦無策，至是喜出望外，遂結朱陳之好。好事者爲譜《意外緣傳奇》。

王士淮，皖人，而家於揚，其妻則揚之仙女廟鎮人，生一子一女而妻卒。子年甫及冠，聘某氏女爲婦矣，以學賈於質庫，故恒不在家，惟女依父以居。一日，有從母至其家，謂女曰：「吾將歸寧於仙女鎮，汝曷從我至外家乎？」士淮適他出，從母乃告之鄰嫗，而攜女去。士淮歸，不見其女，鄰嫗亦他出，無從問訊。而大江以南，自經兵燹，婦女絶少，欲娶婦者輒謀之江北，姦人逐利，往往有略賣婦女之事。士淮疑其女爲人所略〔一〕，即渡江而南蹤跡之。至丹陽縣境一小村聚，聞村人偶語曰：「可惜此好女子嫁此白頭翁也。」王驚詢其故，村人告以村中李翁年將六十，今日新買得一妾。王即訪至其家，僞爲賀喜者。聞内室有啼泣聲，王遽出奔城中〔二〕，訴於官。官命役偕往，闖入其室，大呼索女。女出，則非己女也。王駭愕，方自咎鹵莽，女哭曰：「吾揚州某氏女，許嫁王氏。王士淮，吾翁也。」王驚且喜曰：「汝吾兒婦邪？吾即王士淮也。」女家失女，正共驚擾，聞信奔至，得女大喜，謂王曰：「吾昨至君家，聞之鄰嫗，君女固無恙，乃從姨拉李赴公廷。李願還女，且以洋泉二百爲謝，乃罷訟。寄女於尼庵，而遣急足告知女父。女家至外家耳。然使君早聞嫗言，則必不渡江尋女；不渡江尋女，則吾女不可得矣。此吾兩家大

〔一〕士淮，《耳郵》作「淮」。
〔二〕奔，《耳郵》作「奔赴」。

幸也。」王亦喜曰：「此誠天祐。吾叨天之祐，而因以罔人之財，可乎？」歸洋泉於李翁，偕女父挈女歸。

某甲以鹽官需次維揚，家藏一大珠，重二錢有奇，置之闇中，有光熒熒，古所稱夜光者也。一日，有同官數人踵門求觀，咸共讚歎，先後辭去，惟一莊姓者未去。某送客復入，則莊姓者猶踞隱囊而喫鴉片，盤中之珠已失所在。大驚問莊，莊亦大驚曰：「室無他人，豈我竊邪？」乃自解其衣，不留寸縷，使大索之，且曰：「如疑我藏珠衣中，請留此衣，君假我衣以歸可也。」某失珠大懊惱，然初不疑莊，乃越月而莊之僕以其珠來歸。蓋莊幼無賴，習吞刀、吐火諸幻術。是日乘某出送客，吞珠腹中，歸則哇而出之也〔一〕。後以虐遇其僕，事遂敗。古人剖腹藏珠，以爲大愚。此則匪夷所思矣。

蘇州葑門内有王七者，與富仁坊巷某姓有連，自其父在時，即呼某姓婦爲乾阿嬭。父卒後，某姓撫育之，視猶子也。婦有一女，與年相若，初意即以爲婿。及王七年長〔二〕，則一流蕩子也，婦乃悔前議，許嫁其女於胥門外某生。娶有日矣，王七聞之，糾合無賴少年十餘輩，劫其女

〔一〕則，《耳郵》作「而」。

〔二〕及，《耳郵》無。

歸。女至王七家,閉門號泣,久之無聲。或自門間窺之,則雉經矣。破門入,救之復蘇,女遂絶食求死。事聞於官,官以王七劫婚,非禮也。笞之百,且諭之曰:「汝謂某姓先曾有婚姻之議,然空言無實據。女既誓死不汝從,汝又何愛焉?男子豈患無婦哉!」乃判某姓婦以洋泉五十畀王七,使爲異日婚娶之資,而全曩時撫育之義,女則歸之某生云。

何阿雙,金陵人,以負販爲業。畜一犬,竟體白毛如雪,光潔可愛。出入寢食,必與之俱。室無他人,以犬爲侶。一夕,攜犬歸臥,至明日,門不啟,人犬無聲。鄰人疑焉。又越一夕,門閉如故,呼之不應。排闥入,則流血滿牀,阿雙已爲犬囓斷喉管而死,犬猶據其腹大嚼不止。乃醵錢殯之,即殺犬祭焉。聖人云「鳥獸不可與同群」,信夫!

張阿福,紹興人,寓於杭。自幼聘王氏女爲妻,年三十矣,貧不能娶。女亦年二十有七,其母屢託媒媼趣阿福成婚,媼曰:「彼貧奈何?」母曰:「彼無婚費,我亦無嫁資,無已,其搶親乎?」媼以告阿福。阿福大喜,乃期於某月日糾衆劫女去。母故招集鄰比至張氏奪女,則合巹已畢,賀客盈門矣。媒媼勸曰:「事已至此,夫復何言?明日當令其來謝罪也。」母若爲悻悻者而歸。夫搶親,惡俗也,律有明禁。乃此則由女氏招之使搶,亦事之創見者矣。

律載,將妻妾典雇與人爲妻妾者,杖八十。而寧波鄉間往往有此事,亦惡俗也。有唐某者，以采樵爲業。一母一妻，以捆屨織席佐之，而常苦不給。值歲歉，饔飧缺焉。聞鄰村有王姓者，無子，欲典人妻以生子。唐謀於母，將以妻典焉。妻不可，唐曰：「婦人失節，固是大事，然使母餓死，事更大矣。」婦乃諾之，典於王，以一年爲期。而婦有姿，王嬖之。及期往贖，王將典契中一字改爲十字，唐不能爭。婦告衆曰：「吾隱忍爲此者，以爲日無多而可以活姑與夫之命也。若遲至十年，吾行且就木矣，其奚贖焉？」乃投水死。此婦以養姑失節，卒至破鏡難圓，黄泉齎恨，其亦可悲也已！

金陵城中有以蘆席覆一屍者，其上半身不可見，下半身則褌僅及膝，雙足不履不韤，挺然不動。屍旁立一丐者，向衆涕泣，募錢收斂，云死者其父也。於時觀者甚衆，頗有哀而予錢者，或百，或數十，一時積有千餘。丐猶未足，請益哀。有老翁持筒吸淡巴菰〔一〕，餘燼適墜於屍足，足爲之蹜。衆大驚，既而悟其僞也，乃大笑。死者掀開蘆席而起曰：「愈矣，愈矣！」捲蘆席，向衆叩頭謝，共荷錢而去。

蘇有汪氏子者，賈於常州，託其友金姓者寄家書於其母。金故酒徒也，既至蘇，先沽飲大

〔一〕 有，《耳郵》前有「忽」字。

醉，然後如汪氏。汪所居在虎丘山後〔一〕，金行至望山橋，失足墜於河，覺有人堅握其手不令起〔二〕。金大驚，正與相持，忽有人訶曰：「此人爲汪節婦送家書，爾曹安得留之！」金始得攀援登岸，疾行至汪氏，衣服淋漓，手腕青黑。汪母問故，具告之。母曰：「不圖匹婦一節之善，感動鬼神也。」

浙右某生，年少美風姿，有聲庠序間。以早喪父母，故弱冠而未有室。某年，以鄉試至省城，寓親串家。其家有女，貌美而能文，兩相慕悦，遂有割臂之盟。女父已亡，其母微知之，不禁也。及生使媒妁來求婚，母問生年，則長於女者六歲，以俗有六衝之忌辭焉。女知事不諧，終日悲泣。母始而慰諭，繼而譙訶，女遂雉經死。生聞之，亦仰藥自盡。拘牽俗忌，遂使男女並以情死，雖非禮所許，其情亦可憐也。

龔某，不知何處人，入都應京兆試。場前納一妾一婢，皆購自牙人，其姓氏里居，固無稽也。寓宅在前門外三里河〔三〕，分前後二院。將入闈，以妾獨居，慮有他虞，乃請其友部郎某君

〔一〕汪，《耳郵》作「汪氏」。
〔二〕堅握，《耳郵》作「緊握」。
〔三〕寓宅，《耳郵》作「寓宇」。

居其前院。部郎素迂謹，承友朋之託，一步不敢離，日坐前院讀書而已。場畢，龔歸，部郎告以謹守管鍵，幸不辱命。龔再三致謝，乃入後院，則闃其無人，并室中什物俱歸烏有矣〔一〕。窗户完好，惟後垣頹焉。始悟妾與婢皆從此去。防其前，未防其後也。

揚州東鄉十里田有看青苗人，野宿棚内。遥見二里外河邊土地廟前有火光，或大或小，忽明忽暗，疑之，約壯夫數人持械同往。至則一僧席地坐，旁置土銼，支以石，聚薪燃之。問何事，僧曰：「吾朝南海還，過此腹饑，故煮食耳。」衆亦將返矣，一人笑曰：「和尚得毋食肉？」戲揭其蓋，則所煮者兩嬰兒胎也。衆大驚，爭以械擊僧。僧倒地，歎曰：「吾數盡矣！凡吾曹鍊金剛禪者，須食男胎三十六個，大道乃成。吾止食其七而遇公等，此吾福薄也。速斃吾，無多言。」衆怒甚，擊殺之，而投其屍於河。

無錫有啞丐者，行乞於市，多歷年所，人皆識之。一日，至南門内一搢紳家乞食。其閽人拒之曰：「吾主人因幼子病危，自朝至日昃，不遑暇食，焉有食食汝乎？」啞丐忽出言曰：「何不謀之於我，我能治之。」閽者以其啞而能言，大異之，入言於主人，姑延入試之。切脈處方，具

〔一〕俱歸，《耳郵》無「俱」字。

有條理。一服而有起色，服三劑，病者霍然。主人喜出望外，問其生平。丐自言：「父在日曾開藥肆。我雖生而啞，然自幼識字，喜觀醫書，故頗知醫。父歿家貧，又以不能言，有術無可施，故流而爲丐耳。」問今何以能言，則亦不自知也。由是醫名大噪，縣壺城隍廟〔一〕，就診者日以千百計。然是歲之冬，有杭州黄質文路過無錫，訪之，見其所開脈案不成文理，所書藥名亦多別字。恐其術止一時偶中，竟以爲高手醫，吾不信也。或曰：「啞子能言，亦大奇事。」然安知其始非僞爲啞以行乞歟？

道光丁酉鄉試之年，湖州雙林鎮人沈濤在家晝寢〔二〕，夢有數人譁囂而入曰：「沈濤中式矣！」正驚喜間，又有一人狂奔而至曰：「誤矣，誤矣！非此沈濤也。」乃轟然俱出。其步履之聲，始則自外而内，繼則自内而外，行於石，鞜鞜然，行於木，登登然，皆歷歷可辨。是科沈響泉同年中式。響泉名濤，湖州城中人，所謂非此沈濤也。殆鬼神以此人名姓相同，故意戲弄之歟？

揚州之北鄙雷塘鄉，即隋煬帝葬處也。近年忽出一物女，「物女」二字見《春秋繁露・王道篇》，

〔一〕縣，《耳郵》作「懸」，古今字，義同。

〔二〕人，《耳郵》無。

曰：「乾溪有物女，水盡則女見。」與村中少壯者交。交輒病，病重者死。光緒二年六月二十四日，日加午，忽陰晦如夜，雷雨大作。電光中見一女子，白衣紅抹額，手執雙叉，與霹靂鬭，雷竟不能下擊。相持良久，大聲忽發，有雷火從地出，傷女一足。女稍逡巡，一迅雷從空劈下，其聲猛烈異常，觀者皆暈仆。俄而雨霽，則有一物震死於地。如豬而無尾，如牛而無角，周身白毛，兩背至脅有黑毛成如意形，腹下一肉條長二尺餘，其氣羶腥，不可嚮邇。稱之重二百餘斤〔一〕，衆莫之識。其地有觀音庵，一老僧出視曰：「此螭虎也。」鄉人臠割而焚之〔二〕，臭聞里外。愚按《説文》：「螭，若龍而黄。」《漢書・楊雄傳》《音義》引韋昭云：「螭似虎而鱗。」此物白毛黑文而無鱗，未必其爲螭也。

京師十刹海煙袋斜街，有山西劉姓之女，小字香珠，自幼許嫁同鄉黄某。黄學賈於外，久無音問。而劉姓中落，女遂流落煙花。已而黄某積累得數百金，挾之至都，將求故劍，舍於西河沿逆旅。主人利其腰纏，誘與冶游。黄年少，墮其計。妓有秀蘭者，與黄極相得。無何，黄之金盡，妓家將有逐客之令。秀蘭乃託言赴廟會，與黄偕逃，至良鄉投宿一老媪家。媪熟視

〔一〕稱之，《耳郵》作「稱至」，似非。

〔二〕臠割而焚之，《耳郵》作「割臠焚之」。

曰：「汝非山西黄某歟？此女其劉家香珠歟？」叩媪姓氏，乃黄之從母，而劉女幼時呼爲乾阿嬭者也。於是始知秀蘭即香珠。媪爲買花燭，具鼓樂，而成夫婦。

揚州左衛街一大宅，亂時爲賊中大頭目據爲僞府，亂平後某姓居之。其堂前地每逢陰雨輒見一女子形〔一〕，洗之不去，天晴即没，遂扃閉不處。偶有親串自遠來，僕從衆多，遂入居之。夜半，忽見磚動不已，頃刻墳起，一僕踐之，暈仆於地。天明，言於主人，發而視之，則一女屍也。衣裙未壞，面目如生，遍體生緑毛，長寸許，栩栩欲動。聞於官，官命焚之。其鄰有攻皮之工某叟，曰：「此事吾知之。我陷賊中〔二〕，即隸此賊帳下〔三〕。賊獲此女，欲污之，駡詈不從。杖數百，駡益厲，遂活埋之。不意其今爲祟也。」余謂此女既以烈死，毅魄貞魂，久已歸之太虚，此特其遺蜕耳。久而成僵，或地氣使然，與烈女初不涉矣。惜叟知其事而不能舉其姓氏，不得爲之表彰也。

金陵自遭兵燹後，往往於城中住屋内掘得棺木，蓋皆亂中湯葬者也。王府園旁一廢地爲

〔一〕堂前地，《耳郵》作「聽事前」。形，《耳郵》作「影」。
〔二〕陷，《耳郵》作「陷於」。
〔三〕賊帳，《耳郵》作「隊」。

某達官所得，以瓦礫堆積成山，命兵勇平治之。掘出棺二十餘具，發視之，一棺有女屍，周身衣服絢爛如新，然皆已成灰，隨手而碎。其屍未壞，膚肉白潤，頰上粉澤猶存。又一棺有男屍，坐而不卧。又一棺已成僵屍，上半身生獸毛，下半身生鳥羽，尤可怪也。達官聞之，命將諸棺遷葬他處，不許開視。

黔中有任某者，續娶胡氏，再嫁婦也。然甚賢淑，撫前妻子如己出。數年後，任大病，胡侍奉湯藥，支持門户，累月不懈。見夫病篤〔一〕，知不可爲，乃先服毒，欲與俱死，抱夫痛哭，夫卒亦卒。親友入吊，咸歎其烈。亦有議其不死前夫爲可惜者。余按《隋書·列女傳》，首載蘭陵公主事，是亦死殉後夫者，史臣稱其質邁寒松。此婦亦其流亞矣。

京師西單牌樓有大宅，爲狐居之，無賃者。屋主以久失業，怒甚，往而詈狐。是夕，忽失其子。次日，求而得之於此宅。問何以至此，則亦不自知。而其子日就羸瘠，淹淹欲斃〔二〕。或言東便門樓有狐總管，實司京師狐政。乃具酒食，撰文疏而往訴焉。越數日，往偵空宅，則樹上

〔一〕病篤，《耳郵》作「病危篤」。
〔二〕淹淹，《耳郵》作「奄奄」，義同。

縣一首〔一〕，似貓而巨，喙較長。蓋已爲總管所誅矣。狐神鼠聖，亦自有道歟？

距通州十里有普濟閘，閘之西南有叢冢，相傳爲和尚墳，不知何年所葬，亦不知和尚爲誰也。每於黄昏後幻作鬼市，迷惑行人。行者患之，迂道避焉。乙亥之夏，有小舟載漕米赴普濟閘，暮經其地，舟子呼繂夫改由對岸行。繂夫二人，其一收繂登舟，其一恃有膂力，笑而不信，奮臂獨前。俄見燈火熒熒，青簾高掛，似有酒家。知是幻境，即折道旁柳樹一大株，執之而往。距鬼市已近，便舉柳亂擊，見有無數和尚爲所擊倒。審視則在叢冢中，所見幻境已無睹矣。乃覓路回舟，以告舟中人，皆莫之信。然此後和尚墳頭土盡塌落，無復怪異，皆此人一擊之功也。

江西河口鎮，咸豐中駐兵設防焉。命丁夫入山採薪，見有古榆一株，大可蔽牛，舉斧斫之，血汁噴射。有土人告曰：「此樹已四百餘年，甚有靈異，伐之不祥。」乃舍之而還。營中軍士聞其事，曰：「吾儕何畏鬼神，得此大材而不取，何以供炊爨乎？」明日，復率丁夫數十往伐之，血流如故。俄而樹斷倒地，響振山谷。樹長十餘丈，中空如竹，其内枯骨縱横，兼有髑髏一具，又有碎碗及竹箸無數。觀者咸駭異，莫測所自來。

〔一〕縣，《耳郵》作「懸」。

江西一世家子，遷葬其祖。啟穴，則棺已朽爛不全，棺中滿貯磁碗竹箸，而不知屍骨所在。堪輿家曰：「此殆所謂移屍地乎？」命舁去空棺，入穴審視，則惟西北隅有一小孔，圓如盂口，大僅容拳。姑命從此掘入，至兩丈有餘，而屍在焉，僵卧未壞。其旁有磁甕數枚，有大有小，形製甚古。出以示人，人莫之識。其棺中失屍，而易以磁碗竹箸，亦莫測其所以然。

嘉定城西有元壇廟，頗著靈異。庚申城陷，廟亦旋毀，鞠爲茂草矣。相傳其始有某生者，館於江西龍虎山張真人府。一日得家書，知其父病，急欲歸，謀於真人。真人以一符與之，戒曰：「到家即焚化。」生登舟解纜，但聞波濤澎湃，舟行如飛。一日夜而至，父病已危，方寸瞀亂，竟忘焚符。符神屢見形求去，乃始憶真人言，具香燭焚化之。是夜，神復示夢曰：「送我太遲，已逾限期，不能歸矣。」生乃醵金建廟以奉神。初不知神何名，因其像頗肖世間所塑之元壇神，故謂之元壇廟。

紹興諸暨縣之店口鎮，有陳氏之屋，每遇火災而屋不毁。相傳國初有陳紫衣者，將建此屋，親至紹興城中請夏姓者卜日。夏視之，一田舍翁也，乃曰：「請少待，爲君擇之。」陳即出洋錢十枚爲謝。夏曰：「既如此，請三日後來。」陳知其以酬謝之多寡爲選擇之精粗，乃以白金百兩揖而進之，曰：「老朽一生辛苦，始有此舉，幸先生留意焉。」夏曰：「既如此，請一月後來。」

及期而往，則曰：「日已選矣，幸勿稍有更動。」陳謹如所教。屋成而鎮上大火，前後左右盡爲焦土，惟陳之新屋巋然獨存。自是以後，歷三十餘次火災矣，至今陳氏猶世守之，而夏之子孫亦尚以擇日爲業。

湖南湘鄉縣有胡氏兄弟五人，皆享上壽。光緒四年，其長兄朝瑜八十九歲〔一〕，次朝瑞八十七歲，次朝琇八十五歲，次朝璠八十三歲，次朝環八十一歲。湖南巡撫以聞，洵人瑞也。事見邸鈔，謹記於此。胡氏五人，可敵周之八士矣。

〔一〕朝，《耳郵》作「胡」，下四處同作「胡」，爲單名。此二本之異。

卷五

何阿謹，仁和臨平鎮人。當粵寇之亂，爲賊所脅從，與俱至一村農家搜括錢物，於甂甕中得洋錢八十，攫之去。後從賊中逃歸，及亂定，即以其貲開餛飩店，甚得利。而村農頗知之，向之索取。阿謹堅不肯認，且曰：「賊取人錢物無算，皆將於我取償邪？」村農曰：「汝曩時取我錢，人所共知。今亦非敢責償，但我貧苦，無以爲生，汝幸有餘，稍有以償我，我非惟不怨，且感爾也。」阿謹執不可。村農無如何而去，後竟以貧不能堪，投水而死。一日，阿謹在店方包裹餛飩，忽謂其妻曰：「今日我死矣。」問其故，不答。俄悤悤出門去，急使人跡之，則已赴水死。咸知村農索命也。

臨平鄉間有兄弟三人者，皆不孝其母，而伯仲尤甚。粵寇之亂，三人均從賊剽掠，頗有所獲。亂定，尚有餘貲，逐去其母，不與同居。俄其兄娶婦，兩弟皆在，同治酒食。母聞來視之，兄大怒曰：「今日我喜事，汝窮媪，何得來梏亂我！」操梃逐之去。仲聞之，亦趨出詈罵，其勢洶洶。母皇遽走出，哭而呼於市曰：「天乎！我有子如此！」時天色晴霽，忽陰雲四合，雷雨交作，辟歷一聲，此三子者皆從室中提出，跪於母前而死矣。母又哭曰：「天乎！季子遇我尚不甚酷，何不留以與我邪！」又辟歷一聲，而季子竟活。

同治庚午歲，湖北咸寧鄉間頗有虎患。有盛氏兒牧牛於郊，突與虎遇。兒從牛背墜地，牛以身庇之，奮其角與虎鬬，不勝。有他牛來助之，虎乃去。盛氏兒得不死，而所牧牛竟以傷重而死。於是盛氏長老咸集，皆曰：「此義牛也。」買棺斂之，穴地葬之，且爲作佛事，而使此兒斬衰治其喪，若喪所親者然，謂之牛孝子。

蘇州自粵寇之亂，屋廬多毁，葑門、齊門間則尚有存者。亂定後人多買其屋，移造於閶、胥兩門間。有老儒借虹橋濱一廢屋，聚童子數人而授讀焉。忽聞有聲出自四壁，若母雞之呼其雛。及夜，又聞若有數十婦人嚶嚶啜泣者。如是數日不止。而匠人已操斤斧至，蓋其主人已將此屋鬻於人，人將移造於他所也。舅氏姚松田老人言此事，且曰：「其祖若父辛苦而成此屋，子孫不能有，宜乎冥漠之中有深痛矣。」戴子高則曰：「此鬼亦不達之甚。有造此屋者，即有拆此屋者。凡物有成必有毁。天地且不能長存，矧區區一屋乎！」余謂子高之論固甚通達，而不知此聲非其祖若父所爲也。蓋天地之精氣，無所不在。而在空洞無物之處，則散漫流行，不能凝聚，必有所憑藉，而後其氣得以凝聚焉。凡爲大屋，其外則牆垣高峻，其内則門户重疊。如是百餘年，或數百年，則其氣之凝聚者久矣。凝聚既久，斯具形質；形質既立，斯含神明。大而山川，小而城社，又小而屋宇，其爲神一也。今一旦將毁拆之，則失其所憑依，而其氣不復能聚矣。其神實先知之，故有此悲歎之聲。是乃屋之神，而非造此屋者之鬼也。余外家姚氏，居臨平棗山港，其對門沈氏所居，相傳爲元時屋，制度與今有異。亂後亦爲人拆卸，運斤之始，大聲忽發，匠者一人死焉。蓋其氣凝聚至數百年之久，故強盛而能爲厲也。若夫茅茨苫蓋，占地無多，聚氣亦少，則隨成隨毁，了無靈異，其理亦可想矣。若謂其祖若父所爲，豈蓽門圭竇之鬼，其曠達轉勝於高明之家之鬼歟？

仁和唐棲鎮人姚晋卿，余二兒婦之弟也。少時延江姓者教之讀。江亦年少，頗謹飭，終日坐書室中。忽一日，覺體中痛楚，俄而增劇，宛轉牀褥，呼父喚母，達旦不休。姚氏乃以舟送之歸。江既歸，遂卧牀不起。每夜静息燈，黑暗如漆，尚能下牀，於房中行走，稍露燈光，便不能動。若白晝，則雖四面用布幕遮闌，亦止能僵卧，稍求展轉而不得矣。如是數年，便溺皆在牀中，然飲食如故，體貌豐腴如無病者。其父江蘭圃，固知醫，百計治之，不瘳。後窮於術，且意亦倦，不復爲處方。而服藥既久，一日不服藥，則如饑之思食，渴之思飲。乃聽其自爲計，每日隨意買藥數味服之，雖無效，亦無損也。忽一日，啟户竟出，行動如常。計自得病至此，已及十年矣，一旦霍然而愈。不知是日所服之藥適中病邪，抑或冤孽牽纏至此解脱也？使段成式見之，當採入《奇病録》矣。

江蘭圃有一子婦，於重身之後忽見有婦人與同卧牀中，向之切切私語。初甚駭異，後乃習見之。此婦人著紅裙，形狀了了，惟所語者謰謱細碎，迄不知作何語。江氏婦大慼，自知及期必不能免，每與人言之，輒痛哭也。俄果以産卒。聞江氏婦頗婉娩，且年亦尚少，未有惡業，殆前生冤報也。

唐西姚氏一婦，忽患奇病，語言不倫，形狀詭異。能反屈其足至首，又時或吐舌，垂至尺餘，絶可畏怖。姚氏素奉箕仙，乃召仙問之。仙曰：「此婦前生爲杭州施氏子。有夫鬻其婦者，施爲作婚書，而婦不願别嫁，雉經而死，夫悔之，亦自經。今來索命，不可爲也。」姚氏之人環而祝之曰：「此前生施氏子事，與今生無涉。其今生在姚氏作婦，頗稱賢淑。自夫死至此十餘年，守義不嫁，冰霜之節，有足多者。若許以今生之善，贖前世之愆，願廣作佛事，以資懺悔。」鬼許之，附箕而言曰：「前愆終不能銷釋，今生既爲節婦，姑舍之去，待來生再向彼索命可也。」自此姚氏婦之病果愈，年六十餘而終。

唐棲姚氏又有一婦，體質荏弱，目中能見鬼物。其母家有一婦病，姚氏婦往省之。見病者牀前立一黑人，面目不甚可辨；又有一人面色與常人無異，對黑人而揖。每見皆然，甚怪之。此婦之病旋愈。意者此黑人爲索命之凶魂，對黑人而揖者，則報恩之善鬼矣。

蘇州某甲，初以搖夜航船爲業，年四十，猶未娶也。後行販江湖，小有貲産，乃謀娶妻。鄰村某氏女，託一媪爲平章。媪謀之女父母，不許。媪歸，戲謂甲曰：「我爲若作冰上人，其父母頗不見拒，乃此女以君面有贅瘤，不願爲君婦，奈何？」蓋某甲面有小瘤，故媪以此戲之也。甲聞言憤甚，是夜竟以利刃自決其瘤，血殷牀席。次日，頭腫如斗，宛轉號呼，數日遂死。於是鄰人皆咎媪。一老叟歎曰：「非媪之咎，是有冤報也。蘇城方陷賊時，某甲爲賊作鄉官，據有其友之妻。其友乘間攜妻而遁，甲追得之。友故有瘤在其項，甲先破其瘤，血出如注，乃殺之，死狀甚慘。今若此，豈非冤報乎？」是可畏矣。

臨平鄉間有某氏子，刈草於郊。偶見一髑髏，憫其暴露，掘地而埋之。歸語其人曰：「今日行一善事。」俄而寒熱大作，鬼附之而言曰：「我在曠野甚樂，汝乃埋我土中，悶不可耐，必殺汝！」其家大恐，爲酒食以祭之，焚紙錢無算。數日，鬼始去，某氏子病旬日而瘳。余謂髑髏之樂，過於南面之王，此《莊子》寓言耳。掩骼埋胔，古之仁政。某氏子所爲，誠屬善事，反以此得罪於鬼,何歟?殆别有邪鬼,借此事爲祟,以求酒食,非果此鬼之以德爲怨也。

先達某公爲朝官時,其次子婦病,有鬼物憑焉。公退食,入視之,意鬼必避己。兩侍婢相視而笑。公問故,曰:「鬼在公衣袖間,殊不畏也。」公怒甚,聞門下士某孝廉能捉鬼,親往告之。某曰:「明日公於病者窗户外設几席,與某共坐,俾某得望見室中,乃可爲力。然佈置須在有意無意間,毋使鬼知,知之則遁矣。」公從之。明日某至,公延入坐病者户外,適有棋局在旁,某曰:「今日無事,與公一弈可乎〔一〕?」公曰:「可。」甫下三五子,某忽若沉思者然,支頤瞑目,似睡非睡。公笑曰:「此君小極矣。」命左右退去,無擾其神思,於是從者皆散。一飯頃,某猛醒曰:「鬼在此矣!」手執一瓶,言鬼在瓶中,亦不知瓶所自來也。而室中婢媪輩皆譁而出曰:「鬼爲人捉去矣!」先是,婢媪輩皆見某入室,鬼即避匿牀下。某隨之入,鬼又躍上牀頂,某隨之上。如是數次,始爲所獲,故皆知鬼已捉去。而在室中者,爲某之神,在户外者,爲某之形,則衆莫能辨也。公問請弈何意,對曰:「某始坐此間,即望見鬼在室中,倉皇欲遁,故姑與公弈,若無意於鬼者。鬼不我忌,某乃得乘間直入而獲之也。」此事余聞之馮夢香孝廉,孝廉聞

〔一〕弈,底本誤作「奕」,據文義改。下同。

之其鄉人童蓴君先生，云是阮文達公事，不知然否。未敢質言，姑記其事如此。

江西萬篋軒方伯，寓居杭州。光緒四年，以病卒。未病之前，其子婦以父病歸省之。父謂之曰：「我病固不起，恐汝阿翁亦不久矣。近日世間死亡甚衆，冥官延我二人覈對簿書也。汝來省我，尚宜歸省阿翁。」於是其子婦遄歸，而萬果病作矣。及其卒也，有韓氏之僕田姓者，人謂其有狗眼，能見鬼。是日適奉主命來視疾，歸而語人曰：「我甫至其門，有神崔判官在焉，止我曰：『此時未可入。』我徘徊户外，見方伯便服出，其後一人從之，即世俗所謂無常也。而門内之哭聲作矣。」然則人死固有無常歟？崔判官者何人歟？杭人所言如是，姑記之。

慈谿慈湖書院有二，其舊者在慈湖西，即楊慈湖公祠堂也。有慈湖公塑像，以土木爲質而衣冠之，與生人無異。昔年有學究於此教授生徒，學究他出，一徒竊神衣冠自被服之以駭其同學者。同學者出不意，一驚而斃。嗣後慈湖公像乃真能行動，往往出外，駭逐路人。以銅釘釘其四支，以布蒙其頭，始不復出。而此書院遂鍵閉，無敢居之者。其新者在慈湖東，邑人馮氏捐貲所建也，亦多怪異。有邵君名昌者讀書其中，夜出便旋，忽見長人踞坐樹顛。邵頗以膽量自豪，舉梃擊之，長人躍下，與邵相搏。邵不勝，走入室，長人從之，仆邵於地，大肆捶擊而去。邵遂大病，口吐青黑水，不數日而死。又有人於月夜見長人自慈湖書院出，此人亦素負膽量，尾之行。慈湖書院在北門外，由北門至西門外大寶山一大樹下，長人始不見。此人施從數里，必窮其所之而後已，其膽量真不可及矣。邵死而此人無恙，蓋不犯之，則長人亦不爲人害也。慈邑之有長人，人往往見之。俗呼白衣者爲白事人，黑衣者爲黑事人。或疑爲山魈。馮夢香孝廉曰：「邵君見其踞坐樹顛，而此人又見其至樹下而没，殆城南老樹精之流亞乎？」余謂夢香之言爲然。

同治乙丑春間，嚴州城中夜夜聞鬼叫，聲烏烏啞啞，如小犬鳴。居東北者以爲聲在西南，居西南者又聞其聲在東北，忽遠忽近，聲無定在，而終夜不絶。論者曰：「此必死粤寇之難者，魂無所歸也。」其時袁君之京字懷西者，方權建德教諭，乃出已貲爲倡醵錢，於四城門各放燄口一壇，并焚紙錢無算。果三夜無鬼聲，其第四夜復然。協鎮朱君仿而行之，亦三夜無聲。吴和甫學使按試嚴州，居考棚，亦聞之，以問衆。廣文袁君以告，學使命各城門放燄口，如袁、朱二君故事，又自爲文祭之，自是鬼聲遂絶。

杭州保安橋有馮氏屋，屋外尚有隙地，謀築牆圍之。畚挶已具，是夕聞窗外鬼哭聲甚悲。馮氏或語之曰：「鬼哭何爲？爲鬼誠苦，爲人亦未始不苦也。」窗外鬼歎息而去，聞者毛骨悚豎。次日掘土築牆，於土中得四屍，蓋粤寇陷城時死此者，乃悟鬼預知明日將爲人所掘，懼其毁傷暴露，故先告哀於人也。爲買棺改葬之，後無他異。

慈谿北門中亦有馮氏宅，相傳此宅舊有鱸精。馮氏一幼子患病，往往僵厥，云有長耳毛身人來至牀頭，持泥團強食之，疑即此鱸精爲祟也。後病瘉，亦無他。粵寇之亂，宅燬於火，而鱸精尚存，其所窟則在喉口中。喉口者，慈湖水入城，與城中諸水會合之故道也。其道經馮氏屋下，湮塞已久。或云趙文華築城時所塞，或云馮氏之先有官御史者，實建此屋，惡水聲之喧聒，故塞之也。數年前，邑人用形家言，率錢鳩工，開濬此道，以經費不繼，半途而輟，故喉口中仍無水，鱸精得居之，猶時出見形焉。

安吉典史周君言：其家有一傭媪，乃老寡婦也。在周氏數十年，家人皆敬遇之，不與他媪等。爲人良善，凡家人詬誶，必委曲解釋之。每食無鮭菜，惟醬腐乳一味而已。自云夜間一合眼，即有婦人衣藍布衫者與之俱，如是數年，習見之，亦不爲怪。一夕，婦謂媪曰：「今有極樂之境，當與爾一游。」媪唯唯。忽聞聲如辟歷，眼前有雙門洞開，婦與媪并入其中，堂宇軒敞，陳設華麗，儼然富貴家也。既出，婦謂之曰：「汝知此何地乎？此地即在爾身。曩所入之門，即爾頂門也。」媪自捫其頂，則頂門已開，如小兒之有囟矣。自是每夕必至其處，婦亦輒與之俱，但不復聞辟歷聲耳。媪自與婦人游，能見人所不見，或空中有神明經過，媪能見之。故凡便溺，必閉窗牖，且施幕帟，不使有一隙漏光，懼瀆神也。忽一日，向空叩頭不已。人問故，曰：「關帝過也。吾見關帝之後有黑雲隨之，恐將雨矣。」時晴日杲杲，初無雨意，俄而雷雨大作，人乃信之。問關帝之狀若何，曰：「與廟中所塑無異。」又問神在空中如何行走，曰：「凡神所至，必有白氣圍之，止見上身，不見其足也。」又數年，媪忽買黑棗啖之，日食無算。怪而問之，曰：「吾每夕與共之婦人，乃觀世音菩薩也。今將從菩薩去，而以生平飲食太菲，壽數雖終，而食禄轉未盡，不能遽脱俗塵，故食棗以盈其數也。」不數日，媪果無疾而卒。

阿三者，象山人，失其姓名。至湖州開墾荒田，居孝豐之烏泥坎。一日，偶失足蹶於途。忽見有五六人皆著紡綢衫，口操湖音，向之索博進。阿三視之，皆不識也，怒曰：「吾何時與爾博，乃負爾邪？」遂相毆擊，以一敵衆，大受窘迫。俄有老人曳杖至，曰：「爾等何爲？」阿三告以故，且求援焉。老人曰：「若輩無禮，我助爾擊之。」揮杖奮擊，五六人皆逃匿稻田中。阿三又拾路旁石塊擲之，皆應手而滅。老人指路使歸曰：「彼已滅跡，不足復慮，汝可歸矣。」阿三循途而返，忽如夢醒，則身猶僵卧道旁也。歸家憊甚，曾被捶擊處尚覺痛楚，皮肉皆青黑色，旬餘始愈。後至土地祠，見祠中神像與前所見老人酷肖，知爲神助，具牲醴謝之。

定海協鎮葛君飛熊，微時素無業。定海之俗，爲病者禱祀，必多具酒食。共陳於几者曰上筵，所以祭神；其實於地者曰下筵，所以祭鬼。上筵則主人自食其胙，下筵則分給丐者，任其醉飽而去。凡禱祀之家，必聽命於卜者，故群丐日偵探於卜者之門，屆期畢集，而葛亦與焉。一日食畢時，夜已深，微有月色。葛乘醉獨行，忽見一女子彳亍前途，葛疑爲私奔者，試尾之。至一家門外，門不啟而女子入，乃知爲鬼。於是就門外竊聽，則姑婦正相詬誶，已而寂然。葛慮有變，急叩户入，則婦已登樓，而姑猶怒坐樓下。葛告以所見，乃大恐，邀葛共登樓。葛甫上，向所見女子趨出，猝與葛遇，跌仆樓梯下，回顧已無有矣。入視其婦，婦縣於梁。幸其時未久，救之而蘇，乃厚謝葛焉。

《世本》稱巫彭作醫，是故古之醫即古之巫也。《周官》男巫之職主招弭以除疾病，尚有古之遺意。至於後世，醫日失傳，而巫更無論矣。江西南昌府有所謂搶魂者。各村坊咸有廟，廟之神曰太子，白面而有笑容。其身著甲，其首戴兜鍪，一手執旗，一手執劍，不知何許人也。凡病重者，請道士爲之搶魂。用響轎一乘，迎太子之神至其家。響轎者，舁之格格有聲者也。既至，焚紙錢，道士叩頭爲病者祈禱。其夜以健者四人舁神，道士從之，又十餘人執炬從之。至於曠野，盤旋三匝，衆皆大呼。三匝既畢，飛奔而回。甫及門，即大呼病者之名，門内應曰「諾」，於是復奉神於其家。三四日後，仍用道士送之歸廟，而病者果愈與否，道士不問也。廣東則有所謂唤魂者，亦謂之跳茅山。其法用道士數人，設齋壇，懸神像，誦經讖，皆如常儀。既畢，則布樓梯一具，每級剸利刃，刃皆上向，道士赤足踏其鋒，拾級而登。如是數次，謂之上刀山。乃以鐵彈一，鐵鍊一，置烈火中燒之使紅。道士口含紅鐵彈，手捋紅鐵鍊，久之，投入冷水中，水猶沸然，即以此水爲病人洗面。道士又自刺其手出血，塗病者兩太陽穴及兩掌心，以去内邪。又燃兩炬，入病者室中，彈藥末少許，訇然一聲，滿室皆火光，謂之發火粉，以去外邪。最後乃以雄雞一，青竹竿一，取病者親身之衣，登屋而呼其名，是謂唤魂。凡唤魂時，若適有物來，或牛羊，或雞犬，均吉，無則病不治矣。或遇有人來，亦吉，然所遇之人必死。故道士行法時，其前後左右十家内，道士必保其無咎；十家以外，不能保矣。不幸遇此而死，其身必有火印云。余謂此皆師巫邪術，非古巫醫之遺法，爲民上者所宜明禁也。至寧波鄉間有所謂爛泥膏藥者，則尤可笑。其人首簪花，面敷粉，行村落間。有就醫者，不診脈，以清水一碗，用筆注濃墨三點於水中。其墨痕蜿蜒而下，用竹管窺之，即述病狀，有中有不中，而率以五七言歌辭出之，辭極鄙俚，亦頗抑揚可聽。從之索藥，則以一泥丸付之，令病者貼某穴，無他藥也。故有爛泥膏藥之名。自稱先世有與仙女耦者，與一丸泥，至今子孫用之不竭。荒誕之詞，更不可詰矣。

慈谿俞君，以生人而役於冥中，有活無常之名。俞亦能文之士，頗恥之，故隱其名焉。其往役也，僵卧若死者，但胸膈間微温耳。或竟日而醒，或數日而醒，久而習之，亦不以爲異也。詢以冥中事，則秘不言。俞有友素相狎，求與偕往觀冥中景象。俞不可，苦求不已。俞曰：「必欲偕往，宜擇靜室安卧，雖數日不興，戒家人毋動也。」友如其教。俞引其魂遍游冥中，亦有城市，與人世無異。俄至一官署，俞有事當入，謂其友曰：「子待我於此，勿他去。此間究與陽世有別，儻誤入迷途，我不能救也。」友曰：「諾。」待久不出，意緒無聊。忽見數女子自署出，皆妖豔異常。其友心動，尾之行，入狹巷中。有小户半啟，女子咸入，某不覺亦從之入。忽聞大聲如辟歷然，驚顧，則己身在豕苙，化爲小豬矣。俞自署出，不見其友，尋覓不得，悵悵而歸。往探其友，猶僵卧未醒。其家人皆咎俞，俞亦皇遽無策，而撫其胸猶温，乃慰其家人曰：「此人生機未絶，當再往求之。」於是又赴冥中，一日餘而醒，曰：「已得之矣。其魂在數百里外某縣某村，業已轉世，非我親往，不能返也。」乃至其地，探知一家有母豬新生小豬。即至豬圈視之，有一白尾小豬，見俞則豿然而鳴。問主人此豬直幾何，主人知有異，曰：「非銀十兩不可。」如數與之，擕之而歸。至友卧室，用鐵椎擊豬斃之，而其友蘇矣。然自此智識稍鈍於昔，或由曾墮入豬胎故也。俞君自言，每入冥，則城隍神授以草鞋二、扇一。著草鞋，則行走如飛，隨心所之，無有隔閡，雖城垣可越而過，如門閾耳。其扇一面紅，一面黑，以紅者向人扇之，必竟體發熱，以黑者向人扇之，則寒顫矣。又言冥中真有血污池，世傳産婦必入此，妄也。血污池專治男子。凡男子惟一娶者，不入此池；再娶者即須入池一次；三娶者，入二次。若有妾者，入池之數視妾之數。俞君之言如此，可爲色荒者戒，然於理實未是也。《禮》曰：「宗子雖七十，必有主婦。」則再娶固非所禁。而古者卿大夫一妻二妾，士一妻一妾，則妾亦非所禁也。豈有聖人之禮所許者，而冥司顧以爲罪乎？余謂冥中無血污池則已，誠有之，必爲男女之不以禮合者而設。外婦私夫，悉入其中，則情罪允洽矣。

慈谿之俗有所謂肚仙者，相傳鬼於生前負人之錢，則入其人腹中。其人藉鬼之力〔一〕，爲人招致亡者之魂，人必以錢酬之，償滿宿債，則鬼自去。有腹中止一鬼者，有數鬼同居一腹者。鬼之初入，人必大病，每食必大嘔吐。俟鬼所居妥帖，由口出入，游行無礙，而後病愈。慈谿人極信之。有馮氏者，使之招致亡人。其人生前喜食鴉片煙，及至，即索之，乃爲鋪設茵褥如其生時，設盤於牀，盛煙於筒。俄氣縷縷出，似有人呼吸之者，不逾時而煙盡矣。此誠可異也。

〔一〕藉，底本原作「籍」，《校勘記》正作「藉」，今據改。

又有王姓者，於寇亂時失其子，請肚仙探之。肚仙歸曰：「此人爲礮火轟死，今其鬼周身黑如炭，形狀醜惡。且久與諸厲鬼伍，傖儜轟毅，無復人理。生前之事久已盡忘，招之入室，必將爲禍，不如其已也。」而王姓必欲致之，強而後可。俄而肚仙云：「爾子已至，無一言，闖然入內室去矣，不可得而問也。」是夕，王姓果大不安，一女一媪均暴卒。王姓窘甚，復求驅去。肚仙云：「是非一人之力所能敵矣。幸腹中有三鬼，併力驅之，或尚可爲。」俄聞空中搏擊聲甚厲，自內而外，久之始息。肚仙曰：「已爲驅去矣，甚矣憊！」

慈谿縣城東二十里有驃騎山，舊名靈山，俗呼小靈峰。其上有會龍寺，奉葛仙翁像於寺中。凡入寺瞻拜者，必在神前請給牒文，謂之關牒，云死後持牒至冥中，可領銀五百兩。故鄉民登山，必請牒，歸而藏之篋笥，臨死焚之。寺在山巔，自下而上，可五里許，而登者雖老弱，必步行。相傳以籃輿登，則所領關牒成廢紙矣。每年自正月一日至十日，及四月八日，爲香期，一縣之氓無遠近畢登，鄰縣亦有至者，寺中香火緣此大盛。其牒文詭誕鄙俚，即由鬻紙之肆鏤板刷印，上鈐葛仙翁印。通人多笑之，以爲寺僧造此邪說，藉以圖利耳。然婦女臨死，往往大呼速焚關牒，牒焚而目始瞑。焚牒時又往往有見其火焰作交龍形者。馮夢香孝廉曰：「天地之道，不外一誠而已矣。千萬愚夫婦，誠意固結，安知冥中不由此增設一例乎？萬事萬物，不誠則雖真亦妄，苟誠則雖妄亦真。」余謂此論是也。《中庸》云「不誠無物」，可知誠即有是物矣。古之明器，今之紙錢，皆可以此例之。

慈谿馮孝廉貞祐，字膺甫，以才氣自負。所居宅有鬼爲祟，往往白日見形。或於地下伸出人頭，俄與屋齊；或見披髮人，伸舌下垂至地。種種怪惡，不可殫述，孝廉不懼也。常佩一寶劍，見鬼必逐之。一日逐鬼，鬼逃入其妻室，妻適免身。俗呼産婦房爲紅房，一月内入此爲不潔。孝廉守此戒甚謹，鬼知之，故逃入紅房。妻見鬼坐牀沿作喘息狀，大驚，呼孝廉入逐鬼。孝廉終不肯入，但執劍立門外，呼曰：「鬼如有膽，何不出與我鬬乎！」後孝廉爲文訟諸城隍，甫具稿未謄也，夜聞案上紙筆有聲。明日視之，紙已裂，筆盡秃。孝廉笑曰：「鬼畏吾文乎！」易紙筆書之，焚於城隍之廟。是夜，聞有鎖鍊聲，至旦始寂，而自此鬼果不復見。

唐西鎮人張慶孫，當粤寇之亂，避居盛澤鎮，得病而死。死後其魂至盛澤之土地廟，盛澤土地以其爲唐西人也，送之唐西之水南廟。水南廟者，唐西之土神，其神乃陸姓女子死而爲神。唐西一鎮有水南、水北之分，其廟在水南，故俗稱爲水南娘娘云。又由水南廟仍送之還盛澤土地廟而蘇。未旬日，其妻勞氏死。先是，慶孫之死也，勞氏遍禱於群廟，請以身代。有慶孫之伯父行七者，死十餘年，至是附一傭媪之身，語勞氏曰：「汝意甚善，然汝亦吾家健婦，不可少也。盍以爾女代？」㝅曰：「此女年幼，吾尚望其成立。」堅請以身代。其七伯曰：「汝意既決，吾不汝違。然此事亦甚周折，吾尚須大費錢財耳。」及慶孫蘇而㝅死，知冥中從其請也。又臨平人徐守之，其子名美生。美生病且死，美生姊才十餘歲，忽從夢中呼譽而醒，其頰紅腫，遍體亦有青痕。問之，則云爲其祖父母所撻也。時其祖父母久死矣，問：「何罪撻爾？」曰：「祖父母欲我代弟死，我不可，大加笞楚。我痛不可耐，已許之矣。」未幾果死，美生病竟愈。由此二事而觀，則死真可代也。惟聖人知之，故周公有請代之言。俗儒讀《金縢》而疑焉，彼惡知死生之説與鬼神之情狀哉！又余二兒婦姚氏，幼時爲其祖母所奇愛。年六歲，大病已死矣，其祖母命製棺未就，故尚未斂。有欲舁之出者，其祖母輒痛哭抱持之。有幼妹甫一齡，乳媪劍之立於旁，其母歎曰：「爾姊且死，爾祖母悲悼如是，爾不知邪，何不以爾代之？」是夜舉家不寐，環病榻前，忽病者自牀上自投於地，若有人提擲之者。衆人驚詫，急抱之起，則已活矣。俄而其幼妹死。

范某，江西南昌人，居順化門外。少無賴，族人患之，屢送官懲治；釋回，則爲患愈甚。族有某甲者，昌言於衆曰：「爾曹但縛之來，吾當掐其目，使彼不復能爲患！」衆從其言，縛某付甲。某乞哀甚苦，甲不聽，竟抉其兩瞳子，某遂以瞽廢。後十餘年，甲死，有子四人，某皆與之三人者同牀而卧，夜半，某以利刃剚二子之腹殺之，而自詣縣言狀。夫以瞽廢之人，卒能手刃所讎者之子，雖其事不足道，亦可謂智深勇沉者矣。光緒五年臘月，甲二子有事入城，某與偕焉，共宿於城中范氏之祠。

眶，若忘前隙者。

臨平有沈姓者，患病數日，頗困頓。忽若有攝之者，隨至一官府，有主者檢籍曰：「此人未合死，誤被攝取，仍當送還。」乃命人導之出。見堂下罪囚無數，敲扑甚苦。有沈愷者亦在其内，其素所識也，裸而受刑，遍體糜爛。旁有人謂曰：「明日且以鐵索穿爾鼻。」沈見之，甚爲悲憫。俄而若夢覺者，遂蘇。使人視沈愷，則病卧牀褥間，宛轉呼號，已歷數晝夜，求死不得。明日，其妻方持藥至，忽鼻孔中噴出血二道，即時氣絶。沈愷爲人暴戾恣睢〔一〕，久爲鄉里患，及死，人咸快之。余謂冥吏誤攝，載籍常有，如《前定録》所載因追金鄉縣尉韋泛，而誤追金壇縣尉韋泛；《朝野僉載》所載因喚天官侍郎許子儒，而錯喚地官侍郎周子恭，皆是也。若此沈姓之誤攝，則似有意，蓋欲使之見沈愷在冥中受罪，轉告世人以爲鑒戒耳。不然，則沈愷之死，雖有鼻中出血之異，安知其爲冥譴哉！

〔一〕睢，底本原作「睢」，《校勘記》正作「睢」，今據改。

安慶人游某，僑寓江西。其子婦重身，逾期不育，腹彭亨若五石瓠。或薦術士治之。術士至，披髮跣足，禹步於庭，仗劍指麾，口誦呪。手執一雄雞，刺其血，書符二。一焚其灰於水，令婦飲之；一令婦佩之於身。曰：「兩日内必生，然恐所生非人也。」越兩日，婦腹震動，大痛欲死。俄腥風起自牀下，鐙光慘淡，房中人咸凜凜，而婦已産矣。視所生兒，毛髿髿而色甚黑，眼鼻不可辨，口則甚闊，幾過其耳，手足亦略具。通體柔弱無骨，提挈之則長，釋手則短。咸共怪異恐驚。産婦命舉而棄之野。余二兒婦因言其在家時，見親串中生一子，至十歲外，猶不能行立。置之一大木盆中，便溺皆於是。提挈之則高與人等，釋手則一皮渾脱耳。其母惡之，略不省視，其祖母憐而飲食之。年十六，竟死於盆中。余謂古稱徐偃王有筋無骨，此豈其類歟？大兒婦又謂湖北咸寧鄉間多怪産，有石氏婦，凡九産而生怪物九。大兒婦之嫂，石氏女也，實親見其三：一猴、一蛇、一鳥。

湖北咸寧鄉間有毛氏女，未嫁而與人私。父母怒而殺之，埋其屍於野，俄而成僵屍，出逐行人，乃發而焚之。俗言焚僵屍必覆以魚網，則屍燼而鬼亦滅。時偶未計及，焚煙上徹，有紅烏見於林端。已而其鬼果時出爲厲，凡人家子女之潔白端整者，每每爲所祟而死。遠近咸稱之曰毛家姑媽。不知其所起，亦不知其何以得此稱也。爲所祟者，初不自言，雖父母前不告也。其人了無疾苦，但言欲製某色衣、某色褲、某色鞋韈，女則并抹胸纏足，一一佈置。諸物既具，始言毛家姑媽招我去矣，向所佈置皆毛家姑媽爲之也。乘人不覺，即取著之，或仰藥，或雉經，無一免者。於是人皆畏之，各村皆爲立廟；廟立之後，爲祟如故。有咸寧令某公，聞之大怒，悉毁其廟，且至江西真人府求施敕勒之術，自是稍靜謐，然其爲祟已數十年矣。方其盛時，鄉間至不敢言毛家姑媽，偶言及之，則動色相戒云。及粤寇亂後，毛家姑媽復出，然不至如前之甚。諸被祟者，或仍言毛家姑媽，或言某氏子、某氏女，則皆向之死於祟者，蓋其徒黨也。異哉！毛氏一女子，非取多而用宏者，何死後數十年猶有靈爽若此也?殆戾氣所鍾歟！又有順寶者，咸寧范氏女，亦未嫁而私於人，爲父母所殺。其鬼時時出見，久之人亦習見而不爲異。每春日，諸女至山中採茶，薄暮則順寶之鬼輒出助之，與其妹尤暱，幾於無日不見。每語妹曰：「我不肖，死固分也；妹幸好爲人，毋似我爲父母羞。」此鬼殊有意，勝毛家姑媽多矣。

嘉慶時，錢唐人某游天台山，見一人自稱陸講山，言明季事甚詳，異之。明日復訪其人，則不復見矣。某欣然以爲遇仙。按陸講山先生名圻，字麗京，錢唐人，乃國初西泠十子之一。少負盛名，與弟堦、培稱「三陸」。培以行人死甲申之難。先生後爲湖州莊氏之獄所株連，及事白，奉母隱西谿駱家莊，常賣藥苕、霅間。及母殁，棄家遠游，不知所終。至嘉慶末，此人猶得見之，殆真仙矣。

震澤王君蟾生，余門下士王廷鼎夢薇之父也。道光庚子歲，讀書東安村之八蜡廟。廟有樓，王君與諸友晝則讀於其下，夜則寢於其上。一日，諸友皆外出，王君獨留。忽狂風起，窗户皆鳴，卷帙飛舞。突見一老叟兀立案前，年可六十許，黄面白鬚，目開合不止，兩手向空作攫抓之形。王君驚問何人，叟不答，徐徐卻走，退至東壁，如嵌入者，兩手攫抓如故。王君大呼，有老僧聞聲趨至，則全身已隱，而鬚眉口鼻猶見於壁，栩栩欲活也。懼而走出。薄暮諸友至，復偕入視之，則無有矣。是夜仍宿於樓，夜半聞扣窗聲，窺之，則有長人足立庭中，而首出樓外。諸友中有吴友霞者，素有膽，潛立窗側，挾利匕首伺之。俄其人探手入，急以匕首刺之，中其腕，大叫而遁，匕首亦隨腕俱去。其時廟中人咸集，循血跡求之，至廟後，有敗棺數具，一棺蓋有漬血。僧曰：「必此棺爲怪矣。」議焚之，王君止之，後亦無他。余謂晝所見者或即棺中人；若夜所見者，怪也，非鬼也，鬼安得有血乎？使非晝有此異，夜必酣眠，或爲怪所攫食，未可知矣。棺中人與諸君有恩，王君止焚，是爲有見。惟棺蓋血跡又似可疑。或曰必此怪恨棺中人，而以此嫁禍也。若然，則俄頃之間，機械横生，捷於鳴鏑，視巨手破窗，更爲可畏矣。

平望鎮之西有地名韭溪，里人潘氏之墓在焉。某年夏，忽於赤日杲杲中辟歷一聲，白雲四起，有一物從空中墮其墓上。其物長四五尺，牛首鼉身，有角有鱗，而無尾。四足皆五爪，而後足若痿痺不能起者，但以前兩足蹣跚而行。所過之處，翁仲俱仆，大木盡拔。村人大駭，聚而觀之，且奔告於潘。次日，潘至，是物已力倦，積卧於豐草中，腥氣不可嚮邇，蠅蟻集於其身，遍體蠕蠕然，而是物若不知者。或以竹竿刺之，亦不動，間或昂首一噓氣，觸之者無不立倒。潘知其異，禁人勿犯之。無何，風雷交作，大雨如注，物奮身一躍，騰空而去。至天半，猶垂首俯視，久之始杳。竟不知是何物也。

布袋和尚者，不知何許人。嘉慶中，至吴江縣城賣卜，居城東關帝廟中，口操楚音，年可七十餘。項下縣一黄布袋不暫釋，因以名之。袋廣長僅尺餘，不甚豐滿，而和尚每日所用之具，若杯，若壺，若冠履，若紙墨筆硯，咸取之，此未嘗闕焉。日賣卜，以十事爲限，談休咎輒中。既畢，則遍游村市，見字紙，必拾之投袋中，恒勸人惜字。自言每日所拾，暮則權之，必滿一斤之數，如是者三十餘年矣。廟中人有伺其熟睡而探其袋者，止得龜殼一，長寸餘。於是皆疑爲仙，環而叩其術。和尚厭之，乃不恒至。一夕忽來，即闔户而寢。次日日中不起，呼之不應，破扉入，則和尚圓寂矣。失其袋，大索不得。正共驚異，而西郭外之人麕至，咸曰：「和尚成神矣！」蓋其地故有土地廟，是夕，父老皆夢土地來别曰：「吾去矣。明日有縣布袋於項者，是代吾者也。」及旦，父老至廟中察之，則見神項下縣一黄布袋，詫曰：「此布袋和尚之物，何爲而在此？」入城，而和尚果死，故知其真成神也。衆即葬之土地廟後，至今神項猶縣布袋云。

桐鄉倪亞卿，弱冠游吴中，寓桃花庵之夢墨樓。一夕獨坐，忽聞窗外吟詩聲，静聽之，其詩云：「生怕秋來瘦不支，十年心事訴誰知？荒庵寂寞如宫禁，况是風清月白時。」「一病奄然百事灰，多情無力挽春回。青山緑水橋邊路，苦望郎君撥棹來。」聲甚悽婉。倪知是鬼，即亦不懼。俄見一女子推扉入，倪問曰：「卿何人也？」女曰：「妾姚氏，字修竹，家山塘，故風塵中人也。年十六，爲貴州李小白刺史所賞，許以千金聘妾，先下百金爲定，期三年之後改官江南，然後來迎。乃瓜期滿矣，而花信杳然。妾感其情，誓不再嫁，獨居抑鬱，半載而殂。三寸桐棺，即停庵後，偶來玩月，聊爾哀吟，以抒幽悃，幸勿見訝。」倪憐之，以手撫其背。女卻立曰：「妾以守貞，故歸泉壤，否則猶在人間也。」言已遂滅。次日驗之，果有一棺在牆隅，倪因題詩樓壁，以識其事。越二載，有都司李某自黔來蘇，亦寓此樓，見詩驚曰：「李小白，吾父也。於咸豐十年殉難，吾即以先人難蔭得此右職，初不知有斯事也。」因屬庵僧：「善視此柩。吾差事畢，再來此，當爲營葬。」然其後亦不復至。

咸寧毛氏有一婢，年十三四矣。其主母慮火災，防範甚嚴，雖天寒不許近鑪火。忽一夕，舉家聞惡臭，若火炙物者，已而鄰舍亦聞之，競扣扉問故。其主母即呼是婢，則不知所在。旋得之於空室中，足踏銅火鑪，倚門而立，呼之不應，視之，死矣。競前挽之，則隨手而化爲灰，獨兩腳不化，猶立銅鑪上，流膏滿地。而室中物一無所毁，其所倚之門亦不焦灼。異哉！謂火自鑪起，則當先焚其足，何其足轉不化歟？或疑如佛家之戒火自焚，然此一蠢婢耳，平時初無異人處，且膏油流溢，死亦甚慘，戒火自焚，必不如是也。或疑此婢必先醉燒酒，火氣薰烝，引動内火，遂至自焚。此頗似近之。然藏府燔燒，筋骨俱燼，其楚毒爲何如，尚能植立不動歟？是真不可解矣。

紹興蕭山縣有隔河，其河淤百餘年矣。光緒五年夏大旱，乃訪求其故道，集民夫濬之。有周姓者與其役，掘得一石門，長廣二尺許，啟之則如隧道然。疑故時人家洩水之溝也，以竿探之，忽有聲若人欬者。異而益窮之，至丈餘，欬聲愈厲。有青蛙數十躍出，大者如盂，最後一蛙，身長尺，色深黄，腹下純白，遍身黑斑累累然，怒目大鳴。人或擊以竿，蛙以前足格之，竿爲之折。於是人爭擊之，蛙抱一木樁，兀不動，惟以後足相撐拒，口格格如鳴鼓。有老人急止之，曰：「此非常蛙，殺之恐不利。」衆韙其言，擬縱之河，而蛙抱木不釋，爪之入者三分。衆因舁其木而投之。甫及河，蛙一躍而去，須臾大雨，四境沾足。

童元發，嚴州淳安人。其地皆山也，山多猛獸。元發父自城晚歸，中塗一熊突出攫之，仆焉。同伴者狂奔而免，糾衆還救之，熊始去，而元發父碎首刳腹死矣。奔告其家，時元發甫弱冠，日持匕首哭父死所，欲得熊而甘心焉，或數夕不歸。母匿其刃，禁不使出。元發哭愈哀，月餘復竊刃而逃，村人遍尋之不得，自是蹤跡杳然矣。而數十里内，山中居者恒隱隱聞哭聲，或夜静，聞霍霍磨刀聲。去其鄉五十里，有地名葉家坂，居人以獵爲業。一日入山，見一獸，人面而獸身，以敝衣蔽體。衆異焉，發火槍擊之，不中。獸奔，衆逐之。獸呼曰：「吾童元發也，勿傷我。」衆人素知其名，呼與俱歸，元發騰躍而去，捷於飛隼，俄頃不知所往。於是遠近皆知元發不死，且諠傳其異矣。元發母聞其事，思念甚切。一夕，忽聞扣門聲，啟之，則元發闖然入，曰：「兒今得報父讎矣！」氣咻咻喘不止，汗淋漓如雨，肩一物擲地，腥臭不可近，燭之，熊也。母驚喜，鄰舍畢集。時元發去家已一年餘矣，問其所歷，曰：「自入山後，日伏巖穴中。饑則采果實，或掘黄精白朮食之，寒則集槲葉松毛爲衣〔一〕。數月後，覺身體輕捷，且生毿毛，如猿猱

〔一〕 槲，底本原作「檞」，《校勘記》正作「槲」，今據改。

然，逾坑越谷，無異平地。日夕禱於山神，願報父讎。昨宿枯廟中，夢神告曰：「殺而父者，去此不遠，東行十餘里，沿澗伺之，可得也。」如其言，果見熊飲於澗。剚刃其腹，應手而斃，遂負之歸。」聞者莫不歎異。翼日，熟而祭於其父之墓，并具牲醴，酬神於山。嗣後飲食衣服仍復其舊，身亦重墜，與常人無異，惟遍體之毛，竟不脱落。余門下士王夢薇曾於同治十一年見之淳安市上。其人頎而長，年可三十許，肌理黧黑，兩顴毛毿毿然，視其手臂亦然。人皆曰，此童孝子也。惟神識不甚慧，問之多不答，如聾聵者。識者謂積慘傷其心也。粤寇之難，近村多被焚掠，而童孝子一村獨無恙。

吴江梅堰鎮有殷姓者，賈人子也。畜一鸜鵒，五六年矣，愛之如子。咸豐十年四月，粤寇突至，殷舉家奔竄，半途忽憶鸜鵒，復還至家中，謂鳥曰：「寇至矣，不能終畜汝，汝速去，勿罹此禍。」遂開鎖縱之。鳥去而寇至，幾不免。後歲餘，殷徙居鶯湖之計家港。一日，鳥忽至，飛鳴於室，若有所言。殷不悟，飼之不食，籠之不宿，至夜不去，啁啾如故。俄聞礮聲，始悟賊將至，鳥速之去也。即挾眷屬狂奔，而賊已四面合圍，不得脱。天遲明，潛出，欲越橋北走，而寇伏於橋側，群起遮攔。忽有一鳥翱翔其間，賊注目視之，鸜鵒也，口銜白布一幅。咸共駭異，疑爲神，逡巡久之，而殷氏之衆已從橋上去。賊因鸜鵒之異，亦不窮追。殷至光緒中尚在。

周如三，浙江山陰人，賣藥爲業。嘗與村人採藥王山，山有澗，狹而深，兩旁石排列如矛戟，止容一人入，而黄精紫蔆生其中。周解衣使同伴者縋而下，有所得，公焉。其同伴有趙某者，見周衣巾藏白金十餘兩，利之，乃懷其金與衆俱走。已而周欲出，呼其曹，莫之應，窘而大號，亦無聞者。不得已，緣澗行。澗甚紆曲，廣狹靡定。行十里許，得一洞，外窄而内寬，窺之，若有光。入之，則有一蛇存焉，長四五尺，圍可五寸，鱗甲陸離，形狀頗異。悸而欲出，已爲蛇所見，因跪而告以故，并求寄宿焉。蛇若頷之者，周遂匍匐入，伏其側。洞中山氣薰蒸，不雨而滴，又昏暗無天日，不辨旦暮。久之饑甚，見洞有一石，光滑如脂，蛇恒以舌舐之。意其可以療饑，又跪而祝曰：「小人不食三日矣，願分君之甘。」蛇又若頷之者，因亦就舐之。石淡無味，然饑火頓息。如是數日，忽聞雷聲殷殷，在山之巔。蛇聞之，蠕蠕然動，未幾暴長，頭角崢嶸，不蛇而龍矣，騰躍欲上。周攀其角曰：「龍王一出，某老死洞中矣。願從龍王偕出。」蛇又若頷之者。辟歷一聲，挾周俱上，俄而墜於地，則其村也。乃反其家。家人喧相告曰：「吾以汝爲死矣。」周曰：「誰言之？」曰：「聞諸趙。」周欲詣問趙，而趙已至，披髮跣足，奉衣及金跪於門外，自述前意。問：「誰使汝來？又誰使汝言之？」則趙亦茫然不知也。

卷六

湖北咸寧有某氏女，頗娟好。粵寇之亂，有賊數人突入其家，見女豔之，欲劫之去。其父母村農也，騃癡不曉事，謂賊曰：「吾女已許嫁某村某氏子矣，安能從汝？」賊曰：「易耳。吾往某村殺某氏子，則爾女可從我矣。」父母曰：「雖殺某氏子，亦不汝從！」賊曰：「然則并汝二人殺之，爾女可從我矣。」女見事急，從容謂父母曰：「吾父母何老悖如此！我得嫁將軍，異日爲妃爲后，未可知也，豈戀此田舍郎哉！」又謂賊曰：「我從將軍去，父母老悖不足與語。」父母牽女衣而哭，女揮手曰：「兒此去大好，何用悲苦。然父母宜即日他徙，不然地方官府知兒從賊，必以爲父母罪矣。」言已，從賊竟去。甫行數里，又謂賊曰：「吾固許嫁某氏子，今從將軍去，異日某氏必向父母索女，且爲父母累。幸此地距某村近，宜往與訣絕。」賊從之。女平時固常至婿家，且爲其姑所憐愛。及是乃徑詣其姑告别，且謂之曰：「舅姑宜即日他徙，不然地方官府知兒從賊，必以爲舅姑罪矣。」其姑聞之泣，女不顧而行。賊欲犯之，輒好語之曰：「我固從汝，然須成禮，不可苟合。」行一二日，賊又欲犯之。女度父母、舅姑皆已他徙，乃抗聲大罵曰：「狗奴！我良家女，且已許嫁某氏子，豈從汝輩犬彘哉！」賊見其意驟變，大駭，尚以其貌美，不忍殺，以甘言勸慰。女罵益厲，自以頭觸賊刃，遂見害。此事余大兒婦言之，以不記其姓氏爲憾。余曰是無傷也，《明史·列女傳》所載，如招遠孝女、石門丐婦、上海某氏、六安女之類，皆不詳其姓氏，至今何嘗不炳然史策哉！

蘇州桃花隝有缸甏阿慶者「甏」，俗字，古無之，《集韻》有「瓶」字，蒲孟切，音膨，瓿屬。或即此字。多膂力，鄉里咸憚之。有某甲與之忤，慶糾其黨，欲毆之。甲懼，奔告於慶之妻父，其妻父曰：「是不可以理諭也，汝謹避之而已。」甲匿數月，偶出，遇慶於途，痛毆之。甲憤且愧，歸則吞生鴉片煙而死，鄉里莫敢爲一言。久之，阿慶亦死。其子曰二和尚，年長矣，家亦小康。一日，自市上晚歸，遇甲於塗，呼曰：「汝父殺余，余今且殺汝！」和尚大駭，狂奔歸家，遂大病，述所見，家人大具牲醴以祭之。久之，病始愈。逾年，又遇諸塗，歸又大病，家人爲焚紙錢無算。久之，病亦愈。而和尚以久病，遂失業，家亦落。一日，又遇諸塗。和尚習見之，亦不畏也，謂甲曰：「吾今非昔比矣，饔飧不繼，生亦無味，顧安所得死？」甲曰：「何不食生鴉片煙？」和尚諾之。至夜，謂家人曰：「某甲教我以禦貧之計，吾從其教，已食生鴉片煙矣。」家人方驚愕，而和尚忽跳擲號呼，移時竟死。

門人王夢薇言：其鄉先達有觀察仲公者，微時讀書於蒯氏之園。一夜，聞池中澎然有聲，俄一人推扉入，面色微赬，鬑鬑有鬚，向公長跪。問何人，則叩首曰：「公勿怖，我乃鬼也。生前爲蒯氏僕，失足死池中。冥司憐我無罪而死，且沉淪三載，不求替代，將保我爲土地神。然仍須陽間貴人一保狀，故敬來求公也。」公笑曰：「我一介寒儒，且陰陽路隔，何能爲！」鬼苦求不已，公乃取名紙書一「保」字付之，欣然叩謝而去。次日，問諸蒯氏，果有此僕云。後公以編修視學江西，攜眷屬乘舟赴任，守風泊一山下，見士女往來如蟻。問其故，曰：「此山土地神素靈異，今值生辰，故數十里内咸來瞻拜，此年年一盛會也。」公有子才十齡，聞之欲往，乃使數僕負之上山。至則笙歌鼎沸，百戲雜陳，觀者環立如堵牆。諸健僕擁公子直至神前，公子忽仆，口流白沫，呼之不應，掖之不起。僕知干神怒，急叩首謝，無益。衆人曰：「是非其父母來不可。」僕急歸，述於公。公不得已，具香燭與夫人登山。既至廟中，仰瞻神像，宛然蒯氏僕也。乃曰：「子非數年以前求吾作保者乎？今得志，何漠然無故舊情也？且孺子無知，有何干犯，而淩虐至此。其平日妄作威福可知，余誤保矣。」言已，舉手批其頰，神首應手而墜，公子頓蘇。衆愕然，公爲述其故，自是香火遂絶。

蘇州珠明寺有癡和尚者，蓬頭垢面，嬉笑無度，其狀類癡人，因以爲號也。常數日不食，或一日而食數日之食。冬夏衣一短布衲，不易亦不敝。畜一黑犬，跬步不離。每晨必出城，登楓橋，向西方呼吸良久而返。市中果餌鮭菜，任意攫食，食畢，納其餘於袖中。凡經其攫食者，是日利市三倍，故人皆樂之，不責直，亦從不予直也。若强之食，則必如直而償，或卻之，則投其錢而去。好與兒童嬉，袖中物輒分給之，亦有索之而不與者，莫測其意也。又能醫人，有病者招之輒往，或不往，則病不治矣。有陸某病瘵，群醫束手，乃延之診治，比至，已死矣。和尚熟視，大笑，急索筆，書一方云：「泰山石一片，蟠桃仁二十粒，扶桑木一株，用黄河水煎。」衆難之，和尚又大笑，索火焚之，以其灰和茶灌死者口中，須臾即活，病若失。其醫他人，用藥悉類此，皆燒灰和水飲之也。一日，至日昳不起。寺僧異之，窺其户，異香滿室，入視，則已圓寂矣。舁之，輕如蟬翼。其所畜黑犬尋亦死。

俗謂懸物曰吊，湯臨川《牡丹亭》曲曰：「高吊起文章鉅公。」則明人已然矣。因而以縊死爲吊死，其字實當爲「𠄏」。《玉篇》了部：「𠄏，丁了切，懸物貌。」丁了切，其音如鳥，與吊略殊，然亦一聲之轉。《廣韻》上聲有蔦字，都了切，讀如鳥。去聲有蔦字，多嘯切，讀如吊。然則𠄏亦可讀如吊矣。相沿既久，遂莫能改。河南省城有所謂老吊爺者，縊死鬼也。其人姓張，名子和，生時以賣布爲業。一日，負布數匹，售之於市，爲賊所竊，憤而縊死。死後頗著靈異，縣中捕役奉以爲神，尊之曰老吊爺，爲之立廟。凡捕盜賊不得，則禱之，輒有應。其始惟祥符縣有廟，後中牟縣捕役禱而應，因亦立廟。余親家翁樊玉農觀察曾宰中牟，其長女即余長子婦也，時尚幼，曾往觀之。神像高纔二尺許，立而不坐，手執雨繖，背負布數端，宛然一市井中人也。祥符有富民某姓者，生一兒，雇村婦乳之。婦負兒出游，俄失兒所在，大索不獲。聞於官，官命役蹤跡之，亦竟杳然。役禱於老吊爺，出而有鴉噪於前，若相導者，因祝之曰：「爾果神歟，請止。」鴉即止。又祝之曰：「爾果神歟，請飛。」鴉即飛。乃隨之行，至城外一處，鴉集於地而噪。就其地發之，則兒屍存焉，斷而爲八矣，然莫知爲何人所賊。禱於神，神亦不復指示。時村婦已去，久之，復入城言於其主曰：「殺兒者，即吾夫也。吾夫素無賴，頻向我索錢，未滿其欲，因促我歸。我戀所乳兒，未忍言去。夫憤怒，乘我不覺，抱兒去，殺之也。」於是官逮其夫至，訊之，如婦言，乃論如律。婦誠愚，豈懵然不知殺人之必償其命歟？殆亦若有使之者矣。

樊和氣，湖北咸寧人，余大兒婦之再從兄女也。其父名希森，以財雄於鄉。咸豐二年，粵寇至，希森全家遷居省城中〔一〕。俄而賊圍省城，時和氣甫十三歲，父素所憐愛，謂之曰：「吾全家無脱理，汝年幼，可偕僕媪輩逃匿。吾止汝一女，無俱死也。」和氣曰：「父言誤矣。父母止我一女，祖父母不止父一子乎？父宜亡去，存先人血食。一家細弱，俱宜早死，免爲父累。父乃命我逃匿，設不幸落賊手，人必曰『樊氏女爲賊所得矣』，此言父豈樂聞哉！」已而賊圍益急，城且旦夕破，舉家和藥以待。及城陷，父將飲之，和氣奪其藥去，而謂其母曰：「此母與兒輩所宜服也，兒請先母嘗之。」言已，即舉藥一引而盡，曰：「此藥甘如飴耳。」諸婦女亦有飲者。俄聞賊已封刃，且傳僞檄安民矣，乃各以藥解之。諸婦女皆蘇，惟和氣最先飲，毒深不可救，竟死。時倉卒不得棺，乃納其屍於櫥中，而埋之屋後積灰之下。未幾，賊至其居，舉家分散，各不能相顧。賊退，始先後歸其家，男婦數十人皆幸無恙，獨和氣死耳。因復入城，至故所居，發積灰求之。其櫥固在，啟之，屍尚未腐，面色如生，乃具衣衾改斂之。其手足猶可屈伸，惟腰間若有微創，蓋先時納屍櫥中，誤傷之也。然人雖見之，慮其母傷悼，亦不以告。久之，和氣見夢於其母曰：「兒本仙女，死仍爲仙。今在杏花仙女處，甚安樂，惟腰間微覺痛楚，亦無大苦，母勿

〔一〕希森，底本原作「希深」，《校勘記》正作「希森」，今據改。

念也。」母覺,以語人,不解腰痛之故,人始以所見告,益信夢之非妄矣。

大兒婦樊氏言:其家庖人治一鼈,已以箸夾其頭,將斷之,忽其尾間又出一物如頭然。庖人詫曰:「豈此鼈有兩頭歟?」强納入之,復以箸夾其頭,頭出而尾間物亦出。庖人大怪之,乃曰:「吾熟爾於釜中,看爾有何怪異!」及熟而剖之,則中有一人焉,其狀如老翁,鬚眉宛然,頭戴風帽,身披氅衣,但不見其足耳。僕媪輩傳觀之,兒婦時尚幼,亦取視焉。雖已乾腊,尚可把玩。或語庖人曰:「此鼈寶也,生得而畜之,則可以盡得天下之寶矣。」庖人乃大悔。

高君者,與臨平周氏有連,余昔寓臨平,屢見之。人以其行七,呼爲七先生,忘其名矣。喜食鱧魚,每使其子婦手治之。一日,其子婦治一鱧,未奏刀,而鱗間血溢出,詫曰:「此鱧有異,吾未之見也。」及熟而進之,以其異告,勸翁勿食。高殊不之信,笑曰:「魚必有血,此何足異?」竟食之。是日遂死。按鱧魚首有七星,亦名七星魚。道家以雁爲天厭,犬爲地厭,鱧爲水厭,是爲三厭。高君喜食鱧,卒以隕命,可不戒歟!

蘇州閶門内有屋一區,浙人唐氏僦以鬻繒帛。余妻昆弟之子姚縠孫與其事。一夕,與同業某氏子夜話頗久,覺有饑意,乃攜雞卵數枚欲就廚下熟而食之。甫出户,而所執之燭驟滅。是屋素著怪異,縠孫習之,亦不畏也,笑曰:「豈其鬼歟?」呼某氏子復以燭來,及至廚下,而燭又滅。穀孫曰：「汝能滅之，我不能然之歟？」乃與某氏子各執一燭，且各藏火種，此滅則彼然，彼滅則此然，屢滅屢然，竟煮熟雞卵，食之而返。又小倉口一屋，亦有怪異。余嘗僦居之。余長子紹萊與女婿許子原同卧一室中，夜深不寐，偶思得食。是日適有祀神之雞，雖已啟毛取血，未熟也。乃就窗外短牆上一小火鑪，置鐺於上，入雞其中，敲石取火，束薪蒸而然之。兩人皆不習爨烹，久之不爇，而意亦倦，抽薪滅火，仍歸就枕。俄聞窗外有扇聲，又有薪柴爆裂聲。慮火未盡滅，或致上炎，偕出視之，則鑪内初無一星之焰，而鐺中已鬵然沸矣。發而覰焉，雞已爛熟可食。初不知其所由，姑取而飽食，竟無他異。余謂此必狐魅爲之，非鬼也。

河南中牟縣民間一女子，生而兩目，與人異。其瞳子旁有白痕一綫圍之，自幼能見神鬼。甫能言，即言空中某神人過，某仙人過。人雖不之信，然以某神某仙之名非童稺所能知，亦頗異之也。五六歲時，即能爲人醫病。久之，其名大盛，延請之者無虚日。其治病也，不切脈處方，隨意以一草一果食之。或使人入市買藥物少許，所買藥皆人所常用之品，且所值不過一二十錢，而病人服之，無不瘳者。一時閧然，以爲神醫。然不受謝，或以食物遺其父母，少則受之，多亦不受也。自言不能過十八歲，如期果無疾而卒。其人蓋在道光初年，惜談者失其姓氏也。

湖北有某媪者，乳醫也，俗謂之收生婆。其始亦與他媪等。一日，偶於田間拾得死人手一，攜歸供奉之，嗣後其術益神。凡有召之者，或即時而往，或遲之又久而往。其至也，必適屆其婦產時，未嘗早至以待，亦未嘗有不及也。一入其門，即知所生之爲男爲女，百不一爽。亦有呼之而不至者，則此婦必危矣。所至不索重酬，然竟以此起家。年八十餘而卒。其晚年不輕爲人收生，有難產者召之，猶時爲一往。

楚人有梅姓者，官於中州。其妻將產，使人召收生媪。媪至，見一婦待於中堂，服飾甚豔，戴花滿頭，責媪曰：「來何遲也！人家何等大事，汝乃遲滯如此乎！」媪惶悚謝過，乃命入房視產婦。而婦產頗不易，久之，勢甚危殆，媪曰：「事至此，恐不可爲諱矣，宜請主婦來。」其家人曰：「産者即主婦也，吾家安得更有主婦！」媪曰：「待我於堂，且責我遲滯者誰歟？」家人聞之，皆大駭異，謂無是人。媪不信，遍索之，果無有。已而其婦竟卒。後有知者，曰：「舊有朱姓居此屋，其婦以產難卒。」據媪所見，與朱氏婦形狀相同，殆必其鬼矣。豈以產難卒者，亦如縊鬼、溺鬼之求代歟？

楊某，山西人，官於貴州。有一妹，庶出也。妹甫生而所生母死，育於其母。幼而明慧，父母皆奇愛之。父臨終謂某曰：「必善視此妹。」母臨終亦謂某曰：「此女雖非我所生，我愛之逾所生。汝必善視之。」某承父母遺意，遇此妹甚厚。其妻頗賢，待小姑亦甚厚。女美而且才，家中事悉女主持之。已而其妻死，繼室亦賢，仍以内政讓女。女年已長矣，某擇配良苛，凡有求娶者，某視之，輒曰：「非吾妹偶也。」因循久之，未得其人。而其繼室又死。未幾，又續娶一婦，婦不能如前兩人之賢，輒怏怏曰：「奈何以小姑主家政！」然不敢公言於其夫。女知之，乃往往託疾，有以家事關白者，推以與嫂。如是年餘，家中事悉決於嫂矣。然兄之飲食衣服，女尚手自料理。嫂意不樂，自是家庭間小有口舌，女鬱鬱成疾。是時女年幾三十矣，某急欲爲擇婿，終以未得其人，迄無成議。某偶于役於外，聞女疾甚，馳而歸，則女已死矣。乃撫膺大慟曰：「吾父遺言謂何？吾母遺言謂何？吾妹死，吾何面目見父母地下乎？」痛哭歐血，未數月，亦死。余謂此君推父母之遺意以愛其妹，可謂孝且弟矣。然不能早爲擇婿，使有所歸，則愛之而不知所以愛之，適所以死之。雖以身殉，奚益焉？惜哉！

孟縣貞女，不知其姓氏，故援《明史》招遠孝女之例，以縣名冠之。自幼許嫁某氏子，未嫁而某氏子卒。貞女年甫十四，請於父母，欲往。父母不許，固請不已。其叔父曰：「奈何吾家有此貞女而不成其志？」力勸其父母許之，遂如夫氏。舅姑皆不欲，其舅猶以婉言遣之，姑則出惡聲焉。貞女痛哭不肯反。其夫之叔父曰：「奈何吾家有此貞婦而不成其志？」力勸其舅姑留之。姑遇貞女虐，饑寒不之恤，而役之如婢妾。冬日手足皸瘃，而操作不倦，無怨言。姑以其勤慎，稍憐愛之，然役之如故。有夫弟才八九歲，女視之猶弟也。未幾，舅姑相繼死，女主家政，喪祭皆以禮。及服闋，夫弟年十六矣，女即爲之娶婦。婦至，亦頗婉娩，女每事必教導之，且曰：「不久當以家政付娣。」新婦曰：「我年幼無所知，仍當歸姒。」女曰：「未亡人數載以來心力交瘁，此後餘生無幾。爾夫婦不當代我勞乎？」自是女稍稍謝去家事，日事縫紉，一衣一襦，皆新作之，然悉以布，無寸錦尺帛焉。既畢，乃歸其母家。先是，女間一歸寧，未暮必反，母留之宿，辭以舅姑；及舅姑死，辭以家事。又其歸也，惟居母所，雖兄弟之閾不履也。至是乃遍詣其伯叔兄弟，留連數日而還。其叔父使人遺以紅紬一端，傳語曰：「叔氏問姑娘使得否？」女大喜，受之，亦傳語曰：「敬謝叔父，使得，使得。」俗語以可用爲使得，亦莫之異也。還至夫氏，與小郎夫婦言家事甚悉。其夜，著所製衣襦，以叔父所遺紅紬自縊。甫就縊，即見其舅姑至，又偕一少年至，曰：「此爾夫也。」已而又有長老數輩至，室中無慮數十人。俄而中霤井竈之神悉至，社公亦至，皆力阻之。砰然一聲，懸絶於梁，女墜於地。小郎夫婦聞聲趨至，破扉而入，見狀大驚，急扶女起，則已蘇矣。夫婦厥角痛哭，請毋死。女慰之曰：「我不死矣。」乃述所見，曰：「神鬼皆阻我，我豈得死哉！」因解衣就寢，達旦晏然。次日，女大治酒食，祭其先，并中霤井竈一一祭之。人問故，曰：「謝其祐也。」其夕，竟縊而死。疑已以必死之故祭告鬼神，故鬼神亦不復阻之矣。年二十有二，其叔父遺以紅紬，大有王炎午生祭文山之意。使與死同音，使得者死得也。於是一縣轟然，歎其貞烈。孟縣令實親臨其喪云。

江夏朱雲舫敏中，元配早死，有一子四女，繼室以龍氏。龍氏女在室時，夢有婦人至其前呼之爲妹，意若甚暱。龍固不識也，私計此人何以妹我。婦人已若覺之，笑曰：「妹不知歟？吾儕姊妹也。今有事相託，請從我一行。」乃與偕往，房櫳曲折，且經由爨室始至一處。有嬰兒卧牀上，婦撫之而謂女曰：「此妹之子也，宜善視之。」覺而異焉，不以告人。夢之次日，而朱氏之媒至，竟歸於朱。成禮逾月，始履行其屋，由爨室至最後一屋，宛如夢所歷。入之，則前妻所生子及乳媪在焉。蓋以正屋方娶新婦，故移此耳。女憬然悟夢中所見必前妻也，命移兒至己所卧室，撫愛之無異所生。後女竟無出，前妻子亦善事之。

余外姊適周氏者之長女，歸嘉興張少渠大令爲繼室。張初娶丁氏，生一子一女。周既歸張，數月，忽夢見一婦人，衣紫色衫，向己肅拜，曰：「諸事奉託。」問夫人何人，曰：「我丁氏也。」周頓悟爲張之前妻，驚而醒，覺帳外如有人。搴視之，則其人猶立牀前，果衣紫色衫，了了在目。周懼而呼，遂不見。蓋亦以所生子女爲託也。所異者，其所著紫色衫固尚在篋中，周亦嘗著之。人死而有鬼,宜也,衣服猶在,豈亦有鬼?意者凡物有形質,必有精氣,鬼固得攝其精氣以去邪,抑或幻作是形以取信於人邪?

余家有傭媪何氏,天津人,言其鄉間一巨家將築室,集人夫治地,何媪夫兄之子與焉。掘得一銀盆,其大如槃,爭欲得之,遂致諠鬨。聞於主人,主人曰:「此我地也。地上地下,皆我之物。汝曹何與焉!」衆乃不敢爭。主人攜歸,權之,重五十兩,命匠鎔之,而分與治地者,人得二兩有奇。何媪夫兄之子亦受所分而歸。俄而大病,醫療月餘,雖幸不死,而所分之銀盡矣。何媪每舉此事以戒其儕輩曰:「分外之財,得之無益,勿妄求也。」

余大兒婦樊氏言:其二伯母體弱多病,恒在牀褥。年四十九時大病已死矣,衆人欲爲具含斂,而其子坐牀頭,手持其帳,不使人得近之,有言已死者,輒大怒。衆人始以孝子哀痛,不忍奪之。繼以死且竟夕,而絞紟衾冒一事未具,懼不成禮,力勸其子,卒不可奪。遷延至於旦,而死者竟蘇。既蘇,命亟焚紙錢,以犒輿丁。衆共駭異,環而問故,曰:「舅姑送吾回也。」時其舅姑死久矣。問其詳,乃曰:「吾頃如夢中,至一處,舅姑皆在焉。棟宇高峻,僮奴甚衆。舅姑見吾至,皆詫曰:『汝安得遽來此?宜速歸!』吾曰:『新婦既來此,當奉侍舅姑,尚何歸乎?』舅姑皆不許,舅言猶和婉,姑色甚厲,并操杖逐之曰:『不去且杖爾!』舅曰:『且勿,且勿。』與姑不知作何語，姑乃入房，攜藥一丸出，命吾吞之，曰：『今可去矣。』吾徘徊未知所從出，聞舅呼陳榮。陳榮者，故樊氏奴也。及至，與生前無異，舅命陳榮以轎送吾歸。吾從陳榮出，果有轎，乘之而行。甫望見家門，而舁者遽釋肩，啟簾幕，呼吾出曰：『至矣！至矣！』吾自門外行至此，甚疲憊。今舁者當尚在門外，故宜以紙錢犒之也。」聞其口中尚有藥香。數日後其病竟愈。眾人因問其子何所見而知爾母不死，其子亦不能言也。眾曰：「大病不死，其壽殆未可量。」然至明年又病，未幾竟死，死而其子亦不復力持之矣。乃知往歲實鬼神使之也。然死而復生，生一年而復死，亦似無謂。大兒婦曰：「吾伯母青年守節，五十歲時，親友皆上壽，且爲詩文表揚之。鬼神殆欲以此稍酬其苦節歟？」又言：其死時亦頗有異。是日天適微雨，侍疾者偶言及之，其伯母曰：「吾宮中不雨也。」問何謂宮中，曰：「吾亦不知何宮，但覺屋甚高大，與常制異。且左右侍者皆宮妝，疑非民間閫閾也。」眾以爲將死妄語耳。乃數年後，其母病且死，語人曰：「姑娘至矣，所從宮妝女子甚眾。」其云姑娘，即謂伯母也。初，其伯母甚孝，頻以食物饋其母。及死，家人秘不以告，歲時仍饋食物，其母老耄，竟不知女之已死也。乃瀕死見其女，果如所云，亦可異矣。余舅氏姚平泉先生《瓶山集》有《悼三女叔蘭》詩云：「易遷宮裏題名在，灑淚遙天隔絳霄。」自注云：「夢女來言，以節烈故，名列仙籍。」豈節烈婦女當居易遷宮歟？按葛洪《枕中書》有云：「童初之府，易遷之宫。」不言爲婦女所居。然舅氏博極群書，必當有本，惜不及一問之也。

寶應某氏婦懷孕將産。産之前一日，其夫適自外至，以洋錢四十授婦，婦隨手置之枕邊。已而婦生男，其夫大喜。次日語婦曰：「吾夫婦年逾四十，今始得子，宜大治湯餅。晚日之洋錢何在？可仍付我，爲兒作三朝。」婦探枕邊，則無有矣。大驚，遍索不得，計室中無他人，惟産兒時有收生媪坐牀頭，必其所廋也。召媪問之，媪力辯，且曰：「我誠竊歟，我當爲雷擊死！我不爾竊，爾誣我竊，則爾所生子不出三日死。」某夫婦以媪言切至，亦不之疑。三日洗兒，仍召媪與其事。及媪去，兒啼不止，至暮竟死。夫謂婦曰：「果誣媪矣。」婦大悔恨，抱死兒而哭。俄而晦冥，雷雨驟至，辟歷一聲，懷中兒活，而媪死於門外，洋錢在手。其爲媪所廋審矣，然尚未知兒死由媪。及爲兒易裓褯，則一針存焉，兒臍尚有漬血。乃悟媪洗兒時，納針臍中，徐徐入之，殺兒以應其誓也。媪狡且很如是，宜其爲雷所誅哉。觀此等事，不可謂天道遠也。

嘉興朱氏婦，錢唐許氏女也。婦頗賢淑，家人皆憐愛之。成婚未久，即大病，有鬼附之，一男一女，乃兄妹也。言婦前世爲其兄之妻，有憾於其妹，誣以不貞，兄信之，詬其妹，妹無以自明，縊而死，已而兄知其誣也，悔之，亦縊而死，故兄妹同來索命也。朱氏盛設酒食以享之，爲焚紙錢，爲作佛事，鬼竟不可。或責鬼曰：「此婦前生不賢，今生則固甚賢也。汝曹不索其前生之命，而索其今生之命，何歟？」鬼曰：「吾訴之神明，展轉申請，俟神明見許，始來索命，故遲至今生也。」曰：「然則何不索之於在室之時？」鬼曰：「彼在室時，不得於其嫂，大受磨折，此亦神明所以示罰，故我不遽死之也。今來汝家，乃大安樂，我不能再遲矣。」於是婦極委頓，病至月餘，無復人狀。有一媼者，其乳母也，憐之，每夜必伴婦宿。鬼輒批其頰，頰腫痛，且潰爛，乃不敢與同處。如是久之，婦竟死。余家有傭媪，舊傭於朱氏，實親聞鬼語云。

唐西勞氏女，許嫁而其夫死，遂守貞不嫁，長齋奉佛，足不及閾外，親黨咸歎美之。至三十餘歲，忽有鬼附其身，自言：「生前爲某氏婦，勞女乃其夫兄之子也。吾寡居，病鼓脹，乃誣我爲私孕，昌言於族人，迫吾嫁。吾見逼奪，雉經而死，今來索命耳。」又謂女曰：「汝十餘歲時曾病鼓脹，憶之乎？此吾所爲也。吾寡婦病鼓脹則爲私孕，汝室女亦私孕乎？汝若嫁人，吾必使汝以產難死。今汝既不嫁，吾仍使汝以鼓脹死。」後果如其言。或謂前志有之，敵惠敵怨，不在後嗣，況在來世。乃佛言眾生造業，有現報，有生報，有後報。生報者，今身造業，後身受之也；後報者，第二第三生受之也。然則苟種業根，必有業報，雖於無量世中流轉生死，而業結牽纏，終不相舍。噫！亦甚可畏矣。又按《婆沙論》云：「有一屠兒，七生以來常屠，七生以前曾施辟支一食，故七生不墮惡道。然此人七生以來所作屠罪之業，過七生已，次第受之，無有得脱，善惡俱爾。」以是言之，此女前世之惡既有惡報，今生之善仍當有善報，但人不得見耳。

咸寧人吕某，有兩兄，極友愛，俱前死。吕忽夢至一處，見堂上列長几二，兩兄皆就几上治事，簿書堆積〔一〕，似甚茫遽者。有一神，赤髮頳顔，手執筆，跳舞於前，若俗所畫魁星之像。正旁皇間，兩兄已見之，曰：「汝何得來此？家中止汝一人矣，何得來此？」乃起至神前，若有所訴。神始不允，兩兄力言之，乃首肯。兩兄遽麾之出曰：「汝增壽一紀矣。」遂寤，果逾十二年而卒。異哉！使非兩兄力言，此夢遂不醒歟？彼執筆而舞者，何神也？吕君與樊氏有舊，余大兒婦樊爲余言之。余戲曰：「此必南斗之神也。魁爲北斗第一星，此神似魁星，而赤髮頳顔，南方之色也，則爲南斗神無疑。南斗注生，宜吕君之益算也。」

門下士司馬晴江言：其伯曾祖宜亭公諱驤，江寧諸生，少任俠，有膂力。曾館於揚州一鹽商家。商有聽事，頗宏敞，而終歲扃其户，言有鬼物，不可啟。公曰試闢之，商不可，强而後從

〔一〕簿，底本原作「薄」，《校勘記》正作「簿」，今據改。

之。公令以大盆實米，畫八卦於上。是夜，公身坐米上，手執《周易》一卷，案頭燃巨燭，置匕首二。夜將半，其左楹有聲如裂帛。審視之，有人長寸許，蠕蠕然動搖於楹下，寖搖寖長，俄長至丈許，紅袍烏帽，行近案側，燭光驟暗。公以匕首指之，輒稍卻。已而復前，指以匕首，卻如初。前卻者三，乃退至楹下，仍縮小至寸許而滅。公以匕首插地，識其處，還坐米上讀《周易》，終夜不復有見矣。翌日，命人就所識處掘之，得朱棺一，有題字，不可辨。尙欲焚之，公不可，令覓地遷葬，爲文祭之，其宅以安。

司馬秀谷鍾，乃晴江之伯父也。弱冠即以畫名，山水、人物、花鳥、魚蟲，下筆輒有生趣。道光中，頗見重於公卿間。嘗畫麻姑一幅，其母韓宜人愛之，遂懸之室中。室偪仄，即懸於卧榻旁，下置溺器，亦弗留意也。俄而韓病鼻衄，血出如注，三晝夜不止，勢甚危。其戚許雲章言北山有孫明秀者，精奇門之術。乃即使許詣孫占問吉凶。孫布式已，曰：「病雖危，無傷也。病者牀前有神像一幀，宜送禪院供奉，則病自愈矣。」許歸以告。僉謂閨闥中無他神像，惟此麻姑懸之已久，初無他異，且移奉禪院，亦非所宜。許曰：「何不火之。」乃如其説，付之火，火焰中有青氣一道直衝霄漢，逾時始散。其明日，韓病良已。

金陵永福庵一老僧曰長齡，其俗家在鼓樓北之老菜市。自幼好勇鬬狠，與里中無賴子游，父母弗能禁。曾爲聘某氏女爲妻，堅不欲娶，父母強之，始成婚。合巹之夕，逾牆逃去，竟不復歸。無何，以酗酒殺人亡命於外，遂削髮爲僧。後事解，潛歸故里，住永福庵，家人不知也。其婦自夫之出亡，恒鬱鬱，遂成疾。久之且死，乃語翁姑曰：「婦病入膏肓，無復生理，願延僧作佛事，資冥福，雖死不恨。」翁姑憐而許之，即爲延永福庵之僧。僧至，始知即其子也，令還俗，不可。使與婦見，婦取指上彄環擲以與僧曰：「此汝家聘物，仍還汝。妾與汝無夫妻情，然死守空帷，自謂無負於汝。妾死後，當爲誦《大悲懺》四十九日。」又謂舅姑曰：「請以婦柩停永福庵中。不從所請，死必爲祟。」越日竟死。舅姑懼其爲祟，如所請，停柩於庵之西廂。閱數月而僧病，羸瘦日甚。庵中舊傭一人，司香火，俗呼之曰道人。一夜將半，風雨淒淒，道人聞西廂門忽啟，潛窺之，見一少婦循廊下，入僧所居室。道人疑僧所匿也，急奔捉之，婦忽不見，乃知其非人，驚而仆地。逾時始蘇，遂以告僧，且詰其故。僧亦不諱，言：「吾婦每夜輒出，與吾合，吾病固以此也。」道人曰：「是不難。」乃用石工之墨繩於柩上縱橫彈之，每一彈，柩内輒有聲如裂。遂不復出，僧疾尋愈。及粵寇之亂，金陵不守，僧去，游淮揚間。亂定復返，而庵已毀，乃住鼓樓之善司廟。同治三年，尚有人見之，年八十矣。

木工石工所用之墨線，古謂之繩墨，《記》云「繩墨誠陳，不可欺以曲直」是也。然權衡規矩，皆不足辟邪，惟木工石工之墨線，則鬼魅畏之，其故何也？邪不勝正也。《管子·宙合篇》曰：「繩扶撥以爲正。」東晋《古文尚書》曰：「木從繩則正。」《淮南子·時則篇》曰：「繩者，所以繩萬物也。」高誘注曰：「繩，正也。」鬼魅之畏墨線，畏其正耳。慈谿西門外曾有僵屍，夜出爲人害。一夕，有木匠數人登城，隱女牆窺之，果見棺中有僵屍飛出，其行如風。匠人伺其去遠，乃至其處，以墨線彈棺四周，復登城觀其反。俄而僵屍還，見墨線痕，不敢入，徘徊四顧，如有所尋覓者然。俄見城上有人，踴躍欲上。衆匠急以墨線彈女牆，屍遂不能上。相持至天明，仆於地，乃共焚之。

金陵小倉山後有大悲庵，亂後屋宇撓庳，惟前殿與後樓存。有吴生者，失其名，貧且孤，館其中，日則於殿上授徒，夜則宿於樓。其徒皆村童，輪流爲執爨。庵久無僧，師徒外無他人也。樓左右皆山，山中固多荒冢，每夕陽西下，暮色蒼茫，恒見白衣人往來松下。吴妄意白者金象，疑有藏金，伺之。知自一棺中出，因託故早散諸徒，袖斧而往。乃斧未及棺，而棺中白衣人已出，則僵屍也。大驚卻走，屍從之。吴意僵屍不能踰溝，走坎科處避之，而屍踰坑越谷如履平地。吴窘甚，奔還，庵門未及掩，而屍已及。吴急走，上樓而仆。明日諸徒咸集，而師不出，乃入視之，將及樓，見一白衣人僵立於梯，駭而出走，告其家。於是聞者畢至，以長竿縛帚撲之，乃倒，面如生，惟毛毿毿長寸許。衆以稱錘壓其胸，懼其復起也。登樓視吴，則仆於牀前，口吐白沫，胸間猶温，以薑湯灌之，始蘇。詰得其故，乃曰：「君真大幸也。」意者僵屍艱於登陟〔一〕，竭蹶半夜，甫及梯半，而天已明，陽氣浸盛，故僵立不能動耳。吴遂導衆至所出之棺，衆皆知之，曰：「此某甲之子也。」往告之，甲乃返其屍於棺，聚薪蒸而燔之。逾數月，吴亦物故。或問甲：「爾子何乃衣白？」甲曰：「吾夫婦年逾六十，止此一子。此子死，族中又無可嗣。念身後竟無成服者，故預以白衣斂之也。」

鄭和軒，江寧人，習申、韓家言。有妾某氏，頗有姿首，鄭甚嬖之。就館睢寧縣，攜妾俱往。署西齋固多狐，妾偶言及之。其夜，夢一少婦，美而豔，微有愠色，詣榻前，責其言語不謹，觸犯忌諱，曰：「不薄懲之，奚以禁其後！」以手拂其面，微哂而去。妾驚寤，亦無所苦。明日窺鏡，則左額上有爪痕五，青黑色，百計治之，不能去，心殊怏怏。會居停主人解任去，鄭亦他就。越五年，又受睢寧令之聘，仍攜妾往居。匝月，復夢前所見少婦，視之而笑。妾求去其瘢，婦笑曰：「諾。」及旦，爪痕如故也。妾陰念既已許我，必不我紿，乃置淨水一盂，於西齋焚香拜禱

〔一〕陟，底本原作「涉」，《校勘記》正作「陟」，今據改。

之。三日後，取水靧面，其痕果應手而滅。

周某者，江南督標騎兵也。嘗從一武弁至古北口外，宿旅店中。其地山深林密，地僻人稀，每多虎狼。日落之後，人無敢出者，而周不知也。晚飯畢，出門便旋，久而不返。店中故畜猛犬數頭，日以鐵鎖鎖之，及夜放犬，主人必遍告諸客勿出户，爲犬噬。武弁聞之，呼周，始知其外出。主人駭曰：「此何時，尚外出歟！得勿爲虎所食乎？」乃悉集其徒，秉炬火，持器械，往尋之。甫出門，見周俯卧於地，虎踞坐其股。衆皆驚，欲擊虎，則恐傷周。虎忽起立，以舌舐其項，衆始擊之，虎一躍而去。衆舁周入店，血淋漓，僅一息存，以藥敷之，幸不死。而自此項後骨外露，巉巇如鋸齒然，皮肉不存，毛髮不生矣。

徐州睢寧縣北門有玄武廟，相傳建自明時，廟久圮，僅存一殿，亦無僧也。道光丁未夏，有鄉間甲乙二老，負薪入市。既售同歸，至北門小憩，風於城下，就地酣眠。逾時甲醒，失乙所在，而擔纏皆存，疑其如廁。久之不至，遂往尋之。至廟中，見殿前有血跡，仰視，則乙在空中，其腹黏著屋椽，初無所維繫，而不墜落。大驚，奔聞於官。官至，飭役下其屍，衆議以梯升，而屍忽墮。驗之，則胸已洞矣。知其上必潛伏怪物，發視其笮，無所見。官無如何，姑命甲還告其家。時日方午也，俄濃雲四合，雷聲殷然，須臾大雨驟至。忽發一迅雷，殿上棟折榱崩，有黑物從電光中飛去,雨即止。未幾,有自城外來者,言距城七里震死一蝙蝠,大如牛。乃知殺乙者,即此物也。

咸豐癸丑歲,粤寇陷金陵。有鄧某者,江寧將軍印房吏也。自城中逃出,而其子陷賊中,受僞職,鄧不知也。其後大軍圍城,賊勢窮蹙,有自賊中出者以告鄧,鄧乃寄書於其子,速之出。子得書,將歷年所得金銀,分裝四罌,埋舊所居屋中,覆以巨磚,暗立標記,遂亡歸其父。未逾月城復,鄧恐子所埋金爲他人得,急與其子入城。至家,見屋宇如故,埋金處標記猶存,大喜,及夜發之,則罌固在,益喜。啟其磚,則空矣,駭甚。俄聞一罌中有聲,視之,惟鱔魚一尾,長二尺許,圓徑寸,游行其内。鄧疑爲金所化,出而死之,血淋漓無異常魚。縣之簷下,冀其復化爲金,翌日腐矣。

金陵南門外有竇村,居民百餘家,皆竇姓也。其地山水環抱,林樹茂密,望之鬱鬱葱葱,若有佳氣。相傳康熙時有竇叟者,精堪輿術,爲人擇地,罔弗吉。其二子屢請於叟曰:「大人爲人擇吉壤多矣,盍自卜一區,爲百年後藏真之室乎?」叟曰:「吾已得之矣。」請所在,笑而不言。及叟且死,二子復請,叟欲言又止。再三叩之,乃曰:「地即在吾所居屋中,第恐汝曹不能用吾命耳。」子曰:「大人命,何敢違!」叟乃示以穴所在,且命之曰:「吾死後,勿用衣衾棺槨。

穴地八尺，裸吾屍，倒植其中，首下足上，面東向，以土覆之。汝曹扃門四十九日，過此乃可出。若不能用吾命，勿用此地也。」叟死，二子相與謀曰：「先人命雖如是，然裸而倒植，於人子之心安乎？」乃稍變通之，以帛纏屍，正立之於穴中，其他悉如父命。將及四十九日，叟之妻弟自徐州來視叟，詣其門，則門不開，叩門大呼。二子自内以父遺命告，其妻弟大怒曰：「父死不吾告，爾罪一也。葬不以禮，爾罪二也。且天下豈有葬父如是者！爾曹得無有異謀乎？不速啟，吾且聞於官！」二子不得已，啟門，延其舅入。是夜，有氣五采見於其屋上，明日，大雷雨，辟歷破其所葬之穴。二子奔視，則叟之屍已化爲龍矣，頭角悉備，惟兩目尚閉，遍身若蛛網纏之者，蓋爲帛所縛也。俄迅雷下擊，叟屍糜爛。二子尋亦死，無後。此叟妄冀非分，致身後爲雷所擊。其術雖精，適以自害矣。

楚人某，以丞倅官蜀中。其所官之地甚瘠苦，雖有衙署，相傳有怪物踞之，其前任皆僦民屋而居。某窮甚，無僦屋之資，不得已，攜一僕居署中。其夜，不敢寢，素善飲酒，姑取酒痛飲，腰間懸利刃以自衛。至夜半，忽有一巨人排闥入，勢甚猛，視之，皚如霜雪。某即拔利刃力斫之，鏗然有物墜地。其人返奔，某大呼追之。僕自旁屋聞聲亦出，某膽益壯，共追至一處而滅，以物識之。復還入室，視所墜何物，則血淋漓一臂也。乃坐以待旦，亦無他異。及明，視此臂，乃銀也，大異之。至夜所識處，掘而視之，中埋一銀人，但少一臂，以所斷臂配之，適合。荷以歸，權之，重數千兩。

羅大林者，上海東鄉羅店鎮人。身長而色黑，膂力過人，性粗疏無所畏。自幼以負販爲業，欲娶婦，苦無資，謀於其儕輩。時有巨宅一區，多怪異，入之者輒死。有好事者與之約曰：「汝能宿此一夕，當醵錢十萬爲作婚費。」羅諾之，而慮其爽約，衆乃書券付之。宅主人王姓者聞之喜曰：「汝果能驅除怪物，吾有市上屋三間，俾汝納婦，弗責值。」亦書券付之。其夕，羅搗蒜爲泥和燒酒中，飲微醉，持巨燭數枝，啟鑰而入。衆慮其潛出匿他處，外鍵其户。羅既入，衰草蔽徑，叢篠當門，室中塵積寸許，惟最後一室潔無纖塵。其西偏有牀，牀有帳，有衾褥，蓋先時處此者所遺也。羅即坐帳中，以覘其異。至二更後，忽聞大聲發於户外，一黑人闖然入，盤旋室内，其面目不甚可辨。俄偪近牀前，羅突從帳中躍出抱持之。黑人不得脱，兩手爲所抱，又不得舉，因對羅吹氣，其冷如冰。羅側首避之，久而頸痛，若被刀削者，乃強轉其首，亦向鬼吹氣，鬼亦側首避之。已而鬼又吹氣，羅又避之。相持極久，聞雞鳴，鬼頓縮小，彌縮彌小，不復能吹氣矣。而其體轉益堅硬，羅終挾持不敢釋。時其儕輩皆在近處守候，天明咸集入視。羅則所抱者棺木一段，放手倒地，朴漉有聲；聚薪焚之，臭不可近。衆壯其膽，予之錢屋，如所署券，此宅之怪遂絕。而羅之頸從此偏側，不能正矣。其鄉人呼之爲「捉鬼羅大」。

于某，海鹽人，居西鄉之沈蕩。其妻遇婢虐，有婢頗慧，年十六矣，頻捶楚之。一日晨起，見庭有狗矢，怒婢不掃除，撻而迫之食。婢無如何，俯而少嘗焉，哭而至河干滌其口。忽見一船泊岸，有美婦出，簪珥袿裳，俱極華麗。兩婢掖之，由步而登，顧婢問曰：「汝是于家女奴歟？可傳語主母，客至矣，急糞除後樓，爲我卧室。」婢以爲信，奔回白主，甫入門而仆，不省人事。其主母使人扶入，以薑湯灌之，良久乃蘇。問其故，以所見告。于後有樓三楹，儲什物，不住人。聞婢言，乃入探之。未至，沙石撲面，不能進，乃知爲狐。即使此婢往，婢入無他，遂登樓，見所儲什物已併疊在旁屋。其中爲便坐，左爲卧室，羅屏繡幕，陳設一新。美婦指揮二婢，布地衣，懸畫幛。婢懼欲走，婦使坐，且語之曰：「聞爾主虐遇汝，吾甚不平。今後復爾，必小懲之。」自此以後，于婦於此婢稍加訶斥，輒有人批其頰。于婦懼，始善遇諸婢矣。月餘，婦謂婢曰：「爲語主人，假我洋錢五十，吾有所用之。然仍不出汝門，無慮假而不歸也。」婢以告于。于正思一見，乃使婢告曰：「錢非所吝，但須面付耳。」婦笑曰：「諾。」于取洋錢如數至後屋，無所見。欲登樓，將及梯，忽眼前見一臂，著淺絳色衫，紅袖高捋，皓腕呈露，帶金玉條脱，錚琮作響。手掌紅潤，五指纖削如葱，指爪長寸許。于對之心蕩，忽聞嬌語曰：「收到矣，速去！」臂遂不見，而于手中物亦與俱去矣。于之女即於此時見靚妝一少婦，著淺絳色衫，年約二十許，向之微笑，忽失所在。婦見形於其父女，異地而同時，可異也。于有弟婦，孀居三年矣，于待之薄，其夜忽於枕畔得洋錢如于所失數，乃知其挹彼注此也。于亦感悟，遂善視之。婦居于宅半年，忽謂婢曰：「今將往蘇州去矣。」遂絶。此光緒四年八月事。

海鹽吴鴻吉，邑諸生也，館於同邑徐氏。徐宅頗廣，粤寇之亂，曾爲僞王府。賊平後，白骨累累，滿空舍中，雖遷葬他所，猶見怪異。吴館其中一二年，日形尫瘠。戚好怪之，問其故，輒言無他。久之，浸改常度，日喃喃作呢語，於是告之其家。家人至，已不復省識。舁之還，將召醫治之，吴忽告其父曰：「此無病，不須醫也。」察其音，則北人而又女子也。父因問曰：「汝何方鬼魅，來此作祟？」吴仍作女語曰：「兒生本宦族，幼通文翰，遭難鬱鬱而死。夜台悽寂，與爾子有緣，故來相就，行且謀百年永好，非爲祟也。」於是知其有所憑，百計驅遣，不能去。家人憤而詈則對詈，毆則對毆；若與好語，則清言娓娓，機慧絶倫。且喜度曲，靡曼之音，聽者蕩魄。家人因許以作鬼妻，爲之設位。因自述爲王姓，小字娟儂，且言其生年月日甚備，然病竟不減。一日，告家人曰：「明日日吉辰良，當與郎君俱歸矣。」是日，吴竟死。聞吴頗謹願，好讀書，乃爲淫鬼所殺，豈其有夙孽歟？

卷七

樊君希棣，字蕚樓，湖北咸寧人。余長子婦之三兄也。官貴州貴定縣時，大病，死而復蘇。自言死時初無所苦，但覺由内署出至大堂上，徘徊久之，没階而下。將出儀門，有一叟自外趨進，力挽之使入，曰：「公去則百萬生靈誰屬乎？」送入内署，遂蘇，如一夢耳。蕚樓有文武材幹，宦黔中十餘年，積功至監司。其初至貴定也，賊環攻之，蕚樓棲止雉堞間，與士卒同甘苦，故兵民悉爲之用。與賊大小百戰，身受十數創。其後貴定之民皆愛戴之。每以公事至省城，輒有數百人從之，蕚樓止之城外，而從入城者猶數十人也。至則噪於大府之門，曰：「無奪我好官！」故令貴定最久，雖已擢郡守，而其在縣也仍以縣令冠服視事，不敢言己遷官也。貴定在省城東北九十里，當是時大府亦倚以爲重云。蕚樓忼慷有大志，善用兵，自言異時天子或有事四夷，雖死不敢辭。余甚壯之。乃年未四十而殁，惜哉！余本擬爲作傳記存集中，因循未果，姑撮大凡，存之筆記。古來忠臣義士，恒藉稗官小説以傳，不必碑版文章然後照耀四裔也。

余炳文,字朗齋,亦咸寧人。於余親家翁樊玉農觀察爲妻昆弟之子,故恒在樊氏司錢幣之出入〔一〕,誠實不苟。兼善丹青,余長子婦粗知寫生,其所教也。晚年家居,初無病,一夕忽夢玉農召之去,仍屬以家事。時玉農卒久矣,覺而語人曰:「吾其將死歟?」未幾,竟無病而逝。其諸子皆前卒,止存一孫,闔跂支離,無醜不備。或疑余君長者,不應如此。大兒婦言,其所居之屋,雖天日晴和,亦覺陰晦。其家之索,職此故歟?然其中子名守鐘,字韻笙,爲貴州龍里縣知縣,頗有政聲。賊環攻之,固守年餘,賊不能破。會當去官,賊驟至,城遂陷。民擁之出走,已行數十里,可脱矣。擁持之者稍懈,竟乘間奔回城,遇賊於途。賊亦識之,曰:「此好官也。」相戒勿殺。乃奪賊刀,殺賊數人,賊仍不殺之。終赴水死。斯人也,固《循吏》及《忠義傳》中所當兩收者矣。朗齋曾送大兒婦自湖北至蘇州,止余春在堂旬日。會余在杭州,及還,不再宿而朗齋去。大兒婦言,朗齋此來,欲求余爲其子作傳,因匆遽故未能達也。余悲其意,牽連書之於此。雖《齊諧》志怪之書不足云野史,聊以副朗齋未言之意而已矣。

孫某,歸安諸生。病且死,恍惚間見有冥隸持牌至,牌上大書「提歸安學生員孫某」。孫

〔一〕錢幣,底本誤作「錢弊」,據文義改。

曰：「可不到乎？」隸曰：「陰司公事與陽世異，不能倖免也。」許以重賄，亦不可，促之行。至一大官府，引孫入，跪案前。神問：「汝是孫某乎？」曰：「然。」孫因叩頭詭稱有母年七十餘，願增壽一紀養老母。神怒曰：「汝生平無善行，但知放債取重利，不減算幸矣，望增壽乎？」取案頭一册，以朱筆點之，投筆砰然，悸而覺。與家人言之，其夜遂死。孫母實前死，神不以此斥其妄求，蓋未檢册，雖神亦不知也。孫有桑田數十畝，蠶時以葉貸於人，及新絲出，乃收葉錢，必數倍於市價。神所云重利，其即此歟？

蘇州察院街市居稠密，有貝松泉筆店，筆頗佳。光緒戊寅歲，其店中頻有火患，率莫知其所自來。一柱在復壁中，俄火發於柱，延及於梁。一飯籮懸空際，忽四旁烈焰上騰，急解繫撲滅之，籮不焦灼。有學藝者，晨起卷臥具束之，已而煙從中出，發視，則被中臬著燼焉。店中至不敢舉火，而火仍不熄。一月或四五發，鄰人驚擾。或曰，是殆狐魅所爲。乃即室中設位以祀之，爲患如故。有士人語之曰：「妖不勝德，子宜力行善事，庶足以禳之。設位以祀，適助其焰，無益也。」主人從其言，自矢於神，力行善事，撤所設位，而火患良已。

盛翁，紹興之柯橋人，幼傭於唐棲宋氏。宋有女適姚氏。後宋氏中落，不能畜僮僕，盛遂從宋女歸姚。姚聚族而居，人極衆，每夜至三四更尚有出入者，故大門常不閉。慮宵小乘間入，乃使盛坐守之。盛居姚氏數十年，勤於其事，小有所積蓄。以宋氏故主貧，恒賙之。後以老病歸家，其子尚留唐棲。翁病篤，語家人曰：「吾今日當死矣，然吾子未至，吾且待之。」遲二日，其子至，翁乃死。盛雖小人，頗有行誼，宜其生死之際，來去自如也。

闌胡，亦名彈塗，海濱小魚也。形如鰍，長二三寸。潮退，跳擲泥塗，無慮數千萬頭。定海六横嶴人恒捕食之。然人行泥中輒陷，必乘泥鰻乃可捕闌胡。泥鰻者，以板爲之，人坐其中，一腳在外，以腳推之，一推行可數丈。其捕闌胡之法，先以竹筒千百遍插泥中，乃乘泥鰻東西馳逐。闌胡遇孔必躍入，則盡入竹筒矣。當粵賊之寇定海也，先至六横。六横之地分爲八甲，有上四甲、下四甲之名。下四甲已降賊矣，上四甲有王大綬者，字博泉，籍諸生，一鄉中推重之。家有一馬頗良，或以語賊，賊欲得之。一日，下四甲人引賊四人至索馬，王不與，賊怒，拔刀脅之。鄉人咸集，賊止四人，力不敵，殲焉。次日，賊大至，王指麾鄉人禦之。賊舍舟而登，悉陷於淖，一足起，一足又陷。王望見之，令鄉人皆乘泥鰻往，其行如飛，賊無不束手待斃，斃賊無算。由是鄉人膽益壯。賊屢攻之，輒敗於泥鰻，竟不能得六横。後攻定海，亦屢失利，由先挫於六横也。夫泥鰻一漁具耳，其形製殆如蘇文忠所謂秧馬者。當是時，賊勢甚盛，浙東西郡縣皆陷，而區區海濱之民，以泥鰻勝之。不龜手之藥，小用之則以洴澼洸，而大用之則以破越，豈不信夫！

馮夢香孝廉之弟則誠，於同治壬申年讀書慈谿縣城中。一日，忽傳江西張真人府有使者至城隍廟，乃往觀之。果見一使者背負黄袱，中有文書，取出於神前焚之，以真人府封條封廟門三日。於是一縣諠傳，不知何事。數日後，縣中一吏言之曰：「此爲遼東某縣事也。」遼東某縣有夫婦偕行於路者，婦急欲溺，不得已，溺於路側。其夜夫婦皆卧矣，有扣户者，夫啟視之，久而不返。婦亦起，出視其夫，則腰斷矣。人疑婦實殺之，聞於官，婦極口稱冤。官細詰是日曾至何處、曾作何事，婦悉以告。因至所溺處，掘地數丈，得一棺，啟視之，面如生。官疑焉，牒問真人府。真人府覆言：「此鬼爲元朝浙江慈谿縣人，以行賈至遼東而死。其鬼强悍，婦溺適當其棺，觸鬼之怒，是夜殺其夫者，果此鬼也。鬼本慈谿人，宜移文慈谿城隍治之。」故使人齎二文至慈谿，一焚城隍廟，限三日斷此獄，故封廟門三日；一投慈谿縣，故縣吏得知其詳。余謂此事妄也。憶袁隨園老人《新齊諧》中有一事與此相類，州縣治地方事，萬無因事涉鬼神牒問真人府之理，此必道流緣飾舊事，以聳動愚民之視聽耳。余在吴下，每見有人託言真人府法官施送符籙，聚斂錢財，此使者亦必其流亞也。所齎二文，一焚城隍廟，所謂限三日斷獄者，誰實見之？一投慈谿縣，縣令亦不過姑妄聽之而已。所謂遼東某縣者，相距絶遠，又誰肯越境而問之乎？是所投二文，皆可任意爲之，無能發其覆者。觀其事之不在浙東西，且不在與浙鄰近諸省，而曰在遼東，其用意亦巧矣。慈谿之人，見其儼然有公牘投縣署，必深信不疑，彼乃得肆行其術。余書雖志怪，然於此等事固不信之也。

定海大謝嶴有甲、乙、丙三人，兄弟也。甲、乙皆以撈海蜇爲業門人馮夢香曰：「海蜇」二字，見《閩中海錯疏》，今俗稱皆沿之。《文選·江賦》注引《南越志》〔一〕，海岸間頗有水母，東海謂之蛇。《博物志·異魚篇》，東江有物，狀如凝血，名曰鮓魚。余謂古字作「蛇」作「鮓」，在古音並魚虞部中字，今作「蜇」，則支微部中字。亦見古今語音之變矣，丙尚幼，好狎弄，二兄厭苦之。一日，將入海，秘不使知。而丙已知之，先至舟中，伏隱處。及行至半途，乙語甲曰：「今日弟不來，差安靜矣。」丙突出曰：「我在此！」相與大笑。旋至一處泊舟，甲將登岸，甫出舟，復跌入舟中，乙繼出亦然。丙不解其故，試出覘之，則一巨蛇，粗若木桶，其色純黑，蟠卧沙灘上，聞人聲，若驚覺者，仰首向天，張口嘘氣。其口分兩岐，若翦刀然，口中鮮紅如血。俄見蛇身徐引而直，蜿蜒自去，有風聲從之。其行甚速，頃刻遂杳。始知兩兄驚仆以此也，遂呼曰：「蛇去矣！」甲、乙乃蘇，亟捩舵而還，不復操此業。或曰：丙

〔一〕江賦，底本原作「海賦」，《校勘記》正作「江賦」，今據改。

不去，則甲、乙死生未可知；丙之去，殆有使之者乎？

有汪某者，習申、韓家言。其人固長者也。夜爲冥官，治冥中事。三人共之，皆服本朝衣冠。其中坐者帽頂以珊瑚，汪則坐其左。一夕，有女鬼披髮號哭，持狀呈於中坐者。中坐者命持至汪前，汪閱之，所訟即汪也。先是，汪在某縣幕，有女子爲人調戲而自盡者。調戲之人例得死罪，汪改易其爰書中一字而罪人減一等免死，故女鬼訟之。汪以其事涉己，仍使呈中坐者。中坐者與鬼語良久，鬼大笑而去，汪不知爲何語也。及明日，某縣以重修縣志請汪秉筆，汪乃悟鬼笑之故，因爲此女立傳，備言其本末，載入縣志。

丹徒張氏，望族也。相傳其先世有某甫者，至金陵應鄉試，所寓屋租價甚廉，而室中塵積寸許。同寓之友疑其不吉，去之。張以其價廉留焉，宿於樓下。至夜半，聞樓梯有步履聲，伺之，見有二人衣服藍縷，顔色慘淡，一提壺，一執扇，由梯而下，至中庭而立。張懼甚，欲呼其僮僕。忽又有一人，頭戴白布高帽，手持緑油繖，語二人曰：「新科解元在此，爾等速去！」言已，三人者皆不見。明日詢之鄰人，知此樓故有縊死鬼，時出爲祟也。張居此，竟無恙。是科果以第一人中式，次年成進士，以知縣終。

鎮江柳某，攜其一弟二子至金壇應歲試。以試院左右屋價甚昂，乃於僻地租屋數椽而居之。屋在深巷中，每夜時聞鬼聲魏魏然，頗厭苦之，謀逐鬼。柳某曰：「吾能誦焰口經以召諸鬼。俟諸鬼畢集，二子立巷口阻其出路，吾弟在内持帚向空奮擊，必可痛懲之，庶此後鬼不敢至也。」衆曰：「諾。」是夕，陳設如儀，柳高坐誦呪以召鬼，二子分守前後巷口，弟持帚奮擊，柳又鳴鐃以助之。鬼聲至巷口輒回，如是久之。其長子呼其叔曰：「叔憊矣，且來守此巷口，我代叔擊鬼。」叔往立未定，忽仆於地，若爲人推倒者，蓋鬼已奔去矣。後二子皆成進士，其叔以明經終。或曰：「鬼殆以其可輕而侮之歟？」余曰：「不然。鬼之畏人，畏其鎮定耳；一移足，則氣不固矣。敵之至也攻其瑕，病之來也乘其虚，皆此理也。」余同年丁濂甫紹周自言，少時曾戲學緇流施放焰口，祇習召請之文，未得退送之訣。鬼聚其室，燈光如豆，濂甫置之不問，擁被而眠，但聞啾唧之聲，達旦始寂，竟無他異。此則由濂甫根柢深厚，故鬼不得而侮之，否則未有不爲所困者矣。

濂甫又言：道光辛丑歲入都會試，繞道走徐州，投宿旅店。店中人滿，主人導至後屋中，掃榻布席，將就偃息。俄聞有臭氣甚惡，周觀四壁，無所見。以燭照牀下，則一屍存焉，兩手兩足以四巨釘釘於牀版。濂甫噤不敢聲，危坐達旦，束裝而去。此必孤客挾重貲爲所戕害者。使見之而驚呼，必且身罹其害。危險之中，鎮定如此，其膽其識均足多也。

鎮江甘露寺，一巨刹也。嘉慶間，長白策公守是郡，不信佛法。一日至寺，寺僧與之暢談內典，并侈陳福田利益。公曰：「佛法深微，固難遽喻。至如慈雲甘露，普拯幽冥，則宜實有徵應。明日煩吾師施放焰口，吾親臨觀覽，必有所見，方釋吾疑；不然，則是師之慧力未足洞徹幽明，當別選高僧拄持此寺。」僧唯唯。謀於其徒，有小沙彌頗狡獪，謂主僧曰：「市有丐者二人，形容如鬼，俟召孤魂時，使之跁踱庭中，自東而西，太守遠觀，必以爲鬼也。」主僧從之。乃與丐約，每人予之錢二百，使僞爲鬼以欺太守。孰意次日日未暮，太守使人封閉三門，丐不得入。群僧無如何，晚間姑循照常儀登壇施食，果有人影往來庭廡。僧疑三門封閉，丐不知以何術而來。乃太守則聳然異之，布施優渥，頂禮而去。次日僧持錢往酬丐，則已僵斃道旁矣。始悟昨暮來者，丐之鬼也，因使人瘞之。

鎮江鄒氏，在乾、嘉間頗稱殷富。其第宅寬大，四旁小屋空者居多。一日，有傭工縊死其中，鄒氏不知也。會其家作佛事，至夜施放焰口，緇流正在壇上誦經，忽陰風大起，滿堂燈燭暗淡無光。群僧惶駭，皆逃入廊屋，惟主僧曰希聖者仍危坐不動，口中默念，不知是何神呪。良久，燈燭復明，群僧亦集。佛事畢，希聖語主人曰：「今日事頗怪異，檀越宜各處檢尋，有無他故。」次日尋至空屋，始知傭工縊死已數日矣。

丹徒有沈某者，工舉業，而家甚貧，無所得食，乃爲人作訟牒。一夕，夢其父痛責之，始輟不作。其後舉於鄉，成進士，以知縣分發河南。十餘年後，宦成而歸，橐中頗豐。至歲除日，夜將半矣，其妻聞聽事前似有人聚語，乃自門隙窺之。見古衣冠者數人列坐堂上，一人曰：「沈某不義之財，宜付之一炬。」一人曰：「此似過重，絶其嗣可也。」一人曰：「沈某作縣令，聽斷尚無枉撓，絶嗣亦太過，但當散其財耳。」其妻悚然而入。後其家果日貧。

揚州包某，酷信扶箕之術，懋遷有無，悉決之於箕，久之家大富。一日，箕仙告之曰：「某日揚州有水災，汝宜早爲計，勿及於難。」包疑信參半。然念時屆秋初，正淮水盛漲之時，且箕仙靈異素著，當不吾欺。乃先期具舟，託言有事於鎮江，載眷屬俱去。是日天氣陰晦，大雨如注，甫出瓜步江中，風浪大作，波濤洶湧，幾瀕於危。幸而至於京口，雨霽，風亦稍止。次日，探問維揚消息，則并無水災，城中安堵如故。數日後，仍移家而歸。叩問箕仙，盤中大書曰：「是日江中風浪可怕否？」殆以其屢瀆，故戲之也。

京口有蔡姓者，其妻張氏病中見一鬼來索命，言前世冤讎，今日既遇，必不相捨。蔡因具牒訴於城隍神。張見有冥隸持票來捉鬼去，俄又有一隸來拉張俱去，張遂昏然若死者。二日而蘇，語其夫曰：「不可爲矣！我至冥中與鬼對質，彼直而我曲，神不吾祐也。」翌日果死。

揚州有某翁者，以畀筴起家〔一〕，爲諸商領袖，家中巨富，年亦逾六十矣。偶乘肩輿過鈔關
義渡，值漕艘連檣來，風帆甚猛，頃刻而至，渡舟幾爲衝覆。同舟之人惶怖號呼，翁坐輿中，亦
甚驚懼。有一輿夫在旁，見輿中所坐竟非翁也，青面赤髮，目大如雞卵，齒齷齷出唇外，若廟中
所塑鬼判者然。大驚，不敢言。俄頃之間，仍復其故，舟亦不覆。此翁以驚懼故，神出於舍，見
此怪狀，殆亦魔君轉世者歟？

史蘭奇，海寧之硤石鎮人。無子，有一女名大姑，年二十，未許嫁。同治甲戌歲，史患痢疾
甚劇，諸醫束手。同里有戴生者，善扶箕之術，乃使求方於仙。仙判用大黄四兩，僉疑不可用，
請易之。又判用豬脾一具，實以糯米及蓮實芡實，煮爛食之。大姑素慧，見仙方如此，歎曰：
「吾父病必不起矣。」其夜，戴生在家，忽箕筆自摇動若欲書者，大驚，試扶之，則疾書曰：「此地
竟有此大好事邪？史女大姑以身代父，其孝可嘉。惜其父禄已盡，不能延也。上帝憫之，賜其
嗣子成名。又録大姑爲泰山侍書，羽葆導引，從此經過，猶未遠也。」衆方驚詫，忽聞香氣酷烈，
且隱隱有音樂聲。戴與史相距里許，乃走問史氏。史氏猶不知大姑已死也，急入視之，則大姑

〔一〕筴，底本原作「莢」，《校勘記》正作「筴」，今據改。

卧牀上,其體已冰。推尋死狀,蓋服生鴉片煙而死也。次日,史病小愈,越十四日竟死。既服闋,其所嗣子補博士弟子員。所謂賜嗣子成名者信矣,則大姑之爲泰山侍書,亦必不妄也。余雅不信扶箕之術,然如此等事,雖近無稽,而有足勸孝。稗官小説,何妨妄言而妄聽哉!扶箕或謂之扶乩,余按《夷堅志》「沈承務紫姑」一條云:「紫姑,仙之名,古所未有,至唐乃稍見之。世但以箕插筆,使兩人扶之,或書字於沙中。」據此,則當作「扶箕」爲是。

離硤石十餘里,地名長阡,有王翁者,人頗長厚。一子弱冠,應童子試矣。爲之娶婦,甫娶而婦死;續聘某氏女,未娶而女又死。其子旋發狂疾,翁亦久病。乃問於箕仙,仙判云:「此夙孽也。爾前生陳姓,家巨富。有范生者,寒士也,負爾百金。爾索之急,范縊死;妻徇夫死;子失母,亦死;其家遂絶。范訟之冥司,冥司以爲負債必償,索非無理。但陰律首在問心,范生本有償意,而陳操之過急,致范生一家三命同時而死,情殊可憫。陳本素封,此金爲數無多,在陳不足爲得失,乃銖錙必較,爲富不仁,其情又甚可惡,故判今生以一子、兩子婦償其三命,亦使絶後,所以報也。惟念今生尚不失爲長者,倘能力行善事,或尚可挽回。」王翁乃矢於神,願力行善事,且誦《高王經》滿萬遍。復叩問箕仙,仙曰:「冥司嘉爾善念,令范生寬二十年限,俟爾子生子再償范命矣。」已而子病果愈。

劉雲椒孝廉廷杰，直隸通州人。道光戊子科舉人。中年不得志，放浪詩酒以卒。仁和許信臣中丞乃釗、宛平史叔平觀察致康，其同年中最契合者也。死後附箕仙降於許氏，成詩文數百言，酷肖其生前所爲。中丞愕然曰：「君是雲椒歟？何以至是？」曰：「然。廷杰死三日矣，以赴狀未至，故君未知也。前身本紫府吏，今世無大罪惡，一詣城隍司，不復拘束，因念君故，一來耳。」又一日，復附箕言：「妻孥煢苦，諸君存恤之，甚善。聞叔平有卵翼孤兒之意，尤可感也。」時叔平方謁選京師，得雲椒凶問，念其子尚幼，恐以貧廢學，欲挈之至官。甫起是念，未以告人，而鬼神於數千里外已預知之，亦可異矣。

杭州艮山門外有地曰横塘，其地有明兵部尚書胡端敏公祠。肇自明季，至國朝二百餘年，列入祀典，春秋致祭。粵寇之亂，胡氏子姓凋零，祠亦毁於兵火。余門下士高海坨鵬年與胡氏有連，議復之。乃糾合仁和、錢唐兩縣紳士，具呈請於大府。時楊石泉中丞爲浙撫，以亂後無可稽考，諮詢閩浙總督衙門。展轉年餘，始於同治十三年二月復建胡端敏公祠，由杭州府遣官致祭，悉如故事。祭後三日，海坨忽夢有古衣冠者向之拱手。胡氏後人於是夕同得此夢者十人而九，是公之靈爽猶未泯也。公名世寧，字永清，弘治六年進士。正德中官江西副使，忤宸濠得罪，戍遼東。宸濠誅，復起至兵部尚書、太子太保。《明史》有傳。

仁和魏芸閣士龍，余甲辰鄉榜同年也。魏爲是科解元，其歲年已六十矣。生平邃於經史，而旁通禪學。每日晨起，必先誦《金剛經》一遍，寒暑不輟。道光庚戌歲，年六十有六，憑几誦經，端坐而逝，右手猶作展卷之狀。卒後有傳其爲神者。其門人蔡小西孝廉祖武爲龍游校官。一夕，夢入公廨中，見魏與項侮侶先生并坐於上，旁列小几。蔡至，爲之起，且曰：「君來大好，此間案牘甚繁，可分勞也。」其時蔡尚無恙，越三日即逝。項先生名名達，亦仁和人，嘉慶丙子科舉人，先通奉公同年也。

仁和魏條三農部大綱，僦居宣武門外，歷有年所矣。道光二十年，忽來一狐仙，不見形狀，但在空中與人言語，自稱姓名曰胡美髯。頗解詩，與農部倡和甚歡，其詩皆書片紙從空飛下。詩句清新，書法亦遒勁。一時傳爲美譚。有術士過其門，曰：「此室有妖氣，請爲驅除。」農部不之信，術者歎息而去。未幾，都中大疫，農部與三子俱死。殆所謂妖孽者歟？

杭城孫同伯，諸生也。元聘施氏，未娶而卒。光緒五年，復聘同里某氏女，婚有日矣，孫忽得疾，施氏之鬼附其體而言：「將與孫俱去。」孫父母苦求之，許迎其柩以葬，且立主祔家廟，皆不可。俄而孫竟卒。此鬼何強悍如此，或亦孫之數當盡歟？

道光十五年，杭城大疫，死者甚衆，市中棺槥爲之一空。武林門外有地名倉基，其地有金姓者，於前一年除夕聞門外有鬼聲，俄又聞若有人言：「此家有節婦。」及元旦開門，則見牆上畫一大紅圈，異之，然亦謂是兒童輩所爲耳。及夏間疫盛，鄰比諸家無一免者，而金姓獨無恙。始悟除夕紅圈，乃鬼神爲之以識别也。節婦姓錢氏，爲金子梅都轉之伯母，時守節已三十餘年矣。余門下士高海垞乃節婦之外孫，爲余言之。

海垞又言：錢唐黄成甫茂才維城，博學工詩文，年三十餘而卒。平生著作，零落無存。同治十二年，仁和鍾雨辰殿撰將編詩話，致書海垞，託爲蒐羅。海垞與黄君有舊，遍搜其詩不得，耿耿於心。一夕，忽夢黄君來，次日即於舊帙中得其七律一首，且駭且喜，録寄雨辰，并述其夢。文士名心至死不泯，亦可悲也。昔顧俠君選元詩竣，見古衣冠者數百人來謝，當非虚語矣。

錢唐有貝翁者，少有膂力，素以意氣自負。一日，自城外被酒夜歸，憩於白蠟橋下。瞥見一婦人趨過，覺有異，尾之行。抵一村舍，婦忽不見。叩門入，則其家止婦姑二人，是夜適反脣。因使視其婦，已扃户雉經矣，亟解縣救之，得不死。感翁高義，以夜深止之宿。翁以其家無男子，不可，遂攜燈獨行。俄寒風自後來，林葉皆簌簌落。翁知爲鬼，不之顧。鬼忽作聲若相詈者，翁怒，返擊之，鬼乃退。及翁行，又詈如初。翁益怒，窮追不已，復至於橋下。而雞聲四起,東方白矣。

仁和鍾古春明經鳳書,生平頗多善行。咸豐辛酉歲,杭城再陷,死之。其二子皆陷於賊。次子登甫孝廉世培時年甫十二,爲賊所脅,已出城十餘里,賊以其年幼力弱,棄之於途。是夜宿郵亭中,若有人推其背曰:「速行,速行!」登甫驚起,而昏黑不辨南北,其前隱隱有燈光,遂從之行。天明,至北新關。其地有吴姓者,知其爲明經之子,收養於家。亂定後,於光緒元年中式副榜,次年登賢書。杭之人咸歎善人之有後也。

杭有高君者,勇於爲善,其少壯時已不殺生,晚年并斷葷血。然不奉佛,而好言養生,能辟穀數日不饑。年八十餘,無疾而逝。有友人客於成都,一日,忽遇高於途,驚曰:「君高年來此何爲?」時其友適將旋里,因約與偕。高曰:「我尚思游峨嵋山,君其先歸。有扇一握,麈尾一柄,煩君攜至我家,并爲傳語兒曹,我此來安好,勿念也。」其友抵家訪之,則高死五月矣,成都相見之日,即其死日。一扇一麈尾,皆殉葬物也。此事載高氏家譜。予門下士高海坨,其族孫也,爲余言之。

同治八年五月,蘇城大風,民間所曬衣服曬,俗字。然香山詩云「中庭曬服玩」,則此字唐已有之,皆隨風而起,飛舞滿天,有墮十里外者。蘇俗率以稻稈爲薪,十餘斤爲一束。有陸氏積薪於庭,亦被吹去，愈上愈高，望之若止三四寸者，移時不見。余門人王夢薇廷鼎時居護龍街，忽墮一竹筐，筐外書某年某月琴川黄氏置。蓋常熟人家物也，距蘇已七十餘里矣。

夢薇又言：其家舊住平望鎮栢湖之濱，門前多古樹。最古者一槐，已二百年矣。一日大雷雨，槐爲迅雷所擊，分而爲二。雷所劈處有煙焰上騰，越日乃止。鄰比聚觀，并無他異，惟於樹根下掘得黄脂斗許，大小不等，而皆堅凝如石。椎而碎之，又甚黏膩。世稱茯苓、琥珀生於松下，豬零生於楓下，此或其類歟？惜不知何名，亦未詳所用也。

壽昌多山，故多虎豹。有童姓者居於眉林，其家畜一母豬，甚大，一歲生子十餘。内有一頭，短頷修尾，與凡豕絶異，數日頓長大，食倍他豕。童老惡之，屏勿使食，欲使自斃。其鄰叟曰：「此豕淺毛被體，粗具文理，狀頗彪炳，得毋虎豹之屬歟？」童老曰：「若然，亟當殺之，爲虓弗摧，爲蛇奈何？」磨刀霍霍，親赴豕苙。豕忽突出，追之不及，入於山中。數月後，有一豹徑詣童氏，入其舊闌，若甚馴擾。群豕見之，㺃然驚走，豹徘徊良久乃去。嗣後月或數至，且與他豹及虎俱來，出入村舍，遇人不噬。然村中人甚厭苦之，聚衆驅逐，如是數次，乃不復來。

江西李某，以貿易往來蘇、杭，亦老於江湖者也。嘗自杭州歸，途遇少年求載，同舟者咸拒之。李見其衣服藍縷，躑躅江岸，心憐之，語同舟者曰：「孤客無歸，大可憐憫，何惜此一席地乎？」乃招之登舟。及至常山，將舍舟而陸，少年顧諸客曰：「萍水相逢，幸附船驥。今行將分手，頗思稍盡微意，供諸君一飽，願聞所嗜。」諸客曰：「昨過某處，見市中饅頭頗佳，今思之，食指猶動。既承雅意，得此足矣，他不敢請。」時距其地已遠，諸客姑以此難之，且知其貧，必不能辦也。少年曰：「可。」乃還至其所卧處，蒙被而卧。衆呼之，曰：「毋擾清夢。」衆曰：「吾曹饑矣，饅頭安在？」曰：「諸君何汲汲若是！頃方起餕裹餡耳。」卧如故。久之，覺熱氣縷縷自其被中出，衆異焉。或曰：「此渴睡漢鼻息耳。」俄少年起曰：「饅頭出籠矣！」發其衾，累累者皆是也。衆客飽啖，咸果其腹。異而叩其術，笑不言。食已登陸，獨約李會於三里外。李至，少年已先在，出數紙爲贈。視之，自玉山起至李之鄉里止，一路舟車悉爲代雇，此則各牙郎之票據也。李怪問之，少年曰：「不敢相欺，某乃江湖所謂鐵算盤者也。不必探囊胠篋，而能以術取人財，舟中諸客所齎，已各分其半矣。以君長者，故絲毫未取，且爲君代雇舟車，以報厚意。」李大驚，又甚感之，再三致謝。少年曰：「舟車之費，皆取之諸客，何謝焉？」李曰：「相距且數百里，何能咄嗟而辦？」少年曰：「我輩於千里外物不難立致，況數百里内，直咫尺耳！」又謂李曰：「江湖間如我輩者不少，君此後橐中宜置五穀少許，或官府印花，方不爲術士所算也。」遂别李而去。李持票據示牙行，無不合契，沿途舟車，悉應付如數。盜亦有道，斯之謂與？

門人漢陽鄔梅仙言，其家好爲扶箕之戲，名其壇曰「駐雲壇」。有明五先生者屢降是壇，自言乃元時濟州一狐也。少年時曾蠱某氏女，爲雷神追擊，幾殆，其後潛修二百餘年，始掛名仙籍。又言修仙之道，其過莫大於犯淫，其功莫重於惜命，故二百年來惟以惜命爲事，雖一草一木有生意者均不忍攀折也。叩以休咎，多不答，喜談詩及古事。如云宸濠脅有肉鱗，王陽明體頎而黑，皆世所不知也。或問：「先生何不以狐爲諱？」曰：「由狐而仙，譬如白屋中出公卿，方以爲榮，何諱之有！」

臨平有某氏嫠婦，獨居悲花庵中，長齋奉佛有年矣。畜一貓，亦不食葷血，每食飼以白飯一盂，上置豆腐一方，呼而戒之曰：「貓，爾其省穡而食之！」貓噭然若有知者，先食白飯，飯盡，乃食豆腐，日日如是。余外姊適周氏者之女實親見之。余長女聞而笑曰：「此婦所修未知何如，此貓必成正果矣。」

有某氏者祟於狐，延道士驅之。道士星冠象簡，伏而拜表，兩童子執劍侍。乃道士未起，而童子忽失所在。俄聞有聲出自甕，視之，則二童在焉。甕固不甚大，不知何以能容二童子，而二童子又何從入甕也。共議破而出之，一椎甫擊，而童子在甕中呼痛。於是道士術窮，不得已，禱於狐。聞空中語曰：「既爾知罪，可避去，我出童子。」乃各避他所，而童子出矣。甕初不破，亦不知其何以出也。

余前記慈谿小靈峰關牒事，兹又聞有一廟，淫祀也。廟中之神不知何姓，塑一女像配之，則張氏女也。初張氏女從母至小靈峰進香，歸而自言神悦其貌，將以爲妻。自是閉門不與人接，而時有香氣出其房中，兒女燕褻語亦往往聞焉。家人患之，莫可如何。居數月，女腹彭亨矣。母以告其父。父曰：「處子而有孕，是爲門户羞。」立逼女死。神憑女而言：「苟殺是女，必禍爾家！」其父怒曰：「吾不畏也，必殺女！」女知不免，泣曰：「吾爲此一塊肉而死，凡婦女懷任者我必祐之。」乃於夜中投水死，屍逆流達於廟前。其夕廟祝夢神曰：「起，起，迎夫人。」不解所謂。次日，其家失女，疑其逃也，四出跡之，而得其屍。其兄憤怒，至廟中，批神頰無算，又以指爪碎其酺。靈峰人聞其事，乃塑女像，稱曰夫人。至今臙婦輒禱焉，香火甚盛。二月某日爲夫人生日，紅裙緑鬢相望，而神面爪痕竟不可去，屢經改塑，瘢痏如初。

杭有徐翁者，家於清波門之水溝巷。每歲暮祀神，必以彘首一、雞一、魚一，俗所謂三牲也。既撤，輒失之。初疑奴輩所竊，又疑貓犬食之，然無全失之理，又不應歲歲如是。一歲，祀神畢，徐翁親以筠筐盛之，而縣之於梁，自設卧榻於側，卧而偵之。人定後，忽有瓦甓聲出自廚下。無何，一人于于然來，頭角嶄然，若廟中所塑牛頭之狀，以頭戴筐而去。翁徐起跡之，則至廚下而没，乃以物識其處。明日，集家人掘之，不數尺，見有階級，徐翁疑其中有窖藏之物，自入視之。階盡，忽隱隱有光，曲折而進，屋宇儼然，漆燈熒熒未滅，光蓋從此出也。又進，則有朱棺一具，巨絙縣之，明器之屬羅列左右。徐取其銅爵一藏之懷中，尚徘徊其間，冀有所得。忽左室門闢，牛頭人自其内出，徐駭極而奔，牛頭人亦從之，及階而止。衆援翁出，即以土揜之。顧視翁，色若死灰，汗猶涔涔也。探懷中，出銅爵，古色黝然，以插花，無不活，且能結實。洵非近代物也。此必唐宋人古墓，但牛頭人不知何怪。《周官·方相氏》職曰：「及墓，入壙，以戈擊四隅，敺方良。」此牛頭人其諸所謂方良與？

張某，紹興人，攜妻子至杭，賃屋而居。其妻自是多病，張疑其不服水土，使醫治之。一夕，忽作杭音，語張曰：「此老婦之屋，汝何得居此？」張知有異，以屋券示之曰：「我所賃也。」曰：「屋雖汝賃，然其下我藏有金銀。今爾居此，或盜我財，奈何？」張聞其語，疊之，乃曰：「爾附我妻而言，必爲泉下人矣。金銀皆人間所用之物，爾無用焉，苦守奚爲？不如指以示我，我得爾財，爲爾廣作佛事，則彼此均有利益。不然薶藏地下，雖至百年，不獲其用，甚無謂也。」曰：「汝言亦有理，但須以汝子爲我子，我始以所藏付之。」張欣然呼其子至，拜於牀下。其妻撫摩者再，仍作杭語曰：「所藏即在牀下。」如言掘之，得一壇，緘封甚密。發之，惟洋錢三枚，簪環數事而已。以告，則曰：「老婦耄而善忘，固不在此，當在户限下耳。」復掘之，得二甕，一則滿盛清水，一則貯鐵釘無數，已生銹矣。又以告，其妻作杭音，呶呶不已，謂乾没其所藏金。張無如何，盡以前所得者易紙錢焚之，擾如故，乃別賃屋而遷居焉，其妻之病始瘳。

鄔梅仙言：其友金某者，死後憑其家女奴而哭告其母曰：「兒壽不止此，特死於庸醫耳。陰律，凡壽未盡者，必置之枉死城中，陰風冷霧，慘不可言。幸爲兒多焚紙錢，庶可買他鬼自代。」問：「或爲主者所覺奈何？」曰：「每日以洋錢六枚賂主者，即無事矣。他鬼亦主者所顧募也。」問：「冥中亦有洋錢乎？」曰：「陽世之物，冥中皆有之，但多焚紙錢，一一可致也。」其母許之，女奴乃蘇，問之茫然也。

海鹽西門外有吴姓者，饒於貲。一婢名秋華，年二十矣，頗有姿首。光緒己卯歲四月中，忽有美丈夫據而淫之，既乃謂婢曰：「爲我告爾主，明日掃除後屋以待，屋中什物好爲陳設。儻有不備，或備而不華美，禍且立至。」婢告其主母，於是一家盡知之。吴翁以爲妄，不之信。次日午後，有肩輿入其門，至中庭而止。輿丁啟其簾，則虚無人也，驚曰：「吾在東門外，有少年賃吾輿，令舁至爾家，今安在歟？豈其鬼也？」因述其人年二十餘，衣羅衫，手紈扇，丰采麗都，聽其語，爲冠蓋中人，非本地鄉音也。翁知有異，入内探問，則婢已失所在。翁室中有牀一具，金鉤翠幔，頗極富麗，亦轉瞬失之。因覘之後屋，則沙石飛擊，人不能近。有頃，婢自内出，傳少年之語，屬主人喚傳婢一人爲之上頭；又須備盛饌一席，次者兩席；又須青蚨四貫，以備賞犒。「不從其言，且火爾屋！」翁懼，如言備之，而家中衣服器皿其佳者悉被攝去，雖什襲深藏，亦不得免。明日，婢又傳言，須循俗例餪女三日，酒食之外，宜有雜戲侑觴。一日爲十番鼓，二日爲口技，三日爲盲女彈詞。亦曲從之。有好事者請入視新婦，亦不之拒。但見婢盛飾坐牀頭，房中紙醉金迷，五色眩目，餘無所見。嗣是每日必有所需，間數日輒一出，出必輿。輿者但聞其語，不見其形也。吴翁苦之，將使人走江西訴於真人府。一日，少年忽謂婢曰：「我今且去矣。室中物具在，汝苟念伉儷情，一月之内，慎勿移動；一月不至，則永訣矣。」言已而去。吴翁即時移其物於他所，呼婢出嫁之，其後竟不復至。

海寧硤石鎮之南有地曰大虹村，其地有吴姓者，本農家子也。後以水旱荒其田，棄而逐什一之利。久之，家稍裕，遂服賈於外，恒數月不歸。其妻陳氏，雖農女而頗有姿，鄰里諸少年皆豔之。然陳貞潔自守，無可乘也。有小姑，色僅中人，而愁眉齲齒，作諸媚態，惑之者頗眾。性狡工讒，常於母前短其嫂，母信之，故陳恒鬱鬱，久之成疾。每疾發，心輒大痛，四體如冰，終日不暖，惟夜卧則痛止，而體亦温和。心異之。一夕睡醒，覺有人并枕卧，大駭，推枕而起，則杳矣。惶怖無措，解帶欲自經，忽見少女向之斂衽，笑而言曰：「姊何鹵莽，以儂爲男子歟？」陳問：「卿人邪？鬼也？」女曰：「儂非人非鬼，實則狐耳。已爲姊按摩四夕矣，再如是三夕，病即全愈。」陳見其修眉秀項，笑靨嫣然，甚愛之。與俱坐，問所自來，曰：「儂亦吳姓，小字細細，舊住海寧潮神宫。今宫圮，故一家俱他徙。儂與姊有緣，來相伴耳。」自是女不去，惟陳得見之。小姑聞嫂與人絮語，疑有所私，告其母。母怒，執梃而往，先於窗隙窺之。陳獨坐燈下，方縫紉故衣，寂無他人。母以女誣己也，將還問之，至其室，則見女正與鄰子狎，狀甚褻。母憤甚，奔入，奮梃撻之，鄰子尚抱持女不釋。女號呼，母恐聲聞於外，忍怒走出。女哭詈終夕，罔測其故。蓋女雖與鄰子私，是夕固獨宿也，細細幻形以挫辱之耳，然自此百口莫辨矣。居月餘，細細忽辭陳去，曰：「明日郎君至矣。」明日，吳果至，陳爲述其事。吳欲一見，陳曰：「渠約一月復來，且俟其來謀之。」及匝月，陳方獨坐，而細細至，握手笑語如故。陳述其夫求見，意不可，再三言之，乃許於道旁一見。戒勿萌他念，若惡作劇，則與姊從此絶矣。陳謹諾之。其日，吳自外歸，忽見道旁大樹杈椏中坐一女郎，衣淺碧色衫，淡墨色裙，羅襪錦鞵，纖不盈握，對吳微笑，百媚橫生。吳大喜，趨而前，將緣樹而上。忽飛塵眯目，痛不可啟，掩面而歸，爲妻白其故。陳方咎吳狂妄，忽聞空中語曰：「與姊從此絶矣！」聆其音，細細也。陳拉吳俱跪叩頭謝罪，泣而留之。曰：「緣定不能強也，明年二月尚可一見。」言已寂然。是時爲咸豐己未八月。至庚申二月，杭城陷，鄉間盜賊公行。吳外出未返，陳已有孕。其鄰村有某甲者，素無行，且習邪術，恒取孕婦胎以爲藥。久聞陳美，且知其孕，白晝將三人入其室，思姦之而墮其胎。陳駭欲死，忽皆反奔而出，跪而自投，又以手自批其頰，頰盡腫，口流血。鄰里聚觀，甲等誓從此不敢犯陳，且願保衛吳氏，使不受他害。衆亦爲代求，始得扶攜而起，歸各大病數月，後遂斂戢。是夜，陳夢細細來曰：「今日之事，我救姊也。上帝以我好善而貞，命爲碧霞宮侍書。從此真與姊絶矣。」

咸豐乙卯科浙江鄉試，頭場有紹興某生於卷上大書一絶云：「繡鞋踏遍幾回尋，相會當年未了因。記否紅欄明月夜，樓頭偷占一枝春。」人詢其故，搖首不言。至初十日黎明，繳卷而出。余門人高海坨與同坐一號，先一日相與論文，極相契合。其三藝皆已脱稿，讀之甚佳，乃夜間忽有此異，是必於温柔鄉中失足者也。諸書言科場果報事，類此者極多，此則海坨實親見之。

仁和高君桂山，與其兄嘯蘿讀書西湖之葛林園。其鄰爲梁文莊公祠，祠中有棺數十具，皆他姓所寄也。一夕，聞外有吟哦聲，啟視無人，閉户而聲又作，乃笑曰：「如有吟魂，盍來相見？」久之杳然。隔數夕，又聞之，其聲自西南來，浸至窗外。審聽之，則嗟歎之聲，非吟哦也。俄而譁然一聲，其門自啟。二人驚顧，以爲鬼來，然實無所見。及卧，夢見一叟曰：「我粤東錢某，老諸生也。以謀食來浙，死於此。明日斷橋堍下有著青布衣者，吾子也。吾棺停梁家祠内東廊下，煩兩君指示之。」二人寤，述所夢皆同，相與愕然。次日，至白堤伺之，未至斷橋，果有一人來，如夢所言。迎問之曰：「爾姓錢乎？」其人驚問：「何以知我？」乃告以夢。其人果訪尋父柩者也。導至梁公祠，指示所在，并厚贈之使歸。

黄桂圃培榮，浙之會稽人。道光末，官湖北武昌府同知。咸豐二年，粤寇至鄂，城陷，桂圃衣冠坐堂皇，罵賊求死。賊縶之，并其一妾二子，挾以入舟。桂圃得間自沉於江，妾與子皆至金陵。長子啟勳，時年十一二，爲鄉人竊負以出，逃至蘇州。桂圃有弟金谿刺史，需次於蘇，因撫育之。其妾爲賊幽於女館，久之放出，居鄉間，以縫紉自給。幼子尚孩提，力不能養，有鄰村婦乞爲子，不得已許之，密以針刺「天賜」二字於兒左肩，泣而畀之。天賜者，兒乳名也。及官軍收復金陵，啟勳長矣，至金陵訪其母，得之，迎以歸。光緒四年，啟勳預海運之役，溺死天津。金谿痛桂圃之無後也，其妾因言天賜事，乃致書江寧蔣鶴莊太守物色之。得其母子，召至署中，解兒衣，驗其左肩，則「天」字二畫尚存，「賜」字貝旁亦未泯滅。乃謂村婦曰：「此黄氏子也。」判歸黄氏。桂圃爲國捐軀，固宜有後，而其妾之智節則亦足多矣。此事杜筱舫方伯爲余言之。筱舫又言：啟勳之溺也，失其屍，求之數日不得。筱舫之弟筱珊太守，時爲江蘇海運津局總辦，命以紙作靈位，備書官職姓名，置木盆中，旁設羹飯，匕箸具焉。浮之天津牐口，使人駕小舟從之。初入水，其盆向北逆流，及小舟解維，盆即順流下行。約二里許，至寶林庵前，木盆忽自就岸，則屍已出自水中，面貌雖改，衣裝宛然。乃厚斂之，并請於朝，得優恤焉。筱舫問弟何處得此法，曰：「咸豐八年七月，有直隸廣文忘其姓名，奉檄押送南漕剥船。舟中攜有一子，以便旋失足入水。欲覓其屍，有土人傳此法云。」鬼神之事誠有不可解者，此法屢試屢驗，則亦奇矣。惟啟勳歿於王事，其遺魄自不應葬之魚腹，或有神物護持，亦未可知也。

周鏡樓，南匯縣人，曾應童子試，生一女而卒。初無靈異，數年之後，其女長矣，忽大病，病中言其父實保護之，故得不死。自是目中遂能見鬼，而鏡樓即附其女以與人言，靈異大著。自云在冥中簽押文書，頗能作威福。有謝心畬者，娶於周氏，與鏡樓兄弟也。己卯秋病甚，鏡樓之女往視之，見鬼往來甚多，問之竈神，神言無有。女曰：「吾所親見，安得云無？」於是竈神窮治之，告女曰：「是於某月日賂門神而竊入者也。」其夜鏡樓至，其家人環跪求之。鏡樓詰問鬼，鬼自言姓李名儒奎，浙江人。八世前爲王氏女，潘氏婦，心畬八世前爲某氏子，與之私。後有孕，服墮胎藥而死。歲月雖遠，怨毒未消。累世尋求，至今始遇，必索其命乃去。」鏡樓勸之再四，且許延道士爲誦經，鬼不可。鏡樓怒曰：「汝不知吾周鏡樓乎！汝能出吾掌握中歟？」鬼始聽命，曰：「苟延道士誦經，願誦《大梵經》。若《玉皇經》，則在冥中爲最下田土，不願得之也。」謝氏從其言，病良已。鏡樓又言有顧春船者，戊子科舉人，在冥中頗有勢力，已得爲冥吏，乃其所薦也。以是觀之，冥間營營，亦與人世無異矣。

卷八

年月日時干支俱同者，六十年中，惟甲戌歲有甲戌月甲戌日甲戌時，乙酉歲有乙酉月乙酉日乙酉時，丙申歲有丙申月丙申日丙申時，丁未歲有丁未月丁未日丁未時，戊午歲有戊午月戊午日戊午時，己巳歲有己巳月己巳日己巳時，庚辰歲有庚辰月庚辰日庚辰時，辛卯歲有辛卯月辛卯日辛卯時，壬寅歲有壬寅月壬寅日壬寅時，癸亥歲有癸亥月癸亥日癸亥時。然甲戌之歲必有甲戌月，甲戌之日必有甲戌時，而甲戌之月不能必有甲戌日，其餘皆然，故遇此難也。光緒六年三月十三日日加辰，是爲庚辰歲庚辰月庚辰日庚辰時。杭有楊翁者，精於叢辰之學，死後營葬，有術者爲擇得此年此月此日此時，取四庚辰也。他術者以爲不可用，議改用初六日癸酉。其家以翁素精此術，乃就其靈前拈鬮決之，竟拈得四庚辰者，遂用以葬。友人丁松生與執紼焉，還過俞樓，爲余言此，因爲記之。

南斗注生，北斗注死。古有此説，是冥冥之中固有簿書記載矣。世間每遇水火刀兵諸劫，輒有人夢見冥中繕寫册籍，疑亦理之所有也。咸豐之初，粤寇萌芽，有海鹽人查某者，夢至一處，見文書堆積如山，數十人繕寫猶若不及。楹間懸一聯云：弱柳瓊簫仙有劫，落花銅鼓佛無靈。意不可解，而其語則頗可誦也。

黄岡縣易氏女子化爲男，余已載在第一卷矣。有傭媪宋姓者言：河南蘭儀縣鄉間某氏女子，已許嫁矣。某翁無子，性好善，其女病數日，忽化爲男。言於父母，驗之信，乃使人告之夫家。其親家翁曰：「此翁爲善之報也。吾有弱女，願即以嫁之。親者無失爲親，不亦善乎？」某翁大喜，仍諧二姓之好。後生子女，而母故荏弱，凡衣履縫紉之事，父輒分任其勞，蓋素習女紅，雖爲男子，猶未忘故技也。

牙牌之戲，相傳起於宋宣和時，其來久矣。近世有《牙牌數》一書，借以占卜，蓋亦古者棋卜樗蒲卜之類也。兄子履卿言：光緒己卯歲江南鄉試，無錫諸士子於榜前占《牙牌數》，其辭云：「大開闈場，射鹿得麞。顧盼自喜，中必疊雙。」是科無錫縣中式者二人，一顧姓，一章姓。顧字明見數中，而「射鹿得麞」句暗影「章」字，尤爲巧合也。

任司馬，江蘇人，談者不言其名字。需次浙中，寓舍頻有怪異。一日，失去洋錢三枚。正相詰問，忽空中語曰：「我所假也，三日當奉還。」越三日，果得其二。問：「尚有其一何在？」

曰：「此尚須遲一日耳。」越日，果得之。嗣後頻有假貸，或償或否，而不見其形。司馬偶坐聽事前，忽見一人過其簷下，其形夭矯，幾及丈餘，疑蛇精也。司馬有女公子刺繡於樓，晨起視之，則於空處添繡一人面，異而傳觀。空中語曰：「此我所爲，即我之像也。汝曹欲識我貌，觀此可矣。」其面不辨爲男爲女，惟上有兩角，面色白，角則黄色。其餘口鼻之類，尚與人無大異。至今此像尚在司馬家。司馬遷屋避之，輒隨之至，不知其究竟如何也。

咸豐間，江都符南樵孝廉主講松江之柘林書院，與同人爲扶箕之戲。有女仙降壇，自稱唐時人，姓韓名碧霞，父誠爲蘇州刺史。時江蘇尚陷於賊，問何時賊平。箕筆作一詩，有二句云：「掃開雲霧見青天，正在遼東獻豕年。」後賊平在癸亥歲，符豕年之語。又蘇州陸鳳石潤庠之封翁九芝先生，於咸豐間扶箕，問鳳石科名事。箕筆書七絶一首，其末句云：「金階拜向捲簾時。」後鳳石以同治甲戌大魁天下。是歲毅皇帝親政，皇太后撤簾，箕詩「捲簾」之句，洵有先見。古稱山鬼知一歲事，此殆不止一歲矣。

崑山縣有地名茜墩。咸豐四年夏，有村童金姓者，年十五歲，刺小舟放鴨湖中。正夤緣葦間，俄油然作雲，狂飆怒吼，白浪如山。人與舟俱被風挾至空中，俯視雲氣迷濛，下不見地。自思設或墜下，必糜爛矣。忽來一老者，衣黄色衣，鬚髮皤然，手執麈尾，指曰：「去，去！」人船俱從空而下，墜於平地，一無所傷，距其家三里矣。觀者環堵，咸共歎異。牽其舟下水，送還其家。

蘇州開元寺前有大石獅二，歲月既久，頗著靈異。盤門以内，地甚荒僻，居人多以蔬圃爲業。一夜三更後，守圃者見有物在圃中齧食蔬菜，其形龐然，不知何物。亟返呼衆共視，則已杳矣。嗣後連夕皆然，乃糾衆伺之。夜半，物果至。突出噪逐，物狂奔而去，至寺前乃止。迫視之，石獅也。遂鑄大鐵釘釘之，自此不復夜出。

朱祥麟，蘇州人，素佻達，好漁色。偶飲於友人家，而歸時夜已深矣，路無行人。至護龍街，見少婦獨行，睨之美而豔〔一〕，尾其後，徐以言挑之。婦微笑，招以手。大喜，隨之。行至一處，婦推門引朱入。屋不甚大，而陳設頗華，遂同入房中。鏡奩脂盝，無不精美，牀上則綺帷羅幔，繡被錦衾，更極富麗。婦解衣裙置椸上，僅留袙服，皓質呈露，促朱先寢。朱心蕩不能自持。方欲登牀，忽火光灼爍，十數人擁入，手執燈籠，皆有「蘇州府城隍」字。俄頃之間，所見人物一時都杳。其地則在范莊前石欄杆外近水處也。駭極癡立，適有武弁行夜至此，知爲鬼迷，

〔一〕睨，底本原作「睍」，《校勘記》正作「睨」，今據改。

送之歸。此等景象，必溺鬼幻爲之，使非神燈一照，是人必於温柔鄉中失足矣，可不懼哉！

山東登萊青道署有朱藤二本，數百年物也。其藤蜿蜒縈繞，所蔭可數畝許。花時紫豔紛披，掩映户牖間，清香襲人。相傳其樹有神，當風清月白，往往見之。民間有疾病者，得其一花一葉，即可療治。以是爭來禱祀，香火不絶。署中有空屋數間，花落輒掃置其中，以供病者之求。凡新官入署，必祭焉。潘偉如中丞嘗爲是官，循例致祭，并以酒一大甕澆其根土。其夜兩花神皆見形，一爲老翁，朱顔皓首，長髯及腹；一爲婦人。署中人皆見之。是年花開尤盛。

蘇州人姜少甫，與其友石某至杭州天竺燒香，瞻禮既畢，循途而歸。至萬松嶺下，石忽腹痛，即於道旁遺矢焉。忽有一鷹自空而下，攫其帽以去。急起奪之，而鷹愈翔愈遠，高入雲際，不可復見。二人大駭，踉蹌歸舟。至暮而石病作，頭痛身熱，頗不可堪。夜半，忽夢入一城。問城中人此爲何地，或告之曰：「紹興嵊縣也。」俄至一廟，中有碑甚高，刻「申莊」二大字，而日間所失之帽儼然在碑上。大喜，引手欲取之。旁一僧止之曰：「不能，不能！且待四年後來取。」遂寤。次日病殊未減。姜與余門下士王夢薇有舊，以夢薇能醫，令石力疾就診，因自述其夢。夢薇診其脈，但感受風寒耳，初無他也，授之以方，悤悤辭去，云：「即日還蘇。」不知究竟如何。余謂此人之病，自因風寒，當腹痛時已伏病根，鷹之攫帽，會逢其適。既有是事，因有是夢，夢由心造，與病初無涉也。

蘇州陸墓村人某甲，當兵亂時於途間得人家所棄子，畜之爲子。比長，爲取妻。甲夫婦初不知子之父母爲誰，其子并不知别有父母也。光緒六年，甲婦病篤，死而復蘇，呼其子，語之曰：「我在冥中，見爾母乞還其子，我已許之矣。汝母某氏，汝父則尚在人間，姓某名某，住蘇州城中某處。汝宜攜爾婦歸，無使我失信於爾母也。」言已遂卒。其子以爲亂命，不之信。次日，有蘇州人至，其姓名與甲婦所言同，索還其子。甲問：「事越二十年，何忽見索？」其人曰：「夜間亡婦見夢，言曩所失子在君家。今向君家婦乞還，承其見許，故來此。願與子俱歸也。」甲問其家住何所，則亦符合。乃謂其子曰：「此真爾父矣。吾幸已有子，汝攜婦以歸可也。」其子始泣謝而去。

杭州西湖瑪瑙寺故址前有大石一方，俯臨湖漘，名停鷹石。有某寺僧擬刻《金剛經》於上，乃就石旁編木爲棚，招集工匠於其中，將於次日奏刀焉。忽有一人衣黑色衣，青色半臂，至棚中與工匠閒話，問：「爾曹來此奚爲？」告以故。其人曰：「俟刻石時，宜先告我。苟不我告，必貽後悔。」衆工因詢其所居，曰：「即在石旁不遠耳。」及次日，將事鑱刻，工匠遍覓其人不得。偶言於松木場茶寮中，有聞者曰：「石旁固無居人，得無黿精乎？」駭而問之，曰：「此石下舊有黿精，人往往有見之者，其大如五石瓠，不爲人害。今刻經於其上，則彼爲所鎮壓，不得出入自由，宜彼之意有所不欲也。西湖南北兩山爲石多矣，可刻之石亦必不少，奚必此？盍與僧再議之。」衆疑信參半。是日因循未刻。越宿，而衆工或病於目，或病於臂，乃覺其有異，言於僧，改刻他處。

某甲，農人也，嘗以爭田致人於死，後即於所爭之田穫稻。忽雷雨驟至，甲呼其子偕歸。其子尚幼，隨之行，見空中人馬喧闐，無慮數十人，或手秉炬火，或負一物若魚網者。既近，有青衣者二人奪其父所穫稻去。又數人以網蒙其父頭，炬火即從之下擊，辟歷一聲，其子驚仆，起視，則其父死矣。曩所見諸人，皆化爲雲氣，騰空而去。

桐鄉周鐵厓士鋼，少補博士弟子員，屢試秋闈不售。一日，自佗處歸，夜泊舟村落間。望見臨水一家，有樓翼然，樓窗外有碧火如環，旋轉不定。異而呼舟人訊之，舟人見而駭曰：「縊鬼求代，多作此狀，吾屢見之矣。此家必有將縊死者，慎勿聲，鬼爲人所覺，且移禍於人。」周奮然曰：「見人死而不救，非夫也！」登岸，叩門大呼。其家出問，告以故，大驚。蓋姑婦方勃谿〔一〕，婦泣涕登樓，姑猶呶呶未已也。聞周言，亟共登樓，排闥而入，婦手持帶立牀前，神已癡

〔一〕谿，底本原作「蹊」，《校勘記》正作「谿」，今據改。

矣。呼之逾時始覺，舉家共勸慰之，乃已。周次日抵家，夢一老人謂之曰：「子勇於爲善，宜食其報。」周曰：「此何足爲善。必欲食報者，他不敢望，敢問我於科名何如？」老人笑而示以掌，掌中有「何可成」三字。寤而歎曰：「科名無望矣！」其明年，竟登賢書。是科主試者爲何公，始悟夢語之巧合也。

同治乙丑年，浙江補行鄉試。是年夏，嵊縣有人夢至一廟，廟中有神南面坐。其旁胥吏甚夥，各負一牌，呈神坐前。神執筆於牌上點之，乃各負之出。夢者隨而問曰：「此何牌也？」負牌者曰：「牌上姓名，皆今年鄉試中式人也。」夢者見一牌上大書「裘治成」三字，其旁尚有小字數行。問此小字何也，曰：「皆其人所行陰德也。」寤而訪之，則邑中諸生果有裘治成其人者。往告以夢，裘笑曰：「吾不應試十餘年矣，精力衰穨，學問荒落，自分此生永謝場屋，恐不能踐君幻夢也。」夢者遍告裘之姻族，咸縱臾之，乃赴試，竟舉於鄉。或問裘有何陰德，裘曰無之。固問，乃曰：「前年族人有一婢，將置之死，吾力救而免之，且爲擇婿而嫁焉。此或一事乎？餘事則非所知矣。」蓋無心之善，作者猶不自覺，而鬼神則已紀録之也。

會稽王湘舟濟泰，工爲制舉文，而困於場屋。性好施予。一日，有里人以硯來，求易錢一千。視其硯，凡石也，卻之。其人顏色慘沮，問其故，則其婦方産，勢甚危殆，欲以此硯易錢招白洋媪婆。白洋媪婆者，越中乳醫之最良者也。遂留其硯而予之錢。久之，念此婦未知已産未，使問之其家，則婦死矣，無以斂，其姑亦老且病，號咷欲自盡。王惻然，急取敝衣數襲，洋錢十枚，親送與之。至咸豐乙卯歲元旦之夕，夢一婦人向之叩首，曰：「妾即往歲以産而亡者也。」手以一黄紙條示之，有朱書曰「臣十七」。寤而不解所謂。是歲應秋試，入闈中，所坐號適爲臣字十七。及題目出，文思泉湧，榜發中式。

山陰倪某，幼時曾一赴童子試，不售，輒棄去。善治生，家固殷，賑人極長厚，鄉里稱善人也。同治癸酉歲，年五十餘矣。其鄰有張君者，故粤東一縣丞，以病免歸，自言判冥中事，倪亦未之信。是歲之春，勸倪赴鄉試，倪笑謝之，張言之不已。一日，密謂之曰：「君忘十五年前事邪？完人名節，上帝所重，君得科名，職此之故，其必往，毋自誤也。」倪憶十五年前有親串家一少婦，夫亡守節，其兄公以莫須有之事污衊之，謀出之而奪其財。事垂成矣，爲力白之乃已。此事張所不知也，始心動。然久抛舉業，懼不中程式，乃先作文十餘篇，并乞名手點定。及入場，《四書》題三道皆在其中，録之而出。榜發中式。乃歎曰：「張君果判冥事，不吾欺也。」

樂平汪宗伯守和，幼時讀書家塾，私與儕輩鬬蟋蟀，角勝負。宗伯公所蓄者巨喙而黑質，每鬬必勝。公寶愛之，夜閉之籠中，而置諸庭，使吸清露。及旦取視，則死矣，兩股斷焉。懊恨殊甚，跡其所在，得一股於石罅，群蟻曳之，將入於穴，始知爲蟻所殺也。公怒，思有以報之。乃至市廛買爆竹，剥取其火藥，以羶物引蟻出穴，布火藥於地而火之。群蟻數千，同時而斃，爲之撫掌稱快。既而悔焉，曰：「嘻！亦太甚矣！」遂不復畜蟋蟀。及嘉慶庚午歲，公以少詹事授奉天府丞兼學政，與盛京將軍薩公善。一日，有布衣客詣將軍轅門求見，薩公見之。長揖就坐，古貌儼然，自言：「以生人爲冥吏，數至冥中決獄。今爲汪學使一案而來。此案懸四十餘年，讎家屢訟不休，今宜了結。以汪固端人，且其先世積累頗厚，自當右之。知公與汪善，明日請往省視，如汪有疾，屬其家人勿相驚擾，亦勿投藥餌，但謹守之，三日自愈也。」薩公異其言。明日，親詣汪所，則汪得暴疾死，一署惶然。薩公如客言，使靜守以待其蘇。公果病三日而愈。自言得病之時，昏然不知人事，覺有人導之入一公廨。堂上有長官，服古衣冠，南面坐，面黧黑無髭，左右侍者甚衆。長官問公曰：「有多人訟爾，知之否？」公告不知。長官命吏檢簿籍示之，備載幼年殺蟻事。公謝曰：「事誠有之，今悔無及。」長官命傳諸訟者，則焦頭爛額者無慮數千人，環呼索命。長官婉言諭之曰：「蟻與蟋蟀，皆蟲也，爾等不合嘬食其所畜蟋蟀。童子無知，苟圖洩憤，罔識輕重，遂成此獄。今既已降其科名，減其禄算，使其一生常有美中不足之處，亦足以示罰矣。」衆譁然曰：「我輩止傷蟋蟀一命，彼戕我族類萬餘，豈此薄罰所能了邪？」

言已大噪，其勢洶洶，殆將用武。長官大怒曰：「汪某已膺冥罰，足以蔽辜。爾等幺麽微物，貪慕腥羶，污生人之廚竈，侵死者之墓隧，罪不勝誅。若再諠譁，當科罪如律！」衆始懼而退。長官謂公曰：「此案已結，宜益爲善，以贖前愆。」公乃蘇。明日，即往謝將軍。甫入，而前日之客出，遇於門，不交一言。薩公迎慰之曰：「昨日對簿甚勞。」公驚問：「何以知之？」以客言告，公亦縷述前事，且曰：「頃所遇之客，即冥中决獄者也。對之猶懔懔。若非祖德所庇，恐無生還之望矣。」乃悟客非常人也。公以乾隆壬子年舉於鄉，闈中初擬中第二名，後抑置十八名。其後官至尚書，以資格將晋協揆，竟不果。道光十六年薨於位，宣廟悼惜，贈太子太保，賜祭葬。故事，尚書歿於官，得予謚，禮臣以請。會畿輔旱，宵旰憂勤，此奏久留中，卒不得謚。殆即所謂降科名，減禄算，美中不足者歟？公以一代名臣，以戕群蟻致罹冥譴，物命至重，可不慎歟！

道光間，有某觀察者性廉静，公事之暇，輒至齋中讀書。一童子侍，丙夜始就内寢，日以爲常。會屆中秋節，制府某公素貪黷，饋獻不滿意，輒中傷之。觀察不得已，枉法得白金五百兩置書篋中，將以備書函并字之需。時秋高夜静，月色皎潔，方執卷咿唔，忽飄風入户，爲之慄然。突見一女子戴黑紗幞頭，衣粉紅綃衣，近案而立。正驚顧間，其後又立一丈夫，赤髮深目，鬚如蝟毛,直前謂觀察曰:「公所得金盡以爲長者壽?」觀察未之應,而女子袖中出白丸摩弄之,光灼爍如一匹練。觀察懼,發篋出金陳案上,女子盡納之袖。丈夫又謂觀察曰:「以公平時固廉吏,故不相害。然此不義物,非公所宜有,謹將去,成公之廉。」言已,與女子俱出,倏忽不見。殆古劍俠之流歟?觀察秘其事,旋移疾歸。既歸里,始與所親者言之。

江西南昌府照牆後有老屋數間,故礮局也。咸豐三年,粤賊圍城,營於沙井。其地有文孝廟,爲賊所踞,廟牆堅厚,城中發礮擊之,不能破。有人夜過照牆後,見黑面人數十輩從礮局出,言願助官軍殺賊。次日訪之,則無人焉,知爲礮神。言於官,掘地得大小礮甚多,重三千斤者十三尊,重四千斤者一尊。舁至章江門礮台,向文孝廟擊之,牆壁皆毁,斃賊無算,遂解南昌之圍。南昌人謂之神礮。

長江水師提督黄公翼升,迎養其太夫人於金陵。太夫人偶得疾,夢神人告曰:「我因寇亂,身陷獅子街井中。如能救拔,必有以報,疾不足憂也。」太夫人覺,言所夢。公命人浚井,果得一石像。詢之土人,曰:「從前江寧城中本有石將軍廟,燬於賊,失其像。今所得者,即是也。」公因爲立廟井旁,頗著靈異,至今香火不絶。惟石將軍不知何人,相傳爲東晋人司馬流。按《晋書·蘇峻傳》,峻遣將韓晃、張健等襲姑孰,進逼慈湖,殺于湖令陶馥及振威將軍司馬流。

其他無所表見。千百年後尚能廟食人間，亦可異也。

同治八年四月，江寧城糯米巷民宅中一井，晨汲得油數瓶，油盡始得水。明旦復汲亦然。如是數日，城内外悉聞知，觀者填門。其家厭之，白縣令封閉其井。長洲朱君孔彰時寓安品街，距其地不數十步，使人汲井驗之，果如菜子油，入燈盞可然。

溧陽崔澐，貧甚，無以爲家，寄居僧寺。讀書至丙夜，忽聞寺後山上有車馬聲。啟後户視之，無所見。俄而聲益近，有人叩户曰：「小吴王至。」崔延之入，知其非人也，不敢發問。客曰：「君毋怖。我廣西人，亦讀書，籍諸生，爲賊劫至江南，後入官軍中，從張將軍戰死於此。聞君讀書，竊所愛慕，山中無佳侣，冀聆雅音，聊慰幽寂。」又曰：「上帝命我主此山，封我爲小吴王。我亦不復更念人間世。惟有一女年十五矣，小名阿鸞，今流落在廣東香港。君可至彼訪之，如不嫌鄙陋，即以備箕帚可也。」言已別去。崔怪之，欲從其言往訪女，然以道遠，資糧屝屨猝不易辦，故未果也。居無何，小吴王又至，語崔曰：「君其無意乎？」崔以情告。曰：「君患無資，何不早告？此山之南有窖金，可發也。」即指示其處。崔發之，得白金五千兩，乃如廣東，訪阿鸞於香港，果遇之青樓中。年未破瓜，猶處子也。風姿娟秀，粗通文翰。惟自幼流離，不自知其家世。崔以三千金贖之歸，遂爲夫婦。此事余聞之朱君孔彰，朱聞之於曾蓉舫。曾亦溧陽人,與崔相識也。

黟縣北郊有王某者,以工爲訟牒,遂致殷富,營造新宅,頗極華美。一日,有數客造其鄰比,問王某所居,鄰人指新宅告之,遂入,然莫見其出也。越數日,新宅中忽火起,衆奔救乃熄。自是火發無時,旋起旋滅,家中什物每提擲空中,悉皆破壞。煮飯於釜,飯熟,輒雜以泥沙。甚至糞圅溺器,狼籍衾枕間。月餘,不勝其擾。王某自作牒將訟諸城隍神,若有人厲聲曰:「汝伎倆能欺人間官府耳,能欺明神歟?」祟益甚。王大懼,伏地自投,且言知罪,願許悔過。又厲聲曰:「速遷去,免爾死!」遂舉家遠避,空閉其宅。

沈嶽艮,宜興人,有膂力,而居心險惡。當粵賊之據常州也,受賊僞職,從之抗拒王師。每掠得婦女,必裸而淫之。禪國山東南有石洞,極深邃,婦女避亂者數百人入焉。沈積薪焚其洞,皆斃之。又殺周王廟僧數十人,而投神像於廁中。賊平逃出,竟無恙。一日,忽病狂,家人扶置牀上,旋躍起以手相搏,曰:「衆婦人來索命!」又作婦人聲曰:「彼有力,吾曹不能勝,宜招和尚來。」又大呼曰:「和尚來矣!」自是日夜呼譽不絕聲。數日,家人守者稍倦,竟奔出,不知所之。半月後,有人言周王廟廁中溺死一人,家人往視,果沈也。遍身青黑,七竅流血,臭穢不可嚮邇。嗚呼!其受報亦酷矣。

撫州胡瓊，常至城外訪其親串，所過之地荒僻無居人。忽見一女子立水次，亦未之異也。女子顧胡而言曰：「子衣上如何有血污痕？可解衣爲子澣之。」胡自視良然，遂解外衣。女子曰：「中衣亦污。」又解之。如是者三，而血痕猶在。回顧女子，嫣然微笑，以手招之。胡悟女子非人也，抱衣卻走。女子躡其後，胡急奔。望見前有巨人二，不知其爲人爲鬼，亦不遑顧，直造其處，則二巨人者已不見，止有一土地廟。比至廟門，則女子亦不見矣。胡無邪心，故不爲女鬼所惑，不然殆哉！

山陰某甲，父子皆嗜食犬，犬之斃其手者不知凡幾矣。壬申之秋，其子觀劇北城，日晡而歸。有卑腳花犬隨之行，甚馴擾，試呼之，即弭耳從歸。甫入門，忽跳踉大嗥，遽噬其股。其父聞聲出，又噬之，傷於足。犬即走出，不知所往。父子中犬毒至深，號呼一晝夜而死。

閔斗陽司馬世魁，歸安晟舍鎮人，官雲南府通判，升同知。一生正直不苟，居官亦多善政，年老乞歸。其卒之前一日，有里人死而復蘇，告其家人曰：「陰間路黑不能行，有人語我曰：『明日閔公赴雲南府城隍任，輿從不少，必有燈火前導，可隨之往。沿途有供張，并可得酒食。』」次日，公無疾而終，里人亦死。死後見夢於其母曰：「今日從閔公俱行，不愁昏黑，且幸爲公録用，不落寞也。」此事余聞之閔君小圃，即其族也。凡人之聰明正直者，歿則爲神，理固可信。先兄壬甫卒於福寧知府任。福寧有楊明經廷瑞者，一鄉推長者。先兄既捐館舍，而楊君亦病，謂家人曰：「吾不起矣。吾夢見青衣者持官符至，言施侯遷擢去，以俞公代之，辟吾爲幕僚，期以某日去。吾其能久乎？趣治後事。」果如期而卒。施侯者，故靖海侯晋江施襄壯公，相傳殁後爲海神者也。於是郡人藉藉，稱俞公代施侯爲海神云。兄子祖綬曾具先兄事略，求余爲傳志，其言曰：「明道行狀以伊川而傳，文忠碑銘待潁濱而作，宏文鉅筆，雖親弗嫌。」余兄弟似皆不足當此語，然吾兄居官立身具有本末，固宜撰次以示後昆。而余衰病侵尋，未能握管，偶因閔公事，附載先兄軼事如此。

閔君希濂，字一瀛，與余甲辰歲同舉於鄉者也。嘗於夏日在書齋疲𦬼假寐，瞢騰中若有人持名刺來請者。從之至一處，宮殿巍峨，兵衛森列。登其階，見堂上有古衣冠者二人，本朝衣冠者亦二人，皆南面坐。其兩旁列坐者十數人，惟末坐虚焉。持刺者引閔登堂三揖，坐者皆爲之起。即引之至末坐曰：「此君坐位也。」少頃，有吏持文書，并以筆墨來，分授兩旁坐者，而閔亦得一卷。其卷首書「吏部天官增減司閔」八字，卷尾亦如之。吏請於卷首「閔」字下書一「奉」字，卷尾「閔」字下書一「行」字，而中間文字不使展閲。書已，吏持去，坐者皆散。前持刺者又引閔至一處，有屋三楹，額曰增減司，告閔曰：「此君之署也。」送之出門而醒。自是頻夢至其地，事畢即醒。閔從不與人言，惟所親者得聞之。暨咸豐之末，江南大亂，鎮江府城陷於賊。閔時寓滬上。一日，夢有偉丈夫來見，與之謀克復鎮江。閔曰：「書生不諳軍旅，何能爲？」其人曰：「行軍貴謀不貴勇，君其無辭。」旋有諸將戎裝而來，請命從何門入。閔夢中率爾曰：「從東門入。」皆曰：「諾。」俄而身履戎行，搴旗斬將，大捷而還，則身固卧逆旅中也。覺，勞頓殊甚，靜卧三四日乃起。果聞官軍收復鎮江矣。自是不復夢至增減司治事。閔後爲石門教諭，壽終於官，亦無他異。

吴沙陽，歸安諸生也。嘗客山東，其子年十九矣，在家讀書。吴一夕忽夢其子乘馬來，遇諸塗，責其子何不下馬，不應。追及之，欲與語，其子回顧，舉鞭欲鞭之，旁有一白鬚老人呵止之曰：「此人於汝有十九年養育之恩，不可！不可！」吴遂寤。月餘得家書，則其子即於是日死矣。

羅某業屠，一日將殺豕，豕作人言曰：「我應於明日死，何早也？」乃不殺。次日，又將殺之，豕又言曰：「我應重至九十斤而死，今止八十七斤，何早也？」羅懼，售其豕於人，改業不復屠。柯某亦業屠，一日執豕於牢，聞兩豕相對作人語。其一曰：「今日爾去投生矣，我明日亦不免一刀之苦，當隨爾去，宜稍待我。」其一曰：「諾。」柯聞之，亦遂改業焉。又有鄭某，亦業屠。其徒鄭三卧於樓上，夜半忽下樓，自將左手置碪上，以右手舉刀斷之，血流滿身，大呼倒地。咸驚起，俟其蘇而問之，言：「見有人來買豚蹄，我割而予之，不知自斷其手也。」言畢而死。此三事皆閔君小圃言之。三屠皆湖州鄉間人也。

金華府城外有某氏婦者，嫠也。同治壬申年正月望日，村中演戲，盡室往觀，婦獨不去。至二更後，其夫弟先歸，呼婦不應。從窗隙窺之，見室中昏黑，惟婦牀前有緑焰一線，如將爐之燈。懼其不戒於火，破扉入，以燭燭之，則見婦獨坐椅上，自膝以上皆焦黑如炭，惟口輔不焦，其臭不可嚮邇。大駭，莫知火所從起。足下一火罏已冷矣，且鞋襪不爇，則非由罏中起也。此與第五卷所載咸寧毛氏婢事同不可解。

仁和典史福建林公汝霖，字小巖，於庚申歲杭城初陷時，衣冠坐堂皇罵賊，并其家屬同死。賊平後，當事者爲聞於朝，哀其遺骸，葬於孤山，且立祠焉。今所謂林公祠是也。公有二子，曰慶生，曰涇生，僉謂同死於賊矣。至光緒己卯歲，有楚人羅君來游於浙，遍覽湖山之勝。至林公祠，讀壁間所刻碑記，知其事實，肅然起敬。留數月，仍還楚。雇一小舟，舟人甚謹願，問其姓名，曰：「姓李，名涇生，湘鄉人也。」問家有何人，曰：「有老父。」問母死幾年矣，曰：「小人無母。」異而詢其詳，曰：「我本福建林氏子，祖官涇縣，我生於涇，故名涇生。年八歲，隨父官浙，城陷，爲賊掠至金陵。有李翁者憐而撫我，即今老父也。後隨之亡歸，因姓其姓，以操舟爲業。李翁無妻，故我無母也。」羅歎曰：「然則爾爲林公子矣。」羅有季父官浙中，即馳書告之。其季父言於唐藝農觀察，觀察言於譚文卿中丞，中丞即移咨湖南，由湘鄉令資送來浙。於光緒六年四月十二日至杭州，成服而哭於墓。中丞即以其事入告，俾承襲雲騎尉世職焉。林公忠臣，固宜有後，若羅君者亦可謂有心人矣。

杭州孫氏女，年十五，嫁同城高在端。甫五月而粵賊陷城，夫婦偕遁，中途遇賊，婦逸而在端陷焉。賊平後，偵知在端已死，婦賃屋獨居，抱他人子爲子。時其母亦孑然無依，乃迎之來，同居一室。婦上事其母，下撫其子，惟倚針黹爲活，篝火夜作，達旦不休。而性倜儻，遇人則談笑自如，詼諧間作。母疑其志可奪，陰遣其中表某甲爲媒，勸改嫁。婦不可，因此浸失母意，恒以細事譙訶之。婦自夫死，悲傷成疾，又日夜操作，兼爲其母所嬲，如是十餘年，病轉劇。念子已長大，可自立，已病如此，生亦何味，乃乘夜投繯焉。是時其母已寢，忽若有大聲呼之起者，急與其子及同居之徐叟偕入婦室，則婦已懸於梁，有一衣藍紬袍之老者以手藉其足。三人者入，老者始不見。乃解其懸，幸不死。自言初縊時，見有老者力止之，曰：「汝子不惡，汝再苦守十年，必有佳境，神明不負汝苦節也。」此老者疑爲社公矣。

江浙間凡學手藝者，必三年而成；成後役於其師者三年，不取直。故俗語謂之學三年、幫三年。六年之後，任其所往。若師欲留之，則必予值矣。杭州艮山門外有棕綳店，其徒陸阿毛者六年滿矣。師語之曰：「吾有女年十五，與汝年相若也。汝再幫吾三年，吾以女妻汝。」陸欣然從之。又三年，益勤，而其師因家計稍豐，擬嫁其女於賈人子，爽前約。陸請踐言，不許。請予值，計三年之值須錢數萬，師又吝不與。陸屢以爲言，師怒，毆辱之。陸憤甚，縊而死。陸本無家，故無與師爲難者。鄰比之人始雖不平，師許厚葬之，亦無他言。而每夜聞鬼哭聲，達旦始休。又陸之死也，口鼻流血於地，其地至夜輒生碧焰，熒熒如火，高尺許。用水洗滌，竟不能去。師令其女祭之，且祝曰：「嫁後若生子，必以爲君後。」自此遂安靜無他。

光緒丙子夏，義烏鄉間有某氏兒甫十餘齡，夜宿樓上。其父自外納涼歸，上樓欲卧，不見其子，呼之不應。家人聞聲畢集，鄰比亦麕至，秉炬窮搜，杳無蹤跡。方驚疑問，忽見其子癡立階前。問所之，不答，良久乃言曰：「有一白髮翁到樓上，與兒草屨一雙著之，招兒同去曰：『隨我去，與汝果子吃。』兒曰：『吾家棗實方熟，食之不盡，豈貪汝果子哉！』翁促之急，兒啼不肯去。翁以手捫兒口，負兒從窗牖出，騰空而去。行一里許，兒聞家人尋呼聲，曰：『速放我歸，吾家人來矣！』翁乃脱所著草屨，仍負兒歸。自牆外遥擲之，若投物然。」竟不知翁爲何怪也。

咸豐間，金華之澤塘有操舟者，名興，談者失其姓。嘗在新安江中，有五六人賃其舟，比登岸，出一銅椎準賃舟之值。視其椎，刻龍九條，雕鏤精工。其人曰：「此九龍椎也。吾祖爲某省軍門時所得，珍藏數世矣。」興受而藏之。及還家，舍舟陸行，路遇一婦，問興何往，曰：「將之澤塘。」婦請偕行。至一小橋上，婦袖中出酒一壺，粽二枚，與興曰：「君且食之，妾去即來。」興食飲已而婦不至，乃攜壺前行。有少婦縊於林間，急解救之。問所苦，則其家因失酒、粽，疑婦竊食，婦忿而求死也。興以壺示其家，且述所遇，始悟爲縊鬼所弄也。興又前行半里許，遇所遇婦人，怒而言曰：「汝壞我事，今不汝貸！」即見怪狀吐舌長尺許，興解囊出椎擊之，有光如電，鬼即不見。乃知此椎固神物也。後舟行至七里瀧，值大風，舟幾覆。興意椎既靈異，必能禦風，以繩繫椎投水中，火光迸出，繩絶椎沉，不復可出，而風波果定。

義烏人陳坡，字東屏，官寧遠令。時猺民爲亂，前任楊林棄城走，陳至，始平之。先是，民間毁一文昌閣，發地得石，有文曰：「龍尾蛇首，犬逐人走，三木齊折，一土獨守。」至是乃驗。三木謂楊林，一土謂坡也。又陳在官時夢游一處，額曰蒲團寺，壁間有詩曰：「破壁積垣跡已荒，人間幾度感滄桑。不如小小蒲團寺，萬古鐘聲到夕陽。」後陳還里，咸豐辛酉賊陷義烏，陳避至城外觀音堂，一見愕然，曰：「此即夢中所歷之蒲團寺也。」明日賊至，遇害。

湖州人朱新甫，於咸豐庚申歲避兵吴江縣之莘塔鎮。偶坐茶肆，見有一人扶老攜幼，叩頭於五十餘歲一老翁前，且哭且言，情狀甚迫，而老翁夷然不顧。朱怪而問之，曰：「吾與此翁，皆鹽城人也。吾去歲挈眷屬，操小舟，來此賣鮸魚，爲賊所劫，一家七口幸而不死，乞食爲活。今遇此翁適將北反，求附其舟，此翁不許。行將作他鄉餓莩，是以悲耳。」翁曰：「附舟可也，然自此至家鄉千餘里，爾一家七口，途中食用須錢七八千。吾亦小經紀人，豈能任歟？」朱惻然憫之，即探囊取洋錢六枚付此人，乃謝而去。茶肆中有人笑曰：「君受其欺矣。此七人者與老翁皆一黨也。」朱猶未信。一夕，有事於河干，見數小舟泊焉，篷窗之下酒肴羅列〔一〕。窺之，即向之哭而求者，而老翁亦在焉，正共飲啖，談笑甚樂。朱始知肆中人之言不謬。初甚怒之，繼而笑曰：「彼自覿言，我則不失爲義舉，庸何傷乎！」越五月，寇大至，居民逃避，臨河無舟楫，死者甚衆。朱與妻孥正傍徨水次，忽見一小舟，其操舟者即前所遇鹽城人也，呼之即至，載與俱免，復厚酬之。

〔一〕篷，底本原作「蓬」，《校勘記》正作「篷」，今據改。

紹興人周某，當粵賊之亂，爲賊劫至湖州。賊魁甚悍，一日有狗遺矢於地，賊魁怒，盡殺其所畜狗。最後一黑狗，哀號若求免者。周頗與賊魁善，力請弗殺，從之。周以此狗寄養他所。居數月，周從賊中跳出，狗隨之行。至德清，宿枯廟中。及夕，狗忽登其榻，周驚起，則聞户外有人切切耳語。蓋知其自賊中來，欲害之而取其所有也。周奪門出，數人露刃追之，狗狂噬，周得免。後繞道歸紹興，大風覆舟，周溺於水，狗亦入水，銜其衣，曳之至岸，乃得不死。光緒元年，有人見周於杭州城隍山，狗亦尚在。

吴江黎里鎮多尼庵，登徒子游其中，猶青樓也。有農家婦素與青蓮庵中一尼相識，豔其所爲，常寄宿庵中，尼即誘與惡少淫。其夫屢以舟來迎婦歸，尼厭之，與婦謀殺其夫。婦始諾之，繼而悔焉。一日薄暮，夫又以舟來，尼與所私者僞言欲至某處，使其夫載以往，并招婦偕焉。行數里，天已暝，煙水渺茫，杳無人跡，尼與所私者用力推其夫於河。婦駭甚，欲援以手，禁勿許，婦大號。尼曰：「若爲人聞知，爾當膺極刑。我則無恐，王法不殺僧尼也。」婦信之，乃忍不哭，仍從尼歸。居數日，其夫弟來探其兄，尼與婦均言未嘗來此。其夫弟遍訪，無知者。會歲將暮，婦亦歸家，私具酒食祭其夫，且祝曰：「死而有知，勿我怨。」爲夫弟窺見，排闥入，窮究其故，婦堅不承，乃執婦并尼控於官。官嚴鞫之，始吐實，而苦不得其屍。時光緒三年正月十七日也，天忽大雷雨，屍浮起，距其死已五十餘日，而面如生。尼所私者久亡去，官命役捕之，不獲。役禱於屍，其夜死者見夢於役曰：「其人在江寧水西門外某姓飯店。」如其言，果得之，皆論如律。

平望鎮人王阿毛，好食蛙。製一鐵針，長二尺許，每捕得一蛙，則以針穿其頸，針滿始荷之而歸，以充饌焉。如是者數十年矣。一日，至其親串家，親串止之宿。是夜有遠處失火，阿毛登屋望之。其家臨河而居，懼盜賊從水次攀援登屋，故於簷端列鐵條數十，皆鋭其末，如鋒刃然。阿毛失足而墜，鐵條適貫其頸，呼號甚慘。救之者無法可施，乃豎長梯於水中，衆人緣梯而上，始將阿毛解下，而氣已絶矣。其死狀宛然如蛙也。

盛凝之，蘇州人，少孤貧，而性甚慧。十四歲時，《十三經》已卒業。其季父命之學賈於錢店中。一日，其主使持金赴某所，道出隘巷，見一小家數人聚哭甚哀。問其故，鄰人曰：「是家某人死三日矣，遺兒女三四，貧不能斂，故聚哭耳。」盛問所需若干，曰：「非銀二十兩不可辦。」盛所持適有此數，悉以與之，遂不敢歸店，至素所熟識之僧寺宿焉。店主待久不至，問之其家，不得。乃與季父偵探三日，而始遇之僧寺。詰之，以告，徵之死者之家而信。季父痛毆之。寺僧勸曰：「事雖非，而其心術可取也。」季父乃舍之去。盛既失業，遂留居寺中，仍讀書。越三年，補博士弟子員，始歸其家。至咸豐庚申歲，盛年已四十餘，爲賊劫至揚州。逾年而逸。流寓儀徵一破廟，賣卜自活，旋病死。廟僧謀槀葬之野，忽有守備洪君至廟，問知其姓氏里居，曰：「此吾同鄉也。」少頃，請其母偕來。母曰：「昔年爲汝父營葬者，與此人姓名正同，未知果是否。」乃以銀三十兩治其喪，寄棺廟中，屬僧善視之。及亂平，洪已官參將，親至蘇州訪盛氏，問盛凝之無恙否，其家曰：「亂時爲賊劫去，今不知存亡。」洪又細問其年貌，乃哭曰：「若然，則恩人死矣！」蓋曩時隘巷中死者，即洪父也。洪年十七，投江寧督標爲兵，積功至參將。其母當日即詢知盛之姓名居處，時時爲子言之，命其圖報。前真州廟中所殯者，猶冀非是，今知果然，乃挈盛妻子至儀徵，以其柩歸葬，且厚恤其家。

有友人言二事：一則前世之夫今世爲女子，一則前世之妻今世爲男子。二事絶奇，可紀也。云有錢某者，吴人也。妻卒，將斂矣，忽蹶然而蘇，張目視其夫曰：「汝何人歟？」夫疑爲譫語。婦即起坐，周視其室，曰：「此何地歟？」已而引鏡自照，大哭曰：「吾其爲女子乎！」乃告其夫曰：「吾閩人王某也。因病而死，至冥中，冥王謂吾陽壽未終，命二鬼送之回。途遇大風，二鬼爲風吹去，不知所之。我亦覺身輕如葉，隨風飄墮至此，乃化爲女子乎！吾本男子，讀書識字，家亦小康，妻孕未産，今當奈何？」言已，復大哭。其夫勸慰百端，不應。始而不食，繼覺饑餓，乃稍進飲食。夫欲與同寢，輒拒不納。如是數月。有爲其夫計者曰：「飲食男女，人之大欲。彼既因饑餓而强進飲食，然則豈無慾念歟？當以男女之欲誘之。」夫乃覓得一説平話者，日日爲演説淫褻之事。婦始樂聽之，數日後，忽曰：「吾婦人也，奈何爲我説此！」麾使出。是夜，夫就之，不復拒矣，遂爲夫婦如常人。歲餘，情好甚篤，乃哀其夫曰：「吾家在閩，杳無消息，妻産亦不知男女。君其偕我往探之。」夫不忍拂其意，偕赴閩。至其家言之，其家初不信。婦乃歷敘前生事，一一有據，且與其妻言當日房幃秘事，人所不能知者。妻乃大哭，已，又破涕而笑。其前世之妻，遺腹已生男子矣。留數月，始返。越一歲，婦受孕生一女，乃即以前生之子爲婿，兩家成親串焉。又有鄞某者，浙西老儒也，妻死已久，遺二子一女。二子未娶，女則已嫁矣。老儒以課徒爲生，家徒壁立，衣食不充。忽一日，有一少年至，裘馬甚都，揖老儒而問曰：「君其鄞某歟？今年若干歲，有女一人、子二人乎？」老儒怪問：「君何知我？」少年曰：「吾前生乃君妻也。死後又生山西某姓家，某姓固鉅富，吾擁貲數百萬。念君寒餓，恒思周濟，以父母在，未敢遠游。今父母以天年終，故來相訪耳。」乃歷敘前生事，亦一一有據。相偕入室，手自檢點平生故物，欷歔欲絶。已而二子至，皆能呼其小名。謂其夫曰：「吾攜萬金至此，二子可各與四千，以一千與女，而以一千爲君娱老，無事更作村學究矣。」女聞其事，自夫家歸，見是少年男子，羞澀不前。少年呼其乳名曰：「阿巧不識我歟？」執其手而泣。居數日，請老儒偕至前生埋骨處，蓬顆敝冢，在荒榛蔓草中，又欷歔久之，買地改葬，且爲老儒營生壙焉。流連數月，乃始辭去。老儒命長男送之歸，自此往來，亦如親串云。

淮安鄉間來一瞽者，推人年命如神。有李氏子就之推算，瞽決其一生足衣食、無刑禍，有子女各六，然當有兩妻。李笑曰：「吾農家子，不鰥足矣，焉有兩妻？」瞽曰：「不然，命如是也。」又有陳叟延之至家，悉以其家人年命使推算之，一一不爽，至其女則曰：「偏房命也。」陳叟怒曰：「老朽薄有田産，何至以女爲人妾！」瞽曰：「不然，命如是也。即不作妾，亦非正妻。」已而李氏子娶於趙，甫六月生一子，鄉里姍笑之。李之父懼爲門户羞，歸之於母家。趙女固貞淑，母家知其無他，然六月生子，無以自明。請反不可，乃留之，仍撫養其子。而李氏子所續娶，即陳叟女也。甫六月，亦生一子。於是趙女之父母兄弟咸譁於李氏之門曰：「爾謂吾女不貞，故六月而生子，今陳女亦六月生子，何也？留則俱留，逐則俱逐。一留一逐，行且興訟。」李父子無以爲計。其宗族姻親咸謂其父曰：「若子兩娶，皆六月而生子，趙、陳兩姓清白舊家，兩女亦皆端好，必無他故，是無可疑者也。宜迎趙女以歸，使與陳女以姊妹稱。」而陳女顧長趙女一歲，趙猶忿爭。乃議不以長幼爲次，而以先後爲次，姊趙而妹陳，事乃定。兩女皆婉娩頗相安。俄各受孕，逾期不育，至十二月始生，則皆女也。嗣後男女相間而生。生男皆六月，生女皆十二月，群疑盡釋。兩女各生三男三女。李氏子果有兩妻、子女各六。陳叟之女竟爲偏房，瞽者之言悉驗。

卷九

湖北沔陽州庫藏陳友諒殘甲，上綴鏽鐵六片，各長二寸，廣寸，厚不及分。相傳觀者不可撫弄，違則有災。杜筱舫觀察曰：「夥頤竊據，久應火滅煙銷。而腐朽之餘，猶不容觸忤，豈以其取精用宏，故厲氣亦結而不散乎？」余謂古物流傳既久，能爲神怪，往往有之，非必以其人也。《隋書》開皇十一年，以平陳所得古器多爲禍變，悉命毀之。顧亭林先生譏其恣睢不學。余門下士馮夢香孝廉言，其族人霽亭茂才家，藏其遠祖尚書公所乘肩輿二具，前明遺物也，深廣皆倍於今制。其廣可五六尺，其深可容人伸足而卧；以竹爲之，竹皆作卍字形。相傳有觸之者，必頭痛身熱，故久而不毀。粵賊之亂，有欲薪之者。人告之故，賊始不信，俄果大病，遂不敢毀，至今猶存。孔子曰物老則爲怪，豈不信夫！

夢香又言：其先德觀察公有妾丁氏，始入室時，適購得大珠一顆，遂名之曰珠圓，而甚嬖之。早死。死後數日，觀察丙夜未成寐，忽聞啟户聲，疑爲穿窬者，披衣起坐以伺之，則丁氏冉冉冉至,坐牀沿,默無一語。觀察亦悲甚,不知所云。如是者相對甚久,至天將明,丁氏乃縮小而滅,如煙之散於地。起視,則户扃如故,初未嘗啟也。觀察自言他人雖見鬼,無如我之真切者。惜未一叩其冥中之情狀也。

歸安縣南鄉有長超山,茂林修竹,境頗幽雅。山有護雲庵。相傳前明淩忠介公未第時讀書庵中,偶於月明時閑步山麓,忽有老者揖於前,口囁嚅若將有言。公問之,曰:「我古冢中人也。子孫零落,祭掃無人。來從公乞一盂麥飯耳。」公不之信,笑而言曰:「吾性好靜,故來此讀書。而四面蛙聲閣閣,達旦不休,甚厭苦之。苟能爲吾禁群蛙不鳴,當有以報。」老人曰:「諾。」遂不見。其夜蛙果無聲。公乃具酒飯祭之於荒邱。自是庵之左右,蛙不復鳴,至今猶然。

杭州望江門外民汪甲,聘陸氏女,以貧不能娶,乃糾集十餘人荷轎而如汪氏,劫女以出,納之轎中,荷以歸。女初大哭,久之寂然。及至家,則空轎也。大驚,返告之陸。適陸氏亦糾眾來奪,遇諸塗,大鬨而散。次日,媒妁咸集,汪言女尚在陸,陸言女已歸汪,紛爭數日,將訟於官。忽有人見其女僵卧海神廟外,以告陸,急舁之歸,昏昏若癡有時。稍清爽,自言:「初入轎中,憤怒跳踉。忽自轎墜地,有數青衣擁之入廟。廟中神赤髮垂肩,貌甚醜惡,而兩耳皆聾。

青衣者以女見，且以手示意，神頷之，留使執役。所食皆腥物，膏血淋漓，女饑甚而不可食。役之又甚苛，女終日哭，神亦不聞也，苛役如故。忽聞外間傳言夫人自海昌還矣。衆皆驚，以手作勢告於神。神亦惶懼，急麾女出。遂有數人者曳女出門，置之地，即爲人所見。」然女自歸家後，忽歌忽泣，失其常度，父母亦厭之，歸之於汪。汪與生二子一女，稍識人事，然神氣之間仍癡騃也。

杭州紫陽山之麓有林氏婦，晨起汲井，忽重不可舉。視之，則井中有一赤體小兒，長二尺許，以手攀綆，欲緣之上。大驚奔還，告其家人，其家人往視，則無睹矣。而婦遂得病，卧不能起。恒喃喃作寱語，曰：「吾金井神童也。方浴，何得窺我？」嗣是妖異大作，室中什物輒被提擲毁壞。鄰有秦生者，謂其夫曰：「吾爲汝具狀訴於關帝，汝可齋宿具香燭，持狀至吴山關帝廟焚之。」其夫謹如所戒。越日，婦忽下牀而跪曰：「關帝欲誅我，速請秦君爲我一言，我即去矣！」其夫謀之秦，秦曰：「既稱神童，而妄作禍祟，宜受誅殛，又何言焉？」已而婦病果瘳，秦復爲文以謝。

海寧之硤石鎮，西有紫薇山，東有審山，故亦名雙山。審山之顛有智標塔，甚壯偉。咸豐戊午歲三月初六日黎明，居民忽見審山上白雲滃渤，旭日照之，空明如鏡。智標塔旁有無數塔，大小不一，倏忽萬狀：有金碧烜赫者，有榱桷剥落者，有八角者，有四方者；一塔隱則一塔見，約半時許，共見六十四塔。日高雲斂，乃無所睹。父老聚觀，皆曰此名塔見讀如見龍在田，亦曰塔朝讀如春見日朝。智標塔高據山顛，大逾常制，爲塔之王，凡數百里内之塔，隔一甲子必來朝之。此説誕謾不足信。余門下士倪倬雲鐘祥家於紫薇山麓，是日實親見之，語人曰：「雲受日光與水受日光無異，塔影入雲中猶塔影入水中，而雲氣變幻不定，故塔影亦隨之而異。然形態雖異，而止見一塔，未嘗兩塔并見，則其爲智標一塔之影，可無疑矣。」

倪倬雲又言：硤石鎮有古銀杏二株，大十餘圍，相傳皆東晋物也。一在其家，一在蔣氏之園。在其家者，恒見有白光夜出樹下，其兄衷魯聞人言銀杏之下實生水銀，所見白光必是也。乃掘坎埋一大石臼於中，俟其出，逐而陷之，而覆以巨石。天明發視，空無一物，而此後遂無所見。其在蔣氏園者，頗著靈異，人或便旋於旁，輒病。蔣氏築小屋以奉神，榜曰「樹神堂」。亂後，官就其園設釐捐局。有李甲者役於局中，亦見白光出樹下，知爲水銀，掘坎埋大缸焉。俗傳水銀能出入，則已成人形，收之之法，必以刀斷之。若斷其頭，則所得少；斷其股，則所得多。李是夕握刀以待，見白光過，猛斫之，果見其入於坎，乃覆以石，集火伴邏守之。天明發視，則一蚣蝑蟠伏缸中，赤色熠熠，長二尺餘。見人，一躍，遂失所在。衆共驚異。翼日，李大病，自言犯樹神，當死。火伴多方禱禳，逾月乃瘳。

長洲秦雲，字膚雨。自言二十一歲時，方盛夏，至所親范夢庵家。主人爲設餛飩，甫食其一，忽眼昏耳鳴，覺神已出舍，飄飄然若御風而行，不能自主。至一處，兩山夾立，中一大路，長松老柏，蒼翠可愛。其左畔山巔有一亭，乃由麓而登，見亭中樹一碑，碑文奇古，不可識。亭後一徑，頗曲折。遵徑而行，徑盡得一院宇，朱門洞開。入之，其庭甚寬廣，左植幽篁數株，風來成韻；右一大樹，緑蔭滿庭。樹下有巨石，二童子坐其上，見客亦不問所從來。登其堂，空無一物。堂後又有庭，較小於前。其右有門，門内一池清澄可鑒。旁有小樓，面池而搆，上縣一額，署曰「詩天」。愛其地，流連久之。及出，則兩童子不知何往矣。復至亭中遠矚，見有朱甍碧瓦隱見雲間。歎曰：「如此境界，豈人間所有！吾其已離人世乎？」因念家中骨肉，不覺失聲大哭，忽如夢醒，則卧榻上。范氏之人環立其前，皆喜曰：「生矣，生矣！」蓋冥然若死者已一時許。范氏爲延醫診視，湯藥雜投，而秦固不知也。至是乃覺憊甚，若大病甫愈者然。三日之後，始復其原。秦有《游詩天記》敘述甚詳，余撮其略如此。

光緒六年二月某日，湖州府祭蠶神廟，有一樂工於四鼓時至廟伺候。廟與東嶽廟鄰，其地空曠，時官猶未至，夜景淒清。樂工出廟閑步，見東嶽廟中燈火輝煌，人聲嘈哄。竊窺之，見堂上坐者面目不甚可辨，階下跪二囚，一不相識，一則城中開珠寶店之某甲也。俄見獄卒捽某甲，投油鑊中，大驚趨出，還顧則黑暗無睹矣。祭畢，歸以語人，人莫之信。不三日而樂工死，人始異焉。訪之珠寶店，則某甲已卧病，未幾亦死。死之日，遍體糜爛如火灼者，乃悟樂工所見之不妄。然某甲平日亦無大惡，罔測其由。有知者曰：前年洞庭山有某氏婦，私託傭媼以珠玉寶石之類售於湖郡。媼至郡城，亦無熟識者，惟與開眼鏡店之某乙有舊。乙引之至甲所，議定價值洋錢一千有奇。媼先取奇數，餘則甲書券付之。媼還，舟甫出太湖口，遭風而覆，同舟死者大半。其地距城止十八里，甲聞之，即往視，媼屍已爲人撈至湖邊。甲發其衣，則券在焉，取以歸。私計此事惟乙知之，乃以洋錢一百賂乙，使秘其事，乙從之。山中婦聞媼死，知所託之物無可究詰，縊而死。甲罹陰罰，其以此歟？同跪之囚即乙無疑矣。或曰婦聞媼死而死，非因甲與乙之乾没其貲而死也，甲乙宜若無罪焉。然甲一聞太湖有覆舟者，即冀幸媼死；及往視果然，遂搜取其券以歸。此其居心爲何如邪？婦雖不死於甲，而甲有可以死婦之道，乙之罪或可薄乎云爾，甲則難從末減矣。

光緒元年二月，上海招商局輪船名福星者，覆於黑水洋。江蘇海運委員死者二十一人，滿洲長小巖、大令長懋與焉。其眷屬住江蘇省城，猶未知其事。一日薄暮，其妻見大令自外入，倏不見。驚告於人，忽仆地作大令口音，泣述死狀，并邀其同鄉恒月坡司馬恒坦至，託以後事。未幾，凶問至，果如所言。月坡乃爲經理其喪焉。越三年，又有朱雲甫觀察事與此相類。朱雲甫名其昂，浙江候補道，江蘇寶山縣人，僑居上海。其家世以沙船爲業，諳悉海道，上海之有招商局，自朱君創之也。購火輪船往來南北洋，而江浙之漕糧即附其船以達，朱君實專司之。光緒四年，往大沽分局，偶感時疾，旬日而亡，年未五十。亡之次日，由輪船寄信其家。船甫至，信猶未達也。其家一僮婢忽仆地作朱君語，告家人以死期，且云：「本尚可活十二年，爲醫藥所誤。今附某輪船南歸，已至矣。」舉家正共惶駭，而輪船中即送信至。蓋人之初死，靈爽猶存，意所專注，雖遠必達。聖人知之，故始死設重以依神，虞則有虞主，練則有練主，皆欲其靈爽有所式憑，不至遽散也。講學家必執無鬼之説，魄降魂升歸之太虚無物，由是而背死忘生者衆矣。

京師宣武門外有神獒，每出必於夜，千百犬隨之而行。人或遇之，輒爲所噬，相傳久矣。杜筱舫觀察言，其戚儲惺甫農部於冬夜飲友人所，醉而歸。持燈獨行，過菜市口。是日適決囚，遺血在地，有巨犬俯而舓之。正當大路，惺甫叱之。犬一舉首，則雙目如炬，有異常犬，俄騰空而去。惺甫大駭，歸即卧病，遂不起。所見豈即神獒邪？

筱舫又言：慳甫官京師時買妾，生一女。甫生，即問：「爾家何業？」其音甚細而清脆可聽，告之曰：「京官也。」遂不復言。至周歲後，牙牙學語，與常兒同。及慳甫卒，妾別嫁，挈女以俱，女時四歲矣。一夕，忽語其母曰：「明日大姊夫來，當從之南還。」明日，而筱舫之弟筱珊太守至。其妻乃慳甫之兄子也，因念此女，恐其淪落，故來相訪。其母知不可留，遂使從筱珊俱南。時杜氏姥屬寓居淮城，聞其至，婦女悉迎於庭。女獨牽其姊之裾，投其懷中而泣。女與其姊初未嘗相見也，舉家咸異之。留杜氏五六年，送之歸湖北。儲故湖北人，其嫡妻猶在也，嗣後與杜氏不相聞。計其年當已嫁矣，不知有異人處否也。

王孝子，名繼穀，字子詒，會稽人。父爲鄞縣教諭。光緒五年，教諭君病，孝子禱於城隍神，請以身代，然父竟不起。孝子大慟，曰：「神不鑒我，由我不以身先之也。」事母俞益謹。一日私語兄曰：「昨夢父告以母禄將盡，奈何？」明年三月，母果病。時其家猶在鄞，其兄子獻孝廉奉父喪歸葬會稽，獨孝子留侍母病。已而聞兄營葬畢將歸，喜曰：「事母有人矣。」於四月五日冒雨走出，至暮不歸。明日，或言有素衣冠者僵立月湖賀公祠外水中。往視之，果孝子也，不知於何時死，立而不仆。祠前眾樂亭上黏黄紙一幅，大書「漱六道人歸真處」七字。又有小字云：「漱六道人者，會稽諸生也。年二十二隨父至鄞。己卯十月二日父卒，越一百八十日入月湖以去，時年二十九。」蓋孝子於兄弟行居六，故嘗自號漱六道人云。已而，又於其書案得二書，一致其兄子獻，一致其弟子虞。致兄書言本欲留數日面訣，乃去來有定時，不能如願；致弟書則處分身後事，歛用白布道袍，勿用僧道作法事。一時咸共悲歎，然莫知其何以死也。久之，於廢紙簏中得其禱神疏稿，其略曰：「繼穀於去年臘月之望，夜夢不祥，次旦即瀝誠上疏，請折兒算以益母年。乃入春以來，母體違和，日益沉頓。因憶去秋父病，乞以身代，良由志願未堅，以致精誠莫達，椎心泣血，悔恨何追。今母抱疴日亟，而兄在越未歸，力竭計窮，淚枯腸裂。若空言籲禱，恐難感格神明，刲股剖肝，不免傷殘肢體。曷若踵汨羅之行，嗣曹江之志，削兒紀算，續母桑榆。至於晨昏侍奉，尚有諸昆；似續宗祧，已延弱息。塵世利名，固非本懷；身後毀譽，在所不計。湛湛月湖，寸心可鑒，神聽不遠，哀此愚忱。」乃知孝子實因代母而死，遺筆不言者，恐傷母心耳。其兄在里門，夢孝子乘白馬渡江而來，從者甚衆，前有金牌，大書「孝子悌弟」字，已而訃至。然則所云「來去有定時」者，必非無因矣。子獻寓書於余，請爲銘誄，以傳其弟之奇孝。余養疴吴下，未有以應，先書其大略於此。

距天津百里而遥，有地曰唐官屯，亦一郵聚也。光緒庚辰夏，其地有民家女死於雷，年甫十五六耳。久之，有知其故者。蓋其家多畜雞，而恒爲人所攘，女甚憾焉，日蹤跡之，無所得。

有某甲者夫婦，年四十餘，甫得一子，皆大喜。乃於子生之十二日爲湯餅之會，殺雞使婦烹之，而自出外買酒肉之類。女至其門外，見有雞毛，疑焉；入視之，婦適奏廁。北俗所卧暖坑，即與竈相連，女見鍋中熱氣烔烔，啟蓋而視，雞也，恨曰：「此必昨日竊之我家者。」顧視坑上一嬰兒，方呱呱而泣，即抱兒置鍋中，仍爲蓋之而出。婦如廁還，失兒，覺鍋蓋微有異，發視，則兒與雞俱爛矣。痛甚，倒投水缸中以死。其夫持酒肉自外至，兒死於鍋，婦死於缸，莫測其由，亦縊而死。其家更無餘人，鄰比爲殯之而已，無窮究其事者。及女死於雷，鄰女之與女狎者知此事，始爲人言之。

同治九年三月，紹興府南門外從空墜一女，年十七八，貌頗娟好。問其姓氏，言語不能通，以手示意索紙筆，即與之，自書：「蜀人，距成都三千里。隨母至田間，忽爲狂風吹入空中，瞬息至此。」道旁觀者如堵牆。有一士、一農、一賈，皆欲得之以爲婦。里長聞於官，官命自擇所從，赬顏不對。固強之，乃指爲士者，遂以鼓吹送歸成禮。秀水錢心庵作《鶯啼序》一闋紀其事。按元郝文忠《陵川集》中有《天賜夫人》詞，亦蜀人，正與相類。又光緒五年十月初十日，京師安定門外有地名八公爺墳。是日午後，天忽起旋風。其地有十五歲之女在途，被風攝至半空，逾時落下即斃，其半面焦黑如墨。同一風吹女子，而有幸有不幸，昔人所以有茵溷之喻也。

河南潁州人李麟生玉方，以縣令需次江蘇。自言幼時至桐城一親串家，其家適請狐仙。狐仙乃姊妹二人，一女巫主之。巫至，先相度坐處，分前後二室，前室陳果餌必精美，後室則粗具蔬果而已，蓋以待其從者也。甲夜仙至，聞其語不見其人。俄而後室中哺啜之聲大作，前之人責之曰：「此家以禮相邀，何太無狀？」内竟寂然。乃詰主人所問何事，一一酬答，既畢辭去。一人曰：「可瞻仙範否？」應曰：「可。」其來時置梯於中庭，及去，見二女子拾級而登，及霤而隱。年可十六七，容貌昳麗，而身材甚短，較之常人不過三之二而已。仙畏燈燭光，雖香煙亦避之。惜麟生方齠齔，不能言其詳，但記大略如此。

蔣清翊，字敬臣，蘇人也，以知縣需次浙中。性耽翰墨，注《王子安集》頗詳贍，余嘗爲作序。知余搜訪異聞，乃以紀夢數事見示，今録如左。其一事云：同治壬戌歲在安邑縣，夢坐花下湖山石上。有一大池，池之北，畫閣瓊窗，悉以五色頗黎嵌之，中有諸女笑語聲。問此何地，一女曰：「此君舊所管領之寒香洞也，何忘之邪？」夢中亦自憶爲舊游之地。俄鼠觸物有聲，遂覺。又一事云：丙寅歲附輪船至天津，中夜夢至一處，圖書滿室。有人告曰：「此爲少海，上帝命唐龍門王勃在此修《金臺仙録》。」俄而王出，夢中以《王集》多散佚，求觀其全。王抽架上一帙示之，是《太極宮飛霞閣銘》，有序文甚長，可數萬字。讀已，王命送出。聞舟中人語而寤，則舟進煙臺口矣。又一事云：戊辰歲在蘇州，夢鄉人簫鼓賽神。問何神，曰：「秦穆公也。」夢中爲作祭文，覺而記其一聯云：「雄狐定晋，兆霸跡於韓原；雌雉興秦，膺靈符於陳寶。」憶《封禪書》，祠陳寶是秦文公，頗悔用事之失。後讀《索隱》引《列異傳》，則作秦穆公，夢語固不誤也。

雲南府城外商山西北隅有邢妃墳，雖碑誌無考，而草間石獸猶存。故老相傳，妃即圓圓，吴梅村所爲作《圓圓曲》者也。嘉慶間，蘇州鄭生客游滇，春日踏青商山，訪圓圓墓不得，崩榛荒葛中，忽迷歸路。俄而落照西沉，暮煙籠樹，遥望前途，似有人家，思往借宿。至則朱門洞開，玉瑱金鋪，儼然王侯第宅。乃使閽者轉達。良久而出，導入東廂，爲設食樽酒，簋貳亦極精潔。飯已，有老嫗出問：「客操吴音，是何鄉貫？」具告之。少選，嫗秉燭而出，肅客登堂。有女子容色絶代，羽服霓衣，如女冠裝束，降階而迎，曰：「妾即邢氏，埋香地下百有餘年，時移物换，邱隴就平。念君是妾同鄉，有小詩十首，求爲傳播。」因命侍女取詩付鄭。其末章云：「鴛鴦化盡魚鱗瓦，難覓當年竺落宫。」鄭問竺落之義，曰：「竺落皇笳天，是南方八天之一，載在道經，妾舊時所居宫名也。」取翠玉笛一枝以贈，并吟一詩曰：「歎息滄桑易變遷，西郊風雨自年年。感君吊我商山下，冷落平原舊墓田。」遂命送鄭出。時東方微明，向之第宅俱無所見，惟四面隱隱若有垣墉，諦視之，則深林掩映而已。然袖中玉笛故在，視其詩箋，則多年敗紙，觸手欲腐，墨色亦暗淡，迥非人世之物。鄭以幽會荒唐，刻《圓圓遺詩》，託諸箕筆。東海劉古石傅會作《商山鸞影傳奇》，彌失其真。蘇人蔣敬臣爲余言如此，因紀其大略。至其詩，世多有之，且亦不甚工，故不録也。

常州一女子，談者失其姓氏，自幼爲父母鬻於妓船。女絶色也，船媪頗珍之。稍長，導以淫，不從，日楚撻之，卒不可。而客來見女者，豔其色，爭啗以利，冀當女意。故雖不薦枕席，而所得纏頭倍他妓，媪以故稍寬之，女亦私積蓄陰自爲計。咸豐己未歲，媪載女至湖州，有市人陸姓者温温然善伺人意，貌亦都雅。女年幼，於世情未閱歷，見之以爲佳士也，遂與訂嫁娶。陸去，女白媪曰：「某日陸郎以洋錢二百來贖兒，兒即辭母去，苟不見許，兒死，於母無益也。」媪知不可奪，諾之。女慮媪中變，遍詣鄰舟告以故，且言别。至期，陸不至。使招之來，問爽約之故，陸言無貲。女出私蓄洋錢百五十畀之，期於明日來。陸得錢即赴博場，頃刻而盡。他妓有知其事者，以告女，女猶不信。明日，陸仍不至，使招之，則徒手來。問昨所贈，曰：「罄矣。」女哭失聲。陸乘間亡去，女遂仰藥死。湖郡諸耆老聞之，皆憫女而惡陸之無行，強使經紀其喪焉。余亡友徐誠庵大令爲作《蘭陵女子傳》。

月桂者，直隸欒城妓也。家貧，父母強使爲之，而非其志。燕趙妓多奔走逆旅，媚過客，桂獨否。蜀人劉斗山明經曾詣之，欣然延接，爲竟夕談，如文士，如山人，斗山甚異之。一日，有老尼踵其門，施以錢米，俱不受，願一見。既入，無寒暄語，輒大笑，而桂對之痛哭不已。尼曰：「無過悲，若不忘本來，某日吾遲汝於某所。」桂唯唯。屆期如尼言，至其處，果得一庵。桂入庵拜佛及尼，已而出翦刀自斷其髮。從之往者驚阻不及，勸之歸，不可，乃還告其父母。越日復往，則庵中闃然，桂與尼俱杳矣。

四川石泉縣劉氏女，許嫁同邑羅氏子。羅氏子與女同齡，年十五遘疾而卒。女欲奔赴，父母不可，意常戚戚，家人慮其死，嚴守之。父母潛受他姓之聘，秘不使知，女微聞之，佯爲歡笑，父母以爲無他也。其明年三月十六日，距羅氏子歿週歲矣，適父母兄嫂俱外出，女挈其妹如鄰媪家。先是，媪有子失足墮江死，其婦聞之亦投江以殉，蓋其家屋後濱江，女素所知也。語媪曰：「頃傷於手，聞媪後園多藥草，願往求焉。」妹時年十二矣，詫曰：「姊傷手，吾奚不知？」索觀之，女斂手袖中，不使見。旋乞火燃香，執之而出，媪詰何爲，曰：「辟穢氣耳！」妹覺有異，從之出後户，女插香於地，拜且泣。妹問之，不答。趨走江邊，妹摻執其袪，女急解外衣擲付妹，曰：「好事父母，吾去矣。」一躍入水。其族祖劉翁自隔江望見之，疑是女，急使人援之出，面如生而氣已絶。其上下衣縫紉不可解，亦不甚沾濡，但肩背間有方尺許者，稍漬水耳。蜀俗死於外者，不以屍入室，議殯於門外。其嫂曰：「小姑從容就義，雖死猶生，請以屍入，我任其咎。」乃奉屍偰於堂。親故來吊者，咸歎美之，而父母所許之某氏子亦至，願一見其面。或曰：「不可。」或曰：「是固舊姻也，庸何傷？」時女已小斂，某氏子至女側，女口鼻忽出血噀其面。某氏子驚仆，輿歸，逾月竟死。道光壬辰年，有司以女貞烈聞於朝，旌其間。命下之前一夕，其母夢女來，曰：「女奉上帝命，爲湔江之神，不克在父母左右矣。」語已而拜，拜畢，有從者數十輩爲女易冠服，色皆純白，衣竟欲去。母挽留之，忽然而寤，以爲積想所致。而湔江中有人墮水者，往往遇神人拯之而免。其神人之狀，則少女而白衣，乃知即劉女也。嗣後靈跡甚著，邑人醵金建廟，顔曰「湔江水神廟」，香火頗盛。至乙未歲，其姪劉斗山明經，自他所聞其里火，不及車馬，徒步而歸，未至家已暮矣。至一橋，見有人迎面來，肥而短，其身正方。既過，念世間安有如此人，豈鬼邪？回顧之，見兩燐火大如栝，投之以石，其人復來，與相對而立，燐火熒然，瞋目視之，則縮小如豆，稍瞬復大，如是久之，其人長嘯而去。斗山不覺自隨之行，俄聞水聲，悟曰：「此必溺鬼也。」卻立不前，而昏無所睹，覺有數人牽曳之。正危窘間，忽聞呼曰：「娘娘來矣！」皆散去。有人撫其背，曰：「兒何選事邪？彼不相侮，擊之何爲？幸兒有後福，彼尚不敢肆，否則吾來亦無及也。兒可速歸，慰汝祖母，且告家人勿遷吾墓。」斗山豁然如夢醒，知爲其姑也。歸入門，則祖母方泣，詢之，言：「夢汝姑來，是以悲也。」女墓濱水，其旁多他姓冢。葬後江水齧其處成一小嶼，四面皆水環之，似不欲與相混者。家人慮其淪入水中，議遷葬，聞斗山言乃止。後斗山二子方幼稚，自鄰村歸，春漲暴至，陷於水。有女子抱持之，行半里許登岸，語之曰：「我乃爾祖姑也。」斗山之母歎曰：「吾小姑已成神，尚不忘母家如此乎！」斗山之母，即前此定議殯女屍於堂者也。斗山於丁酉歲得拔貢生，神所謂有後福者，其謂此邪？余與斗山有同歲之誼，亦嘗相識於吴中。此事則斗山言於徐誠庵，誠庵筆之於書，故余得知之。

四川茂州西南有馬廠山，其高數十里，盛夏積雪不消，土人言往往見山市云。有熊姓者，以淘金爲業，聞是山多金苗，往尋之。至山深處，忽得一聚落，居人數千家，雞犬相聞，廬舍櫛比。熊游覽，忘路遠近，久之饑甚。見一家南向，頗壯麗，有白髮翁負手立門外，顧熊曰：「客自遠方來乎？」曰：「然。」又曰：「得無饑乎？此間無沽酒市脯處，老夫當作主人，脱粟一餐，不責直也。」熊稱謝，從之入。出雞黍如夙具者，熊食飽興辭，翁問：「客何爲來？」告以故，翁曰：「山中固產金，然外人不知其處，徒勞無益。客不如傭於我家，雖得直不豐，然較安逸矣。」

熊從之。翁自言李姓，相待優渥。熊操作之暇，游於市井，皆殷勤款洽，樂而忘歸。一日，李翁命人洒掃庭内，陳設一新。熊問故，曰：「臘日祀先祖耳。」熊自至山中，不知歷時幾許，聞翁言，知迫歲暮，悵然思歸。翁慰留之。曰：「暫還當復來耳。」翁曰：「客必欲歸，請以明日。」其夜，翁出一物，包裹重疊〔一〕，授之曰：「薄具傭直，不能豐也，在汝家可數年温飽矣。然須秘密，雖牀頭人勿泄也。」熊謹受教，而異其言。夜方午，翁趨熊起，曰：「趁月色可行。」以蒸餅數枚納熊懷中，曰：「饑則食此，可至家矣。元宵後仍來此，勿爽約！」熊甫出，門即闔。行數步回顧，則廬舍皆無，惟斜月欲落、樹林深黑而已。大駭，以爲遇鬼，探懷中則餅故在，噉之甚甘，乃於路旁稍憩。天明，出翁所贈物，發而視之，黄金可二十餘兩，驚且喜。慮復來迷路，折竹枝數十，沿路曲折插之，以爲表識。及入城，則城中人方祀竈。急回家，出金易錢。鄰人問金所從來，不以告。鄰人疑焉，遂爲蜚語，謂熊出行劫。熊不能復隱，具述所遇。鄰人欣然固求偕往，屆期轉相招致至十餘人，偕入山。尋向所插竹，歷歷俱在，而無復人跡。登高眺望，見有犬數十頭從山下至，及近，則伏地大吼，悉化爲虎。傷者數人，踉蹌而歸。

〔一〕裹，底本原作「裏」，《校勘記》正作「裹」，今據改。

茂州環城皆山，夷漢雜處。距城十餘里爲塔山墩，依山搆屋，曰奶奶廟。奉一女神，不知名氏，番人皆嚴事之。廟恒扃，遇祭賽始一開。有土人何某者，爲人執擔纏之役，每蒇事輒先返。火伴問之，則曰：「待汝於塔山墩。」如是半載，火伴疑焉，施行從其所之而瞰之。至廟側之土穀祠，一叟出與何共語，語已偕入。瞰者隨入，則叟已杳，惟何獨行。至祠後，有門通於廟。及門，門啟，何入門。瞰者仍尾其後，門有閽者，亦不禁也。男女數十輩迎何入，爲易衣履，儼然貴人。望殿上陳設華麗，非人世所有，意其爲鬼魅，大聲呼叱之，忽昏然仆地。詰旦始寤，則人物俱渺，惟何卧地上似已死者，而肌膚猶温，衣服則垢敝如故。屢呼之不應，惶遽欲出，而扃鑰甚嚴。乃呼於牆隙，番人之守廟者聞之，訝其何以得入，啟鑰出之。詰其故，知内有死者，乃聞於州牧周公受田。命駕往驗，至則何已醒矣。問之，自言上年過土穀祠，遇一叟招與語，欲以甥女女之，辭以已娶，叟曰：「固知之，然此有宿緣，以爲外室，無傷也。」遂贅於其家。女貌甚美，家甚富，謂我福薄，稍賙之，使足衣食而已。嗣是常宿其家。昨夜偶多飲而醉，故晏起耳，不自知僵卧廟中也。周以爲妖，欲火其廟，番人羅拜乞免，乃已。其後諸番人以何爲奶奶之婿，咸尊敬之。何擔負往來，仍止宿廟中，瞰者後亦無他。何云是夜已與女均不知有瞰者也。

董叟，茂州人，善符水之術。老而喪婦，無子，攜一女僦居廢廨。有族子某，常外出，唯其婦及四歲子依叟以居。一夕，婦與女共話，至夜深，攜子入室，女亦歸寢。詰朝，日過午矣，而婦門不啟。窺之，見與其子相對坐，呼之不應，破扉入，則婦與子俱死。子有燒痕一線，自足指入陽道中，婦亦有燒痕入於陰。視其面，懽然無戚容；撫其腹，空空然，如腸胃已燼者。室故有地爐，然無延燒及人之理，皆大異之。叟以此屋不吉，遷於他處。旋贅潘氏子爲婿。次年正月，婿與女偕出賀歲，過廢廨之門，婿忽欲入，女止之，婿即頭痛不可忍。女急與俱歸，言於父。叟知其遇祟，爲施敕勒，痛稍止。其夜，叟就寢，忽聞女室中呼救聲，持炬趨往，則女背爲鬼火所燎，其光深碧，内外衣皆焦灼，殆將及膚，以水沃之始熄。女迷惘不能言，久之乃云：「見嫂使其子持其兩手，而舉火爇其背，窘甚而不能出聲，幸亡母來疾聲呼救，始獲免耳。」女所云嫂，即族子婦也。叟復以符水治之，女遂安，婿亦無恙。前第五卷所記毛氏婢、第八卷所記某氏婦，殆皆此類乎！

茂州，古汶山郡，唐時曾陷於土番，人民稀少。從州治東行六十里，爲甘溝；西行二十里，爲打鼓石。沿途置店，以待行李之往來，應門者、當壚者皆婦女也。其婦女之貌美者，恒有異疾，土人名之曰毒藥鬼。每立春、立秋兩節間，天癸至而疾作，作則腹漲如鼓，皮膚皆腫，口眼及十指甲流出黄水,至夜而煩懣更甚。其人身畔密藏小竹筒,雖其父母其夫不使知也。筒中儲各獸之毛,犬、豕、牛、馬、驢、騾皆備,暗中拈得一毛,其毛爲何物,魂即化是物,出至曠野,迷罔行人,往往受其累。間或遇有膽力者,執而捶擊之,則哀鳴乞憐。天欲明,瘖更甚,輒自言其姓氏里居,人或殺之,則病者死矣。病人所流出之黄水,人稍沾染之,即中其毒,病亦如之,而病者得以稍間。故凡有是病者,相戒不食於其家,或不得已而就食,則以赤銅置食器内,毒不能中。異哉!此疾視粤之麻瘋、粤之畜蠱更有甚矣。以上蜀事數則,皆徐誠庵所記,其子思贊録以示余,蓋皆聞之蜀人劉斗山者也。

咸豐間功令,凡親喪因兵亂不及奔赴者,雖已服滿,仍命解任回籍,持百日服。於是余親家翁樊君玉農,由河南府知府回湖北咸寧縣籍持服,而滿洲人德公實來代理府事。未逾月,有妾投井死。先是,有王公者與德公之父同官江西,實有異姓昆弟之誼。其王媪與德公之母,亦以姊妹相稱。後王公以事遣戍,有僕負羈絏以從。臨行,叩首於其主母,曰:「奴從主人去,無所顧戀。惟一女名蓮,所愛憐也。幸主母善視之。」王媪曰:「若從主人去,若女即吾女也。」於是遷蓮於閨中,以女畜之,且教之讀書。蓮長而美,德見而豔之,德故呼王媪爲姨,請於姨,願委禽焉。德美風儀,且能爲詩,喜金石書畫,亦翩翩佳公子也。然性儇薄,得新則棄舊。初娶婦極相愛重，後又納廣陵倡女爲妾，與其婦仳離。王媪固知之，謂曰：「汝已娶妻，將以阿蓮爲妾乎？」德曰：「不然，前所娶婦不安於室，久歸母家，姨所知也。蓮妹歸我，即我妻矣。」王媪曰：「廣陵之婦，口舌可畏，阿蓮非其敵也。」德曰：「彼婦已物故久矣。」王媪使偵之，其家果無廣陵之婦，乃諾其請。德以禮娶之，視如嫡。而廣陵婦實未死，已更易滿洲裝束，故王氏偵者不覺也。其性陰險，凡德所愛寵者，必以術間之。德怒，則或以贈僚友，或以配家奴；若有子女，知不可去，則用計并殺其母子，如是者非一人矣。蓮始至，廣陵婦謬相敬重，不敢均禮。久之，微用其離間之策，而德甚愛蓮，不能動。廣陵婦乃益自卑下，日爲櫛髮，俄而髮臭，俄而體臭，然他人固不聞也，惟德則聞之，不知其何術也。俄而并其室中亦臭，德遂不復入蓮室，久而厭之，乃以與其弟。弟於兄弟行居八，家人呼之曰八爺。蓮號泣不從，德語之曰：「吾與若緣盡矣。吾弟八爺，年少未娶，從八爺不勝從我乎？」乃擇吉日，將使成禮。而所謂八爺者，亦喜甚，未及期先入蓮室，以甘言悦之曰：「若意中欲何好物？當爲若購之。」蓮不應。固問之，乃大言曰：「他無所需，爲我買好棺一具足矣。」八爺悚然而出。會王媪之子來爲河南府丞，王媪將與偕至，蓮每日問王氏已至未。乃王氏未至而所期已及，蓮知不及待。一日，挈一小婢入後圃。圃故有井，蓮趨赴井所，而命婢至他處採花。婢去稍遠，即奮身入於井，婢回救無及矣。

奔告於德，使人出之井，其内衣皆縫紉嚴密，知其死志久定也。蓮既死，而王媪至，大罵於河南府之堂，呼德之小名曰：「阿巧，償吾女之命！」德叩頭服罪，且爲蓮盛喪葬之儀，使其弟八爺以妻服服之。時余長子婦樊尚從其母居河南府署，故知之甚詳焉。蓮以小家女，深明大義，從容死節，視彼持粱齧肥之子何如哉！是可嘉矣。惜不得其姓氏，大兒婦云：「當時聞署中人稱爲王姑娘，以其來從王媪家故云爾，實非其姓也。」

衢州人傅翁，無子，買他人子爲子，已爲娶婦矣。久之，其子知所生父母在某所，遂亡歸省視。而其父母自賣子後以居積起家，頗足衣食，得子大喜，語之曰：「汝在孕時，與某氏指腹爲婚姻，今其女長成，當爲汝娶之。」子告以在傅氏已娶婦，父母曰：「此傅氏婦，吾何有焉？」卒娶之。而某氏女美，子甚暱焉，遂欲絶傅氏。而傅氏失子後，其婦日夜悲泣，傅翁乃蹤跡之。得其子，挾以歸，好語之曰：「天性之恩，固不可絶；然吾自幼卵翼汝，以至於成人，且有婦在，庸可絶乎？今後宜往來兩家，兩家各有婦，將來各孫其孫，可也。」子唯唯。而以傅氏所娶婦不及後所娶者美，雖居傅家，情意落寞。其婦則事之如初，不以其别娶爲恨，然子意益厭棄之。一日，傅翁夫婦方燕坐，聞子舍中聲息絶異。奔視之，則子以繩勒婦喉，婦氣垂絶，而子猶力持繩兩端未釋。大驚，急叱其子出，百計救婦，婦乃蘇。問狀，婦惟垂淚而已。有小婢在側，述知子引繩向婦，婦延頸受之，略不撐拒，婢欲出告人，婦猶搖手止之。舅姑問何意，婦歎曰：「新婦不得於良人，雖生何味？不如死良人手之爲愈也。」舅姑益憐之。然自此其子竟絶跡於傅氏。舅姑不得已，乃歸婦於母家，勸之他適。數年後，舅偶過之，婦猶出拜，舅勸喻之，執志如初，是亦可悲矣。

杭人有娶婦者，合巹之夜，婦不與同衾，防禦甚嚴。如是者一月，婿竟不得近。婿恨甚，俟婦歸寧，出其衾與所親者觀之，以麻線密縫，僅容一身，每卧以足逆入，若蛇之赴壑者然，衆咸異之。外舅姑知其事，咸勸其女，竟不聽。乃謂其婿曰：「必爾等成婚之日，適值孤辰寡宿，是以如此。當爲爾掃除别舍，選擇吉辰，復行花燭之禮。」婿唯唯而已。逼近歲暮，人事紛紜，亦未遑暇也。婿以將度歲，來迎其婦，其婦涕泣不肯去，父母強之，乃歸夫家。是夜，婿入室，婦避燈後，不與語。婿不得已先就枕，婦則坐以待旦，雖宵寒徹骨，不顧也。自是婿亦憎惡其婦，屢與反目。一日，因小故忿爭，婿痛哭竟夕，詳書婦來歸後情狀，黏著大門，竟去，不知所之。鄰比競集，讀其所書，有云非入空門，即尋死路。是其生死不可知矣。此真所謂怨耦者與？

余嘗館江西玉山縣，其書室之前即爲帳房，而帳房即在二堂之左。官坐堂上鞫囚，聽之了了，笞撻之聲不絶於耳。每夜靜，猶時聞肉鼓吹也。一日，與諸友坐帳房閒話，聞堂上笞一囚，而瘖瘖呼痛之聲瘖，音威，二字見《輟耕録》則女子也。諸友趨往觀之，拉余俱去，余危坐不起，咸笑曰：「有是哉，子之迂也！」俄而諸友反，余問何所見，曰：「批頰耳。」余問以何罪受刑，曰：「此婦與一僧通姦，乃置毒食中，謀殺其夫。夫中毒，腹痛欲裂，號呼之聲徹於四鄰，於是鄰人麕至，灌以糞汁而吐之，幸不死。乃共聞於官，官逮婦及僧，訊得實。視其夫奄奄一息，呼醫診之，醫曰：『毒尚未盡。』復飲以藥。夫踞地大吐，始而黑，繼而紫，終乃紅色。醫曰：『毒當盡矣。然藏府受傷不淺，姑飲吾藥養其藏府，滌其餘毒，三日不死，乃可保也。』官以此婦淫毒如此，故批其頰二百；若夫死，當論如律也。」言次，一友袁姓者曰：「國家定律，婦人犯姦罪，去衣受杖。此婦淫毒如此，不依律決杖，乃僅批其頰，得無失之寬縱歟？」余曰：「不然，自古無婦人去衣而杖臀者。若史策所載，北齊武成裸文宣后李氏撾撻之，此淫亂之主所爲，豈可爲法歟？婦女受杖之律，莫詳於《元史・刑法志》。其文云：『諸和姦者，杖七十七，婦女去衣受刑。』又云：『諸倡女鬭傷良人，辜限之外死者，杖七十七，單衣受刑。』又云：『諸妻以殘酷毆死其妾者，杖一百七，去衣受刑。』是去衣受刑，固前代所有。然所謂杖者，杖脊也，非杖臀也。《金史・海陵本紀》，以左丞相昂去衣杖其弟婦而杖之。考《昂傳》云：昂怒族弟妻，去衣杖其脊。是可知去衣而杖，非杖臀矣。及明初定制，笞杖皆臀受，訊杖臀腿受，無杖脊之條，於是婦人受杖者亦以臀腿受。而又沿襲前代去衣單衣之例，遂有去婦女之衣而撻其臀者。此有明一代之弊政，實與婦女發教坊同一酷法也。本朝律例雖沿前明之舊，犯姦婦女去衣受杖，然官吏多仰體朝廷德意，務崇寬大，於婦女杖罪多不的決。後此儻有建言君子，删除婦女笞杖之律，或亦盛德事乎？」其時有吴君者刑法家，斫輪老手也，歎曰：「君言是也。往年乾隆間，江西有姦人僞爲女子，夤緣入人閨闥，恣行姦穢。後事發，臺司籍其所與亂之婦女，均科以和姦之罪，命所在地方官名捕之，依律決杖。一時諠傳云諸婦女到官，皆將去衣決杖。無賴子弟日集縣門伺之。諸婦女聞之，知逮者將至，往往自經死，亦有杖畢不勝羞愧而死者。若從子之言，造福無量矣。」此段議論，余蓄之已久，《達齋叢説》中有漢唐改笞法説，《廣楊園近鑒》中載某縣令事，均略及此意。今撰《筆記》，偶憶舊説，因復詳述之如此。

光緒六年五月間，湖北漢口鎮人見江中流下一木版，其版凡數重，以巨緪纏束之。上卧一女子，貌頗娟好，四肢皆貫以鐵環，釘著於版，不能展動。旁置錢三千文，又有瓷壇一具，中實餅餌，即在其右手之側。胯下有一人頭，視之僧也，已臭腐不堪。版上插木爲標，書其上曰：「此女金口人，年十九。僧年四十二。女死，則仁人君子取此錢買棺斂之；若其不死，則有餅餌可延其數日之命。見者不必救，救而收留之者，男盜女娼。」於是見者皆不之救，任其漂流而去。金口距漢口六十里，莫知其爲誰氏女也。或曰次日流至一地，名曰葛店，爲人所救，亦莫知其審。

鎮海縣鄉間，有兄弟四人出海捕魚還，至崑亭將進口矣，適有出口之船滿載貨物而來，見漁船將近，懼其相撞，大聲而呼。兄弟四人執不肯讓，故意搕𢶍，彼舟竟覆。有一人從水中以兩手攀舷求救，漁船之傭請命於主，四人皆曰：「若救彼起，必謂我觸沉其舟，反滋口舌，不如死之。」引刀斷其一手，其人猶以一手攀舷不釋，乃并斷之，始隨流而去。是年夏六月，天大雷雨，兄弟四人俱在家中，爲雷攝至中庭擊死，其傭亦爲雷擊，口尚能言，歷言前事而死。

秀水北鄉楊舍村，有沈氏兄弟二人，皆農夫也。伯生子二，仲生子一。仲妻楊悍而貪，日聒其夫求異爨，已許之矣。而楊又私計，若伯之夫妻父子皆死，則伯之田亦歸於仲，利孰大焉。適值農忙，楊招其母來助己，遂與母謀，將置毒於飯以斃伯氏，時爲五月二十三日。其夜雷雨大作，電光直射楊所居屋，楊之子甫四歲，呼曰：「雷至矣！」蓋有所見也。楊罔知顧忌，次日，先以昨所餘飯供母與夫，而使母更淅米煮飯，飯熟將置毒焉，雷又大作。母懼止女，楊不聽，自入室取所蓄砒霜，未出而霹靂一聲，楊死於房，母亦倒地，掖之起，良久始能言，述楊之陰謀如此。仲買棺斂楊，舁至桑田中，是夜雷仍不絕聲。質明往視，則棺破而屍見矣。此與鎮海捕魚者事并在光緒庚辰歲。按《論衡·雷虛篇》，力破世俗雷爲天怒之説，而謂「雷者太陽之激氣」，「太陽用事，陰氣乘之，則相校軫；校軫則激射，激射爲毒：中人輒死，中木木折，中屋屋壞」，其理精矣。近世泰西人之説以爲，雷者天空之電氣，電氣之爲用至廣，收而用之，可以代燈火，通言語，製器物；而人或觸之，則其禍亦至烈。是氣尤忌五金之物，故船桅屋柱皆忌裹鐵，恐引電氣下擊也。其説尤言之鑿鑿。然如此等事，豈得謂無神物憑之哉！竊謂雷本是氣，而既有是氣，則鬼神即假是氣以行其誅殛之法。正如水火風皆天地間所本有，而佛説有火災、水災、風災，則鬼神即假此以成其劫也。武乙僇辱天神，爲暴雷震死，明載史策。必如王仲任所説，漢時畫雷公，左手引連鼓，右手推椎，固失之誕妄；然竟謂無神以主之，人之遇雷而死者適然耳，則又天變不足畏之説，君子無取焉。

卷十

光緒六年五月，浙江巡撫譚公疏稱：「台州府天台縣民許治邦，生於乾隆三十五年，至同治十一年百有三歲，經前撫臣楊昌濬照例請旌，并蒙賞給上用緞一匹，銀十兩。兹據天台縣職員陳補過等呈，稱許治邦見年一百十一歲，長曾孫許尊周於光緒五年八月孿生二子，次曾孫許尊賢亦生一子。許治邦家住福溪，人游壽宇，越百齡有十歲，萃五世於一堂。仰懇天恩，從優旌表。」奉旨「禮部知道」。按明徐應秋《玉芝堂談薈》羅列古來長壽人百數十歲者甚多，國朝趙耘菘《陔餘叢考》中亦有一則，不及《談薈》之博。昔讀其書，每歎其異，不圖并世乃有斯人，恐天壤間更無第二人矣。

同年魏芸閣士龍殁而爲神，余已載於第七卷矣。今又聞諸杭人魏元名然乙，道光元年舉行恩科鄉試，魏於是年正月夢觀天榜，其第一名則仁和魏士龍也。寤而求之，仁和學籍無其人，乃自改名士龍以應之。是科不中，至甲辰恩科鄉試，果以第一人中式，距得夢之年二十四年矣。按世俗每言有夢見天榜者，考之載籍，唐人《前定録》載陳彦博夢至都堂，見陳設甚盛，庭中幃幄飾以錦繡，中設一榻，陳列几案，上有尺牘，望之照耀如金字。彦博私問之，曰：「明年進士人名，將送上界官司閲視。」此近乎天榜矣，而不言榜。又《感定録》載：元和初，進士李固言就舉，忽夢看榜，見李固言第二人上第。此言榜矣，而不言天榜。天榜之説，流俗所傳。然自唐、宋以來，士以科名爲進身之階，則冥冥中或有豫定其籍者，亦無足怪。惟魏以道光二十四年領解，而先見夢於道光之元，抑何早歟？余與許仁山閣學、應敏齋廉訪皆是科中式者。是歲也，三人者年皆二十四，蓋皆生於道光元年也。許生於七月，應生於十月，余生於十二月，當魏夢觀天榜時，余三人皆未生，不知天榜中有余三人名姓否？若無之，則此榜爲不全；若有之，則世間尚無此人，安得遽列之於榜乎？且余生至六歲，先大夫始命余名曰森，後又改今名。名且未定，而鬼神安得而豫知之？是不可思議矣。

《説文》：孑，無右臂也；孓，無左臂也。余謂人之無左右二臂者，亦甚尠見，古人何必特製此二字？據《左傳》「授師孑焉以伐隨」，是孑爲兵器，疑孓亦兵器也，其説詳見《第一樓叢書》六之四。乃大兒婦樊言，昔年隨父宦游中州，見某宦家一妹貌甚美，而無左右臂，問之，言天生如此，非斷折也。此女飲食便溺一切須人。冬日衣厚，尚不甚覺，至夏日，則紗縠之衣，望之了了，兩袖中空洞無物，殊不可看。故此女夏則避匿不出，雖親串罕見也。聞其兄嫂甚賢，以此女不能出事尊章，又不忍以空閨終老，擬招一寒士於家以爲之婿，後亦未知果否？此女乃真兼孑孓二形矣。

河南孟縣民某甲，篤信神仙修鍊之術，事吕仙甚虔，常以不得一見爲恨。一日，獨游於西嶺湯王廟，徘徊瞻眺，冀有所遇。忽有人負衣囊悤悤而至，視之，乃素識之某乙，梨園中脚色也。問甲曰：「君何所思，豈又思見吕仙乎？吕仙在天上，安可得見？無已，吾爲君扮一吕仙可乎？」《説文》，扮讀若粉。然《廣韻》三十一襇有扮字，訓打扮，音啸幻切，則此語亦古矣。乃解衣囊出冠服服之，星冠霓衣，背負長劍，手執麈尾，曰：「君視吾似吕仙否？」曰：「甚似。」乙曰：「然則吕仙亦不過如此，求見奚爲？此去十許里有某村，方演劇，待吾登場，吾去矣。」乃解所服佩，仍寘囊中，負之而去。甲惘然久之，因亦徐行至某村，將睹優，則寂無所見。問之村人，皆言無其事，甚怪之。他日又與某乙遇，問：「何誑我？」乙言：「是日我初未遇君，何誑之有？」乃悟所遇真吕仙，失之交臂矣。

孟縣城西門外有古冢，不知其爲何代何人也。冢上有槐樹三，俗呼曰三槐墳。舊時能以器物假人。凡人間有吉凶之事需用器物，大而棹椅，小而盤子、疊子之類盤子、疊子均見唐貞元十三年《濟瀆廟北海壇祭器碑》。今作碟，誤，當作疊，先一日焚香燭紙錢禱於壝，次日即陳列於壝前，任人取用矣。後假者往往久而不歸，於是禱之不應。余按《續耳談》載，濟源縣北海廟通人假貸，欲假金者禱於神，而以珓決之。神許，則以券投祠前池中，有銀浮出如其數。貸者如期具子本祭謝而投之，金没而原券浮出。夫神與人通假貸，已屬可怪，至冢中所有不過明器之類，烏得有生人服用之物，更不可解矣！

孟縣民李某，夜行爲群鬼所嬲，懼甚。望見前途有燈光，趨赴之，則小屋三間，中有一女子，謂之曰：「君如畏鬼，可止宿此門外，即無傷矣。男女有别，不敢請入室也。」李從之，遂卧於地。女又謂之曰：「至曉，君當早行。詰朝有事，幸毋相擾！」及天明視之，在一小冢之側，并無房屋。俄而有數人來發冢，舁其棺去。問之，曰：「棺中乃某氏處女，未嫁而死。今其父母用嫁殤之法與某氏子爲冥婚，故遷其棺，與合葬也。」李乃悟「詰朝有事」之説，感其與己有恩，買紙錢焚與之。

孟縣城西南路有溝三道，即名其地曰三道溝。昔有人微醉，夜行入於溝中，見有洞門半啟，入之，則有燈闇然垂欲滅矣。其人隨手挑之，燈光復明，顧視燈後有銀一錠，懷之歸。及家視之，上有字曰：「挑燈銀五十兩。」以上孟縣事三則，皆余門下士宋伯言桓坊所説。宋即孟縣人，余於咸豐七年取入學者也。

有人於冬日飲酒，大醉歸家，行至半途，蹶然而倒。里長過而見之，以爲死也，乃使其徒二人守之，而自入城聞於官。其夜大雪，守者寒甚，乃以蘆席覆屍，而自就窆穴中宿。夜半醉者忽醒，即起歸其家。守者回，失屍，懼爲官所責。因念某家男子死甫數日，其瘞處相距不遠，乃發而取之，負以歸，仍覆以蘆席而守之。明日官來驗屍，醉者聞之，知其爲己來也，詣官自陳，言：「實未死，昨偶醉卧耳。」官曰：「然則屍何來？」以問守者，守者不能隱，言其實。官驗之，則屍髮際實有傷痕。因拘其婦至，問夫死狀，則固與人有私而殺其夫者也。乃論婦如律。

有舅負其甥錢二十萬者，自言無力償之，死則爲牛以償耳。已而其舅死，甥家即於是日生一犢。甥知其爲舅也，不以常牛畜之。每出游，必與俱。一日，途遇一叟，負盆盎之屬而鬻於市。牛誤觸之，碎其盆盎，叟怒撻牛，甥急止之曰：「此吾舅也，願勿撻。吾當償翁盆。」叟異其言，問之，告以故，叟曰：「若舅爲誰？」告以姓名，叟曰：「此人在日，吾負其錢若干，未有以償也。今計盆盎之值適如其數，吾債了矣。」欣然而去。又一日，遇重車陞甎，號而求助，甥不得已以牛助之。既登，重人謝曰：「君惠我甚厚，可值錢二百千也。」牛聞之，長鳴而斃。

有鄉民自城歸，中路聞人呼聲如曰捎捎，再聽之如故，顧視無人。甫行數武，見地上有白金數十錠，喜甚，拾置錢橐，負以行。至一飯店，餒甚，飯焉。探手於橐取錢，覺其中蠕蠕然動，視之，則所拾白金悉化爲蚪蚪蟲矣。大驚，棄之竅間。歸與妻孥輩言其異，或發視其橐，則尚有一蟲存焉。傾而出之，及几鏗然，視之真白金也，權之重三兩。殆鬼神假手於人，使負此金至飯店，而此三兩者所以酬其捎捎之勞也。捎捎，北人語，凡以物寄託人謂之捎。以上三事皆宋伯言說，未知亦盂縣事否？

河南有一逆旅，庭中植牡丹數十本，花開具五色，大如槃。有挈眷屬過此者，偶折一小朵，爲其妻插鬢，俄有血從花蒂流出，沿妻鬴頰及於肩。大驚，知其有異，仍綴花於枝，用紙封裹之。及夜，忽見女子數十人連袂而至，交口詬詈，曰：「傷吾妹矣！」攜一小女示之，傷痕在頸，紙封儼然。其人知爲花神，乃謹謝過，且曰：「事由不知，非有意相犯。幸而獲宥，當書其事於牆壁間，俾後來者知之，則永無攀折之患矣。」諸女頷之，相攜俱去。其人後亦無他，惟其妻則血所沾濡之處，皆生瘡痏，經時始愈。

寶應人某甲，屠者也，性吝嗇。有母年七十矣，思得肉食，輒吝不與。一日，甲方鼓刀而屠，母又向之乞肉，甲怒曰：「雖斷吾指，不與爾肉。」言已，忽不自知，奏刀砉然，一指斷焉。痛絶仆地，徐起裹創而歎曰：「此鬼神之警我不孝也。」自此悔過，事母盡孝，甘旨之奉無缺。每出手以示人曰：「爲人子可不盡孝於父母乎？視吾斷指，可以鑒矣。」《易》有之：「小懲而大誡，小人之福也。」此屠之謂與？

汪子餘，杭州人，其父宦游於蜀，身後甚貧。子餘又生而多病，故自少失學，讀書才通句讀而已。能畫花草，亦不工也。婚冠之年，因循不娶，遂無妻子。其舅家乃唐棲姚氏，憐而招至其家，使課其幼子讀書，子餘遂依姚氏以居。初不言斷葷血，然居姚氏十許年，葷血之物從未見其一沾唇也。無事輒入小室趺坐，遇庚申日，則坐終日不出。姚氏常使一傭者伴之。坐至丙夜，傭見窗外一黑影大如席，懼而從後户出，自此不復肯與偕，然子餘固無恙也。咸豐十年，杭城初陷，子餘實陷於城中，從容乘間走出，仍從姚氏避難於石門之鄉間。一日，忽自盥沐，易新布衣，向姚氏言别，遂趺坐而逝，年才四十餘耳。姚氏買棺殯之，舁而寘諸野。及亂平，議遷葬之，迷失其棺，竟不可得。余謂此子大似得道者，觀其生死之際，則可見矣。其死也，豈所謂尸解者歟？傳記所載諸尸解者，其棺或甚輕，發視或僅存其衣，或化爲一竹杖，惜不得其棺而證之也。

余舅氏仁和姚平泉先生光晋，道光乙酉科舉人。晚歲選授上虞縣教諭，時年已七十七矣。當其未官上虞也，曾夢至一處，四面山如壁立，山上瀑布屈曲下流。及至虞，游仙姑洞，恍如前所夢者，詫曰：「吾前身豈山中老僧歟！」後至八十一歲，卒於官。易簣之前一夕，有紅燈自宅門入，家人皆見之。余曾撰先生家傳，備載其事。

拆字之術，古謂之相字。在宋則有謝石，見何薳《春渚紀聞》；在明則有張乘槎，見鄒績《霏雪録》。謝石事人多知之，至張乘槎，則知其名者少矣。其法隨舉一字，就機之所觸，而斷吉凶。今江湖間挾此技餬口者，先有一定之字，各就其字習成口訣，以應問者。此豈能有中哉！乾隆間，蘇人有范時行者，頗善此術，曾至吾邑，寓紫陽觀。所言不煩，而悉有意義。每日以得錢六百爲率，錢足則謝客寂坐，有君平賣卜之風。一營兵拈「棊」字，問終身休咎，范曰：「凡圍棊之子，愈著愈多；象棊之子，愈著愈少。今所拈是棊字，非碁字，從木不從石，則是象棊子，非圍棊子也，恐家中人口日益凋零矣！」其人曰：「是也。然此非所問，問日後何如耳？」范曰：「觀爾裝束，是行伍中人，乃象棊中所謂卒也。卒在本界，止行一步，若過河後，則縱横皆可行。以是言之，爾宜外出方可得志。然卒過河亦止行一步，縱爾外出，亦不能大得志也。」又有人拈一「義」字以問，范問年若干，其人告之，范曰：「然則生年屬羊也。義字從羊從我，是止一屬羊之我，爾終身孤隻不能有妻子也。妻子且不能有，他可弗問矣！」又有人以「風」字問所孕爲男爲女，范曰：「移中間虫字於右旁，則似乎『虺』字。《詩》曰『惟虺惟蛇，女子之祥』,所孕必女矣。」諸如此類甚多。余幼時聞故老傳説,今不能悉記,姑書此三事,庶范時行之名,異時或與謝石、張乘槎并傳也。

吾邑有保濟侯戴公祠,廟貌巍焕,其後樓則奉侯之真身。乾隆間,邑人徐氏請箕仙,侯附箕而言:「邑有大災,吾請於上帝,願以身代之,帝許我矣。」衆不省所謂,惟傳神語以告人,勸人修省。是歲五月,廟中火起,延及後樓,悉成灰燼,侯之真身燬焉。道士之屋在殿東偏,相距不及一丈,檐梠焦灼而竟無恙。始悟神語,益共歎異。一邑聚謀,重建其廟。閩中木商沈某,以黄梠木至乍浦求售,中有四株,大可合抱,或與諧價,已有成議矣。沈夢一人衣冠甚偉,面有金光,謂之曰:「此吾屋柱,勿他售!」晨起甫與人言之,而吾邑人適至,問:「有大黄梠木乎?」曰:「有。將焉用之?」以廟柱告。沈悟見夢者即戴侯也,以木助之。及廟成,尚有餘貲,因於廟後闢一園,爲邑人游覽之所。余幼時入廟,見殿屋雄峻,四柱甚大,父老猶舉其事以告。及咸豐之季,邑遭兵火,侯廟復燬,亂後重建,然園林之勝則未復舊觀也。

邑人童樸齋居新市鎮,家饒於貲。其屋深邃,内樓前後各五間。童因眷口無多,於前樓作卧室,而空後樓,以儲什物。一夕,聞後樓砰磅有聲,猶不之異。次夕,則聞後樓語言嘈啐,達旦不休。天明,童往視之。甫上階,聞内有人語曰:「居停主人來矣!」中扉頓啟,一老翁出,顔丹髮白，衣冠偉然，延童入内。童素有膽氣，知其妖也，而不之懼。入則几案雖童之故物，而陳設一新。几列鼎彝，壁縣字畫，架庋書籍，地下厚藉氍毹，棹椅之類皆覆以錦褥。中縣珠燈四，纓絡爛然。坐定，翁自言：「姓鍾，名紫霞，陝之華陰人。攜眷屬遍歷名區，昨從虎邱來，將游西湖，并窮天台、雁蕩之勝。而山妻忽病，暫借君樓停泊行李，必有以相報，幸勿聞之外人。」辭氣温雅，藹然可親，童敬諾之。越一日，復具衣冠通謁，老翁使一童子獻茶，餘無所見，而樓上則謰謱細語，若有數十人者。翁語童曰：「來而不往，誠爲非禮。然老夫世外人，習於疏嬾，不能報謁，幸勿罪也！」自後，童或無事，輒往鍾所，杯茗清談，常至終日。時亦置酒邀童飲，酒次，縱論今古經史百家，如肉貫弗。每及南宋、元、明之事，歷歷若親見；至北宋以上，則言其大概而已。童偶叩以吉凶禍福，則曰：「『惠迪吉，從逆凶』，理有固然，毋煩推測也。」又善書畫，嘗寫扇面贈童，一面臨《蘭亭敘》，一面仿南宫潑墨山水，童甚寶之。時當初夏，庭際荼蘼盛開。童之女名穎姑者，年九歲矣，獨往採花。見美婦倚闌干立，烏帕裹首，紫衣而素裳。一垂髫婢侍以手招女，女不肯往，婦自出攜女手，遂從之入。見老翁方危坐觀書，笑謂女曰：「穎姑來，可樓上坐。」及登樓上，陳設視樓下更勝。諸婢年皆十許歲，呼婦爲夫人。夫人寢室在東偏，有一小女，雙足纖小，殆無其匹。夫人曰：「此吾女也，少於汝一歲，汝宜妹之。」至西偏，則一美少年坐而讀書，夫人曰：「此吾子也，汝宜兄之。」有頃，一少婦自後房出，夫人使女呼以嫂。遂命嫂治點心。食畢，又以一籃盛食物，命小婢送至庭中，穎姑攜籃歸。其母視之，非藤非竹，組織甚工。啟而視之，則内盛蘋果四枚、西涼紫蒲萄數百顆，訝曰：「此地此時安有此物邪？」嗣後每得時物，童輒命穎姑持餉其女，而夫人亦常以異果奇花相報。一日，穎姑甫纏足已，即至鍾所，不良能行。夫人笑曰：「汝母不善纏足耳，吾爲若纏之，非但不痛，且有捷效。」乃解其雙行纏，以口呵氣，其熱如蒸，足骨柔軟，約縑迫襪，了無所苦。一月之後，纖小與鍾女不殊，其母竊啟裹視之，所滲非礬，乃白糖也。其少婦則教穎姑以針黹，端午日製艾虎及彩縷貽之，并極精妙，殆非人工所能爲。居半年餘，童所見惟翁與一僮，而穎姑則翁之全家皆得見之。童父女頻如鍾所，而翁與夫人則至庭中而止，未嘗一詣前樓也。童雖秘其事，而僕媼輩不能無漏言，里中多有知者，人皆爲童危，而童與翁益密。其友徐淳庵以剛直自負，適自山東回，語童曰：「子禍必矣，家爲妖窟，而尚以爲安乎？」童不應。徐自與所善貝鍊師謀，貝閉目默坐移時，謂徐曰：「此狐也，然非禍人者，不久當自去，無煩驅逐也。」無何，有一道人黑面而虬鬚，背負一劍，過童氏之門，語閽者曰：「汝家妖氣甚盛，吾能除之，無所求於主人，但妖死我願得其皮耳。」時童適他出，閽者不告於主母，引道人自小弄而達於内。道人即於庭中，右手仗劍，向空畫符，左手持水一杯，吸而噴之。聞樓上語曰：「庭中演戲劇矣，盍往觀乎？」俄而道人手中之劍自墜，杯亦墮地而碎。道人大驚，若有以大杖敲其頭者，踉蹌走出。閽隨之奔，蹶於閾，傷其股。樓上大笑。江陰陳澹山者，童之姻也，素善五雷之法，自蘇至杭，道出新市，因詣童。童留之飯，而徐亦至，遂共飯焉。徐向陳述其事，童以目止之，不可，陳乃曰：「吾請嘗試之。」時夜將半，陳命燃二燭，篋中出五色紙人五，按方位置於案，畫符呵氣於其上，正目視之不一瞬。有頃，紙人忽起立繞案而行，行稍緩，又呵以氣，則行益加疾，其聲隱隱如雷。至五更，陳曰：「妖已去矣！」以手擊案，紙人皆仆，仍藏之篋中。是夜，童之内人聞後樓諠鬨如初至時，竊從後窗窺之，見後樓上下皆紅光圍繞。聞翁與夫人語曰：「本欲俟爾病愈而行，今陳翁以真火相逼，不可留矣！惜不及與賢主人一別耳。」至五更，聲乃絶。黎明入視，几榻如舊，地無纖塵，而所陳設則烏有矣。几上一小篋，啟之，乃鍾翁留别書也，情辭懇摯，微有怨徐之言，童讀之黯然。外留定武不損本《蘭亭》一册，郭忠恕山水一幅，以贈童者。又白金五斤，則賃屋之值也。夫人留珊瑚簪一枝、羊脂玉玦二枚、明珠四顆、碧霞寶石八塊，贈穎姑爲嫁資。澹山入室周視，歎曰：「此狐爲我真火所逼，尚能從容而去，其道力深矣。幸其大道已成，故其臨去不肯露惡狀，不然，吾非其敵也。」乃鑄鐵牌二面，書硃符其上，一釘於聽事，一釘於後樓，以防復至。

後竟寂然。此事在乾隆初年，邑人徐晦堂先生曾詳記其事，余粗加序次而著於篇。傳記所載狐居人家者多矣，未有若此之有情有禮者也。余尤歎其臨去有君子交絶不出惡聲之意。斯狐也，其狐而仙者與！

貝鍊師，不知其名，居武康之高池。有道術，人皆尊之曰「鍊師」，即前所記徐淳庵與謀童氏之妖者也。時嘉興有鉅室吴姓者，居北門外，其屋歷二百餘年矣。是年夏間久雨，忽有黑物出於爨室，長五六尺，廣一尺許，無頭面手足。近之則寒氣逼人，兼有冷水噴射，中之者寒顫欲絶。每陰雨則見，晴明則否。有佃人趙某宿於其家，吴氏之傭告知此事，趙有拳勇，不畏也。夜適大雨，趙與傭痛飲大醉，俱至爨室伺之。二更後，是物果出。兩人直前撲之，忽冷水四射，傭者倒地，趙奮擊以拳，若中綿絮者然，而臂已斷矣。大呼求救，聞者奔集，則是物已杳。視傭則面白醶醶，噤不能語；趙則倒卧血中，呻吟不輟，久之始能言所見。遍尋斷臂不可得，後兩人雖皆不死，而趙竟成廢人焉。吴氏患之，乃至武康請於貝鍊師，貝曰：「此物僅能於陰雨及夜間見形，氣候尚淺，除之不難。」乃書一符，使其徒持以往，即焚於竈前。忽天色驟晦，巨雷繞屋而轉，屋中諸物皆岌岌震動。俄辟歷一聲，硝磺之氣滿室，人有眩仆者，而天即晴霽。周視諸物，悉如其舊，惟有一大缸可容十餘石者，本埋地中，爲雷拔起，碎爲數十塊。視其下清水瀦潒，有巨蚌卧其中，其廣修與前所見物等，業已斷而爲二，趙臂即在其旁。吴氏曰：「此缸埋自前明，貯以濁水，經宿則清而且甘，用以烹茶極佳。舉家寶之，不知有怪物潛藏其下也。」乃以炭火鍛蚌成灰，棄之北麗橋下，而歸斷臂於趙。

歸安、德清、石門三邑之交有古墓焉，背田面河，廣可二畝餘。規模雖頗宏敞，而兆域久湮，宰木亦盡，惟河邊華表猶存。羊虎辟邪之類皆倒於地，翁仲仆者五，其一尚垂紳端笏獨立荒煙蔓草中，然陷於土者將半矣。既無碑誌可稽，亦從無祭掃者，不知爲誰氏之塋也。有侵其墓傍地者，往往得禍，故相戒莫敢犯。附近居民每見有青衣人往來墓域，則是日河中必有溺死者。溺人無論肥瘠，一經滅頂，雖即時拯起，皮骨僅存，若枯腊然。於是人皆遠徙，遂成荒墟。墓南里許爲某村，有孫姓者，其妻攜女往母家。舟過墓前，忽一青色手自水出，大如箕，攫其女入水去，驚而救之，則已死矣。孫恨甚，築土壅流而掘之，至數尺，無所見。又年餘，孫之次子與一傭者，各負篰斫草將歸矣，驟雨忽至，見河中一人，以竹篙撑木簰而過。其子私計，由簰渡河而南，不及一里即至家矣，乃許持篙者以錢而登簰焉。簰小，止容一人，故傭者仍沿河岸行。行數武，回顧之，見人與木俱没於水矣，急告其家。孫率家衆飛棹而至，鉤撈水中，僅得其子之屍，而撑簰者不知所之，咸以爲妖鬼所幻化也。孫益憤怒，募術士治之。一道人來應募，爲壇於河之南岸。方施敕勒，有暴風自北而至，一青衣人隨風徑撲道人。道人不能支，爲其所壓。青衣人倏不見，風亦尋止。衆視道人，則已扁矣扁音補典反，見《後漢書·東夷傳》，流血殷然，告於官而瘞之。時烏程南潯鎮有道士周靜涵者，道行甚高，孫往求之。周閉目移時，謂孫曰：「此物修鍊千年，吾非其敵，須召天神爲助。雖幸勝之，吾亦將不免，不可往也。」孫固請之，周不得已而往，亦爲壇於南岸。甫焚一符，暴風又起，青衣人見於前曰：「吾大道垂成，須得生人氣血以助之，故溺人於河，取其氣血，然所溺皆應死之人，非吾故戕其生也。與汝何與，而見逼迫？」周令其遠去。青衣人曰：「吾道尚未成，去將焉往？」周苦勸之，不聽。周乃向空書符，以水噀之。青衣人笑曰：「汝修止三世，不滿四百年，安能治我？」徑前撲之。周執令牌危坐，青衣人不敢近而退。周亦下壇如孫氏，命掃除一室，凝神靜坐於其中者九日，復至壇所焚符，而天神降。青衣人出，將與神敵。神發巨雷，聲振原野，火隨雷出，其光燭天，青衣人不支而遁。周擲劍中其首，神向周拱手，上入雲際，遂不復見。村人共見空中一物隨劍墮於河干，就而視之，乃石人之半面也。渡河至墓域，則獨立之翁仲其右面爲劍斫去，血流至地，附以河干之半面正相吻合。周書符於其胸背，命衆掘起而碎之，村人并碎其卧者而鍛爲灰。自是墓前無復怪異。周謂衆曰：「此物再潛養五甲子，大道成矣。惜其欲速，遂至於此，深可憫也。」衆送周歸南潯，甫入門，見一人衣冠形狀與周無異，自外而入，衆皆見之。周曰：「吾元神將散矣！」取鹽湯飲之，其人遂與周合爲一。後周遂多病，自處分身後事，臨終謂其徒曰：「吾爲虚名所累，致損元功。爾等宜閉户自修，毋預外事也。」遂坐而化。此亦出徐晦堂先生所記，其事當在乾隆初年。余考之汪謝城廣文所撰《南潯志》，周静涵名科耀，一名道昱，嘉興人，習青符五雷法。初居武康之升元觀，後住南潯廣惠宫，著有《補閒吟草》四卷。

吾邑乾元寺，在吴羌山之麓，背山而面河，隔河則縣城環峙若屏幛然。門前有大道，然地僻山空，過者絶少。邑人某君，與其友讀書寺中，其友喜習陰符奇遁之術，某恒非笑之。友嘗於月夜啟匣，出一劍，長二尺餘，晶瑩奪目。持而舞於樹下，覺空中有細物簌簌落地上。舞畢，拾視之，乃樹之細枝也，修短若一。某異之，欲把其劍，友曰：「劍有神光，觸之恐不利於君。」仍匣之而寢。一日薄暮，散步於三門外，友笑謂某曰：「君常笑我讀奇門書，盍一觀我技乎？」乃中立於路，畫地作圈，徑可丈餘；取瓦石數十塊，分而爲八，排列圈外，坐而俟之。少頃，有一人衣白衣荷糖擔，手執小鑼而來，走入圈中。其人素所識也，友曰：「殆矣，此人將蹶！」言未竟，果觸石而顛，碎其所齎，且傷於膝，坐地良久乃去。某問故，曰：「吾所布者，武侯八門陣也。今日支干皆火，而其人所衣所持悉屬金，且入驚門，出傷門，能無蹶乎！」翼日，某又請爲之，佈置未已，忽聞對岸有人從城上厲聲呼其友姓名，曰：「汝又在此惡作劇乎？」友遽伏地叩頭，曰：「不敢，不敢。」聞其聲，似秦人也。遥望之，其人頳面，而目甚大，餘爲雉堞所蔽，且相距甚遠，不甚了了，須臾便去。某扶其友起，面色如死灰，戰慄不已。問之，但曰：「我師也。」詰其姓名，不告。後其友旋辭去，終莫知其師爲誰也。

紹興昌安門外某村有張世昌者，賈於外，恒累月不歸，家中惟老母魏氏與妻同居。妻與母固姑姪也，亦甚相得。姑病思食雞，婦殺雞烹之，偶取一臠嘗其旨否，姑適呼婦。婦未及咽而欲應，聲不能出，氣塞而蹶。姑頻呼不應，强起視之，則已死矣。時方盛夏，疑其中暑，治之不蘇。以母家相距百里，酷暑不能待，乃邀集鄰比買棺斂之。又以家無停棺之所，舁而寘之祖墳之側，距其家五六里矣。而婦實未死，棺行摇動，其氣復轉，至夜而蘇。覺身在棺中，悶不可耐，幸棺甚薄，足蹶手抪，竟破之而出。茫茫四野，不知爲何處，坐棺側而泣。有菩提庵僧曰獨修者，與傭工馬四索逋而歸，經由其地。聞泣聲而問之，婦以實告。僧見婦有色，詭曰：「吾歸必由汝村，盍從我行，我挈汝歸。」婦諾之。行里許，至一村，則馬四之兄馬二家也。馬四亦喻其意，而思獨據婦，乃謂僧曰：「此婦死而復生，宜得糜粥調養。我與師亦饑矣，請至吾兄家小坐，略進飲食。」僧從其言。而是夜馬二與婦均往婦家，家中闃其無人，馬四固知之。及門，抉鎖筒而入，鄰人聞聲，以爲馬二夫婦夜歸，不問也。馬四淅米溉鬵，使僧執爨，潛取析薪之斧，猛擊僧頭，斃之。即謂婦曰：「汝從我乎？不從者亦血吾斧。」婦懼，從之，乃席捲其兄之所有，挾婦以逃。次日，馬二歸，見狀，聞於官。而獨修之徒知師被殺，馬四不回，亦控於官，請捕馬四。久之不獲。張世昌之妻父魏翁，聞女暴卒，馳至棺所，則無屍矣，亦控於官。官詣視，罔測其故，命役緝訪而已。及張世昌歸，以妻死屍亡，再四尋求，將及一年，殊無蹤跡。李茂元者，其素與同賈者也，是歲秋仍邀世昌同行，世昌以母病辭。茂元獨行，至台州寧海縣城外，見一家有婦出汲，視之世昌妻也。詢之其鄰，知爲縣中捕役許保賢之家。遽歸告世昌，世昌乃詣縣，請自任緝訪之役，官判公牘與之。世昌與茂元偕妻父魏翁同至寧海，伺婦出，拉以赴官，并出公牘爲據。官問婦，婦直言前事。蓋馬四挾婦至天台，又由天台轉至寧海，貲用乏絶，投許保賢家爲傭。許蠱婦，欲私之，婦不可。乃與馬四俱出捕賊，數日，許獨歸，謂婦曰：「馬四死於水矣。」婦知有變，未敢言也。其夜，裸婦而縛之，與淫焉，婦不得拒，遂受其污，已數月矣。官執許保賢，問馬四死狀，初不言。刑之，始言：「誘與外出，而斃以斧。」官驗馬四之屍，傷痕宛然，乃論許保賢如律，而歸婦於本夫。世昌以婦遭污辱，實爲強暴所迫，告於母而收之，復爲夫婦如初。異哉！小家一婦，微有姿首，三人爲之并命。佛言「慎勿與色會，色會即禍生」，豈不信夫!又馬四之殺獨修以斧,而許保賢之殺馬四亦以斧。道家言,枉殺人者是以兵刃而更相殺,亦可畏矣。

廣西南寧府税關前有旗竿二。某年秋間,居民望見旗竿斗中焱焱有光,每夜皆然,已月餘矣。一日大雨如傾,雷火下擊旗竿,而斗中有赤光上衝,雷遇之輒引去,如是三四。忽辟歷一聲,屋瓦皆震,赤光頓息,雨亦尋止。守關者仰望斗中,若有物然。緣竿而上,見其中蟠一蜈蚣,長可三尺,赤黑斑斕,已爲雷火所斃。衆皆駭異,乃出而縣之竹竿,以示觀者。關吏之庖人曰李元敏,於是夜出户便旋,見蜈蚣頭中有光,高丈許,知其有寶。竊斫破之,得一珠大如龍眼,李匿其珠,棄蜈蚣於水。次日,人不見蜈蚣,疑其復活而去,亦無窮究其事者。李以珠置暗室中,可以代燈,甚寶之。其妻偶出珠把玩,而鄰婦適至,懼其見也,納諸口中。少選吐出,而遍身發熱,手足紅腫,知中其毒,急研雄黄服之,浹旬始愈。李持珠至廣州求售,西洋人見之曰:「此蜈蚣珠也。人或爲毒蛇所噬,以此珠熨傷處,毒水湧出,即時平復。佩之可辟蛇虺,惟不可近口鼻耳。」瓊州大賈聞之,買以千金。問所用,曰:「吾州五指山中多産奇藍香,而惡蛇毒虺甚多,人不敢入。今持此珠往,則蛇虺遠避,所獲不貲矣。」欣然囊珠而去。李得金歸,家遂小康。此與上二事,亦徐晦堂先生所記,當亦在乾隆間。宋洪景盧《夷堅丁志》載鄭生夫婦等八事，云皆董堅老相授，故皆遠年事。此亦同之也。

《晉書·佛圖澄傳》：「劉曜攻洛陽，澄令一童子挈齋七日，取麻油合臙脂躬自研於掌中，舉手示童子，粲然有輝。童子驚曰：『有軍馬甚衆，見一人長大白皙，以朱絲縛其肘。』澄曰：『此即曜也。』」錢辛楣先生謂此後世圓光之術所自始。然則圓光亦釋氏呪術之一端也。近世挾是術者，多不甚驗。大兒婦樊言，在母家時，其第六嫂劉氏忽病狂易。僕媼輩薦一圓光者，延之至。先潔除一室，於棹上置大栲栳一具，滿盛米麥，中安一鏡，四旁遍插小旗幟及箭。乃於其前燃一燈，膏盛燈明，光彩耀目。令三童子正目視之，有見則以告。童子先見一大門圓如規，門中室宇深邃，有一白鬚老翁在其內。老翁所至，童子輒能見之。見其由堂入室，周歷房闥，望之了然，無有遮礙。俄而有一物，四足而毛，大如羊豕，老翁執之，納一大缸中。術者先藏一小瓶於棹下，聞童子言至此，即以紙封瓶口，曰：「已得之矣。」於是諸象悉隱。術者曰：「病者所苦，今已除去，不日即愈。如不見信，請以一事爲驗。」乃又於棹下藏一物，使童子視光中何所有。童子曰：「吾見有大錢二，大如車輪，一字而一幕。」發視所藏，果錢二文，一字一幕也。術者曰：「吾術不妄，即此可見矣。」樊氏厚贈之，不受，曰：「受人一錢，吾術即敗矣。」已而劉病果愈。問其得病之由，曰：「吾見一貓跳入室中，即時迷惘。」然則光中所見四足而毛者，即是物矣。

秦膚雨言：七八歲時，其族父芝庭家失金釧一雙，不知竊者爲誰。時有揚州人王姓者，善圓光，乃延之。至於室中，設香案，翦素紙，廣長各二尺許，蒙覆一器上，爲四方之形。其人向之誦呪，復以清水噀之，又時時取鑪中所焚之香，挹其煙氣，令著紙上。如是四五次，遂呼童男女數輩，使諦視之，膚雨亦與焉。紙之左畔見諸神象，或袍帶而秉笏，或甲胄而執戈，無慮百餘人，鬚眉畢見。其在後者，僅露其首而已。紙之右畔有屋宇之象，即其族父家也。族父坐卧室中，於燈下作書，幼孫女旁立而觀；有一婦人在内，竊釧藏懷中：一一若繪。此婦舊嘗傭於其家，恒往來者也。窮究之，果其所竊。回思曩夜情事，無一不合，其技亦神矣。

生而有文在手，自古有之，今不多見。唐棲姚氏生一子，有文在手，曰「升」。此子聰慧異常兒，讀書過目成誦。即他技藝，略一研尋，無不精妙。咸以英物目之。乃年甫弱冠，以諸生終。苗而不秀，鄉里惜焉。然其人亦必有宿根者與！

唐西姚氏一婦，賢而且才，實管家政，春秋魚菽之祭，皆此婦尸之。每祭前一日，必夢一婦人向之歛衽，曰：「我馬氏也，凡遇祭祀，雖與諸尊屬俱來，止能侍立於旁，而不得食。幸娘子哀憐，爲設杯箸於末坐，且祝曰『馬氏坐此』，則我得與矣。」寤而不知馬氏爲何人，遍訪之姚氏諸長老，始知姚氏之先有賤妾馬氏，無所出，家祭不及焉。乃如其言，設杯箸，且祝曰：「馬姨娘坐此。」至今循之。傳稱鬼猶求食，豈不信夫！

河南中牟縣有老孝廉郭蘭可者，其始生時，父適假寐，夢有人報曰：「某科二十一名舉人郭蘭可。」及寤，而家人以生子告，乃即以蘭可名之，後果於是科中式，名次悉符。然則科名洵由前定矣。又孟縣諸生有劉藜照者，於某年鄉試之前夢觀榜，有其姓名，大喜，以爲必中矣。是科榜出，果有劉藜照，然非孟縣人也。此則鬼神以其姓名相同，聊以爲戲耳。

汴梁城南朱仙鎮，有岳忠武廟。廟前有鐵鑄秦檜夫婦跪像，與吾浙西湖岳墳同。凡負販之人至其地者，必批秦檜之頰，而摩王氏之乳，謂不如是，則是日衒鬻市廛不能獲利。歲月既久，頰與乳光澤可鑒。有秦氏家於廟側，恥之，乘夜負鐵像投於河中。至次日，而二像仍在水面，浮而不沉。衆人環觀，無不駭異，仍舁置廟前焉。

趙州城北有石獅一，滿頭有油污之痕，雨淋日炙，而不能去。相傳其初曾幻爲一少年，入民舍戲其婦，婦適夜績，即取燈油澆其頭。獅反身而遁走，至中道而雞已鳴，遂不能還故處，至今蹲踞大道之旁焉。以上二事，并宋伯言說。

奉化潘某，幼貧窶，長爲縣吏，遂以起家。蓄一婢，遇之虐，婢自經死，遂藁葬於野。歲餘，潘經其地，見有煙氣自其家出。就視之，聞婢語曰：「且勿行，我與俱歸。」大怖，奔還其家，而鬼亦隨至，空中聞詬詈聲。俄火發於笮，救之甫滅，而他處又焚，奔救不遑。有親串來省視，曰：「何物鬼魅，白晝爲祟！」言未已，一巨石自空墜，幾中其顱，乃逃去。如是者四五年，潘氏之人死亡相踵，存者寥寥，貲産亦盡。

蕭山某甲，家貧無以爲生，乃交結吏胥，把持詞訟，貲産日以饒裕，而作惡彌甚。中年後淫虐，幾無人理。忽一日暴卒，未幾復蘇，自言：「冥司謂罪已盈貫，必置於法；但恐人間不信爲惡之報，故暫令回生一年，使人觀我受種種僇辱，以警世人。見有鬼役數十挾持，我不能自主也。」言訖，即趨出跪於通衢，大呼曰：「我作惡人也，諸君看我苦否？我曾作某語，今當批頰。」乃自側面以受刑，輔頤紅腫，口中流血。又曰：「我曾爲某事，今當笞臀。」即褫衣而受笞，附近之人止聞其呼暑，而一二里外則敲扑之聲清脆可聽。受一刑畢，輒曰：「苦苦，諸君見否？」如是者每日皆然，周歷城廂，遍身血肉糜爛。滿一年，竟斃於路。

紙牌之戲，本於唐宋人葉子格，而葉子又本於骰子，説見歐陽公《歸田録》。今紙牌中有紅點、黑點，殆即葉子格中紅鶴、皂鶴之遺乎？近世紙牌盛行，閨閣亦有行之者。余親串中一婦，病久譫語，輒曰：「二二五來矣，么六來矣，緣我牀，壓我被，爾曹何不爲我捉去？」所云二二五、么六，皆紙牌名目也。上二下五曰二五，上一下六曰么六。此婦生平從不爲紙牌之戲，侍疾者異之。初猶不以爲意，而婦數數言之，乃大索其室中，無所得。已而於樓上一破簏中，得紙牌數十葉，多年不用，塵灰滿矣。疑此物爲祟，取而焚之，婦果不復言。蓋紙牌常在人手中，沾人手澤，故歲久或通靈也。

義烏城北隅有樓氏廢園，名槐圃。地甚幽僻，頗擅泉石花木之勝，而素傳有鬼，無敢居者。咸豐庚午夏，傅君錫蕃欲假其地避暑，主人以有鬼告。傅曰：「固知之，非所畏也。」主人乃掃除一室，置榻其中。傅獨坐至二更，月色皎然，了無所見。將就枕矣，忽一叟從屋隅出，傅揖之曰：「君其鬼乎？」曰：「然。」「來此何爲？」叟曰：「此前朝墓地，葬此者非止僕一人。但鬼之於人，亦以氣類相聚，以君文士，故敢一見。」乃坐而與言。其言明季事甚悉。臨去，指園中花木曰：「彈指間又成荆棘也。」時粵寇之亂已擾及浙，而義烏猶未被兵，傅不以爲信。未幾，寇果大至，槐圃爲墟。

義烏人陳某，邑諸生也，嘗送所親馮氏之葬。既至其地，馮氏甫窆，掘至五尺餘，忽見古磚，又二尺餘，而舊槨見。工匠輩僉謂宜别治一穴，地師執不可，陳亦從而附和之。馮氏之人曰：「如舊槨何？」陳曰：「此中骸骨，一無所存，且無碑誌可考。是遠代不知誰何之墓，復何顧惜，扣而去之可也。」馮氏從其言。陳既送葬而歸，遂發病，謂其子曰：「吾坐馮氏事死矣，地師亦不得活。」三日之中，陳與地師相繼死。惟馮氏無恙，然自葬後，其家亦日落矣。

河南孟縣宋君夢蘭，字香谷，同治壬戌進士。以知縣分發甘肅，奉檄至涼州，適回民爲亂，城陷死焉，家中尚未得信。其族子寬夫，素與同學，甚相得，忽夢其行袍行裳如軍營裝束行袍，即缺襟袍；行裳，俗名戰裙，并見《會典》，攜一卷書而讀。讀已泣曰：「我已爲泉下人矣。」寬夫瞿然而寤，明日果得凶問。又浙江義烏人陳君，談者失言其名，曾爲分水訓導，後死於家。其子時在省城，偶晝寢，夢其父自外至，顏色慘淡，子迎問之，其父曰：「汝尚不返乎？喚汝者行且至矣。」子欲問其詳，適報家中有急足至，急起問故，乃知其父死矣。蓋死者之靈與赴者俱至，與九卷中所記朱觀察、長大令事正相類。

咸豐庚申，浙江省城失守，時何子敬觀察紹祺以事至蘇，其眷屬留杭州。恭人陳氏聞變，語其家人曰：「主已外出，吾曹無可求生。何氏湘南名族，長幼男女義不爲賊所辱。」乃縛其幼子慶銈、慶熙，沉之於池。自與姻家一婦朱氏者引繩同縊。會江南援兵至，不五日而復省城，家人亟往視之，則二子以水淺未死。恭人與朱並懸於梁，朱氣絶，而恭人竟以救得蘇。自云：「縊後一無所苦，第見有兩紅燈在前，若相導者。惘惘從之行，不知所行爲何地，俄而復見天日，則已醒矣。」後歸原籍，以壽終。夫縊至數日，仍得不死，此事誠屬罕聞。或曰恭人從容就義，節烈可嘉，宜爲神鬼護持。然亂離之世，舍生取義視死如歸者，夫豈乏人，何鬼神之獨厚於恭人邪？聞其平日禮佛誦經，寒暑無間，大難不死，或由於此。《太平廣記》中「報應」一門，以崇經像得福報者凡五卷，不得概以爲誣妄也。

杭州鄭譜香都轉，初應禮闈試，曾主同鄉魏部郎家。其家故有狐，譜香之未至也，狐適逐去舊塾師，而使以譜香代之。部郎曰：「其人尚未至。」狐言：「某日必來。」已而譜香果以是日至，乃從狐議定焉。入書舍，則四壁皆糊以新紙，而蠅頭小字滿其上，雜録詩文，殊無條理。館人曰：「昨暮猶未見有此也。」譜香知狐所爲，微哂而出，於他舍小坐。忽一淡巴菰筒破窗而入，其聲甚厲。此筒乃譜香遺在書舍中者。取視，則上繫一紙書，大旨謂「何以輕我」，乃亦書數語答之。甫擱筆，而覆書已裹小石投入，捷速如此，宜其一夕之中書滿四壁也。讀之，語意仍不馴。知不可以理諭，遂不復答。未久，辭魏而他就焉。譜香言，此狐亦有不可及者。部郎一幼子初學爲時文，甫作小講，其文甚劣，幾不可讀。狐爲易七八字，居然成文，真諺所謂點鐵成金者也。又歲杪，部郎有故人告貸數十金，堅卻之曰：「亡矣！」忽砰然一囊墜其前，白金滿焉，大書其上曰：「此非蒙古兒乎？」部朗大慚。後未數年，部郎卒，家屬相踵而亡，狐蓋乘其衰氣而侮之。余聞之杜筱舫云。

苑平許姓者偶烹一魚，已熟而食之矣，置其頭於器中。至夜有光一點，熒熒如明星，持近燈，燈爲之滅，家人異焉。剖而視之，得珠一顆。魚珠不足怪，熟而猶能吐光，且有滅燈之異，則可怪矣。長洲朱我齋實親見之。

卷十一

吴縣太傅潘文恭公之仲子星齋侍郎曾瑩與陸夫人，於光緒四年三月三日同日而卒。夫人歿於丑時，侍郎歿於巳時。海内異之。而文恭公之冢孫東園部郎儀鳳於光緒二年二月十九日卒，其配胡淑人於光緒六年六月十九日卒，年皆五十有一。世傳二月十九爲觀世音菩薩生日，六月十九則其成佛之日也，意其夫婦二人亦皆有宿根者與？

元和顧子山觀察，於光緒庚辰歲行年七十。偶獲一龜，長身細腰，下豐上殺，形如胡盧。賓客傳觀，僉以爲壽徵也。觀察名之曰大吉龜，賦詩以張之，并屬善畫者摹其正反側三形，索同人題詠。余亦爲賦五言古詩一章。按《太平廣記・水族部》載〔一〕：「晋義熙中，有黟縣吏入山採薪，得二龜，有兩樹駢生，以龜側置樹間。後經十二年復入山，見一龜甲已枯，一者尚生，

〔一〕 太平廣記，底本原作「太平御覽」，此事見于《廣記》卷四七二「水族九」，據以改正。

極長。樹木所處可厚四寸許，兩頭厚尺餘，如馬鞍狀。」又《夷堅志》「呂德卿緑毛龜」〔一〕一條載：秀州市民社會有一龜，若藥瓢然。詢其人，云自始得時，以鐵束其腰背，故如此。此龜殆必其類乎，然亦罕睹矣！

鎮江有一小家，止一母一女一子。子學賈於市肆，適有蘇州吴縣人某甲亦在彼學賈，與其子相識，遂得識其母。時往來其家，并其女亦朝夕見焉。其女許嫁一書生，貧甚不能娶，而其年長矣。某甲與其母謀言於婿氏，請絶其婚，婿氏竟許之，某甲因自媒焉。既有成言矣，而某甲之母執不可，乃不果。未幾，女歸於他族，而所適者亦甚貧，且夫婦不相得，女甚以爲恨。越數歲，而前所絶婚之書生舉於鄉，明年成進士，女聞之大悔，雉經而死。時某甲已歸姑蘇，忽大病，自言：「女死後訟己於鎮江府城隍，以其爲吴縣人也，由鎮江府城隍咨蘇州府城隍，復由蘇州府城隍劄吴縣城隍，遣吏卒逮問，今不得免矣。」數日竟死。其死在光緒庚辰歲，度其事之緣起，亦必在同治、光緒間。談者失其姓名，并此女前所許嫁之書生，亦不知何人，然其事則皆云實有之也。夫破人婚姻已不可，況毁人以自成乎？甲死宜矣。至地下主者，各有疆域，簿書期

〔一〕呂德卿，底本原作「吴德卿」，此事見于洪邁《夷堅志》「呂氏緑毛龜」條，據以改正。

會，一如人間。聖人以神道設教而天下服，其知此也夫。

閩中陳生，談者諱其名，自幼佻達，喜作狎邪游，而其父督之嚴，始稍稍向學，然其心固常在舞衫歌扇間也。一歲上巳之日，父適他出，乃託他事紿其師，私至郊外踏青，狎鳥撩花，忘路遠近。忽聞簫鼓之聲，問之途人，曰：「前村演劇也。」即往觀之。笙歌如沸，士女如雲，游目騁懷，樂而忘返。未幾，夕陽在山矣，頓悟身在郊外，城門將閉，懼不能歸，乃遵舊路而回。行未及半，忽見路旁隘巷中有緑衣女子，從一小婢緩步而行，小腰秀頸，楚楚可人。生念野外焉得有此佳麗，然愛其美，亦不疑也，施行從之。俄至一甲第而入，生徘徊門外。暮色蒼然，私計不及入城，不如且謀寄宿，或有佳遇。乃叩門，以求宿告。婢出，諾之，導以入，則珠簾繡幕中絳蠟高燒，緑衣女已待於堂矣。生問姓氏，笑而不答。命置酒待客，雕盤綺食，頗極豐腆。又命婢歌以侑酒。酒闌燭灺，相攜入室，紅羅復帳，鴛被蛩氈，春夢香甜，不知東方之既白。忽熚爆有聲，火光焱焱，照耀窗櫺。疑爲失火，推枕而起，則天已大明，而玉骨冰肌，儼然在抱，審視之，乃枯骸一具也。驚起四顧，則屋宇帷幕了無所睹，獨立墟墓間。墓旁故有燒瓦之窑，窑破，故火光迸射也。生知遇鬼，奔還其家。俄而大病，因與家人言所遇，咸以爲慮。而卧病月餘竟愈。於是盡滌邪念，下帷苦讀，卒成進士，入詞林焉。

張仙槎習申、韓家言，游於閩中。咸豐初，就閩縣令張芹香之館。會芹香受代，而仙槎猶居署中。一夕至三更，甫就枕，忽見有二人來至牀前，其人戴雨纓涼帽，如公門中裝束。問來此何事，以勸捐對。仙槎曰：「吾儕橐筆依人，每歲所得亦甚微薄，其能捐乎？」二人曰：「固知汝不我信也。明日當持憑據來。」遂不見。甚異之。次日至丙夜，果見二人又與一人俱來，持簿書示之〔一〕，曰：「此非憑據乎？」仙槎視之，則皆己平日所擬訟牒中批語也，其旁或注「可」字，或注「不可」字。問其故，答曰：「可者應如此辨，不可者即屬錯誤，應入犁舌地獄。」仙槎曰：「吾輩所擬批語，不過酌理衡情，初無成見；即有錯誤，亦屬公過，何有如此重罪！」其人曰：「我亦不知，但汝能捐輸，或可減罪。」仙槎許捐錢一千文，其人少之。增至七千，乃首肯，且曰：「汝勿食言，明日當先以實收來。」及明日，三人者又以是時至，出一紙黏著帳上，曰：「實收在此。」言已即去。仙槎視之，其上大書「張仙槎捐錢七千文」八字，有朱印甚鮮明。諦視無有，朦朧間又了了在目，終夜轉展，不能成寐。及旦，以語友人。友人勸之云：「既有此異，宜以七千錢買黃白紙錢至曠野焚之。」仙槎從其言，後亦無他。異哉！冥中亦如陽間，有捐輸

〔一〕簿，底本原作「薄」，《校勘記》正作「簿」，今據改。

之例乎？此鬼挾人短長，以相恐猲，得錢七千，欣然而去。恐此朱印實收，亦不甚可恃矣！

福建南安縣太學生陳良光之母，年近九十矣。道光戊申年臘月下旬，忽告其子曰：「明年我欲燒天香，然爲期太迫，恐不及矣。」其子曰：「有何不及？」母曰：「非汝所知也。」燒天香者，泉州之俗，以正月初九爲天生日，前後各三日焚香禮天神，謂之燒天香。至次年正月初五日，母命其子婦燂湯沐浴，浴竟，易潔衣端坐而逝。俄張目四顧，衆人環問有何事未了，不答。其子請曰：「豈以天香未燒乎？」曰：「然。」子曰：「當即爲料理。」乃悉依俗例買香燭等物，於初六日平明焚之。至母前告曰：「天香已燒矣。」應曰：「好。」仍閉目而逝。

杭州沈子麟大令之父，於道光某年夏間有舊識之木匠來見，漫問之曰：「無恙乎？」匠曰：「幾不獲相見矣！」問何故，匠曰：「今年春間在嘉興，爲人造屋，忽覺胸次煩懣，恍惚聞人語曰：『將腹剖開，即舒暢矣。』因將所用鏨鑿自剖其腹。又聞人語曰：『錯矣！』頓覺身輕如羽，俄頃便還杭城。既至家中，并舊時相識之家一一皆到，翁家中我亦曾來也。已而仍回嘉興，至向所營造之處，見一人卧版上，衆人圍繞之。因亦進而觀焉，不覺與卧者合爲一，大聲呼痛。衆皆曰：『生矣，生矣！』始悟無故自剖其腹，據人云死已半日矣，腸亦流出。主人召瘍醫納其腸，用藥線縫其傷口，醫云尚可不死。數日後痛稍止，略進糜粥，主人使其徒送之還杭。

今既數月，創已全愈，仍欲至嘉興料理工作，故來一見也。」沈翁大異之，發其衣，創痕猶存，然膚革充盈，面目腴潤，轉勝於其舊也。

閩人廖三者，故家子弟也。以其行三，故人以三爺呼之。貌魁梧，而性敏悟，凡藝事一學即精。生平剛直好義，不喜讀書。自幼時即喜習拳勇，爲投石超距之戲。及成童，以趫卞横里中。嘗語人曰：「大丈夫當效班定遠立功萬里外，焉事章句爲！」是時國家方以兵屯守臺灣後山，兼謀開墾，歷數年役未竣，而士卒之以瘴癘死者相踵也。廖三志在立功，不以水土惡毒爲意，因赴某總兵軍中投效，總兵委以夜巡之役。火伴或語之曰：「子行夜不畏鬼邪？」廖曰：「我有劍在，何鬼之畏？」火伴壯之。是夜廖隻身巡視營壘，忽見一鬼自林中出，尾其後，廖以劍擊之，鬼遂滅。逾時陰風凛然，又見前有一奇鬼，敦脄血拇，殊可駭異。廖拔劍待之，須臾鬼至，曰：「三爺，我非來角勝，乃來相請耳！」言畢，不見。廖歸，疑不成寐，已而倦極，恍惚夢至一處，廟宇宏敞。有神坐殿上，問曰：「爾是廖三爺邪？」曰：「然。」神曰：「若來甚好，有一事非若不可，當以相屬。」廖醒，遂發寒熱，自知不起。逾月，果卒於臺灣，未竟其用，聞者惜焉。

福建建寧府有一舊宅，時建安令鮑君卒於官，其眷屬賃是屋以居。樓故有狐，未之知也。鮑妻居樓上，往往無雨而屋漏，又所用什物旦輒易其處，畏而遷居於下。其子少年負氣，曰：

「我何畏彼哉?」遂居之。天明猶卧未起,覺有奇臭,視之則被有沾濡之痕,發怒謾罵,則臭益甚。俄而己身亦臭,遍視不見,後方知其髮上皆糞也。於是家人咸集,遷其子下樓。鮑君之弟焚香祝之曰:「我等罹死喪之戚,暫住於此,苟有失禮,當蒙見原。今空此樓供奉香火,幸勿相嬲。」祝後寂然。天下事可以理勝,而不可以氣力爭,類如此也。

湖北咸寧縣劉氏一婦,年近百齡,而情性與孩童無異。每日晨起,家人爲之簪花敷粉,衣以紅紫豔色之衣,則終日笑。除其子及長孫一人外,餘皆不之識。苟欲告之,則必舉其祖若父之乳名,曰「此某人之子,某人之孫」,乃始笑而頷之。如此媪者,殆亦近於雞窠中小兒者與!

江西南康縣鄉間有方貢生者,失其名,世以耕讀爲業,家頗小康。偶傭一童子,使牧牛。童子乳名毛狗。其始來也,有一小人與之俱,長僅尺餘,時見時不見。久之而小人日益多,昏黑橖突,不勝其擾。或詈罵之,輒躍起批人頰。雖於貢生不敢犯,然呵責之,亦不聽也。如是十四年,聚至百餘之多,器用爲其損壞,飲食爲其污穢。甚或煙氣縷縷出自筒中,發視,則所貯之衣皆燒成小孔以千百計。舉家厭苦,延僧道禳之,則僧道悉被棰擊,流血被面而去。或使人訴之真人府,使者甫出門,輒迷惘不能行一步。貢生憂之,而無如何。至道光丁酉歲,貢生於元旦黎明集其子弟,語之曰:「我夢見天榜,今科江西解元即我也,子弟中亦有數人中式者,我不敢泄。爾曹宜各努力，我亦自勉。」乃日夜督責其子弟温習舉業，貢生以身先之。六月既望，躬率子弟赴省城應試。既至，又語子弟曰：「試期尚早，我有一老友，舉業家斫輪老手也，距此不遠。汝曹留此，勿荒所業，我且往訪之。」乃不攜童僕，買舟而去。去則竟赴貴溪縣龍虎山，具牒於真人府，請除妖。真人受其牒，判九月朔日雷部施行。貢生奉牒遄返省城，則三場畢矣，即攜子弟輩俱歸。及九月朔，衆小人殊未之知，嬉戲如故。日加辰，則各惶惑失措，有哭者，有怒罵者。亭午天忽無雲，而雷電礮霆轟，其勢甚猛，俄迅雷一聲，而衆小人俱不見矣。是科方氏無一中式者，貢生固託言之，以愚衆小人，使不爲備也，亦可謂智深勇沉者矣。初，妖之興也，客有善琴者來。或曰：「琴者，禁也，所以禁止淫邪也。」乃延此客，使鼓琴三日，果爲之稍戢。客去，而擾彌甚，惟毛狗與之狎，呼毛狗爲老庚。老庚者，俗呼同歲者之稱也。其類甚繁，亦有婚嫁生育、親戚故舊往來之事。每遇歲時，輒三五成群，聚而爲意錢之戲。其法以三錢擲之，觀其陰陽，以爲勝負。嘗使毛狗爲囊家，得頭錢三千餘文。又一日大雨，庭中積水甚深，有數小人嚮之而哭甚哀。貢生使毛狗探之，則其幼子溺死水中也。雨霽得其屍，乃一二寸長之紙人耳。異哉！翦紙爲人，乃作祟如此，竟不知其爲何妖矣。然觀琴客鼓琴，妖爲少戢，則邪不勝正，其理昭然。貢生苟知此理，但當正心修身，以齊其家。一家中男正位乎外，女正位乎内，彼衆小人者自當形滅聲銷，固不必遠求之龍虎山也。

休寧朱村有朱姓者賈於外，父母早死妻許氏在家。偶以雞卵十餘枚，使雞母伏之，久之不出。一夕，許夢見舅姑自外至，皆以紅帕首，而顔色愁慘。許欲啟問，倏至塒塍間而隱。明旦往視，則二雛出殼矣，悟曰：「此必翁姑也。」對之流涕，乃溺而死之。即延僧誦經三日，求免翁姑之罪。數月後，復夢翁姑來謝曰：「我二人以生前殺生過多，冥司罰作雞，使受湯火之苦。今幸新婦代爲懺悔，仍得轉生爲人矣。」

休寧商山村有雜貨店兼賣豬肉，市者頗盛。日殺三四豬，東方未明，輒鼓刀而屠。一日屠竟，縣肉於簝，忽見豬之後足頗似婦女之足，底平指歛，纖不盈握，衆皆見而異之。因問爪殼何在。爪殼者，豬足下粗皮也。屠曰：「當尚在湯鑊中。」往視，則繡履雙浮，製作絶工，非鄉間所有。撈而出之，衆手傳觀，無不驚歎。此店嗣後專賣雜貨，不復屠豬，至今尚在。

余親家樊氏，眷屬寓居河南省城。時有傭婦，其家距城七十里。一日抱其幼女自其家來，騎驢而行，中路墜驢，復抱女起，騎驢入城，至於樊寓。而此女昏昏如睡，不復言語行動。與之食，尚能下咽，不與之，亦不索也。如是月餘，樊氏之衆語之曰：「汝女之病，久而不愈，曷不暫歸乎？」婦然之，乃復抱女騎驢出城。行至來時墜驢之處，女忽開口喚母，問之，則能答矣。自此途中便能言笑，比至家，行動如常。蓋墜驢時失其魂，至是復與合也。

陸連逵，字鍾山，温州樂清縣人。家尚温飽，以知縣需次江蘇，持孫琴西同年書來見。其人頗樸誠，而在吴中數載甚落寞。亦嘗乞假返其家，不久仍來，歲以爲常。同治壬申秋，復至余寓，言將歸遣嫁其女。余次日往送之，未見，嗣是遂不相聞。乃是年十二月，其兄之子忽來蘇，踵門求見。問之，則鍾山已被殺於途矣，爲之駭然。詳叩之，鍾山之歸，獨行不挈僮僕。行至一處，爲黄巖縣所屬，忘其地名，距其家止百數十里矣。鍾山於其地賃一小舟，而自向市中買鮭菜之類。及歸，則舟中已有客六七人。問之，曰趁船者也。無如何，姑聽之。而此六七人者，皆盜也，舟子亦與通謀。夜深移舟至荒寂之處，殺鍾山，沉諸河，而取其貲，無知者。越一月，有漁者出其屍於水中，則創痕猶存，乃聞於官。時黄巖令爲孫君歡伯，健令也，親往驗其屍，於其襪肚中得字紙一卷，雖漫漶，猶約略可辨。一名紙有「陸連逵」三字，亦不知誰何，姑命以棺斂之。又月餘，孫君如台州謁太守，偶與同官會飲，言及此事，一人曰：「此必樂清人也。君謂此人姓陸乎？非也。陸連，其複姓，樂清故有陸連氏，吾嘗令樂清，故知之。且吾與陸連氏亦頗有相識者。」乃以書問之，所問者即鍾山之兄也。其家久知鍾山於某日發蘇州，待之不至，猶意其或不果歸，至是始知中途有變。使其兄子往視，發棺視屍，已不可識，猶冀非真，故復來蘇州審之。既知不謬，亟歸言於孫君。孫君命役捕兇手，不可得。久之，或言某所有人以朝珠鬻於市。鄉間安得有此物，是可疑也。孫君使人捕之。捕者以夜往，則有鬼聲魒魒導於前。至其家，六七人皆在，已知事發，結束將行，稍緩則無及矣。縛之至官，皆吐實，殺以祭鍾山。鍾山爲人固長者，罹此酷禍，殊不可解，而行路之難亦可鑒矣。余因先兄福寧君之喪往迎太夫人，亦嘗取道於此。至台州府，適陳君鹿笙守是郡，留余飯於署中，且爲具舟，舟人言須乙夜潮至始行。乃於晚飯後登舟，陳君親送之，余辭焉不可。余先至舟，則舟中人滿矣。問之，亦言是趁船者。余時止挈二僕，其一從余在郡署，其一留守舟中，止能護持行李，竟不能與之爭。余傍徨無策，而陳君至，怒曰：「此何人也？」是時浙東當大亂之後，盜賊多有，故太守所至，輒有親兵從行。陳君遂命親兵悉驅其人登岸，并以四親兵送余至黄巖焉。蓋台温地僻，舟楫稀少，尋常行客每雇一舟，必有趁船者，固非盡盜賊也。然其情狀，亦甚難堪矣。非太守親送，豈能麾而出之哉。附書於此，俾于役者知所警焉。

嘉興姚恩衍，字叔怡，官中書科。中書爲人頗有才幹，而性行篤實，雖在少年，已諾必誠，取與不苟。在京師時，鄉人多推重之，以事諉者無虚日。光緒戊寅歲，忽自知將死，於人所屬之事一一處分，悉有條理。時其父訪梅觀察方爲長蘆鹽運分司，故其母與妻皆在天津。乃爲書告知死期，請其母妻來京師訣别。母妻得書大驚，馳至，則雖有小疾，固未足憂也，而叔怡刻期待死。至四月之末，戒其閽者曰：「五月初六日巳時，夏侍郎來傳旨，即爲達，勿留滯！」家人咸怪其語。所謂夏侍郎者，乃夏君子松同善也。夏與姚雖同鄉，然不過正月中賀歲投一名刺而已，平時固不相往來也。屆期叔怡之病稍劇。日加巳，外報夏侍郎來，閽者甫延之入，而叔怡已氣絶矣。子松之來也，初不爲姚氏而來。蓋叔怡之妻父鍾學士駿聲，與子松極相得。是日夏往訪鍾，鍾適往視叔怡疾，閽者辭焉。問所之，以告。而夏有事必欲見鍾，乃訪之於姚氏，不圖坐未定，而内之哭聲已作也。一時咸共驚異，謂子松之來，適符叔怡之語，所傳者何旨歟？此旨何以必由夏侍郎傳之歟？叔怡死，子松亦可危矣。然子松固無恙，是年冬，即拜江蘇學政之命。乃至庚辰秋，子松竟終於江陰使署，距叔怡之卒，未及三年也。古稱劉楨、徐幹、王粲，并爲天上侍中，王茂宏爲天上尚書令，傳記所載，多有此事。子松起家詞臣，歷官卿貳，又嘗預君疇務成之列，殁爲貴神，固無足怪。叔怡言行，不失爲君子，其死也，或亦有所爲歟？惟彼時子松猶在人間，而玉版徵書由其傳達，是不可解。豈其神識已先歸天上乎？

青浦縣南門外離城二十里許，有覺海庵，故無僧也。同治間，忽來一僧，赤體無衣，惟以破被自覆。時方嚴寒，卧地上數日不起，見者憐之，或予以錢米，不受。一日，忽披破被走出。見一老嫗兩目失明，即向溪中汲水一甌付之，曰：「試以此洗目。」如言洗之，瞽目復明，即能見物。又一少年左足反生，僧捫之曰：「正，正。」其足即時轉正，與常人無異。於是遠近諠傳，謂之神僧，求醫者日數十人。僧有醫有不醫，醫則無不奏效。住庵中一月有餘，後竟不知所之。

青浦縣辰山，爲九峰之一。山上東北隅有平石一方，中有一痕，長尺餘，廣數寸許，由來久矣，莫知何時所劖刻也。近日有地師入山，爲人求葬地，偶以定向之盤置此石上，適當其痕，而盤中子午針爲之旋轉，其針鋒不直午而直子。地師知其有異，將盤徐徐舉起，針在盤中猶動搖不定，至離石三四尺，始復其常。説者謂其下必有磁石云。

青浦之章練塘鎮有某姓者，買一西瓜重二十餘斤，將剖食之，而瓜在案上旋轉不定，懼不敢剖。其旁人代爲奏刀，騞砉一聲，瓜分爲二，而其中有蜈蚣一條，長尺餘，廣寸許，已成兩段矣。腹中隱隱有光，破之得明珠數十顆。

光緒庚辰歲七月中，婁縣水浦橋農家牯牛産一犢，六足二尾。其四足與常牛同，兩足在腹下，甚短。其二尾之下各有一肛門，每遺矢則一時并出。主人怪之，不敢畜。有江北人以洋錢六枚買之去，不知其何用也。

寧波某店一友，於歲終至各村中收債，肩負錢囊，手持簿籍，皆書其店之名。及歸時，囊中盛洋錢三百有奇，錢五百有奇。時已薄暮，慮遇暴客，將謀棲止，苦無逆旅可投。又行里許，見有草屋一所，扣門求宿，而是家惟母女二人。母執不可，女曰：「此客日暮途窮，不留焉往？吾母女可同榻，以一榻留客，亦何傷乎？」母從其言。女并爲具食，客食已，枕錢囊而卧。夜半，女忽來求共寢，客峻拒之，女不肯去。客不得已，許以作竟夕之談。談至雞鳴，女促客起，曰：「吾父歸矣，可速去。」客驚起趨出，行百餘步，憶錢囊未取，急回取之，至則並無草屋，有二棺攢焉。大驚，諦視之，錢囊一角猶見於外。正傍徨間，忽有一人至，謂客：「在此奚爲？豈發邱摸金之徒乎？」此兩棺者，一吾妻，一吾女也。」客乃詳述夜間止宿事，惟其女私就己則諱而不言，且告之曰：「吾囊中洋錢若干，錢若干，囊及簿籍皆有店名，請發視之。如有不符，吾任其罪。」乃發其攢，果如客言，俾盡取以歸。

泰興縣黄橋鎮有何某者，亦舊家子也，娶靖江盛氏女，美而賢。而何有外婦，遂讎視厥妻，日肆陵虐，盛順受之，無怨言。何嗜鴉片煙，丙夜猶不寐，使婦供茶湯。稍不如意，以煙簽亂刺之，遍體無完膚，婦不勝痛，遂縊死。其父固長者，不聞於官，何得以無事。一夕，忽見婦來，流血滿身，語何曰：「我事君無失德，何酷虐如此？今得請於神矣！」言已不見。數月後，何忽得奇疾，十指先作癢，爬搔之，癢愈甚，乃以齒咬之，指寸寸斷。以次及肩臂，及股，及足，凡口所及之處，無不齧者，血殷牀褥。晝夜呼號，閱兩月而斃。

泰興東鄉盧家莊有盧某者，貸富家錢，已償其本，惟負其息錢一千，貧不能償，求免焉。而富子執不可，竟如數取之。盧憾甚，因思其場圃外積草成阜，高數丈，若貨之，值錢可十萬。乃於暮夜躋其巔，掀其蓋，置火於中，數日而草不然。謀諸婦，婦曰：「是夜五更，適有微雨，故不爇也。宜再置之。」乃復躋其巔，掀而視焉，則其中爲火所燒，已空矣，因其蓋沾雨，故火不能透。及掀之，火即上騰，盧墜其中，一時烈焰飛揚，盧與草俱燼，其妻奔救無及矣。陳子愚廣文以此事語余，且曰：「吝小致失大，當以富子鑒；害人反害己，當以盧某鑒。」

泰興老儒何君萱泰，嘗有事於宿遷，賃一車以行。其執鞭者，滿面皆刀痕，若井字然。問之，曰：「余不敢自諱，十年前乃大盜也。有富家娶新婦，裝送甚盛，與火伴八人往劫之。夜半入其室，新婦美而少，才十六七耳。叱曰：『勿驚我官人，我取銀錢畀爾。』衆姑於窗外俟之。見其入牀後若有所取，俄而一刀飛出，插於檽，人亦隨刀飛出，衆知不可敵，升屋而逃。我稍後之，甫及屋山，爲其所及，蹴以足，我一身不能動，哀號乞命。新婦以刀劃我面，縱横各數十，乃曰：『今夕我花燭良辰，姑貸汝死。』提而擲諸牆外，幸得不死，乃改行焉。」

張翁，山東人。某年六月間於村外納涼，夜深將歸寢，忽有人出自草間。視之，其傭奴之已死者也。叱之曰：「我待汝不薄，乃來祟我乎？」曰：「非也。小人執役冥中，今奉牒來拘主人，追念舊恩，故先來告。牒中共三十人，主人名在第一，我移置其末。日拘一人，可延一月。此即所以報也。」言已不見。翁憮然曰：「我其死矣！」自念衣食粗足，婚嫁俱畢，死亦何憾。惟曾與某氏子爲媒，此子孑然一身，貧無婚費，女氏恒有悔婚之意，我在故不敢言，我死奈何？明日，悉召諸子而語之曰：「某氏之子，其父在日，曾假我錢八十萬，以相信故無券也。今我老矣，久假不歸，異日何面見故人於地下乎！」皆曰：「諾。」輦錢而歸之，乃爲故人子擇日娶婦，告期於女氏。女氏無以拒，遂成婚。翁喜曰：「我事畢矣。」越月竟無恙。而其奴又來見，賀曰：「主人不死矣，冥中續有牒至，除去主人之名也。」

蘇城六門，惟盤門居民最少，城外又無市廛，荒涼殊甚，故蘇諺謂之「冷水盤門」云。咸豐三年，金陵不守，姑蘇亦戒嚴，各城門日落即閉，而盤門尤早。有某生者，於清明前數日出盤門，至鄉間展墓，及歸，門已閉矣。正躊躇間，有二人踵至，觀其裝束如公門中人，笑而問曰：「先生不得入矣，城外有居停也無？」告之曰：「無有。」二人曰：「我家不遠，盍偕往一宿乎？」某生喜，隨之行。行未半里，即至其家，同入書室中，曰：「君未夕食，得無饑乎？」乃出，以茶一甌、點心兩疊子來，殷殷勸食。食已，坐而共話，竟不言寢，室中亦無牀榻。旋聞比舍人語諠襍，問何事，曰：「鄰有病人，恐不起矣。」及人定時，一人袖中出文書，謂某生曰：「請先生呵氣一口！」從之，其人仍納諸袖中，起曰：「吾二人有公事，宜即去，先生留此，待天明入城可也。」又曰：「我等去時，與常人有異，然無與先生，勿怖也。」乃走出，至庭中，矯首頓足，其身頓長，俄頃之間，高過於屋，從屋上蹈騰而去。其一人從之，厥狀亦然。某生駭極，不知所謂。未幾即聞哭聲，知病者死矣。此書室即死者之家也。有人入此室，見之疑爲賊，又見案上茶甌及疊子，喈曰：「曩者內室中失此物，爾所竊乎？」將執之，某生力辯始免。天明，踉蹌而歸。某生所遇，殆即俗所謂無常者歟！其所持冥牒，必須生人呵氣，此何理也？且亦安能盡得生人爲之呵氣乎？幽冥之事，蓋不可曉矣。

高郵某君，曾爲蜀中一縣令。咸豐初，引疾歸。一夕，獨坐書室中，忽有人入室，請與偕往。問所之，曰：「四川也。」某君從之出，門有肩輿舁之行，其行如飛，俄頃即至江干，則已艤舟而待矣。登舟解維，轉瞬已至九江。又舍舟而陸，由江西、湖北而至四川，計其爲地，已數千里，而其爲時則食頃也。既入城，至一公廨，導之坐。西廂有舊時長官某臬使、某太守在焉，皆顏色愁慘，問之不答。俄傳王者出御殿，即召之入，問：「某獄，爾知之乎？」曰：「知之。」蓋此獄臬使與太守得賄，冤殺數人，某君力爭不得，其引疾歸，即以此也。乃具言本末，王者曰：

「爾耿介可嘉。」命仍送之回。又聞傳臬使與太守入，詰責甚厲。回顧此二人者，皆縮小如嬰兒。須臾，有檻車載二人出。某君亦出。遇一友，故與同官蜀中者，友云：「我即將之官，不及與故人敘契闊，奈何？」問：「君居何官？」曰：「我揚州府城隍。」指檻車中人曰：「某某之獄，即使我治之。我不得久留，然我與君亦非久別，明年七月某日，君爲某處城隍，我兩人仍爲同官也。」言已別去。某君遵舊路回家，則死已逾日，至是復蘇。以其事告人，自云不久人世矣，人猶未之信。至明歲及期，果無疾而卒。

杭城無妓館，間有女閭，非有導者不能入其門，故杭諺謂之「鐵門檻」。寧波某生喜冶游，而性頗長厚。以應試至省城，試期尚早，枯坐無聊，偶動尋芳之興，倩友人導至一家。室有少婦坐而刺繡，一媪旁坐，問之則姑婦也。某視少婦，膚色如玉，瘦腰纖趾，盈盈可愛。乃出金畀媪，使治酒食狎飲。既久，燭將見跋，其友辭去。媪與少婦導客入房，媪亦避出。某引少婦並坐，燈前撫摩謔浪，將緩其結束，婦羞甚，至於泣下。某駭曰：「爾爲此態何也？」婦曰：「我父我兄咸列膠庠，我舅我夫亦諸生也。以皆早世，致我煢煢弱質一旦至此，追念逝者，能不傷心！」某聞之，亦淒然，曰：「然則爾何故甘心爲此？今幾次矣？」婦曰：「我姑無食，屢勸我作此事，重違姑意，勉強相從。今才初次耳。」某呼之曰：「嫂既欲守貞，何敢玷辱！」乃出數金贈之，曰：「所攜無多，聊以此佐堂前甘脆之奉，吾去矣。」即從後門出，而夜色迷濛，不辨途徑。時大亂之後，城中亦多荒僻之所，躑跛久之，忽見一小屋，微露燈光，中有諷誦聲，因叩門問途。門啟，延入，則一叟也。一少年方伏案作文。叟自言某姓，少年爲其子，「今科主試者某公，吾素識之，故出此題，使吾子揣摩其所好而爲之，然猶未得也。」某視其文極佳，乃曰：「賢郎之文，我所不及。」叟猶以爲未邪？」叟曰：「然。子如不信，吾試爲改之。」即援筆就案頭點竄百許字，曰：「如此庶乎可矣！」某再讀之，不勝嘆服，曰：「叟真斫輪老手也。」吟諷不置。叟笑曰：「君既愛之，敬以奉贈何如？」某喜甚，即於燈下讀之，疲極假寐，不覺酣眠。及醒，則朝暾已上矣。乃在土阜之下，初無屋宇，知所遇者鬼也。因思昨所游婦家，與叟同姓，得無即其舅與夫邪！反至婦家詢之，面貌符合，爲之悚然。歸取數十金贈其姑，且謂之曰：「爾婦貞潔，勿強以苟且之行。」及入闈，竟遇是題，即録其文於卷，榜發魁也。復措千金畀其家。

蘇州山塘有甲乙二人，甲素耿直，而乙則流蕩好狹邪之游。一日薄暮，會飲於友人所。乙先歸，行至聞德橋，見一小家微露燈光。近視，則自大門至於内室，門户盡啟，而不見一人。異之，姑入而覘焉。經堂入奥，有一女子坐牀上，華容盛鬋，姣孋無雙。乙入，女子邀與並坐，且曰：「夜行良苦，此間衾枕見成，何不少憩？」爲代脱外衣，搭椸架上。乙甫將就枕，忽有執燈而至者，女子驚起避之，其人即甲也。甲見乙癡坐橋欄，問坐此何事，乙曰：「君壞我好事不小。」甲笑曰：「此橋上有何好事？」乙始悟身坐聞德橋欄，衣服即在身旁，向之所見，一時消滅，知爲遇鬼，踉蹌而歸。使非甲至，乙其危哉！

吴江顧生，因應試至蘇，寓吉利橋畔。其旁有茶肆曰錦鳳樓，飯後無事，偶往喫茶。至則坐客滿矣，惟屋隅一卓子，止有老嫗偕少婦共坐，無他客，顧往參坐。嫗即與顧閒話，久之頗浹洽。嫗曰：「此間無味，郎君如有興，何不同至我家，當烹佳茗相待。」顧欣然從之。既至，導之登樓，樓上陳設亦頗精雅。其時爲道光季年，鴉片煙已盛行矣。榻上煙具存焉，請試嘗之。辭以不慣，嫗曰：「偶然游戲，何傷乎？」命少婦燒煙奉客。顧甫登榻，嫗脱其屨，曰：「任意眠坐，無拘束也。老婦有事且去。」嫗去未久，聞樓下叩門聲甚厲，少婦遽起下樓，生疑焉。施從其後以下，跧伏户後。少婦啟門，則有男子三十餘人闖然而入，問人在何處，少婦曰：「在樓上。」乃悉登樓，顧因乘間逸去。蓋蘇俗往往有以婦女爲圝者，少年子弟誤入其中，必盡取其服物，且迫使書借券，或數十千，或數百千，乃始釋之。諺謂之「仙人跳」云。

蘇城海宏寺，亦古刹也。有某甲住修仙巷，相距甚近，與寺僧時相往來。一歲冬日，甲晨起無事，訪僧閒話，入其門，無人門焉者，因入至最後一院落中。聞僧在隔院呼取剪刀，嗷然應者女子聲也。從隔子中竊窺之，則見僧披大紅縐紗狐白氅衣，立梅花下，有粉白黛黑者十餘人環列其側。大驚趨出。甫至家，而僧使人以一盒餽。啟視，則白金一百兩，利刃一柄。甲會其意，受金反刃，并以紙畫一瓶復之。後遂不敢復往。此事在咸豐之季。及同治中，寺僧以事得罪，官盡逐之，改寺爲管糧通判署，甲始與人言其事焉。

烏程鄭夢白先生祖琛，道光中以藩司居憂，甲辰歲服闋入覲，將至京師，宿於長新店。甫入室，有客求見，視其名刺，則故人也。欣然延入，坐談良久而去。未幾，外報此客又求見。疑其尚有未盡之辭，復出見之，則殊無所言，又坐良久而去。先生倚隱囊方謀小憩，而外報此客又至，厭而辭焉。客固以請，不得已，又見之，謂曰：「君數來，將何以教我邪？」客曰：「君視我誰也？」視之，則竟非前客，面目清癯，修髯及腹，殆神仙中人也，悚然異之，不知所云。客曰：「君第一次所見者，某人也；第二次見者，非某人，即僕也。僕欲有言於君，故幻其形以求見。又自惟交淺言深，故欲言而仍止。退而思之，此事所繫甚大，不敢不言，故又來求見也。」問將何言，客曰：「僕乃天狐也，竊聞天曹之議，世間劫運將至。君此次入都，不久即膺節鉞。將來數百萬生靈之命，皆在君手，千萬留意。」言已不見，先生爲敞罔者久之。是歲，即拜陝藩之命，由陝藩遷滇撫，俄移節粵西，而洪秀全之亂起。方其萌芽之始，猶可撲滅，先生思客言，不敢輕舉，遂以因循釀禍，毒流海内。此狐既不惜一再求見，何不直言正告，而爲此模棱之辭，使人誤會其意歟？殆亦由陽九百六厄運，固不可免乎？或曰京師宣武門外有屋一區，舊有狐祟，先生居之則寂然。及去，祟如故。或恚而詰狐，狐曰：「數百萬生靈皆送其手，吾曹能不畏之？」斯語也，蓋即由此事傳訛，而非其實。余所聞於鄉人者，不爾也。先通奉公曾主先生家，先兄壬甫太守又曾入其幕府，其子姓輩有爲余同年生者，余於道光中嘗一見之。先生固長者，而亦素有吏才，晚任封疆，遂膺嚴譴，且爲世詬病，亦見疆吏之難爲也。

寶應城東門中有屋一區，故劉氏屋也。余同年生王文勤公幼時讀書其家，偶食花椒，見其青葱可愛，乃以一枝插地上，曰：「若吾他年讀書有成，則此枝當活。」後椒果活，閱三十餘年，竟成大樹，高過屋檐。文勤以道光丙午登賢書，庚戌成進士，同治中由編修擢浙臬，俄移粤藩，遂遷閩撫。而此屋亦歸於王氏，其樹猶在，盛於在劉氏時。僉曰：「此王氏之祥也。」久之，或言椒不留子，其苞一啟子即墮落，恐不利於子姓，乃議伐之。余長女爲文勤之仲子婦，力阻之，不可。未及二年，文勤自臺灣歸，卒於福州；妻劉夫人先文勤二月而卒：其效可睹矣。

律曰：妻在，以妾爲妻，杖九十。若妻已不在，則律無明文，似所不禁。然余親串中，有妻亡之後欲以妾爲妻者。其家欲得余舅氏姚平泉先生一言以決斯議，許以千金爲壽，先生竟不許也。余在河南時，聞有陶觀察者妻亡，有四妾。一妾年長矣，内政悉主之，内外無閒言。觀察將以爲妻。既有成議，命縫人爲製命服。服成，觀察使其弟親齎至内室，以授其妾，蓋重之也。妾方坐，竟不爲起，睨而言曰：「置几上。」弟出大怒，謂其兄曰：「此人甫得志，無禮至此。異日尚可問乎？」兄以爲妻，弟不以爲嫂。」力持不可，竟毁前議。然此妾素謙下，不失禮於人，不知此日何以如是，殆不克膺受是福，故鬼神奪其魄也。余家有一婢，始嫁一貴人爲妾，不數年正位中閨，服一品之服。此婢乃六合人，咸豐中六合失守，隨其父母至蘇州，入難民局，内子姚夫人買得之，才七八歲耳。後其父母亦不知在亡，而此婢每卜問其父母安否，蓋在婢妾中爲有人心者，宜其有是福歟！

蘇州滸墅關之西鄉，有巨蛇出没河干，人多見之，莫敢捕也。光緒庚辰夏，其地之人多生瘍者，或曰：「是中蛇毒也。」乃募能捕之者。於城中得三丐，甲其師也，乙、丙皆其徒，索錢甚多，鄉人醵與之，乃往。乙、丙荷一篰以從。既至，探得蛇窟。甲命乙、丙分立左右，而自啟其篰，中貯蜈蚣無數，甲盡取食之。須臾，自頂至踵皆腫。甲閉目運氣，久之，其腫處皆消，惟右手食指與中指則大幾如股。即以此兩指探入窟中，已而用力拔出，乙、丙亦各曳其肘以助之。指出，蛇隨之出，則已斃矣，猶齧甲指不釋。乙、丙去其蛇，以藥水洗之，兩指旋復故。蛇長丈許，粗倍人臂，其色黑暗如炭。聚薪焚之，臭聞數里。此三丐者，其技亦神矣。

上海有某氏女，自幼從鄰媪學繡，呼之以乾阿嬃。及年既長，媪猶以女視之，每小疾，痛愛惜，調護過於其母。女偶病，月事不行，媪甚憂之，語其母曰：「滬上無良醫。天下之良醫，無過於西洋人。西人於城外某所闢一館，施醫藥，盍往求治乎？」母然其言。即使媪與俱往，賃肩輿二以行。辰而往，申而反。是夕，女即雉經而死。母哭之慟，媪亦哭之慟。然母甚疑焉。密呼輿者問之，輿者曰：「其日甫出城，媪即與女改坐東洋小車，使吾曹待於城闉，不知其所之也。」母益疑，乃使輿者物色推東洋車者而問之，則曰：「媪與女乘吾車，至一家，有小門。叩之，一嫗出，手執菩提子，口誦佛號，導之入。即予吾錢，麾使去，不知其後如何也。」轉展推求，卒無端倪。蓋滬上恒有密室，爲男女幽會之所。狡童淫女，白晝宣淫，又廣布雉媒，使相羅致。疑此女墮入其中，以致失身，故慚而自盡云。

蘇城之初復也，有貧士避寇而歸，孑然一身，無所棲止，恒寄宿於相識之家。忽有延之使教其子者，喜而就之。始至亦甚相得，未及一月，其主人語士曰：「明日吾家有事，而屋舍狹小，雖書室亦須灑掃以待賓客，願先生暫歸一日。」士曰：「諾。」仍寄宿於所識之家，越日而反。已而又將一月，主人語之如前，士不得已從之。已而又將一月，主人語之又如前，士乃實告曰：「某在城中，固無棲泊之所，曩者寄宿所識家耳。然是家亦無餘屋，吾一往再往，實非所便。此書室既合讓客，則無論何地，但可容一榻，雖廡下不辭。」主人跱躇久之，曰：「吾屋狹小，先生所知也。無已，則後有一室，素來積貯薪蒸，今稍糞除爲先生布席於彼，可乎？」士曰：「甚善。」是日初昏，主人即導之入其室，且語之曰：「先生扃户酣眠，或有所聞，切勿窺觀，彼此非便。」士謹諾之，而轉展不成寐。及乙夜，便聞外間人語諠雜，不知何所作。私出窺之，見中堂陳設一新，其正中安一榻，榻有小几，左右各設裀枕。主人及其眷屬，又有外來賓客甚衆，皆鵠立於堂，若有所伺候者。良久，乃聞曰：「至矣，至矣。」衆皆趨出待於庭。又良久，乃見一客自外入，肥黑多鬚，裝束詭異，徑登堂，坐榻之左畔。旋有一女，豔服出自西房，視之，即主人之次女也。女向客扱地而拜，拜已登榻右畔，與客並肩而坐。於是主人及其眷屬及衆賓客，皆以次入拜，客與女高坐受之，略不答禮。拜已，序立兩旁。旋有數人舁一案至，其上有飲食之物，凡數十品。主人奉一器跪進客，主婦奉一器跪進女，於是堂上立者皆跪。客與女略嘗即止。又以一器進如前，凡進十餘品。止不進，殆由客止之也。前數人仍舁案出。客起女亦起，客攜女手入東房。久之，淫褻之聲達於外，主人及衆客咸屏氣待之。約兩時許，客與女攜手出，客裝束如初，女則亂頭粗服矣。仍坐榻上，主人主婦又跪進一甌，不知爲酒爲茗荈也。

客與女飲畢，皆起。客出，女跪送於堂，客掖之起；主人及衆客跪送於庭，則不顧也。客去，乃始闃然而入。士懼爲所見，潛入後室卧，不知其後如何。明日出視，則一切如舊，昨所陳設皆不見矣。士私計此非善地，越十許日，託故辭去。數月後又訪之，則其家亦遷徙，不知所之矣。此蓋所謂邪教者，但不知其名目，且蹤跡詭秘，地方長吏無從知之，宜不能禁也。

孫君長齡，字壽伯，乃補山相國文靖公之曾孫。與余家有連，故自幼相熟也。其生前即爲冥官。每至冥中治事，輒瞑然如睡，或一宿或再宿而醒，問所事，不言。道光二十九年十二月十一日，孝和睿皇后崩，時江、浙未奉明文，而部中藍印文書先至，咸知國有大喪。然其時成皇帝春秋亦高，群情擬議，未知其審。壽伯乃以《國策》觸龍稱趙太后之例微語人曰：「媪也。」是夕至冥中，大受箠楚，責其漏洩。及醒，兩股青紫，卧月餘乃能起。或疑冥官何至受笞刑，余謂昌黎詩云「簿尉卑官不堪説，未免箠楚塵埃間」，冥中或尚沿唐制歟？惟其時詔書頒行天下，近京諸處咸已聞知，江、浙間距京師稍遠，故未及耳。此非當秘密之事，雖有漏洩，未足深罪，竟被冥刑，何歟？余同年謝夢漁給諫增亦爲冥官。謝性率易，每以冥中事語人，無所忌，不聞其以漏言獲罪也。光緒初，盛京將軍崇公卒。崇名崇實，字璞山，亦庚戌同年也。未卒前一月，謝語人曰：「璞山其不久乎，吾昨已於冥中見其魂矣。」人不以爲信，逾月而遺表聞，乃信謝言之有因也。

卷十二

高玉新、賈助之，皆山東福山縣人，於京師西單牌樓同開豬肉店。高行二，賈行三，各以行第相呼。始極相得，後有違言，積成讎怨。某年某日夜漏將盡，賈猶酣睡，高執利刃連斫之，傷顱及額，登時殞命，高到官自承不諱。而問官寬厚，欲改故殺爲鬭殺，免高之死。乃微以言導之曰：「汝兩人素相得，何因口角細故頓起殺機邪？」高對曰：「昨得一夢。」官怪其言不倫，問何夢，對曰：「昨夢賈老三來，云：『高二兄，我死甚苦，汝必爲我伸冤。』」官察其聲非高之聲也，而高再三言之不已。官曰「然則斫下汝頭顱，便可與賈老三伸冤矣。」高搕頭曰「搕頭」二字，見《太平廣記》卷四十二引《逸史》：「謝大人明斷。」官悚然，知附高而言者，即賈之鬼也。於是論高如律。

四川富順縣民婦李氏，與傭工彭姓者有私。李有子學賈於外，其婦未婚也，而育於夫氏，名曰順英。李遇之虐，順英遂亡去。有木工黄姓者，留之以爲妻，距其家百里矣。順英之兄自外歸，不見其妹，訟於官。官拘李與彭問之，得其姦狀，則曰：「是必殺順英以滅口也。」會其地三四里外有陂池，深丈餘，浮一女屍，兩手反縛，縋以巨石，其面目爲魚所唼喋，不可辨。官曰：「是必順英。」李與彭大受搒笞，皆誣服。獄成，臬使蘇公廷玉疑之，曰：「見屍之日，距李謀殺順英之日，百有三旬。屍未潰爛，何邪？是必非順英。」執不可，衆議皆以蘇爲迂。俄而順英自歸，已抱子矣，乃皆嘆服。而前所見女屍，則莫知爲誰。久之，知有夫婦同行，中途反目，婦投池死，夫舍之去。池主畏累，以繩反縛之，將負至他處，又畏人見，遂縋石而沉之云。此事見蘇公所著《從政雜録》。蘇字鼇石，福建同安人。余謂李氏之獄，非得蘇公力持，必有冤死者矣。屍猶未辨，而遽以定讞，可乎？惟池中女屍，恐别有故。夫婦反目，何遽輕生。婦既死矣，夫必買棺斂之，何遽掉臂而去邪？此事大有可疑，當時亦姑弗深求耳。

光緒六年，錢唐庫吏何培，以徵收錢糧擅改科則爲鄉民所告。巡撫譚公震怒，執何培殺之。事後，有言培於五十歲時，至天目山禮佛，山中老僧語之曰：「居士來此大善。既來此，不必下山矣！可作書寄家中處分家事，留此與老僧焚修，亦無須削髮，且作靈山會上一優婆塞，亦足遠禍全生也。」培不解其意，應曰：「固所願也。然家事甚多，必須親自料理，俟諸事粗了，當再來耳。」僧搖首曰：「此去安得再來邪？」培歸，未三年而及於禍。此老僧蓋先知之矣。

咸陽文古玉，字嚴山，年逾知命，而好學愈篤。嘗游學浙東，至黄巖，游九峰山，見紫雲峰下有洞嶔岈，在絶壁間，因攀援而上。至則有門甚小，傴僂入之，中多蝙蝠，色皆純白，大有如車輪者。行百餘步，又有門半闔半開，側身而入，則風日清和，平疇千頃。時方秋杪，其中氣候乃似春夏之交，桑竹陰翳。民居亦稠密，惟道上行人稀少。遥望數里外，有高山上矗霄漢。循塗而往，山麓有石坊，刻篆文曰：「無可又之鄉。」即於坊下小坐，又摳衣而登。可十餘里，有一廟，廟祀許由，配以洨長。問廟中人，乃知近村居民，皆太岳之後也。廟旁有酒盧，因入沽飲。見飲者甚衆，皆衣冠都雅，言辭高古，不甚可解。末坐一少年獨飲，揖而問其姓氏，自言王姓，年二十四歲。叩所學，少年云：「僕幼無所知，惟嘗用力於《周易》《老子》二書，私爲之注，亦未敢自信也。」問此山何名，少年曰：「是名中天山，高逾萬仞。山巔有不死之藥，四方奇花珍木，無所不備，有神人守之。登高而望，則東南大海，西北河源，了了在目。然僕亦未嘗躋其巔也。」古玉甚異之。時日已下舂，乃解佩玉付酒家爲質，别少年而歸。出洞門，則依夕矣。幸有月色，捫藤引葛，僅乃得下，借宿於僧寺。與僧言之，僧皆欣然欲往。次日，復尋舊徑，則石壁千尋，無復洞門矣，乃以酒錢置石上而反。及至寺，有玉自溪水順流而下，取視，則即昨留酒家爲質者也。此事王子莊孝廉曾筆之書，王姓少年，必王輔嗣無疑。《太平廣記》卷三十九引《廣異記》載麻陽村人事，其所遇老翁爲河上公，守門童子爲王輔嗣。然則此等事，古書固有之，不得竟以爲虛誕也。

黄巖縣瀕海，其民築塘禦潮，有頭塘、二塘、三塘、四塘、五塘之稱，俗語轉爲蕩。自四蕩以下，其地荒涼多鬼魅。同治之末，有人家娶婦，成婚之次夕，方宴賓客，新婦忽起從後户出，家人尾之。其行如飛，竟越竹園而去，釵珥之類皆罥竹葉間。竹外有池，撈漉無所得。列炬四照，見田間有女人足跡，相距輒數尺，斜迤從東南去。窮所往，得之半里外溪水中，已僵立而死。此王子莊孝廉門人施榕所言。新婦之夫，乃從學於施生者也。

同治中，臨海縣民比年癘疾，過大暑不瘳，乃於次年相約爲送船之會，亦其舊俗然也。其船如商船之式，船具如桅檣舵艫，用具如桌椅牀榻、枕簟被褥，食物如雞彘魚蝦、米穀豆麥，備禦之具如刀矛槍礟，無一不備。惟盛米之袋甚小，僅受一升，而數則以萬計，皆郡民所施也。前大暑數日，大建道場。至大暑日，送之出海，聽其所之，俗呼爲大暑船。嘗有海盜夜遇之，以爲商船，向之放礟，此船亦放礟禦之。至天明，始知爲大暑船，大驚而去。後此盜船爲官軍所敗，群盜悉就俘無脱者。又福建某處有賣米之牙行，一夜有叩門以米來售者，擔夫數十人至船中起其米，達日而米未盡。米袋大如五石瓠，荷者肩爲之赬。天明視之，則小如碗耳。有父老識之曰：「此臨海大暑船中米也。」即日疫癘大作，禳之始已。余從前客休寧汪村時每年四月間，有打標之俗，亦所以逐疫也。糊紙爲船，無物不具，但皆以紙爲之耳。焚之野外，云送之游西湖。俚俗相沿，可發一噱。然亦有於徽河中親見是船者。昔有貿布之客，曾附之至杭州。至今紙船之尾有一人負布而立，手持雨繖，如賈客之形，蓋以識其靈異也。臨海之船，竟是真船，宜其靈異更著矣。

王子莊孝廉，居黄巖之柔橋。其地有廟曰東阮，祀晋阮嗣宗，或曰即白龍山之神也。道光甲午歲，黄巖縣中盛行花會。花會者，書三十四古人名，任取一名，納之筒中，縣之梁間，名曰作去聲筒。主之者曰筒官。人於三十四名中自認一名，各注錢數投入櫃中，謂之納花會。所認之名適合筒中之名，則筒官如其所注錢數，加三十倍以酬之；不中，則如所注之數入錢於筒官。老少奔波，一邑若狂，因是又有降童之事。降童者，焚符降神，求示機兆也。神依人而言，所依之人謂之童身。神降，則童身自倒於地，口吐白沫，俄而躍起，竟登神坐，謂之上壇。於是衆皆羅拜，求神指示，神輒示以隱語。酬對既畢，童身又倒地如初，謂之退壇。人依神言，射之往往有中者。故凡納花會者，無不降童。所降之神非一，而小老爺尤著靈異。小老爺者，俗言觀世音菩薩之弟也。人有所問，必回身向内，久之而後答，蓋問其姊云。柔橋之人即降童於東阮廟中。小老爺甫降，而村民王廣榮忽自田間趨而來，則東阮之神憑其身矣，小老爺倉皇退壇。廣榮傳神語，責父老招致邪神，褻瀆靈場，父老皆叩揢不遑。神自言能治人病，由是問疾者麇至。廣榮雖或耕於田，樵於山，賈於市，而廟中有人問疾，甫焚香默禱，無不應時立至。其人初不識字，至是輒能爲人處方，悉中肯窾。有群醫束手、服神方而即愈者。由是香火日盛，乃新殿宇，門樓廊廡，焕然一新，皆取給於香錢。而王廣榮者，固不私一錢也。當是時，各村神廟俱有此等事，然皆以花會爲主，間或賜方，亦不甚驗。惟東阮廟，無敢以花會問者。越一二年，諸廟之神皆不降，而東阮降神者垂三十年，至同治甲子歲廣榮死，始絶。

王子莊孝廉，於光緒丁丑歲六月十一日夢過其友張子遠所，子遠示以雜文一卷，内有𠀤説二篇。其一乃王君仁堪所作。其文云：蓬萊、方丈之間，有神人焉，造飛樓於瀛洲之溪，距水尺咫。藐姑之仙來游，坐而濯足，甚自得也。邀赤松子同觀焉，赤松子曰：「是太迫水，宜升而高之。」於是神人崇其樓三尺。王喬飛舄而至，曰：「美則美矣，尚病其庳也。」於是復崇其樓三尺。洪崖子曰：「高則高矣，登樓而望，方丈蔽其前，所見不曠也。」於是復崇之三尺。蓋距水逾丈，而方丈之山弗能蔽矣。俄有海舟過其下，檣與甍齊，不能進也，於是神人又崇其址十倍，蓋距水十有三仞六尺有咫云。既寤，其文歷歷可記，而莫測其旨。王君者，是年成進士，廷對第一人也。子莊曰：「此所謂『巨鼇贔贔，首冠蓬山』者也。」王君大魁，應其兆矣。[illegible]字其外類井，其中類亞，不知何字，夢中讀如倪音，實字書所無也。子莊有《枝言》内外篇，皆紀異之作，以余徵求異事，録以示余，余採取數則。如此篇者，與前所書文古玉事，並不知其爲寓言、爲實事也。

翁君廣平，字海村。於戊戌之春客於乍浦，偶步野外，見衆人皆西走，問之，曰：「西海塘之外，海臺出見也。」海臺者，俗呼海市也。因隨之往。見塘外煙霧中，隱隱有樓臺之象，其中有若宫闕者，有若寺觀者，有若民居市廛者，有若驛舍郵亭者，以千百計，横亘十餘里。是時霧氣猶重，未能悉見也。少焉豁然開霽，屋舍後起一複道，如長虹，有輿馬行其上。而屋舍之簾幕卷舒，窗户開闔，與夫士女之會聚燕飲，或盥漱，或櫛縱，或坐而眺望，皆歷歷可數也。其東有平原，若演武場，有操弓矢者，有執旌旗者，騎而馳驟者，步而擊刺者，又有若大官鳴騶清道而至者。其外又有若市井交易者，負者、戴者、坐者、趨者，亦歷歷可數也。稍遠又有若城郭者，有若大船帆風而行者，莫能窺其際矣。俄而一峰突起，有雲氣環繞之，殷殷然有雷聲。其中忽湧出七級浮屠，上插霄漢，鈴鐸動摇，光彩照耀。而其雲氣之變幻，莫能名狀也。久之，昏霧復起，海風亦作，所見之象，倏歸烏有矣。翁君有《觀海市記》，余同年暴梅村之孫式昭字方子者，録以示余。余撮其大略如此。翁君爲震澤平望鎮人，蓋在乾、嘉間，所云戊戌春者，不知爲何年也。

西湖南高峰之下有五老峰，相傳有虎穴，俗呼謂老虎洞，然亦罕有遇之者。道光某年，有高氏於其地營葬，百杵俱舉，邪許相聞。俄聞虎嘯聲甚厲，衆皆奔走恐後，工遂輟。高氏患之，募求能得虎者。其附近有翁家山，山中人多膂力，應募捕虎。先用一木盆，置大銅鏡於其中，烈日照映，光焰上騰，若火起然。於是山中之蜂飛集以萬計，咸遺溺於盆中。土人言：「蜂見火起輒來救，遺溺所以救火也。」如是數日，積溺盈寸。乃捉一蝦蟆，以溺少許著其身上。蝦蟆中其毒，跳一步而死，則虎中其毒，亦跳一步而死；蝦蟆跳數步死，虎亦跳數步死。以是試之，率不爽。乃伏巨弩於虎出入之處，弩末以蜂溺塗之。一人升樹杪觀動静，又數十人執火鎗伏山下，與之約，聞山上爆竹聲，則奔赴。是日虎不出。次日聞虎嘯聲，有一倀鬼先出，至伏弩所曰：「此不利於大哥。」即移置他所。又前行，樹上人俟其去遠，下樹置弩如故，復升樹。而虎至，觸機弩發，虎中其毒死。倀鬼聞聲復還，見虎已死，仰視有人在樹杪，踴躍欲上，人擊石取火然爆竹，響振山谷。山下所伏人皆上，咸發火鎗，倀乃逃去。衆人荷虎以歸，高氏厚賚之。

汪圻，字子封，湖州人，就館於宣化府。偶小病月餘，一夕夢有人語之曰：「請速赴任。」夢中即從之出，肩輿已俟於門。荷之者四人，其前亦有旗纛之屬。俄至一處，似人間衙署，門塾堂廡規模略具，然頗隘小。堂上設公案，置印其上，贊拜如儀。遂登公坐，吏役參拜，按籍呼名，點以硃筆。事已，退入内，則小屋三間，有二僕爲之執役。須臾具飯，饌以四簋，切豬肉作絲，蒸雞卵作餅，餘則蔬菜，其味悉如人間。飯飽之後，一無所事。既無公牘披閲，亦無吏胥稟白。視其印文，曰「八達嶺分司之印」。印雖在匣，從不啟用。兩餐之後，解衣就枕，甫合眼，遽然覺矣，則仍在宣化郡齋也。是日仍病卧如常，及夜而卧，則又在彼矣，情景一如初至時。如是月餘，汪頗厭苦之，乃語二僕曰：「吾不欲來此，得乎？」僕曰：「當問之吏胥。」已而來，言曰：「官既不欲，即亦不强。」出藥二丸授之，曰：「服之，則不來矣。」乃吞之，忽如夢醒。自是遂不復至，而病亦從此若失。後汪以巡檢需次直隸，嘗奉使至宣化，過八達嶺，有旋風起於車前，疑其故吏猶來迎候也。越數年，又過之，則無復斯異，蓋日久浸疏矣。

紹興有孫氏婦，嫠也，年且五十矣。與比鄰徐叟通，生一子，不忍棄。而婦有女已嫁，亦早寡無子，乃使女子之。女甚喜，託言得之育嬰堂者，撫之如所出。子五歲不能言，而性甚悍。年浸長，恒操刀與母鬬，女患之。其母適至，女以告。時女之夫族有在坐者，曰：「此兒本非己出，又悍無人理，養虎畜狼，甚無謂也，不如逐之。」母素愛此兒，不信女言，斷斷與辯。兒忽大聲謂女曰:「我本爾弟也,何得子我?」母女皆失色。族人以其素不能言,亦甚駭異,細詰之,則復不語矣。知其有異,亦不窮究。於是復留數年,年益長,性益暴,而是時其母已與徐叟合而同居若夫婦矣,女之夫族竟以此兒歸之二老,二老亦受之不辭。兒歸徐,遂能言,與常兒無異。今尚爲木匠云。

杭州清泰門外有士人徐彭宣者,夜飲醉歸。過社廟之前,見廟中燈火輝煌,人語諠閧,異之,入而覘焉。見神坐堂上,吏役環侍,有按籍而呼名者,階下鵠立之人聞呼則應,各受一卷,魚貫而入。視其人多相識者,欲窮其異,因亦闌入其内。見諸人列坐東西,俄有人荷一牌自堂而下,牌上大書「自寫履歷」四字。諸人見之,皆蹙頞相顧,曰「難,難」。有頓足摇頭口張而不能噏者。徐意此最易事,何足爲難。遥望堂西偏有一人,乃其兄也,執筆而手戰,欲書又止者屢矣,喈曰:「豈吾兄善忘至此歟?」欲往語之,而邏者將至,懼爲所見,乃循牆行。至一處,署曰「受卷所」。中一人據案坐,則其亡友曹某也。曹見徐,驚曰:「子何來此?爲邏者所見奈何?速匿此!」徐入,因問其故。曹曰:「所謂『自寫履歷』者,使其人將生平行事,爲善爲惡,一一自書。若無所諱飾,是尚自知其過,猶可姑容,冀其悛改。小有不實不盡,則轉送冥司科罪,不能生還矣。」已而繳卷者紛集,略一展卷,率多惡而少善。徐思其兄素號端人,必無遺行。

及視其卷，則曾姦一處女，又嘗乾没人千金之貲，皆平素所未知者。未幾門啟，諸人皆出，曹急麾徐出，曰：「及此不出，即不能出矣。」徐趨出，履閾而仆，則身卧廟廡，東方白矣。歸省其兄，則夜間寒熱大作，昏不知人，黎明汗出始愈。因詢以冥中事，兄茫然不知也。微以所見隱事叩之，兄大駭曰：「此十許年來未嘗告人者，弟何處得之？」乃以社廟所見告，因同至廟中，立誓懺悔。今其兄年五十餘尚在，或神許其改過歟！

王君半怡，乃余門下士王夢薇廷鼎之祖也。嘗乘舟經太湖之筲箕漊，風雷交作，黑雲四合，有五龍鬭於湖中，忽遠忽近。俄去船不及半里，湖水沸騰，船隨風而上者數丈，一落則水及於艫，舟子驚號，不知所措。王君雖恐，猶謂死生有命，手據船舷以觀其變。俄復有一龍至，滿身鱗甲，燦若黃金，盤旋五龍之間，擺頷張鱗，夭矯騰躍。其時風雷益怒，湖水皆立，五龍皆不能敵。有一龍向東南而遁，捷於箭筈，王君之舟爲其所攝，竟與俱去。約二十餘里，至錢家漊一古墓前，龍觸宰樹而墮。舟亦墮地，頭艫尾舳無不毁壞，同舟五人幸無傷失。龍仰卧墓上，鼻隆隆作聲，若甚憊者。大雨旋至，龍展轉良久，奮身一躍，復冉冉騰空而去。時已昏暮，五人者與舟子努力前行，遇男婦十數人，面目不可辨。問以途，曰：「前有陸家社，吾等皆社中人也，可從吾投之。」因尾之行。行五里許，果見一村落。及入村，男婦十數人一時不見。道旁有一廟，叩門而入，告以所苦，僧止之宿，且告曰：「君等墮舟處，即此村中陸氏之祖墓也。」王君私語同人：「頃所遇必陸墓之鬼。不然，此十數男婦何故於黑夜中冒風雨而行乎？」天明出廟，見有十餘人荷畚揭過門前，問之，皆陸氏子孫也。昨夜人定後，聞叩門甚急，啟視無有。及寢，又夢其先人語之曰：「墓域爲龍所毁，宜急修理。」故今往修墓也。王君語人曰：「吾言信矣！」

杭州陳香墅，四十無子。忽夢至一處，綠陰中有巨宅焉，四面皆樓，碧窗朱檻，繡幕低垂，少艾者列坐其中，臉檀眉黛，綺組繽紛。疑是青樓，徘徊不能去。突有十數人麇至樓下，或執秉秆焉，或執編萱焉，中一人持炬火指揮，使衆爇之。一時火烈具舉，焱焱炎炎，諸女號哭，有墮樓者。陳視其人，則同學友周子槿也。急叱之曰：「君何得燔人之屋？」力奪其炬，復揮衆使退。於是火熄，樓中人哭聲亦止，而陳頓覺，不解所謂。次日走訪周，欲告以夢。至則周適因齋前榴樹上有大蜂窠，偶爲所螫，命家僮以火攻之，陳悟所夢即此也。乃以夢告，止勿火。是夜，陳復夢數十女子拜於前，曰：「君全吾族，德莫大焉。君善人，必有後矣！」陳五十歲後果得三子。

錢唐朱振甫，居十五奎巷。光緒己卯夏，獨坐樓上。忽風雨驟至，朱起閉窗，爲暴雷攝去，家人無知者。雨霽登樓，失朱所在，見窗櫺有火灼痕，遺一履於窗下，舉家惶惑。大索，至樓後隙地，見朱已死，胸次尚温，面目焦黑，所衣白布短衫蒼黑成紋，似字非字，似畫非畫，皆莫之識。扶至牀上，夜半而蘇，問雷攝後如何情狀，不能言也。適其家有病瘧者，寒熱交作之時，偶以衫覆之，病若失，遂異而藏之。自後病瘧及疫癘，或爲鬼魅所祟，得此衫，無不立愈，踵門來借者無虚日。有餘杭某氏女祟於狐，因借衫去。甫入門，家人即見一物大如犬，自竇逃出。女在牀中聞硫磺氣，神識頓清，狐亦絶跡。於是朱之雷衫益加寶貴。庚辰夏，三聖橋有許姓者，其子忽得異疾，白晝言動如常，入夜則膚冷如冰，始而寒戰，繼以譫語。其語率操北音，索酒食，索衣服玩好。不與，則詈駡其父母，甚且毆擊；如命以進，則亦惟毁壞之而已。每自言，吾家世大富貴，宫室如何華美，服物如何珍異，又曰：「某達官，吾門下也；某富翁，吾奴隸也。」如是者嘵嘵達旦，天明乃已。問之，則云：「每至黄昏，即有一人面團而脰短，手持冷水一盂潑我頭上，遂昏然罔覺。凡所云云，皆不知也。」家人不堪其擾，擬借朱衫以驅之，則大駡曰：「吾乃天帝所使，風伯雨師且聽我指揮，區區雷燼之餘，焉能嚇我邪？」捽其母之髮而毆之，衆爲跪求始釋。次夕，有所親不謀於其家，衷朱衫而至。病者忽大喜，曰：「今夕得免矣。」問何故，曰：「此鬼縮小僅尺許，匿東北隅，股弁不止。且聞硫磺氣甚烈，豈室中有朱家雷衫乎？」其所親即出此衫，周麾於室，病者曰：「鬼已入溺器中而没矣。」自是遂愈。

錢唐伊生，娶妻楊氏。光緒己卯鄉試之前，妻忽得疾，百治不瘳。一日，作江西人口音曰：「予自江西奉真人府文牒，來浙江辦闈差，與汝有緣，故寄居於此。饑矣，速爲具食。」家人知其狐也，置瓜果焉。即剖一大西瓜，食之而盡，又食他果亦盡，仍索飯。飯至，盡數器。問之，則曰：「下咽即消，不覺其多也。」家人患之，而無如何。亦時見其形，一少年婦也。習見之，亦不爲怪。時學使者方録送遺才，伊患不取，問於妻，妻曰：「必取，但不高耳。」已而果然。伊又問：「場中題目，可預知乎？」曰：「不能。」再三問，則曰：「君無憂焉，吾亦當入闈，必來相助。」及入闈，無他異，但文機頗不蹇澀。既出，責其不助，曰：「已助君矣。」問中式否，曰：「恐未必也。」有虞、李二生，伊之友也，以闈中文質之。曰：「虞君，文中之豪；李君，文中之禪也。」問中否，謝不知。及榜發，皆不售。伊以告，妻曰：「余早知之矣。」榜後蹤跡稍疏，至第三日辭去。從此遂絶，而妻病亦瘳。

李欽，字又安，四川新都縣學生。與同學二人賃屋村中，習舉子業。夜聞几案有聲，以爲鼠也。晨起視之，書籍筆硯，皆有移動之跡。每夜皆然，疑有鬼物爲祟，召巫禳之。巫置鑼鼓於地，俄而自鳴；巫又削桃爲杙，植於地上，俄自拔起，擊巫之頭。巫無如何，竟逃去，遂不復禳。一夕，聞有磨墨聲，李大言曰：「爾既磨墨，必能作字，爾究何怪？盍書以告我。」明日視案上，大書「吾土地也」四字。至夕，衆乃祝之曰：「爾既爲土地之神，廟在何處？」書云：「在某處阜中。」如言發之，果得一神像。衆乃集貲爲建小廟，安神像於其中。已而案上仍有聲，衆曰：「神必與我等有緣，能吟詩乎？」及旦，果於案上得詩二章，頗秀麗可喜。乃和其詩，寫而焚之。自是日有酬唱之作。衆曰：「雖見翰墨，未接言談，能與吾輩共語乎？」室中忽有聲曰：「可，然須滅燭。」於是夜間欲與神語，輒滅燭。神雅善談論，經史異同，文章得失，下而醫卜星相，江湖術士之學，無不通曉。兼之勸善規過，言近指遠，衆皆嘆服，以爲益友。遠近聞風，暮夜咸集。有問疑事者，有乞書畫者，皆如願而去。如是年餘，衆曰：「吾輩可謂神交矣，然不睹風采，終爲恨事，能使一見乎？」曰：「然燭即見。」乃然燭，而三人者所見各異：一爲中年人，勝國衣冠；一爲老年人，服本朝一品之服；一爲少年人，巾服如明代諸生。一見之後，其象即滅，仍滅燭而與談。衆又曰：「既見風采，益深敬慕，君居何處？可許一往乎？」曰：「可。」遂與定期。及期，諸人就寢，夢步出村中，行半日許，便非復蜀中山水，觀其風景，如在燕趙之郊。乘車而行，薄暮始到。朱門洞開，緑陰市地，廣庭之内鶴舞猿吟。有老翁延客入，款接殷勤，陳設富麗。次日，又張筵以宴之，佐以音樂，席上果品，皆北産也。老翁各取數枚以贈，置懷袖中。又次日，仍循原路而歸，至所居始覺，以爲一夢歷三日矣。問之家僮，不過是日晨起稍晏耳，懷中之果累累皆在，境雖幻而物則真，咸異之。然自此神竟不復至。李晚年以醫游公卿間，頗有聲，爲人言其事甚詳，此其大略耳。或曰土地之神必不如是，殆狐魅託爲之，理或然也。

日本國人，多嗜食鰻。然雖嗜之，又甚畏之，曰「是有靈異，能爲祟」。故不敢自殺。凡啟酒肆者，必多畜鰻，以供人之求，代之操刀焉。嘗有醉客三四人，夜款酒家之門，時已三更，肆中人皆睡矣。客從門外問曰：「有鰻也無？」所畜之鰻於水中同聲答曰：「無。」主人大驚。至天明，盡縱其所畜之鰻，即日改業。又一酒肆善烹鼈，享其利有年矣。所生子女手足皆短小，不滿三寸，厥形如鼈，彼中人皆云殺生之報也。又有鬻豆腐者，其主婦憎一狗，沃以沸湯，狗體糜爛，叫號三日而死。時婦已孕，及期生一女，自右額至右耳生黑毛長五六分，鬈之復生。今已嫁矣，毛則如故。人多見之者，與狗毛無異。

莊邨翁，日本人，談者失言其姓名，不能知也。有一奴，性剛暴，曾於竹林中得一野雞之卵，拾歸煮食之。夜分聞奴號叫之聲，翁以爲中其毒，往視之，則有一蛇長六七尺，盤繞膺背間，奴力解不能脱，乃以刀斷之。天明，復煮食其蛇，後竟無他。世傳蛇雉相交，是生蛟。疑此卵雉母而蛇父，故蛇來求其子也。

日本有老嫗，畜一貓，甚愛之。而貓極饞，鄰池所畜之魚，爲其竊食無算。鄰以嫗所愛，忍弗言。一日嫗攜貓至佛寺，寺有武夫寓焉。方招客會飲，酒肴已陳，以客未集，故未就坐。貓登筵大嚼，杯盤狼藉，武夫怒甚，拔刀殺之。嫗聞貓死，走來抱貓而哭，忽中風疾，手足痿痹，寺僧送之歸。嫗自此日夜號叫，近聽之尚如人語，遠聽之儼如貓鳴，三日亦死。

日本有鬻蔬果者，夏日梨熟，晨起至園中採之。有一蛇盤繞梨樹，逐之不去，乃取巨石擊之，中其頭，立死。及還至家，其長女呼曰：「有數蛇追逐我甚急！」然其身畔實無一蛇。知所殺者爲祟，乃招佛會之友，環而誦佛號，使女坐其中。良久，蛇果不見。衆方欲散，而次女又啼呼如長女，復環而誦焉，次女曰：「蛇已去矣。」而三女復然，因誦佛如初，蛇乃絶跡，遂無他異。按所謂佛會者，中國多有之，聚男婦數十人同聲念佛，竟日而罷，不謂彼中亦有此風也。

日本人多食河豚而死者。俗云，中河豚毒者，埋土中一晝夜必活，然未之驗也。有一漁師，食河豚而死。其家極貧，鄰里之人醵錢買薄棺斂之，舁而置之郊外厝屋。厝屋者，爲小屋於曠野，賃於人以停棺。吾浙杭州城外多有之，謂之攢基，即此類也。夜半，死者忽蘇，而身已在棺中，幸棺甚薄，力掀其蓋以出。聞户外人聲諠雜，窺之，則數人席地而博。思借燈火歸家，乃啟户而出。博徒見之以爲鬼也，大駭，四散而走。所遺銀錢之類狼藉地上，不暇收拾，漁師盡懷之以歸。

日本有嫠婦，甚貧，節衣縮食垂三十年，積銀四十餘兩。人或假其銀三十五兩，行賈於外。俄而婦死，婦故有一女，鬻於人爲婢。婦死之夜，其女夢母來告之曰：「我已死矣，有銀四十餘兩。除某人所假外，尚存十餘兩在牀下，汝宜速往取之，毋落人手。」女驚哭而寤，即還母家，果於牀下得銀如數，而假銀者在數百里外，亦夢婦來言曰：「我已死矣，所假之銀必歸之吾女，勿與他人！」寤而訪之，知婦果死，不敢負，歸所假銀於其女。

日本西京有所謂平野巫者，皆婦女爲之。各有一木匣，方一尺許，從不啟以示人，不知其中何物也。能招死者之魂，與生人問答。嘗有鄉間一女子，與鄰舍少年通，生一子。父母恥之，蓄其子而鬻女於西京仕宦家爲婢。居無何，女死，父母如西京取其喪。檢箱中少一衣，疑爲人所廋，又以女死不及面訣，亦殊念之。乃謁巫者，請招其魂。巫焚香燭，祈於神，倚匣若睡。久之爲女語，謝其父母。問衣所在，曰：「此在家中某箱内，固未攜來也。」又曰：「吾兒腎囊，不必醫治，十三歲自愈。」蓋其子腎囊大如瓠，後至十三歲，果縮小如常。衣亦果在某箱内，悉如巫言。

日本某氏婦，因病而死，半夜忽蹶然而起，步向後房。衆大驚，疑其復生。或曰：「是屍變也。」皆從其後，以觀其異。婦至後房，抱一篋而倒。撫之，其體如冰，候其口鼻，了無出入之氣，未嘗生也。發其篋，亦初無珍異之物，惟有書一函。讀之，乃知婦生前曾與一人有私，此書即所歡者詒之。婦雖死而一靈不昧，尚念此書在篋中必爲人見，欲自毁之。而力已不能，適以自發其覆，可哀亦可笑矣。

日本有小村聚名曰長澤，有渠水貫其中，水極清，而深不過五六寸。村人某夜行，聞渠中有人言笑，以燭燭之，則其鄰叟也，不解衣而浴，曰：「快哉快哉，惜水太冷，宜益以熱水。」知其遇鬼，扶之歸家，始如夢覺。問其故，曰：「有人邀我飲於酒肆，飲畢復邀我浴於浴堂，甚覺暢適，稍嫌水冷耳。」

日本有一處，松樹成林，廣袤可二里許。吟風嘯雨，不見天日。曠無人居，亦無稻田蔬圃，遂爲狐魅所聚處。曾有人過其處，見一狐出自草間，採野花插頭上，拾落葉化爲衣，被之而行，宛然一好女子也。其人從之行，見此女入市，出錢買物，因從後呼曰：「此非人，乃狐也，勿爲所惑。」俄有人擊其背甚痛，女子即不見，市人視其錢，乃樹葉耳。又有農夫入市，買魚、肉諸食物，盛以竹筐，攜之而歸。過此松林，見有兩人斷斷爭論，問之，曰：「吾兩人拾得銀券，分之不可，故相爭耳。」農夫曰：「何不易錢而分之？」兩人曰：「吾儕未嘗入市，未知何處可以易錢？請君攜此券入市，易錢而歸，當分而爲三，吾兩人與君各得其一。」農夫大喜，乃置筐於地，曰：「我入市易錢，君等爲我守此。此地多狐魅，勿爲所竊也。」兩人曰：「諾。」農入市，以券示人，則一枯葉也。大驚，即走還原所，筐中之物已空，兩人者俱不見。張惶四顧，杳無人跡。

日本國神佛之廟，皆有靈牌。其製以紙爲之，大者六七寸，小者三四寸，上書某神某菩薩名號。國人咸佩帶之，謂可以備不虞，名曰「守護劄」。當我朝同治六七年間，其國中一日大風，有物漫空而下，如雪花之飛舞，及墜地視之，則皆靈牌也。又有銅石佛像及金銀銅錢，亦雜其中而下。其錢皆在花木之上，人家花盆中亦往往得之，黏著枝葉，搖之不落。一時舉國若狂，人家皆搆神壇，結神會，男服女服，女服男服，鳴鉦擊鼓，走於通衢，呼曰：「豈不好乎！豈不好乎！」老少奔波，填衢溢郭，如是久之始息。又有人家子弟，或五日或十日不歸其家。歸而問之，則曰：「有僧招之去，從某山，過某山，至某山。」率皆高山峻嶺，其所至之某山，則必素有神廟者也。計其程，則一日必行千餘里，蓋飛行於空中也。俗云，此天狗所爲。天狗者，彼中相傳多在深山窮谷古神佛之靈塲。其形如人，衣僧衣，執羽扇，鼻準高七八寸，背有翅。又有所謂木葉天狗者，觜如鳥，手足皆四爪，背亦有翅，如中國所傳雷神之形。賞善罰惡，其所司也。審爾則是神矣，不知何以呼爲天狗，而是時且爲人祟，又不知其何理也。彼國倘有《五行志》〔一〕，此等事在所必載矣。

《史記·天官書》云：海旁蜃氣象樓臺。日本國越中州有魚津港，港中往往見此象，每當天色朦朧，忽然而見。其色如淡墨，横亘空中，始止一層，須臾又見一層，或二三層，城郭樓臺，望之了了。亦有車馬馳騁，其中人物悉具，瞬息變幻，千態萬狀。然必無風乃可，有風即滅矣。其地兩山環合，海氣凝聚，故成此象。若外洋，則未有見之者。余前記翁君廣平觀海市事，兹聞日本人言蜃樓，故又記之，惜不及翁君所記之詳也。

日本國築前州海中，每有火，俗呼之爲不知火。余謂此不足異，《海賦》所謂「陰火潛然」者也。又其國敦賀港中，每歲除之夜必有神火，浮於海面者三。其光流走，倏爚不定，往來甚速，至丙夜則尤盛，土人謂之龍燈。每歲皆然，不增不減。此則可異矣。以上日本諸事，皆本其國人吉堂所録。吉堂姓東海氏，名復，在海外曾讀余所著書。及至中國，知余有《右台仙館筆記》之作，録此十數事，託余門下士王夢薇轉達於余，因粗加潤色而存之。余詩所云「舊聞都向豪

〔一〕彼，底本原作「被」，《校勘記》正作「彼」，今據改。

端寫，異事兼從海外求」，洵不虚矣。

《夷堅志》云：平江市人周翁，瘧疾不止，嘗聞人説瘧有鬼，可出他處躲避。是宋時已有躲瘧之説。光緒庚辰初冬，余在右台山館，從者余德病瘧，間日一作。三作之後，又屆當瘧之日。余德黎明即起，採桃葉七瓣，置諸髮際，望東三揖，即趨出。走蘇堤第一橋，而至淨慈寺，遂游雷峰塔内。將髮際桃葉取出，摘草束之，置諸地，祝曰：「爾曹居此，我去矣。」祝已，徑入城中，買酒飯，飲食醉飽，薄暮而歸，瘧果不作。是竟被躲過矣。然氣血壯盛者，方可用此法，否則未有不增劇者也《玉篇》：躲，丁果切，身也。不知何以有躲避之義。

余四歲時，自德清南埭舊居遷臨平之史家埭，賃戴氏樓屋三間以居。其東廂樓版下横木截斷其一，又以小方紙書「救」字倒黏壁上，不知誰爲之，亦莫知所自始。余家居此凡十二年，一無怪異。惟有孫氏子來，其人甫逾十齡，有羸疾，坐室中，見有一婦人自東廂徐行至後屋，衣藍布衫〔一〕、黑布裙。孫問：「此何人？」時太夫人與同坐，不見也。孫固言之，太夫人往視，杳無所見，笑曰：「汝眼花耳。」孫逾年即卒，殆衰徵歟！

〔一〕藍，底本原作「籃」，《校勘記》正作「藍」，今據改。

余外家姚氏，居臨平之棗山港，聽事□楹東西有廂。太夫人嘗於夜分從西廂至東廂，一小婢執燭以先。見聽事欄杆上有一婦人憑而玩月，太夫人問何人，不應，近之不見。乃與執燭之婢同索之，聽事虛無一人。其時内室之門皆闔，亦不能他去，疑其鬼也。余内子姚夫人，生平見鬼尤多。其仲姊適戴氏，戴氏居湖州，夫人往省之，時甫十餘齡，未嫁也。一夕，見屏後一人行走，衣聲綷縩，聽之了了。視其面貌，則其仲姊之兄公也，殁數年矣，從容登樓而去。夫人自言：「所見之鬼，未有如此親切者。」後余家僦居臨平乾河沿陳氏之屋，夫人於此屋恒有所見，不爲余言。至同治壬戌歲，余家附火輪船北行，至天津避寇。夫人見舟中高處有鬼無數，或坐或臥，意鬼亦附海船北行避寇歟！余《百哀詩》有云：「海舶飄零賦北征，未勞魑魅便逢迎。如何眼底分明見，人鬼居然共此行。」紀其事也。及吴中春在堂成，遷入居之，語余曰：「此屋平安，吾無所見。」余嘗與門下士馮夢香孝廉言之，且云：「内人秉質素弱，此即其衰徵也。」馮曰：「不然，鬼本在天地之間，與人並行而不悖。人苟秉氣至清，眸子瞭然，則自足以見之。其前之有所見也，非衰也，乃其盛也；後之無所見也，非盛也，正其衰也。」夢香之言如此，或亦一理乎？余神識早衰，近益昏眊，雖視人之鬚眉且不甚了，宜其不足以見鬼矣。

余兄子祖綏，字履卿，先兄福寧君少子也。光緒丙子歲舉於鄉，距先大夫於嘉慶丙子登賢書，適花甲一周，亦科名嘉話也。出榜前一日，内子姚夫人於吴下春在堂夢先大夫自外至，七品冠服，如生時。内子迎問之，曰：「吾將謝恩，向汝姑借朝珠耳。」其時太夫人猶在堂也，内子寤，喜曰：「履卿中矣。」余《百哀》篇有云：「阿買聰明素所憐，秋風喜賦《鹿鳴》篇。先君入夢分明甚，來借牟尼一串圓。」紀其事也。先大夫易簀時，以七品冠服斂，無朝珠，今借珠於太夫人。七品而掛朝珠，或仍用檝翰林封典乎？是時先大夫已受二品封，豈仍以翰林爲重歟？

道光戊申年，余時館於休寧汪村。是年秋冬間，附近數十里中每夜有鬼哭聲，無人不聞之，然余竟未嘗聞也。生平於鬼，不聞其聲，不見其形。惟咸豐庚申年，避兵至上虞舅氏。姚平泉先生爲上虞校官，新捐館舍，其家猶居署中，止余宿於花廳。至三更時，睡眼矇矓，見一婦人趨而過。夜深安得有此，或是鬼歟？光緒己卯年，内子姚夫人卒。余感念不已，冀有所見，而竟杳然，雖每夕必夢，然止是《周禮》所謂思夢耳，非果其魂魄之入夢也。庚辰歲，余獨宿右台仙館中，夜不成寐，力行余所謂枕上三字訣見《俞樓雜纂》。甫欲交睫，輒爲一蝨所擾，余甚苦之。念近來飲食減少，精神衰茶，惟恃夜枕尚安，故尚可支持，若今夕不寐，明日必大委頓矣。俄而蚊蝨又集於面，余正無如何，蝨忽嚶然一鳴，若被人擊者，從此寂然。余歎曰：「夫人有靈，爲我撲殺此蝨矣。」

余家於咸豐戊午、己未間，賃居吴下石琢堂先生之城南老屋。屋有五柳園，頗具泉石之勝。園西南隅有小樓三間，或言有狐居之，然余輩時往來其上，無所見也。時蓄一小犬，毛長被地，尾短足庳，形狀可喜，性又靈警，聞呼即至，姚夫人極愛之。一夕忽失犬，大索不獲。疑自大門逸出，咎閽者失於伺察，閽者力言未見其出。次日清晨，園門甫啟，犬即躍出，蓋在園中也。然是夜實於園中遍索之，何未之見歟？疑爲狐所匿，殆知人愛此犬，聊與爲戲耳。庚申之亂，余舉家出奔，每一人登輿，犬必送至輿前，夫人猶命守屋者善視之。及城陷，犬與守屋者俱死。余後與吾兄福寧君言之，且曰：「是皆死於其職者也。」福寧君笑曰：「然則宜有恤典。」余曰：「有之。余有《憶舊游詞》後半闋云：『金閶更回首，只蔓草荒煙，碎瓦頹牆。碧血埋何處？歎蒼頭黄耳，都化燐光。』所以褒贈之者至矣。」

仁和臨平鎮有永平庵。道光某年，忽傳庵中地下砰砰有聲，一時人皆往看，市廛爲空。或曰其中有寶物，或曰是將出蛟。余時年尚幼，聞之惴惴焉。一兩月後，往看者日少，人言亦稍息，後無他異。然究莫明其故，不知向來如此，至是始爲人覺邪？抑向不如是，而是年忽有聲也？有議掘而窮其異者，然皆畏之，莫敢發也。至癸卯鄉試之年，余讀書庵中，問之於僧，僧導至此室中。室乃泥地，既無磚石，亦無木版，以足蹋之，厥聲隆隆，如撾大鼓，疑其下必空也。

兵燹之後,此庵已鞠爲茂草,想瓦礫之中足音久絶,亦不能更發此聲矣。

郎沛昌,仁和之臨平鎮人。家居,忽得無名氏一書,言:「臨平山之麓,景星觀之後,有石如蝦蟆形。其下有藏銀無數,非君手開,不能得。可於某日某時,親至其地,發而取之。」郎以爲讕語,不信也。越日,又有人叩門,送一書至,所言與前同。視其人不之識,問何處得此書,曰:「途遇一人,託我寄君,不知所自來也。」悤悤辭去。於是所識者咸謂郎曰:「既有此異,試一往,何傷乎?」郎從其言,屆期荷鍤而去。至其地,掘之,果得銀甚多。而郎未攜筐筥之屬,無以盛之,乃掩以土,而至山下人家借得一畚,負之上山。遇數人似薪采者,各荷一篰以下,亦未及審視。及至所發之處,則已空矣。乃悟前數人所負者,即是也。郎發之而不能得之,然不經郎手則不能發此,數人者必知其故,其兩次致書,即是數人爲之也,莫測其爲何理矣。

杭州貢院之後,有鴨兒五聖廟。其旁有一破石臼,廟僧棄薪蒸餘燼於此,間或宿火於中,以供人昏暮之求。附近居者咸便之。雖雨雪之日,未嘗絶火,亦莫知其所自來,皆以爲廟僧置之而已。有毛翁者,其家相距不遠,旦夕經由其地,必就之喫煙,日以爲常。一日忽失臼,乃共異之。廟僧因曰:「是臼本可異。吾宿火其中,亦偶爾耳,或三五日一置之,或七八日一置之,何以終歲不斷乎?」於是共疑此臼爲寶物,然莫可蹤跡矣。毛翁之子曰永孝,字葆園,爲余言之。葆園幼時，猶見此臼也。

同治元年，余在天津，忽喧傳鄉間有母殺其子女者。云其母嫠也，私於人，懼爲子女所覺，謀殺之以滅口。其子甫十歲，讀書村塾，微聞其謀。日加午，塾師縱諸徒歸就食，是子懼不敢歸。師不悟其意，謂其年幼獨行，或有所畏，親送之至其家。已而諸童食畢咸集，此子不來。師往其家問之，則已與兩姊俱死矣。大驚，問故，母言語支離，師迫而驗之，則皆扼吭而死，形跡顯然，乃聞於官。官鞫得實，怒其淫毒，械姦夫姦婦而徇於市。余適呼刀鑷之工爲余櫛髮，問：「此事信乎？」曰：「信。」「汝見之乎？」曰：「見之。此婦長身白皙，然目大而顴高，固非良婦也。」次日有同鄉孫君自縣署來，余因詳詢其顛末。孫曰：「安有此事？昨日縣令以公事下鄉，至今未返。縣中寂無一事，安有此邪？」余不覺爲之失笑。東坡云：「事不目見耳聞，而臆斷其有無，可乎？」此事余雖未目見，實已耳聞，且所聞之人自云目見，言之鑿鑿，當不妄矣，而竟屬子虛烏有。市虎成於三人，天下事大率類此。

卷十三

彭雪琴侍郎，生於嘉慶二十年十有二月。其時風雪嚴寒，母王太夫人臨蓐四日不産，瀕危矣。忽有大風發窗外，室户自闢，燈燭俱滅，人皆驚仆，太夫人亦暈絶於牀。俄而侍郎生，太夫人移時乃蘇，曰：「頃見一偉丈夫，面黑色，僂而入，高與樓屋齊。吾悸甚，幾喪魂魄。」其事見侍郎所自撰《王太夫人行略》。余戲謂：「史傳所載，有黑面僕射，有黑王相公，君夙世爲誰歟？」侍郎曰：「不然，此黑丈夫必衛我者。我前生是一女子，君如不信，視吾耳猶有穿痕。」然余視之亦殊無所見，不知侍郎此言何據也。

安徽鄉間有陳氏孀婦，以夫弟逼嫁，雉經而死。詭言病死，無發其事者。時衡陽彭鶴皋先生方爲其地巡檢司，即雪琴侍郎之先德也，適以事至郡中。侍郎母王太夫人獨居廨舍，一夕忽聞有婦女呼號之聲，如曰冤苦，初不爲意，而累夕皆然。有乳媪楊微聞陳事，曰：「得無陳氏婦乎？」太夫人祝曰：「誠是也，宜三呼。」果聞呼聲三，已而風颼颼從木末過，遂寂。先生歸，太夫人白之，密訪得實，聞之上官，論如律。此亦見侍郎所爲《行略》中。惟先生始官懷寧三橋鎮巡檢，後調合肥梁園鎮巡檢，此事不言地名，不知爲何地也。

江西鄱陽縣民葉佐恩，娶同縣徐姓寡婦陳氏爲妻，生一子，曰福來。佐恩死，遺腹又生一子，曰福得。陳氏不能守，贅同縣嚴磨生爲婿。磨生與陳氏居葉氏者五年，始偕妻挈其前夫之二子以歸。葉佐恩所遺田二畝，歸嚴磨生耕種，以養其二子。屢荒於水，衣食不贍，而福來亦已九歲矣。乃送至坑下村徐茂拐子家，使學習裁縫，每年與錢三千四百。未幾，又送福得至坑下劉光裕家，爲之牧牛。其地距嚴氏所居曰車門湖者四十里。光緒三年十二月二十五日，磨生至坑下村接福來、福得回家度歲。二十六日晨起，蓐食而行，福來負藍布袋，内盛洋錢一、銅錢千；福得負白布袋，盛米數升。行至墈上亭遇雨，而磨生又發痰病，乃於亭中少息，適遇雷細毛者擔兩籮而至。雷亦坑下劉氏之傭，自劉氏歸其家，其所居與嚴相近也。磨生曰：「我病不能興，當使二子從君先行，我小愈即至。」乃以錢米并置雷之籮内，雷與二子俱行。至鴛鴦玲，語二子曰：「我與若至此分路，若可坐此，待爾翁偕歸，我去矣。」反其錢米於二子而歸。而磨生猶卧亭中，久之病愈，雨止，天亦薄暮，乃走問道徑歸其家，已逮乙夜矣。問其妻，知二子未至。次日，使嚴復仂走問雷細毛，知在鴛鴦玲相失，求之鴛鴦玲左右，無有也。上灣林有歐陽六毛者，言於二十七日遇二稚子問途，約略指示之，然問途之後亦不知所之。又有汪同興者，啟布肆於路旁，言二十七日有二稚子因饑餓向汪索食，汪飯之而去。問飯畢焉往，不知也。問有見者無，曰：「有歐陽發仂者適在肆中，二子出亦出，或當見之。」二十八日，乃始得二子之屍於陳公坂。福來傷於顋，傷於耳，傷於咽喉；福得并傷於腎。錢米俱在，無所失。陳公坂距車門湖二里而近，莫知爲誰所殺。或曰歐陽發仂也，或又曰歐陽絲林也。於是嚴磨生乃以歐陽發仂、歐陽絲林殺其二子控於官。而葉氏之族則曰：「是嚴磨生利其故父所遺之田，而自殺之也。」亦控於官，訟久不決。光緒四年，余親家翁彭雪琴侍郎巡江至饒，嚴、葉皆具牒訴於行轅，發饒州府訊之。六年夏，侍郎至江西省垣，中丞以下咸迎候於滕王閣。而嚴磨生之妻陳氏，又以前事訴。前馬者斥之，則自投於江。侍郎急命拯之起，受其牘，言於中丞。而豫章諸大吏久知其事，咸疑嚴磨生實殺二子，謂二子年幼，必無讎殺者；若利其有，則何以錢米俱在？是其繼父殺之無疑也。故當侍郎未至之先，已命移其獄至省中治之。而鄱陽令汪君以誠者，賢令也，初下車，歎曰：「境有此獄，而卒不得殺人者主名，上爲大府憂，焉用縣令爲？」時案中人證咸羈管縣中，汪君密使偵者於諸人一舉一動一語一言，隨時伺察。至是年五月，民間傳言彭侍郎巡江且至，將親臨郡城審斷冤獄，而歐陽發仂聞之，即自疑，頻向丁役探問消息。

是月十六日，侍郎至。先是，有浮粱沈可發私刻木印，僞造執照，自稱曾在侍郎營中，侍郎提審得實，即以軍法斬之。而歐陽發仂愈懼，其夜夢中囈語，連稱不好者再。汪君得其狀，知殺人者必歐陽發仂矣。乃於密室供城隍神之位而禱焉。夜夢至一處，聞屍臭而不見屍，有一人以身覆之，視之歐陽發仂也。及旦，躬率諸囚詣神廟而訊之，謂歐陽發仂曰：「爾實殺人，神已告我矣。」發仂雖不即承，而神色大變。越日，又訊於城隍廟，諸囚皆號哭，求神明昭雪，歐陽發仂無一言。夜將半，則大呼曰：「吾不敢欺神明，請吐實。」蓋鴛鴦玲距車門湖尚三十餘里。二十六日之夜，二子宿於鴛鴦玲之社廟中，明日前行，遇歐陽六毛而問途焉。又前行，飯於汪同興布肆。而歐陽發仂見其幼稚可欺，欲誘至他處而賣之〔一〕，乃追及之，而與之同行，且請爲導。導至己家，宿之牆外土室中，雖其家人無知者。二十八日平明，復招之偕行。行至陳公坂，則離車門湖近矣。福來已識之，登山而望見其村，不肯與歐陽發仂偕。歐陽發仂強挽之，則大罵，乃痛毆其頭面，又扼其吭而死。福得走且呼，曰：「殺吾兄矣！」蹴以足，傷其腎，亦殺之。發青白二布袋，見錢與米，棄之地不取，蓋恐以此爲人所蹤跡也。汪君鞫得實，即馳白侍郎。

〔一〕賣，底本原作「買」，據文義改。

侍郎時在焦山自然庵，讀之狂喜。手批其牘，有云：「數年鬱結，爲之頓釋。望空遥拜，爲兩冤魂叩謝賢令君。天下多覆盆，而有司安得如此盡心歟！又不禁感慨係之。」其年侍郎來吴下，知余有《筆記》之作，以全案示余，乃録其略如此。

宋大觀中，吴興邵宗益剖蚌得羅漢像，偏袒右肩，矯首左顧，衣紋畢具見《天中記》引《藝苑雌黄》，余未見原書。又宣和中，溧水人俞集於蚌中得觀世音像，旁有竹兩枝。菩薩相好端嚴，冠衣瓔珞，及竹葉枝幹，皆細真珠綴成者見《夷堅乙志》第十三。是蚌中見佛菩薩像，記載有之。彭雪琴侍郎於寧波普陀山得蚌殼二，皆有佛像。以其一施焦山自然庵；攜其一至蘇州，余得見之。佛像凡十有二，左三、右五、中四，分列三行。其像皆如佛寺所塑彌勒佛然，眉目有笑容，手有指，腹有臍，無不酷肖，亦一奇跡也。徐花農庶常曰：「《金剛經》有一佛、二佛、三四五佛之語，是蚌所孕，正可謂之三四五佛矣。」

彭雪琴侍郎幼時讀書於衡陽之石鼓書院。有蕭滿者，少負才氣，工爲訟牘，然意在扶弱鋤强，非挾鄧思賢之術以牟利者也。中年以後，乃大悔之，改而習道家言，善敕勒之術，且好扶箕。其扶箕也，必與侍郎俱。蕭滿止能焚符召仙，而運筆於沙盤作字，則皆侍郎爲政。其言乃侍郎自以意爲之，然往往曲中問者之意，侍郎亦不知其所以然也。久之其名頗著。有問休咎者，有以病求方者，幾無虛日。一縣中老吏，以其子婦病求方，侍郎假箕筆作一詩云：「無端惡疾到心頭，老米陳茶病即瘳。持贈與君惟二味，會看病起下高樓。」其人翌日來謝，果服老米陳茶而愈。蕭滿愈自信，侍郎則以爲偶中也，如是者不勝記。時衡陽縣令金君日聲，浙人也。其孫甫三齡，偶病，使醫治之，醫授以方而去。如方具湯液以進，則其孫正熟睡，金君之妻謂其子婦曰：「兒睡甚安，勿遽進藥。」乃使傭媼置之飯甑之上，欲其勿冷也。俄兒醒，命取藥，姑婦二人共飲兒，兒啼不欲飲，強灌之，不能盡，視碗底濃厚如膏。金君妻咎其子婦曰：「我固命汝瀝取清汁，何乃如是？」其子婦訝曰：「曩已傾竹簁中，盡去其滓，豈猶未盡邪？」然不疑有他也。俄而兒大啼，顔色驟變，手足揎蹙，殆不可堪，疑爲藥所誤。呼前醫詰之，醫曰：「吾藥雖不中，病何遽至此？」取餘藥審視，驚曰：「是鴉片煙膏也，不可爲矣！」時道光中葉，鴉片煙猶未盛行，然官署中已多有之。金之庖人素嗜此，是日適以鴉片煙膏一碗蒸飯甑上，與兒之藥碗大小形製相同，媼倉卒誤取之也。金大怒，趣召庖人，欲予大杖，金妻曰：「無益也，宜爲兒計。」徧召諸醫，醫至皆束手。或言蕭、彭二君善扶箕，能爲人求方，乃使使者二人持柬以往。其一人至書院，侍郎固在院中，使者致命。侍郎私計：三歲嬰兒而飲鴉片煙膏一大碗，必無幸矣，辭不往。使者固請，侍郎不獲已，乃曰：「然則當與蕭滿偕，今不知其人焉在。」請與使者共求之。

侍郎之意以爲蕭滿未必即得，遷延一二時，兒必死，即無事矣。甫出書院大門，而遇蕭滿，不得不與俱至縣署。至則已設香案，陳箕盤，而金君者久具公服鵠立以待矣。略述病狀，即請扶箕。蕭滿焚符如常儀，金君跪拜甚謹，侍郎惶悚無以爲計，手扶箕筆，不能成一字，但頻作旋轉之勢。金君請益苦，姑連書「吾至矣」，書已，仍作旋轉之勢。蕭滿見箕筆與常時異，亦自疑懼，左右顧望，汗出如漿。侍郎愈窘，平日常用之藥，皆不能記，忽胸中驟得「蓖麻子」三字。思蓖麻子固藥名，然非常用之藥，不可輕投，轉展尋思，竟無他品，遂書「蓖麻子」三字於盤中。金又請曰：「既蒙賜藥，敢問當用幾許？」又大書「一兩」二字，侍郎亦不能自主也。金乃命人延二客至便坐小憩，且具食焉。食未竟，金出謝曰：「兒飲藥大吐，毒盡出，今無害矣。仙人之賜也，二君之力也。」侍郎與蕭滿皆大喜，出以語人。有知醫者曰：「蓖麻子固能拔毒，然其性烈，與巴豆同用之者，法不得過三錢。今用一兩，殆哉！」蓋以毒攻毒，少則無濟，此殆有鬼神相之也。當此時，侍郎年甫弱冠。光緒庚辰歲，侍即年六十有六矣。夜過余春在堂，言此事。余曰：「楚語有云，民之精爽不攜貳者，而又能齊肅衷正，則明神降之。侍郎固真靈位業中人，蕭滿亦必生有夙根者也。故二人扶箕，實能感召神明，與江湖術士左道惑衆者不同也。」侍郎因言蕭滿晚年折節爲善，有以訟事相商者，必宛轉排解之。其人自言前生爲猴精，不知何所見，然其目睛流轉不定，并口鼻輔頰亦然，疑其所自來必與人異矣。所謂蕭滿者，滿非其名，蓋於兄弟行居末，故謂之滿，楚語然也。相呼既熟，其名與字，侍郎轉不能記矣。余按吴江沈曰霖《奥西瑣記》有土字一則云：「孲，音近滿，謂最少也。」然則字當作孲，乃《曾文正公集》有《滿妹碑誌》曰：「吾父生子女九人，妹班在末，家人稱之滿妹。」其字亦作滿，蓋取盈滿之義。孲乃俗字，不足據也。

雪琴侍郎又言：一日正在書院中作文，而蕭滿至，大呼曰：「速助我，不然敗矣！」問何事，則其時衡陽縣城中有書肆曰集賢者，其主婦爲妖所憑，延蕭滿施敕勒之術，大爲所窘，飛一石至，幾碎其顱，故欲與侍郎俱往扶箕也。侍郎私念扶箕僞耳，安足驅妖，不欲往。而蕭滿固強之，乃與俱行，然實非其志也，故行甚遲。路中蕭滿與言：「此婦居樓上，輒從窗中飛石擊人，肆中書籍皆爲所毁，其餘什物無完者。一月以來，人莫敢往，往輒爲所困。」言未已，侍郎大怒曰：「青天白日，而魑魅横行如此，我必往除之。」奔而往，蕭滿自後呼之曰：「止止，吾尚有言。」問何言，曰：「兩人偕往，氣稍壯耳。」侍郎愈怒，曰：「吾何畏之有！」徑叩書肆之門。門啟，突入，主人問姓名，不告，曰：「來驅妖耳！」即脱帽露頂，望樓上而呼曰：「妖能飛石擊人，何不敲吾頭？若不能者，吾且登樓，赫汝軀，拉汝幹。」樓上竟寂然。侍郎連呼不已，而蕭滿至，見之喜曰:「有勝矣,速登樓。」乃俱登樓。婦在帳中,力持其帳不釋,侍郎呼其夫曰:「劈之!」帳既啟,而婦遽引衾自蒙其頭。蕭滿即取清水一甌,畫符其中,使其夫啟衾而灌之。婦飲符水,略不柢梧。蕭滿曰:「飲此,神識當稍清矣,吾儕且扶箕。」侍郎則假箕筆,爲處一方,略用丹砂鎮心、茯苓安神之品,授其夫曰:「以此療爾婦。」遂與蕭滿俱出。越日詢之,此婦竟愈矣。

光緒七年正月上元夜前後數日,揚州燈市頗盛。自教場街鵝頸灣至犁頭街一里有餘,高棚廣幕,燈明如晝,士女嬉游,充街塞陌。有張綱鎮人王姓者,全家入市觀燈,俄皆失散,惟王翁與其子王大僅存。所失者:老婦一人,年五十四,即王翁之妻也;少婦一人,年二十四,王大妻也;又少婦一人,年二十三;少女三人,長者十七,次者十三,最小者九歲,皆王翁之女;又幼子一人,纔八歲,王大之子也。於是王翁父子皆痛哭於路。或曰:「江湖間有曰灑天花者,善用迷藥。欲取人子女,先以藥灑同來者,則對面不能見。然後以藥灑所欲取者,即惘惘隨之去矣。」王翁父子曰:「是則信矣,吾父子彼時皆頭昏目眩,幾欲傾跌,必迷藥使然也。」王大曰:「父請先歸,我自營求之,不得不歸矣。」擲杯珓卜於神,請所之,神示以東南行。行數日,至儀徵,於江口見一舟,曝衣於竿,則其妻之裙也。往求附舟,一老翁坐船頭,操楚音,執不可；許以重賂，翁欲納之。有少婦在船尾語翁曰：「爾不惜死邪？我欲留此身以復讎，必不可！」聽其言，似中州人也。翁即麾王大去。王大徘徊江岸，忽有兵船巡江，帆風而至，其中有所識陳姓者在焉。即登舟告以故，乃眠桅以待。薄暮，見有一人入此舟，陳即招集火伴往捕之。其人一躍入水中，舟中惟老翁及少婦。少婦自言黄姓，河南偃師人，亦其人以術取之者，「一家四口皆爲所殺，投屍於江，獨我在耳。」翁則周姓，湖南茶陵人，老而行乞於市，其人招之至，以奴隸畜之。陳問其人姓名，婦曰：「此安徽舒城人。但知姓李，不知其名，年三十八歲。習於水，勇於泅，雖入水不死也。」王大問家屬所在，果在舟中，閉置倉下唐人歐陽詹詩：「隔簾微月入中倉。」是古止作倉，今作艙，俗字也，發而出之，皆喑不能言。少婦曰：「是飲啞藥矣，我始來亦然，飲水則解。」乃飲以水，復能言，挈之同歸。兵船中將弁將此船移交儀徵縣，縣官命捕李姓者，後未知得否。

徽人程姓者，啟肆於揚州新城之流芳巷。光緒庚辰臘月二十四日，既祀竈，與其徒會飲，皆大醉而罷。有李姓者，酒後至相識某姓肆中閒話，適有人來借錢，券書具矣，而無任者，主人辭焉。李慨然請爲任，主人不可，李怒，始而謾罵，繼而擐衣露臂，殆將用武，環而觀者如堵牆。其旁有候補同知吴君寓，吴君之子聞門外大譁，出而觀之。李忽一舉手，傷吴輔車，四齒折焉。

吴君怒,命里長監守之,質明將送之官。夜半,李酒醒,大懼,以頭觸壁,流血被面,昏絶於地。衆驚救無及,正共劻勷,忽來一老者,曰:「毋動,我能治之。」取水一盂,書符其中,楔齒而灌之,李竟復蘇,血亦頓止。老者曰:「十日不風,即無虞矣。」吴君聞之,使視其子之斷齒,老者曰:「齒雖斷,根猶在,可復生也。其童子歟,百日復故;若丈夫也,一年不入房,亦如故矣。」吴請治之,老者不受謝,惟請釋李之罪。吴從其言,縱李去。此老者殆精於祝由之術者與?

天津有所謂姑娘子者,女巫也。鄉間婦女有病,輒使治之。巫至,炷香於鑪,口嘓嘓不知何語,遂稱神降其身,是謂頂神。所頂之神,有曰白老太太者,蝟也;有曰黄少奶奶者,鼠狼也;有曰胡姑娘者,狐也;又有蛇、鼠二物。津人合而稱之爲五家之神。紫竹林有李氏婦得寒疾,巫語之曰:「爾名在冥中,已書銅牌,越十日,當書鐵牌,則雖神不能爲矣。今幸有十日之期,宜速禳之。」病者惟婦言是聽,大具牲醴禱焉。一二日間,病似小瘥。巫益自多,乃授以秘方湯丸雜進,其藥率由巫配合,所費不貲,而服之無驗。病日加劇,巫屢變其方以僥倖,其或中朝補而夕瀉,昨熱而今寒,不及十日,李氏婦竟死。

湖北樊君希棣,字萼樓,余於第七卷中載其死而復蘇事。今又聞萼樓有妾姚氏者,素婉孌,善事其嫡。平日嘗言:「婦人嫁爲人妻,則事舅姑如事父母,禮也。今我爲人妾,不敢侵主婦之職，則惟有事主父主母如事父母耳。」以故蓴樓夫婦極愛憐之。蓴樓仕黔中，以寇盜磐互，寄其帑於蜀，姚亦從焉。俄而病死，蓴樓在黔，未知也。一夕見姚冉冉至户外，欲入又不敢入，即於户外扱地而拜。視其所衣，袿裳鮮明四字本《後漢書·皇后紀》。《釋名》：婦人上服曰袿。今俗呼婦人上服曰褂，乃俗字也，故借用此語，訝曰：「汝何得衣此？」遂無所見。越數日而家書至，姚死矣。其後黔亂粗定，家人自蜀還黔，蓴樓語其妻曰：「姚死，汝以盛服斂之，非禮也。」妻曰：「不然。」蓴樓笑曰：「汝無我誑！」因歷言其簪珥袿裳，妻不能隱，乃曰：「吾痛之甚，故稍假之耳，君何從知此？」蓴樓告以所見。一弱女子耳，死後一靈不泯，竟能自蜀至黔，亦可異也。

余大兒婦樊之伯父，早卒。其伯母痛甚，以姑年老，懼傷其心，不敢哭，日夜飲泣。淚盡則繼以血，久之血亦盡，則有如膏如脂者出眼孔中，兩目眵昏，幾失明矣。一日，有親串家爲扶箕之戲，而其伯父降焉，言談如平生時。或問之曰：「君既有靈，何不歸家，與家人一敘乎？」箕筆書曰：「吾生無罪過，死後在冥中微有禄秩，不爲冥吏拘束，雖日日歸家，亦無不可。所以不歸者，歸亦無益，徒使家人悲悼耳。」其伯母聞之，使人因其再降而與之言，請必歸，自誓勿哭，乃訂期焉，且曰：「哭則吾即逝矣。」及期，設箕盤於密室中，伺之果至，箕動有聲。其伯母在窗外聞之，不覺嗚咽，箕筆遂止不動。後屢請不復至，其伯母甚悔，亦無及矣。

蜀人沈君秋颿，與大兒婦母家樊氏有連。同治中，曾爲貴州布政使。有疾，使醫治之，已愈矣。醫曰：「百日不洗足，乃可；若洗足，則無救。」而沈君極喜洗足，且其時寢興飲食咸復其常，不以醫言爲信，家人力阻之。已將滿百日矣，沈欲洗足，家人使人招樊君薴樓至，與之語，自日昳至於丙夜，乃始辭去，以爲夜漏已深，必且就寢矣。而沈命燂湯，家人交口止之，不可，竟洗焉。其明日遂卒。異哉。沈君所患，不知何病，一洗足遂不救，亦可怪矣。醫固知之，卒不能從其戒，殆亦命歟？《南史》言：陰子春腳數年一洗，每洗則失財敗事。如沈君者，竟以洗足喪其生，視子春更甚矣。

馬氏婦，湖南人。其姑病且死，婦泣曰：「姑婦二人相依爲命，設不可爲諱，則新婦煢煢何所依賴，形單影隻，亦就死耳！」姑曰：「汝勿憂，我死且爲鳥，仍與汝居。」已而姑死，果有鳥止於室中不去，時集於其婦之懷，乃日以米飼之。至月餘，婦泣而祝曰：「姑憫我孤苦，化鳥以卵翼我，甚善！然我心則何安焉？請姑自便。」祝畢，鳥去不復來。余孫婦彭爲我言之，馬氏婦其親串也。

傅氏女，亦湖南人。幼從其父宦於中州，父甚愛憐之。年十六而嫁，已就塗矣，父親送之數十里外。將返，解所衣半臂授之，曰：「途中以此禦寒。」及既嫁，夫婦甚相得，又柔和善事其舅姑，一家無間言。已而其父死，舅姑秘不以聞。其夫告之，女大慟，舅姑爭來慰藉。女曰：「蒙舅姑過愛，新婦敢不自愛乎？」乃止不哭。然不數月，竟奄然而死。死後有小婢言：「女於密室中縣其父所與半臂，向之而拜，拜已輒飲泣，良久始出。出對舅姑，則愉色婉容，仍如平常。其在幽閒無人之所，未嘗不涕淚橫集也。」乃知此女以毀而卒，可謂孝矣。

童子劉某，浙江遂安人。年十四，薪采以養母。一日，自山中歸，且行且歌，鄰人奔告曰：「虎銜爾母去，猶歌邪？」童子大驚，棄薪而歸，荷鐵叉以出走逐虎。及之，以叉籍其後。虎怒，釋母，還噬童子，張其口呀呀然。童子揷以叉，適中其齶，虎躍，童子亦躍，叉益進貫其頤。童子楮叉於地，虎口不得噏，兩前足在空際不能用力，困甚。久之復躍，帶叉而仆，童子亦仆。起，亟負母歸。呼鄰人往視，虎則死矣。納之官，官賜童子錢十萬，其母傷不甚重，藥之而愈。此事年家子張子厚言之。蓋有毛姓者，與劉同里閈，實親見其事也。《元史·列女·姚氏傳》云：虎銜其母，姚倉卒往逐之，即以手毆其脅，虎乃置之而去。與此事相類。彼一女子，此一童子，鷙蟲攫搏不程其勇，可以立懦矣。若《宋史》所載童八娜事，以身代其大母死，則尤可憫也。

豐某，海寧人，於光緒庚辰歲生一子，無右臂，人咸異之。張子厚云：「昔在衢州，見有婦人生子無左臂。」余於第十卷中載中州某氏女兼孑孓二形。此二人者，則一孑而一孓矣。或云臟婦忌見月食，若見之，則所生之子四體必有缺。

許翁，歙縣人。余嘗見之於故人汪鏡軒坐上，蓋即汪之妻父也。家故巨富，啟質物之肆四十餘所，江浙間多有之，至翁猶然。翁爲人極願慤，其言呐呐然，如不出口。而其子弟中，則有三四輩以豪侈自喜，漿酒藿肉，奉養逾王侯。家僮百數十人，馬數十匹，青驪彤白無色不具，腹鞅背韅亦與相稱。每出則前後導從，炫熿於閭巷間。一日，忽郡吏持官文書來，太守以其豪横，欲逮問之。乃凶懼，上下行賂求免，所費無算，始寢不問。於是此三四輩者相與謀曰：「家鄉不可居矣，盍出游乎？」各具舟車，出游江浙間，凡其家設肆之處，無遠不至，至則日以片紙至肆中，取銀錢無饜足。主者或靳之，輒怒曰：「此故吾家物，何預公事！」使所善倡家自至肆中恣所取。主者大懼，皆以書白許翁。許翁自度不能束其子弟，乃曰：「今吾悉閉諸肆，彼無所取，則已矣。」爲書遍告諸肆，使同日而閉。已而肆中之客皆大譁，曰：「主人所不足者，非財也，何爲悉罷諸肆？主人自爲計則得矣，如吾曹何？」許翁聞之，曰：「誠如公等言。」乃命自管事者以下，悉有所贈。管事者，或與之千金，或二千金，視肆之大小自是遞降，至廝役扈養，皆有分也，最下亦與錢十萬。方許翁定此議時，初未嘗幸較其人數。及此議出，主者按籍而計之，則四十餘肆中，其人綫及二千。各如數拜賜而去，而許翁之錢罄矣。十數世之積，數百萬之貲，一朝而盡，亦可駭也。余見許翁時，其冠猶戴青金石頂，綴鶡羽藍翎。鏡軒語余曰：「翁所存惟此矣！」

故海寧州知州惲公，諱敷，字子寬。嘗爲嘉善縣知縣，有惠政，祀名宦祠，至今嘉善人猶傳其軼事。云有錢氏子，以應試至縣城，館某氏樓下。樓有女悦之，投書與期。錢故長者，恥其事，託故辭去。屠者陸某，其鄰也，拾得錢所棄書，如期而往。既登樓，即滅燈火，女不知非錢也。及出，爲女父母所覺，逐之，陸出刃擊殺其父，遯去。其家訟錢氏子殺人。公察錢非殺人者，問女曰：「燈既滅矣，安知爲錢氏子？其身亦有瘢痣可辨識乎？」女曰：「其臀有瘤。」驗視無有，公乃使人物色於浴堂，得陸屠，一訊而服。又一事云，有民某甲者，與季父同居，聲相聞也。甲遠歸，欲知其婦賢否，以所齎金置社廟香鑪中，僞爲貧寠焉者而歸，婦事之如初。既卧息，乃以實告。質明往取，金亡矣，訟於官。公至其家廉得狀，又知其季父故嘗謀鬻其婦，非端人，必夫婦密語爲季父所竊聞，晨往攫取之耳。乃佯曰：「此當問之神。」翼日，使人舁社廟神至，一邑之人皆至縣中觀其異，其季父亦在焉。公問神，神不答，命以大杖敲其頭，則有片紙自神耳中出，曰：「攫金者，其季父也。」其季父在旁失色，叩頭服罪，其事遂白。神耳中書，實公僞爲之者。公固循吏，而此二事，實有發姦擿伏之智。光緒辛巳春，惲氏諸子乞余爲海寧君家傳，故得知其事。既爲作傳，又存此於《筆記》中云。

同治乙丑歲，余二兒在吴下得狂易之疾，其婦姚甚憂之，夜不成寐。及夜中，似夢非夢〔一〕，若有人呼之曰：「姑如此戚戚，生亦何味，不如死矣。」視之，則其從兄子也。爾時便覺神思恍惚，問曰：「何以得死？」其兄子曰：「莫妙於縊。」將再有所問，忽聞其母大聲呼己，即應曰：「唯。」有周氏女字仲英者，内子姚夫人之姨子也，與兒婦同榻，睡夢中聞其應聲，驚而覺。遽問曰：「阿誰唤汝？」兒婦時亦頓寤，即告以故，兩人皆不敢復睡，坐以待旦。既而聞人言，此室中故有縊死鬼云。然兒婦之母雖已前卒，其兄子則是時實未死，殆縊鬼幻爲之歟？後余夫婦自天津還，兒婦偶及此事，余曰：「豈獨汝兄子之形聲縊鬼幻爲之，即汝母有靈，不必日在汝側，亦神明幻爲之也。汝必尚有後福，左右有吉神守護，見汝將爲縊鬼所惑，故假託汝母一呼，以驚覺之耳。」《詩》曰「相在爾室」，俗語曰「舉頭三尺，即有神明」，此言可信。善人則吉神隨之，惡人則凶神隨之。果其立心正大，處事和平，則隨在有吉神守護，雖遇殃禍，皆化吉祥。不

〔一〕似，底本原作「以」，《校勘記》正作「似」，今據改。

然者，反是。

德清蔡駿甫兆騏，余前母蔡夫人族侄孫也。年二十九時，病中夢見二吏持文書來，召之偕往。至一處，似大官牙署，導之入謁。旋又導入一室，中設公案，即請蔡坐。蔡曰：「吾諸生，安得坐此？豈吾死而爲神歟？吾子尚幼，家事未了，奈何？」泫然泣下。二吏曰：「君既不欲，宜以文字自陳，空言無益。」蔡即援筆，作數百言，授吏持去。已而復來，曰：「爲君匄緩二十年矣！」復導之出而寤，病亦旋愈。光緒庚辰歲，蔡以知縣需次江蘇，奉使至鎮江。時丹徒令馮君已亭，亦同縣人也，下堂傷足，遂言於太守，使蔡代行縣事。及歲將盡，蔡忽感疾，夢中又見前二吏來召。寤而語人曰：「吾今年四十九，距前夢適滿二十年，吾其死乎？」或慰之曰：「夢不足憑，即使有之，前可匄緩，今胡不可？」蔡乃爲文，請再緩二十年，且曰：「如數盡難延，某有四子，請各假其五年之壽，即可延二十年矣。」其文蔡自屬稿，使幕客潤色之，即焚於丹徒城隍之廟。已而病果有間，能飲糜粥，自幸不死矣。至正月十二日晡夕，忽張目謂侍者曰：「噫，吾仍不得免乎，迎我者至矣！」問何所見，曰：「來者甚衆，各執燈籠，有山東即墨縣城隍字。」明日，日加午，遂卒。蔡自幼有幹才，爲鄉里所重，甫得一官而不永年，人皆惜之。然殁而爲神，異夫薪盡而火滅者也。

錢唐江入海之處有小村聚曰翁家步，其地有某甲者，偶行於市，遇一人以痧藥一丸強使買之，索錢五百。甲拒不受[一]，其人嬲之不已，且曰：「失此不買，可復得乎？」甲不顧而去。及暮而痧發，百治不效。甲自言日間所遇，使人徧索之，則不知何往矣。犁旦竟死。其所遇必是異人，惜其交臂失之也。痧之爲疾，夏間恒有之。余二兒婦爲唐西姚氏女，其家以致和堂痧藥二百年來擅名天下。然痧字古今字書皆不載，不知當作何字。門下士馮夢香孝廉通知醫理，頗讀古書，嘗以問之，不能言也。余按《集韻》有㾁字，音蘇，疾也。痧字或當作㾁，痧與㾁乃一聲之轉也。《集韻》又有瘍字，亦云疾也。今世有烏痧之疾，或古作瘍㾁歟？《説文》有疘字，云腹中急也。《廣韻》音古巧切，與絞同音，即今絞腸痧矣。

黄土老爺者，滿洲人也，談者不言其名。同治十一年[二]，選授湖南靖州吏目。家故貧乏，獨行至楚，不挈僮僕。既至，納部文於藩司，乃徧詣臺司上謁。謁者索錢，不與，遂不爲通。久之不得之官，資用乏絶，衣裝俱盡，流落市廛間，爲人擔荷黄土，日得錢數十，以餬其口。一日，因所與傭值不足其數，齗齗與爭。方伯涂公適出而見之，駐輿問故，其人以告，自稱卑職卑職之

[一] 拒，底本原作「距」，《校勘記》正作「拒」，今據改。
[二] 同治，底本原作「光緒」，《校勘記》正作「同治」，今據改。

稱，宋人已有之，見袁桷《清容集》。涂公疑其人有心疾，置不問，麾使去。又久之，益困，至代行夜者擊柝。有某官者實主夜禁，聞其柝聲，而不見其人，使人呼之，則自棚中出。怒曰：「汝職行夜，乃高卧歟？」將笞之，其人疾呼：「不可，吾乃官也。」某官異其言，轉怒爲笑，問：「汝何官？」曰：「靖州吏目。」某官大驚，而察其聲則北音也，乃曰：「信乎？」曰：「信。」「信則明日可於公廨見。」曰：「諾。」及明日不至，問之，曰：「吾短布單衣，僅至骭耳，可以行夜，不可以見長官。」某官曰：「此吾之疏也。」以衣假之，其人乃至。審其家世及官秩次第履歷，則真靖州吏目也。遂以見長沙太守。太守言於方伯涂公，公啃曰：「然則曩稱卑職者即此君歟？」召而見之，曰：「君良苦矣。」命吏稽籍，今靖州吏目誰也，則攝事者瓜期久滿，以代者不至，未得交割。涂公命吏趣治文書，俾靖州吏目之官。已而又謂太守曰：「此君良苦，宜少佽助之。」乃共醵金得四百兩，以資其行。居數日，靖州吏目入辭，公又見之，語曰：「吾前命太守以四百金爲贐，小助行色。君久歷艱苦，宜益刻勵，勉爲好官。」其人頓首曰：「敢不奉教。然所賜四百金，實未敢受，已寄之長沙縣庫矣。」公問其意，曰：「一官雖瘠，終勝擔荷黄土時。布衣蔬食，豈不足自給，何用多金？謹存縣庫，備公家一日之用。」公大嗟歎，曰：「君異時必一好官也。」於是其事遍傳，三湘間稱爲黄土老爺，而其名轉不著。余以都下所刊爵秩全函考之，靖州吏目名壽嵩，或即其人歟？方伯涂公，即今河南巡撫朗軒中丞，余同年生也。

世傳明夏忠靖公治水至松江，斬一蛟，以其與蚌爭珠也。後此蚌徙至寶山縣海中。同治初，寶山修海塘，汪耕餘觀察福安預其役。一夕自縣中歸，夜將半矣，肩輿行塘上，見其前紅光燭天，赩熾如霞，疑爲失火。輿丁曰：「是名蚌獻珠，乃珠光，非火光也。」導至高處觀之，其光果自海中出。夫自明永樂間至今四百餘年，此蚌猶在，宜其珠之光徹霄漢也。珠光宜白而赤，師古注《司馬相如傳》有所謂「南方出火珠」者，其此之謂歟？

汪耕餘觀察，安徽懷寧人。其俗不奏廁，每就曠野而遺矢焉。耕餘自言：一日正蹲踞草間，見有蜥蜴逐一蜈蚣過其前。已而相逐益近，其間不能以寸，蜈蚣忽止不行，曲其身如弓，蜥蜴亦止不行，久之折而回。耕餘先擊蜥蜴，斃之，再視蜈蚣，則已死矣，曲身如故。異之，剖而視焉，皮肉無恙，然枯乾如腊矣。蓋其精液已爲蜥蜴所吸也。蜥蜴之食蜈蚣，不食其皮肉，而吸其精液，亦可異矣。又一日，見有蛇方食一蜥蜴，自其後足始，以次第及其身。俗傳蛇口含蜥蜴頭，謂之龍虎合。蓋蜥蜴亦名壁虎故也。斷而佩之，可辟不祥。耕餘急歸，挾利刃以出，俟其吞及頭，猛斫之，誤中蛇腰，斷而爲二。其後半截已死，前半截仍活，急吐出蜥蜴全身，狂竄去。視蜥蜴初無所傷，惟皮已糜爛矣。二事雖細，然非在曠野不能見也。

耕餘言：人齒中實有蟲。往年嘗病齒，或薦皖人王姓者善捉蟲，召之至。問所需，曰：「無所需，需銀針一。」予之，其人持向齦齶間搯掐。久之，得大蟲二、小蟲六七。大者長三四分，小者一二分，黑首而白身，皆若已死者。其人以紙封裹之，使置暖處，曰明日啟視。及明日啟視，則已活矣，遍體毛毿毿然，頭有鬚，有鉗，尾有長豪，腹有六足，行走甚疾。耕餘以殺蟲之藥雜置其中，非惟不畏，且甚甘之，三日不予食，乃死。夫人見蟲豸，輒色變。孰知輔頰間乃有此物歟？耕餘又言：曩權常熟縣時，行館甚卑濕。就寢而蟲入於耳，足聲窸窣，如蟹爬沙。又時聞其鳴，如曰唵唵，厥聲甚長。百計不能去，使刀鑷之工籥而出之，則一蟻也。蟻乃得聞其鳴，亦奇。

仁和鄉間有細民某甲，以發邱摸金爲活。當粵寇之亂，溷葬者多，甲每夜出，操钁臿從事，必有所獲而歸。其鄉里患之，曰：「一旦事發，必爲吾曹累。」乃謂其妻曰：「若爲盜婦，行且從坐，死無地矣。」妻大懼，問計於衆。衆曰：「吾爲若除之，有間則以告。」一日甲歸，醉卧，妻告於衆，衆執械咸集。甲驚起奪門而出，逾小水二，卒爲衆所得，聚薪蒸而焚之。明日拾其燼骨，買棺斂焉，妻仍斬衰哭於旁。有女未嫁而育於夫氏，聞父死乃歸，以頭撞其母，且哭且詈焉。夫甲之所爲，誠有可死之罪，然其妻乃爲衆人伺間以殺其夫，其罪不尤甚乎？《相鼠》一篇，《白虎通》謂是妻諫夫而作,其詩曰:「人而無禮,胡不遄死?」妻之於夫,分則三綱,情則牉合,豈宜閨房之内出此忿戾之言?雖古詩説,愚未敢信。

陳子愚廣文言:有盜夜入巨室,登其樓,見一幼女,可十六七歲,於燈下觀書。有小婢垂頭而睡。盜易之,探囊發匱,恣所取。將去,顧女若無睹者,異之,戲拍其肩,女大怒而起,曰:「安得無禮,謂吾刃不利乎?爾入吾室,胠吾篋,必有絶人之技。試獻所長,或可免爾死,不然血吾刃矣。」盜聞大駭,乃曰:「請觀吾技。」即向壁間攝衣而上,若有階級者,及屋笮始卻行而下。女笑曰:「技止此耳。」提其足,擲窗間,則一足折矣。女舉纖趾蹋壁直上,及笮則翩然翻身以背負壁徐徐走下,謂盜曰:「視爾何如?」盜叩頭乞命。女曰:「吾不殺汝。」又提而擲之牆外。余按《梁書・羊侃傳》,言侃嘗於兖州堯廟蹋壁直上,至五尋,横行得七跡。唐張鷟《耳目記》,言柴駙馬紹之弟,嘗著吉莫靴上磚城,直至女牆,手無扳引,時人號爲壁飛。是此等絶技,古固有之。然以弱女子能此,則奇矣。子愚鑿鑿言之,或當不誣。惜不知其姓氏,且亦不詳其爲何時何地人也。

乾隆時,江南通州來一僧,兩耳各穿一孔,以小玉環貫其中。往來士大夫家,咸呼爲玉環和尚。善談論,喜飲酒,初無他異,後忽失所在。衆追思之,玉環無端能貫入肉中,是必異僧也。然余疑此或先裂其耳，以環納入，再用藥敷之，滅其瘢痕。如《拾遺記》所載，吴王以白獺血雜玉與琥珀屑，滅鄧夫人頰上傷痕之類，僧家借此惑衆耳。其後通州吕市鎮又來一丐，負竹一段，手執小鋸，逐段鋸之，廣三四分。乃以兩段聯貫爲一，形如連環，賣與小兒爲戲弄之具，至晚不知所往。衆傳觀其竹，始共歎異，竹無裂痕，何能并合，殆真異人矣。

有富家子，所娶亦富家，裝送甚盛。成婚之夕，將就良席，婦忽長歎。子問其故，婦曰：「吾初許嫁一老儒之子。老儒死，其家益貧，吾父亦死，吾母悔焉，背其盟，改適於君。雖由母命，而追念往事，不覺失聲，君勿罪也。」子瞿然曰：「老儒子今安在？」曰：「聞流落市井矣。」子遽出，謂其父曰：「吾家幸富厚，何患無婦，奈何奪貧子之妻！」即訪求老儒子，遇之以歸，衣以己之衣，掃除别室，使成婚禮，盡以婦家所裝送者畀之。居數歲，父使以太學生應鄉試。子雖自幼從師讀書，然日以嬉戲爲事，所作詩文皆師代爲之，父固不知也。及入闈，執筆苦思，終日不得一字。疲極假寐，有老翁搴帷而入，推之起，曰：「吾文已成，而卷爲墨瀋所汙，無用矣。知子文尚未就，敬以相贈。」子大喜，録之而出。以草稿示師，師曰：「佳則佳矣，二三場必不相副，奈何？」及入第二場，仍終日無一字。薄暮内逼如廁，又遇此翁。哀之曰：「尚有以贈我乎？」翁笑曰：「諾。」出之袖中，經文五篇皆具。出以語師，師默然。至三場，又遇翁如前。師曰：「汝今必中式矣。」榜發果然。師乃告之曰：「汝所遇者鬼也，天下固無是好人。且第一場既以墨污遭擯斥，再入奚爲！汝於第二場相遇，吾已知其非人，不言者恐子畏怖耳。汝不奪貧子之妻，固宜有是報。此翁必其父也。」衆以爲然，乃厚贈貧子。後貧子亦成名，兩家往還若姻婭矣。

杭有貧士，少時渡江至蕭山爲童子師。歲暮歸休，篋中有洋錢三十，皆學徒所贈遺也。至江干，有少婦坐地而哭甚哀，問之，曰：「吾夫死，爲族人逼迫，將赴清流，而腹有遺妊，徘徊未忍，是以悲耳。」言未已，其族衆跡至，士即同往其家，責以大義。衆曰：「君言誠是，但其姑已受人聘錢，爲其夫治喪。今無以償之，勢不可已。」問聘錢如干，則洋錢三十也。士即以所齎畀之，歸家遂無一錢。或曰：「君有此高義，當不久落寞。」而士顧困於場屋，年五十餘尚逐隊入舉場，所坐號舍適居最後，逼近屏廁，臭穢殊甚，士亦安之。俄有少年來，坐其鄰鋪，掩鼻曰：「此何可坐？」謀去之。士責之曰：「吾所坐更後於汝，汝乃謀徙他鋪，如功令何？」少年慚謝，遂不徙。已而言談頗相得。及題出，少年操筆成文甚疾速，而士呻唔良苦，少年就視之，僅數行耳，且蹇澀不成文理。士忸怩曰：「本不工文，今年老益荒廢矣。」少年曰：「吾請爲君成之。」染翰如飛，文無加點，即成，以授士。士大感愧曰：「以年論，吾長於子；以文論，子吾師也。請如王孝逸白首北面矣。」榜發，兩人皆中式。士詣少年謝，執弟子禮焉。少年曰：「吾與君幸有同歲之誼，敢辱大禮！」正相遜讓，而少年之母自屏間窺之，使婢問：「客某年曾於江干救一婦人乎？」曰：「有之。」母遽出拜曰：「恩人，恩人！」蓋少年即其遺腹子也。

泰興李東懷，以拳勇聞。有僧來訪，請與角技。東懷懼不敵，僞曰：「李東懷吾師也，今適他出。」僧出名紙曰：「以此致意。」乃以一手掀其聽事之柱，去礎數寸，納名紙其中，曰：「置此應無遺失。」即辭去。僧所寓在慶雲寺，東懷瞰其亡，而往答之，出名紙語寺僧曰：「爲我多謝阿師，然恐遺失。」乃唾紙背，竦身直上，以名紙黏著殿之正樑，略不咼斜。殿屋高，大樑去地幾二十丈，僧歸見之，不與角而去。蓋一畏其驍勇，一畏其趫捷也。

劉雨香，仁和之小陵村人。其地有范氏者，賈於天津，使劉主會計。晚歲南回，家於唐西，資産頗饒。及病且死，忽有一婦人衣紅衣，與一男子踵門而問曰：「此劉雨香之家歟？」劉氏之人曰：「然。」二人徑入。遇劉之妾於中庭，問曰：「劉雨香焉在？」妾曰：「在房。」二人入房，房中人皆見之。劉方卧牀上，遽起，跪而自投曰：「所負債必無不償。」婦人曰：「已至今日，尚及償歟？」劉忽倒於地，家人扶之起，氣已絶矣。婦人與男子皆不見。劉氏之人無識之者，莫知爲誰也。然負債不償，償之以命，則固不待問矣。

石門有舟人某甲，艤舟水濂。日且暮矣，有二人來賃其舟。問所之，纔數里耳。問傭值，許以錢七百。甲甚喜，即載二人以行。行里許，有一舟迎面來，其操舟者鄰比某乙也。問曰：「汝焉往？」甲曰：「載此二客如某所。」乙視舟中無人焉。來橈去楫，一瞬即過，亦未暇問，然心疑之。既至家，以語甲之子。子即以小舟追及之，見其父所操果空船也，呼父問故。甲視二客皆不見，乃悟遇鬼，敞罔久之。與子俱歸，未一月而甲死。

光緒辛巳春，德清鄉間有婦祭其夫之墓者。祭畢，焚紙錢，火著其裙，延及其衣，不可撲滅，俄頃之間竟斃於火。僉以爲異。後知其夫乃醫也，死後有洋錢數百，孤子藐焉始孩。婦不能守，嫁有日矣。謀以其賄遷，而不以其孤往。祭墓告別，遂罹焚如之慘。此鬼可謂有靈矣。

唐燦如，溧陽人，賈於吾湖，遂家焉。一妻一妾，年過六十無子，望之頗切。將及七十，妾始舉一男，俄以折閱耗其貲，索逋者踵於門，乃出至他所避之。妻與妾素不相能，至是以家中落益憎其妾，謀去之。妾曰：「吾已有子矣，尚焉往？」妻竟鬻之於鄉間。妾將行，泣曰：「吾此行，必不活。」已而果縊死於所鬻之家。其子在家已三歲，能言矣，一夕忽瞠目曰：「阿孆喚我去。」未幾寒熱大作，達旦竟死。唐聞而遄歸，已無及矣。娼妻悍室，斬絶夫嗣，雖令賣皂莢、掃帚，猶寬政也。

卷十四

無錫縣蕩口鎮民，生得一雁，將殺而烹之，有書生見而憫焉，買以歸，畜之以爲玩。懼其逸去，以線聯其兩翮，使不能飛。雁雜處雞鶩間，亦頗馴擾，惟聞長空雁唳，輒昂首而鳴。一日，有群雁過其上，此雁大鳴，忽有一雁自空而下，集於屋檐。兩雁相顧，引吭奮翮，若相識者，一欲招之下，一欲引之上。書生悟此兩雁必舊偶也，乃斷其線使飛，而此雁垂翅既久，不能奮飛，屢飛屢墮，竟不得去。屋檐之雁守之終日，忽自屋飛下，相對哀鳴。越日視之，則俱斃矣。書生感其義，合而瘞之，名曰雁冢。嗟乎！禽鳥之微，猶不忘其偶若此，使人彌增伉儷之重。

揚州城外有農家畜一牛，頗肥腯，使之耕，亦甚得力。一日，牧者繫之於樹，牛方卧，忽有一馬不知所自來，亦至樹下與牛對卧。見者初不以爲異。馬忽嗅牛之鼻，牛即躍起，自斷其繯，以角觸馬，馬亦起而踶牛。於是牧者大呼，村民咸集。而其鬭益力，不可解。鬭且行，將入於城。守者懼，闔其門。乃卻走，又一二里，至角里莊。時隨而觀者甚衆，然莫能爲力。其鬭已及兩時之久，馬倒牛亦倒，則皆力竭而斃矣。審視之，馬洞胸破腹，一目墮於地；牛兩肋俱斷，腹破而腸出，並僵卧血中。殆佛家所謂夙冤者歟？嗟乎！一種業根，雖俱墮畜生道中猶不相捨，亦可畏矣。

江西省城鼓樓前一大宅，久爲狐據，無敢居者。其西爲某氏宅，則無他也，有何姓者，僦其屋以居。一日，使婢至後院收所曝之衣，久之不至，跡之杳然。而其地無門户通他處，且垣墉高峻，非可踰越，大異之。訪求數日，竟不可得。有傭媼來告曰：「頃聞鄰宅有笑語聲。此屋久無人居，是可異也。」何乃集家人往視。啟其門，則蓬蒿没人，蛸蠨在户，經堂歷奧，大索無獲，廢然將反。或曰此行也，得罪於仙人矣，宜以來意祝告之。何乃焚香默禱而還。及夜，婢忽自後院出。問：「連日何在？」曰：「在鄰宅。」問：「衆人入内搜索，汝匿何所？」曰：「衆人來時，我悉見之，而口不能言，足不能動，但怪衆人何不見我耳。」問：「汝在彼數日，何所見？」曰：「其人甚衆。有小女子，衆皆呼爲姑子，其姣無雙，最與我狎，食我珍羞，衣我文綺。其家陳設華美，羅屏繡幕，屋不呈材。每夜衆女列坐度曲，以絲竹和之。或使我歌，則姑子輒代謝不能焉。我欲求歸，則姑子怒罵曰：『婢子，此間不樂歟？尚何歸！』」「然則今日何以得歸？」曰：「此亦姑子之意，謂其家以禮相求，不可不使歸也。」問來去何塗之從，婢皆不能言，惟覺此身飄飄然，若有提之而去、挈之而來者。何懼狐爲祟，次日復盛設牲醴往謝之。後亦無他異。

湖北徐氏女，嫁爲邵氏婦。年過三十而孀，撫孤子至於成立。而其姑病，徐願朝四大名山爲姑延壽。四大名山者，蓋世俗所傳如峨嵋、五臺之類，皆古佛道場也。及姑死，既免喪，乃挈其子乘一馬以行，歲月既久，經歷頗遠。咸豐季年至於雲南，止大理府賓川州之雞足山。相傳是山爲釋迦大弟子迦葉示寂之所，舊有銅佛寺，頽廊碧殿，頗極莊嚴，至是久圮矣。徐慨然議修復之，乃卜吉日，庀材鳩工，爲經始之計。或尼之曰：「爾願則宏矣，方今盜賊磐牙，人民雕𢦛，事必無成，不如已也。」徐曰：「不然，天下事有志竟成。吾姑爲之，不憂無助。」已而遠近聞其事，果有施舍者。或以錢，或以粟，徐悉以供土木之費，己無私焉。惡衣菲食，益自刻苦，人皆敬信之。其所乘之馬，聽其游行山谷，逐水草之便，無牧之者。而徐偶有所往，則馬輒自至，莫知其所以然也。其時大軍雲集，糗糧楨幹，所在饒衍。諸將士或至寺中，徐必爲潔治蔬食，將士皆喜，各有所施。一二年集資巨萬，於是大興工作，木工石工日百餘人。婦躬給烹炊，執都養之役。未及一年而底於成，僧俗瞻禮，無不讚歎。時馬星五觀察驷良駐兵其地，實親見之。年未五十，修眉纖趾，不失大家風範。其子年二十餘耳。工既畢，婦請於有司，求給路引至西藏禮佛。留之，不可，仍挈其子騎馬而去。後有人自藏中還，言曾遇此婦於塗云。

湖北興國州有楊叟者，鄉里之多田翁也。偶騎馬自城中歸，一童子從，經行阡陌間，彌望皆其田也，意頗自得。顧視童子曰：「汝視我田多否？」童曰：「多則多矣，翁不聞俗語乎：『一場人命三場火，三年之後不屬我。』」叟大怒，罵曰：「畜產！」遽下騎，蹴以足，童厥然而倒，視之死矣。童子之父母執以興訟，耗其家貲十之六七，僅乃得免。後又三遇火災，蕩然無立錐地。叟死，其子婦傭於樊氏。余大兒婦樊聞其所説如此。孔子曰「滿則覆」，信夫！

大兒婦樊言：有農家曝穀於場，一媪守之，其孫從焉。有鴉向之而鳴，媪曰：「鴉鳴不祥，與汝歸乎？」乃歸，未及其門，遇娶新婦者彩輿前行，一少年衣裳䙰䙰而尾其後。鄉間俗例，凡嫁女必使其兄若弟送之，謂之送親阿舅。富者則以輿馬，貧者徒步而已，故有俗語曰「阿舅阿舅，轎後走狗」。其孫見此少年，即戲誦此二語。少年怒，舉肱一揮，其孫仆地，觸石裂腦，逾時而斃。媪家執此少年訟之官，實係誤殺，不能擬抵，而其孫竟以非命死。《禽經》云白脰烏不祥，其信然乎？然使聞之而不歸，則不與娶新婦者相值，即不致以戲言見殺。避禍而適以得禍，天下事往往有類此者。

漢口鎮民陳某，啟肆賣乾肉〔一〕。有黄犬入其肆覓食，陳適割肉，隨手以刀斫之，中要害立死，曳而棄之溝。數年後，陳見一老翁坐其門外，疑來買肉，問所需。翁曰：「吾非買肉，來尋汝耳。」問：「尋我何爲？」「汝棄我溝中三年矣，今幸得出，能忘汝乎？」言已即不見。陳問肆中之人，則皆未見有此翁，但見一狗向陳嘊嘊耳。陳還入内，俄身熱頭痛，昏不知人。忽大言曰：「我江寧城外黄土坡人，姓周。因生前有罪，死後罰爲狗，爲汝所殺，棄我溝中，困不得出。今因人浚溝，我乃得出。訴於冥王，王謂汝誤殺我，例不抵償。我再三陳説冤苦，冥王惻然，命二役與我偕來，不索汝命，但須將此事廣爲傳播，俾人知物命不可任意戕害。則以我一命，保全多命，我可銷除宿孽，再得人身。汝非惟免罪，且可得福。」妻子惶懼，請俟陳病愈，從其所言，陳病旋愈。有人從漢口來，親聞陳説如此也。

江都黄輝山畜一犬，甚愛之，禁不使出户。犬固牝也，方春求牡之時，鬱不得逞，遂瘈。黄之子方食，而犬至，不知其已病也。投以食，不食，遽前齧黄子之手，家人奔救，乃去。視所齧處，流血如墨，叫號月餘，竟莫能救而死。是亦畜犬者所不可不知也。

〔一〕賣，底本原作「買」，《校勘記》正作「賣」，今據改。

天津任家胡同有沈姓者，年七十餘矣，長蘆鹽運司之吏也。家貲頗饒，所居屋亦華美。庭有古樹一株，百年外物也。沈欲於庭中築一牆，以界内外，而樹適當其處，謀伐之。夜夢古衣冠人自言爲樹神，戒勿伐。沈以爲妖夢，不之信，竟縱尋斧焉。有赤汁流出如血，家人咸懼，或勸阻之，而沈意不可回。既伐樹，甫五日，而火作，不知其所自起。其夜天無微風，而火勢猛烈，竟不可救。沈從夢中驚覺，奪門而出。又念有文書在卧室中，復入取之，遂逮乎火而死。死者凡四人，不延及他屋。明日人往視之，見其大門無恙，四面牆垣初不傾頹，而其中悉成瓦礫場。亦可異也。

彭雪琴侍郎，微時曾館於麻總兵家。麻乃廣東人，實回紇人之編置内地者也。其母年八十外，忽得奇疾，疾作時輒失所在，家人遍索之不得，往往得之屋上。或數歲一發，或一歲數發，侍郎館其家時，嘗親見之。其母高坐屋山，笑語諸人曰：「來，來，此間甚樂！」家人百計招之，不肯下。其子梯而上，始從之下。然其下也，必其子扶掖之，跁踦而行，屋瓦皆碎，不知其何以上也。既下而問之，亦不能自言矣。其母年至九十五六乃終，亦無他異。

陳東之孝廉潮，泰興人。蕭山湯文端公視學江蘇時，取入縣學。道光十一年應順天鄉試，中式舉人。先後客京師十年，精於小學、韻學、算學，同時魏默深、包慎伯諸君皆推重之。以乙未歲卒於京師，年止三十有四。卒之前一日，文端往視之。時已薄暮，見有二小兒，一衣紅，一衣緑，入其所居室，遂不見。文端出，語人曰：「此子必不起矣。」其家西鄰有秦叟者，每日雞鳴必起，無間寒暑。當孝廉之將生也，秦叟蚤起，見有火毬大如碗，墜於陳氏之竹園，次日孝廉生。至是，又見有火毬自竹園出而北去，隱隱有聲。及凶問至，則秦叟見火毬之日，即孝廉死之前二日也。其子子愚廣文謂爲余述如此。

子愚廣文又言：其長子繩祖，弱冠未娶，以同治五年失足水死。所聘爲同縣朱氏女，聞訃絶食而死。廣文適居母憂，未遑迎其喪，朱氏厝之於先塋之側。已而廣文具舟往迎之。舟泊河干，距其塋可二三百步。廣文先設祭於柩前，并爲文焚之，告以迎歸合葬。旋風倏起，吹其灰直入舟中，見者無不驚異。逾二年，其次子光祖舉一子，即以爲之後。子生之前一日，廣文妻夢一少女向之而笑，不發一言。及覺，而面貌衣裙了了在目〔一〕，但不識耳。偶言於朱氏，則朱女之貌一如所夢，其衣裙亦與臨終時所著悉合也。

王子閑者，江西藩司署中老賓客也。自中年後即多病，夜不能睡，晝不能食，每日晨起必

〔一〕 目，底本原作「自」，《校勘記》正作「目」，今據改。

飲藥一大碗。凡補益之品，無一不具，飲此則治事如常人，一日勿藥，即病不能興矣。有熊君謂之曰：「人生寢食爲最要之事；不寢不食，全恃藥力扶持，而能長生久視者，未之聞也。今授子一法，每日不論早晚，但得閒暇，則閉目靜坐，收束此心，使一念不起。如是或四五次，或一二次，每一次以盡一炷香爲度。行之既久，必有效驗。」王從其說。一月後偶於夜分如法靜坐，忽不自知，竟得一寣安睡寣，呼骨切，音如忽，見《廣韻》十一没，云睡一覺也。寤而覺有飢意，時在人定之後，無所得食。探小盉中，略有餅餌之屬，即取食之。食已復睡，至明日日加辰始覺。覺則大飢，亟索湯餅，食之盡數器。食飽捫腹，語其人曰：「寢食之樂，一至於斯。久矣，余之不知此樂也！」許星臺廉訪時官江西，親見其人，及來江蘇，爲余言之。廉訪亦力行此法，自言：「從前爲太守、爲觀察時，公事無多，日必靜坐數次。今官廉訪，則不能矣，然亦必以盡一炷香爲度，無一日間斷。雖或賓朋高會，聲伎雜陳，稍一歛攝，即如不聞不見者然。」余歎曰：「香山詩云：『學調氣後衰中健，不動心來鬧處閑。』君之謂矣。」廉訪因余有肝胃之疾，力勸行此。余舊有枕上三字訣，刻《俞樓雜纂》中，亦非不明此理者，而心形交役，未能坐忘，正如東坡先生作《龍虎鉛汞説》寄子由，而自知易流之性，不能終蹈此言也。因記王子閑事拉雜書此，殊自愧矣。

蘇州臨頓路民某甲，以織紝爲業。有某乙，從之學藝三年矣。甲愛其勤謹，欲以女妻之，謀之妻，亦以爲可。妻私問之女，女意不欲，乃寢前議，乙心憾焉。光緒辛巳歲立夏之日，例停工作。甲夫婦並他出，獨女在室中。乙挾利刃入室，謂女曰：「汝父母皆欲以汝妻我。汝顧不欲，何也？今日我剚刃汝腹中矣。」即以刃連擊之，傷乳及脅。乙知女且死，引刃自斷其喉，立斃。女逾日始絶。是殆有宿冤者與？

大庾戴可亭相國罷相家居，喜與門下諸客講修煉之術。蕭山湯文端公未第時，館其家，亦預焉。一夕，相國招諸客坐暗室中，不設燈燭，皆閉目靜坐。坐至夜分，相國頭上忽發大光明，其大如槃，其明如鏡，視其中隱隱若有物者，但不可辨耳。文端亦然。其餘諸客各有光，而小僅如豆，且搖曳不定。次日，相國語諸客曰：「吾儕根柢厚薄，功候淺深，俱見於此。」相國年至九十六而終。許信臣前輩視學江西，猶及見之，時年已九十外，不甚有言，而見人輒笑，終日無戚容。信臣前輩曰：「此老視天下之人，天下之事，天下之物，無一不可喜者。」其所養真不可及也。

蕭山湯文端公官京師時，居東單牌樓。其屋相傳爲乾隆時大學士和珅舊第，素稱凶宅。及文端居之，了無怪異，惟後有屋七間，頗宏敞，不居人。屋中藏庋書籍，庭下雜蒔花本。最西一室爲奉佛之所，文端每日晨起，必至此室禮佛，從者皆止於庭不入。文端至户外，輒見一叟先在室中膜拜，拜已不見，文端乃入拜，日以爲常。心知其爲狐也，以其不爲人害，亦姑聽之。及文端薨逝之年，此叟遂出至聽事。客至，見其蒼顔皓首，倚隱囊而坐，疑爲文端也，將趨問起居，倏已滅跡，乃共駭異。文端薨，妖異大作，棹椅之類無故自動。或數人方共啜茗，茗椀忽飛至他處。湯氏惡之，不復居此屋。余聞之文端之孫伯述司馬云。

蕭山縣東門外有土地廟，其地蓋近海矣。廟後有大池，方一里。同治辛未夏，大雷雨，有一黑龍降於池，其身大於連抱之樹，其尾在池中，而其首猶在天半，雲氣護之，不可見，不知其長幾許也。一時喧傳神龍取水，冒雨往觀者甚衆，然皆不敢逼視。但見其背上有水，分兩路，一從下而上，其水白；一從上而下，其水黑。有知者曰：「龍頭上有分水珠，凡取人間之水至珠所在，清濁自分，清水上行，化爲雨澤；濁水下行，仍回元處。故其從上而下者，皆泥滓也。」歷一時之久，雨勢稍衰，龍乃騰空而去。

湖北興國州某生，人頗長厚。有小婢曰二兒，亦善遇之。偶使二兒灑掃庭除，怒其糞除不盡，蹴以足，誤中要害，立斃。大悔，厚斂之。是歲應鄉試，入闈，坐號舍中，每舐筆和墨，輒有二指見於前，而不見其人。晝夜皆然。爲其所嬲，竟不得成一字，乃悟曰：「以二指示我，必二兒也。」因納還試卷，俟門闢而出，爲二兒大作佛事，至次科復入闈，遂無所睹。

浙人有蔡姓者，居京師。其子甫及髫齔，即豫蓄一幼女，待其長以爲子婦。無何此女死，又爲其子聘方氏女，不以前事告。及成昏之日，於房户之外設几案，焚香燭，使新婦向之而拜。方氏之送者曰：「是於俗例謂之拜房，繼室則然，元配則否。」執不可，乃撤去之。俄風起燭滅，新婦仆地，若有扼其吭者，聲喀喀然，咸共駭異。乃告以前事，書此女姓氏爲位祭之，扶新婦起拜如儀，遂得無恙。

湖北咸寧縣有余氏子，幼聘賀氏女，女未嫁而死。余氏議迎其柩以歸，而女之父不可，曰：「嫁殤遷葬，非禮也。」自卜地以葬其女。及余氏子别妻婦，楚俗娶婦，婿必親迎。余氏子迎婦還，道經賀女之墓，有旋風起墓門。初不爲意，既至家成禮，而余氏子性情頓異，數日後暴鰲無人理。尤虐遇厥妻，輒使長跪堂前，鞭箠之，罵詈之，幾無虚日。舅姑好語之曰：「吾子因病，失其常性，苦我新婦，良所不忍。然拂其意，病且滋甚，幸哀憐吾兩老，勿辭勞辱。」新婦頗婉娩聽從，而余氏子之病日久不已。舅姑究其病之所由起，知有墓門旋風之異〔一〕，乃爲賀氏女

〔一〕知，底本原作「如」，《校勘記》正作「知」，今據改。

設栗主奉祀之。賀父又親詣其女墓，責其無禮，然皆無驗。歷十餘年，所娶婦死，余氏子之病始瘳。余氏與樊氏有連，往歲余大兒婦樊歸寧，曾一見之，已如常矣。未幾續娶，而病又作。今未知何如也。

咸寧樊氏女，余大兒婦之族姑也。既嫁之後，忽得狂易之疾，久而不愈。樊氏迎之歸，使巫者治之，女病良已。乃爲製新衣，内外悉易之，以輿送還夫家，幕以魚網，使舁者疾趨以行。舊時衣物，概不將去，自是女果平復如常。越數歲，母偶檢視女所存留衣笥，見有新衣數襲，歎曰：「如此好衣，不著可惜。」閱時久矣，固當無害。」乃親送至女所。女攬衣未及著，忽欣欣大笑曰：「數載尋汝不見，今在此邪？」言已，復發舊疾，惝惘彌甚，百治不瘳，竟以狂死。

鄂俗以人自經死者，爲喫油麪。油麪者，以水和麥末爲長條，必稍著油乃成，故曰油麪。江浙間曰索麪，古人則謂之索餅。《玉篇・麥部》：「餅，博領切，索餅也。」《南齊書・何戢傳》稱「上好水引餅」，即此物也。咸寧有章姓者，營造屋宇，而遇工匠頗刻，工匠銜之。偶食油麪，即以所餘埋之於户限下。無何，章妻縊死，章亦時時引帶語人曰：「我宜於何處縊歟？」家人患之。有善相宅者，周觀其室，曰：「户限下必有異。」扣之得油麪，掊而棄之，乃已。

營建室宇，尤重上梁。温子昇《閶闔門上梁文》曰：「良辰是簡，穆卜無違。」是古人亦甚重乎此矣。咸寧劉氏新成一屋，居之者輒患峈血之疾。有相宅者曰：「梁上得無有異乎？」梯而視之，則有一赤蟲，蠕蠕動，長可數寸，而細僅如髮。黏著於木，竟不可去。乃易其梁，而峈血者皆愈。後知木工於上梁之日，偶傷其手，血濡縷入木中，遂成此異，初非有意爲厭術也。

徽人程姓者，以貲雄其鄉，累世矣。生一子，少而癡𫮍，及長，混混無所知。其家以二僕守之，饑飽寒燠，悉二僕爲之節度。或不受教，則痛笞之，乃帖然服。其術若馭牛馬，然遠近皆知之，無與論昏者。程氏故有質劑之肆在無錫，有汪氏者世爲之主會計。汪有女與程子年相若也。汪叟乃慨然曰：「吾家自祖父以來皆主程氏。今程翁有子，無女之者，吾何惜一弱女子，不以酬其數世之恩誼乎！」使人達其意於程。程初辭焉，汪固以請。程重違其意，乃聘爲子婦。及成婚，纁雁之儀，牢羞之費，頗極暉備。青廬既啟，將行交拜之禮，而程氏子蹩躠蹁躚，竟不成拜。已而入室，顧視室中羅屏繡幕，非平昔所寢處，則大驚，叫囂東西，隳突南北，無能近之者。不得已，仍命二僕推輓以去，女自此獨處終身矣。舅姑語之曰：「吾子非人類也，苦我新婦，幸善自愛。」次日，即割家貲巨萬與之。逾年，以兄弟之子一人爲之嗣。而女甚賢達，上事舅姑，下撫嗣子，旁遇娣姒，皆無閒言。舅姑益善之，因爲子納貲得官，女遂受四品之服。與夫異室而處者三十年，雖爲命婦，仍處子也。程氏子先卒，女又十數年乃卒。晚歲年齒既高，行輩又長，家中事悉稟命焉。女善料事，並能知人，事無巨細，經女處分，悉中窾郤。程氏子雖迷惘終身，然儀狀端整，肥白如瓠，中年以後鬚髯甚美，望之若叢祠中所塑神像者然。且自程氏子之生也，其家日益饒衍，候時轉物，無不得利。程氏子死，稍稍衰矣。然則此夫此婦其亦有自來與？余少時館於休寧汪氏，汪與程有連，故得聞其詳。余詩集中有《女蘿行》一篇，爲汪女賦也。

蕭山沈茂才祖煒言〔一〕：其友李某館於高氏，主人高叟，博覽士也。一日有鄰人於山上掘得一物，似鴨而無毛，通體純黑，兩目皆閉，以示李。李不識，高曰：「此蛟也，幸兩目未開，故不爲患。烹而食之，亦一異味。然其身上不可著一滴水。得水即能變化，平地生波，廬舍爲墟矣。」乃攜至爨室，燒釜使紅，投此物於中而蓋之。釜中鬵然，黑水溢出，可四五石，水盡啟蓋，則已熟矣。色白如凝脂，取出薄切之，湛諸美酒，調以醯醢，與李共食，味甚鮮腴，食品之美，殆未有過之者。余按，蛟鮓龍醢，自古有之，則蛟固可食者。然郭璞注《山海經》云「蛟似蛇，四足」，王逸注《楚辭》云「龍無角曰蛟」，《北夢瑣言》説蛟之形狀云如蛇，又云如水蛭，皆與鴨不

〔一〕 才，底本原作「材」，《校勘記》正作「才」，今據改。

類。此物似鴨，殆非蛟也。

蕭山縣有地名臨浦，其山多毒蛇。或言江西真人府法官能捕之，乃共醵錢請一法官至。適蕭山令黃君以事至其地，見之，因與偕往觀焉。法官周行山岡，拔劍向空中指畫，口誦咒語。又以楊枝湛水，遍灑之。乃至山下平地，以劍畫地爲三大圈，其圈皆徑三四丈，自仗劍立第三圈後，使黃立己後，戒之曰：「有所見，忽畏也。」頃之衆小蛇蜿蜒而至，甫至第一圈即斃，其後蛇來益多，亦益以大，或入圈未半而斃，或入圈而斃，或出第一圈及第二圈而斃。旋又有三蛇，大如屋柱，入第二圈亦斃。俄狂風大作，山上大樹皆扒，有一蛇長十餘丈，粗若五斗米囊，遍體金鱗，口噀青煙，連度二圈，不少趑趄，昂頭直犯第三圈，黃大怖，遽跳去，法官不爲動。蛇入圈者半，忽蹉跼不行，則已死矣。法官顧黃笑曰：「固戒君勿畏，何怯也？」此事亦沈生祖煒說。余按《夷堅甲志》載，方城民王三捕毒蟒，畫地爲三溝，語人曰：「若是常蛇，越一溝即死，極不過二。如能歷三溝，則我反爲所噬矣。」既而蛇徑前，無所畏，欲就王。王亟脱袴中裂之。蛇分爲兩死。事與此相類。然則蛇或竟逾第三圈，法官亦必有法以制之也。

沈生祖煒又言：有人曾見一蛇，其形正方，修廣各七八寸，如薄版一片。詢之土人，云：「此名花版蛇，蛇中罕見者，其毒尤烈。」余按錢唐趙恕軒學敏著《本草綱目拾遺》，言杭郡山中有蛇，名方勝版，以其遍體花紋如錦，中方勝而形匾如版，故名。豈即此物與？沈又言：有人於海濱捕得一物，形如鼈而無裙。其大如席，背上有甲，背下無甲。在水中力甚大，登陸則不能動。衆莫之識。或云此是瑇瑁。然考《桂海虞衡志》，言瑇瑁形似龜鼈，背甲十三片，黑白斑文相錯。其邊裙闌闕，齧如鋸齒，無足而有四鬣，以四鬣掉水而行。此物無裙，且不知有足與否，又不言其背有斑文，未必其爲瑇瑁也。

河南府多叢祠，主之者皆婦女也，呼曰師婆。然率爲訑謾之言，以欺罔婦豎耳。獨一師婆所奉之神，頗著靈異，有求者踵於門，輒如其所禱，以牲醴來祭者無虚日，師婆大獲利益。余大兒婦樊在其父河南太守署日，聞婢媪輩言其事，不可勝紀。偶有一宦家婦，以子病禱於神，子病果愈，將親往謝焉。師婆固辭曰：「神所居隘狹，不足辱夫人玉趾，請命臧獲執其禮。」婦不可，盛服而往。甫一展拜，有鼈蹣跚從案下出，自此靈響寂然。余二兒婦姚曰：「此婦必正人，故邪神畏之。」余曰是也。

大兒婦又言，河南府有一處出大蛺蝶，其大如槃。嘗有人以二蝶饋百里外一親故，其家受而畜之園圃中。一蝶旋斃，一蝶逸出，飛翔郊野。有師婆捕以歸，詭言得神蝶，大著靈異，香火日盛。如是月餘，畜蝶者之家有一小兒偶過而見之，唶曰：「吾家所失蝶，乃在此邪？」自後祈禱不復有驗。此則鮑君石賢士之故事，自昔有之矣。

惲次山中丞爲常德守時，有記室之友郭君，湘潭諸生也。頗有詞藻，人亦長厚，賓主極相得。居數月，忽語中丞之族子曰：「吾將去矣，太守失禮於我，我亦失禮於太守，豈可久居此哉！」族子力白其不然，且曰：「君固長者，勿爲浮言所惑。」翌日，又謂族子曰：「今真不可留矣！太守治我獄，不少寬我，行將斫我頭，奈何？」族子駭其語，聞於中丞，疑其有心疾。使醫治之，醫曰：「六脈皆亂，是不可爲，亟送之反。」中丞乃親往視疾，先窺於牖，則見其人在室中，若與人搏擊，又若與人揖讓，狀甚傖囊。乃入而問曰：「先生之疾有間乎？」曰：「無恙也。」「聞有歸志，信乎？」曰：「否，否。」其應對猶不失常度。中丞惘然不能測，姑爲具舟。有周君者，中丞所聘爲其子師者也，與郭所居相近。中夜，郭忽突入周室，跪其牀下。周驚起問故，郭則泣曰：「已矣，太守執法，必斫我頭，此前生事，死固非枉。然我有老母在，君居賓師之位，能爲我言於太守，求一綫生路乎？」周力挽不起，乃紿之曰：「質明必言於太守，君且去。」推之出，闔其户，郭竟跪於户外達旦。及明日，舟已具，而雨甚，不能成行。郭危坐枕上不動，人往視之，曰：「我今日死矣。」食之，不食；强之食，乃盡飯二大碗，夕食亦然。食已，復坐枕上，問何故坐此，曰：「待死耳。」是夜，中丞使健僕四人守之。四人者，皆坐旁室中。丙夜，忽聞郭室抝闔有聲，走視，則失郭所在矣。其庭中故有門，出門即一大園圃，花木陰森，山石蒼突，且有大池二。衆人入園，見有人隱約在前，僉曰是矣。尾之，則入於廁，疑其奏廁也。入廁，無所見，始悟所見爲鬼。乃大索園中，杳無蹤跡。有行夜者曰：「園東北隅有一土垣，垣下有一井，其地人所罕至，無乃在此乎？」如言求之，果得其二履於井邊，又一袴在井榦之上。使人鉤撈井中，而得其屍，遍體青紫，有若足踢者，有若手掐者，厥狀甚慘。檢視其几席間，則前日醫所處方猶在，方中有女貞子，郭書其旁曰：「女本貞也，而使之不貞，其罪可勝誅乎？」其所親某君見之，歎曰：「此其前生之孽也。」因言郭於二十歲前得病且死，病中自述之語甚怪，且有一詩。彼時不死者，殆郭氏祖父尚有餘澤，故稽緩數年，待其有子也。郭之子尚在孩提，未能成立。且學使者賞其文藝，將以充咸豐辛酉拔貢生，而冤業牽纏，竟死非命，亦可傷矣。觀其書藥方數語，知其前生必於温柔鄉中失足者也。

沈仲復廉訪言：其贈公宦游七閩時繼母馬太夫人殁，時其所寓屋甚隘狹，纔三間耳。東爲卧房，房中安紗窗六扇，分前後爲二，即於其前爲馬太夫人位，西嚮以布幕蔽之。贈公手書一聯，懸幕上，每啟幕，則聯軸觸窗櫺礰硑有聲。又地苦卑濕，藉之以席，履其上蘇蘇然。南牖有几有橙《廣韻》四十八嶝有橙字，都鄧切。几橙，即今俗書凳字，橙以藤爲之，坐起輣軋作響，乃其常也。

仲復時方十一二，與贈公同榻而卧，即在其後間。太夫人撫仲復愛逾所生，故仲復思慕綦切。一夕，睡至夜半，聞聯軸觸檽如啟幕然，又聞行席上聲，坐橙上聲，仲復泣曰：「豈母之靈乎？何不一撫視我！」語未已，聞橙上又有聲，如人坐而起者，俄而窗啟，俄而帳啟，則真見太夫人立於牀前，語仲復曰：「汝思我，我豈不念汝？但大命有限，不可奈何！汝好讀書，他日必成名，鼎甲可望，官位亦不小。勉之！勉之！」仲復哭失聲，則一無所見矣。贈公驚而寤，問得其故，贈公素不信鬼神事，曰：「汝思慕之忱，結成此象，非真爾母之靈也。」後仲復於咸豐丙辰應殿試，讀卷大臣先進前十本，以仲復所對策每事皆引上諭爲證，嘉其留心時事，初擬第二，又擬第三。後爲吾師黄縣相國改第七，遂爲二甲四名。所謂鼎甲可望者，不虚矣。旋以翰林起家，官四川臬司，引疾家居。官位未可量，太夫人所言皆驗。

仲復廉訪有弟名燾，字叔和，官順義縣令、霸州牧。丁所生母憂，去官。服闋以候缺，久居京師。喜爲詩，又善飲酒，酒朋詩友，坐上恒滿。臨終前數日，猶與客飲酒賦詩，甚樂也。次日，忽語客曰：「行與諸君永別矣。」客驚問故，曰：「吾昨夢順義縣城隍之神言：『將受代，代之者即君也。』我意不欲。神曰：『君久當爲神，徒以有老母，故稍緩之耳。老母終，豈得不赴？』吾曰：『我尚無子。』神曰：『有子無子細事耳，何足論！』其言如是，故知不免也。」客以妖夢解之。然自此日以委頓，至卒之日，沐浴鬀髮，易衣而卧。問曰：「已齊集未？」俄又曰：「既齊集矣，我即去。」言已，遂瞑目而逝。後數年，直隸大無，朝廷發金振之，順天府所屬一縣令乾没入己，事發，畏罪仰藥死。時有某君亦縣令之候缺者也，以生人爲冥官，至是語人曰：「昨日會諸神鞫某縣令，順天府所屬六州二十一縣城隍咸在，我識其一人，順義縣城隍沈叔和也。」某君素不知沈君臨終之語，而其言乃與之符，是可異矣。

同治四年，貴州石阡府有邪教倡亂，闌入府城，知府嚴君巷戰死之。嚴君名謹，浙江桐鄉人。其死難之前，每夜入内，家人輒見其頂上有圓光焱焱如火，大可徑尺，如是者三日，而及於難。嚴君既死，賊入公廨，嚴君有妹年二十餘，謂其母曰：「賊至，必爲所辱。署後土牆外有大池，我請從母投池中死。」母許之，遂與俱往，諸婦女皆從之。而土牆故無門，欲排牆出，又力不勝，乃解帶繈負其母，奮身一躍，竟踰牆而出。又投帶牆内，使諸婦女縋以登，一一引之出，於是褰裳入池。池水甚淺，跁跒至水中央，猶未能滅頂，正苦不得死，而賊大至。遥謂曰：「爾等皆嚴太守姬屬邪？太守好官，且我等亦非有意殺太守。太守既不幸而死，爾等幸無死，盍從我出。」其妹自水中大罵之。賊始怒，揕以戈，不中，以相距遠無如何，自引去。賊志在搜刮金帛，既飽所欲，散歸巢窟。遺黎畢集，拯之出水，且護之出城，遂免於難。其妹後歸沈仲復廉訪爲繼室，能詩，且工書。仲復問：「爾以弱女子，負母踰牆，且引諸婦女縋牆而出，是何神勇乃爾？」竟不能自言其故矣。其有神助與，抑或嚴君之靈陰相之與？

河南洛陽縣民某甲，有一妾，故尼也。既歸甲，不習井臼之事，鮮衣甘食，終日嬉游。其嫡弗善也，時時責讓之，遂不相能。詬誶之聲日聞於外，同處一室，若寇讎矣。咸豐初，粵賊犯河南府，攻之不克，大掠於鄉。甲倉皇走出，不能顧其家。其家人猶能強步，賊且至，皆避去，獨嫡以纖趾不能行，自分必死賊刃矣。妾奮然曰：「吾負爾去。」遂負之行，三日三夜，蹠穿膝暴，屢仆屢起，而不釋於肩。嫡撫之泣曰：「吾不知妹之愛我一至於此！」賊退俱返，遂相親愛若姊妹焉。有鄰媪問妾曰：「爾與嫡不相能，何出死力相救若此？」妾曰：「平日彼此淩誶，私忿耳。患難之中，死生所繫，安有爲人之妾坐視其嫡之死而不救者乎？」聞者益賢之。

安徽懷寧縣李某，居京師充供事，貧甚。久之，始選授甘肅一巡檢司，孑身之官。數年之後，頗有所蓄。其地有一駔儈以販鬻馬嬴爲業，與李相善，問李何久獨居，告以未娶，乃以女女之。既成昏，婦問李君家尚有何人，李曰：「無有。」然李實有母有妻，自入京師十餘年，不通音耗矣。至是而家書至，李適他出，婦發而讀之。李歸，婦出書示李，且責之曰：「君有妻而娶我，無害也。有母有妻棄之不顧，尚得爲人乎？亟爲家書，悉橐中所有，吾爲若齎去。」李允豫，婦促之,乃爲書,并以縢囊盛白金二千兩。婦負金騎馬徑至懷寧,訪其家得之,遂入拜李母及其妻,致書與金。居數日,李妻與語,小有齟齬,婦辭母欲去,母苦留之。時婦已有身,且及月辰矣,乃爲少留,俄生一男,三日後仍騎馬而回。此女賢達,且來去飄忽如神龍,洵奇女子哉!其事在光緒初,童米生爲余説如此,且云李某至今尚官巡檢,婦亦猶在。然余按都下所刊爵秩全函,甘肅肅州嘉裕關巡檢王文琳,安徽懷寧人,非姓李者。豈傳聞有異乎?

湖州歸安鄉間有郁茂才運申者,於同治壬申年至郡城應科考,寓甘棠橋關帝廟中。大殿之後有屋三間,屋宇深邃,雖晝如夜,郁於此衽席焉。及夕就枕,矇莽中忽見一老者一少者,皆手奉槃,自承其頸下血,顧郁曰:「君視我苦否?至今血出未盡。」郁明日以語人,人曰:「此必亂離時兵死之鬼也。」勸郁避之,郁乃遷去。

青浦陸蘭槎茂才,有心疾。一日自市中歸,忽有鬼附之而言,曰:「我在京師,爲汝父所害,今當以爾命償我。我遠來饑矣,速具食,且多焚陰錢。」蘭槎之兄清士孝廉怒曰:「吾父安有此事?」批其弟頰者三,鬼曰:「汝恃舉人打我邪?」嗚嗚而哭。知其畏之也,叱曰:「是何野鬼,來此梏亂?」乃自言昔在京師,傭於人爲奴,曾見陸父,故譸言以求食耳。又批頰三,則不復有言矣。蘭槎病亦旋愈。

吾邑新市鎮有陳姓者，啟肆鬻繒帛，名曰源泰。一歲，譌火大作譌火，見《山海經·西山經》，謂妖火也，此熄而彼煽，毁物無算，晝夜守護，火猶未已。俄有物附其婢妾而言，謂：「屋西有隙地，可爲築樓三楹。」陳畏其擾，即鳩工爲築樓。樓成，謹祀之，火乃止。然自此買賣俱失利，竟閉其肆。家人亦死亡相繼，鬻其屋於他姓。

余門下士童米生明經云，其友陳少舫，在湖州東嶽廟觀優，見一婦人生鬚數莖。又海門同知屠晋卿，曾聽男女陰訟其女有鬚。余謂李光弼母有鬚，新舊《唐書》皆載之。明人徐應秋《玉芝堂談薈》載，宋宣和時，朱節妻及酒保妻朱氏、元順帝時汴梁丐婦、明弘治時應州女子、鄖陽婦人，皆以婦女而生髭鬚。古固有之，不足爲異也。

米生又言，徐莊愍公之弟莊愍弟虚舟大令，余曾見之於京師，未知即此君否也，曾夢至一山上，山有僧舍。入之，見中坐者爲姚鏡堂先生，左即莊愍，右一坐尚虚。莊愍謂其弟：「汝下山去，吾留此矣。」未幾，莊愍以江蘇巡撫死粤賊之難。鏡堂先生名學塽，歸安雙林鎮人。官兵部數十年，獨居京師，不挈眷屬。文章淹雅，志行高潔，鄉人皆言其前生爲紫臯和尚。莊愍與之並坐，殆與有香火因緣歟？

何子貞前輩紹基，少年時夢至一處，見案上以盤盂盛饅頭甚多，即取一食之。又取其一，忽有人攘臂奪去，遂不得食。視其人，不識也。及嘉慶庚辰歲，桂林陳蓮史先生以己卯解元中式第一名貢士，遂魁天下。子貞見之，則即夢中所見也。悵然曰：「吾其不能與此人爭乎？」至道光乙未歲，子貞以第一人領解，而次年成進士，則會、狀皆非元也，夢兆洵不虛矣。

子貞前輩於道光己亥歲典七閩試，歸途於行館中夢其仲弟子毅來言別，留之不可。視其服，則已僧服矣。覺而泣曰：「吾弟其不幸乎？」於是朝暮哭。及入都，既復命，馳詣其父文安公私第。時子毅果已前卒，家人以其遠歸，不即告，而子貞已哭失聲，遂不能秘。問何以知之，乃言所夢云。

海寧硤石鎮徐翁，以賈起家，善候時轉物，錙銖必較，雖親戚弗顧也。生一子，喜博，私取父錢以償博進，日必數萬，徐患之，不能禁。其地故有廣善堂，歲十一月，則舉野外無主之棺，及雖有主而其子若孫貧不能葬者，爲之反虆梩焉。然資用不充，不能周遍。徐過之，忽心動，亟以所置良田三百畝輸助義舉。或問其故，曰：「吾子不肖，不數年吾田盡矣。與其供不肖子金盤一擲，何如爲掩骼埋胔之用乎？」已而其子博益豪，徐乃儲錢數十萬於一室中，謂其子曰：「博而負，固宜償，吾室中錢任若取之。然博徒安可使入吾門，令其止門外，若自取錢與客可也。」於是博徒日集於門，其子以緡貫錢負之，由堂塗出，日數十次，憊甚。且視室中錢始則充牣，繼且垂盡，不能無顧惜，歎曰：「出之不易，入之不更難乎？」乃對其父流涕，矢不復博。終身勤儉過於其父，家乃益饒。人皆謂徐翁善化其子，余則謂皆天也。有錙銖必較之父，必有一擲百萬之子，非其父之不善教子，亦非其子之不克承教也；有好行其德之父，必有勤儉成家之子，非其父之善化其子，亦非其子之善體其父也。觀於徐翁父子，而人家之所以廢興者，不外乎此矣。

戴蓮溪前輩鸞翔之長子，爲廣東縣令未久即卒。其妻方孕，而宦橐蕭然，不能久居。時蓮溪前輩猶官中州，乃扶柩北歸，將依其君舅。行至湖南，休於逆旅，而其妻産一男，以本無子，得之甚喜。然苦無乳，兒日夜啼，妻亦抱兒而哭。逆旅之鄰舍有婦人來視之，曰：「患無乳邪？何不雇一孀婆？」妻曰：「異鄉棲泊，何從雇募；且資糧匱乏，尚懼不足以達所屆，能議及此邪？」又泣曰：「未亡人止此一塊肉，兒死我亦死矣。」婦聞之，大不忍，久乃言曰：「吾家幸温飽，固非爲人作孀婆者，然聞若言，吾心惄然。吾生一子甫數月耳，願以吾湩食若子，雖然，必歸而告於夫。」言已，遽歸以語其夫。其夫怒曰：「吾家幸温飽，豈爲人作孀婆哉？」婦曰：「固也。然此兒死，其母亦必死，母子二命所關，豈容坐視？我則既言矣，君無阻我。」乃屬其子於他人，使乳之，而自從戴妻以行。戴妻問：「月需錢如干，至中州當言於大人，必如約。」婦怒曰:「吾豈爲人作孀婆哉?哀汝耳。雖自汴還楚,舟車之費吾亦自具,不需汝錢也。行矣,無多言!」遂發湖南,道湖北,而至於汴。蓮溪夫婦皆感泣,曰:「微此婦,吾得有此孫邪?」厚酬之,竟不受。蓮溪乃使其妻盛服拜謝之。又具盛饌,與之宴飲。數日,臨行,語之曰:「歸楚之費,知已備具。夫人高潔,超邁尋常,然太不爲吾夫婦地矣!薄具車徒,幸勿卻焉!」乃資送之以歸。余謂此婦所爲,類古游俠之士,趨人之急甚己之私,可謂奇女子矣。余大兒婦在河南時聞之戴氏之人,其事蓋不虛,惜不能記其姓氏及其鄉里耳。

雲南大理府城南十里有觀音閣,屹立巨石之端。石下鐫老婦作負石狀,即《大理府志》所載婦負石也。相傳昔有敵兵襲大理,將入境,見一老婦負此石而行,敵兵驚愕。婦曰:「此地之人,多有膂力。我婦人,又老且病,力弱,不能負重,勿笑也。」敵不敢前進,遂遁去。婦即置石於地,不知所往。後人知是觀世音化身,因就石建閣焉。其事不知在何代,蓋荒誕不足據,然閣中所奉觀世音,則頗著靈異。咸豐丙辰歲,賊杜文秀踞大理十有餘年,僧廬道觀悉被焚毀,而此閣獨存。同治壬申冬,滇撫岑公督大軍環攻之,馬星五觀察駟良與焉。克城前十日,見城中有旋風摶扶搖而上,塵壒坋然從之,若雲霧然。直至半空,又從空而下,分爲二,由東西城繞城南行,復合爲一,至觀音閣乃散。衆皆異之。岑公大營即在閣前,時賊窮蹙,謀僞乞降、伺間亡去。岑公夢見童子授以一册，云：「奉大士命，齎此授公。」啟視，得二十八葉，每葉畫一人，形像怪異，驚而覺。次日賊詣大營歸命，問其數，二十八人也。公悟，召入，伏甲士帳下斬之，大理以平。公出貲修葺觀音閣，紀其事於石。余聞之馬觀察云。

雲南姚州龍華山有活佛寺，創自唐初，寺僧常數百人。忽有一行脚僧，自大理府雞足山來，衣敝履穿，面目奸黝，言語不倫，若有狂易之疾。主僧姑留以執爨。居數歲，忽於歲除之夕，向主僧求歸，且乞一力擔荷衣裝。主僧曰：「人方度歲，孰肯從行？雞足去此且數百里，亦非一夕能達，姑俟明日。」而此僧苦請不已，主僧戲指彌勒殿所塑天王像曰：「四天王皆閑坐無事，令從汝去何如？」僧曰：「唯，唯。」及元旦晨起，則四天王像竟失其一，此僧亦不知所往，咸共驚怪。翌日，聞人傳説，距寺十里外普關山上有一天王像，走視之，果所失也。乃就地立廟，至今存焉。此亦馬星五觀察所説。觀察即雲南人，所説當不妄。然余按《夷堅志》載，饒州妙果寺有風和尚，一日向長老覓擔夫去雲游。長老曰：「門前有二金剛，汝持一箇去。」僧諾之，以擔掛金剛肩，金剛即隨僧走。寺僧呼噪追之，風僧取擔自負乘雲去，金剛僵立田野中。人起殿蓋之，名金剛寺。與此事絶類。豈古今事果有相同者乎？抑緇流附會古事，以自神其蹟也？

卷十五

譚麗生，名鑫振，湖南衡山人。光緒庚辰，以第三人及第。辛巳歲，至杭州，居湖南會館。四月上旬，游韜光，歸而得疾，數日稍瘉，將成行矣。有人乞書大字，書未畢，忽胸膈作痛，遂嘔血數升。如是五六日，吐出一物，長六七寸，不知何物也。於是日益委頓。其同年徐花農庶常，日日往視之。至二十三日，執花農手，嗚咽流涕，豫索挽聯，且使爲像贊，并以其九歲之子所臨《玄秘塔碑》授花農，微寓託孤之意。次日又往視，已垂欲絕矣。臨終索酒，其猶子手進三爵，皆釂之。花農以一爵進，且泣曰：「視君之子，敢不如己之子。」亦釂之，遂瞑。生死之際，神識不亂，殆亦有夙根者與？豈其前世爲靈隱老僧，故韜光一游，遂返其真宅也？麗生之來杭也，余適從湖上俞樓還吴中春在堂。已登舟矣，麗生聞之，遽命肩輿出武林門，至余舟中，以後進禮見。余未及答拜，訂再見於吴中。不意其毁璧摧柯如此之速也！聞其爲人廣交游，精翰墨，一生心血消耗此中。山木自寇，膏火自煎，殺君馬者道旁兒，良可歎息。花農書來，詳言其狀，爲之畫然。余適草《筆記》第十五卷，因記之。

湖北咸寧余氏有一婢，爲主母所憐愛，有欲以爲妾者，不許。其鄉閭有余翁者，薄有田産，粗給衣食，年逾四十無子，議買妾。又以買妾價昂，不如娶妻之省。聞余氏婢甚善，且其主人不責直，乃僞爲娶妻焉者請於余氏。余氏欲一見其人，余翁自以年老，恐不當意，使其兄子往，乃許之。既成婚，婢不見新婿，而顧見一老翁在房中久坐不去，頗厭之。坐至丙夜，婢不能忍，謂此翁曰：「夜既深矣，翁何久坐此？」翁不能答，而亦不去。良久，婢又促之，翁出，使其嫡妻以誠告之。妻入，自詭爲嫂，謂婢曰：「吾娣胡不知邪？此翁即婿也。」婢曰：「否，否。婿曩者至主家，吾曾見之。」嫡妻曰：「此翁之兄子也。翁使至若家相汝耳，豈汝主人以此給汝邪？」婢惘惘不知所以，念既已至此，距主家又遠，可奈何？遂從之。居數日，婢見所謂嫂者，時時在室，與其夫甚暱也，疑之，曰：「嫂叔之間乃如是邪？」已而，又聞人呼其夫曰龍爺，呼嫂則曰龍媽，乃問夫曰：「呼汝龍爺何也？」翁曰：「龍吾小名耳。」「然則嫂爲龍媽何也？」翁無以應。婢窮詰之，翁不得已，言其實。嫡妻乃好語之，曰：「誠誑汝，然自此汝兩人爲夫婦，吾則嫂矣。」婢曰：「不可。豈宜以我故，奪汝夫婦之倫，龍爺吾主翁，龍媽吾主母也。」事其夫甚莊，事其嫡甚敬。後其主人余氏聞之，怒其欺己，欲返婢而絕其婚，婢不可，乃已。婢旋生一子，余翁夫婦大喜，三日洗兒，賀客滿坐，名之曰賀得。然家中增益人口，而歲比不登，余翁又老病，需醫藥，乃大困。方農時，不能雇客作，婢以兒委嫡，自執耰鋤，從事南畝，暑雨祈寒，不少休息。俄而余翁死，經營喪葬，頗不苟簡。俄而嫡妻又死，婢曰：「主翁主母一也，豈得有異。」亦如之。連遭兩喪，薄田數畝半鬻於人，衣食幾不給。賴賀得長大，助母力作，數歲之後，稍有贏餘。乃豫畜一童女於家，以配其子。賀得年十七八，將爲行合巹之禮，頗具酒食會親友，吉期未及，寇警先至。時粵寇已陷武昌，分兵四出，咸寧亦陷，擾及鄉閭，賀得竟爲所掠。於是所畜女仍歸母家。母家請絶，婢曰：「以三年爲期，吾子不歸，而後嫁之。」已而人皆藉藉，言賀得已死。婢終日哭，且病不能任耕作，無所得食。會其舊主人余母呂宜人，將從其婿樊君於河南，乃挈之至汴梁，婢遂居樊氏。其爲人極和婉，儕輩皆愛之。然其思子綦切，久之遂若有心疾者。或獨卧，或與人共坐，往往張目直視，曰「賀得來矣」，雖卧必躍而起，起而不見其子，則哭失聲，輒暈眩仆地，久之乃蘇。既而又有自咸寧來者，言曩所畜女已爲其母家所嫁，則又大悲，病遂篤。臨死之時大呼曰：「賀得今日真來矣！」乃絶。於是人皆謂賀得實死，故其母臨終見之，必其鬼也。然賀得實未死，婢死數載，而賀得自賊中脱歸，樊氏乃予以貲，使以其母之喪歸葬焉。賀得後娶一金陵人女，蓋亦賊所掠至湖北者。夫婦皆勤力，家復温飽，且生數子矣。此事余聞之大兒婦樊，蓋婢之主人吕宜人即兒婦外祖母，余爲作《余母吕太宜人傳》者也，故知之甚詳。此婢賢達，且一老節婦，乃其命途則何其多舛歟？然賀得之子若孫，蒙其餘澤，不至落薄，則固可決矣。

湖北咸寧鄉間一民家，於兵亂時失其子。有人教其母曰：「可取汝子所著履置牀下，其絇内向，每夜呼子名，子必能反。」已而果然。又二兒婦姚言，從前避兵鄉間，其地曰周家灣。鄰家一子爲賊掠去，亦有人教其母乞四十九姓人家燈油、燈草，至夜然之，於人靜後呼其子名四十九聲，夜夜如此，聲甚淒切。數月後，子果從賊中逃歸，自言每夜聞其母呼己聲也。然其子已在江蘇之丹徒縣境，相距七八百里矣。蓋母子一氣，自能感通，山崩鐘鳴，固不妄也。

咸寧樊君，余親家翁玉農太守之族也。宦游廣東，卒於官。其子不肖，寄其父之柩於僧廬，而盡取其貲以去，不知所之。數載後，樊君之外弟以事至廣東，樊見夢曰：「吾子不肖，棄吾不顧，吾柩在某所不得歸葬。今幸弟至，願與俱歸。」次日其外弟訪之，果得其柩。然計道路之費亦頗不細，意尚踌躇，又夢樊促之，其外弟曰：「輀車遠涉，事甚非易。若啟君之柩，而別爲櫝以盛君骨，歸葬故塋，可乎？」樊曰：「可。」瀕行，又見夢曰：「凡過關塞橋樑及高山大川，必呼我姓名，庶不淹滯。」其外弟悉從之。將至家，樊先一夕示夢於其家人曰：「吾從外弟歸矣！」觀乎此，知狐死首邱，葉落糞本，延陵嬴博之葬，雖達人高見，而孝子慈孫固不容存此心也。

咸寧余氏女，既嫁而死。其母嫠也，老且病。粤寇將至，舉家倉皇謀他徙。其母夜間獨坐一室，忽見其女至，謂其母曰：「遍地烽煙，行將安往？母又多病，不耐奔波，與其道路流離，不如死之爲樂。」其母曰：「誠然。吾自問生有何味，能從汝去，良所願也。」旁舍之人，皆聞其母一人獨語，而不聞其女語，但聞鬼聲魆魆然耳。次日，問其母昨夜云何，母以告，猶不之信。越數日，其母竟死。

先祖母戴太夫人之侄孫駿伯茂才，早卒。其妻張氏生一女，曰慰生，適蔡氏而死。戴本德清人，然遷居湖郡數十年矣。咸豐庚申歲，粤寇犯郡城，戴氏謀他徙，張允豫。夜間忽聞慰生疾呼曰：「速去，速去！」如是者數夕皆然，張遂決。此與余氏女用意迥别，殆由其母衰壯不同耳。然其後趙忠節公力守湖郡，居民稍稍復集，張氏仍回城中舊居。及湖城陷，竟死於難，惜不終從其女之言也。

咸寧樊氏女，許嫁李氏子，婚有日矣。而其婿病甚，婿家請改期。時女父遠客於外，女母又早卒，雖有兄弟數人，皆非同母，略不顧問。女乃自主之曰：「既已許人，固無他議。婿雖不幸，猶將往也，況病耳，庸何傷？」仍請如期。乃鸁犅成禮。禮成，婿大委頓，幸女善事之。又逾數年，生二子而後死。女獨居守志，撫其二子。乃其翁非人也，以女年少有姿首，嫁之可得重聘，謀奪其志。女知其謀，遁歸母家，而其母家之事悉委之其舅氏。舅氏曰：「若父以家事託我，所入不足給所出，今又增益人口，奈何？」女曰：「固也，然我亦非坐食者，請舅氏即以我當一傭可乎？」於是蚤暮力作，不遑顧其子，一子殤焉。後其母家日益落，女自食其力以終其身。余大兒婦與此女爲族昆弟，故余得聞之。孤苦窮嫠〔一〕，煢煢白首，姑存之《筆記》中，冀不泯幽光耳。

余大兒婦樊之乳母劉氏，河南中牟人。嫁於湖北之興國州，其夫與子皆前卒，常居樊氏。時余親家翁玉農太守方知河南府，善遇之，頗有所蓄。忽有某甲自湖北至，自言爲其夫兄弟之子，然族屬疏遠，固不可考矣。乃其事劉，則甚勤懇，抑搔疴癢〔二〕，問衣燠寒，雖親子有不若。劉甚喜之，將以爲子。劉有妹亦傭於樊氏，謂劉曰：「昔吾夫有親兄弟之子，吾以夫亡往依之，哭於門外達旦，而不見收恤。今此人與姊遠矣，何其親暱之甚也？此必不可信。姊無爲所

〔一〕孤，底本原作「狐」，《校勘記》正作「孤」，今據改。
〔二〕疴，底本原作「苛」，《校勘記》正作「疴」，今據改。

餌！」嗣後甲至與劉語，其妹輒往參焉，使不得盡其說。會劉病，甲乃爲賃屋於外，劉因言於主人，就外舍養病。妹又尼之，劉曰：「人固有不同，妹將以此子爲猶爾夫兄之子邪？此子於我至厚，我又無子，不從之去，而尚焉往？妹勿阻我。他日必不爲妹累。」妹無如何，劉乃從甲俱去。甲有所善婦人，遂以爲妻，與劉同居，居然母子姑婦矣。乃稍稍蠶食，劉之所畜既盡，僞使劉至某所就醫，及暮而返，則甲夫婦不知何往矣。劉儽然一身，卒依其妹以終。嗟乎！羊肉不慕螘，螘慕於羊肉；醯酸不慕蚋，蚋慕於醯酸。劉氏愚婦人，固不足知此。乃其妹則何智也？三折肱知爲良醫，信夫！

仁和唐棲鎮鄉間有沈氏者，頗有資産。生二女，無子，嗣族人子爲子。父母與約曰：「所有田宅，悉與嗣子。其銀錢、衣服、玩好之類，二女分之。」於是長女私計：無妹，則盡歸己矣。一日與妹下樓，自後推之，墜樓下死，以妹失足告。其父母初不疑有他也。長女後歸於勞氏，生子至數歲，輒死。其第五子之死也，妹附之而言前事，乃知諸子之死，皆其妹爲祟也。後又舉一子亦死，至第七子，得無恙。或勞氏尚不應無後，故延其一線與？然此子清狂不慧，所有財物皆爲其隨手散去，不及十年耗矣。後此子未死前一日，呼刀鑷之工盡鬀其髮，亦可怪也。又聞其尚有二女，一最所憐愛，嫁於嵇氏，亦得怪疾而死。

胡氏，湖北人，故爲倡，後倦於風塵，乃以其所生女嫁劉某，而從之居。胡頗有所蓄，劉夫婦善事之。不數年，胡所蓄盡歸於劉，於是劉意日益怠，久之女亦偃蹇，不甚顧其母。胡老且病，委頓牀褥，竟無過問者，雖飲食不時得，醫藥無論矣。胡憤恨而死。後劉所生子女，皆至數歲而死，死時輒曰：「婆來矣！」婆者，其子女呼其外祖母也。乃知胡爲崇云。此與沈女事相類。傳曰：子身之貳也，報之於其子女。亦猶報之於其身矣。

唐西鎮王氏二女，並許嫁於姚氏，父母俱亡，無所依賴。其一女所許之姚氏，故與王氏有連，蓋姚氏婦於女父爲舅之子，外兄妹也。乃先取其女以歸，而蓄之母氏，實女之祖母家也，戚黨相依，女甚安之。其一女所許之姚氏，則初無瓜葛，而亦以爲請，王氏之長老不可，曰：「俗有童養之例，小家則然耳。衣冠之族，不應如此。」姚氏固請，乃許之，使待年於夫氏。初至，亦甚相得。而姚有女工爲讒魗，其姑入其女之言，遂憎疾之，久而彌甚。後避寇難，邂逅見德清蔡氏女，愛之，欲聘爲子婦，乃逐此女，仍還母家。使媒氏告王氏之長老，以女游惰，絕其婚。俄姚氏子以暴疾死。死之日，彼姚氏之婦與女父爲外兄妹者，見女父自外至，呼曰：「二妹，吾已捉毛毛去矣，敬使妹知之。」毛毛，即姚氏子之小名也。夫絕其婚，未傷其命，似不應遽殺其婿。且以讒言搆其女者小姑也，婿何罪乎？然世俗於童養之女，往往虐遇之。蓋女子而至待年於夫氏，其孤苦可知。既無顧忌，遂相淩踐。君舅君姑，本非骨肉；女公女叔，競搆萋菲。飲食每至不周，鞭箠在所恒有，飲恨吞聲，宛轉而死者，比比然也。王女之父之殺其婿，或亦得請於神矣。觀其呼彼姚氏婦而告之，蓋假此以警彼也。嗚呼！風俗澆漓，人心涼薄，則鬼神之事，固有足以輔政教之所不及者矣。

洛陽縣令秦某，以事至汴梁，久留不返。其妻在署中，與女及贅婿同居。俄秦在汴梁大病，妻往視之。妻故有一婢，愛之等於女，居處必與偕，至是因倉卒不及挈。此婢留居署中，而婿頻煩役使之。女疑其有私，欲殺婢，伺婢睡熟，以翦刀刺之，力薄不能遽斷其吭，劘劊良久，血肉狼藉然後死。遽以棺斂之，舁置野外。比及秦妻返，家人皆見，獨不見此婢。問之，女以暴疾死對。其旁有一長橙都鄧切，几橙也。見《廣韻》四十八嶝，忽起而人立，且行數步。正共駭異，一小婢哭而跪秦妻前，曰：「主母不知邪？婢子死矣，死甚苦！」秦妻驚曰：「汝即某邪？」曰：「然。」乃具言其事，且曰：「主人之女夫，亦即主人也，有所役使，敢不承奉。其有無私情，固不可知。至於婢子，循分執役，實無他念。乃不加察，遽施毒手，睡夢之中，横被翦屠。殺人者死。雖逃王法，豈無冥讁。今已得請於神，必索其命。」秦妻撫之而泣曰：「汝誠苦矣，然吾平日待汝不薄，幸以吾故，曲恕吾女。」婢曰：「此固不能。雖然，婢子不敢於主母之前加無禮於女公子，一離膝下，恐不復能忍矣！」言已倒地。扶起復問之，則茫然不知所對。秦妻於是爲此婢大作佛事，冀仗佛力銷釋冤愆。此事蓋在咸豐初，至今二十餘年，未知其女無恙否？然恐秦妻死後，終不得倖免也。

中牟縣典史張某，疽發於背，召巫者視之。巫出而語人曰：「張公必死矣。吾至冥中，見其父母甚怒，言其子不孝，聞父喪不發而之官；及其居官，又貪暴無人理。今在冥中受罪甚苦，導吾至一處，見張公裸而仆地，其背上鑿一小孔，實薪蒸於中，焚其脂膏。豈有如此而得活者乎？」不數日，張果死。死後有人自其家鄉來，乃言張甫補官，父即死於家，張秘不言，仍挈妻子赴任。此事其鄉人固有知之者，然在河南則莫之知，在中牟更莫之知也，而巫乃能言之，然則其所見情狀，必非僞造矣。

《清異録》云：「菌蕈有一種，食之令人得乾笑疾，士人戲呼爲『笑矣乎』」，不言其可以致死也。」然此菌實有毒，笑而不已，久之必死。余居吴下馬醫科巷，鄰潘氏有一媪，其妻母也。食菌後覺腹中有異，乃至牀上卧，俄而吃吃笑，俄而大笑，驚謂其女曰：「殆矣，吾食笑菌，死矣。」其言雖如此，而笑仍不絶聲，未幾起而立，旋仆，遂伏地狂笑。其女見此狀，驚惶失措，以余家時有藥餌饋送鄰比，乃踵門問焉。余二兒婦檢視滬上所刊經驗良方，知食笑菌者，薜荔可以治之。牆頭適有此種，乃采一束煎湯與之，飲之須臾，笑止。至今無恙。

咸豐間，粵賊陷浙江紹興。諸暨之包村有義民包立身起鄉兵，與賊相持幾一年，殺賊無算，浙東西人歸之者甚衆。及包村破，乃盡殲焉。有魏某者，亦紹興人，自包村逸出，爲賊所追，自其後以刀連斫之，而首不殊。又一賊自前解其衣扣，欲使受刃，而衣扣糾纏不可解，乃以利刃刺其喉。魏仆地，頸血模糊，賊以爲死矣，委之去。而魏實未死，俟賊去遠，復起立，以手扶其頭而行。行數里，稍一釋手，首忽下墜倒懸於膺，大驚，仍掀之起，按捺頸上，幸不復墜。然饑甚，蓋不食飲者數日矣。偶掬溪水飲之，甘如飴，見田間有蔈稗，采而生食之，其香美不可名言也。數日至其家，竟不死。初時每食，尚有熱氣鬻然自喉間溢出，蓋即賊刃所刺處也，久之創合，亦不復然矣，惟頭稍偏，常若左顧耳。其嫂傭於杭州許氏，余次女家也，故得詳知之。異哉！賊斫不死，神扶持，裴公聖相故然。一介細民何以致此，豈其人有陰德邪？《太平廣記》卷三百七十六引《廣異記》云，太原王穆，唐至德初於南陽戰敗，賊以劍自後斫穆，觔骨俱斷，惟喉尚連。初冥然不覺，食頃乃悟，而頭在臍上，遂以手力扶頭附頸，須臾復落，以髮分繫兩畔，繞左膊髮解，頭墜懷中，復繫髮正首，行四十里。麾下散卒見之，載還軍，養病二百餘日方愈。頸有肉如脂，頭竟小偏。與此事絶相類。然則《廣記》所載，尚有鄭會、邵進等頭斷而仍活者，亦未必竟無其事也。

江西有譚仙姑者，不知何時人。或云孝女，或云貞女，蓋女子而夭折者，其事不得而詳也。在江西頗著靈異。嘉慶、道光間，湖北大旱，或言江西譚仙姑求雨最靈，乃往迎之。以紙書譚仙姑之位，置肩輿中，復使人執雉尾導其前，言神所憑依也。神至，果得大雨，於是遂爲立廟。其後祈報者無虚日。遇有水旱偏災，鄉民輒迎其神禱焉。有輿夫戲言：「空輿耳，舁此何爲？」言甫出口，神輿頓重，壓此輿夫仆地；再舁之，不能舉矣。咸知獲罪於神，使叩首謝過，乃復如初焉。余按陸魯望《野廟碑》云：「江浙間山椒水濱多淫祀，婦而尊嚴則曰媪，女而容豔則曰姑。」然則此風自唐已然矣。惟聞譚仙姑之廟，凡素行不修者，皆不得入，入必爲神所譴。有三婦人入廟瞻禮，歸經路廁，旋風忽起，糞穢激射。中間一婦人衣裙皆汙，而前後兩婦相去咫尺，略不霑濡，群以爲異。後知此婦素悍也。然則如譚仙姑者，尚不失聰明正直之義，或未可以淫祀例之與？

孟縣劉某，生二子，皆成立矣。又娶妾，生一女。女患目疾，使巫視之。巫曰：「祖墳風水與此女不利，不遷葬，目且盲。」妾乃與劉計，將如巫言。二子執不可，曰：「巫言固不可信，吾家幸平安，祖墳年代久遠，豈可輕動？」而妾日夕聒其夫曰：「吾無子，止此一女，不幸而盲，是無女也。二子但知自爲計，君幸爲我計！」劉納其言，乃不與二子謀，故使二子他適，即發祖墳。甫起其棺，而女在家大叫，登時目盲。遷葬之後，劉不久死，二子亦相繼死，遂無後。余按《儀禮・喪服篇》「改葬，緦」，是古人固有改葬之禮。然鄭康成注曰：「謂墳墓以他故崩壞，將亡失尸柩也。」是古人改葬，非如後世之以風水起見。惟唐李陽冰《栖先塋記》，則實用方士邵權之説，謂干温冥之禁，非窀穸攸宜，蓋唐時已有此等謬説矣。《春秋》莊三年書「葬桓王」〔一〕，《公》《穀》皆以爲「改葬」。何劭公謂惡録之。仁人孝子無輕言改葬哉！

紹興烏某，私其婢，生一子。妻惡之，歸其婢於母家。婢乞以子從，許焉。婢嫁於房氏，子亦從之，遂爲房氏子，不知有烏矣。後烏妻死，無子，烏欲返其子。時婢已死，請於房氏，房氏不可。有術者爲烏謀曰：「吾能致之。」於烏氏祖墓之前，削木爲杙，埋其左畔。旬日後偵之房氏，則其子左目盲焉。乃使人告曰：「不歸烏氏，右目亦且盲。」未信。復削木爲杙，埋其右畔。旬日後，其子右目亦盲矣。大駭，就烏問故，烏謂之曰：「爾實吾子也。」因告以術者所爲，曰：「爾非吾子，則烏氏之墓何預爾房氏之子哉？」子乃泣下，願歸烏氏。房氏知不可留，亦聽之。

〔一〕莊三年，底本原作「莊二年」，「葬桓王」事今書在「莊三年」，似屬誤刻，今改。

於是先起左杙，後起右杙，旬日之間兩目復明如故。

紹興城中有天官第，相傳爲吏部陳公宅。陳先官江西，曾至貴溪龍虎山謁張真人。有童子獻茶，失手碎其杯，真人怒，命左右執之去。陳曰：「童子無心之失，可恕也。」真人首肯，命釋之。後陳老而家居，有老人求見，以玉如意獻云：「此玉可禦火災。昔蒙活命之恩，今效銜珠之報，幸勿卻也。」陳惘然不識所謂，老人曰：「曩日真人府中獻茶童子，即我也。微公一言，必爲真人所斬矣！」陳因詰其姓名，老人曰：「實告公，我乃龍也。天下之龍，各分疆域，亦如人間州縣。然其未有分地者，必先服役於真人府，役滿乃得受地。我已役滿，奉真人文牒，來爲此地龍王矣。」陳曰：「君既龍王，可容我一見真身乎？」老人曰：「可。」期於某日至瓜子湖相見。瓜子湖在紹興南門外，廣六七里，其西岸故有龍王廟。陳屆期至廟中，憑欄而望。時方盛暑，烈日當空，萬里無雲。午後忽起微風，俄而風甚，黑雲四起，轉瞬之間，雷電大作，急雨驟至。湖中白浪滔天，遙望有一物蜿蜒而出，長十餘丈，粗可數尺，在水際轉側不定。初時止見其身，不見首尾，後微露其爪，形如雞距，色黑如漆。旋又露兩角，未幾，并首亦全見。與世間所圖畫不甚異也。向陳若叩首者，陳亦舉手答禮。已而復没於水，雨止風定，晴霽如初。陳歸，以其所贈玉如意緘皮梁間，每遇火災，輒至陳第而滅，故至今存焉。此事乃沈君祖煒言之。

吏部陳公，不知何人，案頭無《紹興府志》，不可考也。其情跡頗近荒誕，蓋故老相傳如此。沈君即紹郡人，言之鑿鑿，姑爲記之。《齊諧》志怪之書，原不必其爲信史也。

沈君祖煒又言：昔有航海者，帆風而行，正極順適，忽聞其後聲如怒雷。回顧，見波浪洶湧，一大魚尾舟而來。張其口，峆岈若巨壑，皓齒排列若霜戈雪戟，一噏一闢，海水從之出入，洪流滉瀁，濤作風興。舟人大恐，而魚行益近。時舟中有豬百頭，羊半之，米麵稱是。乃謀以此等物稍稍擲與之，冀其得食則止。始而豬羊，繼而米麵，隨投隨食，在魚不過一哆口而已，不費咀嚼。須臾諸物皆盡，無物可投。魚意雖未饜，而其腹亦似果然，縮鱗卷鬣，悠然而逝。舟中人乃相慶，若更生云。此所謂吞舟之魚，在海中固有之，不足爲異也。

沈君又言：其友陳姓者，曾至臺灣。一日，見海面有青氣上騰，須臾四散，因問舟人：「此何物？」舟人曰：「皆蚌也。群龍欲奪其珠，故逃耳。請看後面，龍至矣。」語未已，果見群龍數十，或青或黑，四面飛去。

湖北武昌縣所屬有狼子湖，故多魚，漁舟聚焉。光緒辛巳四月朔，雷雨交作，見雲霧中隱隱有物，衆以爲龍，皆伏而觀之。俄霹靂一聲，此物下墜，雨亦旋止。逼視之，乃大鱣魚也，長丈餘，其頭尚仰視，似未即死。漁人或以叉箝之，仍不動，再箝之，始垂首而斃。於是居民麕集，各持刀割其肉去，烹而食之，味甚肥美，亦無他異。此事見上海所刊新聞紙，因上二事類誌之。

湖北武昌有楊姓者，設肆於漢口。夫婦皆居肆中，年逾四十，尚無子。其弟有一子，楊夫婦皆甚愛之，言於弟，欲以爲嗣，弟亦許焉。楊婦每自漢口回家，輒爲兒製新衣履，且多以果餌飼之，兒視伯母如母也。某年楊婦回，撫愛此兒與平時無異。居已逾月矣，一日，兒至婦卧室，嬉戲甚樂。婦忽出，至廚下取刀而入，力斫兒。兒大叫倒地，未死，又連斫之，乃死。其弟夫婦聞聲趨至，見狀大驚，曰：「誰殺吾兒？」婦曰：「我也。」弟夫婦莫測其意，惟抱兒而哭。久之，婦亦抱兒而哭。弟夫婦因問：「嫂何故殺兒？」婦曰：「吾詎知之邪？兒死，吾亦不欲生矣。」以頭觸牆壁，欲自殺。弟夫婦返共勸慰，曰：「固知嫂無他意，此必別有故。吾夫婦年尚少，兒死可再生。願嫂無介意！」婦乃出所製衣履，爲兒著之，且買良材爲作棺櫝。既斂，婦百計求死，弟夫婦防之甚嚴。城外故有田宅，婦託故至城外，弟夫婦亦從之往。婦乃絶食，弟夫婦執飲食苦勸，曰：「嫂不食，吾二人亦不食。」婦不得已，爲舉箸，然曰：「吾殺此兒，何面目見爾夫婦！且亦何以見吾夫哉！吾夫婦老矣，不能生子，萬一爾夫婦竟無子，楊氏血食不以吾斬乎？」其弟夫婦知其必自殺，使人旦暮守之，刀繩之屬皆爲藏弆。婦伺守者稍懈，取竹一節踏碎之,以竹末自刺其喉,斷吭而死。此婦之殺此兒,必有厲鬼憑依之。袁子才先生《新齊諧》載有舅殺其甥事,與此類也。

朱某,蘇州人,設肆於臨頓路。咸豐庚申年,賊陷蘇州,朱於道路間得人家所棄女子,遂收養之。居數載,女年十六七,遂以爲妻,時朱則年逾四十矣。生子女數人,長女嫁於湖州,子皆學賈於外。一歲,婦攜其二幼女至湖州視其長女,久而不反。朱使人問女,言母歸數月矣。朱各處偵探,杳無蹤跡。久之,有人言於金匱縣見其妻。朱使導往,則其妻果在,蓋已别從一人矣。朱訟於官,判歸朱。未幾,又亡去。朱鬱鬱不樂,又以道路往返耗其資,不復能設肆,恒至余家助爨烹之役。婢媪輩言其事如此。老夫女妻過以相與,在朱誠不爲無過,然既生育子女,且皆成立,乃舍之而去,遂同陌路。杜老詩云「輕薄桃花逐水流」,此女之謂矣。

余家有傭媪朱氏,亦蘇州人。當庚申之亂,負其一子一女倉皇出走。已而憊甚,度不能兼全,擬棄其女。而女已跁跒能步,每置之地,輒牽衣不釋,不得已,仍負之行。至一橋,高甚,朱乃置其女於橋塊塊,俗字,然吴文英詞云「乍淩波斷橋西塊」,則宋時已有此語矣,疾負其子度橋而去。行數十武,猶聞其女在隔岸唤母呼兄也。及亂定,朱復還蘇州,積傭值,頗有所蓄。爲子娶婦,而女家索陪門財,其餘衣裙釵釧,所費頗鉅,數年積累,一朝而罄。婦至,又不順其姑,時有誶語。

朱每爲余兒婦輩言之，輒嗚咽而哭。計此婦生年正在庚申之後，或疑即其所棄女轉世也。雖出臆度之辭，不爲無見矣。

沈某，亦蘇州人，當兵亂時逃至上海，頗有口辯。泰西人之商於滬瀆者，延之至其寓，使佐會計，大有所獲。偶見一舟人婦，豔之，欲娶爲妻。而此婦喜其多金，亦願委身，惟故有夫在，計無所出。婦有所善婦曰長子者，素以姊稱之，因與謀焉。長子曰：「易耳。」乃賃其舟，僞欲如某處。至黄浦，風浪頗急，舟人持篙立船頭，長子曰：「帆太高，宜下之。」親出指點，突擠舟人墜江中，反號呼拯救，則無及矣。婦既喪其夫，遂歸於沈。及亂定，沈與婦返蘇州，生計充裕，甚自得也。婦忽得怪疾，輒自語曰：「來矣！來矣！」遂瞑眩而仆，如是者幾年餘。一日張目曰：「今日真來矣！」仆地遂絶。長子仍居滬上，於婦死前數日，忽若與人爭辯者，曰：「此爾婦之謀，何預我事？」又曰：「無多言，從爾去。」遂赴水而死。

蘇州又有陳氏子者，當兵亂時隨其母避亂至上海。一日，語母曰：「門前大樹上有紅衣人招我。」母叱曰：「勿妄言，目眩耳。」次日，陳子竟攀援登樹，坐杈椏中，俄枝斷，墜地死。大兒婦因言，其同鄉余氏子，方與母食，食畢，投箸遽出。鄉俗謂「飯後不飲茶，所食不化」，母乃呼其子曰：「汝焉往？且飲茶去。」子曰：「門外有人呼我，我出即返耳。」悤悤出門，投水而死。

此等事，殆所謂夙冤者與？

湖北咸寧余氏女，嫁爲石氏婦。石故無賴，日事飲博。余女生一子而卒，余氏收而蓄之。既長，使出而學賈。其子頗勤謹，師甚愛之，垂三年矣。石聞其子稍有所蓄，又余氏所具衣裝冬夏皆備，乃自詣其師，欲以其子歸。師留之，石不可，曰：「吾子與汝爲徒耳，非與汝爲奴也，汝安得留？」師知不可奪，厚贈而遣之。其地距石所居三四百里，石挈其子至半途，適阻小水，乃賃一舟盡載所齎。父子俱登舟矣，石語其子曰：「吾遺一物在某處，可往取之。」子登岸至其地，遍覓無有，將返問之父，比至水濱，則舟已開矣。沿岸追尋，無所睹，乃大窘，儽然一身，進退俱不可。不得已，乞食於途，久之蹠穿膝暴，脛骨腐爛生蛆，病不能行。群匄憐而飲食之，得不死。有咸寧人過其地，或告之曰：「此子爾同鄉也，能挈之歸乎？」其人就而問之，曰：「是吾鄉人余氏之甥也，吾歸當爲言於余氏。」及歸，如余氏告之，余氏急使人迎以歸，已憔悴無人狀矣。持養數月，乃始能行。後余氏又使學賈於他處，戒之曰：「汝父若來，勿再爲所誑也。」夫道路之間，殺越人於貨尚且有之，況止於欺誑，又何足異！所異者，以父誑其子而取其資，是不可以人理論矣。余書爲搜神志怪而作，然記及此等事者，人無人理，人即妖也，正不必魑魅罔兩，然後可鑄之禹鼎也。

咸寧余氏有一婦，不知其母家何姓也。婦極短小，坐椅橙上，足不及地，然性柔婉，舅姑皆喜之，夫婦亦相得。久之無子，婦語其夫曰：「我自度不能生育，君家又貧，不能納妾媵，不如我死，君得續娶。雖有纏雁之費，較買妾爲省也。」夫曰：「是何言與？」而婦自是遂陰有自殺之意。乃歸寧，從容語其母家曰：「婦人内夫家，外父母家。既已嫁人，其生其死，無與父母家矣。每見人家因女死，輒登夫氏之門，相嬲不休，此最無理。不幸我死，願吾家勿蹈此惡習也。」其家曰：「汝幸未死，何出此不祥語？」婦笑曰：「我未死，故及言之；若我死，尚及言邪？」及歸，又語其夫：「萬一我死，君勿傷悼。續娶得子，我死勝於生！」夫初不知其有死志也。越數日，乘人不覺，竟縊而死。余氏大慟，母家之人果無一言，反相勸慰。此婦可謂賢矣。其夫續娶，亦無子，惟所娶者裝送頗盛，余氏賴以温飽。後嗣族人子爲子，已抱孫矣，亦足慰此婦於地下乎！

《列女傳·母儀篇》云：「古者婦人妊子，目不視於邪色，耳不聽於淫聲。」此特言胎教之法耳。《博物志·雜説篇》云：「婦人妊娠，不欲令見醜惡物、異類鳥獸。」又云：「不可見兔，令兒脣缺；不可啖生薑，令兒多指。」此則近於避忌之説，然犯之亦未必遽驗也。獨湖北婦人妊子，則房中避忌最甚。有所謂换胎者，言所見之物，入其腹中，换去其本來之胎也。故婦人妊子，則房中所有人物畫像,悉藏弆之。或以針刺其目,云其目破,即不爲患矣。有一婦臥室縣一美女像,及生子,厥狀肖焉。美女屈右臂,伸三指,作指物狀,此子亦屈右臂,伸三指,終身如此。又一婦偶觀優,及生子,頭上有肉隆起,如戴高冠,兩耳旁各有肉一片下垂,如以巾冪之者然。因憶觀優時,有優人之冠如是,爲其换胎矣。其地每有游僧,擔荷衣裝,乞食村落,擔上有彌勒像,此則尤在所忌。孕婦見之,生子必肖彌勒像矣。故此僧所至,村人輒譟而逐之。孕婦或不及避,猝與相遇,則坐地上,自解其履,以左履换至右足,右履换至左足。此僧亦必將所荷之擔,從右肩换至左肩,從左肩换至右肩。如此相持,及人衆咸集,逐此僧去,乃得無事。其理真不可究詰也。

中牟縣有兄弟二人,談者失其姓名。兄弟同時病死,俄其弟復蘇,則實其兄附之而生也。弟妻引之入室,不可,卻入兄室,兄妻又拒之。乃徙居於外,旬日之後,氣體充實,如無病人。而一入内,則娣姒皆避之。不得已,出家爲僧焉。按段成式《酉陽雜俎》載:上蔡縣李簡病卒,託汝陽縣張宏義身以生,并引扁鵲易魯公扈、趙齊嬰之心及瘖互返其室爲證。扁鵲事未知出何書,段博極群書,必有所本也。是此等事,古固有之,古但謂之易心;《太平廣記》「再生部」則謂之易形;至今人則謂之借屍還魂。按《金史·五行志》,大定十三年正月,尚書省奏:「宛平張孝善有子曰合得，大定十二年三月旦以疾死，至暮復活，云本是良鄉人王建子喜兒。而喜兒前三年已死，建驗以家事，能具道之。此蓋假屍還魂，擬付王建爲子。」上曰：「若是則姦幸小人，競生詐僞，瀆亂人倫，止付孝善。」此借屍還魂之事之見於正史者也。余嘗論死生之事，以爲鬼神之説，聖人固言之。吾人束髮讀《中庸》，即知「鬼神之爲德，其盛矣乎」，安可不信？至輪回之説，聖人所不言，惟《列子》書言死之與生，一往一反。死於是者，安知不生於彼？此爲佛氏輪回之説所祖。後世若羊祜、顧非熊事，炳然記載，即世俗所謂投胎者也。實則投胎猶之借屍耳。人之初死，一靈未泯，或適遇初産嬰兒，一無知識，附之而生，則謂之投胎；或適遇新死之人，形骸未壞，附之而生，則謂之借屍：其理一也。不可謂竟無是事。然必謂人之生死悉如是，則又不可矣。

元吴自牧《夢粱録》云：杭城小民家，多無坑廁，只有馬桶。每日自有出糞人瀽去，謂之傾腳頭。按此俗，今蘇、杭皆然。杭州有一細民，以傾腳頭爲業，因出入於横河橋許氏。許故鉅族，民入其家，輒慕之曰：「吾死後得生許氏，雖數日而死，吾亦樂之。」後許氏一婦孕，將産，夢見是人來，遂生一子。使人問之，則是人果即於是日死矣。許氏素聞其語，咸知即是人託生也。子生七日而殤，其願雖償，其生何太促歟？

無錫楊氏女,許嫁江西程氏子。程故鉅族,而程子因父母早亡,自幼失教,既長則驕樂佚游,從流忘反。程之長老寓書於楊,願爲贅婿,庶有所檢束,楊氏許之,然不與女言其故也。程書在書室,爲女所竊發,遂得其詳,鬱鬱不樂,寖以成疾。及程子至,翩翩裘馬少年也,而舉止輕浮,語言謔諢。女知所適非人,疾益增劇,程子殊不顧瞻。晨出則至暮不歸,夕出則達旦未反,非博場即倡家也。如是年餘,其所齎罄矣,并女之匳中物,亦且垂盡,自是女病益篤。臨死前一日,已沉沉若死矣。程子偶入視之,見女腕上有金條脱一事,捋取而去。已而婢媪輩見失此物,詫曰:「誰所廋邪?」將議大索。女猶知之,微搖其首曰:「不必尋矣。」女死,程亦辭去,不知所之。後楊氏次女婿秦君至京師,見之於正陽門外,則已爲匄矣,歎曰:「吾儕婿也,乃至此歟?」贈以銀十兩,裘一襲,且曰:「亟還江西。果行也,當爲辦裝。」程曰:「爾爲爾之官,我爲我之匄,何預爾事邪?」不顧而去。此子甘處下流,真别有肺腸者。其初至楊氏爲贅婿也,楊氏宴之,且陳梨園之戲。優人進點唐崔令欽《教坊記》云:凡欲出戲,先進曲名,上以墨點者即舞,不點者即否,謂之進點,程點《拾金》。《拾金》乃乞兒事也,衆賓愕然。或病其不祥,或賞其通脱,而程竟以乞兒終,非其朕兆與?

山東有陳媪者,老寡婦也。有二子,其長子甲早卒,而甲婦甚賢。甲死後遺有千金,貸於人而食其息，姑婦二人頗足自給。次子乙及婦均不孝。陳媪自從甲婦居，乙不顧問。無何，甲所遺千金盡爲人乾没。甲婦無以爲生，鬱鬱不樂，久之遂成迷惘之疾，饑飽寒燠皆不自知。媪憐之，晝夜調護之，又苦無食，力作以自食。甲婦之母族謂陳媪曰：「此非可長也，且以久疾累尊章，豈母家無人乎？」迎之歸。媪自是從其次子居，乙夫婦雖不樂，然無以拒也。而乙婦悍甚，乙亦畏之。乙恒外出，乙婦亦時還母家，每爲姑具五日之糧，則其返也必十日；具十日之糧，則其返也必二旬，媪於是恒不得飽。甲婦雖還母家，然猶念其姑，月必一來，來必居數日。每日巡行庭除間，見地上破瓴甋，或敗絮，或故紙，或枯本朽株，一一拾起，以奉其姑。且呼之曰：「娘，俟此等物化爲金銀，我與娘皆不餓死矣。」鄰舍人聞之，皆爲歎息。而乙婦殊厭惡之，不爲具食。媪節食食之，故不能久留。留數日，輒好言遣之，曰：「吾兒家去，勿念老身。」如是者十餘年矣。陳氏之鄰，故客舍也，會有達官税駕於此，以病小留，盡得其狀，歎曰：「是其罪在乾没者。夫兩嫠婦所恃以活命者，而乾没之，此非人矣。」命有司窮治其事，悉反其金。陳媪得金，亟召甲婦告之。甲婦見多金，大喜，神識頓清，夙疾若失。仍奉姑同居，且嗣族人子爲子，娶婦生孫焉。乙客死於外，乙婦挾其資再嫁，而後夫好飲博，不事恒業，不數年，罄其所齎。俄後夫亦死，乙婦不能自存，乞食於路，甲婦時時飲食之。未幾以瘐死。

張翁，閩人也。少時至河南中牟縣訪所親，而所親已他去，遂留落不得歸。久之無以爲生，乃鬻其衣裝，得錢萬餘，設星貨鋪於市廛間星貨鋪，見李濟翁《資暇集》，言列貨叢雜，如星之繁。會有某翁者，亦閩人，游於市。與之語，閩音也，喜曰：「吾同鄉乎？」因敘桑梓之誼，時與往來。見張翁誠實，乃謂之曰：「如此瑣瑣，豈足生活？君舊時在閩，曾作何業？」張曰：「吾舊學於藥肆，頗亦有年。」某曰：「然則啟肆賣藥，豈不勝此？」張曰：「固也，苦無資耳。」某曰：「以吾之資，藉君之力，同啟一肆，有利均之。」次日，即出千金授張，曰：「好爲之，吾今有事且回閩，異日再相見。」張於是即在中牟啟藥肆焉，買藥者踵於門，利市三倍。張雖一錢之入，必籍之，歲終會計，有所贏餘，則分爲二，曰：「此肆吾與某君共之也。」而某君竟不復至。張自至閩訪之，亦不得其人，歸而歎曰：「吾何以報某君乎？」乃辜較某君歲所應得，別儲之，榜於門，大施舍。病者藥之，物故者櫘之，寒餓者衣之食之。歲大無，振之行之。數十年不倦，中牟稱善人焉。後其家益饒衍，其子於同治壬戌入詞林，咸知其爲行善之報。惟所謂某君者，見首不見尾，亦殊可異也。

余外家臨平姚氏，其疏族中有一婦，於吾外王父爲尊屬，余不及見矣。傳聞其生前姣孏無雙，且雙趾纖小，每製履倦，則以針線插髻上，幫帛垂耳後，纔如一葉，人不見也。以故不良能行，行必以婢媼扶掖之，姚美人之名聞於鄉里。今臨平有地曰美人埭，以此婦名也。其子婦悍甚，恒與其姑立而誶語，婦懦不能與爭，鬱鬱久之，竟雉經死。婦工翰墨，臨死自書一紙，詳述其子婦勃溪之狀，置懷中。其子搜得，燔之。其子婦曰：「凡縊死者，下有遺魄，不掘出，且爲祟。」乃掘地深數尺，果得如炭者一段，亦燔之。余幼時曾過其家，家尚温飽。亂後復訪之，則無一人矣。有字蓉齋者，於余爲舅氏，爲賊掠去，不知所終。嗟乎！其先世有此等事，而望其子孫之克昌，則是無天道矣。

道光間，臨平鄉間有一婦，中年以後得一怪疾，口不能言，肢體不能運動，其耳目亦似無所見聞，晝夜卧牀中，塊然似已死者。而肌膚仍温和，口鼻仍有出入之息。使醫切其脈，蓋無病也。其子婦輩按時以糜粥飲之，尚能下咽，飯則不能咀嚼矣。如是五六年。一日晨起，飲之不受，撫之則冷，始知其已死也。其時諠傳，以爲奇事。余按紀文達筆記中有一事，與此相似，但彼男子，此婦人，爲異耳。文達謂其心死而形生，余則以爲此乃魂去而魄存也。《左傳》載子産之言曰：「人生始化曰魄，既生魄，陽曰魂。」余嘗以火譬之，人之形質，猶聚薪蒸而束之也。置火於中，俄而薪化爲火，此即所謂「人生始化曰魄」也；俄而炎炎燄燄，光焰上騰，此即所謂「既生魄，陽曰魂〔一〕」也。人之死也，魂升而魄降，亦猶燈之熄也，煙上散而煤下墜，乃其常也。若此婦者，其魂已去，而其魄猶存，正如光已滅而火未絶耳。因記姚氏掘遺魄事，并記此事，且説魂魄之義如此。又魂魄者，生時之名，若死後則爲鬼神矣。孔子曰「衆生必死，死必歸土，此之謂鬼」，「其氣發揚於上，爲昭明，焄蒿，悽愴，此百物之精也，神之著也」。可知生爲魂魄，死則魂升而爲神，魄降而爲鬼，蓋魂升魄降，姑以生時之名名之。其實，魂者火之光也，死而升者止其煙也；魄者火之所以爲火也，死而降者止其煤也。觀姚氏所掘其形如炭，正可證明其理矣。

唐西鎮人伊介春，有女曰翠姑，自幼許嫁木氏子。木所居曰鎖條橋，相距非遠。後木氏家日落，介春私與其妻議，欲絶其婚。翠姑微聞之，鬱鬱不樂。咸豐之季，賊陷杭州，鄉間皆大亂，介春率妻女奔滬瀆，遂别爲女相攸，有成議矣。翠姑知事迫，縊而死。此事余聞之二兒婦，適草《筆記》第十五卷竟，因記之卷末。雖其事平平無奇，似不合志怪之例，然稗官小説，未始不以表章節義爲事。先大夫《秦淮烈女篇》云：「我無風化權，僅操筆一枝。」余《筆記》中載此等事，猶此意也夫。

〔一〕魂，底本原作「魄」，《校勘記》正作「魂」，今據改。

卷十六

武林徐氏，爲浙西望族。其故第在姚園寺巷，亂後雖燬於兵火，而門楣及聽事無恙。聖祖御書「凜存堂」額及「清德鎮俗」額，高宗御書「清慎可風」額，至今猶存。余門下士花農庶常琪，乃文穆公來孫也，稍加葺治而居之。余每過其家，輒興故家喬木之思。偶閲定遠方蓮舫太守《蔗餘偶筆》，載其家文敬公軼事云：文敬之封翁居錢唐江邊，每子午潮退，將沿岸數十里水族親掃入江，自少至壯無間。一夜潮極大，巡江武官見火光一團湧入徐氏，叩門以告，適文敬公生，因以潮名。及觀平江李次青廉訪《國朝先正事略》，則云：錢唐徐文敬公，先世業漁。公生日，江潮大上，一舟爲風漂没。封翁急拯之得免。僦舟者爲閩省孝廉，入都應試者也。翁延至家，致雞黍之敬。次日洗兒，請孝廉命名，以江潮之異，名之曰潮。其後孝廉累不第，而文敬早達。分校會試時，孝廉竟出其門云。此二説未知誰得其實。花農距文敬已六世，恐亦未必能詳矣。花農之生也，其先德若洲先生夢一道士化爲鶴而生，故小字鶴根，意花農亦生有自來者與！

徐花農云：吾家舊祀花園上地。相傳文敬公晚歲家居時，招鄰叟飲，一叟年最高，延之首坐，叟辭。公曰：「君乃吾鄉老土地，何辭焉？」叟笑而就席。老土地者，杭人諺語猶言前輩耳。是夜，公夢叟來，云：「公命我爲土地，願即公花園中乞一席地，公其許我乎？」公愕然而寤，犁旦使人偵之，則叟死矣。問何病，其家曰：「叟固無病，但自言欲往徐氏，如是者三，遂卒。」公歎息久之，祀之於後圃。游戲一言，遂爲鬼神所憑藉，卿相造命，信矣！

花農又言：文敬公未達時，爲贅婿於同里殳氏。殳夫人卒，公遂歸江干故居。一日，殳翁遇諸塗，曰：「爾以吾女亡，遂不過我乎？」强邀俱歸，於殳媪前亟稱公賢，媪微哂。翁曰：「爾不嗛於此子乎？吾行且妻以次女。」媪怒甚，曰：「爾好爲之，吾不與聞。」翁曰：「敬諾。」遂以次女爲公繼室，媪無如何也。公不復居殳氏，與夫人俱歸。他日夫人歸寧，偶語諸嫂曰：「今日肩輿及門，觸於棖，幾覆。」嫂曰：「吾家蓽門，安容高車？」夫人曰：「庸詎知吾不高車乎？」諸嫂皆乾笑，曰：「爾乘高車來，當毁垣以迎之。」夫人遂辭去。及文敬公貴，夫人始再至母家，諸嫂置酒相款洽。夫人從容語諸嫂曰：「垣未毁乎？」余謂江氏檳榔之誚，韋家鸛雀之稱，士方貧賤，見輕於妻族，自古有之。史家載此等事者，欲使人知白屋之中大有青雲之士，勿以高門鼎族而蔑視寒微耳。余記殳夫人之言，亦此意也。

杭州姚園寺巷有旌德觀，祀疫神曰温元帥。按元人吴自牧《夢粱録》已載有此神，云是東嶽所部，疑必起於宋世矣。每歲五月，居民舁神巡行市廛，蓋亦逐疫之意。而過徐氏之門必疾趨而過，相傳徐文敬公官冢宰，是爲天官，主天下神祇，故神過其門必致敬焉。國家定制，凡壇廟祭祀及僧道等事，皆掌於禮部祠祭司，實與吏部無涉。巫覡之見，良可一噱，然亦可見故家之重矣。

徐少薇，名暲，花農之再從兄也。嘉慶戊寅，年十四，應鄉試，中副榜。其明年舉於鄉，應禮部試，不第，留京師。未幾卒。卒之前數月，夢至一所，修篁夾路，中有棋聲，不覺朗吟曰：「飛來碎玉度棋聲，修竹嬋娟畫不成。」下句未就，而竹中有人續之曰：「惆悵碧溪相別後，煙霞深處五峰青。」尋聲而往，則一樵者，方倚樹而吟。見徐至，驚曰：「華林子來何速乎？錢某猶未至也。子既來此，吾導子至一處觀之。」遂與俱往。至則高門岌嶪，若官廨然。入門，有女子六七人執帚掃花，視徐而笑，不出一語。登堂見楹間縣一聯云：天下今宵共明月，人間何處有仙山。堂之左右，列書櫥八九，縹囊緗帙，充牣其中。有角巾野服者數輩，挾册諷誦。樵者即取一卷，授徐視之，其生平所作詩文皆載其上。驚而寤，不解所謂。惟樵者所云錢某，則固知之，乃其同硯之友也，其時固無恙。未幾而錢某之訃至〔一〕，歎曰：「曩樵者言錢某未至，吾來何速。今錢某往矣，吾其繼之乎？」因記所夢，弆書篋中。及卒，家人發篋得之，乃知石曼卿芙蓉之城，王平甫靈芝之宮，非小説家僞造也。

杭州武林門内有長壽橋，橋之左别有一橋無名，但以小橋呼之。其地有某甲者，素無賴，恒集徒衆，攜鍬鋤於無主荒地，擡石賣錢。階砌柱礎，爬羅殆盡，乃竊小橋上石欄、石楯，載以小舟，至唐西鎮賣之。甲有子七歲，是夕忽得疾，次日彌甚，藥之不瘳，自言：「有神人擊我。」甲使卜者卜之，曰：「橋神爲祟。」甲大驚，具牲醴禱焉。無效，不數日，其子竟死。嗟乎！亂後橋梁半就傾圮，比來稍稍修葺。乃余往來江、浙間，見有甫修而即圮者，推原其故，蓋有負之而趨者矣。安得處處有橋神爲之呵護哉！

蘇州山塘有某甲者，以賣魚爲活，人頗長厚，家亦粗足自給。惟嗜酒，每醉則言語不倫，家人習之，亦不怪也。一夕，酩酊而歸，坐未定，復趨出，家人問焉往。曰：「吾且赴水死。明日買棺至興隆橋邊斂我可也。」咸以爲醉語耳。良久不返，蹤跡之，則宛在水中央矣。鉤撈出之，

〔一〕錢，底本原作「徐」，《校勘記》正作「錢」，今據改。

已不可救。竟如其言，斂於興隆橋邊云。

李翁，廣東從化縣人，遷居省城。年五十餘，無子，買某姓女子爲妾。女見李老，意不樂，呼使侍寢，掩面而泣。問之不答，固問，始微露其意。李翁曰：「老夫女妻，固非偶也。若既不願，吾何敢強！」召其父至，以女歸之。李翁可謂長者矣。此女失此良人，轉似可惜也。

許仁山閣學之女，嫁海寧孫氏。有女名小翠，生於京師。襁褓中，父母以奔喪歸，因小翠稚小，寄養於余次女處，蓋余次女即仁山之從弟婦也。後余女挈之南旋，以還其父母。小翠秀外惠中，眉目如畫。然自幼多病，年七歲殤焉。其臨死時趺坐榻上，閉目合掌，家人不知其已死，候之則氣已絶矣。其殆有宿根者與？曇華一見，亦可異也。

小兒出痘，謂之出花，不知所自始，然南北並有此語矣。一家有娣姒二人，其子皆出痘，娣之子頗危險，姒之子已上漿矣。其夜，姒夢見一賣花媪，娣姒各就之買花，已而娣以所買之花易姒之花，遂寤。次日視兒，則娣之子頗有起色，而姒之子痘皆下陷，未幾竟死，娣子反無恙。乃悟夢中易花，是其兆矣。

揚州甘泉縣陳生端甫，居仙女廟鎮之南，母與妻皆熊氏，蓋姑姪也。妻病，母移榻於其房。一夕睡醒，見火光熒熒，自下而上，驚而諦視，乃一大鼠銜燈草緣壁而行。急呼其子起，則火已及承塵矣,須臾遂熾。陳負母出,又使人舁病婦出,幸皆無恙,屋竟燬焉。夫鼠銜燈草常有之事,而陳氏竟以致焚如之禍。歐陽公云「禍患常起於細微」,信矣。

蘇州有王媪者,少寡而貧,無子女,惟爲人縫紉以餬其口,垂三十年矣。其鄰某翁,頗饒於資,有一子甫十歲,自幼多病。病作,輒有鬼憑其身,招巫者施敕勒之術,竟不能遣,惟王媪偶過其家,則鬼即避之。如是者數年,其子心痟體煩,日就羸瘠,翁甚憂之。夢神語之曰:「以此子爲王節婦後,病即瘉矣。」翁因商於王媪,願以此子與媪共之,承兩家香火。媪大喜。子自母王媪,病果不復作,娶妻生子,奉王媪終其身。然則此子之病,殆鬼神哀憐節婦,不忍其老而無依與?

先大夫《印雪軒隨筆》載:臨平鄉間,有兄弟四人而同歲者,蓋二子於正月孿生,二子於十二月孿生也。乃又有兄弟二人,同年同月,而弟之生日顧先於兄者。蓋此二人爲異母兄弟,皆生於三月,兄於三月中旬生,弟於閏三月上旬生,相距二十日。至無閏之年,則弟先於兄者十日矣。其事本無奇,姑記之爲談助。惜談者不言其姓氏。

湖北有張氏女,許嫁胡氏子,婚有日矣。而胡氏子病甚,乃使媒妁請絶於張,張女不可,曰:「女子既以身許人,死生以之。」遂適胡氏。而胡氏子病有間,又逾數年,生二子,始死,張女撫其二子以終。此與第十五卷所載樊氏女事相類，然樊女煢煢孤苦，張女則非止有節操，且有才幹。其父仕於閩爲縣令，資財巨萬，惟挾二妾以從，棄厥妻於家不顧，無以爲生。族中人咸不平，縱臾其妻使如閩。辭無資，則爲醵資，又懼不禮於夫。女乃曰：「母無懼，我侍母以行，然須具來往之資。合則留，不合則返耳。」於是母女俱如閩，未至其所三十里，使人以告。父聞妻至，將不納，聞女與俱至，始大具車徒迎之。既至，果相安居。數月，女辭欲返，母留之。女曰：「家有尊章，豈能居此長奉母乎？」母泣曰：「汝在，故我無苦。汝去，彼將魚肉我矣。吾從汝歸耳。」遂與俱返。後其父以贓敗，詔下原籍簿録其家財。縣官奉檄至門，母皇恐伏竄下，餘人悉走匿。女盛服出見縣官，言父平時棄母不顧狀，且曰：「父盛時，母不同其樂。今父敗，母豈得同其苦？請公入視，如有銖金寸錦之儲，甘受隱匿之罪。」聲情慷忼，縣官爲之動容。入視之，破屋數椽，疏帳縹被而已。歎曰：「誠如汝言，誠如汝言。」遂去。

山西一富翁，年四十無子，每至親串家見有小兒，輒喜而抱弄之。嘗于役於中州，騎馬過中牟縣城外，見樹陰之下一小兒，才四五歲，娟好可愛。下馬就視，兒初不啼，抱之上馬，幸無見者。諦視此兒，眉目姣好，肥白如瓠，愛不忍釋，竟擁之懷中，騗馬而去。比至家，遂以爲子。而翁自得此子後，連舉二子，三子皆長，並爲娶妻。然翁之家人每竊竊私語，謂翁既有子矣，焉用此他人子爲？」翁微聞之，自度已死後，必不相容。於是召此子語之曰：「吾自中牟攜汝來，今幸成立。然久居此，終少味也。葉落糞本，汝其歸乎！」乃爲具萬金之裝，使攜婦俱去，戒之曰：「汝至中牟，但至某所訪之，必有骨肉相逢。此吾遇汝處也。」子不得已，涕泣辭去。既至中牟，止其妻於逆旅，而自至城外訪求，逢人必問，冀有所遇。久之，有人語之曰：「吾村某氏老嫠婦，曾失一子，得毋是乎？」其子喜甚，亟使導之往。至則一老婦出，曰：「吾夫亡後，遺腹生一子，至某歲失之，今且二十年，雖見之，固不識矣。然有可辨認者，此子面有豆花唐陳黯有《詠豆花》詩，即痘瘢也，今謂之面麻，吾曾識其數，今雖久遠，猶未忘也。」乃言其數。衆人視此子之面，果有豆花，數之與婦言合，皆喜曰：「此真是矣。」其子泣拜，歷言前事，即從逆旅中迎其妻至。老婦家本貧，自失子後，又悲思成疾，一旦有子，又有子婦，且有多金，乃大喜慰。「塞翁失馬，未始非福」，此之謂矣。或亦造物哀憐節婦而曲成之乎？

光緒辛巳歲，花農與倪儒粟茹及孤山寺僧本慧同至俞樓，於樓後山上西爽亭小坐。既下山，僧自後招花農曰：「來看，來看！」花農視之，見松樹上一蛙，淺緑色，竟體滑澤如碧玉琢成，無磊砢之狀，與常蛙異。儒粟曰：「此非金華將軍邪？」僧點首曰：「無多言。」次日，花農至右台仙館以告余。按杭城湧金門内之有金華將軍廟，舊矣。據《咸淳臨安志》，神姓曹，名呆，真定人，仕後唐爲金華令。吴越王擢守婺，錢氏入朝，委以國事。呆即城隅浚三池，曰湧金。既殁，民爲立祠池上。此固有功烈於民，宜在祀典者也。其神乃化身爲蛙，何邪？然鬼神之事有不可以常理測者。即如黄河之神，化身多爲蛇，見於記載，登之奏牘。同年生薛世香廉訪，河南靈寶人也，嘗語余云：「黄河神，有大王，有將軍。每見形，則官吏必以盤承之，大設牲牢，廣陳優戲。蛇在盤中端然不動。其蛇有大小，小者大王，大者將軍。大王蛇不過尺許，頭外尾内，其直如矢，雖至數日之久，小有轉側，而終不易其方。將軍蛇，或數尺，或丈餘，蟠曲如糾纆，首則昂然上出，而不見其尾。大王蛇必居盤中，將軍則稍偏焉。數日後輒失所在，莫知何往。河工官吏及濱河之民咸崇奉之，無敢褻視。有所謂栗大王者，乃國朝栗恭勤公，其神亦蛇也。」然則金華將軍之爲蛙，何異之有？推而上之，知古書所載，如伯鯀爲黄熊，望帝爲杜鵑，女娃爲精衛，欽䲹爲大鶚，蓋亦理之所有。一孔之儒，固不足以知之。

同治十年冬，余自西湖精舍還吴下寓廬，迂道德清省視先人丘隴。泊舟城中，自坐小舟出南門，至金鵝山，展先通奉君之墓，留奴子沈貴守舟。忽有一人可四五十歲，口操德清土音，至舟求見。沈詰其姓氏，其人告之，約略是劉字。沈粗解翰墨，問曰：「卯金刀乎？」曰：「非也，木字偏旁耳！」余歸，沈以告，余亦漫置之。然以木旁字而音似劉且爲姓氏所有，惟樓及柳耳。

吾邑素無此二姓，莫知何人也。及歸吴下，適同縣江子平孝廉、蔡瑜卿秀才皆在，因以問之。兩君曰：「此事絶異，豈柳侯乎？」柳侯者，吾邑總管神也。吾邑總管神三，曰戴，曰柳，曰葉，而柳實先於戴、葉。唐天寶中初設德清縣，柳侯即來爲縣令。侯名察躬，乃柳子厚之祖，集中《先侍御史神道表》所稱德清君者是也。有惠政，既殁，而邑人祠之。歲久祠廢，及戴侯興，而邑人即以柳祠故址爲之祠，於是祀戴兼祀柳。後又附以葉，並詳縣志。余流寓四方，久不獲躬拜祠下，而文章道義，又不足以感動幽明，兩君所言蓋讕語也。其事載《春在堂隨筆》卷第五，今因金華將軍事，又類記之。

光緒五年十月乙丑，余葬内子姚夫人於錢唐右台山之原，余即自營生壙於其左。既葬三日，有蝶見於墳塋，黑質而黄章。越三日，又見，亦如之。時雖十月小春，然已交大雪，晨起嚴霜滿地，不應有此，亦可異也。及歸吴下，以語老友吴平齋，平齋決爲太常仙蝶，然未敢遽信也。其事見《春在堂詩編》卷第九。今亦類記於此。余作《金華將軍》詩，中四句云：「我泛餘不溪中舟，疑有神人來同游。我築右台山下壙，疑有仙蝶來送葬。」即謂此二事也。

陸錦炘，長洲學生，以高等食餼，有聲庠序間。光緒辛巳歲，感疾頗劇，妻子爲禱於神，陸曰：「可不必矣。吾頃見冥吏持牒來，有吾姓名。錦下一字本非炘字，後塗去之，而注炘字於何字也。陸年僅二十四，是歲甫新昏，同學之士頗惜之。旁，則是我也，其能免乎？」未幾果卒。陸氏兄弟行以錦字爲名者，尚有數人，不知其塗去者爲

顧某，蘇人，官浙中，與於海運之役。自浙至滬，偶與數友飲於茶寮，忽得狂易之疾。其僚送之還蘇，而疾益甚。百計求死，刀繩之屬家人悉爲藏弆，甚至不敢以陶器盛飲食。飯碗茶梧一入其手，輒齧而碎之，或不及備，則吞咽入腹者，亦竟有焉。醫巫雜進，久而不瘳。會有請箕仙者，乃就之問故。箕筆書曰：「病由鬼祟，鬼亦顧姓，浙江平湖市井中人。顧某前生爲其主會計，乾没其千金，致彼鬱鬱而死，故今來索償。然顧某止於侵蝕其資，究未戕害其命，此鬼自以病終，理難議抵。果能廣作功德，當可消釋冤愆。」顧氏從之，用浮屠氏法，誦經施食七日夜，而顧病果已。仍至滬上，終海運之事。然未及三年，即以他疾卒。此鬼殆乘其衰氣而來，《左氏》所謂「其氣餒以取之」者也。

某甲，揚州人，寓於蘇，家中惟一母一妻。偶外出，其妻爲之闔户，甫還入内，驟得狂疾，載號載呶，不可嚮邇。母急，使人趣甲返。甲察其聲，則男子也。問曰：「汝何人耶？」妻大聲曰：「不識我乎？我某歲與汝别於某所，汝忘之乎？」甲乃恍然知爲某乙。先是，甲在揚州時，曾借乙錢十千。及粤寇之亂，甲與母妻逃至某處，適乙亦至焉。其時乙無一錢，乃從甲索所借

錢，甲橐中尚有洋錢四十，欲許之，妻曰：「亂離如此，生死未卜，豈償債時邪？」甲從其言而止，自後亦不復見。至是乃問之，曰：「與爾別後，爾何所往？」妻作鬼語曰：「彼時吾與母同行，爾不還吾錢，母子二人饑餓不得食，努力至江邊，賊已大至。江中雖有渡船，以吾無錢不肯載，乃負母循江岸而行，力竭仆地，呻吟三晝夜，母子俱斃。每念死時之苦，恨爾入骨，十數年來在揚州尋覓，竟不可得。後知在蘇州，又在蘇州尋覓數年矣。今得相逢，必償我命！」甲叩首謝曰：「曩者誠我負心，然吾夫婦死，爾母子仍不得活，於事無益。且我負爾錢，究未害爾命也。我願數倍曩日所借之錢，爲爾作功德，憑仗佛力，託生善地，不亦美乎？」鬼始不可，既而曰：「汝言亦有理，好爲之。」甲於是出錢大作佛事，妻病果愈。中山君有言：「與不期衆少，其於當厄；怨不期深淺，其於傷心。」甲與乙既素有通財之誼，危迫之際，雖無所負，猶宜分財以濟之，况實負其錢乎？乃婦言是用，鼾毛不拔，遂使母子流離，擠於溝壑，固宜其飲恨九原矣。雖仗佛力消釋前愆，吾猶未保其卒也。

趙某，蘇州人，當兵亂時踸踔城外無所依。有農人李姓，憐而留之，趙因與李女通。李無如何，遂以爲婿，贅於其家，夫婦頗相得。趙有季父，避兵寧波，使人訪知趙所在，招使往。趙與妻謀曰：「吾季父頗有資，今來招我，我且先往。往而得所，再來迎汝，并迎翁也。」及趙至寧波，其季父議爲娶某氏女。趙聞某女美，且裝送甚豐，欣然從之。及亂定，遂依季父居，不復還蘇。至光緒辛巳春，趙偶至門外眺望，有陰風吹面，通體生粟，乃入室蒙被而卧。夜半忽作譫語曰：「與汝别二十餘年，絶不一念前情，致吾父抱憤而死，吾亦飲恨而亡。負心若此，吾今得請於神矣，汝尚望活邪？」言畢遂絶。

揚州市井中有王、陳二人共啟一肆。肆中畜一貓，毛色甚美，兩家皆奇愛之。貓一乳生四子，皆肖其母，逾月之後跳踉於地，見者每注目焉。鄰有某甲乞其一，許之，以不能離母，故未將去。一日，陳他出，王倦而假寐，惟陳母、王妻坐守肆中。忽有少年突入，攫二小貓去，母、妻皆大號，王驚起追之，某甲亦助之追。須臾，陳亦繼至。少年見追者三人，知不能脱，棄一貓於途，甲抱之歸。陳與王仍相逐不舍，少年窘甚，并所存一貓亦去之，二人抱貓俱返。而少年不知，猶以爲有追者，狂奔不已，觸一孕婦仆地，竟踐其身上而過。於是市人大嘩，要遮少年，使不得逸。視婦，已垂欲絶矣。覓其夫至，縛少年送官，如婦死，當論如律云。嗟乎！魯以鬭雞而出昭公，鄭以逐狗而殺子陽，小事而啟大釁，微物而釀巨禍，自古有之矣。此猶其小焉者也。

某甲，湖北人，居揚州爲鹾商，喜談内外丹之術。偶與友飲於茶寮，見一老翁支布爲棚，賣藥其下,有一客與之諧價,斷斷未定。就視之,則一何首烏,宛然人形。問所值,錢四千耳。大喜,如數與之。友曰:「此必僞也,豈有何首烏已成人形者而所值止此邪?」甲曰:「不然,仙人賣藥,論有緣與否,不計值也。」抱之而歸。是夕宿於花園,不入内室。次日視之,死矣。家人大駭,窮究其故,友以告。亟使人覓賣藥翁,不知所之矣。古詩云:「服食求神仙,多爲藥所誤。」誠哉是言也。

同治之初,滇中大亂,賊所到之處,殺人如麻,白骨盈野,通都大邑,悉成邱虚。亂定之後,孑遺之民稍稍復集,掃除胔骼,經營苫蓋。時則又有大疫。疫之將作,其家之鼠無故自斃,或在牆壁中,或在承塵上,人不及見,久而腐爛,人聞其臭,鮮不病者。病皆驟然而起,身上先墳起一小塊,堅硬如石,顔色微紅,捫之極痛。旋身熱譫語,或逾日死,或即日死,諸醫束手不能處方。有以刀割去之者,然此處甫割,彼處復起,其得活者,千百中一二而已。方疫盛時,村民每於夜間見鬼火,數百數千,成隊而行,近之則聞鑼聲、鼓聲、鈴鐸聲、吹角聲、馬蹄聲、器械摩扴聲,月夜并見有旗幟之象。又往往有人忽然倒地如酣睡者,越日而蘇,輒言有兵馬經過,被其捉去搬送什物,至某處而返。又或言令其荷送傳牌,牌上大書「某官帶兵若干,赴某處,仰沿途供應如律」。及數日之後,其所言某處某處,無不大疫矣。疫起鄉間,延及城市,一家有病者，則其左右十數家即遷移避之，踣於道路者無算，然卒不能免也。甚至闔門同盡，比户皆空，小村聚中絶無人跡。老子云：「師之所處，荆棘生焉。」信矣！馬星五觀察駟良，雲南人，爲余説如此，蓋其所親見也。觀察又言：咸豐八九年間，李樹往往不實，而反生王瓜；楸樹本無實，而反結實如豆，好奇者收而藏之。厥後疫起，百藥不效，或謂李瓜、楸豆自古未聞，天地既生此異物，諒非無用，或可以治此異疾乎？試之果驗。而當時收藏者少，甚不易得，得之者珍逾參苓矣。近年來久無此疾，而李與楸之生瓜豆亦不再見。於此又見天心仁愛，雖大劫之中，未始不寓挽回之意也。

葉某，吴人，官於中州。有三子，皆在十齡内外，年相若也。一日，戲於庭中，其仲子手執一鐵釘，謂季子曰：「吾此釘一發，即成弩箭，且中汝目矣。」季子曰：「兄試爲之。」仲子一舉手，釘即飛去，仲季二子相去頗遠，中間又隔一人，而釘竟從此人腋下穿過，飛集季子之目。目睛即時突出，大如雞卵，五色爛然。幸其係未絶，纍然下垂且四五寸。季子走還内室，投其母；母大驚，以手握其睛，納入眶中。季子初不覺痛，至是始大痛而倒，良久乃蘇，後幸無恙，而此目則盲矣。方擾攘時，忽失仲子所在。大索之，則在一神廟中，厥角稽首，求祐其弟不死。扶之還，色若死灰，額上血漉漉然。其母不忍責，轉以好言慰之。此殆有鬼神使之然乎?

潘氏,徽州大姓也。其族人檢視譜牒,知乾隆間族中有一婦歿於杭州,即淺葬於城外,今絶無後矣。而此婦生前頗有恩德及其族人,於是舉族聚謀,欲歸其骨,合葬於其夫之墓。乃共醵金,使一人往。其人於光緒七年四月至杭州,依譜牒所載,營求其葬處,果得之。發視,則其棺乃桐木,所爲尚完好,而其底則已朽矣。屍卧棺中,容色如生,衣服亦未壞。視其棺和所題識,蓋已一百二十八年,而儼然如新死者。遂舁而置之新製之棺。有與其役者,見屍右手中握一小盒,封緘甚固,乃竊而懷之,莫知何物。或曰:「其中有寶珠,屍之不壞,職是故也。」吴下有邵氏舊僕,實從之往,親見其事,歸爲奴輩言之如此。

李石泉孝廉,錢唐人,以道光丁酉科舉於鄉,余同歲生也。初名人杰。未幾,湖北有反者名鍾人杰,石泉不欲與同名,乃改名峩。或曰:「峩字,山在我上,以山壓我,豈得爲安不?易此名,必大不利!」石泉不從其言,逾年竟卒。余按《太平廣記》引《感定録》曰:有進士李嶽〔一〕,連舉不第,夜夢人謂曰:「頭上有山,何以得上第?」及覺,不可名嶽,遂更名言,乃中第。

〔一〕嶽,底本原作「獄」,參上文作「李嶽」,據改。

此與石泉事正相類。或人所言，不爲無見也。

《通俗文》曰：「夢語謂之寱引見《一切經音義》，字亦作囈。《拾遺記》云呂蒙囈語通《周易》，是也。今人亦往往有然。湖北有一婦，不見容於夫[一]，夫外出，輒棄婦不顧。婦食貧自守，無他志。夫偶歸，與之宿，聞婦囈語，皆處分家事，勤勤懇懇，夫大感動，曰：「諺云柴米夫妻，信矣！」遂相愛重如初。此亦至誠動物之一證也。又有一貴家妾，平日事其大婦，謬爲恭敬，夫或於無人處撫問之，曰：「夫人遇汝何若？」則謹對曰：「甚善！」然其夢中嘷囈呻呼，輒若見督責於大婦，恐怖乞憐，觳觫萬狀。夫呼問之，笑曰：「無他，囈語耳！」固問之，終不言。夫歎曰：「積威所劫，一至此乎？」由是寖疏其妻。實則妾之囈語，皆僞爲之也。此視驪姬之夜半而泣，用意更陰險矣。其妻竟以此鬱鬱成疾而死，臨死謂侍者曰：「吾死，終不令此妾得志。」未幾，妾亦死。

光緒辛巳歲四月，蘇州西米巷民家，有母彘產一豚，一首、二身、二尾、八足。其家以爲不祥，斃而投之水。群匄取食之，亦無他異。按《明史》，天啟四年，榆林生豕，一首、二身、二尾、

[一] 容，底本原作「答」，據文義改。

八足。事與此類，在五行家所謂豕禍也。紀文達自言於漢儒之學，最不信五行傳説，余亦云然。夫孔子作《春秋》，未嘗不紀異，然必如劉向、董仲舒諸儒之説，以某異爲某事之應，則不能無附會，亦不能無抵牾。《明史·五行志》但紀祥異，不載事應，所見卓矣。

張氏子，楚人，生而藴藉，父母奇愛之。年十六七，忽有神附其身，言語不倫，歌哭無度。平時婉孌如處女，至是則距躍曲踴，捷於猿猱，百尺之樹可登其巔，視隆樓傑閣猶几案也。楚俗，爲神所附者，即使爲巫，鄉里皆信奉之，所獲頗豐。而其父母雅不欲爲此，力請於神，曰：「吾子眇小，不足奉大神，願神舍旃。」神不許。乃邀集其族姻之長老，羅拜於前，請益哀。神附其子言曰：「既衆人苦求，吾即去矣。然此子不永年，吾在能護持之，吾去恐不免耳。」言已果去。其子逾年而卒，衆以神言爲信，然安知非此子已精神越㵾，故邪得乘之邪？其子言神初降時，見有若猴玃者。疑爲猴精，故蹻捷若斯也。

楚人有娶新婦者，甫導引入房，將行合巹之禮，新婦忽發狂，號呼讙呶，騃瞿奔觸。舉家皇皇，莫知爲計。不得已，迓其父至。新婦見之，則厲聲曰：「汝來邪？」父察之，蓋其兄之聲也。先是，其父有兄早死，以二子爲託，父乾没其資，而虐遇兄子，斃其一人。至是其兄之鬼附新婦之體，歷數其罪，父俯首不能出一語。夫氏之人乃責之曰：「此女既歸我家，則我家人也，豈復與爾家事？且此女在室時，爾何不附之而言？今乃牿亂人家嘉禮，無乃不可歟！」鬼曰：「此女在室，我附之而言，誰其聞之？今兩家族姻咸在，是非曲直必有公論。我故不辭搪突，一抒憤懣，幸諸長老哀憐，爲我善處之。」衆謂其父曰：「汝誠無狀，今尚何言？」乃使悉反其所侵蝕，且召其兄子至，推擇族中一長者俾鞠育之，以待其成立。鬼又附新婦，叩首致謝，遂去。後亦無他。然其父自此不齒於鄉里矣。

湖北江夏縣民祝某，於兵亂時娶一婦，江西人，嫠也。然此婦自歸祝氏，甚愛敬其夫，善事其舅姑，先後宛若，女公女妹無閒言。又甚勤恁，凡女事雖素所不習，必勉爲之。一家皆喜，以爲得賢婦，不以其再嫁而輕之也。居數載，忽得暴疾，有鬼憑之而言，責其不義。察之，乃其故夫也。祝氏之人環而禱曰：「亂離如此，君又早世，煢煢嫠孀，將何倚賴？其不能守，非其罪也。」鬼曰：「不然，吾未死時，固嘗問之，能爲吾守否？彼自誓不嫁，奉吾老母。吾骨未寒，而遽背之，致吾老母流離道路，死於饑寒，吾在九原恨入骨髓。今得相逢，必取其命。爾家若哀憐此婦，爲治後事可矣。勿召醫巫，徒費無益也。」婦病數日竟死。此婦在祝氏甚賢，度其事故夫必無失禮，乃以負其諾責，遂膺憯遬之誅。傳曰：「食言者不病。」可爲倍死忘生者戒矣！

道光中,安徽太和縣令某君幕客有能扶箕者,長夏無事,輒與諸友召箕仙,以詩歌唱和爲樂。一日仙至,作詩云:「城郭人民異昔時,戰場衰草尚離離。平生家國無窮恨,清潁亭邊夜月知。」自署蘧蘧子,衆莫知爲誰。箕筆又書曰:「諸君不知有李栩乎?吾即栩也。」衆曰:「敢問何時何地人?」箕曰:「舊事回思,至今心痛。諸君固好事者,不妨略言之。吾生於明萬曆之季,明代潁州隸鳳陽府,吾乃潁州人也。吾父名精白〔一〕,官山東巡撫。其時魏忠賢顓權,風示督撫,呈進祥瑞。而山東民間適有牛産一犢,厥狀詭異。吾父爲僚友所惑,遂以麒麟生聞於朝。閣臣票旨有云『廠臣修德而生仁獸』。海内忠義之士聞而惡之,吾父遂爲清議所不齒。思陵登極,逆奄伏誅,詔定逆案,吾父與焉。吾誠私心痛之。因念《周書》有言:『爾尚蓋前人之愆,惟忠惟孝。』然則幹父之蠱,惟忠孝而已。每讀書見古忠臣烈士之事,未嘗不忼慨太息也。崇禎八年,流賊陷潁州,吾念徒死無益,跳而免。走山東,招集舊時部屬,得死士數百人,與之俱還,收復潁州。又與賊戰茨河鋪,大破之。又戰焦陂集,禽賊首闖塌天,賊由是不敢犯潁。吾守潁凡八載,名震江淮。後因降賊袁時中復叛,吾出不意,爲所戕害。以死報國,亦復何恨。

〔一〕精白,底本原作「清白」,《校勘記》正作「精白」,是人名,下文亦作「李精白」,今據改。

萬不料賊中有李信者，故杞縣舉人也，降賊之後，改名曰巖，力勸闖賊勿多殺人，以收人心。又造『迎闖王，不納糧』之謠，以熒惑人聽，名列賢書，而甘爲賊黨，非人類矣。然彼爲李信，吾爲李栩，彼爲河南開封府杞縣人，吾爲直隸鳳陽府潁州人，若風馬牛不相及也。且吾自慚不學，少年時一紈袴子弟，好馳馬試劍，博弈飲酒〔一〕，間或與幕府諸客爲歌詩，酒後耳熱，拔劍狂歌，如此而已。又何嘗折節讀書，應場屋之試，登孝廉之科乎？乃舉世以訛相傳，竟謂吾即李信，數百年來牢不可破，皆言當時賊中之李信，即山東巡撫李某之子也。嗟乎！吾父生前已爲世所詬病，區區之意誠欲捐此微軀爲吾父一洒之，乃以姓氏之偶同，遂致梟鸞之莫辨，九原抱恨，豈有窮期！」因又作一詩曰：「此恨竟終古，無人一討論。由來青史上，大半是冤魂。」此事余從前在徽州時，聞之晏白華茂才，有所録一紙，敘李栩戰事甚詳，今失之矣。按《明史·魏忠賢傳》云：海内爭望風獻諂，諸督撫大吏閻鳴泰、劉詔、李精白、姚宗文等，爭頌德立祠。是李精白固奄黨也。又云，山東産麒麟，巡撫李精白圖象以聞。則麒麟一事亦實有之。崇禎二年，定逆案，巡撫尚書李精白列入又次等，論徒三年，輸贖爲民，見《崔呈秀傳》。李精白之爲人，固無

〔一〕 弈，底本原作「奕」，據文義改。

足論。又考《流賊傳》，杞縣舉人李信逆案，尚書李精白子，投自成，改名曰巖。則史固以李信爲李精白子也。此所謂李栩者何人歟？余初以爲箕仙詩文，類好事者爲之，不足爲據。乃後觀朱蘭坡先生所輯《國朝古文彙鈔》，有范光陽《雙雪堂集·李栩傳》一篇，竟與箕言符合。范光陽爲康熙戊辰進士，距明季非遠，所傳聞必當有據。余因有李栩事存疑一條，已刻入《壺東漫録》矣《俞樓雜纂》第四十卷。疑李精白爲逆案中人，海内之所切齒，故一聞有以李氏子從賊者，皆曰此必李精白之子也。實則李精白之子是李栩，而非李信，在修《明史》諸公，亦未知此耳。惟李精白止見魏忠賢、崔呈秀傳，不知何處人，杞縣乎？潁州乎？此事迄未能定。光緒辛巳歲，汪柳門侍讀主講西湖學海堂，與余時相過從。余以柳門前官少司成，因問有前明進士題名碑乎？次日以刻本數册見示，蓋非全者。余初不知李精白何科進士，隨取一册，信手翻帋，即見李精白三字，乃萬曆癸丑科三甲九十五名進士，河南潁州衛軍籍，直隸潁州人。然則杞縣李信誠非其子矣。且以河南潁州衛軍籍中式，則世以杞縣李信爲其子，其傳訛亦非無因。數載之疑，一朝而釋。夫李栩以貴游子弟，毀家抒難，爲國捐軀，是亦一奇士。觀其降箕之言，毅魄英魂，至今未泯。余因爲考論之如此，庶足慰彼九泉乎！

直隸清河道署，相傳明季時有三十六人死難於此。至今署中有一室，設三十六忠臣之位以祀之。未知信否。然居是者，率不利，相戒勿居，僦民舍爲公館，而官廨反虚設焉。同治中，陳作梅前輩鼐官清河道，不信鬼神之説，毅然居之，未幾竟卒於官，於是繼之者仍賃屋以居云。余謂忠義之鬼，不當爲厲，殆由久曠弗居，故爲妖鬼所據。空穴來風，斯之謂矣。

昆明趙蓉舫先生光，先大夫丙子同年也。同治中，以大司寇薨於位。其時直隸有某官奉使自正定還，乘車夜行，忽見有緑幃大轎從北來，導者一騎，從者二騎，馬前有二燈，書「刑部大堂」四字，訝曰：「夜深安得有貴官經過？且沿塗不見有供帳者，何也？」及至省城，知趙公卒，乃知所遇非人也。由畿輔南行，殆返滇南原籍與？

《禮記·祭法》曰：「大夫以下成群立社，曰置社。」鄭注謂：「百家以上共立一社，今時里社是也。」此即後世祀土地神之始。至城隍，則始於春秋時四墉之祭，或引《禮》「坊與水庸」爲證。然孔穎達謂：「坊者所以畜水，亦以障水；庸者所以受水，亦以泄水。」則是田間溝塍，非城隍也。夫土地之所包者廣，城隍亦止土地之一端，宜乎土地大而城隍小。然城隍必一州一縣始有之，而土地則小邨聚中亦無不有，此城隍之神所以反尊於土地也。城隍與土地皆地祇，非人鬼。然古者以句龍配社，王肅之徒并謂社即祀句龍，則如吴越以龐玉爲城隍，固不足怪矣。余書所載，如閔斗陽司馬爲雲南府城隍，蔡駿甫大令爲即墨縣城隍，談者皆云真實不虚。

今又聞門下士鄒鏡堂寶德言其妻父丁濂甫先生事〔一〕，故又記之。濂甫名紹周，江蘇丹徒人，道光庚戌科進士，同治中視學浙江，卒於官。卒後其妻蔡夫人夢濂甫來，牙旗儀纖，仍如生時。問之，言已爲杭州府城隍矣。其女歸鄒氏，即鏡堂妻也。將死前一年，夢有婦人來索命，已而以産難亡。鏡堂思之不置。會有善扶箕者，自言有李少君之術，因使致之，果附箕筆而言：「其過去生中爲醫者，誤傷一孕婦，今來責償。已償其命，亦無所苦。父見爲杭州府城隍，死後居父所，甚安樂。君如相念，可爲書使人持赴吴山城隍廟焚之，必可達也。」鏡堂如其言，果夢妻來，述書中語悉合。余謂庾元規有《追報孔坦書》，劉孝標有《重答劉沼書》，古人不以生死易心，致書逝者，亦往往有之。然泉路茫茫，誰爲置驛？吾恐鏡堂之夢，亦《周禮》所謂「思夢」耳。如果一紙之書，九原可達，則幽明雖隔，而音問仍通，豈古者民神不雜之義哉！至濂甫爲人，粹然古之君子，没而爲神，亦固其所。憶癸酉之春，曾與杜蓮衢侍郎同飲濂甫所，三人者皆庚戌同年也。濂甫是時猶無恙，酒後出《蜀游草》一卷，屬余點定。乃未及數月，遂無疾而終。至庚辰歲，蓮衢亦歸道山，惟余僅存，思之不勝人琴之感矣！異日登吴山，瞻城隍祠宇，追念平生之

〔一〕寶，底本原作「實」，《校勘記》正作「寶」，今據改。

言，能無腹痛乎？

石門吴又樂大令康壽，於咸豐三年夢有吏持官文書來召，即隨之往。至一處，似大官牙署。入之，見一官南面坐，侍者甚衆，吏引又樂至案下而跪，竊窺堂上，懸「威靈公」三字額。威靈公者，其邑城隍神之封號也。又樂自知死矣，即亦不懼，而神反若甚惶遽者，命吏引之出。又樂抗聲曰：「敢問以何罪見拘？」神曰：「無他，吏行文書偶誤耳。」又樂曰：「既誤攝至此，竊願有所問。自今以往，尚有年齡如干，能示我乎？」神伸五指示之，又樂遂寤。自念五指必五年也，是歲年二十有七。至三十二歲，私計當死，凡身後之事悉爲料量，飾巾待終。及改歲，竟無恙。於是知其事者咸謂又樂曰：「五指者，五十年也。君之壽必可至耄耋矣。」光緒辛巳歲，又樂過余春在堂，與余言如此。又樂六世祖諱之振，字孟舉，號黄葉老人，乃國初詩人也。又樂刻其詩集十卷，又補刻漁洋、鈍翁諸公倡和詩附於末。冠蓋中有此風雅好事者，亦不可多覯矣。

又樂言：光緒庚辰歲知青浦縣，以公事至鄉間，泊舟月城鎮。其時夕陽在樹，炊煙四起，憑窗眺望，見距舟可數十步，沿岸有竹籬，籬之内外男婦數人，或坐或立，又有童子六七，嬉戲其間。俄一童子失足墮水，男婦皆驚顧。而岸斗絶不可下。又樂欲移舟救之，而牂牁維繫甚牢，且長年三老皆散就酒家，一時不易招集。正愕眙間，忽有狗躍入水，銜童子之衣，泅水而至對岸。蓋此岸峻削，而彼岸則陂陀可上也。狗曳童子登岸，其家人亦趨至，抱之起，幸無恙。又樂大異之，使人召其家人問焉，則其家止此一子，若水死，則無後矣，狗即其家所畜者。一常狗耳，乃能入水救其幼主，古有義犬，斯之謂矣。又樂命從者以肉和飯飼之。後聞人言，竹籬中男婦有其族人在焉，甚利此子之死而得其資財。又樂歎曰：「可以人而不如犬乎？」

咸寧樊氏子，余親家玉農觀察之疏族也。少無賴，好飲博，不事恒業，年四十餘而死。有某者，其祖免昆弟也。樊子之鬼，忽至其家爲祟。某曰：「我與汝素無怨，何忽見祟？」鬼曰：「吾死無子，爾不爲吾立後，何也？」某曰：「汝自潦倒，不畜妻子，非我之咎。且我與爾遠矣，某某非汝近支乎？汝欲立後，何不就彼謀之，祟我何爲？」鬼曰：「不然，吾無田產，誰肯爲吾後？雖近支，可若何？汝實管一族之事，得汝一言，乃有濟耳！」蓋樊氏爲咸寧大族，族長一人外，又有管事者數人，族中事皆其主持，某即其一也。乃語之曰：「事誠在我，但汝生前初不以此爲意，今何亟也？」鬼曰：「吾生前大錯，日謀逸樂，有子無子不掛懷抱，死後爲先靈所責，以爲祖宗血食自我而斬。汝不爲我立後，吾無以對先靈矣！」某於是言於族人，擇其近支一人爲之後，鬼始去。觀於此，知鬼猶求食，古語非誣。興滅繼絶，先王之仁政；敬宗收族，古人之良法。未可謂魂升魄降，遂泯然無所知也。

錢唐茂才張亮采之妻魏氏，嘉慶丙子舉人、湖州府訓導名彭年者女孫，咸豐壬子舉人、兩淮候補鹽大使名大縉者長女也，於同治癸亥歲歸亮采。次年七月，亮采病，魏刲股肉以進，竟不效。亮采垂死，泣謂魏曰：「吾死無他恨，惟恨兩親在堂，不得終事，願汝以婦代子矣。」言已而卒。魏欲死之，衆以其夫遺言勸勉，乃不死。事舅姑極孝，姑病禱於神，請以身代姑，病良已。至己巳歲，舅卒；光緒己卯歲，姑卒。魏歎曰：「吾事畢矣。」於其年三月二十三日仰藥死，年三十有八。距其姑之死，甫十八日；距其夫之死，則十六年矣。死後檢遺篋，得其親筆書一紙，規畫其亡姑窀穸事甚詳，蓋其死志素定也。余從前視學河南時，有嵩縣符烈婦牛氏，於夫死後奉舅姑，教嗣子。至舅姑考終，嗣子成立，乃縊而死。有司具其事以上，予手批其牘云：「婦歷十三年之久，竟成初志，從容就義，可謂心堅金石者矣。」有《符烈婦傳》一篇存《賓萌集》中，今於魏亦云。

丹徒鄒晴郊寶麒，少時遇有以生人而役於冥中者謂之曰：「子前生爲胥吏，無過惡。今生亦安樂，但壽不永耳。」光緒戊寅歲，在杭州得寒濕之疾，左膝不能屈信。醫者攻治太過，肝風大作，兩目皆盲。晴郊禱於神，願減壽一紀，使兩目復明，已而果愈。及辛巳歲正月，其父大病，晴郊又禱於神，願借己壽一紀與其父，父病遂瘳。是年三月十九日，晴郊忽感疾，自知不起，謂家人曰：「吾壽固不永，往歲爲治目疾，減壽一紀，今又爲父病減一紀，吾數盡此矣。」問何以知之，曰：「神已以名籍示我也。」至二十五日，含笑而逝。其兄鏡堂，余門下士也，請以此事載入《筆記》。余於第九卷中載王孝子繼穀事，亦減算以益親年，借此等事以焜耀吾書，衰頽筆墨與有光矣。

附録：《耳郵》

説明：《耳郵》四卷，與《右台仙館筆記》前四卷相同之篇目甚多，且順序亦相似。而爲《耳郵》所獨有者共四十五則，卷一有十二則，卷二有九則，卷三有九則，卷四有十五則，兹分卷轉録如下。

卷一

金陵一僧，持戒律頗嚴。一日有貧子來見，其舊鄰也，泣而言曰：「老母不食三日矣。」僧憐之，贈以數金而去。去不復來，僧亦忘其事。居數歲，僧忽病，恍惚見神人責之曰：「汝爲僧，何乃殺生，行且入地獄。」僧覺而自念久斷葷血，奚有殺生之事？正疑訝間，鄰子復來，還金如所贈數，曰：「蒙吾師之惠，粗得温飽矣。」問所業，曰：「爲屠。」僧大驚，告以所夢，曰：「子誤我矣!」鄰子亦驚,即偕至佛前懺悔,誓不復屠,并願放生百萬,以贖前罪。是夜僧夢人以涼水灑之,病即愈,鄰子後亦爲僧。夫授人以刃,人即以其刃殺人,歸罪於授刃者可也。予人以巵酒,人即以其酒鴆人,不得爲予之酒者之罪也。僧以金贈鄰子,豈知其將屠哉!神之責僧,似乎太刻,若然,人無敢以金贈人者矣,是阻人爲善也。然僧不病不夢,鄰子必終爲屠,是神之刻責僧,正神之曲成鄰子也。意其人亦有夙根,神不欲其墮落,故輾轉爲此,以警覺之歟。(原第三則,下同)

某乙性陰險而有幹才,善事某甲,甲信任之,使司出内,無所苟。甲且死,以妻子託乙,乙涕泣自任。甲死,經營其後事,不遺餘力,人皆稱乙之賢,而歎甲之知人也。甲繼妻年尚少,而貌甚陋。乙託諮白家事,出入閨闥,多方誘之,遂爲所染。由是益見信任,乙遂大肆其所欲,爲盡去其舊人,而以私人易之。居數載,甲之資財大半歸乙,乙遂託故亡去。或勸甲妻宜訟之官,甲妻内愧,弗問也。乙遷居他縣,爲富人。然無子,止一女,與中表某丙通,遂偕逃。丙故無賴,貪重金,鬻女於倡家。女有姿色,在風塵中頗有聲。一日有少年來,留信宿,極相得,私訂嫁娶。少年窘於財,不能數來,女恒以他客金私助之。乙自失女後,鬱鬱不樂,無何發病死。

乙妻思女甚，遣人四出訪求，知女所在，以金贖歸。將與論婚，女以所私訂者告。乙妻問姓氏鄉里，即某甲子也，憮然曰：「爾父當日實負彼，不圖今日爾以身報之。」遂致意甲妻。甲家既中落，子年長未娶，聞之亦良得，遂使其子就姻於乙家。彌月之後，挈其妻并以乙妻，及乙之所有，盡歸其家。噫！乙巧矣，烏知造物者之更巧也。（第五則）

沭陽某甲，故家子也。少無賴，父禁之嚴，猶時踰垣從惡少遊。父卒，益無忌憚，放浪數年，遂無立錐地，傭於僧寺中。寺僧饒於資，而性姦狡，故厚其值，薄責以事，某頗感之。一日置酒密室，與某飲，半酣，謂曰：「聞子父在時，爲子聘某氏女，今胡不娶？」曰：「貧也。」「所需幾何？」曰：「百金可。」然彼富家女，娶之歸，亦無以爲生。」僧曰：「今有一策於此，若與我共之，則當助子百金，異日衣食悉取給於我。」某欣然從焉。合巹之夕，賓客既散，某出僧入，女不知也，任其所爲。明日某歸宿，女覺有異，窮問吐實，且求勿泄，女默然。及某再出而歸，則女縊矣。女家罔測其故，亦無以責之。某以貧不能葬，姑寄棺僧寺中，僧戀女美，夜啓棺淫其屍。適有偷兒自梁上見之，鳴於衆，事遂敗。僧坐死，某亦瘐死。（第八則）

粤中某道士，能以無稽之談娓娓言之，使人動聽。一日偶與諸妓言冥中事，道士曰：「冥中極重科名仕宦，即婦女亦然，曾受五花誥，披一品衣者，閻摩天子，亦降階相迎，次則立與語，又次則頷之而已。」妓問：「我曹何如？」曰：「卿等既無名位，又無夫壻，生爲蕩婦，死作游魂，血湖肉池，正爲卿等而設。」諸妓大懼，道士曰：「冥府新開捐例，曩者龍虎山張真人過滬，與我札符數十道。卿等如能出金畀我，代市冥鏹，焚付泉臺，便可榮叨誥命，玉旨褒封，視人世芝泥更艷也。」問所需，曰：「一品須銀一百八十兩，減一品減二十兩。」於是諸妓爭先輸納，惟恐其札符之盡，捐後即互呼曰：「某夫人！某淑人！」姊妹花中稱謂爲之一變，其札符以黄紙爲之，得者即詣城隍廟焚之於鑪，故泯然無迹。然輸納者日多，而札符不見其盡，頗疑其僞，爲之少衰。道士曰：「朝廷且減成數，以廣招徠，冥中因賑百萬由旬無祀孤魂，需用甚急，亦宜稍示變通，今爲一五折上兑。」衆貪其價廉，又復雲集。奸民之奸，愚婦之愚，書之可一笑也。（第二十二則）

廣東高要縣一鄉官，曾練民兵，備土寇，殺人頗多。癸酉九月，膝生一瘡，初僅如錢，久而益大，有目有口，粗似人面。一日忽出聲曰：「我曾迪也，未嘗作賊。因有表兄在賊營作厮養卒，我往視之，留我一飯，汝便以爲通賊，枉殺我。今得請於神，決不汝恕也。」每出一語，痛徹於心。家人多方祈禱不愈，召其父母至，乃不出言。父母去而聲又作，曰：「此必報之讎，父母不能代解也。」月餘竟死。觀此乃知佛書載袁晁事，竟非虚語。（第三十則）

順德陳宗器，商於南雍州，性好濟人之急。有某甲者，家甚貧，父病年餘，盡鬻其所有以供醫藥，而病不瘳。甲語其妻曰：「父病殆矣，不忍坐視其死，奈何？」妻曰：「家中無物可鬻，惟鬻我耳。」甲曰：「父子、夫婦，並列五倫，豈何偏廢！」妻曰：「事有輕重，君宜權之。」甲曰：「以貧故，使卿至此，我有何面目立於人世？」妻曰：「妾自有不辱之法。」問：「何法？」曰：「死也。」某曰：「若然，父未必生，而先置卿於死矣。」妻曰：「君不忍妾死，乃忍父死乎？」後父病愈篤，不得已如妻言，將送其妻於媒氏之家。其夜夫婦訣别，哭甚哀。陳宗器所寓，適其鄰也，詰得其故，贈五十金，使無鬻婦。甲戌五月三日，陳長男婦孿生二子，次男婦亦舉一子，一日而抱三孫，親朋畢賀。其婦翁胡叟謂曰：「子何修得此，殆有陰德乎？」陳曰：「陰德不敢言，惟有一事，生平所最快意者。」因舉此事以告云。（第三十一則）

常州一鄉鎮曰横林，有徐福寶者，以摇航船爲生，性好善。鄭姓一孀婦死，無以殮，其子在溧陽，往返必五六日，天又酷暑不能待。徐出己錢殮之，錢不足，又貸之其鄰焉。庚辛之亂，徐一女止九歲，爲亂兵掠去。徐轉徙至滬上，仍操舟楫。一日偶觸一巨舟，碎其玻璃窗，舟人責償。舟中一官人憐其老，爲之排解，乃薄責之曰：「汝亦老於舟矣，何不解事？」徐曰：「吾慣摇内河航船，江上風波，非所習也。」官人聞之，熟視徐，曰：「汝非常州鄉人乎？」曰：「然。」問：「何姓名？」曰：「徐福寶。」官人遽出延之登舟，曰：「吾婦翁也，亦吾恩人也，吾即鄭氏子，吾婦即翁之女也。」先是徐女被掠，因幼故未失身，轉輾至鄭所，鄭時已以軍功得右秩矣，知爲徐女，感念殯母之恩，即以爲妻。妻屬訪父耗，兹奉差至滬，適以觸舟相遇也。爲善無不報，觀於徐事，信矣。（第三十四則）

自上海西去一百四十里地名楊店，泊有礮船，船中一勇，至村民家强姦一婦，勇去，婦愧見其夫，縊而死。薄暮夫歸，見婦死，不知其故，因婦素賢，悼之，亦縊死。次日母歸，見子、婦俱死，痛甚，又念老無所依，亦縊死。時天無片雲，忽風雷大作，提此勇至婦門外擊死，三人皆蘇。同治甲戌五月朔事也。（第三十七則）

香山李元高、李元祥，兄弟也。兄有四子而貧，弟富無子，兄以一子爲弟後，弟不欲。甲戌四月，弟他出，其婦舉一男，嫂謬曰：「女也，不如棄之。」婦方昏眩，漫應曰：「諾。」嫂遂挈兒出，棄之山中。家有黄犬，隨之往，銜草覆之，歸而銜兄衣，吠狺狺。兄方駭怪，忽雷電大作，若欲下擊，嫂懼，言其實。兄隨犬往抱兒歸，而嫂竟震死。人不如犬，宜其爲天所誅也。（第四十則）

寶山朱酉生，一日晝寢，忽夢二人持文書至，言「蘇州府城隍，於某日傳訊」。朱覺而異之，計所期不遠，買舟率妻子至蘇，泊舟福民橋下。及期入廟展拜，歸而危坐篷窗。日中，猝然而仆，至暮乃蘇。告妻子曰：「吾前生私陸氏一婦，頗用其資，後負義不往，婦遂自縊。吾坐是今生削禄籍，婦猶未足，故復訴於神，神判令減壽，恐吾壽命不長也。」後數年，朱果卒。（第四十一則）

上海浦東有蔡姓者，喜食鱔魚。日買十數尾付子婦治之，婦不忍，每頓必取數尾縱之。一日止五尾，婦逸其二，翁覺其少，覓魚頭，三而已。詰婦，婦不能對，翁怒，投以羹盌，中要害竟死。停屍未殮，忽有鱔數千尾，不知所自來，旋繞婦屍數匝，良久乃去。僉謂鱔雖微物，亦知感恩，既知感恩，亦知報怨矣。客因言蘇州舊有一麵店，以鱔魚麵得名。日殺無數，有傭工憐之，每日必縱十數尾，偶爲主人所覺，沃以釜中沸湯，遍體糜爛，無生理。其夕忽有鱔魚數千，盤旋其身，覺涼沁肺腑，次日傷處全愈矣。主人感其事，爲易業焉。此兩事相類，但不知彼翁於婦死後，亦知悔懼否。（第四十五則）

咸豐乙卯歲，江蘇巡撫吉公駐軍九華山。一營卒與附近之農家女通，許以爲妻，已有身矣。及免身，父詰得其故，邀卒議婚。時卒已以軍功得六品翎頂，自念不日可得官，農家女非偶也，堅不承。父歸詈其女，女棄兒自經死。一夕營卒夢有材官持軍符趣之去，見一白鬚老翁，其後立一女子，手抱嬰兒，即所私農家女也。大駭，材官問曰：「是否？」老翁顧問女，女曰「是」。卒悸而覺，明日賊至，出隊禦之，同伍皆無恙，此卒爲賊支解死。（第五十六則）

卷二

鄭某者，湖北沔陽州人，以知縣籤發四川。既至，有同官薦一奴，曰孫貴，年二十餘，眉目清婉，性亦儇黠，鄭頗喜之。居數歲，鄭赴部引見，迂道至家，家有一妻一妾，妾有姿色，孫貴見而艷之，遂起意謀殺鄭。鄭買棹由襄河而上，孫謀於舟人，泊舟荒僻處。其夜鄭於燈下觀書，孫持刀入，立其後，鄭回顧見之，問：「何爲？」曰：「將殺爾。」鄭曰：「汝欲殺我者，利吾資耳，吾素愛汝，區區者豈所吝邪？汝欲之，則竟取之，焉用殺？」孫曰：「非直欲爾財，且欲得爾妾。」鄭曰：「此妾驕妒，我固厭之，他日歸家，竟以配爾，吾豈患無妾哉。汝今殆醉矣，遠睡毋溷我。」孫唯唯而退，舟人問：「何不殺之？」曰：「渠已皆許我矣。」舟人唾曰：「爾太憒憒，今日不殺渠，明日尚望活耶？」孫貴乃復入殺鄭，投之河，而與舟人分其所齎。然孫意在得妾，越數月，仍至鄭家，詭稱其主出京後，自陝入川，命我還家，挈其妾去，由荆河踰巫峽，會於成都。其家因孫貴相從久，頗不疑，而鄭之弟獨疑：何以無家書？又見孫貴右大擘指所著玦，乃雲南翡翠者，是其兄物，珍若拱璧者也，何以在此奴手？因呼孫貴嚴詰之，且曰：「吾已知吾兄未入京，汝言誑也。」孫貴知事敗，因吐實，即縛送官。此奴固非人類，然其主因其儇黠而喜之，亦未免養虎畜狼矣。（第九則）

油煠人，傳者諱其姓名，四川巴縣武生也，恃其拳勇，武斷鄉曲，無惡不爲。一日夢爲冥卒攝去，見冥王甚怒，歷數其罪，命罰作泥鰌，使嘗砧礩鼎鑊之苦。此人大懼，忽有二老叩頭階下爲乞恩,王沈思曰:「此子雖萬惡,事母尚孝,且汝二老,皆善人也,不可無後,然不可令其徒返。」乃命獄卒以鐵叉叉入油鑊中,頃刻飢膚糜爛,臟肺焦灼,苦不可言,一時許,乃出之。王曰:「汝還陽間,宜告人以此苦,使爲惡者知懼,若有一二人改過遷善,即汝功也,可以贖罪矣。」命二老引之出,二老蓋其祖父也,導之至家,忽如夢醒,則死一晝夜矣。月餘乃能起,而自首以下,乾枯如油煠者,因自號爲「油煠人」。逾年生一子,乃使人舁行鄉村,俾衆人聚觀,且自道其事,以警衆焉。徐芳《諸皋廣志》載崇禎末。濬縣諸生馬一元,死而復蘇,云冥中主者使其盡縷生平之惡,以誡於世,因盡條其夙愆,書而梓之,名《馬氏誡世篇》,事與此類。(第十五則)

有某縣令,年少佻達,喜談閨閫。案牘中有牽涉婦女者,必鍛煉周納,入之姦情,依律決杖。每杖婦女,必去裙褌,其説曰:「律載婦人犯罪應決杖者,姦罪去衣,餘罪單衣決罰。」夫杖加於臀,何衣之有?所謂「單衣」,即是「單褌」,然則去衣,實去褌也。而後人不察,又於姦罪去衣下注「留褌」二字,若然則「去衣」與「單衣」胡别焉?論者不能折,後令以貪墨誅,家財籍没,妻女流落青樓。余按「單衣」「去衣」,本前代舊制,《元史・刑法志》於此最詳,云:「諸和姦者,杖七十七,婦人去衣受刑。」又云:「諸倡女鬥傷良人辜限之外死者,杖七十七,單衣受刑。」又云：「諸妻以殘酷毆死其妾者，杖一百七，去衣受刑。」是去衣受刑，非必姦罪。然余疑所謂「杖者」，非杖臀也，杖脊也，故曰「去衣」，不曰「去褌」。《金史・海陵本紀》，以左丞相昂去衣杖其弟婦而杖之，及考《昂傳》云「昂怒族弟妻，去衣杖其脊」，是可知去衣而杖，非杖臀矣。考《金史・刑志》：「大定二十五年二月，上以婦人在囚，輸作不便，而杖不分決，與殺無異，遂命免死。輸作者決杖二百，而免輸作，以臀、背分決。」據此，知杖罪不盡加於臀，曰「去衣」，不曰「去褌」，專指杖脊而言。此令所執，未得律之本意也。（第十六則）

紹興趙某，幕游潞河。其父與後母在家，爲聘定同里楊氏女，年二十一矣，貌既姣麗，粗解翰墨。而趙某有族兄弟二人，與楊氏故有隙。適入都，過潞河，與趙某相見，極詆其所聘婦攣耳齞脣，無醜不備，且終日與傭耕者共作息於隴上，非貞女也。趙某惑之，乃別求婚於鄉人之宦京師者。有湖州人徐姓一女，年亦二十一，未許嫁，族兄弟爲平章，草草成禮。乃始以書告其父，父大驚，初祕之，既而楊氏亦有所聞，使來詰問，乃謝罪，且告絶。楊氏無如何，復爲其女相攸，媒者接踵至，女始知之，泣曰：「女子從一而終，既纓矣，可復脱乎？」竟仰藥死。趙父慚且痛，乃用世俗冥婚之禮，以紅羅裹其木主，輿之而歸。厥後楊女之鬼，數見形於趙氏，家人咸識之。趙父北游，鬼亦從焉，途中微有所見，及至其子所。一夕與數友納涼庭中，子忽見一女，衣碧紗衫、紅紗裙，手執白團扇。驚問誰何，父詫曰：「三娘子也。」趙某於兄弟行居三，故父呼其婦爲「三娘」。趙某驚仆，女即不見。至同治季年，事隔五十年矣，其夫弟趙雨田，狀其事請旌，女猶見夢於姑而謝焉，姑即趙某之後母，每疾病，輒見此女爲扶持抑騷云。余謂此女爲鬼尚知致孝於姑，則其生平之賢可知，非徒以貞烈見也，傷於讒口，至死非命，李義山所以賦讒靈歟？趙氏族兄弟二人皆早死，且無後，蓋其報矣。（第二十則）

某孝廉恂恂自好，有端人之目。會試後，出都山東逆旅中，每有妓女抱琵琶而來，多或十數人，孝廉厭之，輒麾使去。一日忽自念曰：「男女大欲，亦人情也。吾儕爲禮法所拘，不一娱情花柳，即夫婦居室，每思彼以名門之女，作配於我，上奉蘋蘩，下尸中饋，不忍過於狎褻。若彼妓女，本以此爲活，夫復何嫌？吾雖不敢以父母遺體，與賤人苟合，然借彼色身，試我道力，想摩登婬席，不能毁傷阿難戒體也。」是日至茌平，天尚早，妓女踵至，孝廉視其中一人稍有姿首，乃麾衆出，而獨留此妓。妓轉軸撥弦，歌脣將啓，孝廉摇手曰：「勿勿！吾南人，不知北曲，可無唱也。」妓曰：「然則枯坐奈何？」孝廉曰：「吾愛汝遍體凝脂，天幸炎歊，大可裸裎，汝但盡弛褻衣，供吾飽看，當酬汝如夜合之資。」妓赧顔微笑，始若不可，已而諾之。孝廉乃悉去其衣履裙褲，攜至窗閒土炕上，恣意撫摩把玩，雜以嘲謔，良久乃釋之去。嗣後遇妓可意者，輒爲之，狎昵備至，而不與媾，誇語同行者曰：「目見可欲，而心不亂，魯男子不我若也。」及至家，雙目忽失明，詫曰：「吾豈途中所爲，有以致此邪？彼妓耳，庸何傷？」中夜轉輾思惟，忽奮然起曰：「吾過矣，吾過矣。《論語》所戒，首在非禮勿視，吾裸婦人而觀之，非禮孰甚焉，吾但當問所視之是禮非禮耳，豈當論彼之妓不妓哉！吾過矣！」痛自刻責，目亦尋愈。後孝廉仍成進士，官知縣，恒舉此以戒人云。（第二十二則）

自來商賈聚集之處，風俗必淫。春秋時，鄭國多富商大賈，弦高能犒秦師，晋韓宣子求玉環於鄭商人，其富可知，鄭國之淫，固其宜矣。秦漢時，趙之邯鄲亦然。近時通商海外，滬瀆一隅，商賈輻輳，於是淫風流行，過於桑濮。嚴伯雅太守，言滬上不特有土妓，兼有洋妓，土妓猶或以弦索侑尊，洋妓則以淫嬲爲事。有客嘗詣之，妓出延客，手一巵以進，視之色黝然，嗅之有異味，客不敢飲，妓亦不强也。乃導客入室，則已弛服横陳矣。蓋妓上下衣相連屬，掀其衣以上覆其首，則自領至踵，無寸縷矣。客見其膚理黧黑，腹及尻間，毛茸茸然，殊可畏怖，乃不成歡而罷，然所費已不貲矣。又有自海外歸者，言其地多妓館，妓多中國人，皆爲人略賣至彼者。一館之中，少亦三四十人，每日艷飾一妓，露其下體，坐之門外以招客。門内懸裸婦人像數十，旁注姓名，即其中諸妓也。凡妓初入院，必用西洋法畫其裸像，像之大小與人等，無纖悉不具。客歷視諸像，擇可意者，舉其名告主人，即使人導至此妓所，妓即解衣盤礴，聽客所爲，初不知有淺斟低唱之樂也。其地名偶不記憶，未審何處。近聞有婦女出洋之禁，與廣東之禁販豬仔，同一無量功德矣。（第二十三則）

蜀人楊國棻，字少眉，納粟補黔陽令，蓄二姬，長駱次周，皆蜀產也。楊婦死，繼室以駱，駱悍而妒，謀去周而未有間。楊丁母憂歸，寄二姬於湘城，駱遂搆釁逐周，周出居尼庵。及楊歸，駱誣周以帷薄事，楊不察。舁周歸，幽之土室，絶其飲食，未死即納諸棺。後徐梅莊廉訪知其事，斧棺驗得實，褫楊官，駱自縊，好事者爲作《土牢記》。（第二十七則）

嘉興有某甲者，出游於外，學所謂辰州法者以歸，蓋即邪教中紙人豆馬之術也。適其親串中有與人訟而弗勝者，甲曰：「此易與耳。」乃剪紙爲人，夜入其所仇者之家，人長數丈，持巨斧斧其屋，屋雖無損，而舉家惶懼不安。如是月餘，微知某甲所爲。其鄰有老儒，笑曰：「此易與耳。」乃剪紙爲虎，倏巨人至，突出搏而食之。次日，老儒自至某甲家謂之曰：「聞子有異術，請於日間角一勝，勿徒於夜間驚擾人家也。」甲知技出己上，弗敢校。老儒曰：「子技窮矣，請觀吾技。」乃剪紙作一人，倏見於前，長十餘丈，捉某甲之髮，提至空中，甲大駭乞命，老儒乃下之曰：「汝此後尚敢爾乎？」甲謝不敢。因使盡出其書焚於庭，甲因問老儒之術所從來，老儒曰：「吾少時訪道名山，靡不周歷，海内異人多從之游。有一人恒與吾弈，吾偶謝以倦，其人曰：『吾有戲術，可醒睡眼。』乃剪紙爲美女數輩，皆能歌舞；又剪紙爲天神，與天魔相對鬥戰；又剪紙爲虎、豹、犀、象，犇走山谷間。吾樂之，因盡其術。其人曰：『此但戲術耳，若行此術騷擾人間，則天雷誅之矣。』故吾能之，未嘗敢輒試之也，今偶一與爾戲耳。」某甲自是不敢復行其術。（第三十八則）

皖南一宦家婦，遇下甚苛。有一婢年甫十齡，每日褫衣撻之，婢浸長，撻如故。後婢年十六七，已裙矣，仍不得免。婢泣請曰：「重杖不辭，願免去褌。」婦益怒，益擲其裙褌於庭中，杖畢，使裸行至庭著之，日以爲常，庭中多男子往來，不能避也，婢銜之次骨。及粵賊之亂，主婢均爲賊所掠，其得婢者，旋投誠，積功至專閫，即以婢爲妻，尊之曰「太太」矣。太太嫌婢媪粗陋，不任役使，屬其夫覓之。其夫一日俘一賊婦至，視之面目娟好，膚理白晰，足亦纖小，以爲必當其妻意也，免其死，使服役。命入内見太太，則即其舊主也。太太謂之曰：「汝識我乎？」婦泥首乞命，太太曰：「汝向不害我命，我今豈傷汝命？但所受不可不報耳。」立命左右盡褫其上下衣，撻二十，乃使長跪而問之曰：「痛乎？」曰：「痛。」「醜乎？」曰：「醜。」太太曰：「汝既知痛知醜，即以此爲常例，與汝一竹篦，汝謹守之。每日清晨跪庭中，俟吾妝竟，自去裙褌，奉竹篦入跪而呈我，伏受二十竹篦，能如是，貸汝命，否則今日立斃汝矣。」婦畏死受教，太太每笞一下，必問以罵詈，雖止二十下，必一時許乃畢，然撻之不甚重，意在辱之，不在殺之也。又爲婦特製短衣，僅覆及臍，武職之家，弁勇出入無限制，咸注目焉。此婢報其主，亦殊太過，然可爲刻於御下者戒。憶紀文達所載有一事頗相類。(第四十則)

卷三

楊某蘇人，丐者也。一日過翁家堰，見群丐牽一犬，將屠之，犬見楊摇尾哀嗥若乞命者。

楊不忍其觳觫，出錢買之，牽以歸，路經楊家墳，犬不走，就墳前土堆竭力爬搔，泥土之中露出紙角，楊從而掘之，得洋錢兩封。楊自此遂作小經紀，不復吹吴市之簫矣。一念惻隱，遂受其報，誰謂善無益也。（第二則）

蘇州婁門外，馮姓農人，年四十餘而未有子。家畜一牛，老且病矣，將鬻之屠肆，夜夢其亡父告曰：「不殺老牛，可以得子。」詰旦至牛闌，則牛哀鳴若乞命者，憶夢中語，仍留而飼之，自此妻遂有孕。及期，妻甫臨盆而牛死，牛死而子生，因名其子曰「牛」。（第九則）

溧陽一農家子，宋姓，不知其名，素不孝於母。秋稻既收，藏之他處，與妻往食之，而留母於家，饔飧不給。一日，宋呼妻：「取剃刀來，吾將修面。」妻取付之而入，忽聞外呼曰：「來看，來看！」趨出視之，則已剚刃於腹，而腸出矣。妻大驚，爲納之，又呼曰：「不可，不可！」倒地而死。（第十二則）

余行甌越鄉間一村落，忘其名，有土地廟，内塑女像。問之村人，則有二説，一曰：「是廟本有兩像，一翁一媪，久之翁像剥落，今所存者其媪也。」一曰：「村有某氏婦，孝於其姑，婦姑同卧一室。一夕婦聞姑床後墻簌簌有聲，知其欲圮，急起負墻立，大呼姑醒，於是姑遑遽下床，得免於難，而婦竟壓死。越旬日，土地神見夢於村中父老曰：『昨奉天符，吾以失於救護孝婦，故革職矣，代吾者，即此婦也，此後可改塑女像。』及旦，諸父老以所夢皆同，如言改塑，至今猶存其舊云。」余謂以事而言，前説近是；以理而言，後説亦可信，不得斥爲不經之談也。（第二十一則）

某甲性至孝，而家極貧，父母相繼死，貧無以斂。某晝夜哀號，淚盡而繼以血，忽盆中所植月季開五色花，大如牡丹，每瓣有金點，燦爛可觀。一富家子觀而喜之，易以洋錢三十，某甲遂得以治喪事。識者以爲孝感焉。（第二十六則）

蘇有某媪者，乳醫也，師古注《漢書》曰：「乳醫，視産乳之疾者。」爲猘犬所嚙，腹膨亨如孕者。旋聞腹中有小犬吠聲，舉家惶駭，而媪不以爲意，曰：「男子如此則殆矣，我女身也，何害？」久之腹痛欲裂，媪出鑰授其子婦，使啓櫝，取一瓶，傾出朱丸十餘，和水吞之，食頃血湧如注，連産小犬五，家人皆喜曰：「其毒盡去矣。」然血竟奔潰不止，腸腑流出。媪暈絶復蘇，命子婦盡取瓶中藥投之廁中，曰：「此墮胎藥也，我以此起家，亦以此送命矣。」言訖而死。（第二十九則）

某甲滁人，某乙六合人，兩不相識也，粤寇之亂，並陷於城，乃始相識。乙先脱歸，甲則由賊中歸正，入大營中，事定始歸。過六合，與乙遇，乙招至家，置酒話舊甚歡。已而知甲腰纏頗富，思殺之而攘其所有，謀於妻，不可，謀於母，母可之，乃止之宿，醉以酒，殺而埋其屍於野。未幾，乙生一子，頗婠妠可喜，而乙自生子後，性情改常，酗酒無度，每晚醉歸，虐遇其母與妻，而於母尤甚，咸畏之如虎。一日母抱孫立門前，有補鍋匠過，母坐孫於地，入取鍋使補之，鍋重難舉，乃戴之於首而出，有牛繫於碌碡上，見之而驚，曳碌碡以行，兒爲所碾，折脅死焉。補鍋匠悤悤荷擔遽去，母大呼，其妻出視之，驚惶無措曰：「孽矣！孽矣！夫歸見之，吾兩人俱不得活。」乃仍抱兒入，置之床上，覆以衾，僞若無事者。及暮，乙大醉而歸，登床酣睡，至夜半，婦哭而蹴其夫使覺，曰：「爾何惡卧如此，壓死吾兒矣！」夫醒視之，兒果壓死於側，於是母、妻聚哭，乙亦自悔恨，無可歸咎也。越數日，乙於他處見補鍋匠，憶家中有鍋須修補，乃謂之曰：「汝肯至某處補鍋乎？」匠摇首曰：「勿言！彼處前日一事，至今心悸。」乙問故，具告之，乃知兒之死，母爲之也。遽歸謂母曰：「舅氏招母往，盍速行乎！」其家距舅家三里許，母欲遲之明日，乙不可，强與偕去，導至僻處，出刀連擊其母，斃之，委其屍而去。其母有所畜犬尾之行，見狀奔至舅家，銜其舅之衣，狺狺而吠。舅見之，識甥家之犬也，異而隨行，見其姊屍，大驚，至其家問焉，乃知爲其子所弑矣。集鄰里而告之曰：「是家不幸，出此逆倫大案，將爲公等累，能爲尋獲逆子，則諸事我任之，不以累公等也。」於是鄰里四出，分道追尋，得之於數十里外之茶肆，執之以歸。其舅詰問，得其因由，乃曰：「汝之罪且寸磔矣，吾以甥舅之情曲貸爾，可速買棺覓地，以葬爾母。」乙從之，草草棺斂，於隙地埋葬焉。穴既成，其舅謂鄰里：「爲我縛此梟獍，投穴中以藉棺。」衆咸曰：「諾。」縛乙埋之棺底。（第四十一則）

金陵戴某，聘某氏女爲妻，聞其有外遇，即議迎娶。女無父母兄弟，惟一已嫁之姊爲主，初以奩具未備請緩，而戴不可，姊不能奪，遂草草成禮。合巹之夕，已非完璧，又越數日，并覺其妊身數月矣，乃窮詰之，女不得已吐實，戴即縊殺之，而以暴卒告其姊。姊知妹死不明，然亦微聞妹事，若興訟，必爲門户羞，乃隱忍不言。將及一載，戴忽患喉疾，延醫治之，曰：「是名『魚鱗瘡』，不可爲也。」由是日重一日，若有扼其吭者，涓滴不能下，宛轉床蓐間，數日而死。其死

之日，即妻忌日也。夫戴既知女不貞，則退其婚可也，必婚之而又殺之，其殘酷不仁甚矣，宜其有此報哉！（第四十七則）

蘇州胥門外人周進豐，入城賣絲，薄暮而返，橐中有洋錢三十枚。行至僻處，忽有大索飛出，絆其足而仆，遂有數盜出自草閒，將奪其所有。忽一人持白棓狂奔而至，與盜鬥，盜不能敵，籠東而走。其人扶周起，視之不識也，拜而謝之，且問姓名，其人曰：「橫涇舟中，受子大惠，所以報也。」倏忽不見，乃悟其非人。然横涇舟中，實不知何事，惟記庚申歲，曾獨棹小舟避亂寇，有少婦攜幼子求附舟，乃載之夜行，至天明抵横涇，少婦别去，豈謂此歟？乃歎杜回結草，非左氏之誣。使當日横涇舟中稍不自持，犯以非禮，則亦必有以報之矣。（第五十八則）

卷四

吾鄉沈小梅太守，庚子領鄉薦後，以其父尋梅刺史曾爲壽州牧，尚有故交數人，乃往干謁，小有所獲。將自壽州至和州，坐二把手小車以行。出壽州城數十里，日暮，乃投宿一郵店，時止挈一僕，及小車夫二人。入一門，則一門闔，又加鍵焉，疑而問之，曰：「店規如是也。」心知其非善地，而無如何，姑入之。破屋數間，中一土炕，無桌椅之屬。俄有人問其僕曰：「爾曹奚自？」曰：「自壽州。」「至壽何爲？」曰：「訪某甲。」某乙問：「何以識之？」曰：「吾老主人曾牧是州也。」問姓名，具告之，曰：「然則沈尋梅歟？」曰：「是也。」其人遽去。已而有一人，率健者三四人，昂然入，問小梅曰：「少年乃沈尋梅之子乎？」曰：「然。」其人詳問尋梅形狀，及牧壽州年月，乃歎曰：「若真沈尋梅子矣，得無饑乎？此處無飯喫，當爲若擀大餅。」言已，一健者趨出，未幾以首戴一桌子入，視之，浮垢盈寸，其人曰：「爾嫌其不潔歟？」曰：「否！否！」其人曰：「吾知若南方人固好潔，然此易耳。」於膝褲中出一短刀，白如霜雪，即就桌上刮垢磨光，須臾而盡，餅亦旋至。謂曰：「第飽喫之，高枕而卧。夜中有所聞，毋懼，如有問者，可告曰：『張老三使我宿此也。』明日遲我至，方可行，萬勿早發。」言已辭去。小梅惶惶，罔知所謂，室外履聲，來往不絕，噤不敢聲。夜半果有問者曰：「室中誰也？」告之曰：「張老三使我宿此。」嗣是寂然，達旦更無所聞，小梅亦倦極，倚裝假寐。及覺，張老三已在側，謂曰：「客枕安乎？吾命二人者送汝至柘皋，即無事矣。」小梅敬謝之，因問：「何以卵翼我？」張曰：「吾兄弟五，其四人已死於法，吾亦以殺人繫獄。汝父憫吾兄弟皆死，屈法活我，此所以報也。」夫殺人者死，法固如是，張老三殺人繫獄，殺之非枉也；尋梅刺史以一念仁慈，卒使後人獲報。然則居官者，固宜以寬一分爲主，未可過於操切歟。（第一則）

余從前居仁和之臨平鎮，鎮有顧姓者，開鳥腊店，蓋世業也。其炮炙之法，别有秘傳，故馨香鮮美，異於他處。用以佐酒，或配雙弓米而食之，誠雋味也。兵亂之後問之，則顧姓已絶，止一女嫁鄉間，無他人矣。余歎曰：「是殆殺生之報乎？」今歲在吴下，有從臨平來者，以鳥腊饋，其味猶昔也，蓋有他姓得顧氏之遺法而爲之矣。嗟乎！不鑒顧氏之禍，襲其法而享其利，無乃未之思乎？販脂賣漿，皆可致富，何必爲此？姑書其事，冀見者知警耳。（第十五則）

某甲負人博進，貸於某乙而償焉。乙素艷甲婦美，屢以索逋爲名，入其家，窺其婦。一日乘甲不在，竟闌入婦室，婦適小遺，見之驚起。乙遽前持其褌，婦慚惶，趁其俯首注視，以溺桶覆其首，淋灕滿口鼻，乙釋手走出。甲歸，婦泣語之曰：「爾不成丈大，使我受此辱，尚可活乎？」其夜竟縊而卒。甲痛且悔，哭三日，於婦靈前斷一指，誓不復賭。數年後，乙流蕩煙花，以惡疾死。乙婦不能守，贅一男子於家，此男子又闒冗，仰食於婦，年餘盡耗其家資，婦乃倚門爲娼，人猶指目之曰：「某乙家也。」而甲自戒賭後，以居積起家，居然小康。一日有遠方賈客至其家，例宜於妓家置酒待之，妓則惟客所欲，客請至某乙家，乃與偕往。乙婦固不識甲也，茶話移時，招客入房，甲聞香氣甚馥，問曰：「是何香澤，酷烈乃爾？」乙婦笑曰：「海外奇香也。」乃舉袖就甲曰：「君試一探手捫搎，當令君五指皆香耳。」甲忽念：「乙入我室，我婦覆以溺器；今我入乙室，乙婦乃使我聞其香，報應可畏如此！」悚然汗下，不敢復作一褻語。客笑曰：「君何前之通脱，而後老成也？」甲語其故，皆憬然曰：「甚哉，淫惡之報也！」乙婦羞愧無地，哭失聲，越數日，竟削髮空門矣。（第十七則）

李甲、李乙兄弟也，乙爲其伯父後。甲獨承父業，甚富，而貪冒無饜，私冀弟死，則伯父之業亦歸於己。乃乘乙病，僞爲煎藥，以布裹盤蝥一枚，置藥中，《説文》：「盤蝥，毒蟲也。」俗作斑猫，非。煎畢取出，人不覺也。乙中毒死，甲遂兼有其産。俄而甲亦病，家人爲煎藥，甲自出一布包投藥中，服藥後，腹痛欲裂。家人疑駭：以所服皆平和之品，何以至此？因問甲：「適所投布包中何物也？」甲恍然曰：「是矣！余將償弟命矣！此中一盤蝥也。」因自述前事，蓋恐弟一服不死，更備其一，將以復進，而不料留以自殺其軀也，言已而死。（第二十二則）

蘇州胥門外一邨聚曰「錢莊」，有朱姓翁，年五十始生一子，甚愛之，甫二歲，痘毒内陷，勢且不治。適其鄰有生女而欲溺之者，或以告翁，勸留養之，翁曰：「吾子未知生死，遑恤鄰之女乎！」既而曰：「吾願吾子之生，豈忍視鄰女之死。」命抱之入，女大啼，其子忽亦大啼，啓衾視之，則痘漿重灌，圓綻如珠。醫至，賀曰：「生矣！生矣！」此留養鄰女之報也。（第二十九則）

蘇人文某，販酒折閲，負人數百金。歲將闌，索逋者踵於門，彷徨無計，獨行野外，解帶懸樹，將以自經。樹枝斷折，身墜於地，足所蹈處，土甚浮淺，探之得一穴，中有洋錢二百五十枚，大喜持歸。方粵賊之踞蘇也，文爲賊所脅從，偕至楓鎮一民舍，有女懸於梁，未絶也。羣賊解之下，欲污之，文曰：「垂絶之女，何足流連，速舍之去。」其女乃免。然則此事，殆所以報歟？（第三十二則）

蘇有醫者辛姓，夢至長洲縣城隍廟，比鄰劉氏婦在焉。婦久病，日間辛爲診脈，無生理，訝其何以能至此。未幾城隍神升堂，吏役環侍，與人間官府無異。役擁婦跪階下，神詰問良久，俄聞大聲曰：「此婦曾負姑五日，可予寬限。」命役扶婦出，辛亦從之出。遂寤，及天明，劉氏叩門求醫，問之，則其婦昨夜已死，忽一噴嚏，死而復蘇，神氣乍復，恐有變更，故求診治也。辛至其家視曰：「病可勿藥矣！」因問：「昨何夢歟？」婦言如辛夢，辛問以負姑事，婦曰：「曩者粵賊之亂，夫在上海，家中止我與姑二人，姑老病不能興。城破，我負姑走，姑擊余肩曰：『事急矣，汝舍我走，尚可活；負我走，則二人俱死也。』我不忍舍，負之出城，走風雨中，饑寒交迫，歷五晝夜，顛踣者屢矣，而終不釋於肩，與姑俱免。神言蓋指此爾！」余載此事，因記余家舊有傭婦王姓者，右臂有疾不能舉，及亂後復見之，則臂能舉矣。問：「何以得愈？」婦曰：「我亦不自知也。城破時負姑出城，勉强用力，初亦酸痛，久而不覺，遂運動如常。」兩事合觀，可以勸孝矣。（第三十四則）

江北人陳姓者，在上海摇渡船爲業。一日至法華鎮，時已冬初矣，忽見草間一蛇，黄黑色，長二尺許，蜿蜒而至足前。陳以其小也易之，以所持短烟筒擊之，蛇遽起，齧其脛，大呼倒地。同行者聞而趨至，猶見蛇游行田塍間也。乃負之至上海求醫，醫皆束手。或曰：「丐有名『偷鷄阿囝』者，蛇醫之良者也。」乃招之至。阿囝審視曰：「此王莽蛇所傷，不可爲已。雖然，惡蛇不咬善人，汝此行何所爲？宜言之毋隱，可稍減痛楚。」陳乃自言：「有寡孀，頗有資財而無子，

是日聞其由法華來上海，故往逆之，冀斃之於僻處而有其資也。」言已竟死。（第三十六則）

楚北萬生，富而吝。其從弟死，弟婦陳守義不嫁，歷十餘年始卒。三黨聚謀，欲呈請旌表，而難其費，商之於生，生自問義無可諉，乃囁嚅而言曰：「旌表大典，務宜核實，非可草草，不然，我固其近屬也，豈待公等倡議哉？」事遂寢。及萬生應鄉試，入闈，文已脱稿矣，忽見弟婦入，舉袖一揮，墨瀋滿卷，遂見擯而歸。以告其妻，妻曰：「娣在時，吾家亦小有周濟，縱不見德，豈其爲害如此？後闈中復見，君宜問其故。」已而生入闈，果又見婦，生如妻言問之，婦曰：「吾白璧無瑕，君乃以鶻突之言告之鄉黨，使人疑惑，一生苦節，付之東流，那不恨恨？」生大悔，願表章貞節，以贖前愆，婦遂不見。生出闈，即具呈爲婦請旌，是科生竟中式。因自撰《口孽誡》一篇，以警世焉。（第四十則）

宜昌許翁，少時赤貧，以操舟爲業。咸豐初，載客入川中，客死，乾没其金十萬兩。時方大亂，亦無問者。亂定，遂富甲其鄉，年七十八矣，有四子、兩孫、一孫女。其長子甲有膂力，入學爲武生，性戇直，失其父歡，而諸弟又媒孽之。甲以父偏愛諸弟，又自恃拳勇，往往凌虐諸弟，諸弟益切齒，遂謀殺兄。一日，甲與妻女往視妻父陳叟壽，將至，有六人突出田間，視之，四人者其弟，兩人者其弟之子也。問：「何爲？」曰：「將殺汝。」遂以鐵尺亂擊斃之，妻救護，亦爲所傷，數日死。於是妻弟陳上舍控於官，諸許謀曰：「非老父庇護，吾屬無噍類矣。」乃以重賂賂官，而請其父許翁扶杖至公庭，曰：「不肖子無狀，老朽杖斃之，與諸子無干。」陳上舍妄興大獄，宜勿聽。」官既得賄，遂用許翁言，釋諸子不問。甲有女年十六矣，是日隨父母俱往外家，目覩父母死狀，泣告父妾曰：「父仇不報，何以生爲？願阿姨助我。」妾亦泣曰：「兒若此，洵孝女也。然宜祕，勿使羣叔聞之。」女從此不露聲色，惟事女紅，出入閨闥，言笑自若。諸叔始亦防其復仇，既而易視之，不復防也。偶以有事皆他出，女遂與父妾潛行，赴荆州，訴於荆宜施道，不得達，哭於道署轅門，三日不絶聲。道聞之，遂傳入詰問，女歷言前事，聲與淚俱，道憫之，乃命宜昌府提案親鞫。女至郡，備言父死，由三叔下手先擊，諸叔繼之，兩兄又繼之，父死登時，母死逾日，情狀鑿鑿，事皆目覩。許翁訶之曰：「此囈言也！爾父不孝，觸我怒，我一杖擊斃之，汝何誣諸叔爲？」女曰：「吾父素習武，且年甫四十，氣體强壯。祖父年邁力薄，一杖焉能斃之？今女孫伶仃弱質，立於祖父之前，祖父能一杖斃之乎？」許翁語塞，於是諸子皆服罪。有識者曰：「許翁致富，本不可問，計此女生年，即客死年，或女即客轉生也。」(第四十一則)

揚州營兵王熊光，與鄰童數輩蹲草中捕蟋蟀，忽游出一蛇，長七八尺，直前圍繞，始咬其兩脅，繼咬其臍。王手無寸鐵，惟大聲呼號而已。朋輩聞聲奔救，則王已暈絶，而手尚握蛇不釋。衆以刀斫蛇死，再救傷者，則腰脅已無完膚，臍中深入者數寸，幾透其背，萬無生理矣。視蛇身隱約分三段，似黏合者，王之同伍者恍然曰：「前年彼曾殺一蛇，分而爲三，豈此蛇復活，而來報仇歟？」余幼時聞吾鄉有農人，以刈草之刀擊斷一蛇尾，蛇負痛竄去。越數歲經其地，復見前蛇，其尾創猶未平，農人驚走，蛇追之不舍，遇救而免。然此農人狂奔數里，竟内傷而死。合兩事觀之，可爲無故殺黿打蛇者戒矣。（第四十六則）

光緒丙子七月，揚州舊城中設盂蘭盆會。首坐之僧爲木庵和尚，戒律頗嚴。正在宣揚，侍者廣慧忽自壇上倒地，口中流血，至木庵前叩頭無數，求菩薩伸冤。木庵叱曰：「是何鬼魅，擾我法壇？」廣慧作女子聲曰：「我祁氏女，陳氏婦，于歸後夫婦和諧。此僧乃我夫之表弟，因負鄰童博進，向我借錢，我應之屢矣。一日偶不應，彼遂懷恨，密告我夫，誣我與夫弟有姦。我家翁老姑瞽，夫弟未娶，其縫紉浣滌，固我任其事，夫遂信之，疏我防我，我冤抑無伸，遂自經死，我非伊所殺歟？」木庵許以誦經超度，鬼不可，曰：「人命至重，不能不償。」言

已，廣慧竟死。（第四十七則）

某顯宦寓於揚州，有七女，壻皆名下士。其第七壻，尚未娶，年少有才，貌亦都雅，然往年應歲試，曾以誤犯穆宗廟諱，列四等，心甚恥之。一日，會飲婦翁家，某等五壻，有口辯詼諧，偶言及其同鄉某生歲試，考列四等，學使者將施夏楚，某生厥角於地，額血漉漉，然請甚哀，繼以泣。同學諸友，皆爲代求，始免朴責。第七壻以爲有意譏刺之，面赤不作一語，罷飲歸舍，思之轉益慚憤，竟自經死。其所聘妻聞之，次日亦縊於房。然在言者，初不知其事，無心一言，遂殺二命，是以君子貴隱惡揚善也。（第五十則）

揚州諸生王姓者，素剛正。聞非禮之言，則掩耳走；見淫書淫畫，雖他人之物，必奪而焚之。丙子秋，將赴省試，而苦無資，貸於友，莫之應，惘然而返。忽見地攤上有書數本，取視乃《金瓶梅》也，怒曰：「此物公然出售歟！」適袖尚有青蚨數百，遂買之歸。呼妻取火來，火至將投之，忽一紙飄墮，乃某銀號一千兩之券也。夫婦驚異，又檢視得書一函，生閱之，笑曰：「此貪官贓吏之物，用之何害。」遂取其銀而赴試。談者不詳其名，不知是科中否也。（第五十一則）

金陵一人，行過府學前之倉巷橋，失足倒地，腦後傷焉，起一血泡，其人遂昏暈不能言語。有識者爲招其妻至，妻見腦後血泡墳起，代爲撫摩，泡忽破裂，流血不止，逾時便卒。妻哭曰：「夫兄果來索命矣！」人問其故，妻曰：「我夫幼時，與兄戲於樓上，推兄下樓，亦傷腦後而死。昨夜夫夢兄來，對之甚怒，今若此，豈非夫兄索命乎？」（第五十五則）

全國高等院校古籍整理研究工作委員會規劃重點項目
二〇一一——二〇二〇年國家古籍整理出版規劃項目
國家古籍整理出版專項經費資助項目

俞樾全集

汪少華　王華寶 — 主編

春在堂雜文

壹

（清）俞樾 — 著

胡文波　白朝暉　張曉青
謝超凡　劉珈珈　王倩倩 — 整理

鳳凰出版社

圖書在版編目（CIP）數據

春在堂雜文 / (清) 俞樾著 ; 胡文波等整理. -- 南京 : 鳳凰出版社, 2021.12
（俞樾全集 / 汪少華, 王華寶主編）
ISBN 978-7-5506-3615-6

Ⅰ. ①春… Ⅱ. ①俞… ②胡… Ⅲ. ①雜文集－中國－清代 Ⅳ. ①I264.9

中國版本圖書館CIP數據核字(2021)第257502號

書　　名	春在堂雜文
著　　者	(清)俞　樾　著　胡文波　白朝暉　張曉青 謝超凡　劉珈珈　王倩倩　整理
責任編輯	孟　清　許　勇
裝幀設計	姜　嵩
出版發行	鳳凰出版社(原江蘇古籍出版社) 發行部電話025-83223462
出版社地址	江蘇省南京市中央路165號,郵編:210009
照　　排	南京凱建文化發展有限公司
印　　刷	蘇州市越洋印刷有限公司 江蘇省蘇州市吴中區南官渡路20號,郵編:215104
開　　本	880毫米×1230毫米　1/32
印　　張	53.875
字　　數	941千字
版　　次	2021年12月第1版
印　　次	2021年12月第1次印刷
標準書號	ISBN 978-7-5506-3615-6
定　　價	365.00圓(全三册)

(本書凡印裝錯誤可向承印廠調换,電話:0512-68180788)

《俞樾全集》編委會

主編

汪少華　王華寶

編委（按音序排列）

白朝暉　傅　傑　顧莉丹　胡文波　黄曙輝

劉珈珈　羅雄飛　倪永明　喬秋穎　喬玉鈺

孫　煒　滕振國　田松青　王其和　王倩倩

魏慶彬　謝超凡　顔春峰　張曉青　張燕嬰

《俞樾全集》總目録

一卷、《百空曲》一卷、《十二月花神議》一卷、《銀瓶徵》一卷、《吴絳雪年譜》一卷、《五行占》一卷、《集〈千字文〉詩》一卷、《隱書》一卷、《老圓》一卷

《俞樓雜纂》五十卷，二册，倪永明整理

《〈易〉窮通變化論》一卷、《〈周易〉互體徵》一卷、《八卦方位説》一卷、《卦氣續考》一卷、《〈詩〉名物證古》一卷、《〈禮記〉鄭讀考》一卷、《〈禮記〉異文箋》一卷、《鄭君駁正三禮考》一卷、《九族考》一卷、《玉佩考》一卷、《喪服私論》一卷、《〈左傳〉連珠》一卷、《〈論語〉鄭義》一卷、《續〈論語駢枝〉》一卷、《〈論語〉古注擇從》一卷、《〈孟子〉古注擇從》一卷、《〈孟子〉高氏學》一卷、《〈孟子〉纘義内外篇》一卷、《〈四書辨疑〉辨》一卷、《群經賸義》一卷、《讀〈文子〉》一卷、《讀〈公孫龍子〉》一卷、《讀〈山海經〉》一卷、《讀〈楚辭〉》一卷、《讀漢碑》一卷、《讀〈昌黎先生集〉》一卷、《讀王觀國〈學林〉》一卷、《讀王氏〈稗疏〉》一卷、《〈莊子〉人名考》一卷、《〈楚辭〉人名考》一卷、《駢隸》一卷、《讀隸輯詞》一卷、《〈廣雅·釋詁〉疏證拾遺》一卷、《著書餘料》一卷、《佚文》一卷、《佚詩》一卷、《銘篇》一卷、《玉堂舊課》一卷、《廣楊園〈近鑑〉》一卷、《壺東漫録》一卷、《百哀篇》一卷、《咏物詩廿一首》一卷、《五五》一卷、《枕上三字訣》一卷、《廢醫論》一卷、《九宫衍數》一卷、《〈金剛經〉訂義》一卷、《一笑》一卷、《説俞》一卷、

《俞樓經始》一卷

《賓萌集　賓萌外集》，一册，滕振國整理

《賓萌集》六卷、《賓萌外集》四卷

《春在堂詩編　曲園自述詩　補自述詩　春在堂詞録》，二册，謝超凡整理

《春在堂詩編》二十三卷，《曲園自述詩》一卷，《補自述詩》一卷，《春在堂詞録》三卷

《春在堂隨筆　九九銷夏録》，一册，王華寶整理

《春在堂隨筆》十卷，《九九銷夏録》十四卷

《經課續編　四書文　曲園四書文　曲園課孫草　經義塾鈔》，一册，汪少華、劉珈珈、孫煒、王欣整理

《經課續編》八卷，《四書文》一卷，《曲園四書文》一卷，《曲園課孫草》一卷，《經義塾鈔》一卷

《茶香室叢鈔》一百六卷，四册，汪少華、顔春峰整理

《茶香室叢鈔》二十三卷、《茶香室續鈔》二十五卷、《茶香室三鈔》二十九卷、《茶香室四鈔》二十九卷

《俞樾全集》序

劉永翔

《俞樾全集》理董蕆事，主事者汪君少華、王君華寶問序於余。然余固業辭章者，於考據、義理淺嘗而已，且於兹役略無寸功，何足以序大儒巨著耶？况曲園名山之業，汪、王二君《前言》已論之詳且核矣，何容不才置喙？豈二君盛意欲微名附驥以傳耶？辭不獲已，惟勉力畫蛇塗鴉以報之。而佛頭著糞，則深恐有損於鴻編也。

顧余目雖不足以窺曲園之大，而學亦未嘗不受曲園之賜。檢點平生，儻亦有可言者乎？曲園大名，余蓋自幼而聞之矣。家大人嘗讀《春在堂全書》，且讀且摘；暇則與翔談曲園遺事，諸如以「花落春仍在」之句獲曾滌生賞拔也，出制藝截搭題而不幸革職也，《群經平議》《諸子平議》成時其年尚不足五十也，其弟子章太炎之毅然「謝本師」也，臨終作讖之預言未來二百年也。若此皆娓娓津津，無不一一述之。余入耳銘心，至今猶不能忘也。

惜余其時童稚，不能讀曲園一字。迨年十九，浩劫驟臨，楹書煨燼。而坑灰未冷，竟萌稽古之願。欲學歌吟，而無書可覽。幸家君筆記一册猶存，中録俞詩有數十首之多，遂諷之不已，覺大有裨於言志緣情也。曲園雖不以詩名，而其作達而能工，淡而有味。家君賞之，翔亦賞之也。

繼思進而讀其著述。時初中同學藍君家有古書數十册，爲其尊人所遺，未遭劫火，知余好古，慨允借讀。中有《諸子平議》一册，余喜而假歸，揣摩摸索，於其法恍若有悟，覺其得力處在校勘焉。

後入上庠爲研究生，從雋因程師治《詩經》，又獲讀曲園《群經平議》及《古書疑義舉例》二著，所得益多。嘗作《〈詩經〉新解》一文，其中《「雀角」與「鼠牙」》一篇，引及曲園之説，兼及其曾孫平伯先生之見。雖卒未從其説，而實大有裨於研摩焉。

又嘗閲《後漢書・范滂傳》，見滂之言曰：「滂欲使善善同其清，惡惡同其污。」其語自章懷至王益吾皆無注，不明其究何意也，今人白話本所譯亦皆不知所云。後憶曲園《疑義舉例》有「蒙上而省」條，不覺頓悟：若解作「善善同其善清，惡惡同其惡污」，則涣然怡然矣。曲園此書真讀古書之南車哉！

又嘗探文文山《正氣歌》所本，以爲有取於石徂徠《擊蛇笏銘》之序，欣欣然自以爲獨得。久而讀錢槐聚《容安館札記》，始知曲園《茶香室叢鈔》中早已發之。所見能暗合大儒，誠足自喜；然竟不知爲前人道過，又轉而自愧矣。《叢鈔》之書前亦覽及，乃木眸而見之，讀書滅裂如此，遺珠必夥，固當取而重温也。

以上爲與曲園著述結緣之大較，余讀書但觀大略之病亦於焉可見，故曲園爲學之醇疵得失，余言不足爲憑，惟《全集》理董諸君始能備悉之耳。

汪、王二君皆精於訓詁，并世齊名，允爲「二妙」。汪君所作《〈考工記〉名物匯證》、所點校《周禮正義》，均蜚聲學界；王君著有《古文獻問學叢稿》《段玉裁年譜長編》《〈史記〉金陵書局本與點校本校勘研究》等，亦爲力作。今二君又摶心壹志，妙選同人，窮八年之功，纂成《俞樾全集》，都九百五十餘萬字，其勤可佩，其精可知，真曲園老人之功臣也。

今年爲曲園誕辰二百周年，老人在天之靈苟知其遺著精校精印版行，吾知一代傳人必當凌雲一笑也。

辛丑仲冬十四日龍游末學劉永翔敬序

俞樾的學術成就、經學研究風格及其在經學史上的地位(《俞樾全集》代前言)

汪少華　羅雄飛

俞樾(一八二一年十二月二十五日—一九〇七年二月五日),字蔭甫,號曲園,浙江德清人。《清史稿》卷四八二、《續碑傳集》卷七五有傳。道光元年十二月初二出生於德清縣東門外南埭村。道光二十四年(一八四四)中舉人,三十年舉進士,改庶吉士。咸豐二年(一八五二)授編修,五年(一八五五)簡放河南學政,七年(一八五七)因被御史彈劾「試題割裂」而罷官,次年僑居蘇州。同治十三年(一八七四)置地建屋,構築「曲園」,以保和殿復試時爲曾國藩所激賞詩句「花落春仍在」命名「春在堂」,潛心著述。先後主講蘇州紫陽、上海求志、德清清溪、歸安龍湖等書院,自同治七年(一八六八)至光緒二十四年(一八九八)主講杭州詁經精舍長達三十一年,每年春秋兩季赴杭州講學,往返蘇杭兩地。光緒二十八年(一九〇二),詔復編修原官。光緒三十二年十二月二十三日卒於蘇州。

一

俞樾的學術成果集中體現在漢學方面，具有樸學大師的美譽，被一些人尊爲晚清漢學的「殿軍」。《群經平議》《諸子平議》和《古書疑義舉例》是其代表作，它們分别仿高郵王念孫、王引之父子的《經義述聞》《讀書雜志》和《經傳釋詞》。一定意義上俞樾把它們看成高郵王氏著作的續寫，因而「王氏已及者不復及」(《春在堂尺牘》卷二《上曾滌生爵相》)。章太炎曾將這幾部書與高郵王氏著作進行比較：「治群經，不如《述聞》諦，諸子乃與《雜志》抗衡。及爲《古書疑義舉例》……視《經傳釋詞》益恢郭矣！」[一]梁啓超對這些著作評價更高：《群經平議》「價值僅下《經義述聞》一等」，而《諸子平議》列爲「最精善之校勘家著作」[二]，《古書疑義舉例》更是譽爲「訓詁學之模範的名著」[三]。

[一] 章太炎《俞先生傳》，《章太炎全集・太炎文録初編》，上海人民出版社二〇一八年版，第二一七頁。
[二] 梁啓超《中國近三百年學術史》，東方出版社一九九六年版，第二三八、二七二頁。
[三] 梁啓超《清代學術概論》，東方出版社一九九六年版，第五七頁。

在這三部著作中，《群經平議》和《諸子平議》的價值主要體現在校勘方面。楊向奎《曲園學案》認爲「《群經平議》之長處實在於校，而不在詁」，「在《諸子平議》中，曲園亦以校勘出碩果」，「曲園校勘古籍之功，實不可没」[一]。這一評價對俞樾的學術成就有認識不足之嫌，但對其在校勘方面的學術價值還是充分肯定的。然就其涉獵範圍而言，同時代可以比肩者幾乎没有。即便從所的著作相比，精深或有不及。俞樾是一位通儒，將其兩《平議》與其他專門大師有清儒著作來看，類似著作亦僅有朱彝尊的《經義考》、臧琳的《經義雜記》、高郵王氏的《經義述聞》《讀書雜志》數部。而朱彝尊的《經義考》屬於書目録要性質。

如果説兩《平議》僅是在前人的基礎上繼長增高的話，《古書疑義舉例》則可謂開創之作。在該書中，俞樾根據前人和自己的研究經驗，運用文字學、音韵學和校勘學知識，總結出了古人遣詞造句的一些規律，歸納出後人因爲誤讀古書而妄加改寫或傳抄過程中發生錯亂、衍誤以致失真的實例。這些「文法」和「文例」共八十八條。這項工作前人并非毫無涉及。漢人注經時便已發現了經籍中一些比較特殊的表達方式，如「參互見義」之例鄭玄已闡發。唐代孔穎

[一] 楊向奎《清儒學案新編》第五卷，齊魯書社一九九四年版，第五〇七、五一〇頁。

達又指出了「變文協韵」「兩字同義而重言」等例。清代顧炎武《日知録》、錢大昕《十駕齋養新録》、梁玉繩《瞥記》等也有零星記述。劉淇的《助字辨略》、高郵王氏的《經傳釋詞》是俞樾之前有關古代文法的稍有系統的論著,《經義述聞》中的「通説」也可以歸入這一類别,但這些著作大多限於語詞的使用方面。《古書疑義舉例》雖然「小變《經傳釋詞》之例而推衍之」[一],然其書突破了尋常的文字訓詁框架,首次將文字訓詁引申到古文文法及修辭學領域,從而對漢語言文字學研究産生重大影響。在其成書後的六七十年中,該書的影響力持久不衰。除了章太炎、梁啓超外,推崇者大有人在。劉師培指出:「幼讀德清俞氏書,至《古書疑義舉例》,嘆爲絶作,以爲載籍之中,奥言隱詞,解者紛歧,惟約舉其例,以治群書,庶疑文冰釋,蓋發古今未有之奇也。」[二]馬叙倫指出:「德清先生《古書疑義舉例》,發蒙百代,梯梁來學,固縣之日月而不刊者也。」[三]姚維鋭也説:「《古書疑義舉例》,援引詳明,條理精密,昭然發千古之矇,老馬識途,所

[一] 繆荃孫《俞先生行狀》,《清代碑傳全集》,上海古籍出版社二〇一八年版,第一一九九頁。
[二] 俞樾等《古書疑義舉例五種》,中華書局一九五六年版,第一五九頁。
[三] 俞樾等《古書疑義舉例五種》,第二四九頁。

以迢迪來學者，至矣！」〔一〕上述三位及楊樹達在推崇的同時，且踵其例，多加續補。胡樸安所作《中國訓詁學史》則詳引該書前五十一例，且謂「學者讀其書而自求之，必能得古人造句之法」〔二〕。需要特別指出的是，在中國語言學史上具有標志性意義的著作——馬建忠的《馬氏文通》，在梁啓超看來，正是「把王、俞之學融會貫通之後，仿歐人的文法書把語詞詳密分類組織而成的」〔三〕。

《茶香室經説》是俞樾另一部代表作。對於這部著作，他頗爲自得，在序言中以自謙的方式表達：「不知今之所説其稍勝於前乎？抑或精神不及曩時，疏舛更甚也？」他又説：「將來有刻《皇清經解三編》者，安知不又從隗始乎？國朝經術昌明，巨儒輩出，余願以此書爲後來者前馬也。」其内心的自信可謂溢於言表。一八九二年他讓時任廣東學政的得意弟子徐琪「携數十部於行篋中，考試經古，遇有佳士，以此贈之」，認爲此書對爲學之人「或可示以塗畛，浚其心源」（《春在堂尺牘》卷六《與徐花農學使》）。後來他乾脆明確説《茶香室經説》「視舊作《群經平議》轉似較勝」（《春在堂全書録要》），承認「余説經之書，《平議》最先出，而亦最疏」（《春在堂雜

〔一〕俞樾等《古書疑義舉例五種》，第二七五頁。
〔二〕胡樸安《中國訓詁學史》，商務印書館一九三九年版，第三二八頁。
〔三〕梁啓超《中國近三百年學術史》，第二三八頁。

文四編》七《彭麗崧〈易經解注傳義辨正〉序》）。然而，這部著作在當時的反響和後人的評價中，似乎不及《群經平議》。究其原因，一是時代條件發生變化。該書撰成於一八八七年，當時治經之作已多，治經之人已衆，因而從時代背景看，俞樾的這部書并没有特别的價值。其二，《茶香室經説》較之《群經平議》，體例不那麼整飭嚴謹，稍嫌駁雜，有時引他書動輒數百字之多，有類於以筆記説經。就經文的訓釋而言，《茶香室經説》儘管更能體現俞樾的治經風格，但其風格亦是有利有弊。因其治經之長處得到更好發揮，故時有精當之處；然其短處似乎也表現更加充分，特别是過於以疑似之見立説，這從以疑存疑的角度看，雖有其價值，但畢竟不是那麼嚴謹。

除了這些代表作品外，俞樾還有大量的經學、諸子學和文字學方面的作品收録在《弟一樓叢書》《曲園雜纂》《俞樓雜纂》《經課續編》《賓萌集》等著作中。在這些作品中，有些需要特别重視，例如《湖樓筆談》《達齋〈春秋〉論》，這裏較爲集中地體現了俞樾的公羊學思想。再如《〈廣雅·釋詁〉疏證拾遺》，對王念孫《廣雅疏證》中的一些遺漏進行了補充訂正。曾昭旭認爲此一卷書「其詳核精美，足配石臞矣」[一]。《賓萌集》則集中闡發了一些思想，因爲俞樾很少留

[一] 曾昭旭《俞曲園學記》，臺灣中華書局一九七二年版，第一四六頁。

下篇幅齊整的思想性著作，因而這一文集對於研究俞樾也是彌足珍貴的。

俞樾還留下了大量的雜文和三千多首詩歌。雜文多碑傳序記之類。俞樾自言「性好徇人之求」（《春在堂雜文序目》），因而其中不乏應酬之作。其弟子章太炎不客氣地認爲老師「以筆札汎愛人」，故「其文辭瑕適并見」[一]。不過，俞樾很少有專文闡述自己的思想和學術見解，而喜歡在雜文中借題發揮。因此，這些雜文仍是研究其思想的主要材料，其價值不應忽視。俞樾所爲詩，「終不外香山、劍南一派」（《春在堂雜文五編》七《三六橋〈可園詩鈔〉》），且推崇陶淵明。這些詩以寫實爲主，經歷聞見，悲喜哀愁，以及對時代變化的感懷傷痛，都筆之於詩。并且不論是「自述詩」還是其他詩，多以年編次。因此，要研究俞樾生平，這些詩自是第一手資料。

二

漢學是清代學術最具代表性的學派。它於清初悄然興起，蔚然成風氣，并以明顯的優勢

[一] 章太炎《俞先生傳》，《章太炎全集·太炎文録初編》，第二一八頁。

駕於程朱理學之上，壯大爲有清一代的顯學。它以漢儒爲宗，以儒家五經爲主要研究對象，以「無徵不信」「以古爲尚」爲治學信條，對古代經學文獻進行了全面的整理，旁及小學、諸子、史學等，在校勘、訓詁、輯佚、音韵等方面取得顯著成就。道光初，儒臣阮元編輯《皇清經解》（刊於一八二九年），收録從清初至嘉道間經學、考據學著作一百七十三種，凡一千四百卷，展現了清中前期漢學的盛況。鴉片戰争前後，漢學一度陷於衰途。著名漢學家陳澧在一八五一年談到當時漢學的現狀時説：「今海内大師，凋謝殆盡。澧前在江南，問陳石甫江南學人，答云無有。在浙江問曹葛民，答亦同。二公語或太過，然大略可知。蓋淺嘗者有之，深造者未必有耳。吾粤講漢學者，老輩惟勉翁在，而近年爲俗事所擾。……後生輩好學者，則不過二三人耳。」〔一〕這是對整個東南沿海地區漢學狀况的鳥瞰式描述。原先作爲漢學重鎮的東南沿海尚且如此，其他地方可想而知。經過太平天國運動打擊之後，東南沿海地區的漢學進一步衰落。直到洋務運動開展之後，隨著重振傳統文化道德的種種措施的施行，漢學才和其他傳統學派一起，進入了一種復興狀態。光緒十四年（一八八八），江蘇學政王先謙仿阮元《皇清經解》體

〔一〕 陳澧《與徐子遠書》，《東塾讀書記（外一種）》，生活・讀書・新知三聯書店一九九八年版，第三四一頁。

例編輯成《皇清經解續編》，主要彙集乾嘉以後數十年間漢學成果，收録書籍二百〇九種，凡一千四百三十卷。在書籍種類、卷數上超過了《皇清經解》。可見，從清代漢學的發展看，可以把清代漢學劃分爲清代中前期漢學和晚清漢學。這在一定意義上能够凸顯漢學在洋務時期各種新舊學派中的地位。

俞樾作爲晚清漢學的「殿軍」，與清代中前期漢學家相比，可以説是一位富有思想的漢學家。這與他所處的時代息息相關。清代中前期，由於實行文化高壓政策，大興文字獄，漢學家大多埋頭於訓詁考據，學術取向多是純學術性質，儒學的經世致用傳統因此晦而不明。然而，自嘉道以後，隨著社會危機的不斷加深，經世致用思想重新開始流行。公羊學中的龔自珍、魏源一脉開始把眼光轉向現實社會，以經世致用指導其學術活動。一些人則認爲，國家出現危機的原因，在於「道德廢、人心壞、風俗漓」，而道德、人心、風俗的敗壞又在於「正學不昌」，即乾嘉漢學排斥了程朱理學。因而一些學者奮起抨擊漢學，闡揚理學。方東樹的《漢學商兑》最爲典型，專以「辟漢揚宋」爲宗旨。而清王朝統治者也一改過去推崇漢學的舊調，轉而大力提倡程朱理學。這樣，隨著經世思潮的興起，程朱理學獲得復興。而倍受攻擊而陷於衰途的漢學，也開始從崇古復古、脱離現實的窠臼中超拔出來，轉而研究實際學問，解決實際問題。何秋濤的《朔方備乘》、張穆的《蒙古游牧記》等，既秉持漢學的精神，又以問題爲導向。另一方面，在清政府與太平天國以「拜上帝會」相號召，再加西學東漸，傳統文化整體上受到挑戰，因而儒學内部的門户之争特别是漢宋之争逐漸降温。在「衛道」「拯救名教之奇變」的旗號下，會通與合流逐漸成爲傳統學術文化的主流。曾國藩自稱：「余於道光末年，始好高郵王氏父子之説。」[一]稍後，曾國藩提出「孔門四科」説，强調「義理」「辭章」「經濟」「考據」缺一不可。隨著「同治中興」和洋務運動的開展，張之洞等中興名臣更是在「中體西用」「中道西器」的口號下，把復興「古學」、重建傳統文化道德秩序當作社會轉型的根本前提。總之，俞樾所處的時代，是充滿思想的時代，也是傳統學術承擔著文化使命的時代。

俞樾作爲一位富有思想的漢學家，這跟他的個人經歷和個性追求也是息息相關。一八三六年俞樾取入縣學，一八四四年中式舉人。一八五〇年中進士後，在保和殿復試時受到曾國藩的賞識，從此與曾國藩結下不解之緣。他自言：「追念微名所自，每飯不敢忘也。」(《春在堂隨筆》一)一八六七年俞樾到南京拜謁曾國藩，受到很高的禮遇。曾國藩不但將他留宿署中，

[一] 鄧雲生編《曾國藩全集・家書(二)》，岳麓書社一九八五年版，第八〇九頁。

還招江南名士作陪，宴集妙相庵、登鼓樓，又同至玄武湖賞荷花。一八六八年，曾國藩又訪俞樾於蘇州寓所，爲其書「春在堂」匾，隨後同游天平山、香山。曾國藩還公開宣稱「李少荃（鴻章）拼命作官，俞蔭甫拼命著書」，「俞蔭甫真讀書人，丁禹生（日昌）真作官人」（《春在堂詩編》六《壬戌編・丁禹生撫部與余言湘鄉相公嘗言……乃以小詩紀之》）。更爲重要的是，兩《平議》受到曾國藩的高度肯定，曾國藩指出：「偶展經、子《平議》，原本故訓，曲證旁通，誠有類乎高郵王氏之所爲。」（《袖中書》卷二《曾滌生師相書》其三）且賦五言詩一章，著力加以揄揚。除了曾國藩之外，俞樾與李鴻章的關係亦很密切。一八六五年俞樾獲得蘇州紫陽書院山長一職，正是仰賴李鴻章的推薦。因爲曾國藩、李鴻章的重視，江浙等地的地方官員都折節與之相交，出資爲其刊刻著作。李鴻章和江浙衆多官員還捐資襄助俞樾於蘇州築曲園。彭玉麟、王凱泰甚至與之結爲姻親。

除了受知曾國藩、李鴻章之外，一八五五年出任河南學政的經歷，亦對俞樾産生很深的影響。他出任學政僅兩年，便因「試題割裂」授人以柄而遭彈劾，受到革職回籍、永不叙用的處分，其性質有點類似文字獄。對於這段短暫的仕宦生涯，俞樾既感到無比自豪，又無比痛苦。他在一首長詩中寫道：「兩年玉尺中州操。輿前砰磕奏鼓吹，道左旖旎羅旌旄。北登蘇門南伊闕,兹游足算平生豪。」(《春在堂詩編》五《丁辛編·孫琴西同年以安慶守奉使過吴,止余寓園旬有餘日,賦長歌贈之》)其得意之情溢於言表。可是,罷官一事又使他在長達六七年的時間裏精神極度抑鬱。一八六四年他因遣嫁次女入京,小住月餘,「亦不出應酬……得暇輒至留離廠舊書攤頭隨意坐坐」,且表示待子女婚嫁畢後「便當斷棄人事」(《春在堂尺牘》卷一《與戴子高》)。俞樾的這一經歷和心態,一方面使他始終帶著學政的心態治經治學,而另一方面又因「風波有餘恐」(《春在堂詩編》五《丁辛編·送孫琴西同年衣言出守安慶,即用其癸丑年見贈原韵》),自覺「不敢妄談經濟以干時」(《春在堂尺牘》卷一《與李少荃前輩》)。

以學政的心態治經治學,又受知曾國藩、李鴻章,這使他很容易把自己的學術活動跟洋務時期的時代精神結合起來。親歷某種意義的「文字獄」,又使他出言謹慎,很少留下篇幅齊整的思想性作品。他更多地把自己的思想滲透在訓詁、考證的典籍整理工作中。這使俞樾作爲一個漢學家俱有一種獨特的學術風格。具體説來,有以下幾個特徵:

其一,以「通經致用」爲宗旨。這裏的「用」不是「中體西用」的「用」,這方面包含在俞樾對荀子「法後王」思想的闡述中。「通經致用」是就道德教化和强化道德本體而言。俞樾對傳統道德極爲重視,他强調:「人皆務爲孝弟忠信,親其親而長其長,雖有外患,何由而至?」(《春在堂雜文六編》三《霽嵐李君傳》)又謂:「通經而不足致用,何貴通經?」(《春在堂尺牘》卷三《又與補帆》)從「通經致用」的認識出發,俞樾對孟子「返本」説和「養氣」説多所闡發。在他看來,「養氣」即「養志」,「養志」必先「養心」,其功自寡欲始。這跟程朱理學思想相一致。他又認爲,仁政和道德教化是根本所在,「信能行之,則海外大九州無不來享來王,復黄帝以前之盛不難矣。」(《俞樓雜纂》弟十八《〈孟子〉纘義内外篇》)在他看來,孟子的仁政説和「養氣」説,都包含於「返本」説中,而「返本」是「自强之上策」(《賓萌集》六《補篇·自强論》)。進入十九世紀九十年代以後,隨著民族危機加深,人們對傳統文化及道德的批評日益增多,俞樾深以爲憂。這時,他更加抱緊孟子的「返本」説,認爲:「當今之世雖使孟子復生無他説焉,爲當世計,不過曰:『盍亦返其本矣。』爲吾党計,不過曰:『守先王之道以待後之學者。』」(《春在堂雜文六編》七《〈詁經精舍八集〉序》)他又認爲:「以孟子『反本』一言爲主,而以墨子之書輔之,儻足以安内而攘外乎?」(《春在堂雜文六編》七《孫仲容〈墨子閒詁〉序》)

俞樾將荀子的「教化成性」説置於與孟子「返本」説同等重要的地位。對於人性善惡,他并不很在意。在他看來,各種人性理論在一定意義上都與道德教化相容,因此没必要顧此失彼。但是,他又認爲「天下之人,中下居多」,「荀子抑性而申學,正所以爲教矣」(《賓萌集》四《議篇・取士議》）。因此，荀子的性惡論更適合普通百姓的道德教化。正是在這一特定意義上，他强調「吾之論性，不從孟而從荀」，因爲「荀子取必於學者也，孟子取必於性者也。從孟子之説，將使天下恃性而廢學」（《賓萌集》二《説篇・性説上》）。在他看來，荀子性惡論與《論語》的基本精神更加符合，因爲《論語》以「學而」爲首篇，强調的正是後天的學習和道德教化。他從道德教化的要求出發，要求「升《荀子》爲經，與《孟子》配，次《論語》之後，并立學官」，還進而將孔子、孟子、荀子看成「一聖二賢」（《賓萌集》四《議篇・取士議》）。

俞樾對「一聖二賢」的認識，直接滲透在他對儒家經典的訓詁、校勘中。對於《中庸》中的「天命之謂性，率性之謂道」。他認爲不能釋「率」爲「循」，而應該釋爲「修」。因爲釋「率」爲「循」，發爲性善之説，而「性不一性，必率之而後爲道；道不一道，必修之而後爲教。率與脩有功力存焉」（《經課續編》卷三《「率性之謂道」説》）。《孟子》「必有事焉而勿正」，俞樾因注中有「必有福在其中」之説，遂認爲「事」當爲「福」，且謂後人不達「福」字之義，而依注中「人行仁義之事」而臆改經文。他釋「福」爲「副」，認爲「必有福焉」即下文「配道與義」之謂。因謂「養氣之法，若無所副，則氣不正，如此則是『暴之也，非養之也』，必配『道與義』，『然後可謂『善養吾浩然之氣』』」（《群經平議》卷三二《孟子一》）。在他看來，不應抽象地孤立地看待「正義」或「正氣」，應該從道德本體來理解。這并不是没有道理，但如此曲爲之説，正表明俞樾訓詁確實是有思想導向性的。他還指出：「克己復禮」并非克去己私，且以「能身復禮」爲説。他認爲「聖門重在救偏，不在去私」，「有一豪之偏，即有一豪之不合於禮矣，故必復禮而後爲仁」（《春在堂尺牘》卷六《與易笏山方伯》）。對知、仁、勇三者的順序，《論語・子罕》爲「知者不惑，仁者不憂，勇者不懼」，《憲問》爲「仁者不憂，知者不惑，勇者不懼」。俞樾認爲三者之序，當以《子罕》爲是，而疑《憲問》爲「記人失其序矣」。其理由是「未智，焉得仁」（《弟一樓叢書》之三《論語小言》）。諸如此類，其訓釋都能從他對性惡論的推重及其所闡發的《公私説》《禮理説》得到説明。事實上，從一般原則來説，俞樾的整個漢學研究，都貫穿了這樣一種思想導向。不僅如此，俞樾的其他作品如雜文、筆記小説等，更是直截了當地宣揚道德教化的主題。他强調：「學政一官爲人倫風化所繫，自先聖先賢以逮山林隱逸、名迹藏書，皆宜加意表章，以激揚風俗，磨礪人心。」（《春在堂雜文六編》八《徐花農〈粵東葺勝記〉序》）從某種意義看，俞樾治經治學，處處隱含學政的職責。他似乎把這些工作看成學政這一政治生命的延續。

其二，以公羊思想爲統率。公羊學與今文經息息相關，西漢時期居於儒家學説的主導地位，董仲舒是其核心人物。它推崇孔子，重聖人「微言」，以孔子爲政治家。它對《春秋》一經尤爲重視，認爲隱含孔子的政治理想。錢穆先生認爲，清代公羊學即常州學派，發端於莊存與，在劉逢禄、宋翔鳳那裏成爲重要的學術流派，而從龔自珍、魏源開始，走上了以經學議政的道路[一]。俞樾中進士前後，在思想上便表現出公羊學傾向。後來受到宋翔鳳、戴望等的影響，其風格屬於傳統公羊學一脉，與龔自珍、魏源一脉具有根本區别。

俞樾將公羊師説廣泛滲透在他的名物訓詁中，他强調《公羊春秋》傳孔氏之經，所言禮制爲素王之制，不必完全與魯史相符。在他看來，《春秋》中的文王、魯王，皆是孔子假托之王，皆是「棋子」而已。孔子作爲「舉棋者」即是素王的真實主體，亦是「托王於魯」之王。他又認爲《禮記・王制》爲孔子所作，而由門弟子私相纂輯而成，因而與公羊師説往往符合，體現了「素王之法」和孔子改制思想。基於公羊家眼光，他認爲「《王制》一篇，體大物博，或猶在《中庸》之上」(《曲園雜纂》第五《達齋叢説》)。因而希望朝廷在舉行科舉考試的時候，仍將《中庸》《大學》重新歸并到《禮記》中，認爲「不必别出」(《賓萌集》四《議篇・取士議》)。對於公羊「三統」説，俞樾繼承了董仲舒《春秋繁露》中「三代改制質文」的思想，同時兼采《白虎通》「三統」説。

[一] 錢穆《中國近三百年學術史》，商務印書館一九九七年版，第五九〇頁。

這就淡化了董仲舒「三統」説中「運次」的必然性，突出了「聖德」的重要性，認爲「二王之後」若有聖德，可再受命爲王。對於「大一統」，俞樾著重闡發了「尊王」「正名」的思想。他認爲：「世之盛也，國無异政，家無殊俗，考禮正刑，一德歸于天子……天下不可以無所一也。」（《曲園雜纂》第四《達齋〈春秋〉論》）從尊王的要求出發，他强調萬物之名皆不可以不正，而「正名」的重點在人倫關係。在强調「尊王」「正名」的同時，他著重闡明了「衆所歸往謂之王」的思想，從而把「尊王」確立在道德本體的基礎上。

對於以往的公羊師説，俞樾也不是盲目接受或限於擇善而從，他還提出一些獨立見解。這集中體現在「三世」説中。他將「夷夏之辨」思想與「三世」説結合起來，形成一套與近代其他公羊家完全不同的歷史觀。在他看來，三世進化的結果，不是「夷」「夏」差距的消失，而是鴻溝的擴大，因此，世愈進，「夷夏之辨」愈嚴。到了「太平世」，由於封建體制完善化，道德水準達到很高的水準，「夷狄」也就不再可能向諸夏看齊。基於此，他認爲《王制》是孔子的理想所在，《禮運》中的「公天下」不是儒家理想，而是不發達社會的寫照。另一方面，他又把「三世」説與「小九州」「大九州」思想結合起來。在他看來，中國歷史上的夷夏關係屬於「小九州」時代，而從近代的世界眼光即「大九州」視角看，中國又是處於「大九州」時代的「據亂世」，因而中外交往值得提倡。此外,對於公羊家「譏世卿」思想,俞樾頗不以爲然。這是他執著於封建制即分封制的思想表現。當然,他并不是否定秦以後的郡縣制,但他認爲郡縣制必須以封建制輔之而後無弊。

公羊思想對俞樾治經治學有著直接的影響。他於六經中最重視《春秋》及其公羊師說。他在談到《春秋》時甚至用了「聖經」字眼。在他看來,孔子作《春秋》,立百年之大法,爲不朽之盛業,其中「一字一句皆有深意」(《經課續編》卷七《〈成十七年春秋〉書「壬申」日解》)。而對於《春秋》三傳,他對《左傳》的理論意義甚不以爲然。認爲「左丘明固不傳經」(《弟一樓叢書》之九《湖樓筆談》二)。他甚至認爲,《左傳》僅僅是將孔子作《春秋》時使用過的史料編輯成書,皆本當時國史,「與《春秋》本不相涉,間有舉經文而釋之者,不過竊聞緒論,一知半解,依附聖經,以自尊寵,微言大義,非所聞也」;因此,他認爲《左傳》「不當厠之《春秋》之後,强名一經」(《弟一樓叢書》之九《湖樓筆談》一)。他甚至質疑,《左傳》所記載的君、大夫之語,皆是杜撰,非其本文。他强調:「《春秋》之義,公羊所得爲多。漢初傳公羊之學者以董仲舒爲大宗。」(《弟一樓叢書》之八《詁經精舍自課文》一)又説:「公羊之傳,惟何劭公爲能發明其義。」(《曲園雜纂》第五《達齋叢説》)可見,俞樾對《春秋》的態度和見解,繼承了董仲舒、何休一脉。他又認爲,

《周禮》一書，非周公之書，亦非周代制度，即便是出自周公，也不過是官制而已，不能算作「禮經」。因而認爲「三禮」之中應該以《儀禮》居首，《禮記》次之。他的《尚書平議》除了伏生所傳今文二十八篇，僅涉《康王之誥》和《序》，《盤庚》雖分三篇，其訓詁之文强調「宜仍伏生之舊合爲一篇」（《群經平議》卷四《尚書二》）。

與此同時，俞樾認爲《春秋》以外各經，雖不像《春秋》那樣字字體現著「微言大義」，却也不離乎聖人制作之意。因而，「六經」被他視爲一個整體。他認爲：「夫子删《詩》《書》，定禮樂，贊《周易》，修《春秋》，爲後世法，皆所以治來世也。」（《春在堂隨筆》卷三）他依《春秋》之例釋《論語》，又謂孟子深於《春秋》，認爲《孟子》中的一些思想「深得《春秋》之意」（《弟一樓叢書》之九《湖樓筆談》一）。他還認爲「《詩》與《春秋》自相表裏」，因而對齊詩、韓詩頗爲看重，以致感慨「毛義孤行，使聖人……制作之微意，不可復見矣」（《弟一樓叢書》之九《湖樓筆談》二）。他又認爲《周易》雖有古本，繫辭傳則爲孔子所作，宋儒以義理説《易》，「深得孔子《繫辭》之旨」（《春在堂雜文四編》七《彭麗崧〈易經解注傳義辨正〉序》）。他甚至援引公羊學以論史，認爲秦始皇繼亂世之後，其道固不能無异，因而「世以變古罪始皇，不知變者也」（《賓萌集》一《論篇·秦始皇帝論上》）；他發揮公羊家「衆所歸往謂之王」之義，認爲蜀漢未能實現「天下之所歸往」,因而奉蜀漢爲正統「非古義也」(《第一樓叢書》之九《湖樓筆談》二)。可見,公羊思想對於俞樾治經治學,事實上具有一種指導性地位。

其三,以訓詁考證、闡發經典爲治經治學門徑,即訓詁名物以求義理,務求通博,實事求是,兼收并蓄。俞樾自言「瓣香私自奉高郵」(《曲園自述詩》),其説經依王念孫、王引之父子的法則。王氏父子是乾嘉漢學鼎盛時期具有代表性人物,江蘇高郵人。他們繼承和發揚了顧炎武、戴震「聲義相通」的理論,校勘經典以聲音相近或相同的字輾轉訓釋。他們治群經、諸子,特别重視方法和條理。梁啓超曾將他們訓釋經典的體例概括爲六個方面:第一,注意,即善於觀察,發現問題;第二,虛己,不存先入之見,對客觀材料做忠實的研究;第三,立説,即提出自己的初步意見;第四,搜證,廣泛搜集證據;第五,斷案,在充分論證的基礎上提出論斷;第六,推論,將做出的結論運用於同類經文的研究〔一〕。俞氏治經以通博、創新爲要務,在經學觀點和訓詁方法上深受王念孫、王引之父子以及馬瑞辰、陳奂等人的影響。俞樾强調治經須「先通小學」,「欲治鄭學,必先治許學」(《春在堂雜文四編》七《重刻〈小學考〉序》),認爲「治經

〔一〕梁啓超《清代學術概論》,第四二頁。

之道大要有三：正句讀，審字義，通古文假借。得此三者以治經，則思過半矣」(《群經平議序目》)。在實際訓詁當中，俞樾還能重視語法辭例，并注意群經、諸子及雜書之間的互相聯繫、互相貫通和互相印證。這些作法，跟乾嘉學者提倡的「因形以得其音，因音以得其義；治經莫重於得義，得義莫切於得音」「就古音以求古義，引伸觸類，不限形體」「以聲求義，破其假借之字而讀以本字」「揆之本文而協，驗之他卷而通」等訓詁思想一脉相承[一]。俞樾還能够從辭例文例，上升到文法高度來把握語言文字規律。

在文字校勘訓釋方面，俞樾雖以「通經致用」爲宗旨，認爲「義理」「名物」「訓詁」「三者之中，固以義理爲重」(《春在堂雜文續編》二《何峽青〈五經典林〉序》)，同時又特別重視「即訓詁名物以求義理」(《春在堂雜文》一《重建詁經精舍記》)。他特別重視尊重經典文本，不信附會之説，不取讖緯之言，且以增字訓釋或迂曲之説爲病。他要求傳注箋疏與經典原文統一，力求忠實於經典原著。如《尚書·盤庚中》「承女俾女」一文，梅賾傳曰：「今我法先王，惟民之承，故承女使女徙。」俞樾認爲釋「俾」爲「使」，則「俾女」下必增出「徙」字。因不取梅義，而釋「俾」

[一] 李運富《從〈毛詩平議〉看訓詁中的邏輯問題(論據部分)》，《古漢語研究》一九八九年第一期。

爲「俾益」，認爲「承女俾女」即「承引女，俾益女」（《群經平議》卷四《尚書二》）。這體現了俞樾「原本經典」「因文見道」之風格。對此，一些後世學者頗致肯定。龐石帚指出：「大抵曲園論文，薄艱深而趨平易，《群經》《諸子》兩《平議》，蓋皆以此指爲之。」〔一〕俞樾還基於公羊思想，養成了一種歷史發展的眼光，能結合時代條件的變化治經論史。例如管仲不爲公子糾盡忠死節，且接受齊桓公丞相職位，孔子却不以爲罪。對此，儒者多無以爲辯。俞樾以他獨立理解的公羊「三世」説加以闡釋，他認爲古今時代條件不同，古人公天下，後人家天下；在家天下時代，忠臣不事二君；而在公天下時代，天生管仲，使之匡天下，管仲不必私於齊，更無擇於小白與公子糾（《第一樓叢書》之九《湖樓筆談》二）。用這種歷史發展的眼光看問題，使他很大程度上衝破了程朱教條，真正做到了漢宋會通。

俞樾於公羊學持之甚力，凡是他認爲涉及「微言大義」的地方，哪怕是隻字片語，也要詳加考證，因爲「經師家法」所在，「不可以不正也」（《經課續編》卷六《「甲午晦」公穀异義説》）。然而，從文字材料和學派關係方面看，俞樾絶不以門户自限，而是抱持極爲開放的態度，以廣闊

〔一〕龐石帚《養晴室筆記》，四川文藝出版社一九八五年版，第一二二頁。

的視野左右采獲。他主張各學派匯通融合，認爲性理之學、經籍之學、載記之學、辭章之學「固可得而一」（《春在堂雜文續編》三《馮景庭先生〈顯志堂稿〉序》）。還要求「合漢宋而貫通之，使空疏者不至墨守講章，高明者亦不敢……輕相詬病」（《春在堂雜文續編》二《梁芷林先生〈論語集注旁證〉序》）。至於今文經與古文經的關係，他雖然在思想上以「微言大義」爲指引，而在説經順序方面原則上堅持《十三經注疏》的古文經學傳統，只是在《春秋》「三傳」的順序和《尚書》《禮記》的内容安排上進行局部的調整。他進而認爲，周秦兩漢諸子之書，於聖人之道「亦各有所得」，其書多「秦火以前六經舊説，孤文隻字，尋繹無窮」，「其書往往可以考證經義」（《諸子平議序目》）。他不僅在系統整理諸子文本的基礎上，援引諸子校經字、明經義，考證典章名物和歷史史實，還利用諸子總結文例、文法；且進一步推及金石文字，認爲「欲讀古書，當識古字，而非博考古金石文字及古磚古瓦之類，未免少見而多怪」（《春在堂雜文續編》二《陸星農觀察〈百磚硯齋硯譜〉序》）。對於佛教、道教，俞樾同樣持兼收并蓄的態度，認爲佛學《金剛經》，「其精者實與聖言相表裏」（《春在堂雜文三編》三《〈金剛經句解易知〉序》）。他於道家，則最重《太上感應篇》，認爲「此篇雖道家之書，而實不悖乎儒家之旨」（《〈太上感應篇〉纘義自序》）。

對於文字材料，俞樾堅持批判分析、合理利用的科學態度。他指出：「書不可盡信，凡書皆然。雖孔孟之書，亦有然者。」（《弟一樓叢書》之九《湖樓筆談》一）他認爲《孟子》所載古事，皆好事者爲之而非事實；又對《論語》中宰我、子夏、有若的一些言論頗不以爲然。俞樾認爲孟子時《論語》當有多個版本。其爲學，遠襲鄭玄，近取高郵王氏，然并不拘泥師説，對鄭玄、高郵王氏的著作亦多有指正。同時，他并不因爲思想内容的不同而忽視任何文字資料的利用價值。除《太上感應篇》外，俞樾總體上不太認可道家的思想，但他在具體問題上能采取具體分析的辯證態度。例如唐代孔穎達用「象陰」「象陽」説明《周易》上篇三十、下篇三十四的分篇問題。俞樾深以爲非，他認爲這麽分篇源於竹簡的使用，因爲卦有變卦、複卦之分，其變卦一卦一簡，複卦兩卦共一簡，這樣，六十四卦使用三十六簡。而依照六十四卦的順序，上下篇正好各十八簡。這個看法便是采用道家的説法加以完善的。再如，俞樾原則上不取讖緯之説，其釋《周易》「天地以順動」，則又引《春秋元命包》論證「天動地亦動」，且認爲儒者「但知地道安静」，因而釋此文多不及「地」字（《曲園雜纂》第一《艮宧〈易〉説》）。他於《尚書》反復强調勿信僞古文，甚至强調，凡治經，只要是「論《易》不取先天圖，論《尚書》不信古文，則其大者固已得之矣」（《春在堂雜文三編》三《顧少卿〈校經草廬集〉序》）。可見，他對僞古文是甚爲排斥的。然而，即便如此，他又認爲江聲等凡有异同之處，必舍梅本而從他本，「未免太泥」（《群經平議》

卷六《尚書四》)。對於《左傳》,他儘管認爲「微言大義」非所聞,但并没有簡單加以否定,而是强調「其所載經文,固孔氏之書,容有可據者矣」(《弟一樓叢書》之八《詁經精舍自課文》一)。又謂《左傳》文章靡麗,敘事詳明,爲史家之鼻祖。凡此種種,充分表現了俞樾批判分析的科學態度。

俞樾作爲晚清漢學「殿軍」,能自覺回應時代精神,其治經治學具有思想導向性。其「通經致用」與「中體西用」的主題息息相關。公羊思想使他能够把傳統道德置於不同歷史背景加以考察,同時爲他解讀傳統思想文化提供了一個理論支點。由於他完全基於道德本體來闡發公羊思想,其公羊思想與「通經致用」宗旨是匯通融合在一起的。另一方面,他以自己的學術實踐,積極宣導「實學」,踐履「無徵不信」的漢學信條,反對空談義理、空談心性,希望將傳統文化道德的重振確立在經史「實學」的基礎上。其思想導向性、「無徵不信」的信條、匯通融合的學術取向、批判地利用一切可能材料的科學態度,構成他鮮明的學術個性。有人以「泛濫無歸」病之,有人以「好改經字」病之,事實上,這是與他的學術個性相互伴隨的。

基於開放的學術態度和極爲開闊的視野,俞樾對於同一文句的訓詁,往往能發現多個視角,再加他有一種求新的傾向,因此,他堅持一種「以疑存疑」的原則,凡持之有故、言之成理者,哪怕立説并不充分,均并存其説。這與皖派漢學的代表人物戴震的風格不太一致。戴震强調,治經要「傳其信,不傳其疑,疑則闕」,凡「未至十分之見」者,皆不著於書,以免「徒增一惑,以滋識者之辨之」〔一〕。俞樾對此則不以爲然,他雖强調「不知蓋闕」,却又認爲「學問無窮,蓋棺乃定,必欲毫髮無憾,誠恐畢生無此一日」(《春在堂尺牘》卷一《與戴子高》)。爲此,一些後世學者以「泛濫無歸」病之。對於「以疑存疑」引起的「泛濫無歸」的指責,俞樾頗感無奈。要想就傳統思想文化確立一種高度完整的解釋體系,這是不可能的。這樣做,只能以門户自限,并主觀地剪裁各種材料。對於俞樾「以疑存疑」的原則態度,我們不能簡單否定。它雖可能「徒增一惑」,却往往能留給後學者更廣的研究空間和更多的研究思路。

基於「因聲求義」「以意逆志」的方法和自身的思想導向,俞樾不但喜歡更易傳注,間或懷疑本經。因此,有人以「好改經字」病之。對此,俞樾頗不以爲然。在他看來,經典著作有個口授相傳的過程,在傳抄過程中也難免訛誤,因此,不能機械地對待文本。他指出,人們以「好改經字」指責高郵王氏,是難以真正理解王氏的表現,「焦明已翔乎寥廓,羅者猶視乎藪澤」(《群

〔一〕戴震《與姚孝廉姬傳書》,《戴震全集》,清華大學出版社一九九七年版,第二五九六頁。

經平議序目》），這是爲王氏辯，亦是爲自己辯。他在《湖樓筆談》一談到《公羊傳》《穀梁傳》與《左傳》的比較時，也曾引用這句名言。

可見，所謂「焦明」（一種神鳥）者，既是就思想性而言，也是對經典著作的整體性把握而言。在他看來，「羅者」拘執於文本字句和事實，既不懂「微言大義」，又不能整體上把握群經和諸子。以「好改經字」病俞樾，其實也不是後世學者的「共識」。因爲俞樾是富有思想的漢學家，因而對他的評價自然關乎學術思想的認同問題。章太炎、黄侃似有微詞。劉師培則指出：「德清俞樾，以小學爲綱，疏理群籍，恪宗高郵二王之學，援順經文之詞氣，曲爲理繹，喜更易傳注，間以臆見改本經，精者略與王氏符，雖説多鑿空，然言必有驗，迥异浮談。」〔一〕此外，梁啓超并不認爲「好改經字」是不能接受的行爲，他曾指出高郵王氏「改經文」「與宋明儒者之好改古書，迹相類而實大殊」〔二〕。因此，對於俞樾「改經文」未作專門的評論。至於錢玄同和宋恕，則溢美有加。

〔一〕 劉師培《南北學派不同論》，《劉師培學術論著》，浙江人民出版社一九九八年版，第一五九頁。
〔二〕 梁啓超《清代學術概論》，第四一頁。

三

作爲一位富有思想的漢學家，俞樾不同於純粹學術性的樸學大師，其學術活動必須聯繫太平天國運動後重振傳統文化道德的時代背景來評價。長期以來，人們對洋務派「中體西用」的「用」著眼比較多，而對於重振傳統文化道德的「體」方面的功夫，相對説來更多地停留於一般性論説。事實上，對於漢學研究的「現實意義」，俞樾一開始就有明確的認識。他指出：「乾隆年間，文治武功，震鑠千古，而士大夫亦皆鑽研樸學，實事求是，無虚浮之習。數十年來，老成凋謝，後生小子，又厭實學而喜空談，而海内外亦適多故，群盜如毛，至今未靖。意者學業之盛衰，關乎世運歟？」(《春在堂尺牘》卷一《與吴和甫前輩》)他堅信時方多故，當權者暫時無暇顧及，而將來「必有起而張之者」(《春在堂尺牘》卷一《又與子高》)。可見，俞樾的學術活動不僅呼應著洋務時期「中體西用」的時代主題，甚至對傳統文化道德的重振發揮了一定的引領作用。

這種引領作用既體現在他的學術研究中，也體現在他的經學教育中。他把「梯梁後學」作爲自己的學術取向，在這種學術取向下，他對群經、諸子進行了通儒式的全面校勘整理，并在此基礎上歸納總結「文例」「文法」。需要指出的是，俞樾受到公認的幾部代表作都完成於一八七一年之前。這一時期，漢學處於「中衰」的低谷，再加長期戰亂，公私所藏文獻大多散失，讀者索借爲難。俞樾本人亦不時爲之所困，他曾概嘆：「《白孔六帖》《太平御覽》《藝文類聚》諸書，皆不能具。」（《春在堂尺牘》卷二《上曾滌生爵相》）當時，俞樾爲解燃眉之急，還出資請人從譚獻處抄回一部《文史通義》，他還試圖從北京借一部聚珍版叢書，但未能如願。兩《平議》告竣後，他原擬作《三史平議》，依照兩《平議》體例，對《史記》和前後《漢書》進行校勘整理，最終因無善本可校而放棄。另一方面，太平天國運動失敗後，曾國藩、李鴻章等人把重振傳統文化道德秩序作爲戰後重建工作的核心内容之一。在他們宣導下，被戰争破壞的各大書院次第恢復，一些新書院紛紛建立。經學之風，一時興起。在這種經學復興而文獻缺乏的情况下，高郵王氏和俞樾的遍注群經式的通儒著作，無疑爲那些新涉經學的人們提供了一種最爲便捷的材料，文例、文法的歸納更爲後學的學習、研究提供了間接的指導。也許正是適應了這樣的時代要求，俞樾的這幾部書引發的反響和流行程度，才會達到超乎尋常的效果。

俞樾主持杭州詁經精舍三十餘年，又或長或短主持蘇州紫陽書院、歸安龍湖書院、德清清溪書院、上海求志書院講席，門生弟子遍及江浙地區。其門生中主各大書院講席的亦很多。劉恭冕、譚獻先後主湖北經心書院，朱一新長期主廣東端溪書院和廣雅書院，黄以周歷主南菁書院、鍾山書院，繆荃孫歷主經心、南菁、鍾山等書院，王同伯主栖溪書院十幾年，王舟瑶歷主青獻、東湖、文達諸書院，馮一梅在衢州、寧波等地主書院講席。及至章太炎先生，更是把中國傳統的學問大大加以發揚。他們的弟子和再傳弟子可謂遍布東南地區乃至全國各地。俞樾遂「蔚然爲東南大師」〔一〕。不僅如此，由於俞樾的特殊身份和名望，朝官争親之，他們中有些人調任他處而興建新的書院時，都往往徵求俞樾的意見。因此，一些書院如安徽的經古書院、廣東的應元書院、雲南的經正書院等，其辦學宗旨與風格，都或多或少受到俞樾的影響。

俞樾在經史教育中，除了崇尚實證外，還大力宣導創新和包容精神。他把是否有「獨得之見」看成區分場屋中經解與著述家經解的關鍵，告誡諸生研經需「發揮經義，自抒心得」（《春在堂雜文六編》七《〈詁經課藝五集〉序》）。章太炎在《俞先生傳》中指出「雜流亦時時至門下」〔二〕，

〔一〕　繆荃孫《俞先生行狀》，《清代碑傳全集》，第一一九九頁。

〔二〕　章太炎《章太炎全集·太炎文録初編》，第二一八頁。

且以此爲俞樾的缺點之一。其實，這正是俞樾兼容并包精神的重要體現，而章太炎的評價倒是反映了自身嚴辨門户的缺陷。俞樾作爲晚清時期有重要影響的東南大儒，他在學術研究和經學教育中所表現的求新、包容、崇尚實證的精神，直接影響了江浙一帶的一大批學人乃至整個地區的學術風氣。從俞樾的門生中，我們不難發現這種影響産生的成果。在晚清各種學術流派的代表人物中，都有一些出自俞樾門下。理學陣營的朱一新，今文經學陣營的崔適，古文經學的章太炎、黄以周，文學方面的施補華、孫雄，藝術方面的吴昌碩，以經世爲職志的江標、湯壽潜、陸潤庠、宋恕等，是其較爲顯著者。這些人各適其性，獨立發展，都取得重要成就。這是俞樾兼容并包的有力證明。如果我們對近代學術嬗變稍加研究的話，同樣能感受到俞樾的影響所在。陳平原著《中國現代學術之建立》一書時，「毫不猶豫地選擇章太炎、胡適之作爲論述的中心」，認爲他們都是「開一代新風的『大學者』」，并强調他們所代表的「晚清及五四兩代學人的共同努力，促成了中國學術的轉型」〔二〕。而章、胡兩人都與俞樾有著重要的關係。章太炎師從俞樾八年，其經學研究乃至諸子學研究都受到俞樾很大影響。章太炎自言：「出入八

〔二〕 陳平原《中國現代學術之建立》，北京大學出版社一九九八年版，第二一、二二頁。

年，相得也。」〔一〕正因爲如此，章太炎儘管在政治上對俞樾未予遷就，而對乃師的學術則始終推崇備至。他在《説林下》中根據自己的見解，把學術人才分爲五等，他説：「研精故訓而不支，博考事實而不亂，文理密察，發前修所未見，每下一義，泰山不移，若德清俞先生、定海黄以周、瑞安孫詒讓，此其上也。」〔二〕章太炎的「五等説」是否合理尚且不論，在他心目中，顯然是將俞樾看成第一流的學者。至於胡適，他雖然未曾游於俞樾之門，但他整理國故的態度和方法，則無疑受到俞樾的影響。他在《中國哲學史大綱》的自序中説：「我做這部書，對於過去的學者，我最感謝的是：王懷祖、王伯申、俞蔭甫、孫仲容四個人。對於近人，我最感謝章太炎先生。」〔三〕當然，章太炎、胡適所繼承的都不僅僅是俞樾之學，而是清代漢學傳承下來的實事求是的精神和方法。然而，在這一傳承統緒中，俞樾所具有的那些精神無疑在近代學術轉型中發揮了積極作用。因此，在中國傳統學術向近代學術的轉型過程中，特别是就江浙地區而言，俞樾無疑是非常重要的一個學術環節。而近代的疑古派代表如顧頡剛、錢玄同等，也都受到俞樾的影響。

〔一〕章太炎《謝本師》，《章太炎全集・太炎文録補編》，第二三〇頁。
〔二〕章太炎《章太炎全集・太炎文録初編》，第一一八頁。
〔三〕胡適《中國哲學史大綱》，東方出版社一九九六年版。

俞樾是一位自覺肩負文化使命的大儒，他既是著作家，又是教育家，他雖不反對一些制度性變革，但對傳統文化道德還是持比較保守的態度。全面而實事求是地把握俞樾的這些特質，是對俞樾在近代學術史上的作用和地位做出恰當評價的關鍵所在。後世學者論及晚清漢學，大多以俞樾和孫詒讓并重，然亦有不少人持揚孫抑俞之立場。張舜徽著《清儒學記》，於孫詒讓設有專章，而於俞樾，竟未有一字涉及。楊向奎作《清儒學案新編》，把清儒分爲三等即思想大家、專科大師、章句儒。孫詒讓有幸被安排在「專科大師」之列，而俞樾則被置於「章句儒」之中[一]。這些評價，如果單就著述而言，亦不無道理，但卻忽視了俞樾的通儒特徵及其對後學的影響。因此，這種評價未免脱離俞、孫所處的時代而流於抽象。章太炎在《俞先生傳》中有句總結性的話：「浙江樸學……昌自先生。賓附者，有黄以周、孫詒讓。」[二]俞、孫、黄三人，章太炎都曾師事之，對他們都有很深的瞭解。章太炎此論，雖僅就樸學而言，然實爲持平之論。

[一] 楊向奎《清儒學案新編》，齊魯書社一九九四年版。
[二] 章太炎《章太炎全集·太炎文録初編》，第二一八頁。

俞樾作爲洋務時期的一位思想代表，不僅對中國傳統文化的發展有重要的作用和影響，在那些受儒家思想影響較深的周邊國家如日本、韓國等，其經子著作也得以流傳其間，并對這些國家的學術文化産生一定的影響。俞樾本人亦受到日、韓等國學者特別是對儒家文化持擁護態度的學者的歡迎和敬仰。隨著日本明治維新的開展，「文明開化」成爲日本的基本國策之一，歐美的新學説、新思想像潮水一樣涌入。而傳統學説尤其是由中國傳入的「孔孟之道」，幾乎掃地，一時殆有焚書之議」(《春在堂隨筆》卷七)。面對此一潮流，日本一些仍尊奉儒家學説的「有志之士」，起而崇儒衛道。這些人政治上較爲保守，大多是維新派的對立面。他們在政治上遭到失敗後，試圖從文化上挽救周孔之道。因此，他們對於俞樾的著作，讀之而有海外知己之感。俞樾亦被他們視爲拯救名教的豪傑之士。他們甚至强調，正是因爲天生俞樾，才使「名教之未滅」(《東海投桃集・小幡儼》)。鑒於俞樾在日本的名望，一八八二年日本著名社會活動家岸田吟香等將日本一百七十家詩作寄到蘇州，請俞樾爲日本選定。俞樾選定《東瀛詩選》正編四十卷，《補遺》四卷，載日本江户、明治兩代一百五十八名文人的漢詩五千二百多首。隨著俞樾在日本影響的擴大，與俞樾直接交往的日本學者逐步增多，他們或造廬見訪，或書札往來，或以詩歌相酬唱。粗略估計，與俞樾有過交往且留下記載的日本友人近四十人。

在韓國，俞樾的影響雖不像日本那樣顯著，然亦有不少學者如池文光、崔曉林、金于霖、張淅雲等，與俞樾有過交往。韓國正三品宏文館纂輯官金澤榮致函俞樾，極道仰慕之誠，稱俞樾「文章關乎時運」（《春在堂詩編》二十三《乙巳編·韓國正三品弘文館纂輯官……因次其「晴」字韻二首報之》注），還寄贈數篇詩文。

四

俞樾作爲晚清的一位經學大師，不能不受到時代的局限。其保守的政治態度和傳統的治學手段，使他僅僅成爲傳統經學的傳承者。他雖然對傳統學術的近代轉型有過間接的影響，其自身則仍屬於傳統經學家範疇。因此，俞樾作爲近代著名學者，就其所處的時代要求來看，自然存在一些局限。

其一，被動順應時代潮流，以淡漠的態度對待西學。

在中國傳統學術中，俞樾最重視經學，甚至可以説，在他眼裏，經學是傳統文化的普照之光。而於經學中，他對《公羊春秋》和《周易》最爲重視，他從《公羊春秋》的「改制」思想和《周易》的「窮變通久」思想出發，對荀子「法後王」思想頗有所悟。在這種認識的基礎上，他對當時清政府進行的洋務運動基本上持理解的態度； 然他對「變」的理解，又非常有限。 他以「變」爲聖人不得已之舉，對現實社會的變革缺乏主動精神。 儘管他認識到晚清社會的矛盾非常尖鋭，不變革無法繼續統治下去，但他同時敏鋭地意識到： 有機械者，必有機事； 有機事者，必有機心。 他深知生産力的發展最終會引起社會意識的變化，因而對「洋務」「新政」對傳統文化道德的潛在衝擊，始終保持警惕。 在他看來，「烏喙蝮蝎」之屬，雖可以治療「瘤癘癰疽」之毒，醫者所不廢，但畢竟是有毒之物。 有見於此，他在支持理解「洋務」的同時，自身却「隱居放言，謹守包咸不言世務之義」，强調自己「於一切洋務、陸軍、海軍皆非所知，亦非所欲言」(《春在堂雜文四編》八《顧少逸〈日本新政考〉序》)。 從這種現實政治態度出發，俞樾雖處西學東漸、中西文化交流日甚一日的時代，他對西學則幾乎不加吸收。 不僅如此，他還强調西學已在吾儒包孕之中，只要經史并通，即於體用兼備。 并且，他既然以「洋務」「新政」爲「烏喙蝮蝎」，又認爲醫者所不廢，這使他在涉及洋務的時候，其爲文勢必隨話語環境的不同而不同，不能不因内心的矛盾而前後失据。

其二，過於突出經學的致用功能，具有以學術比附道德教化的傾向。

俞樾一生，無論在朝在野，對傳統文化道德始終高度重視，於「名教樂地，未肯多讓」(《春在堂雜文續編》五《金廉訪夫人師夫人六十壽序》)。他以「衛道」自任,對傳統道德的維護、闡揚不遺餘力。在他的雜文、詩集、筆記小説以及他主持修撰的地方志中,充滿對各種德性的表彰,甚至「刲股療親」「以身殉夫」等愚昧行爲,都被他作爲典型大加弘揚。俞樾强烈的「衛道」立場對他的學術研究有著直接的影響。前文已經表明,道德教化是俞樾治經治學的總歸宿。其發揚的公羊「微言」中,亦以道德爲本。因此,俞樾在基於這些立場訓釋群經、諸子時,一旦涉及道德教化,是有可能陷於先入爲主而流於主觀臆斷的。例如《論語》中的「求也爲之聚斂而附益之」「賜不受命而貨殖焉」,俞樾訓釋前一句云:「冉有爲季氏聚斂,乃民聚而非財聚也。蓋冉子爲季氏宰,必爲之容民畜衆,使季氏私邑民人親附,日益富庶。」訓釋後一句,强調子貢并非不受教命,只是「不受命於官,而自以其財市賤鬻貴,逐什一之利」(《群經平議》卷三十一《論語二》)。又如《尚書·泰誓》云「時哉弗可失」,俞樾認爲「武王爲天下除暴亂,非争天下也」,因謂武王不可能有如此「不仁」之言,并就此斷定《泰誓》是僞造(《賓萌集》二《説篇·經義雜説》)。諸如此類,多爲推論之詞,很難説有多少學術價值。不僅如此,他品評歷史人物,亦往往從道德教化出發,喜以因果報應爲説。正是在這一意義上,他充分肯定《左傳》以成敗論人。而他特别反感東漢王充的《論衡》,理由竟是王充不信因果報應之説。

俞樾既以「衛道」爲己任，其治學自然以道德教化爲宗旨。但不同時期也有差別，十九世紀八十年代以前，他訓詁群經、諸子，雖重視道德教化，同時也提倡荀子的「法後王」思想，一定程度宣導傳統儒學的變革思想。進入九十年代以後，隨著社會危機的加深，他更多强調自己是孟子之徒，只要求「法先王」「守先王之意」，并以「守先待後」爲己任。戊戌變法前後，他再也無法適應時代變化，一九〇〇年作《祈死》詩，又作《八十自悼》文，其内心之絶望可以想見。而就在此時，章太炎走上革命道路。對此，俞樾極爲不滿，聲色俱厲地指責他「不忠不孝，非人類也。小子鳴鼓而攻之可也」。章太炎亦不妥協，於一九〇一年寫了《謝本師》，表示與乃師决裂〔一〕。兩人從此在政治上分道揚鑣。

其三，存在求新求异傾向，古籍訓釋中錯誤的、似是而非的、難以令人信服的情况不少。

俞樾并没有做到每個判斷都有證據，而且對證據的真實性注意得不够，所以常常違反「充足理由律」：一種情况是只有假説，没有證據。往往只依據有關理論知識推斷詞義，并不用同類事實來加以證明。其中包括隨意引申而無證據、濫言通假而無證據、因聲求義而無證據；

〔一〕　章太炎《章太炎全集·太炎文録補編》，第二三〇頁。

另一種情况是證據不真實。有的是文獻語言理解不符合原意，有的是引用的古注本身錯誤，有的是所引古注正誤有待證明，有的是誤解古注；第三種情况是前提虚假，前提也是一種證據，前提虚假也就是證據不真實。在證明過程中存在的毛病，主要表現在三個方面：一是違反思維規律，如違反同一律、違反不矛盾律；二是違反證明規則，如推不出來、以相對爲絶對、循環論證；三是忽視推理條件，如機械類比、以偏概全、硬相傳遞[一]。

晚清時期，世界格局發生深刻變化，整個世界由傳統農業社會向工業社會轉型的深度和廣度不斷加大。一方面，隨著民族危機不斷加深，中國傳統文化日益受到西方文化的碰撞、挑戰。另一方面，隨著近代化的進程，中國傳統文化又面臨自身的轉型問題。總體上看，俞樾是一位富有思想的漢學家。一方面，他作爲晚清漢學的「殿軍」之一，繼承了王念孫、王引之治經治學的傳統，以校勘整理群經、諸子爲職志，對傳統典籍進行了系統整理，并通過經學教育加强了「實學」根基，因而對清代漢學起到了承上啓下作用，對保守傳統文化具有重大貢獻，甚至

[一] 以上參考李運富《從〈毛詩平議〉看訓詁中的邏輯問題（論據部分）》，《古漢語研究》一九八九年第一期；《從〈毛詩平議〉看訓詁中的邏輯問題（證明部分）》，《古漢語研究》一九八九年第四期。

對傳統文化的現代轉型具有一定的影響；另一方面，俞樾很大程度上發揚了公羊學思想，以此爲治經治學的統率。這固然需要從他的學術淵源方面來認識，而歸根結底，他的這種思想傾向應該是十九世紀家國社稷危機日甚一日、中西文化激烈碰撞的産物。因此，他治經治學不但服從時代需要，以「通經致用」(道德教化)爲依歸，且對晚清時局頗多憂時之嘆。甲午戰争後，他可以説是在憂懼、惶恐中度過餘生的。他雖然没有發出振聾發聵的吶喊，其「預言詩」却在後世廣爲流傳，至今仍有「好事者」津津樂道。正如俞樾的治經治學風格乃至特定文本的校勘訓詁都需要結合時代特徵和他的思想特徵來把握，他的這樣那樣的局限也應從時代局限和思想局限加以理解。

目録

前言

一、俞樾與《春在堂雜文》

俞樾是晚清著名學者，生於道光元年（一八二一），卒於光緒三十二年（一九〇七），字蔭甫，號曲園，是乾嘉漢學的代表人物之一。《春在堂雜文》合計四十三卷、七百九十五篇，是俞樾中年以後文章的結集。其中多記、傳、序、跋之類，占其大半，其他如壽序、碑志、銘贊誄啓，不一而足，洵可稱雜文。

浙江德清縣的俞氏，號稱望族，但其實在俞樾之前所出人物并不多。俞樾的父親俞鴻漸，字儀伯，是嘉慶二十一年（一八一六）舉人，候選知縣，例授文林郎。著作有《印雪軒詩鈔》十六卷、《文鈔》三卷及《隨筆》四卷等。俞樾是俞鴻漸的次子。俞樾自幼隨母兄到杭州生活求學，其後如他的《汪蓮府兵部六十壽序》一文中所説「年十五侍先大夫讀書南蘭陵」，「初學舉子業」。後於道光三十年（一八五〇）中進士第十九名。殿試的詩題是《淡烟疏雨落花天》，俞樾首聯作：「花落春仍在，天時尚艷陽。」當清朝内憂外患漸起的時候，此詩極得主考官曾國藩激賞，認爲「他日所至，未可量也」。其後又爲其題匾額「春在堂」。俞樾對此事當然終身引以爲榮，對曾國藩的知遇之恩也可稱感激涕零。這在他的雜文中都歷歷可見。

近人對俞樾的歷史評價，首稱其經學，次稱其詩歌，最後是其文。詩歌成績從「花落春仍在」已可見一斑，暫不去説。爲文的成就，後面再説。而衆口稱贊的經學成就，當然是他最大的貢獻。但從俞樾的一生來説，教書育人的貢獻，未必就比他撰作經學著作小。中進士後，改庶吉士。咸豐二年，授散館編修。五年，放河南學政。七年，他因爲任河南學政時科舉試題被御史劾奏「割裂經義」，罷官歸鄉。其後認清自身不見得適合仕途，先是杜門讀經，專心寫書，「比年撰述，已及八十卷」。中國傳統士大夫若仕途受阻無望，往往就轉向從撰著中實現自我價值，「雖名山壇坫，萬不敢望，然窮愁筆墨，倘有一字流傳，或亦可言『春在』乎？」（與曾國藩函）於是有「曲園」之營建，曾國藩書額「春在堂」三字也挂到了曲園的主室之上（《曲園記》）。但學不可孤，教書育人是士大夫社會價值實現的重要途徑。俞樾先後在蘇州紫陽書院、上海求志書院，在杭州詁經精舍時間最長，達三十餘年之久。他的學生中，有聲名者極多，《清史稿·儒林傳》所列舉的如戴望、黄以周、朱一新、施補華、王詒壽、馮一梅、吴慶坻、吴承志、袁昶等。此外還有如日本學人，如章太炎等革命志士。《春在堂雜文》中關於書院教育的文章很多，卷一第一篇就是《重建詁經精舍記》，又有《紫陽課藝序》等。讀後可知，俞樾是一位極佳的教育家。著書立説流傳後世，得天下英才而育之，此兩者他都極有建樹。另外，在東南凋敝之時，他提出浙江書局等刊刻二十四史和諸子之書，對後世的意義也很巨大。

《春在堂雜文》是俞樾的雜文集，他曾説：「余舊定《賓萌集》五卷，終於《雜篇》。其後所作雜文日益多，遂别爲《春在堂雜文》。」（《賓萌集》六「補篇」小序）可見《春在堂雜文》的緣起。而以「春在堂」爲名，則遠因「花落春仍在」之見賞曾文正公，又因「花落」之讖驗其仕途中斷，冀圖其文之可傳後世。俞樾在經學研究著作之外，雜文撰寫隨其年齡增長而增加，先是在同治十年（一八七一）辛未命人謄寫若干篇，而由學生付之剞劂，題作《春在堂雜文》，二卷。此後至光緒三十一年，三十餘年間雜文撰著「無月無之」（《春在堂雜文序目》），遂將所作重爲編排，定爲《初編》二卷，《續編》五卷，《三編》四卷，《四編》八卷，《五編》八卷，《六編》十卷、《六編補遺》六卷，總四十三卷。從撰著時間來説，雜文撰著貫通俞樾之一生，從未間斷。從篇幅卷帙來説，四十三卷共七百九十五篇文章，足稱繁富。可以説，通過《春在堂雜文》，足可探究俞樾之一生，及其學問之大概。

二、尊德性而道問學：俞樾雜文之取法

中國古代的學者、士大夫，著述往往廣泛而龐雜，但皆有其思想底色。從經義研究，到詩文創作，到典籍整理，學者的思想底色是貫穿其中的。俞樾的雜文撰著貫穿其一生，最可見其思想底色。俞樾的學問，首先在於經學，其次在於諸子，而諸子之學又以經學爲歸屬。他的主張，其實在《春在堂雜文》初編卷一的第一篇文章《重建詁經精舍記》中就直接説明了：

> 學問之事，莫大乎通經。通經之道，義理尚矣。然義理不空存，必有所麗。……推文達之意，通經必從訓詁始……使學者讀許、鄭之書，通曉古言，推明古制，即訓詁名物以求義理，而微言大義存其中矣。

可見，俞樾的主張同於阮元（謚文達）。學問之歸在於經學，通經以通曉其義理爲尚。而義理之通，端賴訓詁名物。如何訓詁，在讀許慎、鄭玄之書。這是乾嘉之學的路數。無論漢

學、宋學，對於義理、訓詁都不會明言偏廢，而實際上則各有側重。乾嘉學派以考據爲長，重在糾宋人之偏，不談性理，而重訓詁。重訓詁，實際仍舊是爲求義理，而義理不能空談故也。俞樾在《〈鄭氏佚書〉序》中説：「兩漢經師之學，至鄭君而集大成。每發一義，無不貫穿群經，不知者以爲鄭君所臆造，而不知其按之群經，如以肉貫弗也。典午之代崇尚清談，鄭學幾廢。幸唐人正義《禮》用鄭注，《詩》亦主鄭箋，高密之緒賴以不隊。元明以來空談心性，鄭學又微。本朝經術昌明，大儒輩出，士抱不其之經，户習司農之説。」（《四编》七）明乎其言崇尚漢學，抵制兩晉與兩宋之學。

對於儒學，俞樾曾將其分爲六類：

自孔氏諸弟子各以其所學散處諸侯之國，原遠而末分，至於今益甚，有曰性理之學，則究性命、辨義利者也；有曰經世之學，則策富强、課農戰者也；有曰經籍之學，則窮訓詁、考制度者也；有曰載記之學，則志得失、鏡古今者也；有曰曆算之學，則精推步、測高廣者也；有曰詞章之學，則研聲律、儷青白者也。是數者各得其質之所近，各行其業之所習，彼此相笑而莫能通。（《續編》三《馮景庭先生〈顯志堂稿〉序》）

俞樾馬上引孔子曰：「吾道一以貫之。」如果不能貫通，則無用。如能够貫通，則這些學問「固可得而一」。俞樾自身，是符合他所説的「有以貫之」的，可稱爲一代通儒。與儒家之學分而爲六類相似的，雜文則無所不涉，其文體無一致之形。但其中有一以貫之的，即訓詁以求通經，因而經世致用。俞樾稱歸有光「原本道德，根柢六經」，稱顧亭林之學「有體有用，綜貫百家，上下千載……講求古音，發明古義……無論言漢學、言宋學，而皆以先生爲一大宗」（《三編》卷三《〈合刻歸顧朱三先生年譜〉序》）。俞樾所稱頌的，即他所追求的，也正是四十三卷《春在堂雜文》之宗旨。

既然崇漢學抵宋學，則於孔子之理論，偏於禮之一端，離於仁之一端。但處於近世，遠於漢宋，秉承通儒之追求，俞樾又比較没有門户之見，主張「治經不專主一家之學」，亦知道「世謂漢儒專攻訓詁，宋儒偏主義理，此猶影響之談，門户之見。其實漢儒於義理亦有精勝之處，宋儒於訓詁未必一無可取也」（《續編》二《〈梁芷林先生〈論語集注旁證〉序》）。雖然如此，其重點仍在於「漢儒於義理亦有精勝之處」，對宋儒之訓詁，僅僅是稍可取而已。

俞樾的漢宋分野觀，不是門户之見，是從其經學、子學思想而來的。漢宋之分野，在中國思想史中有其内在理路，清儒之中，多崇荀子，而抑孟子。俞樾也尊荀抑孟[一]。首先看他的《荀子〈詩〉説》，即經學中對《毛詩》的重要研究。在《荀子〈詩〉説序》中，俞樾将这一意图表述得非常明白：「按《經典釋文》：『《毛詩》者出自毛公。一云子夏傳曾申，申傳魏人李克，克傳魯人孟仲子，孟仲子傳根牟子，根牟子傳趙人孫卿子，孫卿子傳魯人六毛公。』是荀卿傳《詩》實爲《毛詩》所自出。……今讀《毛詩》而不知荀義，是數典而忘祖也。故刺取《荀子》書中引《詩》者凡若干事，以存荀卿《詩》説焉。」(《曲園雜纂》第六)六經之中，《詩》爲關乎教化的極其重要的典籍，俞樾特將《毛詩》譜系梳理出，明確荀子的重要地位。需要指出，提升荀子地位，必然會相對降低孟子的已有地位。孟荀之争，是歷來較爲顯著的儒家鬥争。《雜文五編》七有《黄朝槐〈荀子詩説箋〉序》一文，俞樾對爲自己的《荀子〈詩〉説》作箋者，提出了看法：

荀子説《詩》，固毛傳之先河。惟其學出於孟仲子，康成云是子思之弟子，則與「學於孟也」之孟仲子，必非一人，似未可據此遂通孟、荀爲一家。雖然，孟、荀之學，似异而實

[一] 參魏永生《俞樾「尊荀」析論》，《東方論壇》一九九八年第四期。

同，性善亦孟子蚤年之説耳。觀《盡心下》篇「口之於味」一章，前五者不謂之性，謂之命；後五者不謂之命，謂之性；則即荀子「聖人化性」之説矣。荀子斷斷與孟子辨，殆未見及此。余因此箋中有「欲爲孟、荀作調人」者，故以斯言助之，似不必合前後兩孟仲子爲一人，然後見其异條同林也。

讀此不禁令人莞爾。俞樾表面上是在幫作者「調和」孟、荀，但實質上是在説孟子自己放棄了性善説，而采取了荀子主張的「聖人化性」之説。爲何要化性？當然是因爲性本惡。不僅没有絲毫爲孟、荀作調人的意思，反而是直接揭孟子的短。俞樾曾直截了當地宣布：「吾之論性，不從孟而從荀。」（《賓萌集》二《説篇・性説上》）

按子思所作的《中庸》「率性之謂道」，「率」字之訓詁向有争議。或訓爲循，或訓爲修。自朱子《四書章句集注》成爲科舉指定書，孟子之性善、率性之説盛行數百年。總之，孟子主張性善，故而率性即謂之道，因其性本善。荀子不然，以爲性惡，則須化性。孟子、荀子之分歧如此，影響的實際上是政治文化的每一個層面。法先王還是法後王，也是其中一環。

《雜文四編》七《〈皇朝經世文續集〉序》：

愚嘗謂孟子之書言法先王，荀子之書言法後王，二者不可偏廢。法先王者法其意，法後王者法其法。孟子曰「先王有不忍人之心，斯有不忍人之政」，此法其意也。荀子曰「欲觀聖王之迹，則以其燦然者矣，後王是也」，此法其法也。馬貴與著《文獻通考》，其自序即引荀子語以發端。然則士生今日，不能博觀當世之務，而徒執往古之成説，洵如《吕氏春秋》所譏「病變而藥不變」矣。

此處所言，也類似上文，雖説是「二者不可偏廢」，終究是贊成荀子所謂的「燦然者」，也就是法後王。

俞樾又作《荀子平議》，是其《諸子平議》中最爲用心用力的部分。王先謙作《荀子集解》，即將俞樾平議全部納入，且皆認可，足見其精湛審慎。俞樾爲《荀子》作平議，實際上可能是按《群經平議》的標準在做的。他尊荀抑孟，既然宋人將《孟子》升格爲經，那麼《荀子》没道理不可升經。俞樾就曾主張升《荀子》爲經（《賓萌集》四《議篇》）。升《荀》而不黜《孟》，而是主張二書同附《論語》之後，二人同列孔子左右受祀。故俞樾抑孟而不黜孟，因其知道孟子對於儒學傳承的巨大意義，與其「守本」的巨大價值。

法先王的「守本」與法後王的「求變」在俞樾的雜文之中都有所體現，當然求變以應世變的內容更多一點。但我們不能忘記，俞樾所處的是中西交涉的時代，他再怎麽求變、經世致用，對於大的時代來説，仍舊是像孟子更多一點。《雜文六編》七《〈詁經精舍八集〉序》：

嗟乎！此三年中時局一變，風會大開，人人争言西學矣。而余與精舍諸生猶硜硜焉抱遺經而究終始，此叔孫通所謂「鄙儒不知時變」者也。雖然，當今之世，雖使孟子復生無他説焉，爲當世計，不過曰：「盍亦反其本矣。」爲吾黨計，不過曰：「守先王之道以待後之學者。」

戰國時，有孟子，又有荀子，孟子法先王而荀子法後王，無荀子不能開三代以後之風氣，無孟子而先王之道幾乎熄矣。今將爲荀氏之徒歟？西學具在，請就而學焉。將爲孟氏之徒歟？則此區區者雖不足以言道，要是三代上之禮樂文章，七十子後漢唐學者之緒言，而本朝二百數十年來諸老先生所孜孜講求者也。

此處俞樾對於孜孜講求一生的禮樂文章，有其清醒的認識；對當時的時勢，也有其清醒的認識。時代在走向大變革，一如數千年前的大轉捩時代那樣。要學荀子，就應去學西學，此爲法後王，求變求存。要學孟子，那就是「守本」，是「守先王之道以待後之學者」。此二者都是有價值的，雖然荀子要比孟子更積極，但孟子的價值并未因此而稍低。同時代的學者，以及後世的學者，對時勢和歷史皆少有這麼清晰的認知。

三、致世用而寫性靈：俞樾雜文之功能

「原本道德，根柢六經」也好，「有體有用，綜貫百家」也罷，取法之高，不等於所得亦高。俞樾之聲名在於經學研究，詩歌也還有名，但其文名實際上甚爲「不稱其學」，須知這是他的弟子章太炎的評價。雖然《清史稿》的評價是「不拘宗派，淵然有經籍之光」，雖然曾國藩極其贊賞他的文章，但更多人是説「其文卑弱」，且不顧此爲其雜文《序目》的自謙之辭。百年之下，唯有周作人是其知己，從後世的角度，道出了俞樾之雜文的好[二]。周作人説：

[一] 參黄偉《俞樾古文理論的承祧與新變》，《江海學刊》二〇一六年第六期。

平常講詞章的人批評曲園先生的詩文總説是平庸，本來曲園詩自説出於樂天放翁，文也自認文體卑弱，似乎一般的批評也還不錯。但是，詩我不大懂今且慢談，文的好壞説起來頗有問題，因爲論文的標準便有好些差异。（《學文月刊》一九四〇年第二期）

周作人認爲俞樾雜文中的序文尤其好看，在近代文章中極少有。他認爲文章有講義理的，衛道辟邪，不是好文字；講音律者，吟咏鏗鏘，聽之陶然；此外有講説話的，即將文章當作紙上的談話來看。這是白話文運動的遺風，極有見識。他認爲俞樾雜文就是這一類代表。在他看來，同樣是爲人作序，俞樾的序文有意味，有意見，有誠意，且還風趣。這樣的文章怎麽不是好文章？

然而文學史上的判斷，自然有其道理。俞樾的文章被低視，正是因爲他「不拘宗派」，又好寫，有求必應。首先説第一點。他雖然主張「原本道德，根柢六經」「有體有用，綜貫百家」，又尊荀抑孟，但高頭講章是不會納入雜文的，自有其《群經平議》在。而俞樾又以集部本與子部相通（「今之集即古之子」），其作文皆含著子書之意。是故《賓萌集》有雜篇，就類似先秦子書内篇、外篇、雜篇之例。其後作文，索性就名之爲「雜文」。雜文不是時文，不是古文，而只是雜撰、雜纂(他有《曲園雜纂》《俞樓雜纂》),文無定法,不拘宗派。然而不拘宗派則各宗派引以爲仇讎,尤其是桐城派。

俞樾治經學雖然主漢學,但也不過分貶低宋學,只是痛恨「空談心性」,而崇尚訓詁。訓詁的歸止在於義理,這是他所强調的。清朝大儒多尚古文經,俞樾則主張公羊,尚今文經。可見他是真的「不拘宗派」。從俞樾的《古書疑義舉例》可知,他擇善而從,學問很具有科學精神。回到作文這件事上,俞樾就曾表達過對桐城派一統天下的不滿:「近世以來,論文者率以桐城爲文家正軌。夫桐城一派,誠謹嚴有法,然必執是以繩天下之文,則非通論也。」(《雜文五編》六《趙子玉〈文鈔〉序》)於是他寫雜文,不寫古文。在古文家來看,自然認爲他的文章不能入眼了。

什麼是雜文?以後觀前,周作人的説法雖不規範,但十分入神:

前幾年翻閲《春在堂集》,不意發見了雜文前後共有七編,合計四十三卷,裏邊固然有不少的好文章,我讀了至今佩服,但各樣體制均有,大體與一般文集無异,而獨自稱曰《春在堂雜文》,這是什麼緣故呢。我想曲園先生本是經師,不屑以文人自命,而又自具文藝的趣味，不甘爲義法理學所束縛，於是只有我自寫我文，不與古文争地位，自序云，體格卑下，殆不可以入集，雖半是謙詞，亦具有自信，蓋知雜文自有其站得住的地方也。照這樣説來，雜文者非正式之古文，其特色在於文章不必正宗，意思不必正統，總以合於情理爲準。我在上文説過，文體思想很夾雜的是雜文，現在看來這解説大概也還是對的。（《雜文的路》）

知堂先生説得十分透徹，「不與古文争地位」而又「自有其站得住的地方」，外此不必多言。他盛贊俞樾文章的有意味，我想真正讀過的人都有同感。這就是俞樾高明的體現。須知他這麽多雜文，其實很多都是應酬文字。他都不推辭。《序目》中説得很坦誠：「余所作不爲不多矣。……又性好徇人之求，苟有子孫羅列其祖父事實以告，輒曰是仁人孝子求顯其親者也，義不忍割……然當代名公巨卿之行事，所謂『磊落軒天地』者，亦多見於吾文。豈以吾文之鄙陋，而遂土苴視之哉？」俞樾給自己找的借口是，雖然寫了不少孝子求顯其親的文章，但也有很多名公巨卿之行事由其文而得顯留於世。這顯然没有解釋爲何那些爲孝子所寫的文章要留到集中。其實不外乎他自己所説的「不忍竟棄」。因爲這些文章都很有意味。

如《雜文》二《李太夫人七十壽序》二篇，分别爲自作及替江蘇府縣作，甚可見其文章之妙。壽序之作無非褒揚，而容易流於陳言。而俞樾所撰壽序，可以説非常有内容，并無太多虚辭。給李太夫人祝壽，寫的却是李鴻章等人的豐功偉績，而歸之於母教。此節則二篇序文所共。俞樾自作的一篇，則將李夫人與唐朝李光弼之母相比，筆法縱横，意象深遠。於祝嘏之辭中，可見晚清風雨飄摇之局勢，與李唐當年相當；而李鴻章兄弟，社稷之功又與李光弼兄弟相當。讀此祝壽文，可見晚清史，是俞樾爲文務實之證。二篇同題却文體不相同，所述事實無异而筆法迥异，又足可見其文筆之老道，變化之多端。

俞樾不光與李鴻章甚有淵源，與另一名臣曾國藩也多所交游。《雜文》二《曾滌生相侯六十壽序》，以古之四賢來比較曾國藩，爲其功績作褒揚之辭。列舉史事、當世事，以爲曾國藩之武勇過於諸葛亮，謀略過於陸贄，而其爲宰相過於范仲淹、司馬光。雖善頌善禱，讀後却令人不得不信服，是其長於爲文，而善於比較之故。而晚清時人對於曾國藩的評價，亦可從中見之。同樣亦有替人作的二篇，一替丁日昌作，一替李瀚章作，依親近程度而爲辭，甚得其宜。

晚清重臣，若以曾國藩爲首，繼之而起者則爲李鴻章。雖前已有爲李太夫人所作壽序，而俞樾也撰有《李少荃伯相五十壽序》二篇。在其自作文中，俞樾否認當時人所常用的以李光弼比擬李鴻章，以爲李光弼不足以比，而轉以唐代李晟方李鴻章，明顯是因爲之前用古之四賢比擬曾國藩而因以推轉。其文一古一今，專用史事爲比，令人信服。

在衆多爲達官貴人祝壽的文字中間，也有一些真情流露的佳作，《汪蓮府兵部六十壽序》就是這樣的一篇文字。俞樾在此文中回顧了他十五六歲時初學舉子業，與汪相得甚歡，而後「彼此年少氣盛，以文酒相娱樂。跳踉大叫，放飯流歠。童僕匿笑，鄰里驚詫，不之顧也」（《雜文》二）。此情之真切，讀之令人莞爾，復生感觸。這樣的文字，多有意味，多麽真誠，何忍棄之呢？

俞樾所居，曰春在堂，曰曲園。其文集以「春在堂」而名，其人以「曲園」而號。俞樾「故里無家，僑居吴下」，而對安身之所情以寄之。他的園林記述之文，也極有意蕴，反映了傳統士大夫在經世致用之外的立身旨趣。《雜文續編》一中有一系列文章，記述他的友朋和他自己的園林居所。從香雪草堂到琴心室，從曲園到留園、怡園，所作皆爲佳構，甚可玩味。蘇州園林向爲文史研究者所重，則不可不讀俞曲園之諸文。

我們從俞樾所記名公巨卿之行事，可窺見政治史的一些另外面向；而從他所記的小人物以及友朋的園林，則能更多地體知個體生命的升沉、時代潮流的印記，具有更難得的社會史意義。至於周作人所言，俞樾以一代經師論文體，走向公安派、竟陵派〔一〕，説金石文字之可證史，且與新文學相通，則仍待進一步研究。俞樾雜文中的一些見解，對於現代中國學術，尤其是「二重證據法」等的誕生，或許有很重要的啓發意義。

四、整理説明

本次整理，以南京博物院藏光緒末增訂重刊《春在堂全書》本爲底本，吸收蔡啓盛《〈春在堂全書〉校勘記》成果，也參考了相關研究成果；保留原有缺字符號□；古字不改，异體字改爲規範字；以他校、理校糾正一些錯字，出校；因避諱而改字或缺筆的「玄」「弘」「寧」等回改，不出校。

整理者分工如下：胡文波點校《春在堂雜文》《春在堂雜文續編》《春在堂雜文三編》并撰寫《前言》；王倩倩點校《春在堂雜文四編》前三卷，劉珈珈點校後五卷；張曉青點校《春在堂

〔一〕參謝超凡《「傳統」的開拓，「現代」的先聲——俞樾雜文思想簡論》，《文藝理論研究》二〇一〇年第三期。

雜文五編》；白朝暉點校《春在堂雜文六編》；謝超凡點校《春在堂雜文六編補遺》，白朝暉參與點校《春在堂雜文六編補遺》初稿；汪少華審訂前四編與補遺，王華寶審訂第五、六編。

俞樾學殖深厚，用字用典俱甚古雅。整理者學識或有不足，點校有失誤不當處，尚祈方家指正。

胡文波

二〇二一年十二月

序目

余往年編次《賓萌集》，其《雜篇》一卷，皆雜文也。同年王文勤公方爲廣東方伯，已取而刻之矣。然其時編葺亦間有遺漏，而嗣後又歲有所作。同治辛未歲，命人寫録之，得如干首。吴下有潘氏昆弟曰祖謙字濟之，曰祖均字和甫，乃相國文恭公之孫，皆曾從余學詩賦者也，請以此編付之剞劂，即題曰《春在堂雜文》，然止二卷耳。是歲余行年五十有一，至於今八十五歲矣。此數十年中謬以虚名流播海内，來求余文者無月無之。積之遂多，不忍竟棄，絡續付刻。以前所刻者爲《初編》，續刻者《春在堂續編》凡五卷，《三編》凡四卷，《四編》凡八卷，《五編》凡八卷，《六編》凡十卷，合之《初編》二卷，凡三十七卷。烏乎！余所作不爲不多矣。其文多碑傳序記之文，文體卑弱，無當於古之作者。又性好徇人之求，苟有子孫羅列其祖父事實以告，輒曰是仁人孝子求顯其親者也，義不忍割，於是失之煩冗者往往有焉。然當代名公巨卿之行事，所謂「磊落軒天地」者，亦多見於吾文。豈以吾文之鄙陋，而遂土苴視之哉？《六編》之刻成於癸卯，此刻之後又得文數十篇矣。余年齡衰暮，未必能刻《七編》，或即附之《六編》之後，曰《六編補遺》可也。光緒三十一年冬十月，曲園記。

春在堂雜文一

重建詁經精舍記

學問之事，莫大乎通經。通經之道，義理尚矣。然義理不空存，必有所麗。學者抱一卷之書，奉一先生之教，信口説而背傳記，是末師而非往古，曰：「吾於義理已得之矣。」質文之异制，語焉而不知；古今之异言，問焉而莫辨。譬猶不窺其藩，不涉其庭，而曰吾已升堂而入室也。然典籍散佚，自孟子時已病之。兩漢經師於煨燼之餘，先後講求，三代遺文乃始可讀，訓詁名物十得二三。夫唐宋以後，儒者不能通曉古言，譬猶生於楚者不能齊言也。其不能推明古制，譬猶北人不信南方有萬石之舟，南人不信北方有千人之帳也。何者？其去之也愈遠，其求之也愈難。是故唐宋以後，儒者於訓詁名物雖亦有所發明，終不若兩漢經師之足據也。

西湖孤山之陽有屋一區，阮文達公視學兩浙時，嘗於其地集通經之士，成《經籍纂詁》一書。推文達之意，通經必從訓詁始，訓詁之不通，如名物何？名物之不識，如義理何？事有先後，固如是也。及文達撫浙，遂即其地創建詁經精舍，而奉漢儒許、鄭兩先師栗主於其中，使學者讀許、鄭之書，通曉古言，推明古制，即訓詁名物以求義理，而微言大義存其中矣。文達去浙，精舍興替不常。洎〔一〕乎庚申、辛酉之亂，鞠爲邱虚。於是同治五年二月，浙江布政使湘鄉蔣公重建詁經精舍。公之言曰：「吾湘，故潭屬也，請言潭故。考《宋史·尹穀傳》稱『潭士以居學肄業爲重，州學生月〔二〕試積分高等，升湘西嶽麓書院生。又積分高等，升嶽麓精舍生，潭人號爲三學生』。是精舍規制，在書院上。今浙省敷文、崇文、紫陽三書院已次第修復，而精舍未建，非所以明經訓、儲高才也。」乃屬舊肄業精舍生丁君丙、林君一枝董其事，五閲月而畢功，用錢七千緡，皆出自公。其後故有三祠：曰正氣，曰先覺，曰遺愛。道光初，從金沙港移附於此者，有舉無廢，仍其舊貫。西偏有樓，志書所稱第一樓也。樓後尚有隙地，乃擴而大之，爲前後各三楹相連屬，以居掌教者。而精舍課士之法，及奉漢儒許、鄭兩先師栗主，皆如文達故事。

〔一〕洎，原訛作「泊」，據文意改。
〔二〕月，原訛作「日」，據《宋史》改。

當是時，兩浙初定，日不暇給。公能加意文教，修復精舍，俾肄業於是者講求古言古制，由訓詁而名物而義理，以通聖人之遺經，其有裨兩浙之人材學術者甚巨。規模既立，公旋遷廣東巡撫以去。去後二年，浙江巡撫今遷兩江總督菏〔一〕澤馬公聘德清俞樾主精舍講席，丁君因請以文紀之。樾既忝竊皋比，義不得而辭，乃述重建本末，勒之石。

杭州重建慶春橋記

慶春橋，古菜市橋也。創始之年，蓋不可考。然《咸淳臨安志》已載有菜市橋，橋亦古矣。宋諺云：「東門菜，西門水。南門柴，北門米。」是橋也，宋時蓋在東青門之外，皆菜圃也，故東青門亦名菜市門，而橋亦以是名。元至正十九年，張士誠據兩浙，改築杭城，自艮山門至清泰門以東，擴而大之，絡市河於内，於是菜市之橋亦絡於城内。明太祖命曹國公朱文忠取杭州以爲省城，易東青門曰慶春門，橋從門名，是爲慶春橋。然杭人猶呼曰菜市橋，從其朔也。自明代以至於國朝，相仍不改。歷年滋久，勢將傾圮。及今弗圖，將有賈隊之患。於是城中搢紳先

〔一〕菏，原訛作「荷」，據蔡啓盛《〈春在堂全書〉校勘記》改。

生請於方伯，方伯請於大中丞李公，於釐捐局發錢三千貫，又由本地公捐錢八千餘貫爲修葺之資，即經始於同治八年某月某日，至是年某月某日而畢工，都凡用錢一萬一千貫有奇。高卑廣狹，仁其舊貫，庀材量功，有加於昔。欄楯完固，柣砌平夷。舟楫通於下，輿馬交於上，洞如坦如，罔不逕由。僉曰斯橋亘於慶春門之内，由其名，思其義。方今聖人在御，薄海内外，咸煦育之。當春始和，布德行惠。有司百執事敬迓於東郊，天地温厚之氣，朝廷寬大之德，是承是迎，於是乎入。又況其外則郊壇存焉，牲牷玉帛，有事靈場，罔不經由乎是。用能承天之庥，以造福於杭民。民氣和樂，年穀順成，疾癘不作，閭閻殷富，允若兹。兹橋之成，豈細故歟？乃刊貞石，紀成功；爲休頌，垂無窮。辭曰：

古菜市橋，今曰慶春。歲久不葺，行者孔艱。乃鳩厥工，厥工雲屯。乃庀厥材，厥材輪囷。厥功既成，砥平規圓。我車我橇，我舲我船。熙熙有衆，罔不率循。温温春氣，入自郊闉。福我黎庶，於是乎先。於萬斯年，尚無有遷。

潘玉泉觀察養閑草堂記

潘君玉泉以「養閑」名其堂，何子貞、馮景庭兩前輩各爲文以記之，而君又徵文於余。余聞昔有士人，每夜露香祈天，久不懈。一夕，忽聞空中語曰：「帝使我問汝所欲。」答曰：「某所欲至微，但願衣食粗足，逍摇山水間，以終其身，足矣。」空中大笑，曰：「此上界神仙之樂，何可易得？若求富貴，可也。」然則人生清閑之樂百倍於富貴，乃上帝所吝惜而不輕予人者。君何修而得此於天哉？且君以宰相之子有位於朝，門望甲天下，而才略又足以副之。方江浙之陷於賊也，君躬履行間，與士卒同甘苦。其知勇忠誠尤爲遠人所信服，故能聯合衆志，輔翼王師。而東南底定之功遂自蘇州始，君與有力焉。宜其大用於世，以光輔我中興。乃事定之後，同時共事之人節旄相望，而君栖遲偃仰，至今日猶養閑於兹堂。天之於君，信乎獨厚矣。亦可見人之役役不得閑者，或其人之自不求閑，而非天之果吝之也。雖然，君之養閑，君之自養也，吾安知非天之以閑養君，而欲大用之乎？閑之也愈久，養之也愈深，而用之也將愈大。吾懼君之不終於閑也。君行年五十矣，尊有酒，坐有客，室有圖書，庭有花木，與吾輩閑退之人從容笑語於其間，此真上界神仙之樂，不可多得者也。元人吾子行之言曰：「手冗心閑則思，心冗手閑則卧。心手俱閑，則著書作字。心手俱冗，則早畢其事，以安吾神。」此言極有味，余喜誦之，請以此爲君養閑之助。

薛慰農觀察《烟雲過眼圖》記

薛慰農觀察綜其生平所閱歷繪圖凡八，而總題之曰《烟雲過眼》。嗟乎！天地，吾逆旅也。其忽然而過吾前者，野馬也，塵埃也，曾何足以控摶乎。余齒未五十，而向所曾經恍如隔世，都不記憶。因君紙上之烟雲，尋吾夢中之蕉鹿，异同之迹，有可言焉。漢諺云：「黄金滿籯，不如一經。」君第一圖曰椿庭侍讀，志家學也。而余年十五即侍先君子讀書南蘭陵。雖頑鈍無似，而至今粗通經訓者，先君子之教也。此與君同者一。蘇家兄弟風雨對床，今猶艷稱之。君第二圖曰棣萼談經，志友愛也。而余在臨平湖寓廬與家兄壬甫分燈讀書者，前後六七年。此與君同者二。皋比絳帳，徒榮觀耳。吾人作秀才時爲童子師，其酸寒風味，頗自不惡。此君第三圖所以繼之以滁山村學也。而余未通籍前授徒新安，自乙迄己凡五載，所居曰汪村，距城十五里。故村夫子面目，至今未改。此與君同者三。唐人云：「不睹皇居壯，安知天子尊？」都下九衢車馬，萬國衣冠，吾儕得虱於其間，豈曰非福？此君第四圖所以繼之以燕市紅塵也。而余自與計吏偕暨讀書中秘，居京師較久，巢痕雖掃，而爪印猶存。此與君同者四。秦淮佳麗甲天下，君少時以秋試至金陵，桃葉渡口、長板橋頭，故熟游地也。撫今思昔，於是有淮水秋風之圖，是居第五。而余於金陵全盛時曾未一游，同治乙丑及丁卯一再至焉，則兔葵燕麥而已，不睹其盛，烏知其衰？此與君异者一。古人於舊所治處每有不能忘者，羊叔子徘徊於峴首，白太傅眷眷於杭州。賢者多情，於此可見。君前守嘉禾多惠政，禾之人思君，君亦思禾。於是有鴛湖春夢之圖，是居第六。而余雖嘗備位於朝，未得補外。此與君异者二。方江浙之淪陷於賊也，實以滬瀆一隅爲旋乾轉坤之樞紐。君負文武才，李肅毅伯招致戎幕。東南底定，與有力焉。於是乎有滬瀆從軍之圖，是居第八。而余章句陋儒，未一投筆。此與君异者三。至其第七圖曰章門戢影，乃因避地而作。余遭庚辛之亂，流離轉徙，自浙西而至浙東，又自海外之舟山而至滬上。江艭海檥，曾無定居。同治建元之歲，始航海至丁沽。寇氛既遠，稍謀息肩，閉户穿經，或匝月不一出。君居章門，余居津門，南北异地，情事亦小异，其爲戢影則同。此與君异而同者一。夫人生踪迹，動若參商。况余材力曾不能望君萬一。乃綜計所遭异者惟三，同者有四，异而同者又一。何其相同之多乎？此余之所甚幸而樂與君并論者也。君解組後爲崇文書院山長，而余今年亦忝主詁經精舍講席。同在湖上，又皆有樓以攬湖山之勝，湖樓鐙火，相與論文。在他日視之，亦一烟雲也。君其於滬瀆從軍之後補爲一圖，則余之幸與君同者，此又其一矣。

許萊盟《蕉陰問字圖》記

許君萊盟，總角好學，旄勤不亂，深明箕隩，尤精六書。《凡將》《急就》，靡不尋暘，洨長全書，靡不貫綜。耆年舊齒，一鄉矜式。聞名傾耳，匪伊朝夕。不我遐棄，伻來以圖。觀德於始，原本所由，乃知先德也愚。先生底究群典，咀嚼七經，廣學甄微，鮮於雙匹。君從問字，日知所無，案經考典，承寫其流。五十而慕，至今不替。乃審厥象，傳播丹青。巴且叢生，垂芳遺藻。是稱君子之澤，匪惟《蓼儀》之思。余材薄思淺，日就荒落。感君堂構，能無撓膺。乃述都較，用示凱式。

故中議大夫高公八十生日上壽記

郭君日長既致身通顯，乃言於朝，請贈本生父母如其官，制詔許焉。君故高氏子，本生父高公以君貴，贈中議大夫。母姓邱氏，以君貴，贈淑人。君奉璽書，布几筵，告於寢廟，昭明顯融，在高氏爲有子矣。夫干霄之志遂則冀本之意殷，養生之事窮斯追遠之念起。當著雍執徐之歲，上溯中議公及淑人之生，蓋行年八十矣。君奉觴上壽，仍如生時，而屬其友俞樾以文記之。或曰：「生日之禮，古人所無，况施之身後乎？郭君此舉，殆非禮矣。」樾曰：否否，不然，此禮以義起也。君念自幼出後郭氏，於厥所生不克盡一日之養。每誦歐陽公之言「祭而豐不如養之薄」，未嘗不流涕也。乃於懸弧設帨之日，設詷几以依之，陳五鼎以歆之。匪云祭也，蓋曰養也。《禮》所謂「事亡如存」者與？余於此舉，既有以見君之孝，而又有以知中議公及淑人之賢。今夫一命之士歸美其親，尚以爲積善之報，况君階三品郎官之尊，上應列宿，而中議公與淑人晏然於其身後坐受寵名，詔書褒美，焜耀九泉。然則中議公之爲人，其必竺厚而寬仁者也。不然，則俊偉而有令望者也。不然，則恂恂長厚不得罪於鄉黨州閭者也。不然，則急人之急，憂人之憂，有古朱家、郭解之風者也。淑人之爲人，其必温良而慈惠者也。不然，則克勤克儉，宜其家者也。不然，則好行其德，相夫子以睦姻恤鄰者也。不然，則競競自持，無疾言、無遽色者也。此數美者人不及知，郭君不能言，而愚推造物篤祐之意與聖天子褒美之辭，知其必有合矣。《詩》曰：「君子有穀，貽孫子。」其中議公與淑人之謂乎？《禮》曰：「父母既没，思貽父母令名。」郭君有焉。乃作頌曰：

懿彼哲人，德旼旼兮。宜顯於世，乘朱輪兮。不於其躬，於子孫兮。有子訦訦，善承先兮。雖後他族，篤本根兮。烏鳥之私，達帝閽兮。自天錫命，告墓門兮。春露秋霜，歲月遷兮。鞠膪上壽，如生存兮。有肉在俎，酒盈尊兮。惟冥惟漠，鑒此勤兮。式飲式食，苾而芬兮。冥靈大椿，壽無垠兮。南游蒼梧，北昆侖兮。萬有千歲，乃上仙兮。垂曜億軨，福後昆兮。

隱梅盦銘

隱梅盦者，顧君竂薌所築也。高閣觀海，空廊玩月，蘭坡桂壑，春秋是宜。具區之勝，畢輸於此，自非名人魁士莫適爲主。乃有屠君石臣，藐然高厲，樂於陵灌園之絜，爰居爰處，琴書自娱。舊植梅樹，近者零落，因地裨補，以仍舊貫。於是四方士仁慕君風規，請書銘於石，用詔來者。辭曰：

泉湫湫，石婁婁。花芣芣，人幽幽。

唯自勉齋銘

唐君鷦安取其先世質肅公之語，名其所居曰「唯自勉齋」，請湘鄉相公書之，而其同里吴少村中丞用陶士行運甓故事爲之圖。吴縣馮景庭宫允曰：「比〔一〕六書指事之法。謂運甓即自勉之可見者。」乃余觀其前有暨陽吴君所繪小象，坐木養和，憑几觀書。几所陳者，茶甌一，硯一，墨一，筆倍之。如是而已，未見其朝夕運甓也。中丞此圖，其果有當君意乎？雖然，君子勞心，小人勞力，陶士行之運甓，蓋止以勞力自勉。若君之危坐觀書，雖若甚逸，而其勞有百倍於運甓者矣。余始識君，君方爲吴縣令。其時大亂初平，瘡痍未復。君務撫循其民，且謂仁政自經界始，力以清丈自任。然則君之坐對一編所孳孳講求者，固自有在。其自勉之意，豈必待運甓而見乎？請循宫允之例，以六書譬之。中丞所圖者，象形也；余所論者，會意也。君酷嗜金石，嘗詒余《唯自勉齋石墨希世》三種，一夏仲兖碑，一張元异碑，三王伯敦碑，皆據宋搨本鈎摹而精刻之。或疑時方多故，君任煩劇，何暇從事於此。不知此亦君之甓也。余在吴下爲賓氓，每過君齋，惟論金石文字，不及其他。然有以知君自勉之深也，故爲之銘。其辭曰：

陶公運甓晨至昏，君坐讀書容温温，其自勉也相匹倫。君爲質肅二十九世孫，質肅之意君克敦，請以兹圖詔後昆。

〔一〕 比，疑爲「此」之訛。

徐烈女傳

徐烈女，浙江歸安人，小槎大令之女也。有齎表度，其姒秉德，禮已習於牖下，言不出於柴外。許嫁同里鄭氏，五兩之幣既將，三周之輪未御。其時蘇臺告陷，菰城戒嚴，附近保聚，咸遭蹸轢。烈女家在雙休鎮，厥土衍沃，其民饒富，爲所覬覦，非伊朝夕。咸豐十年十有二月八日，賊果大至。雖開黃皮之室，難敵赤眉之兵；空驅黑雲之都，莫禦白波之賊。金鏑雨集，彤珠星流。田單鐵車，固非素具；袁閎土室，豈能久匿。烈女潛出後户，將投清流，爲賊所遮。抗志不屈，蒙袂疾走，負石自投。越三日賊退，家人求得其尸。茹清飲潔，衣苔帶藻。肌骨未殞，刃痕猶新。烏乎！可謂烈女矣。臺臣上聞，璽書褒美，所司旌表，一如律令。余同年生鄭聽槐比部乃其君舅也，感貞柯之早摧，惜嘉禮之未成，寓書於余，請爲之傳。因撮辜較，用諗將來。

論曰：浙西陷陷，載離寒暑。市廛灰燼，老弱溝渠。何其酷也！然金石之質，在波中而不流；松柏之節，因歲寒而益見。天子嘉赤石不奪之志，有疾風勁草之思，爰命所司，廣加采訪。凡摩笄之毅魄，剺面之貞魂，因已含笑九原矣。余自反初衣，久輟史筆。雖有論撰，豈爲光榮。惟念是歲之夏吴中不守，巡撫徐公握節效忠，銜須赴義，即烈女之季父也。後先數月，忠烈一門。雖明月之珠自然無纇，而醴泉之水實亦有原。當時紆〔一〕青拖紫之倫，戴纚垂纓之士，或闒敖游涌而逸，或華元棄甲而復。夫夫也，豈獨頯泚於尸臣，抑亦顏赬於碩女矣。

魏氏兩王孺人傳

舊史氏俞樾曰：錢唐魏氏有兩節母，皆姓王氏。一於例得旌，一於例不得旌，然皆賢明，閑習禮法，有古賢婦風。余與魏君錫曾相遇於閩中，錫曾博雅好古，君子人也。兩節母者，一其母，一其本生母。以余故居史職，請爲之傳。出所撰兩母事狀及年譜視余，詳哉言之乎！夫爲人子述其母，例宜詳；若立言之士，則宜舉其大者，傳信於後。余雖非其人，然例存焉。撮大端著於篇。

節孝王太孺人，仁和人。年二十有三歸贈修職郎國學生魏君。魏君諱謙豫，字謹齋，性峭直，不能容人過，孺人每以和劑之。其始歸不逮事姑，而事無巨細，必由舊。春秋祭祀，終其身無損益。秋或薦蟹，必陳醢若薑，曰吾家故事也。謹齋君從父山東兖沂曹濟道春松君丁母憂

〔一〕紆，原訛作「紓」，據文意改。

里居，督家人，嚴群從，稟命惟謹。孺人所居爲聽事之樓，飭婢媪屏聲息，俟閑灑掃，客至不知樓之有人也。春松君亟稱之。孺人歸三年，而謹齋君卒，遺腹生女，未適人而夭。謹齋君有弟曰漁塘君，諱謙泰，生子錫庚，遂以爲後。俄而錫庚殤，越十有五年始後錫曾。錫曾曰：「吾本生曾祖復堂公諱浚，中年喪子，吾曾祖秋浦公命第三子筠軒公諱蓉者後之。筠軒公生五子，早卒，吾祖瑶舟公經理其内外事，本生祖妣趙太安人德之。」故錫曾之爲謹齋公後，趙太安人之意也。又十有二年，而漁塘君始以孺人苦節籲郡縣，達大府，聞於朝，旌如例。明年，漁塘君卒。漁塘君故母事孺人，或稍拂孺人意，必歛容静聽，俟孺人言已乃退。孺人亦不藏怒於胸中，言已又躬視小郎飲膳，問旨否，如平常。自錫庚之殤也，漁塘君竟無子。及錫曾生次子本詒，議以爲錫庚後，仍歸之漁塘君。告廟之日，本詒殤焉，孺人哭之慟，蓋傷漁塘君後嗣之艱也。咸豐三年，賊陷金陵，浙西聳。孺人命錫曾奉謹齋君及漁塘君夫婦之柩，卜葬於錢塘縣九條沙之原。自御肩輿，繞墓域行一周，曰：「葬事畢，吾責謝矣。」謹齋君於昆弟中最長，故孺人晚歲行輩最尊，族人有所事必請於孺人。有議分祭田者，一言折之，遂已。生平營喪事八、葬事一、婚嫁事六。卒年七十有二。

樾曰：南中地隘民稠，婦女多樓居。客登其堂，輒聞樓上喧笑聲、譙呼聲、移什物聲、屨聲、刀尺聲。雖地實限之，然褻賓客、亂内外。余每至人家，聞其若此，心弗善也。孺人居樓而人不知，其敬慎嚴肅可知矣。其爲賢婦，宜哉！聞孺人疾革時，親故候問日率一二十人，朝集莫散，如是者旬日。烏呼！非孺人之賢，其烏能得此於人哉！

王太孺人亦仁和人。年二十一歸贈修職郎貢生魏君爲繼室。魏君諱兆奎，字月軅。初娶於汪、於周，皆無子。孺人少於月軅君九歲，歸十六年而月軅君卒。時姑趙太安人猶在堂，老耄失明，未之知也，人亦秘不以聞。孺人飲泣承堂上歡。或問及月軅君病狀，必勉作數語以對。逾年始知之，撫孺人曰：「兒殁累汝矣！吾憐汝，吾憐汝。」孺人有六子：錫名、錫爵、錫曾、錫普、錫疇、錫禄。女子子一人。錫疇幼殤，錫曾以趙太安人之命出後月軅君從兄謹齋君，語詳《節孝王孺人傳》。功令，婦人年三十以内夫死不嫁旌其門。月軅君之卒也，孺人年三十有六矣，故旌不及焉。孺人撫諸孤成立，以婚以嫁，然以少時從父宦游滇中，習知仕宦艱厄之狀，故其教諸子各就材質所及，不責以仕進。性不喜逸樂，雖生長官舍，而日事黹綉。晚歲針鉥不去諸手，猶以婦功課諸婦及諸女孫焉。於汪、周兩外家無敢失禮。爲長子娶婦周，即周孺人侄也。女適張氏，其姑即周孺人妹。且《詩》曰「不思舊姻」，吾以思舊姻也。遇汪孺人之妹適錢氏者尤厚。及遭寇亂，命錫爵收養其孫。臨殁謂錫普曰：「汪氏母、周氏母與汝父分葬，宜謹視松楸。無忘吾言。」杭之初陷也，月蘧君弟茗卿君歿未久，柩在城中，孺人命錫名百計出之。娣婦王亦旋卒，合而葬之。當是時，寇氛甚惡，錫名冒險從事，人以爲難。蓋體孺人意焉。孺人始時子婦婿女咸在，孫女二十五人，外孫男女六人，歲時伏臘，畢集於前，爲孺人壽，極門庭之盛。亂後零落，或死於病，或死於餓，或死於難，至今存者僅子二人錫爵、錫曾，孫五人本濂、本存、本恂、本初、本參而已。孺人亦遇賊，赴水者再，皆救而免。以錫曾在閩候補鹽場大使，乃航海至閩，從錫曾居。其年春秋已六十有一，感念今昔，俯悼卑幼，盡然傷心，未幾病卒。病中自言：「吾分内之事都畢，無所罣礙。」臨屬纊，尚召集諸孫，分賜瓜果，問佳否焉。

樾曰：孺人有過人之行三焉。含悲茹痛，承君姑歡，一也。篤於前室之母氏，二也。不避艱險，命其子出夫弟之喪於賊中，三也。之三者，豈獨閨中所難哉？雖丈夫猶難之。孺人所處之境，前豐後嗇，安之若素，蹈危履險〔一〕，無蹙蹶之狀，器識固已遠矣。老病告終，神明不衰，有以夫！

〔一〕險，原訛作「儉」，據文意改。

孫琴西同年《遜學齋詩》序

予讀《詩》三百篇，而知古詩人之立言各有其體也。十五國之風，大半出於勞人思婦之所作，與夫民俗歌謡之辭。故其言微而隱，其旨婉而曲，使人讀之不能即得其意之所主，而抑揚反復，常有存乎文辭之外者。蓋其人固微者也，情之所感，事勢之所激，耳目聞見之所觸，不能已於言而又有所不能明言，故其言如此。若夫大、小雅之作者，則皆王朝之卿士大夫也。其上者爲周公、召公，即下之亦家父、凡伯之倫也。故其爲詩往往陳祖宗之功德，王業之艱難。而中葉以後政事之得失、民人之利病、君子小人之進退、中國夷狄之消長，無不見於其詩，視風人之辭，何其异哉！蓋言出於人，其人不同，其言亦异。而世之論《詩》者，執一以概之，徒見風人之辭微婉不盡，以爲詩教固如此。是有風而無雅矣。

瑞安孫琴西，予同年友也。其人疏簡寬易，而常有當世之志。戊午歲天津戒嚴，舉朝争和戰未决。琴西時以翰林直上書房，兩進封事，言甚切。是年夏遂拜出守安慶之命，携家累出都，因兵阻，迂道吴中。予適寓吴，得相見。蓋自别於京師，已四年矣。出所著詩十卷屬余校刻，且語余曰：「刻成後，勿遽播我詩，以我詩多狂言也。」余謂君以一書生受天子知遇，入史館、直内廷，雖由草茅進，非家父、凡伯爲周之世臣者比，然固從中朝卿大夫之後矣。方今天子神聖，朝廷清明，而海疆不靖垂二十年。君預修《宣宗成皇帝實録》，備知其事本末。又自粵賊踞金陵，蔓延東南數省，爲宵旰憂，而君官京師，聞見尤近。憂時感事之忱，不能自已而發之於詩，此豈得謂之狂言哉？予固不足以知詩，然嘗讀三百篇而知詩人立言之體。刻琴西詩竟，因書此於簡端，告海内之讀琴西詩者。至其詩上追漢魏，而近作尤似蘇、黄，世多知之，弗論也。

黄蔚亭《誦芬詩略》序

餘姚黄氏以忠孝世其家。在宋南渡，有慶元通判，佚其名字，建炎四年，城陷死焉。《宋史》疏漏，無聞焉爾。厥後有諱墀者，當明初葉，文皇靖難，不屈而死。迨其末年，委鬼當路，忠端嶽嶽，抗疏批鱗，致命圜土，廟食宛陵。是稱三忠，世濟其美。恂恂小雷，孝乎惟孝，萬里尋兄，事詳《明史》。聖清龍興，徵求遺獻，梨洲先生耽經樂術，其書滿家，徲徥衡門，盤桓利貞。海内高之，學者宗之。焕往輝來，邁種厥德。其七世孫炳垕，字蔚亭，高明令融，兼苞載籍，何規履矩，不忝所生。作爲詩歌，以播先烈，遠而彌芳，庶同如蘭。歲在商横，賓興賢能。君舉於鄉，有令子曰維瀚，字彦方，亦預其選。呦呦鹿鳴，式燕嘉賓。父拜於前，子拜於後。冕紳莘莘，咸曰休哉！亦世載德，斯之謂與？余忝詁經講席，因與過從。卒業是編，感衛悝贊先之義，嘉令德之孔爍，庶流芬之不沬。輒題其端，識都較焉。

盧孺人《焦尾閣賸草》序

昔謝道韞「柳絮因風」之句，今古艷稱之。其後以節著，不失爲賢媛。而「天壤王郎」一語，君子終病其不婦。烏呼！此吾所以賢盧孺人也。孺人爲國學生菊人王君之配。王君自幼以文藝有聲，孺人父南屏處士見而器之，曰：「此讀書種子也。」遂以孺人女焉。已而王君竟以父老廢讀，舍儒而賈。時孺人猶未歸，聞之不樂。然及其既歸也，則相敬如賓客。王君雖服賈，固高才生也，而孺人亦能知其才而安之，不以其不克致身青雲幾微見顏色，奚有如「天壤王郎」之語者乎？吾於是嘆孺人之賢，而又有以賢王君。王君者，蓋亦修身齊家之君子也。彼士夫之家朝訴而莫誶，其亦有愧於此乎？夫人之所欲，天必從之。孺人薄貨殖憙詩書，雖失望於初，天必償之於後。集中有句曰「矮屋數椽鐙一點，我家喜有讀書兒」，固已見及此矣。歲在戊辰，余主講詁經精舍，有王生曰禹堂者肄業其中，乃孺人之長子也。年少而學贍，爲詩古文詞斐然可觀。余甚偉之。一日，以孺人《焦尾閣賸草》求序於余，則孺人之没已四載矣。余憫孺人之志而敬其賢，且知天之必有以償之也，故書其簡端如此。生其益勖所學，則所以成王君未究之志，而慰孺人於泉壤者，亦必不遠矣。

徐誠庵《荔園詞》序

古人之詩無不可歌者。三百篇以至漢魏無論矣。至唐人而「永豐楊柳」之篇禁中奏御，「黄河遠上」之章旗亭傳唱，蓋詩與樂猶未分也。其後以五言七言限於字句不能暢達其意，乃爲長短之句，抑揚頓挫，以寄流連往復之思，而詞興焉。詞興而詩於是不盡可歌矣。詞之初興，小令而已，椎輪大輅，踵事而增。柴桑《歸去》之辭，東坡衍之而成《哨遍》；屈子《東皇太一》之歌，高疏寮采其意而成《鶯啼序》。一唱三嘆，大放厥詞，實開元人北曲之權輿焉。曲興而詞於是不盡可歌矣。嗟乎！聲音之道，與世升降，詩而流爲詞，詞而變爲曲。至於曲，而聲音之道卑矣。於是十二律八十四調，及自宋以來相傳之十六字譜悉舉而委之伶工，而士大夫以爲非吾事，其何以解於「知聲而不知音，知音而不知樂」之譏哉？少陵云「晚節漸於詩律細」，夫詩之律誠有難言。至詞之律，則宋元榘矱猶有可尋，承學之士所宜遵守。然周公謹賦《木蘭花慢・西湖十景》詞，六日而成，楊守齋見之曰：「語麗矣，如律未諧何？」遂相與訂正，數月而後定。填詞易而協律難，自昔然矣。張玉田之父寄閑翁賦《瑞鶴仙》詞有云「粉蝶兒、撲定花心不去，閑了尋春兩翅」，詞成歌之，惟「撲」字不諧，易以「守」字，乃諧。嗟乎！詞人之詞不當如是耶？徐誠庵大令，余三十六年前與同補博士弟子員者也。今需次吴下，而余適寓吴，朝夕往來，相得甚歡。出所著《荔園詞》二卷見示，余讀之，則於紫霞翁所論作詞五要無一不合。蓋嚴於守律者也。以余亦嘗從事於此，問序於余。余不知律，何足知詞？毛公不云乎：「曲合樂曰歌，徒歌曰謡。」余之詞但可謂之謡而已。若誠庵之詞，其尚有詩樂相通之遺意乎？因書此於簡端，願世之人識曲而聽其真，勿徒賞其字句之工也。

《紫陽課藝》序

同治四年，余浮海南歸，適吴下紫陽書院主講乏人，當事者遂以余承其乏，借講席之清閑，養山林之疏懶。皋比虚擁，兩易暑寒。至六年之冬，吾浙馬穀山中丞以余粗通古訓，延主詁經精舍，遂辭蘇而就浙。顧念吴中爲人文淵藪，雖遭兵亂，不乏好學能文之士。省會舊有紫陽、正誼兩書院，今正誼改課經解、詩賦，而以制藝課士者獨紫陽耳。聚吴中群彦而課之於此，凡他省之來游於吴者，亦得與焉。雖登賢書、貢成均者，莫不抽豪授簡於斯堂，宜乎文之彬彬稱盛矣。是時天子方垂意斯文，封疆大吏咸承上意，興書院以教育人材。而余學植荒落，意興衰頹，猶得從容揖讓於講堂之上，借月旦品題與諸君結文字之緣，兹非幸歟？自五年二月至六年十一月，中間因鄉試停課者兩月，余共舉行一十八課，所閲文不下六千餘篇。兹擇其尤者得八十篇，付之剞劂。至中丞、方伯、廉訪每月所課，余未得披覽，故所選不及焉。吴中人文固不盡於此，余姑借此一編以存雪泥之爪印而已。

《吴中唱和集》序

庚午冬，竹樵方伯恩錫自奉天府尹，拜蘇藩之命。樾時寓吴中，其舊知方伯者，輒喜相告曰：「詩人也，詩人也。」今年春方伯莅吴，樾適從西湖詁經精舍還吴下寓廬，一見如故，以《南游草》一卷見示。誦之清麗絶倫，因步集中《雨泊常州》詩韵題贈一律。方伯不以樾爲鄙陋，詩筒往復，幾無虚日。蓋未匝月，而方伯已二十叠韵，樾亦叠至十餘，幕府諸君屬而和之者又數人。唱和之盛，古未有也。昔東坡先生最喜叠韵，然亦不過數叠而止。明李西涯與吴匏庵兩公用斑般韵更唱迭和，各至五首，一時有「攙奪蘇家行市」之戲。今蘇家行市得無又見奪乎？方伯編次叠韵諸章，付之剞劂，因書此於簡端，以識緣起焉。

《吴中唱和續集》序

竹樵方伯好尚風雅，雖薄書旁午，而嘯咏無廢。古人所稱「雹掃庭訟，響答詩筒」，不是過也。今年夏，余偶出腴字韵詩，方伯不棄，日與酬唱，積久遂多，裒然成集，於是有《吴中唱和集》之刻。嗣後傳箋之使日或再至，興往情來，極一時之盛。未逾兩月，又得五七言詩如干首，彙而刻之，是曰《續集》。夫獨弦之歌不能成曲，獨繭之繅不能成絲。余比年來詩興落寞，亦由獨唱而莫之和也。今得方伯執騷壇牛耳，而幕府諸君子又各有子勝斐然之志，唱妍酬麗，前喁後于，渢渢乎！泱泱乎！吾知《續集》之刻，亦猶《容齋續筆》之一續、再續，至五續而未已也。

凌忠介公遺像頌

忠介殉甲申之難，事具《明史》。聖朝褒嘉，永示臣則。爰有遺像，子孫保之。其昆裔曰霞者，雅度宏綽。余與之善，因獲拜觀，乃作頌焉。辭曰：

棠棠忠介，生明末流。見危授命，大節不摇。赫矣遺像，百世常留。委韭在囿，視此孔羞。

吕文穆公墨迹贊

吕文穆公裔孫以公所書「飛翠鳴玉出入禁門」八字見示，筆墨嚴重，如見其人。因爲之贊，志欽挹焉。辭曰：

有宋中葉，帝錫賢輔。篤生文穆，桄被朝野。哲人往矣，其書則存。所書惟何？鳴玉禁門。公有賢裔，曰多保本南。俾檝作贊，永懷公之風。

楊孺人誄

孺人姓楊氏，休寧諸生楊君之女，禮部司務汪君之配也。玉質外曜，蘭芬内含。痛橋木之早摧，感寸草之未報。雖在稚齒，便如成人。其大父太平府教授惺予君視同扶床之孫，課以鞶楹之學。凡韋母《周官》、班姬《漢史》，一經口授，咸能背諷。既嫻習於黹綉，更留連於文翰，有林下風焉。及笄，歸汪君。琴瑟甫調，干戈繼作。燧火晝舉，羽書夕馳。教授君聚鄉兵以殺賊，守危城而登陴。雖張赤心之旗，莫禦白波之賊；空望旄頭之氣，終歸箕尾之魂。孺人聞訃摧傷，感動臧獲。焦肝灼肺，遂以成疾。已而汪君服官郎署，移家日下。北方霜雪，積勞日深。南國飧烟，思鄉時切。用是疾益綿惙，術窮和緩。於咸豐十有一年四月二日卒於京師。烏乎哀哉！余與汪君誼敦夙契，備聞芳型，乃作誄曰：

辰彼碩女，内行貞良。如何不淑？萎此蘭芳。魂歸故里，山遥水長。旗旐表德，彤管之光。

春在堂雜文二

吴母朱太夫人八十壽序

帝同治之七年夏五月甲申，平齋觀察吴雲於吴門寓廬，躬率子若弟爲母太夫人壽。是歲，太夫人行年八十矣。觀察將饌肥鮮以甘之，鏗金絲以樂之，匄合僚友若姻婭若鄉人士君子，爲酒食以張之。太夫人曰：「雲，汝來前。自吾爲汝家婦，汝藐焉始孩，俄而遘先資政之變，吾煢煢撫爾曹以成立，以有室家。兹維艱哉！爾服官於吴，乃克敏克敬，克廉以能。雖未究厥志，吾心悽焉。今爾子又成進士，釋褐衣而來，秉鞭而牧於兹，尚克堪賡續爾未究之志，以無負老婦之教，其何樂如之？鐘鼓云乎，玉帛云乎？」太夫人曰：「雲，吾行年八十矣。無德以詒汝，惟守老氏之教，曰儉曰慈。吾肉視藿而酒視漿，吾布衣而練裳。吾惟三黨之不能胥匡，是用偟偟。今爾芬芬爾，今爾芸芸爾，惟吾一人，是樂是娱。是重吾不德也，甚無謂，甚勿取！」太夫人曰：「雲，以國步之孔艱也，戎事之未大集也，物力之詘也，民生之匱也，吾老嫠〔一〕婦不緯是恤，而私憂之念。兩宫皇太后以神聖女母天下，卑宫惡衣，蚤朝晏退，不遑自暇逸。近臣藎規，猶懼侈心之易萌，請去奢行儉，法殷般庚。老婦何人？其敢耽一日之樂？」於是觀察奉命悚懼，退而告其友俞樾曰：「樾，吾聞之：酒食之苾芬不如君子之文，金石之鏗鏘不如君子之章。吾子其出一言，爲太夫人壽乎？」樾曰：「雲，此若言非吾之所克當也。雖然，吾欽太夫人之善教也，又嘉吾子之不口體是養而養志也，請爲頌辭，垂曜億幹。」頌曰：

懿歟壽母，德孔嘉兮〔二〕。媞媞北堂，垂令儀兮。輔相君子，肅以和兮。厥子克家，有守爲兮。施於有政，民曰宜兮。子又有孫，樹旌麾兮。咸秉母教，無忒差兮。宜百斯歲，笄六珈兮。如彼南山，長峨峨兮。百爾君子，聽我歌兮。

〔一〕 嫠，原訛作「婺」，據蔡啓盛《校勘記》改。
〔二〕 兮，原訛作「分」，據蔡啓盛《校勘記》改。

汪小樵五十壽序

余自束髮出游，所交海内賢士大夫，得之新安汪氏者尤多。其群從昆弟，接芬錯芳，指不勝屈。亂離以後，故交落落如晨星。曩時文酒宴游之樂，曠如隔世。而小樵寓吴下，適余主講紫陽，復得與之相見，叙三十年契闊，蓋亦幸矣。雖然，余始與君相見也，在武林旅次，君甫應童子試，受知於吴崧甫前輩，入錢唐學，補博士弟子員。乃至同治三年，余寓天津，有汪子柳門款吾門而來謁，即君之長子也。問之，已舉於京兆，歌《鹿鳴》之三章矣。其明年，柳門又來，具白柬，布紅氈，循芸館舊章，以後進禮見，則已成進士、入詞林矣。

嗟乎！余始識君於應童子試時，而今乃見其子之成進士、入詞林。此數十年中人事變遷，何可勝道？而君子之齒亦已五十矣。柳門遍乞其諸同年之文爲君壽，以余與君總角交，必欲得余一言爲君侑一觴。余惟君天性之篤厚，學行之純粹，諸君子之文則既詳言之矣，余又何言哉？無已，請即諸君子之言而更實之。今夫造物者不妄以福澤予人，而科第尤甚。君家號素封，百餘年矣，登科第者未之有。然皆份份儒雅，樂善好施，識者知其後必大。道光、咸豐以來，果以文學崛起。列賢書者四人，成進士者二人，而翔步玉堂、膺清華之選者，尚止柳門一人。非君積累之厚，何以得此？然則諸君子之言信而有徵矣。柳門學優而才贍，他日輶軒旌節，敭歷中外，未可限量。君拜紫泥之誥，享黄髪之壽，由六七十以至期頤，諸君子必更有以壽君，余必更有以實之。君指示孫曾曰：「此吾應童子試時老友也。」亦足掀髯而一笑矣。

李太夫人七十壽序

嘗讀《唐書・李光弼傳》，稱其沈鷙有守，賞信罰明，有古名將風，與郭子儀齊名，封臨淮郡王。弟光進，封武威郡王。兄弟兩郡王，可謂盛矣。而其母韓國太夫人亦姓李氏，史不詳其本末，世無得而稱焉。若李太夫人之歸贈光禄大夫李公，則以光禄公本姓許氏，故與李氏得通婚姻。世徒見其與韓國太夫人事同，而其嗣君小荃中丞暨大學士肅毅伯少荃制府赫然稱中興元功，亦與臨淮兄弟同，遂以韓國爲比。竊嘗綜而論之，則有過之者四焉。韓國雖膺寵名封大國，然其行事無聞。太夫人明詩習禮，淑慎其儀，事舅姑孝，遇娣姒和，撫兄弟子女慈，教子女嚴而有法，御臧獲、侮甬寬而有制，一門百口無閑言。光禄公以名進士官比部郎，每得壺内助焉。嘗以鄉人士君子應公車徵，入春明門，靡所止息，謀所以館之，又謀小地郊坰瘞鄉人之不獲歸骨者。二事皆創始，費不訾，太夫人脱簪珥助，事乃集。至今廬鳳之人至京師者，謳思弗衰，視韓國之無一事可傳者异矣。此其過之者一。臨淮之父名楷洛，謚忠烈，官左羽林大將軍。擊吐番還，卒於道，未聞韓國勉諸子以必成父志也。光禄公以咸豐間奉命練鄉兵捍桑梓，親教士卒以嬴越句卒搏力之法。天不假年，未究厥勛。太夫人撫中丞昆仲而悉慔之曰：「爾父未竟之志，其在爾曹乎！」咸奉教惟謹。用是投袂而起，誅鑿齒而殺九嬰，繳大風而射十日。乾清坤夷，東南底平，太夫人之教也。此其過之者二。《唐書》雖以李郭并稱，然收兩京、殪元惡皆出汾陽，而臨淮若少遜焉。中丞昆仲則不然。方江浙之陷於賊也，肅毅伯首以舟師浮海至滬瀆。水則宏舸連舳，巨艦接艪；陸則激矢虻飛，炮石雷駭。千里之内，旍旗相望，桴鼓一震，而姑蘇之臺無麋鹿矣。由是魘穴之在金陵者風至蔄折，莫能自固，而浙西之賊亦悽遽睒睗，禽僵而獸斃。麾城撕邑，若振槁、若撥䴵然。後移旌北指，而向之趁趯狘𤝞争爲梟雄者，莫不狼跋乎紘中，魂褫氣懾而自踢跌。銷烽息燧，歸報天子，兩宫慰勞，舉朝誠和。蓋勛業之隆軼臨淮遠矣。當是時，中丞方節制全楚，旋移撫吾浙，舉悿悿黔首而袵之，席之，饘粥之。大亂之後，民獲再生。彼臨淮兄弟有武略而無文治，方此何如也？此其過之者三。且臨淮雖兄弟并王，此外無所見。今中丞與肅毅伯熙天耀日之功，旋乾轉坤之略，固已震古鑠今，彪蔚一時，而觀察、都轉諸公亦争自底厲，以成功名。左麟右鳳，前輝後光，何其偉歟？又光弼惟一子曰彙，光進二子曰節、曰制，今太夫人有孫十五人矣。他日文通武達，各紹父業，以光輔熙朝景運，重侯累相，其可量乎？此其過之者四。執是四端而論太夫人之與韓國，雖姓氏偶同，而實非韓國所可比擬也。歲在祝犂大芒落，圉如之月，太夫人行年七十矣。維時中丞之隸吾浙將及一稘，政修而事舉，吏肅而民和，咸願獻一言爲壽。樾於肅毅伯爲詞館後輩，而幸與同舉於鄉，得托年家子之末，又辱承中丞知愛，故不敢以不文辭，而又不敢以常詞進，輒抒所見如此。洪惟我國家重熙累洽，超逾唐代，而中丞昆仲諸公豐功偉烈，亦度越臨淮。然則太夫人曼福絣齡，必遠過韓國，從可知矣。

其二爲江蘇府縣作

夫含元精之和，應期運之數，龍驤雲起，垂竹帛而勒盤盂，揆厥所元，蓋必有繇矣。何者？有丸熊之母而後有柳仲郢之文學，有封鮓之母而後有陶士行之勛業。自古名臣得之母教者十而八九，譬猶珠生於赤野，玉出於禺氏。世徒欽其符采之彪蔚，而不知其醞積之深厚，未足以品連城、論照乘也。歲在祝犂大芒落、圉如之月，爲李太夫人七十覽揆之辰。維時小荃中丞方開府浙中，而少荃相國以參知政事節制全楚，觀察、都轉諸公亦皆鴻軒鳳舉，極一時之盛，門望爲海内甲。於時賢士大夫游鳴珂之里，登戲彩之堂，莫不願獻一言爲太夫人壽。然而玉笈、金箱之記，翠嫣、玄扈之册，固有識者之所嗤鄙，何足以侑春酒、啓慈顔乎？且夫積厚者流光，本大者葉茂。太夫人致此曼齡絣福者，固自有在，請得揚扢而陳之。

惟太夫人生而淑慎，明詩習禮，有古女士風。侍御公以名進士官比部郎，白雲一司，頌明允焉。是攝是贊，太夫人實左右之。内言不出，世無得而稱。稱其小小者，侍御公嘗以鄉人士君子應公車徵，入春明門，靡所止息，謀以館館之。而事出創造，厥費不貲，太夫人脱簪珥爲助，乃觀厥成。棻房井匽，罔不肸飾。迄今其鄉人至京師者，謳思弗衰。已而侍御公奉命集鄉兵捍桑梓，親教士卒以摶力句卒嬴越之法，鴥然成一軍。天不假年，未就厥勛。太夫人撫中丞昆仲而敦慔之曰：「爾父未竟之志，其在爾曹乎？」當是時，群盗驫駥飍矞幾半天下，封狐雄虺，磨牙而争之，所過無完郛。㥄㥄黔首，鷹瞵鶚視，不遑啓處。聖上視民如傷，聽朝不怡。中丞昆仲諸公感國步之孔艱也、民生之日以蹙也、天子憂民之勤與慈母拳拳之意不可負也。用是投袂而起，誓將繳大風於青邱之澤，誅鑿齒於疇華之野，然後可以上報主知，下紹先志。虩虩相公，首以舟師遵海而至滬瀆。樓船萬艘，千里相望；長轂殷野，高旗彗雲。不逾一稘，而胥臺麋鹿掃蕩無遺。浙西蛾賊睽瞿奔觸，其增巢蹷穴之在金陵者，亦翦焉傾覆。風從雲合，東南遂平。於是移旌北指，而向之颮颮紛紛，争爲梟雄者，靡不鳥驚獸駭，脱角挫脰，譬之猶舉炎火以焫蜚蓬，傾滄海以沃熛炭。帝用嘉焉，爰錫之金策，登之鼎軿。中興元功，莫之與尚。太夫人睹家門之鼎盛，喜先志之獲酬，其亦爲之加一膳、進一觴乎？夫以熙天耀日之功，旋乾轉坤之略，赫濯若此，彼封鮓丸熊之瑣瑣不足云矣。其在《詩》曰：「濟濟多士，生此王國。王國克生，維周之楨。」此見我國家與天合靈符，故篤生將相，文通武達，萃於一門，爲亘古盛事也。又曰：「我日斯邁，爾月斯征。夙興夜寐，無忝爾所生。」此見中丞昆仲諸公奉太夫人之教，争自底厲以成豐功偉業，流福祚於無窮也。某等雖不足以窺測萬一，而受相國知遇最深，故不敢以常詞進，而敬爲太夫人誦《詩》焉。若夫岡陵之頌、眉壽無害之詞，則又比之虚車，例之鞶帨，不足以陳於此矣。

朱久香前輩七十壽序

伊維顯螎昭明之世，必有敦龐耆艾之臣，如古所稱學爲儒宗、行爲士表者，立朝則建忠弼之謨，居家則著肅穆之行，俾庶士悦雍，同僚服德，以增邦家之重，而爲朝野所宗。是故喬木非難，世臣爲難；白珩非寶，良臣是寶。凡伯、家父，《大雅》舊人，《春秋》貴之。規筴檠模，彝式斯在。耆年舊齒，光容有輝，今於久香先生見之矣。先生童咳多奇，研綜箕蓺，孝弟淵懿，形於岐嶷。嘗以冬日從女兄食，時當沍寒，薦用鏗銚，啓之釁然，有飶其香。追惟聖善，漣如輟食，家人异焉。厥後官禁近，侍講幄，興言將父，投牒端歸。或勸徐之，九棘可至，弗顧也。咸豐初，以内閣學士攝工部侍郎。危言讜論，有史魚如矢之直；朝章國典，有世叔討論之功。海内士仁，騐思卬嘆，謂當膺緄職、位鼎足。俄以母疾請終養，蓋明發之懷老而彌篤，陳情之章匪一而再。孝乎惟孝，足以風矣。

先生學有本原，閎中肆外，擒翰著作，超逾等倫。嘗與許滇生、戴鹿林兩先生同被恩命，賦詩内廷。由是承天寵，握文衡，凡分校禮闈者一，充朝考閲卷官者一，視學者再。莘莘士子，納我鎔範；祈祈生徒，致之廱泮。帥禮蹈仁，所在祗肅；素絲羔羊，藐然高厲。經臨亭傳，不自表襮；空輿輕騎，翩如其來。雖亭公負弩，候人荷戈，循塗偵伺，或不知爲使者冠蓋也。家故清貧，自奉尤儉。浣衣濯冠，菜羹疏食。奉錢所入，自遠祖以下祭田之已失者復之，不足者益之。又置義田，建義莊，以贍族人，矜孤頤老，惟力是視。居鄉不與外事，而民之休戚，時之利弊，則必以告。劉勝寒蟬，君子無取焉。

道光二十有二年，邑有萑苻之盜，告之方伯，殲厥魁，事乃定。越十有餘歲，而亂又作，以減田租號於衆，衆惑之。有謝敬者以摶力之法衛鄉里，當事者謀誅敬以謝賊。先生曰：「是爲賊殺民也。」力言敬可用。當事者始不聽，後不得已從先生之言以蕆事，而反以不早解散爲先生咎。先生卷舒委隨，亦無悶也。中興伊始，公道章明，先生黶而復起，行且大用矣。乃安徽學政報滿，即疏請歸省先人邱隴。旋以足疾乞休，度門却掃，縣輿養神。鍾美積德，克昌厥後；天降雄彦，萃於一門。有丈夫子三，咸瑰〔一〕姿琦行，有聞於時。次君接武玉堂，後先輝映，海内榮之。今歲先生行年七十矣，仲冬初吉，諸子將奉觴上壽，而屬樾以一言爲之侑。竊惟先生自道光屠維赤奮若以第三人入詞館，越至於今，稽蓬萊之籍二十有一科矣。魯國靈光，望之巋然。乃歐陽子所謂「邦家之光，非閭里之榮也」。樾五十無聞，不植將落，小言詹詹，奚足爲先生重乎？顧念諸君子諉請之意，不敢以固陋爲辭。乃誦《詩》曰「酌以大斗，以祈黄耇」，敬以爲先生壽。又誦《詩》曰「君子有穀，詒孫子，于胥樂兮」，并以爲諸君子頌也。

〔一〕瑰，原訛作「壞」，據文意改。

曾滌生相侯六十壽序

帝同治之九年，爵相曾公移畿疆之節，再隸兩江。大江南北，傒福貞貞，兒童識司馬，走卒知君實，喜色相告，望若雲霓。惟時公行年六十矣。歐陽夫人少於公者五歲，五十而有五，節堂之上，蝦集璣翔。天子下璽書，發軺傳，嘉錫便蕃，優禮隆密，所以褒茂庸，示异數也，禮也。於是上自王公大臣，下逮布衣韋帶之士，莫不願進一詞爲壽。樾西浙之鄙儒也，聞見褊僿，語言樸陋，尚奚云哉？顧樾嘗從公游，與聞緒論，以爲三代以下魁士名人指不勝屈。然以德行而兼政事，可以副古大臣之稱者，四人而已：曰諸葛孔明，曰陸敬輿，曰范希文，曰司馬君實。之四賢者，公平日所嚮往者也。竊以四賢之行事而考之，今公殆兼有其長而去其短者乎？諸葛孔明治國之才，管仲、子産之流亞，乃得荆州形勝之地而不能用，終爲吴有。徘徊散關、斜谷之間，爲司馬宣王所拒，逡循而坐困。豈天之棄漢乎？抑將略果非所長乎？公當咸豐初以侍郎家居，時粤賊爲封狐雄虺，薦食東南，爰奮於墨絰之中，躬秉鈇鉞，稜威首塗。樓船萬艘，千里相望。既克武漢，順流而東，隆衝以攻，渠幨以守。批亢搗虚，多壘雲徹。不數年間，向之颸颸紛紛争爲長雄者，咸禽僵而獸斃。金陵爲賊增巢蠹穴之所，一舉而空之，若傾滄海而沃熛炭，常陽之維，因以耆定。是公之英武過於武侯也。陸宣公仕德宗朝，多所匡贊。讀其奏議，曲而中，微而達。所論邊事，動合機宜。然德宗不能盡用，故托之空言而已。公則不然。文廟之始御極也，鋭意求治，公已由翰林躋卿貳，屢奏封事，言朝政得失，天下傳誦，有宣公之風，文廟皆虚己聽之。及至躬履行間，英風外發，景思内昭，千緒萬端，罔有遺漏。自中興以來，言節制之師，首推楚軍。寸符尺籍，皆公手定。蕭規曹隨，至今遵守，若漢人用馬將軍故事，唐人用英公法也。宣公坐論於廟堂，而公折衝於疆埸，是公之謀略過於宣公也。范希文、司馬君實皆宋賢相，然有宋一代士大夫好以議論相高，故希文任西事與韓魏公齟齬，而司馬公論役法亦與諸賢不合，卒爲小人所乘。公豁達大度，含囊萬物，天下之士有一藝者雲集而景附，公量能而使之，取節而用之，履屐之間，各得其任。故能動如雷電，發如風雨，桑蔭不徙而大功立，廓清江左，爰至於河朔。朝廷倚公重，凡有大議輒就幕府取决焉，贊雲雷之業，佐密勿之謀。异日處中當軸，秉國之鈞，旋乾轉坤，光融天下，珍禕懿鑠，與閎夭、散宜生比烈矣。是公之相業過於范文正、司馬文正也。夫此四賢者，耀華名於玉牒，勒鴻伐於金册，稱譽葉語，至今不休，萬世仰望，若神人然。而公又兼有其長而去其短，是天之篤祐我聖清，聚千載昆侖旁薄之氣鍾之於一人，以消百六陽九之厄運，而開泰元神筴億萬年無疆之休者也。然則曼福絣齡，豈有量歟？樾以不才，挂名門下士之末，宜躋公之堂，奉兕觵介麋壽。以方主西湖詁經精舍講席，不獲乘下澤車北來，不勝區區之意，謹以平日所竊聞於函丈者，度長絜短，借尚論以進頌禱之詞。我公聞之，得無有「賜也賢乎」之戲乎？

其二 爲丁雨生撫部作

同治改元之九歲，仁育群生，義征不憓。凡猰貐、鑿齒之倫，以次翦除。衝棚息而輶軒騁，威械藏而俎豆布。乾亨巛慶，將均禧於九垓。天子穆然深思，以爲東南常羊之維，神禹荆揚之域，皆公風飌露沐所手定也。江南父老衆潤攸同，若漢潁川百姓願復借寇君，唐淮南之民請留李蔚也。乃詔公移畿疆之節，再隷兩江。命下之日，大江南北暢舞暢飛，有封公復來之喜。而是歲孟冬之吉，適值我公行年六十，嵩生嶽降之辰，咸含和而頌曰：文武之佐，磻溪藴玉璜；堯舜之臣，滎河鏤金版。若我公者，恬波於沸海之中，静浸於稽天之下，其造福我蒸黎者，湇陽而無計量，虹洞而無端厓。延洪納祉，綿端無疆，非其宜歟？惟時進中和樂職之章，寓眉黎臺駘之祝者，瑰瑋連犿，不可以麗計。竊以爲兒童識司馬，走卒知君實，公之勛名滿天下矣。雖復比物茎蒸，連類龍鸞，豈足加其毫末哉？夫銘昆吾之冶，勒景襄之鐘，麗辭狀物，皆其迹也。

若乃執大同之制，調泰鴻之氣，綱紀八極，經緯六合，則神明之際，可得而言。昔在咸豐之初，遘陽九之厄，大盗起於潢池，驫駥飍矞，延易乎東南。公先是已起家詞林，歷官卿貳，進明臺之議，效謇諤之節，海内卬望，若神人然。既而憫下民之昏墊，感聖主之憂勤，乃起於墨經，躬提幡鼓，旗膾首塗，八表響振。虓怒之旅，如虎如螭。龍驤鳳矯，武義璜璜。雖嚄唶宿將，莫之先也。剖毫析芒，部分如流。履屐之間，各得其任。雖飛耳長目，未能逮也。用能廓氛江汜，恬波海澨。玉桴金鐸，隨流而攘。麾城撕邑，掃清逋殘。神鉦一震，風雲聽命。齊斧所指，野無横陣，地靡嚴城。不數年間，而向之左纛右觸、奮翼鼓翄、争爲長雄者，若舉洪爐而燎毛髮，磨蕭斧以伐朝菌，雖折春螽之股，堪秋蟬之翼，未足言其易也。論者以爲甘露良佐，麟閣著其美；建武功臣，雲臺紀其績。以今方古，公其當之矣。然其斅歷艱難，圖維終始，長贏之後，隨以揫歛，沍陰之極，繼以敷榮。沈幾先物，總達衆材，淵乎深哉！精通乎鬼神，神合乎太一，豈徒兔起鳧舉、霆砰電射、争一日之長、徼一戰之勝哉！

管子有言：「聽於鈔故能聞未極，視於新故能見未形，思於浚故能知未始。」公之舉事，備此三者，故能内熙庶績，外總十連，輕裘緩帶，不下堂階，而吏畏其威，上悦其教，民歸其德。雖跅弛之士、虓虎之將，奉令貫行，罔不肸飾。所臨逮之邦，士女昌逸，學校如林。棚車鼓笛，聞於通衢，四方秀艾挾册負素，諷誦相摩。史稱姚崇善應變，以成天下之務；宋璟善守文，以持天下之正。兼而有之，其惟公乎？夫國家當隆盛之時，其大臣必有耆艾之福，矧我聖清靈長之運與天無極，而公熙天耀日之功龍文虎武，炳烺如此。然則祥圖瑞史，豈有量歟？當黄扉介壽之時，歐陽夫人五十而晋五。莞筵藻席，黄髮相莊。凡攀飛騰、挂羽翼者，莫不拜節樓之前，伏狨座之下，敬獻一觴，稱賤子上壽。日昌素承盼睞，受知遇最厚，而知公亦最深；又幸而獲與同官江南，故不敢以常辭爲侑。竊爲誦《易林》之詞曰「金齒鐵牙，壽考宜家」，請以爲公慶；又爲誦《玄經》之詞曰「蒼木維流，厥美可以達於瓜苞」，并爲三江之民同慶也。

其二爲李筱荃撫部作

伊古神聖，受命自天。敦龐而純固，永永無極。其間崇替相因，文久而息，必有芒芒芠芠，若將賈隊之虞。天於是又篤生良弼以奠其輊，以理其亂，用贊雲雷之業，而成泰元神筴億萬齡無疆之休。昔周之宣，有方有虎，詩人歌功，事列於《雅》。求之當代，其惟我公乎？洪惟聖清，與天合靈符，胙之爲神明主。經緯六合，若泰山而四維之。乃協氣横流，嘔生吹落。爰有猰㺄、鑿齒之倫，起於粤西。今載今翌，延易乎常羊之維；名都巨邑，咸燒掇而焚杅之。悰悰黔首，不遑啓處，禽僵而獸斃。天子憫焉，聽朝不台，若曰：維於內外文武大僚，孰能龍驤鳳矯，龕靖神縣，揮齊斧而折遐衝？當是時，公已由詞臣起家，洊歷卿貳，吐金聲於中朝，光名滿天下矣。念聖主憂民之勤也、萌氓之不獲安其生也、群盜如毛而莫之或剃也、楨幹芻茭久而不給於供也，乃奮於墨絰之中，用摶力句卒之法，抗揚虓虎，自成一軍。舟艣戰馬，莫不富實。方其始也，群情猶猶與與，難於慮始。左書右息，亦或有异同之論。公景思內昭，英風外發，百將一心，三軍同力。有冬抱冰、夏握火之誠，故天助之；有握蛇騎虎、不避艱險之志，故士歸之。剖豪析芒，部分如流，千緒萬端，罔有遺漏。至於飛艣巨艦，竟水浮川，鵃舠千艘，銜尾相望。既克武漢，順流而東，是猶韓信之破歷下、耿弇之攻祝阿。中興元功，始基之矣。

齊管夷吾有言，「兵未出境，而無敵者八」：一聚財，二論工，三制器，四選士，五政教，六服習，七遍知天下，八明於機數。公之舉也，實備此八者然，故動如雷電，發如風雨，莫當其前，莫蓋其後。旗旝首塗則八表響振，戎路載脂則郊壘疊巷，衝艣所臨而萬雉俱潰。恬波於沸海之中，静浸於稽天之下。霆砰雹射，天下光嫿。南清江表，北至於河朔。帝嘉茂庸，特崇徽錫。白茅青葙，封以名號之侯；金印紫綬，任以槐嶽之位。於是上自王公大臣，下逮布衣韋帶、名人魁士，外至開梧以東、壽靡以西，繩行沙度之國、風車火徼之民，咸芔然而嘆曰：若我公者，所謂「仁愛洽於下，信義服鄰國，上曉天文，中察人事，下識地理，四海之内視如家室」者與？所謂「言事合機宜，風采可畏愛」者與？行見處中當軸，秉國之鈞，含囊萬物，坱圠無垠，豈僅東戡南翦，武義璜璜，爲足以銘昆吾之冶，勒景襄之鐘哉？公隸畿疆於今三年，政修而事舉，吏肅而人和。天子知江南之民思公深也，特命公再督兩江。大江南北喁喁然，怨來暮，歌孔邇。於是公年六十矣，歐陽夫人少於公者五歲。門望甲海内，勛名動蠻貊。天子下明詔，頒珍物，上尊之酒，靈壽之杖，嘉錫便蕃，優禮隆密。海内士夫仰下風而望餘光，若升闕里之堂，而登龍門之阪。瀚章以年家子出公門下，受知遇至深且久。自惟昆弟六人皆秉公教，用能遘辰逞時，粗自樹立。又重之以昏姻，其曷敢無一言爲長者壽？竊以我公四海之表儀，神化之丹青。天既使之憂天下之憂，亦必使之樂天下之樂。是宜登壽車，行福塗，貺以萬吉。虹洞無厓，他日黃髮皤皤，赤舄掔掔，郭汾陽滿中書二十四考，房玄齡居相位三十二年，功名著於盤盂，與聖清靈長之運同播休美於無窮，則今日之言，其猶臺萊之首章乎？

張母宋太夫人八十壽序爲丁雨生撫部作

夫紬翠嫣之策，稽槐眉之紀，疊聞罕漫，世靡得而云也。厥有云者，若柳母丸熊、陶母封鲊，又皆雕琢曼詞，撏撦瑣節，曾不足以窺縵齡駢福之所繇，奚以焜緑純而耀彤管？楊子不云乎：「我心孔碩，乃後有鑠。」請爲太夫人舉其落落大者，以侑眉壽之觴。惟太夫人乃友山方伯之壽母也，方伯曾陳臬事於粤東，旋膺屏藩之寄。日昌時適居鄉，托甘棠之下而庇焉。側聞方伯金幹玉楨，蠲細舉大，先秋霜以宣威，後陽春以布化，蓋心焉儀之。及日昌奉命撫吴，而方伯亦從皖藩移節於是邦。晨夕與共，登其堂讀其壼史，乃知方伯敭歷中外，騰茂而蜚英，明物而鎣功，皆太夫人之教也。太夫人始歸贈公年甫十有七，事繼姑以孝聞。又以兄公及叔皆不幸早世，撫其子女不啻己出。昔伯魚於兄子之疾，一夜十起，史策傳爲美談，得之中閨，尤爲僅矣。俄而贈公應龍蛇之讖，定黔婁之謚，方伯昆仲年未弱冠，中人之産，廓外而虚内。太夫人豐摯幣、腆脩脯，聘名師、禮賢者，命諸子從之游。蚤夜敦慔之，使讀先人之書，一門之内份如也。及方伯成進士，官秋曹，太夫人喜先志之克酬，嘉方伯之不負所教，而又懼刑名之官非明非允不足以稱厥職，乃訓以治獄之道務在平恕，毋以刻爲能。聞有所平反，輒欣然加一餐焉。已而方伯出守鳳翔，惟時回民之群不逞者方爲封狐雄虺，以荐食兹土，聲勢沸騰，種落煽熾，長圍外合，潛隧内攻，彤珠星流，飛矢雨集。方伯以十雉之城介重圍之中，兵無加衛，墉不增築，木石將盡，樵蘇兼絶，乃用墨子備梯突蛾傅之法，罥梁棟以礧之，寘罏甀以偵之，焚穬火以薰之。凶醜駭而疑懼，卒逡遁而引去。疆吏以聞，天子嘉焉。當是時，太夫人方就養在塗，聞警不進，止於晉陽，而風語讕言日三四至。太夫人曰：「吾子與城共存亡，義也，復何恨？可念者其民耳。」風鶴既靖，安車乃來，而帝有恩言同日而至。方伯由鳳翔太守拜東西川廉訪使。古人超棘之榮，不是過也。未入蜀，移粵東。未逾年遷方伯。由是而皖，由是而蘇。蘇爲東南大都會，財賦甲天下，而兵亂以後，雕瘵殊甚。太夫人每誡方伯以民力未蘇，宜休養生息之。崇德尚儉，以興政化；和毓威恩，以移風俗。斯言也，凡我同官，孰不當書之紳而銘之几歟？此太夫人珍褘〔一〕懿鑠之尤大彰明者。若夫遇三黨以恩，御臧甬以慈，雖貴而衣必浣濯，雖高年而針管刀鑷不釋諸手，在他人視爲甚難可貴者，固其戔戔者矣。上章敦牂之歲，太夫人行年八十。正月既望，其設帨之辰也。方伯龍驤雲起，方將摶扶搖而上。而諸子仲仁典簿、叔則孝廉、季範茂才亦皆負一時之望，有孫十三人，曾孫二人，門望爲海内冠。太夫人受紫泥之封，享黄兒之壽，增始昌而永極長，其後福固未可量。日昌幸與方伯同官，敢進兕觥，爲北堂慶，而以此言爲之先。

〔一〕褘，原訛作「禕」，據蔡啓盛《校勘記》改。

錢母胡太淑人八十壽序

嘗讀《詩》而知周之興也，不獨其朝多君子也，雖其閨門之中，亦皆有士君子之行。故在《詩》曰「釐爾女士」，女士者，女而有士行者也。中葉以後，士大夫家法不能如昔。詩人嘆焉，故在《詩》曰「彼君子女，謂之尹吉」。說者謂尹氏、吉氏皆周之貴族，思尹吉，思周之盛也。然則觀世者，豈必觀其大哉？入士大夫之家，問其閨門之行，而時之治亂、世之盛衰可得而知矣。樾於丁卯之歲薄游金陵，子密吏部以其先文端公《直廬問寢圖》屬題，樾爲詩曰：「猶見承平舊家法，至今尹吉有餘思。」蓋亦詩人之義也。越四年而子密又以尊慈胡太淑人八十初度屬樾以一言爲壽，因歷舉太淑人珍褘懿鑠之行相告。樾憬然曰：此詩人所謂女士也，此即周之尹氏、吉氏也。周東遷以後，尹吉餘風不可復見，周室亦遂以不振。而我聖清靈長之運與天無極，雖中更離亂，而乾嘉以來士大夫閨門之盛於今未隊。東周詩人所慨想而不得見者，樾得而見之。而國家中興之美，即徵之此矣。

謹按子密之言，太淑人年十八歸贈中議大夫警石先生，所居即文端舊屋，顏曰頤和室。侍君姑以孝聞，相夫子，安貧樂道，無戚戚之容。中議公官海寧州校官，絕意進取，以文史自娛。

學舍中一堂二内，書籍充棟。其殘缺者太淑人爲補綴之，縹囊緗帙，皆所手製，至今中議公鉛槧之痕與太淑人針鉥之迹皆如新也。中議公有兄早卒，初議以子密爲之後。太淑人曰：「以次子爲兄後，義未安也。」更以長子後之。其長子爲子方孝廉，樾與同舉於鄉者也。考之《禮》，大宗無後，小宗不得有後。則長子之生即當以後大宗，明矣。而《禮》又有「適子不爲後」之文，設小宗止一適子，大宗遂無後乎？樾嘗以爲此禮家之駁文，得太淑人之言而益信矣。子密之官京師也，携婦子以俱，太淑人命之曰：「遇先世忌日及四時俗節之祭，可與南中并行。」而中議公以父在未傳爲疑，後以先世皆久居京師，甘其飲食，於彼於此，惟神所宜，卒從太淑人之言。蓋太淑人雖讀書不多，而所言動合禮意，類如此。所謂「女而有士行者」，非歟？子密失怙後奉慈母爲嚴師，一家長幼不敢稍逾尺寸。故家庭嚴肅，無嘻嗃之習，尹吉餘風，庶幾勿替。子密其謹守太淑人之教，以修其身，以齊其家，以光復文端公之德業。他日家門鼎盛，流播詩歌，亦中興之盛事也。樾雖不及登堂，而敬獻此言爲太淑人壽，其亦欣然進一觥乎？若其他徽言嬾行不勝書，亦不必書。

張母孟太夫人八十有四壽序爲湘鄉相國作

嘗聞鄭亞之序《會昌一品集》也，曰：周、霍雖有勛伐，而不知儒術；枚、嚴善爲文章，而不至岩廊。未嘗不慨生才之難。雖然，必有丸熊之母而後有柳仲郢之文學，必有封鮓之母而後有陶士行之勛業。自古名臣得之母教者十而八九，況乃賢良射策，登平津之上第；雅歌投壺，居南伯之重任。斯尤儒臣之榮遇，衣冠之盛事也。揆厥所元，其必有繇乎？歲在重光協洽，陬月既望，爲孟太夫人八十有四覽揆之辰。當是時，哲嗣子青中丞方移轉漕之節，巡撫江蘇。震華鼓，杖金鉞，緑軿朱幰，渡江而南。祥霙瑞霰，應時布澤。壤叟轅童，咸喁喁然，怨來暮，歌孔邇。蓋太夫人雲欓畫輴未臻乎姑胥之臺，而歡謡嘉誦播吴下矣。稽之古禮，奉觴上壽，非有常期。以歲之正，以月之令，春酒一尊，祝眉梨而祈綽綰，禮也。國藩幸與中丞同官江南，甚願獻一言爲太夫人壽，而又以鳳篆龍泥之文，紫琳丹瓊之書，固有識者所嗤鄙，未足以侑壽觴、啓慈顔也。竊因中丞之所樹立，以徵太夫之所教，而有以信吾向者之説。語有之，「切人不媚」，請揚扢而陳之，可乎？

惟太夫人生而淑慎，習禮明詩。其來歸也，年甫十八。贈公壽圖先生以一黌之俊，拔乎其萃，入官郎署，觀政冬曹，前後三十餘年。太夫人以君舅君姑春秋高矣，性樂泉石，憚於就養，乃爲贈公置簉室焉，而自留膝下，以婦代子，蒸蒸色養，左右無方。孟笋江魚，方兹未逮。及贈公以蔞翣歸，太夫人善遇簉室，恩禮有加。其所生女，撫如己出。斯又《樛木》逮下之仁、《鳲鳩》均平之德也。素性克儉，辭隆從窊。疏帳縹被，無華鋡之飾；三弋苔菜，乏兼珍之膳。而倉粟府金，以賙三族；侊飯壺漿，及於鄰里。施而不德，所謂天布也。居家肅雍，不嚴而理。臧獲、侮甬咸守繩墨，罔逾尺咫。太夫人安神閨房之内，優游北堂之上。不嘯不指，守《内則》之禮；無非無儀，遵詩人之教。所謂「和調而不緣，溪盎而不苛」，積善成德，美意延年，非其宜歟？

然而不觀其枝之扶疏，不知其根之茂也；不觀其流之灝溔，不知其原之深也。中丞以丁酉拔貢官比部，庚子登賢書，丁未魁天下。軺車四出，有公門桃李之盛；儤直内廷，有禁中頗牧之譽。回翔臺閣，洊登槐棘，公才公望自此遠矣。俄督河渠，旋總漕政。維時巨波滉瀁，决於清鉞，旗旝首塗，殲厥巨憝，遵彼汝墳，孔道夷如。兩河之間，古曰豫州，使車逮臨，遂授節泠之淵，乃講墕流之法，求鄣泄之宜。大堤雲横，民用安枕。又以海寇乘間出没，粤賊餘燼蘖芽其間，中丞戔猾禽奸，無裨遺種，淮揚徐海安於磐石，士女昌逸，學校如林。威械藏而俎豆布，戎亭虚而文館盈。士悦其教，民安其德。天子知其才之有餘於任也，於是復有撫吴之命。

吴故東南一大都會也，瘡痍之後，民力未復。得中丞撫循之，以教以養，吾知其必有豸矣。歐陽子有言：「劉、柳無稱於事業，姚、宋不見於文章。」中丞乃文通武達兼而有之，何其盛歟？昔光武中興，馮勤居三公，號稱任職。馮母年八十，每會見敕御者扶上殿，謂諸王曰：「使勤貴寵者，此母也。」今中丞以槐鼎之器配踪元凱，光輔中興，視彼馮公，蓋有過焉。則太夫人之盛美可知矣。國藩向者之言，不信而有徵乎？次公菊垞觀察，以名諸生舉於鄉，家居奉母垂二十年，曾以摶〔一〕力之法保衛鄉里，又參戎幕，積軍功官二千石，將筮仕於鄂。他日棠棣兩碑後先輝映，東川西川，對持虎節，太夫人受緑純黄玉之封，極金齒鐵牙之壽，傒福貞貞，虹洞無厓。若然，則今之所陳，其猶升歌之三終，自是而間歌合樂，渢渢乎未艾也夫！

汪蓮府兵部六十壽序

吾人交友，其猶讀書乎？中年以後，博覽古今書籍，蘭臺之藏，龍威之秘，涉獵所及，不爲不廣矣。然清夜不寐，偶一尋繹，其瞭然在心目間，背諷猶得十之六七者，皆童時所誦習也。

〔一〕摶，原訛作「搏」，據蔡啓盛《校勘記》改。

交友亦然。士大夫通籍後交滿天下，自名卿巨公以至儒林之秀穎、岩穴之幽潛，接芬而錯芳，指不勝屈矣。然風雨之日閉户而獨居，獨居而深思，所思者皆數十年前共晨夕同游釣者也。語曰「先入者爲主」，束髮時所讀之書，所交之友，皆融結於肺腑之中，其爲主也久矣，豈後來者所能間乎？余年十五侍先大夫讀書南蘭陵，即主君家。君長余九歲，善屬文，每一篇成，先大夫深賞之。余時初學爲舉子業，惴惴懼不中繩墨，視君之文若碔砆之與美玉。然君頗不余鄙，相得甚歡。君或以試事至武林，則又主余家。彼此年少氣盛，以文酒相娱樂。跳踉大叫，放飯流歠。僮僕匿笑，鄰里驚詫，不之顧也。日月如流，歲不我與，離群索居，忽忽不知老之將至。余今年五十有一，而君則六十矣。君之子及兄弟之子以余習於君，請以一言爲壽。嗟乎！余何言哉？君之學則先大夫所深賞也，愚不足以贊一辭也。君之行和調而不緣，溪盎而不苛，視人之事如己之事，重然諾，好施與。君之才剖豪析芒，左宜而右有，千緒萬端，處之裕如。則鄉里之所共見，僚友之所共聞，又不待詹詹小言爲之揄揚其美也。余何言哉？

雖然，竊有説焉。夫自辟舉之途廢，而士惟以科目進，從唐以來有然矣。至明代又益以舉人一途，與進士并重。我朝因之，二百餘載，春秋兩闈，得人爲盛。士林艷稱，以爲榮遇，父詔兄勉，若登仙然。而造物者亦遂吝惜之，不輕以予人，有皓首窮經而老困場屋者焉。君家爲休寧望族，號素封，以貲雄於鄉，十數傳矣。自咸豐以來，始以文學起家，舉孝廉者四人，成進士者二人，入詞林者一人。論者謂其先世皆忠厚長者，遲之又久，殆將大昌其家。而揆厥所原，則實自君於咸豐辛亥登賢書始。今夫科名之難，不難於繼起，而難於發端，昔人所以有「破天荒」之喻也。有開必先，君其一宗之巨擘乎？君嘗服官於朝，供職兵部，旋以故鄉離亂歸，而謀安集之。族黨姻婭，咸倚爲重，君亦力以自任，爲一鄉生聚休養，期於大亂之後胥匡以生。暇則以經義課子。其子維卿茂才，亦少年能文，如君曩時焉。君得子甚遲，而今亦抱孫矣。種梓樹蓀，後福固未可限量。雖然，切人不媚，頌禱之浮詞非鄙人所施於君者也。且諸子誠欲得華言風語以悦君之耳目，則輦下貴人固優爲之，何必求之江湖之孳叟哉？余五十無聞，不殖將落，年來以畫餠虚名叨冒講席，湖山壇坫聊以自娱。以視君優游家食，而利澤及人，蓋不及遠甚，又不止如鄉者區區文字之工拙矣。重違諸子之請，又念與君訂交最先，追惟昔款，不能自已於言。惟願君康强逢吉，自七八十以至期頤，方瞳緑髮，神明不衰，與故鄉父老享聖世升平之福。興之所至，或扁舟薄游江浙間，過我春在草堂，叙數十年前文酒宴游之樂，亦何异白頭鐙下重理舊書也？

李少荃伯相五十壽序

昔唐室中興，子儀、光弼并稱「賓應功臣」，海内號曰「李郭」，雖漢寇、鄧，宋韓、范不能望也。爰暨我朝，而公與侯相湘鄉曾公左提右挈，旋乾轉坤，以奏中興之績。一時歌咏成功者皆以公與湘鄉公并稱「曾李」，以配唐之「李郭」。自薦紳先生下逮兒童走卒，昇口而同辭，皆曰我公今之李臨淮也。樾獨以爲不然。世以臨淮比公者，特以姓氏之偶同耳。夫臨淮何足以擬公哉？史臣之論臨淮也，曰：「邙山之敗，閫外之權不專；徐州之留，君側之人伺隙。失律之尤雖免，匪躬之義或虧。」蓋有貶詞矣。夫臨淮何足以擬公哉？以樾論之，公其今之李西平乎？當咸豐之初，大盜起於粵西，延易乎東南，名都大邑相繼淪陷。湘鄉公起義旅於楚，是曰湘軍。公參預其間，不二年而復安徽，乃創立淮軍。號召忠義之士，募擒生踏伏之卒，乘輪船越賊巢，從海道而至滬。考《唐書·李晟傳》，晟始事鳳翔節度李抱玉，爲右軍都將。抱玉遣晟將兵五千擊吐蕃，晟曰：「以衆則不足，以謀則太多。」乃請將兵千人疾趨大震關，至臨洮，屠定秦堡，因解靈州之圍。公之始事，適與之符矣。既至滬瀆，遂旁規江、錫，以斷賊援。復以浦東與浙西接壤，分兵下浙西郡邑，俾無後顧憂，而前軍始得薄蘇而壘。昔李晟圍朱滔將鄭景濟於清苑，滔與王武俊悉收魏博之衆而來，復圍晟軍。晟內圍景濟，外與滔等拒戰，日數合，自正月至於五月，賊不敢逼。公所遭艱難辛苦，殆視此有加矣。

姑蘇既平，東南之大局一振。賊之負隅於金陵者不能自固，戮瞿奔觸，剿殄無遺，江浙底定。至於閩越，朝廷以南服之無虞，而中原群不逞之徒猶未靖也，燒掇焚杅，民無定居，震驚畿輔，遠及秦隴。於是乎又有北征之命。公先是已籌畫兵食，選士庀材，磨厲以須矣。奉命之後，發如雷電，動如風雨，莫當其前，莫蓋其後。故前茅未舉，而賊焰已熸。昔李晟在定州奉詔赴難，張義武欲沮之，晟以愛子爲質，不惜良馬玉帶，以啗其意，卒以成行，遂殪朱泚。公之慷慨誓師，鼓行而北，意氣之盛，亦何愧古人乎？公既北行，轉戰齊魯燕趙之郊，營於運河西堤，進扼膠萊河，以蹙賊於海隅。蠢茲群醜，若入乎囊中，禽獮而草剃之。三輔乂安，兩宮慰勞，群公卿士動色相慶。唐德宗曰：「天生李晟，爲社稷萬人也。」公之謂矣。天子知公威望之重，爲遠人所敬服，故雖已參知政事，而仍使節制畿甸，折衝萬里，倚若長城。唐德宗用張延賞之言，疑將帥生事邀功，不從晟計，使渾瑊與吐番尚結贊同盟於平凉，卒爲所劫。蓋外裔無信多詐，自昔然矣。公主持中外大計，誾誾侃侃，不苟异，不苟同。嘗曰：「亦須略論是非，未可專論利害。」議者壯之。李晟遭德宗昏暗，故雖位至將相而不得行其志。今天子冲齡神武，同符聖祖，行見親御魁柄，委重於公。東西南北，無思不服，雖海外蒙奇兜勒之國，無不喁喁然同我太平，奉我正朔，於以耀華名於玉牒，勒鴻伐於金册，又豈特如西平而已乎？史稱「西平器偉材雄，人望而畏，出身事主，落落有將帥之風。見義能勇，聽受不疑，忠於所事，長於應變」。斯言也，即可爲公誦之。又曰「作善遺慶，父子兄弟皆以功名始終，道家所忌之談，李氏以善勝矣」。準斯以言，公之祥源福緒，蓋未有艾也。樾於公爲詞館後輩，而甲辰之歲又幸與同舉於鄉，叨附同歲生之末，然初不相識。庚戌會試後，公問於湘鄉公曰：「今科得人乎？」湘鄉公舉樾名以告，公心識之。後撫江蘇，遇江浙同年必問樾所在，遂延主紫陽書院講席。嘗謁公金陵，相見甚歡。次日親詣樾，小舟促膝情話，移時乃去。自惟江湖散人，獲與名世大賢有一日之雅，終身榮之。昔湘鄉公六十生日，樾以文爲壽，舉湘鄉素所心折之諸葛武侯、陸忠宣、范文正、司馬温公度長絜短，自附於方人之子貢。今我公五十生日，樾其能已於言乎？是以又有李西平之説。倘湘鄉公聞之，必將莞爾而笑曰：「賜也賢乎，我則不暇也。」

其二　爲應敏齋同年作

同治建元之十有一年，定三革，偃五兵，光融天下，均禧於九垓。而適於正月之五日，爲伯相合肥李公五十生辰，海内士大夫胥含和而頌曰：昔周之宣，有方有虎。詩人歌功，事列於《雅》。若我公者，恬波於沸水之中，静浸於稽天之下，其造福黎萌者，虹洞而無端厓，天之報之千禄百福，豈有既歟？咸願爲文以張之，爲詩歌以永之。而若竇時者，則尤不可無説於處此，何也？公之功在社稷，名在四裔，利澤在天下萬世。此人人所能言，不待鄙言爲之肸飾也。惟公之旋乾轉坤，撥亂反正，成此巍巍之功，實以上海一隅爲樞紐。在咸豐之季，東南淪陷，自大江以南，名都巨邑曾無藩籬之固。而公創立淮軍，招集忠勇材智奇侅之士數十輩，募果毅之軍數百人，乘輪船摩賊壘，霆砰電射，龍騰鳳矯，而至於滬瀆。當是時，竇時適從事於滬，實親事公於行間，竊見公剖豪析芒，部分如流，千緒萬端，罔有遺漏。竇時奉令承教，伈伈俔俔，懼不稱任，使有負知遇之厚。公教之誨之，每賜書翰，親命筆札，洋洋焉，纚纚焉，多至五六紙，長至數千言。其於籌畫兵食，相度事機，駕馭遠人，料量賊勢，猶燭照而數計也。昔周公之數七順也，一順天得時，二順地得助，三順民得和，四順利財足，五順德助明，六順仁無失，七順道有功。公之舉事，實兼此七順，故所至之處，野無横陣，地靡堅城，乘勝逐北，神兵電掃。蓋自蘇臺告復，而東南之大局一振矣。又分兵下閩浙邊郡，而賊之蟄於金陵者趁趕狉獉，不能自固。齊斧一麾，渠魁盡殪，威棫藏而俎豆布，衝棚息而輶軒騁。悰悰黔首，復睹漢官威儀，公之功也。

天子念東南既平，而中原捻勢猶熾，爲封狐雄虺，以蠶食我赤子。廟堂以一夫不獲爲己憂，於是又有北征之命。公秉黄鉞，建華旗，鼓行而北，周歷乎齊魯燕趙之郊，西至乎秦蜀，風纚露沐，不遑啓處。虓怒之旅，如虎如螭。師之所向，無不靡披。未及二年，繳大風於青邱之澤，誅鑿齒於疇華之野。譬之猶舉炎火以焫韭蓬，傾滄海以沃漂炭。振旅愷入於京師，告成功於北闕下。兩宫慰勞，舉朝誠和。所謂千載一時者也。其勛業之盛，邁唐之李、郭，越宋之韓、范遠矣。方今天子倚公如長城，故以參知政事而仍寄以保釐之任。《詩》有之曰：「樂只君子，殿天子之邦。」傳曰：「殿，鎮也。」夫王畿之重，豈可無重臣以鎮撫之乎？公節制畿畺，乃古所謂「殿天子之邦」者。其下云「樂只君子，萬福攸同」，此乃善頌善禱之詞。然則海内士大夫欲爲文以張之，爲詩歌以永之，其亦詩人之義乎？至於公之歷艱難，深惟終始，以正治國，以奇用兵，圖難於易，爲大於細，夏抱火而冬握冰，左執獿而右搏虎，有丹不奪赤、石不奪堅之定力，有平則慮險、滿則慮嗛之深識，有目上於天、耳下於淵之明智。此他人所不知，知之不能盡，而惟賨時知之獨深。故當公縣弧之辰，不敢以常詞獻，惟祝公延洪納祉，山崇川增，以佐聖清之景運，使風車火徼之民咸喁喁然有「中國相司馬」之慕。此天下之福，而賨時亦與焉者也。謹於三千里外桊韝鞠䐈，奉觴上壽，而以此言爲之先。

吴平齋觀察六十壽序

同治建元之十載，老友退樓吴君行年六十有一矣。諸同人以君舊歲六十生日猶在五五之中，未得以一觴爲壽，乃謀於今歲登君之堂，酌此大斗，以祈黄耇，禮也。君固辭不許，樾曰：此古禮也，君何辭焉？古人紀年之法與今人异，今人一歲則增一年，古人則必逾歲復及所生之日而後增年。是以絳縣老人生於魯文公之十一年，至襄公三十年，凡七十四年，而《傳》曰「七十三年」者，蓋老人之生也於夏正月甲子朔，在周正爲三月甲子朔，至魯襄三十年三月癸亥始得七十四年。而此則二月癸未，所謂「其季於今三之一也」，未足者四十日，故尚稱七十三年。然則以古人紀年之法論之，君今年六十有一，乃真六十也，其稱慶不亦宜乎？

雖然，樾竊不知諸君子何以壽君。夫風語華言，瑰瑋而連犿，豈友朋切直之誼哉？君前服官於吴，有惠政，未究厥施，人咸惜之。有令子廣庵觀察，以名進士秉鞭而作牧，天殆使之成君未竟之志乎？樾山中人，不與聞世間之事，此固非所論也。惟見君數年來夷然曠然，不以外物滑其天和。室以内琴書雅潔，無塵𡋯之累；庭以外花木蕭疏，有窈窕之致。閉門却掃，不通俗客，惟與知己數輩不衫不幘，笑傲其間。性嗜古，蓄齊侯罍二，左抱而右擁，是稱「抱罍生」。積金石文字數十卷，鈎摹而精刻之，手爲題跋，考其本末，訂其异同，是稱《二百蘭亭齋金石文字》。藏秦漢以來公私印章不下千餘，亦摹而鏤之版，以詒好古之士。夫天下之物莫壽於金石，而金石又托君之書以壽於世，然則君之壽豈有厓歟？方君稱觴之日，樾適在西湖詁經精舍寓樓，不獲厠諸賓之末，因書此言以獻。其前所陳明補祝六十壽之合乎古禮，其後所陳見君之頤性養壽者，固自有在，而樾之所以祝君者，亦非尋常鞶帨之詞也。

春在堂雜文續編一

徐莊愍公祠記

咸豐十年夏四月十有二日，賊陷江蘇省城，巡撫徐公死之。於是兩江總督何公桂清、浙江巡撫王公有齡先後以聞，詔下禮部、兵部，視巡撫例議恤，賜謚莊愍。其同時死難之妾施氏、子候選郎中徐震翼、女徐氏及族弟工部主事徐曾庚、幕友候選布政司理問鮑鄂銜及男僕楊安、女僕劉氏裴氏，均分别旌恤如例。蓋致身授命，臣子之大節；而褒忠勸義，國家之巨典。當是時，群盜爲封狐雄虺，蔓延江浙，金陵大營先已潰散。蘇州雖號省會，而内無厮輿白徒之兵，外無蚍蜉蟻子之援。人心冰釋，大局瓦解，雖有智勇，困無所施。公坐守危城，效死弗去，及城已陷，猶率小隊躬與鏖戰。賊或以刀斫之，冠將墜矣，公手自整攝，揚聲大罵，遂遇戕害。

烏乎！仲路結纓，温序銜須，方之古人，曾無愧焉。忠義所感，闔門抗節，子女捐軀，賓僚并命，有死無貳，下及輿臺，洵可謂忠孝節義萃於一門者矣。用是璽書褒嘉，恩禮優渥，賞延昆裔，榮逮泉壤。今皇帝御極，宇内廓清，吴會休養生息，稍復其舊。而士民懷思公德，謳吟弗衰。大中丞合肥張公及方伯永康應公順民之心，議建専祠。婁門中由吉巷有官房一區，先時曾爲正誼書院。今書院改建，乃即其屋擴而大之。中爲享堂三間，奉公栗主，同時殉難文武諸官附焉。其後爲樓屋五間，祀公家屬，同時殉難諸官之婦女附焉。又其後舊有屋十間，今益爲一十六間，賃於民而歲入其租，以備葺治之需。由是疏房樾須，可以依神；前堂後室，可以行禮。吴中搢紳先生及吾浙之宦游於吴者瞻拜祠宇，莫不慨然太息，想見公之爲人，乃屬樾以文記之。樾於公爲鄉人，誼不得而辭。而亂後公之行狀、墓志均散佚不可見，乃粗叙大略，以告後世。公諱有壬，字鈞卿，别字君青，湖州歸安人。道光八年，以順天籍中式舉人。明年成進士，官户部主事，累遷至郎中，授四川成綿兵備道。累遷至江蘇巡撫，署兩江總督。生平精於隸首之學，著有《務民義齋算學》行於世。當軍書旁午時，仍能布算如常時。蓋其動心忍性之功如此，卒成大節，非偶然也。至其他政績，則有國史列傳在，不備書。

仁和縣典史公廨建立林公祠墓記

林公之殁也，大吏具其事聞於朝，恤贈如例。而其同官與杭郡士大夫又葬其遺骸於孤山林處士墓側，至今祠墓巋然，與岳、于兩少保同爲湖山生色。烏乎！林公不死矣。吴康甫大令攝仁和尉，又就公廨初瘞處立石識之，并建祠肖其象，朝衣危坐，手一巨觥，蓋其授命時情狀如此也。設栗主八，則其父、母、女兄、妻與子女及義女張秀寶咸與焉。康甫之爲此舉，何其周歟？康甫嘗於衆安橋下岳忠武王初瘞處請建崇祠，與西湖栖霞嶺祠墓同列祀典。其表章林公，亦猶此志乎？康甫屬余以文記之，余謂既有楊君晉藩之記，余文可不作矣。乃余有不能無言者，以余與林公固有連也。林公娶周孺人，周之從兄祖誥字雲笈，署江西安義縣，死難者乃余外姊姚恭人之夫，而外姊與余婦又兄弟也。周孺人自幼恒居雲笈家，余親串往來屢見之，與余婦尤相習也。烏乎！孰意其克成大節，卓卓如此哉！余重違康甫意，又感林公一門忠烈，葭莩之末，與有光榮，故書數語，刻之祠壁。

精忠柏臺記

精忠柏，在吾浙按察使司獄公廨之右土地廟前，即宋大理寺獄風波亭故址也。岳忠武遇害之日，柏即枯死，乃自宋至今，枯而不仆。虚中實外，堅如金石。蓋忠義之氣，大之可以動天地、泣鬼神，即其被於一物者，猶不可磨滅如是。噫！可敬也。咸豐庚申、辛酉間，杭城再陷，始毁於兵火。幸嘉慶間范君正庸、何君太青先後繪圖勒石，石雖泐而脱本猶存。余同年生士香蒯公陳臬吾浙，屬吴君廷康依舊圖重刻之，即於故處壘土爲臺，樹石其上，命曰「精忠柏臺」。余惟唐時御史府列植柏樹，是稱柏臺。今直省按察使總司一省之紀綱，唐時所謂外臺也，故亦有柏臺之稱。兹柏托根適當其地，柏亡圖在，猶足以扶正氣而鎮神奸。公之補刻是石，意在斯乎。爰作贊曰：

秦漢以降，有二古柏。孔明廟前，柏爲最古。其一維何，在浙圜土。有宋鄂王，實忠且武。浩然之氣，斯柏是托。王死不朽，柏死不竄。森森臬臺，棱棱霜鍔。爰繪之圖，爰勒之石。脂韋絜楹，對之有怍。誰與作歌，世無杜甫。爰爲之記，用勵凡百。

西湖退省庵記

同治十有一年秋八月，太子少保侍郎彭公雪琴入覲於京師，詔署兵部右侍郎。拜命二十日，引疾去位，優詔許焉，仍命公每歲巡視長江水師一次。公以長江水師繫東南大局，念曩者與故相曾文正締造之艱，又感兩宫皇太后及天子倚畀之重，誼不敢辭，乃於十二年三月自浙江拜疏，具言：「江路遼闊，綿歷五行省，請一年駐上游，一年駐下游，以省每歲往返之勞。臣原籍衡陽江東岸有環堵室，署曰退省庵，請於浙江杭州築屋數楹，亦仍其名，以爲巡視下游休息之所。」詔曰「可」。公乃謀於浙江巡撫楊公石泉，就西湖三潭印月隙地而經營焉，庀材鳩工，屬黎喬松太守主其事。闢虛堂以容圖書，構小樓以受風月。怪石羅於庭，清流環於階。雖無丹雘之觀，而有蕭閑之致。既成，公自題曰「西湖退省庵」。先是，己巳之春，公疏請來浙就醫，寓詁經精舍第一樓。時余主精舍講席，一見如舊。及公此來仍寓湖樓，余從吴下寓廬與公書曰：「西湖三潭印月，乃前年從者去浙後所修葺，平橋九曲，精廬一區，風景殊勝。其東北隅尚有餘地，公宜仿邵康節先生安樂行窩之例，建西湖退省庵，以爲巡視長江兩年一往返雲裝烟駕息肩之地。則西湖又增一名迹矣。」公築此庵，用余議也。余曰：「是宜有記。」公轉以屬余，乃書其緣起。至公勛業及出處大節，海内户知之，不具書。銘曰：

公之往兮，溯江而上。問公何居？南嶽之虚。公之來兮，浙右爲期。問公何處？西湖之渚。公巡於江，旌旗蔽空。高帆巨艦，玉斧雕弓。公隱於湖，烟波釣徒。雲諏水訪，挈榼提壺。湖山之美，能令公喜。築室湖中，上告天子。三潭明月，孤山梅花。年年歲歲，來游來歌。

張氏宗祠記

昔在咸豐之季，江浙淪陷，名都大邑，化爲榛莽。自聖賢祠宇至僧廬道觀，以及士大夫家廟，咸燒掇而焚杅之，無遺礎焉。中興以來，百廢粗舉，咸鳩工庀材，重立垣墉。以余舊官柱下，稍習記載之文，走使具書，求爲文以識重建歲月者，蓋多有之。而張君豫立，亦以先祠記見屬。余曰：「重建耶？」曰：「否，稍稍繕完葺墻耳。」問：「庚申、辛酉間，何以得免？」曰：「是祠也，幾毁於賊者屢矣。鄉之人以吾先世之爲忠厚長者也，哀於賊，免焉。」余嘆曰：「大劫之中，巋然獨存，張氏之先德厚矣。」因詢建祠始末及其見重於鄉里之由。君曰：「是祠也，在秀水縣治西七里之北辰圩，吾先曾祖奉直公於乾隆四十二年承先志而成之者也。祠之旁有屋數椽，雜蒔花木，則其暮年所居，以避城市之囂塵者也。奉直公性爽直，好施與，凡遇水旱偏灾，當路者屬以周急振乏之事，不辭勞，不惜費。家世故多田，是鄉田以千計，賃耕者或負應輸租宜送有司催納，輒命徐之。有積負至數歲者，司責者執不可貸，乃呼而告之曰：『糧從租出，若户皆然，如國賦何？』私以錢匄之，俾輸所負租。百餘年來守遺訓，無苛求佃農者。故雖遭大亂，里中父老猶保護其宗祏，公之德也。」又曰：「豫立少時侍先資政公家居，適親故有獄不得白，或謂先資政公與大守厚，宜一言，謝不可。固請之，則曰：『吾奉直公有言，是非自有公論。居鄉而妄預人事，所右者德我矣，所左者不我怨乎？』吾家不得罪於鄉里者，守此訓也。」張君所言宰較如此。由前之説，知其有恩於人；由後之説，知其無怨於人。此張氏之祠所以得免於大亂後也。張君字少渠，所娶余外姊之女，故熟於余。余因其請，即次第其言爲記。張君官吴下，所至有聲，蓋亦恂恂長厚能世其家者。張氏之興，未有艾也。

重建寶積寺記

吴中有二寶積寺，其一在吴縣西南横山下。《吴郡圖經續記》云：「楞伽寺在横山下。又有寶積、治平二寺，皆近建也。」明洪武初，并寶積於治平，而横山之寶積寺廢矣。其一在郡城中黄土塔橋之東。考《吴地記》後集，於長洲縣下續添橋梁有黄土塔橋，又有寶積寺橋，而寺之緣起不詳。明王鏊《姑蘇志》載在城之寺十有七，有寶志庵、寶林寺，而無寶積寺。國朝道光間所修志書云寶積寺在黄土塔橋東，梁天監中建。夫建於梁天監中，則亦古刹矣。綿歷千載，志乘闕如。地之盛衰，固有時邪？意亦有待其人邪？衡峰和尚性體堅定，願力宏大，道光中卓錫於此，即訪求故老，考訂《圖經》，慨然思復其舊觀。經之營之，不遺餘力。堂構粗定，大亂洊至。皓壁丹柱，化爲邱墟。同治之初，三吴底定。衡峰以此寺業廢於已成，功墜於幾立。眷言靈宇，載懷興葺。而是時東南初復，物力猶艱，瘡痍之餘，百廢未舉。衡峰行潔而誠著，衆所悦服，禪誦之外，尤善丹青，其他技能，若六壬式經占、宅經葬書、禄命書相書，無不通曉。以故士大夫多喜從之游，檀施雲集。衡峰儉以律己，菲衣惡食，損之又損。如是數年，克成初願。三門岌嶪，大殿崇閎，講經則有堂，會食則有廡，宴坐則有室，賓至則有寮。下至庖湢井匽，罔不肸飾。乃莊嚴諸佛菩薩象及諸天之色相、十八尊者之威儀，顚顬睽睢，曲盡其狀。嗚呼！其用力勤矣，其用意周矣。余頻年主講西湖精舍，見湖上諸叢林大半榛莽，一二緇流謀修復之，而終莫能就。衡峰於此寺二十年中鼎新者再，功在不舍，卒底於成。地之興衰，固存乎人哉！故老相傳，寺爲要離故宅，即奉要離爲本寺伽藍。然則吴中古迹，無先於此者矣。余故爲詳書本末，以表衡峰二十年之苦心，且使後之續記《吴郡圖經》者有可考也。

潘簡緣香雪草堂記

簡緣先生築室鄧尉山中，曰香雪草堂。堂之西尚有隙地，治爲圃，曰西圃。蓋先生城中所居舊有西圃，故山居亦襲其名。六十以後，遂自號西圃老人。堂之東有小閣，閣中藏宋楊逃禪《四梅花卷》，因顔之曰「四梅閣」。錢唐戴文節爲繪《山居圖》《四梅閣圖》《湖山偕隱圖》各一。其云「偕隱」者，謂先生配汪夫人也。先生詩云：「老妻亦解幽居樂，催促移橈共入山。」伉儷之賢，其今之陶翟乎？庚申、辛酉間，東南淪陷，山中亦無樂土。大難既夷，市廛榛莽，而入山訪舊，則草堂巋然獨存，逃禪《四梅卷》及文節三圖亦皆無恙。先生因賦《還山》詩，有云「天留茅屋老餘生」，海内聞之，無不爲先生慶。余與先生爲同館後輩，因得從容茗話於城中之西圃，見其泉石幽深，花木陰翳，墻頭薜荔，幕青帷緑。徘徊其下，輒不能去，不知山中西圃，其勝又當如何。先生乃示以《山居圖》，并出一長卷，凡詩五十五首，皆往來山中所作者。受而讀之，草堂之勝，大略可見。於是嘆先生之品之高，而先生之福亦遂不可及矣。香山詩云：「試問池臺主，多爲將相官。終身不曾到，惟展宅圖看。」世之達官貴人經營第宅，風亭月榭，重栭累翼，而馳驅鞅掌，曾不得一日偃仰其中者，夫豈少哉？先生家門鼎盛，壯歲入玉堂，循階隨牒，便可坐致霄漢。乃甫至四十，即謝病歸田，高卧湖山，侶鷗鷺而友麋鹿。溯自咸豐三年甲寅之歲經始草堂，至於今二十有二年矣。春秋佳日，青鞋布襪，無歲不游，無游不暢。信有如東坡所云「隱居之樂，雖南面之君不與易」者。非癖烟霞芥軒冕如先生者，其何修而得此福於天哉！先生年逾耆艾，神明不衰。雖汪夫人先逝，偕隱不終，然嗣君辛芝昆仲輩皆翬然而起，致身通顯。先生頤養天和，優游桑梓，自兹以往，歲月方長。有山水之緣，無人事之擾，此其福豈可量邪？余故里無家，僑居吴下，偶於先生舊第馬醫巷之西買得隙地，構爲曲園，卷石勺水，聊以自娱。視先生城中西圃已有不如之嘆，若視山中西圃，殆猶磧礫之於玉淵矣。而先生不棄，屬爲之記，因書數語於《山居圖》後。他日訪先生於山中，共坐草堂之上，看靈岩、玄墓諸山淺青濃碧，羅列左右，當更勝城中薜荔墻也。

顧樂全悟琴心室記

往年丁雨生中丞撫三吴，幕中有客能鼓琴，嘗招余及潘玉泉、吴介山兩君同聽之。余不解音律，問兩君頗知之乎，皆曰不知。余曰：「然則吾三人者合成犇字矣。」相與大笑。雖然，陶元亮性不解音，蓄素琴一張，弦徽不具，每朋酒之會，撫而和之，曰：「但識琴中趣，何勞弦上聲？」以是言之，人豈必摟搉攈捋而後爲知琴哉？嵇中散爲《琴賦》，其亂曰：「愔愔琴德，不可惻兮。體清心適，邈難極兮。」然則知琴者，亦知其心而已。故曰：「非曠遠者不能與之嬉游，非淵静者不能與之閑止。非放達者不能與之無吝，非至精者不能與之析理。」顧子樂全精於琴者也，嘗以悟琴心名室，而求記於余。余不習觸搉，何以記爲？雖然，余所不知者音也，至於琴心則粗識之矣。凡詩人之優柔，騷人之精深，皆琴心也。凡山川厓谷，鳥獸蟲魚，草木之華實，皆琴心也。既以解嘲，亦以廣君。試由愚言而求之，其必有悟所未悟者乎？

曲園記

「曲園」者，一曲而已。强被園名，聊以自娱者也。余故里無家，久寓吴下。歲在己巳，賃馬醫巷潘文恭舊第而居之。至癸酉歲，太夫人自閩北歸，以所居隘謀遷徙，而無當意之屋。適巷之西頭有潘氏廢地求售，乃以錢易之。築屋三十餘楹，用衛公子荆法，以一「苟」字爲之；取《周易》「樂天知命」之義，顔其聽事曰「樂知堂」，屬彭雪琴侍郎書而榜諸楣。堂之西爲便坐，以待賓客，顔以曾文正所書「春在堂」三字，別詳《春在堂記》。春在堂後尚有隙地，乃與內子偕往相度，而成斯園，即於春在堂後連屬爲一小軒，北向，顔曰「認春」。白香山詩云：「認得春風先到處，西園南面水東頭。」吾園在西而兹軒適居南面，「認春」所以名也。認春軒之北，雜蒔花木，屏以小山。山不甚高，且乏透瘦漏之妙，然山徑亦小有曲折，自其東南入山，由山洞西行，小折而南，即有梯級可登。登其巔，廣一筵，支磚作几，置石其旁，可以小坐。自東北下山，遵山徑北行，有回峰閣。度閣而下，復遵山徑北行，又得山洞。出洞而東，花木翳然，竹籬間之。籬之内有小屋二，顔曰「艮宧」。艮宧之西脩廊屬焉，循之行，曲折而西，有屋南向，窗牖麗廔，是曰「達齋」。曲園而有達齋，其諸曲而達者歟？由達齋循廊西行，折而南，得一亭，小池環之，周十有一丈，名其池曰「曲池」，名其亭曰「曲水亭」。由曲水亭循廊而南，至廊盡處，即春在堂之西偏矣。大都自南至北修十三丈，而廣止三丈。又自西至東廣六丈有奇，而修亦止三丈。其形曲，故名「曲園」。所謂「達齋」者，與認春軒南北相值。所謂「曲水亭」者，與回峰閣東西相值。艮宧則最居東北隅，故以「艮」名。艮，止也，園止此也。然艮宧南有小門，自吾内室往，可從此入，則又首艮宧。艮固成終成始也。嗟乎！世之所謂園者，高高下下，廣袤數十畝。以吾園方之，勺水耳，卷石耳。惟余本寠人，半生賃廡。兹園雖小，成之維艱。《傳》曰：「小人務其小者。」取足自娱，大小固弗論也。其助我草堂之資者，李筱荃督部，恩竹樵方伯，英茂文、顧子山、陸存齋三觀察，蒯子範太守，孫歡伯、吴焕卿兩大令。其買石助成小山者，萬小庭、吴又樂、潘芝岑三大令。贈花木者，馮竹儒觀察。備書之，矢勿諼也。

留園記

出閶門三里而近，有劉氏之寒碧莊焉。而問寒碧莊，無知者；問有劉園乎，則皆曰有。蓋是園也，在嘉慶初爲劉君蓉峰所有，故即以其姓姓其園，而曰劉園也。咸豐中余往游焉，見其泉石之勝，花木之美，亭榭之幽深，誠足爲吴下名園之冠。及庚申、辛酉間大亂洊至，吴下名園半爲墟莽，而閶門之外尤甚。曩之闤城溢郭，廛合而雲連者，今則崩榛塞路，荒葛罥塗。每一過之，故蹊新術，輒不可辨。而所謂劉園者，則巋然獨存。同治中，余又往游焉。其泉石之勝，花木之美，亭榭之幽深，蓋猶未异於昔，而蕪穢不治，無修葺之者。兔葵燕麥，摇蕩於春風中，殊令人有今昔之感。至光緒二年，爲毗陵盛旭人觀察所得，乃始修之平之，攘之剔之。嘉樹榮而佳卉茁，奇石顯而清流通。凉臺燠館，風亭月榭，高高下下，迤邐相屬。春秋佳日，觀察與賓客觴咏其中，而都人士女亦或掎裳連襼，而往游焉。於是出閶門者，又無不曰劉園劉園云。

觀察求余文爲之記，余曰：「仍其舊名乎？抑肇錫以嘉名乎？」觀察曰：「否，否。寒碧之名，至今未熟於人口。然則名之易，而稱之難也。吾不如從其所稱而稱之。人曰劉園，吾則曰留園。不易其音，而易其字，即以其故名爲吾之新名。昔袁子才得隋氏之園而名之曰隨園，吾得劉氏之園而名之曰留園，斯二者將無同。」余嘆曰：「美哉斯名乎！稱其實矣。」夫大亂之後，兵火之餘，高臺傾而曲池平，不知凡幾。而此園乃幸而無恙，豈非造物者留此名園以待賢主乎？是故泉石之勝留以待君之登臨也，花木之美留以待君之攀玩也，亭榭之幽深留以待君之游息也。其所留多矣，豈止如唐人詩所云「但留風月伴烟蘿」者乎？自此以往，窮勝事而樂清時，吾知留園之名長留天地間矣。因爲之記，俾後之志吳下名園者有可考焉。

怡園記

顧子山方伯既建春蔭義莊，闢其東爲園，以頤性養壽，是曰「怡園」。入園有一軒，庭植牡丹，署曰「看到子孫」。軒之東有屋如舟，署曰「舫齋賴有小溪山」，涪翁句也。其前三面環水，左則蒼松數十株，余摘司空表聖句顔之曰「碧澗之曲，古松之陰」。其上有閣曰「松籟」，憑檻而望，郭外西山，隱隱見眉嫵矣。繞廊東南行，有石壁數仞，築亭面之，名曰「面壁」。又南行，則桐蔭翳然，中藏精舍，是爲「碧梧栖鳳」。又東行，得屋三楹。前則石欄環繞，梅樹數百，素艶成林。後臨荷花池，石橋〔一〕三曲，紅欄與翠蓋相映。俗呼其前曰「梅花聽事」，後曰「藕香榭」云。梅花聽事之西鑿坏於垣，曰「遁窟」。窟中一室，曰「舊時月色」，亦余所署也。循廊東行，爲「南雪亭」。又東，爲「歲寒草廬」。有石笋數十株，蒼突可愛。其北爲「拜石軒」，庭有奇石，佐以古松。又北，爲「坡仙琴館」，以藏東坡琴也。館之右有石，似老人傴僂而聽琴。築室其旁，曰「石聽琴室」。又西北行，翼然一亭，顔以坡詩曰「繞遍回廊還獨坐」。廊盡此矣。庭中有芍藥臺，墻外有竹徑。遵徑而南，修竹盡而叢桂見，用稼軒詞意築一亭，曰「雲外築婆娑」。亭之前即荷池也。循池而西，至於山麓，由山洞數折而上，度石梁，登其巔，則「螺髻亭」也。自其左履石梁而下，得一洞，有石天然如大士像，是曰「慈雲洞」。洞中石卓、石橙咸具，石乳下注磊磊然。洞外多桃花，是曰「絳霞洞」。洞之北即余所謂「古松之陰」也。出松林再登山，有亭曰「小滄浪」。亭後叠石爲屏，其前俯視又即荷池矣。兹園東南多水，西北多山。爲池者四，皆曲折可通。山多奇峰，醜凹深凸，極湖嵌之勝。方伯手治此園，園成遂甲吴下。精思偉略，即此徵之。攀玩終日，粗述大概，探幽搜峭，是在游者。

〔一〕橋，原訛作「槁」，據蔡啓盛《校勘記》改。

尚書立齋李公家傳

公姓李氏，諱奕疇，字書年，號立齋。其先山西洪洞人，明初有諱宗賢者始遷河南夏邑，遂家焉。父諱敏第，字瀛少，雍正八年進士，由翰林起家，累官至山西布政使護理巡撫，内遷光禄寺卿，終太常寺卿。居官廉，其殁也無銖金寸錦之儲。母韓夫人，長洲韓文懿公女孫也，躬織紝，課之讀。已而公與兩兄先後補博士弟子員，韓夫人喜曰：「爾曹自此爲讀書人矣。」乾隆四十四年中式舉人，明年成進士，改翰林院庶吉士，散館授檢討。俄以大考改主事。五十一年，補禮部祠祭司主事。五十三年，充貴州鄉試副考官。明年升員外郎。又明年升儀制司郎中。五十六年，本部京察一等，適山西太原府缺員，詔巡撫揀員調補，而以公補所遺缺，遂補寧武府知府。旋由寧武調平陽。平陽剽捍，爲他郡劇。公至，廉得各縣之豪猾者名，捕之，誅其魁。民好以細事訟於大府，甚者走京師。僉謂公宜痛治之，公曰：「亦問其枉不耳。果枉也，豈禁其赴愬哉？」遇事務持其平，久之，訟稍息。嘉慶四年，遷江蘇蘇松督糧道。八年，調江安督糧道。如期轉漕，不愆於素，而鉤稽微密，積弊咸去。

九年，升山東按察使。仁廟召見，有「實心辦事，操守亦好」之諭。先是，瀛少公曾爲山東按察使，有惠政。至是公繼之，稱濟美焉。俄以巡撫長公奏保所屬吏不當，公坐左遷，詔以道員用。兩江總督治亭鐵公請留南河，是時以河流倒漾，議改海口，已報可矣。公親至海口達觀，初無攔門鐵板沙，乃力言：海口順流，本無壅塞，利不什不變法。此役不已，數百里田廬蕩決，老弱轉徙，弊且不可言。鐵公心動，爲奏寢其事。十二年，補江南河庫道。明年，升安徽按察使。於是有平反霍邱范顧氏冤獄一事，皖人至今傳之。范顧氏者，霍邱縣招解謂與奸夫楊三謀殺本夫范受之者也。公曰：「原供正月十三日夜，范受之同妻弟顧三觀燈，燈散回家，又爲樗蒲之戲。迨人定後，范顧氏與楊三等各持械毆擊死之，又支解之而糜於釜，灰其骨而瘞之野。此非咄嗟可辦者。以時言之固不給，且范受之爲贅婿於妻母家，其居近市，前後左右皆鄰也，群毆無聲歟？炙骨無臭歟？」而潁川守、霍邱令咸護前，持益力，巡撫亦信之。公曰：「逆倫大獄，坐死者五人。苟有疑，可遽定乎？」密偵其事。有陳姓者與范有連，言范受之於正月十四日曾至其家，一宿而去。公曰：「然則正月十三日之未死，可知矣。」命踪迹范受之所在，縣案以待。逾兩載范受之歸，五人者皆不死。公平反疑獄類如此。

十四年，遷安徽布政使，入覲面陳安徽吏治，仁廟嘉其不欺。是歲河決李家樓，波及宿、亳、靈、泗，議者欲緩堵決口，借黃以助清。公曰：「黃河自陝豫而來，奔騰浩瀚，非海不足以受之。今欲借徑於湖，是以海視湖也。歷來借黄濟運，不過偶然。漾入之流，若大溜全注於湖，則湖必淤矣。況遇伏秋大泛，湖不能受，則清口亦必不及泄，高堰危而淮揚可虞。不得已仍開五壩，是清口未受蕩滌之利，而高寶先受淹浸之害，與刷黄本意無乃左歟？」總督百文敏公從其議，河復故道，民安其居，公之力也。護理安徽巡撫，旋授浙江巡撫。時浙江嚴衢諸郡民多傳習天罡會者，有詔窮治。公捕得葉機等數人，鞫之，皆愚民爲巫覡所惑，妄冀消灾獲福，無它圖，因誅其爲首者，而釋其餘。又以海多盗，嚴飭所屬毋縱盗。及得盗，則以其情，罪重大者置之法，餘減等免死。杭城遇旱歲苦無水，公稽乾隆五十年故牘，於南門外閘口設水車戽江水入内河，杭民始不憂旱，而下游嘉湖兩郡亦蒙利焉。撫浙一年，百廢咸舉。惟爲孟氏嫡裔之在諸暨者，援衢州孔氏例，請設五經博士，部議格不行，士林惜之。十九年，遷漕運總督。公曾爲糧道，周知利弊，故督漕五年，漕艪之至通州率早於往歲，玉音褒美焉。會有運弁不職，御史某劾之，并及公，改京職，以主事候選。宣宗御極，授守護昌陵尚書。

道光三年，以原品致仕，時年七十矣。公爲政務持大體，而遇事果斷，無所徇，及與人交，一本於仁恕。守平陽時，有翼城令因公事負帑金，公察其非侵冒，代請於院司，分年彌補，不足則益以私貲。其任皖藩也，故令陳君家屬以負官錢不得歸，公見其子而才之，爲畫策償所負，資之歸。其子鑾後官巡撫云。督漕時所舉將弁如陳君階平、段君焜，後皆至提鎮。世咸服公能知人焉。公既歸里，居林下二十餘載，道光十八年重逢己亥鄉試，詔加太子少保銜重赴鹿鳴宴。明年，重赴恩榮宴，而公之次子銘皖適於是年成進士，海内榮之。公卒於道光二十四年，年九十有一。公娶吴夫人先卒，如夫人二，曰管宜人，曰謝宜人。子銘右，早卒。銘皖、銘翰、銘霍、銘檕、銘舟、銘恩，皆克稱其家聲。銘皖由進士起家，今官湖北安襄鄖荆道。銘翰、銘霍皆舉人。

舊史氏俞樾曰：余爲童子時，即傳聞公治霍邱獄事，比寓吴，適公次子薇生觀察守吴，遂得備聞公行事。觀察屬爲之傳。余惟公大臣，國史固有傳，不當私有撰述，姑叙次其事爲家傳，附其家乘焉。公恂恂長者，而處事果而有斷，待人寬而有制，古所稱「和調而不緣，溪盎而不苛」者與？宜乎天降雄偉，萃於一門；子孫繩繩，未有艾矣。

余母吕太宜人傳

吕太宜人，湖北漢陽縣漢口鎮人，處士錦儒公次女也。年十六歸佩圃余公，公已娶黄宜人矣，無子，故篋以宜人。宜人既來歸，始知之，曰：「吾命也。」莊事黄宜人，没齒無閑言。宜人生子三，曰誠之、明之、循之。黄宜人生子曰惠之。惠之與明之同歲生，乏乳，宜人以己乳乳之，哺明之以糜。佩圃公之卒也，謂宜人曰：「天下事孰愈於讀書乎！善撫諸子，毋廢書。」時宜人齒未三十，佐黄宜人治家，課諸子讀惟謹。誠之試於郡，冠其曹，遂入邑庠。宜人以諸子咸成立，宜异宫，請於黄宜人，析田宅無私焉。黄宜人卒，愛惠之如所生。已而誠之、明之皆早世，循之以知州官河南，嘗權知淮寧、永寧縣事。宜人來就養，又恒至其婿樊君署，先後十數年，輒與惠之俱。宜人性慈善，族黨中以緩急告，必諾。遇人有所争，出一言咸折服。雖居官舍，而飲食之珍者撤勿嘗，服飾之華者屏勿御，惟以潔己愛民勖其子，故循之所至有聲，咸曰賢母之教也。循之亦前卒，惟惠之獨存。宜人之卒也，年已八十八矣。宜人有一女適同邑辛卯恩科舉人、河南候補道、原任河南府知府樊君諱琨，字玉農，有外孫五人，或爲部郎，或爲道府，皆有聞於時。余長子婦，樊君女也，故得聞其略焉。

論曰：余嘗讀《玉泉子》載，鄧敞初婚李氏，又娶牛僧孺之女。既至家，牛始知其詒己也，卒相安無异言，未嘗不嘆牛氏之賢。今觀宜人事，豈有异歟？宜其膺多福，享大年，有子三人，有孫七人，食報於天者，如此其厚也。《易林》云「富壽宜家」，其宜人之謂乎？

萬宜人傳

宜人姓萬氏，江蘇某縣人。父錦榮，嘗得危疾，宜人刲股肉和藥以進，乃瘳。及父卒，無兄弟姊妹，矢不嫁。母問之，曰：「願終事母。」母戲曰：「爾將速吾死邪？」遂不敢言。歸同邑蔣君，年二十有三矣。蔣君名某，亦孝子也。父兆男，以貧故棄儒而賈。火其廬，喪厥貲，驚憂得疾以卒。君之母傷於火爤焉，君屑藥以敷之，傷疾稍差，而舊有羸疾加劇。又因其長女適劉氏者以哭夫而死，心悼之，病日臻。先是，君侍父疾，曾刲其股，至是又刲焉。母之疾爲少間，而君屢遭顛沛，家益落。至二十九歲始娶宜人，未四十而卒。長子及女皆殤，次子煜纔五歲。宜人慟甚，卒之日以首觸床，斂之日又以首觸棺，血涔涔然，仆於地，再絶再蘇。姑曰：「仰事俯育，緊爾是賴。以若所爲，是不慈不孝也。止！」止乃不敢復言殉，而家窶甚，以針黹活。及姑卒，往依其母。母病在床褥二年，宜人衣不解帶亦二年。治其母之喪如其姑之喪，一以禮。其教子也嚴，有過必撻。或謂：「若止一子，宜少寬。」宜人大息曰：「吾非不愛子也。人有數子，此之不立，他猶可望。吾止一子，若不肖，則遂無子矣。何以見吾夫地下哉？」煜用是自奮，不數年以賈起家。咸豐之季，常州陷於賊，煜奉母渡江至如皋，幸安全。宜人顧鬱鬱不樂，謂煜曰：「吾家雖幸無恙，而族姻之陷水火者不能出其難。民之扶老携幼而至者，皆吾鄉里也。晝乞於市，莫之與；夜宿於寺廟，莫之容，終必轉於溝壑矣。汝誠無力，然豈可坐視乎？鬻吾釵鐶，猶可數十金，以畀汝，汝其稱吾意焉。」煜乃冒烽火至江南，訪得其叔母及姑姊從兄，與俱歸。又謀於同里之吴君容光、汪君彦傑，爲鬻糜糧餅以食難民，請於官，以空屋在官者居之。全活無算。宜人乃稍慰，因戒煜曰：「汝父雖赤貧，而奉母能竭其力，爲弟妹嫁娶勿失其時。人有以緩急告者，必有以副其欲。吾家食其舊德，馴致温飽。大難至而免焉，豈非爾父之遺澤乎？汝宜勉之，成人之美，濟人之急，毋墜父風，毋忘吾言。」煜謹受教。同治□年，宜人得痰疾。九月十三日卒，年六十有四。以子煜官五品故，贈宜人。煜初娶於張，死寇難，以節烈旌其門。繼娶□，生三子一女。

舊史氏俞樾曰：昔昌黎作《鄠人對》，甚不以刲股爲然，《新唐史·孝友傳》取其説。雖然，君親一也。宏演納肝，莫敖斷脰，流聲史策，以爲美談。何獨於顓顓之愚孝而苛責之哉？蔣君夫婦皆嘗刲股，可謂難矣。宜人居大亂之時，拳拳於其親故，又推而至於轉徙之遺黎，惟恐失所，此豈尋常閨閤中人所見及哉？宜人用心如此，宜乎出於險中，而天且昌其後也。

節孝朱孺人傳

朱孺人，江蘇某縣人，適同縣黄鏞，字玉音。鏞父芝庭，芝庭有兄桂庭，無子，遂子之。桂庭卒十有五年，孺人始來歸。事芝庭夫婦，能得其歡心，治家事咸脩飭。道光六年，芝庭卒，鏞以毁致疾，孺人侍疾謹，湯藥非親嘗不以進。是歲冬，鏞卒，孺人年甫二十有九，一女才三歲。孺人痛不内勺飲，瀕死者數矣。父朱公勸之曰：「爾已重身，幸生男，綿夫祀，不愈於殉乎？」孺人乃始啜粥。越八月，果生男，名曰溶。黄氏家故不豐，薄田數畝，不足以贍。孺人佐以織，凡三日必出布一匹。夜或無燈火，織猶未休。聞兒呱呱泣，則謹乳之，乳已復織。女至五六歲，課以女功，不少寬。溶七歲出就傅，孺人時時以忠孝故事陳説勉勵之。溶能丹青，至蘇州售其技。母女二人謹守門户，早納國課，嫁女娶婦，罔不肸飾。於三黨之戚無所乞貸，而歲時饋問未嘗失禮。然有喜慶事具酒食招之，則不一往，曰：「吾未亡人，惟五服内有長者之喪可往拜奠，否則有何事而履人庭邪？」由是人益高之。歲朝族之長老，必衣冠而拜於其家。凡守節二十三年，於道光二十八年卒。至同治九年，溶請於官，旌如例。

董孝女郭貞婦合傳

孝女董氏，直隸永平府樂亭縣人。父董桂林早卒，女年甫十二，與寡母煢煢相依。有求婚者，輒泣曰：「母無子，如女嫁，誰奉母耶？」卒不嫁，以紡織供甘旨。歷四十年母卒，女罄所蓄以殮其母〔一〕，而亡以營葬，乃殯於所居之室，外親封以泥，守之，又十有八年，時食必薦。鄉人憐其孝，咸賻之，乃克葬。樾曰：古者先殯而後葬，殯者於西階之上掘坎埋棺，其名曰肂。塗之以土，備火也。孝女此舉合乎古矣。夫孝女豈知古有斯禮，而循用之哉？先王制禮，原本乎人子之至情，故孝女發乎本心，而自合乎禮也。同其時有郭貞婦。

貞婦豈氏，年六歲童養於夫家。其夫郭自立，家貧出謀食，久不歸，貞婦依孀姑以居。姑以子不知在亡，勸婦嫁。婦泣曰：「如婦嫁，誰奉姑耶？」卒不嫁，以紡織供姑甘旨。姑没，喪之如禮，而其夫竟不歸。同治十三年，直隸總督大學士李公鴻章以貞婦與董孝女事并言於朝，旌如例。是歲也，董孝女年七十，郭貞婦年六十有四。

〔一〕母，原訛作「毋」，據文意改。

鄭孺人傳

鄭孺人諱蘭孫，字娛清，别字蘅洲，杭州仁和人。幼孤，鞠於外家。其外王父孫公，博雅士也，愛其慧，教之讀。六歲通四聲，九歲能爲小詩，以庭前花木命之賦，輒有新意。至十四五，工書畫，且善爲唐宋人小令。孫公益奇愛之，難其婿。久之，謂同里徐君才，婿焉。徐君諱鴻謨，字若洲，故杭之巨族，居姚園寺巷，有高樓一區。自其五世祖文敬公、高祖文穆公以來，累朝賜予秘籍及購藏群書皆庋其上，徐君自幼博覽無遺。年十四補博士弟子員，作《觀潮賦》，傳誦一時。孺人歸徐君，年甫十有九，事其姑孫太孺人，能得其歡心。已而徐君官江南，攝揚州府經歷，遂奉孫太孺人就養於揚。以揚州風俗豪侈，輒誦隨園詩曰：「青山也厭揚州俗，多少峰巒不過江。」徐君戲反其意曰：「青山也羨揚州好，多少峰巒隔水看。」慰之也。咸豐三年，賊陷江寧，順流而下，將薄揚州。時徐君奉檄乞援於淮，孺人曰：「事急矣。吾姑高年，不宜久居危城。」而又懼中途遇鈔掠，乃盡棄其囊匧，惟奉純皇帝賜文穆詩卷及其家乘與先代遺像，從孫太孺人挈子女以出奔如皋。未至，失其長女。女甫十歲，意必殤折矣，未幾竟得於吴陵之鄉間。先時有曾媪携二女與孺人同居，曾媪旋物故，孺人携其二女至如皋，爲擇良奥而歸之。及失女復得，僉曰陰德之報也。

越二年，孫太孺人卒，徐君方護理揚州府清軍同知。孺人獨治喪，衣衾皆手自縫紉。人稱其孝。明年大旱，孺人鬻衣易粟，食鄰比之餓者。徐君既服闋，復之官，孺人與其子琪居如皋，家益貧，不能具脩脯，乃自課琪讀書，作《示兒》詩四章。九年，賊再陷揚州，徐君力戰，受創幾死，傳聞已歿於陣。孺人欲冒險往偵之，乃先爲孫太孺人卜地於如皋城東，權葬焉，封以土，識以石。已而舟次泰州，知徐君遇救未死，乃迎之至如皋，躬視醫藥，歷十月之久始愈，而孺人亦病矣。孺人故達佛理，遭遇兵亂，益視死生如夢覺。初至如皋，曾賦《自挽》詩十六章。至是知不起，然猶治家事，勉琪誦讀如平時。十一年，徐君攝六合瓜步司巡檢，其夏五月，孺人卒於如皋。先卒前十日，謂琪曰：「吾病不可爲矣，後十日當逝。汝父未還，身後事吾自任之。」乃召僕媪治歛具，且命題墓碣曰「蓮因室主人墓」。「蓮因」者，其所居室名也。琪及其女兄各封股羹以進，竟不效，如期而卒。卒之日异香滿室，有金光穿户出，左右皆見之。孺人著有《蓮因室集》。生子二，曰琪、曰珙。生女一，曰雲芝。珙早殤，琪有雋才，詩文字畫能世其家。雲芝亦能詩，嫁同里袁啓瀛。

舊史氏俞樾曰：余主講詁經精舍，始識琪，蓋精舍中之高才生也。琪爲余言：孺人性謹厚有識略，居恒寡言笑，臨大事則從容治之，無倉皇之色。嗚呼！如孺人者，可不謂賢哉！躬操井臼，不廢翰墨。兵亂中，猶時以詩歌見志，可謂女士矣。

孫芳蓉傳

孫芳蓉，又名福，字有慶，陽湖縣洛陽鎮天潢村人。嘗執羈靮事先通奉君。道光二十四年，余舉於鄉，通奉君命之從余入都，應禮部試。報罷南旋，客授徽州者五年，芳蓉無歲不從。暨余成進士，官京師，奉使河南，亦皆從焉。咸豐八年，余從河南免歸，僑居蘇州，芳蓉亦老矣，然猶時來余家。九年冬，辭而去，期於明年來。其明年亂，不果來，余亦遷徙靡定，遂不復相聞。至同治十一年，其弟芳茭，字有斐，來謁余於吴下寓廬，乃知芳蓉於同治二年死矣。追念其在余家首尾三十年，勤於所事，儉於自養，余家事無巨細悉與聞之，而錢幣出内無所苟。雖邱里細民，有士君子之行焉。芳茭言今年正月十六日芳蓉見夢云，仍從先通奉君管家事。嗚呼！其信然乎？抑否乎？芳蓉生時曾入貲得從九品銜，終身不娶，以芳茭子雙福爲之子。孫氏故巨族，宗派繁衍，時方脩家譜，余故書其大略以授芳茭，俾附家乘，存其人焉。

永靈東廟碑

德清縣新市鎮故有永靈廟，考之《縣志》，神姓朱氏，諱泗，父煦，三國時朱然之弟。晋咸寧中伐吴，煦與焉。妻從行至鎮而産子，是爲神。神博通書史，旅力過人。永昌元年死王敦之難，泰寧二年封鎮國將軍，立廟於鎮。宋紹興五年賜額曰「永靈廟」。廟故在鎮西偏，宋元祐初，鎮東之人以走祀不便，復建廟於東偏，規制閎麗，視西有加。國朝咸豐間，毁於賊。同治三年，賊與官軍相持，見空中若有神鐙，旌旗蔽野，鉦鼓殷天，賊遂驚走。蓋神助也。於是里人錢增重塑神像，權奉安於戴侯祠。六年春，方議重建大堂，神忽降而有言：宜視西廟崇二尺，以壯青龍形勢，爲一方保障。神。是年冬，陳汾源、姚文藻等倡議醵貲，先建廟右之集禧堂以居神。鎮之人且喜且懼，鳩工庀材，奔走從事，逾年而大門以至堂皇次第落成，徵文於余，以紀其事。

余考《三國·吴志》，朱然本姓施氏，爲朱治姊子。治初無子，以然爲嗣，故從朱姓。而煦無聞焉，殆史失其傳乎？然爲丹陽郡故鄣人，故鄣與安吉接壤，而然又嘗爲餘姚長山陰令，則其弟或從行，經由兹地而生子，亦事理所宜有者。朱氏世爲吴將，甚見委任。當咸寧時吴猶未亡，煦以勛戚子弟，安得反從晋伐吴？即從伐吴，亦不能至此。《縣志》所傳，疑失實也。廟舊有宋元符二年碑記，稱神爲鳳陽府人。鳳陽府自明始置，安得見於宋碑？其僞托不待辨。惟言神生於鎮之施家巷，以《吴志》徵之，朱然本施氏子，爲治行喪竟，乞復本姓，權不許。至五鳳中，然之子績上表，還爲施氏。然則施家巷爲神之故迹無疑矣。余惟神之靈爽至今不替，而深惜正史之無徵。惟此一事合於正史，故表而出之，以傳信於後，庶後之人益敬事神，而被神賜於無窮也。

贈太子少保謚文勤福建巡撫王公神道碑

光緒元年冬十月甲戌，福建巡撫王公巡閲臺灣還，至於省城。越十有三日丙辰，薨於位。天子悼焉，詔贈太子少保銜，視總督例賜恤，賚白金治其喪，子謚文勤，并命於福建省城臺灣府城建祠祀焉，凡祭葬咸賜如例。於是公之子儒卿等奉公之喪暨其配劉夫人之喪於其明年之十有二月某日葬於寶應城北之龍首村殷家莊，立祭葬碑，一準律令。而神道之左禮宜有銘，乃以屬樾。樾舊史氏也，且爲同歲生，又以長女女公之次子，故誼不敢以辭。公姓王氏，諱凱泰，字幼軒，號補帆。原名敦敏，字幼甸。其先世自蘇州遷寶應之白田鋪，遂爲揚州府寶應縣人。曾祖諱箴本，曾祖妣苗氏、朱氏、張氏、刁氏。祖諱曰晋，祖妣劉氏。父諱瑶楨，妣楊氏。皆以公貴，累贈至資政大夫，妣皆夫人。公自幼有神童之目，年十有一，四子書、十三經皆卒讀，其父贈資政公親爲講授大義。十五歲爲縣學生，旋充道光二十三年優貢，試於朝，列二等，用訓導。二十六年應順天鄉試，中式舉人。三十年會試，中式第二名貢士，賜進士出身，改翰林院庶吉士，充國史館協修。咸豐二年散館，授編修。

當是時，粵賊已自桂林走兩楚，東南大擾。俄而金陵陷，其餘氛及於畿〔一〕輔。朝廷命將四出，未即克，而齊魯皖豫之郊群盜如毛而起，兵疲餉匱，勢岌岌不可支。公雖在詞館，慨然有匡濟時艱之意，改今名焉。旋充國史館、實録館提調，奏辦院事。充咸豐九年會試同考官，是科一甲二名進士孫念祖，公所得士也。十年，丁楊夫人艱。彭文敬公知公才，奏請辦理本籍團練。公謀於團練大臣晏公端書，增勇丁之額，而汰其羸弱，嚴其賞罰，裁浮費，杜侵漁。其在公局，雖一飯必自費也。叙功，加侍讀銜。同治元年，捻寇突至，公力却之，又加四品卿銜。服闋入都，充實録館協修，兼文淵閣校理。上以公知兵，命赴江蘇軍營。而公適丁資政公艱，南歸。今相國肅毅伯李公鴻章時爲江蘇巡撫，駐上海，以公牘調赴營，公辭不可，遂以二年九月至滬

〔一〕畿，原訛作「幾」，據蔡啓盛《校勘記》改。

治營務，兼管釐捐事。李公以上海一隅規復江蘇，旁及嘉湖，公在幕府，與有力焉。其受主知，膺大任，實始此矣。四年五月，詔以道員留浙江補用，從浙江巡撫馬端敏公之請也。至浙，攝糧儲道事。其明年赴天津交米，即入都引見。還次河間府，而升授浙江按察使之命下。公念浙中新復，安良之法在於除莠，惟求無枉無縱，以稱斯職。而其有大功於浙者，尤在三江閘浚沙一事。三江閘者，所以泄山陰、會稽、蕭山三縣之水者也。始自明嘉靖中，郡守湯公於三江口建大閘，有二十八洞，命曰應宿閘。歲久不浚，閘外漲沙日高，三縣之水不得泄，民大困。公親往相度，掘港開溝，使水怒流足以刷沙。又禱於湯公之廟，其夜見神燈數十往來閘口，大聲如雷。質明，沙泥蕩滌無遺。事詳公所撰《三江閘浚沙記》，至今浙東人猶能言之。

遷廣東布政使，至則裁鹽米之陋規，罷差徭之供億，清州縣之積累。核釐捐，丈沙田，浚城中六脉渠。榜所居曰「儉明簡」，爲之説曰：「居官之要，清慎勤而已。惟儉也故清而不蹶，惟明也故慎而不葸，惟簡也故勤而不煩。是三者，清慎勤之本也。」九年，遷福建巡撫。甫下車，爲六言韵語，勸其士以立品勵學，勸其民以息訟止鬥。禁火葬，戒溺女。又以閩俗多淫祀，迎神賽會無虚日，嚴禁之，而尤以教士爲首務。其在粵也，粵秀山之麓故有應元宫，以祀雷神。公即其地建應元書院，爲舉人肄業之所。逾年而梁君耀樞魁天下，即應元書院肄業士也。至閩，又仿廣東學海堂例創設致用堂於西湖書院中，課諸生以經學。十二年，福建鄉試，公爲監臨官。以閩中場屋積弊甚深，痛治之。其始士林狃於故習，頗有煩言，既蕆事，弊絶風清，乃大悦服。十三年春，以三年述職之期入覲於京師。行至蘇州而病作，請假，許之；請開缺，不許，温旨慰留焉。假未滿而臺灣事起，詔回任，乃力疾行。俄而廷臣以臺灣一郡孤懸海外，獷悍難治，議移福建巡撫駐其地，公疏請先履行之。光緒元年五月，由省赴臺。維時炎曦毒霧，酷暑鬱蒸，公以國事爲重，不避艱險。臺灣風俗與内地絶异，民嗜博，無老少皆食鴉片烟，又錮婢女，至老不嫁。公皆作歌以勸化之。七月初，親詣鳳山，時已得痰濕痞滿之疾。至八月病日臻，尚擬往巡南路，颶風作，不果。至九月，乃以疾聞，請一月假。而劉夫人卒於家，公蠹焉心傷，然不敢以私廢公，治事如故。十月初，以整頓臺地并巡撫兼顧省臺大局事宜入告拜疏，後即内渡。甫至省城，而疾不可爲矣。同治初，公入都，墜車傷於股，氣血衰耗，自此始。其回閩撫任也，本輿疾以往。又在海外積勞，且受瘴癘，宜其疾之不起也。

公不立崖岸，而謹守禮法，無尺寸逾。性儉約，雖至歇歷封疆，所曳屨者往往猶官翰林時故衣也。遇事必綜核名實，然亦無苛求，故屬吏多畏而懷之。生平一介不苟取，故亦不苟與人。始或有所望，久而知其清況，亦多諒之。公卒之年五十有三，論者惜其未竟所用。然在近代疆吏中，固卓然可傳者矣。公娶劉夫人，先公兩月卒。子三人：儒卿、豫卿、壽卿。孫二人：念曾、念祖。公遺疏上，詔賜儒卿舉人、豫卿員外郎、壽卿主事，念曾俟及歲送部引見。蓋朝廷篤念藎臣，風勵有位，意深遠矣。樾既撰次其事，乃係以銘曰：

公在翰林，乃玉乃金。高文典策，庶士傾風。公在軍旅，乃文乃武。運籌帷帳，折衝樽俎。公任屏藩，善理劇煩。自浙而粵，遺愛存焉。公任節鉞，不避瓦甋。安内攘外，臣力以竭。天子曰咨，惟汝予悲，賞延於世。非予汝私，乃建之祠，乃予之謚。乃祭乃葬，天子所賜。龍首之村，式公墓門。凡百有位，視此刻文。

春在堂雜文續編二

尹氏《綱目發明》序

自孔子作《春秋》，絶筆獲麟。司馬温公繼之以《資治通鑒》，然散而無紀，體例猶未善也。朱子因《通鑒》作《綱目》，而後秦漢以後之事筆則筆，削則削，華衮斧鉞，上紹麟經。自朱子作《綱目》，劉友益輩講求書法，然於紫陽之義未盡得也。尹堯庵先生作《綱目發明》，而後微言大義闡發無遺，正例變例犁然各當。愚故嘗曰：「《綱目》者，朱子之《春秋》；而《發明》者，《綱目》之《公》《穀》也。」然其書世罕傳本。有明之季，先生同邑遂昌包君萬有得永樂中内府刻本，至國初處州修府志，先賢遺書皆醵金刊刻，是書亦刻以行世。存版學宫，年久散佚。雍正初，又重刻之。嘉慶中，又補其缺，而後海内學者得見全書。至咸豐戊午歲，遭粤寇之亂，版之缺者又居大半。同治甲戌，尹氏修譜牒，乃復補刊，以還舊觀。此固其後人抱殘守闕之盛心，而亦見先生之書大義炳然，如日星河嶽，不可得而廢也。

《綱目》托始於三家之分晋，先生推而論之，以爲王澤之斬自秦并天下始，秦并天下自三家分晋始。《綱目》首此，以著古今世道更變之端。烏乎！知言哉！夫三代之天下，與漢唐之天下判若冰炭。而其間爲之輨轄者，秦也。秦興而封建廢，井田壞，先王禮樂掃地無遺。凡古人之制之委曲繁重期於久遠而不可亂者，悉舉而更張之。委曲者改而便利，繁重者改而簡易。古人百年之久而未底於成者，後世可以旦夕之間必其效，而大朴以散，大僞以生。天地風會，日昇月新，譬彼舟流，不知所屆。推原禍本，皆秦爲之也，則皆三家分晋爲之也。烏呼！知言哉！先生之三十六世孫名俊者求序於余，余何足序先生之書？然讀其首篇，有慨乎是，輒書此以報之。若夫先生之書深得紫陽之意，足爲《綱目》功臣，則固不待余言也。

《昭代叢書》序

古書以十幹編次者，始於《管子》。《管子》有《輕重甲》《輕重乙》《輕重丁》《輕重戊》《輕重己》諸篇，而丙篇及庚篇以下俱亡。漢有令甲、令乙、令丙，師古謂若第一、第二，然亦徒存其目而已。《昭明文選》賦自賦甲至賦癸，詩自詩甲至詩庚，蓋亦仿漢令之意。嗣後著述家以十幹編次，卷帙最繁者莫如宋洪景盧之《夷堅志》，甲至癸二百卷，支甲至支癸一百卷，三甲至三癸一百卷，四甲、四乙二十卷，可謂多矣。若夫羅列四部，彙爲一書，以十幹爲第者，則始於宋左氏之《百川學海》。而明季汲古閣毛氏《津逮秘書》實繼之。

昭代龍興，人文蔚起。大者爲金匱石室之藏，即私家撰述，藏在名山，亦無美不備。於是康熙間新安張心齋氏有《昭代叢書》之刻，其書止於甲、乙、丙三集，各五十種。乾隆中，震澤楊列歐氏又緝成五編，曰新，曰續，曰廣，曰裨，曰別，亦各五十種。以張、楊兩家搜輯之富，而編止於八，卷止於四百，蓋成書若斯之難也。至道光間，吴江沈翠嶺先生又緝二編，曰補，曰萃，亦各五十種。乃合張、楊兩家之書而刻之，從張氏之例，命新編曰丁集，續編曰戊集，廣編曰己集，裨編曰庚集，別編曰辛集，補編曰壬集，萃編曰癸集。於是十幹始全，洋洋乎大觀矣。又就原書汰除其小品之無裨掌故、有傷大雅者，凡六十種，別爲一編，命曰別集，而補以有用之書，仍如其原數。烏呼！先生之於是書，用力可謂勤矣。語曰「善作者不必善成」，又曰「莫爲之後，雖盛不傳」。蓋作之難，成之尤不易。張、楊兩家之書，非得先生爲之後，則亦如《管子·輕重》之篇止於己，《文選》之詩止於庚，《夷堅志》之四止於乙，海内無以睹其全矣。余於先生雖未及見，而其嗣君飈生以全書見贈，且乞一言。余謂此書之美富，夫人而知之，不待鄙言也。

惟歷二百餘年始成全書，既非一日之功，亦非一人之力。頭緒紛繁，篇目薈蕞，誠宜挈其綱領，弁之簡端，故不辭而爲之序。後人讀是書也，可以見昭代藝文之盛；觀是序也，可以識前人編纂之勞矣。

王白田先生《讀書志疑》序

白田先生篤志經史，撰述甚富。《讀書志疑》十六卷，乃其隨筆札記之書也。凡九經諸子之義藴，歷代史傳之事實，唐宋諸大家詩文之得失，有所見輒記之，區其類而録之。實事求是，細入無間。而三禮之學，尤爲精邃。故於學制之异同、樂章之沿革以及喪紀之等衰、廟祧之制度，他人所口張而不能噏者，歷歷言之，如示諸掌。兩漢宗廟之禮，略見《韋玄成傳》，莫得其詳。先生探賾索隱，因端竟委，爲兩漢廟制存其大略，以補班、范所未備。昌黎云「補苴罅漏，張皇幽眇」，先生有焉。其族玄孫補帆中丞刻之於閩中，因原書漫漶，寄樾校定，并屬弁言於簡端。樾之譾陋，何足序先生之書哉？昔袁桷序《困學紀聞》，以楊雄氏《法言》爲比，何義門先生譏其不類。若以先生此書比浚儀王氏之書，庶幾其類乎？先生易簀前作詩訓子，有曰：「讀書考古，其益無窮。」此書之作，正其讀書考古而有得者。今得補帆刻以行世，推先生所得之益以益後人，其益更無窮矣。樾幸與校讎之役，卒業是編，輒撮舉大旨以告世之讀先生書者，覽者勿以爲僭。

沈東甫先生《九經辨字瀆蒙》序

唐顔師古著《匡謬正俗》，於諸經訓詁音釋考之甚詳。至宋賈昌朝作《群經音辨》，凡經中字同而音訓异者，以類相從，分爲五門，一一爲之辨别。蓋古人讀書，於聲音文字不敢鹵莽滅裂，固如是也。本朝經術昌明，乾嘉間碩儒輩出，是正文字，發明古訓，駕唐宋而上之。而言小學者尤衆。若段氏玉裁之《尚書撰异》《詩小學》《周禮儀禮漢讀考》，徐氏養原之《儀禮今古文疏證》《周禮故書考》《論語魯讀考》，趙氏坦之《春秋异文箋》，考訂异同，網羅繁富，皆卓然成一家言。然未有彙萃群經，條分縷晰，以著一書，如岳氏之《九經三傳沿革例》者，則東甫先生所撰《九經辨字瀆蒙》，固言小學者不可不讀之書也。先生著此書在雍正中，其時乾嘉諸老未出，海内學者猶沿明季餘習，束注疏於高閣。而先生孜孜討論於音義之歧、字體之异，辨别豪芒，張皇幽眇，洵乾嘉學派之先河矣。夫九經之字，辨之不勝辨也。然古義不外乎聲，苟泥乎其形，則《衛風》之「桑葚」，《魯頌》何以爲「桑黮」？《特牲篇》之「挼祭」，《少牢篇》何以爲「綏祭」？

即一經中，亦有不可通者。若以聲而求之，則《周禮》之「禖」，《儀禮》之「檘」，《禮記》之「蕺」，其聲同也。《公羊》之「犀丘」，《穀梁》之「師丘」，《左傳》之「鄎丘」，其聲同也。自唐以來，罕達此理。國朝黄生撰《字詁》，乃始發之。當先生時，古音猶未大顯，故於「蛾」「蟻」之類猶不免致疑。然所論如經典通借及先儒异讀，以至同音异義、易音易義，异字同義，排比鈎稽，使學者依類而求之，以通古書假借之例，其意甚善。視毛西河《春秋簡書刊誤》斤斤於同异之迹者固遠勝之矣。是書《四庫全書》著録，百餘年來流布未廣，亂後又失其版。先生之曾孫仲復觀察藏有鈔本，將刻以行世。余謂先生所纂《新舊唐書合刻》《廿一史四譜》已補刻於武林吴氏，即《唐詩金粉》坊間亦尚有其書。而此書獨無刻本，則剞劂之舉，不可緩也。觀察以名翰林出爲監司，學有家法，能以經術通世務。用阮文達在杭州西湖故事，於上海創設詁經精舍，延余主講席，乃出是書見示。余爲校正訛字二百三十餘處，因書數語於簡端而歸之，俾學者知先生此書實爲乾嘉諸老道其先路。欲爲乾嘉之學者，宜先讀是編，於聲音文字所裨非淺也。

姚巽園先生《禹貢正詮》序

《尚書》一經，經也，而實史也。其《禹貢篇》即史家地理志之權輿，觀《漢志》之詳列《禹貢》

地名可見矣。惟古今水道遷變不同，自漢唐以來郡國地名又沿革不一，於是説《禹貢》者愈久而愈棼。本朝崇尚實學，巨儒輩出。朱氏鶴齡始爲《長箋》，視宋毛晃之《禹貢指南》、程大昌之《禹貢論》有過之矣。及吾邑胡氏《錐指》一書出，采葺繁富，辨論詳明，海内推爲絶學。徐氏《會箋》彌補其後，未足與之方駕也。故自有胡氏之書，説《禹貢》者可以無作矣。然其書繁重，初學苦不能讀。余幼時受《禹貢》，止讀蔡氏《集傳》而已，有不能背諷之虞，煩師長檟楚，每思節取古義，附録時賢論説以成一書，務令言簡意明，使初學者易以成誦，而因循未果。乃今讀歸安姚巽園先生《禹貢正詮》，嘆其先得我心矣。先生自序稱古義新解，擇善而從，叙次詮釋，先後貫串，取便童蒙佔畢。此誠初學讀《禹貢》者之善本也。其書於「渭汭」不從蔡傳，以「汭」爲水名；於「陽鳥」不從林之奇説爲地名，卓然不爲曲説所惑。惟説「夾右」「碣石」引一説云：「夾即古陜字，總叙冀州貢道西自陜右、東自碣石，俱已入於河。」此則剌取之偶疏者。《説文·邑部》之「郟」，即今河南汝州之郟縣。至《左傳》「定鼎郟鄏」之「郟」，則在今洛陽縣。俱不得爲冀州西境也。《説文》又有「陜」字，云「弘農陜也」。此字從「夾」，與「夾」迥异，不得謂「夾」即古「陜」字矣。蓋博采群書，小有疏舛，昔賢著書，皆所不免，正足見其網羅放失之盛心，不得爲是書病也。又此數語乃寫定後添注上方者，或後人所竄入，非先生本文乎？余在吴下晤先生從弟少讀太守，出此書見示，因得卒業，輒書數語，以識景仰之私，并辨及此條者，不欲使讀先生書者滋其疑義也。

姚巽園先生《春秋會要》序

史之爲體，有編年，有紀傳。編年仿於《春秋》，紀傳仿於《尚書》。觀一人之始終，莫如紀傳，而甲與乙不相聯係；考一時之治亂，莫如編年，而前與後不相貫穿。於是後人又有會要之作。《西漢會要》《東漢會要》，則宋徐天麟爲之；《唐會要》《五代會要》，則宋王溥爲之。自兩漢至五代，法度典章，條分件繫，蓋編年、紀傳外不可少之書也。而歸安姚巽園先生即用此例以讀《春秋》，於是有《春秋會要》之作。其書首以世系，而執政及后夫人皆附見焉。次以吉凶軍賓嘉五禮，各有條目，以類相從，秩然不紊。大經大法，無不臚載。蓋其用力勤矣。宋張大亨撰《春秋五禮例宗》七卷，取《春秋》事迹，以吉凶軍賓嘉五禮分類統貫。元吴澄《春秋纂言》分爲七綱，天道、人紀外亦以五禮分綱。而明石光霽《春秋鈎玄》又仿其例，以春秋書法分屬五禮，五禮所不能括者，别爲雜書法一門。皆與先生是書相出入。蓋《春秋》一書屬辭比事，非此不足以觀其義類也。而是書以「會要」名，則又以史學爲經學，非徒抱遺經而究終始者比矣。

余以同郡後學得讀其書，竊爲之識其簡端，亦見老輩人讀書精審，尚與宋元明儒者脉絡相貫，非如近人之束書不觀，徒以揣摩爲事也。

梁芷林先生《倉頡篇補注》序

許氏《説文解字》序稱：秦丞相李斯作《倉頡篇》，中車府令趙高作《爰歷篇》，太史令胡毋敬作《博學篇》。而《漢書・藝文志》《倉頡》一篇，班氏自注曰：「上七章，秦丞相李斯作。《爰歷》六章，車府令趙高作。《博學》七章，太史令胡毋敬作。」則已并而爲一矣。後人又以揚雄《訓纂》、賈魴《滂喜》并《倉頡》爲「三倉」。此小學之權輿，實許氏《説文》之所本。杜林有《倉頡訓纂》《倉頡故》，張揖有《三倉訓詁》，郭璞有《三倉解詁》，陸璣《詩疏》所引有《三倉説》。其時學者誦習，代有發明。閭里書師以此爲教，因文見道，厥功巨矣。今許氏之書僅存於世，而三倉亡佚，已成絶學。間有徵引，莫睹全書，學者悕焉。乾隆間，孫淵如先生始刺取諸書爲《倉頡篇輯本》，洵抱殘守缺之盛心矣。顧其書於所采之書止載書名，未標卷數，讀者猶以爲憾。於是道光間梁芷林先生又博考群書，一一注其所出。蓋其用力之勤，不在孫氏下矣。夫一書卷帙多或盈千，苟不注明某卷，後人何從覆核？唐李匡義《資暇集》已有此例，程大昌《演繁露》、王伯厚集鄭《易》，皆用其法。在小學家尤不可少。遼僧行均《龍龕手鑒》於「鐨」字云「在《中阿含經》第五十五卷」，於「憻」字云「出《阿差末經》第三卷」。今先生此書實事求是，無愧昔賢。不獨孫氏之功臣，實小學家之圭臬也。嗣君敬叔觀察敬承先志，手自寫刊。樾於先生爲年家子，得與校讎之役，僭書數語於其簡端，俾海内承學之士知《倉頡》之篇復見於世，粗有條理者，雖孫氏創始於前，實先生踵成於後也。

梁茝林先生《農候雜占》序

《漢・藝文志》有《泰壹雜子候歲》二十二卷、《子贛雜子候歲》二十六卷，《隋・經籍志》有《東方朔歲占》一卷。此皆唐以前古籍，今雖亡逸，然可見雨暘寒燠關乎農事，推測占驗箸有成書，自昔然矣。長樂梁茝林先生歇歷封疆，政績彪炳，而生平手不釋卷，撰述繁富，其已刻各種，風行海内，家有其書。而嗣君敬叔觀察復搜輯其未刻之書，手自編纂，次第刊布。《農候雜占》，其一也。是書自正月至十二月，自天文地理至草木蟲魚，凡有涉占驗者旁徵博引，備列無遺，分别部居，有條不紊。蓋視《隋志》所收《田家曆》十二卷，或加詳矣。昔齊有一足之鳥，孔子以童謡占之曰「天將大雨，商羊起舞」，於是諸國水溢，齊獨有備，不害。劉子政載其事於《説苑》而曰：「聖人非獨守道而已，睹物紀即得其應矣。」夫欲睹物而得其應，非求之占驗不可。然則先生此書，其有裨於旱澇之備，而足以爲聖天子敬授民時之助者，豈小也哉？樾幸與觀察同年，托於年家子之末，得與校讎之役。既畢，輒書數語於其簡端。异日買田數畝，歸老於烏巾山之陽，携此書與村夫子共讀之，課晴雨、話桑麻，不至爲老農老圃所笑，則先生之惠我多矣。

梁茝林先生《論語集注旁證》序

《論語》自何晏《集解》行，而鄭、王各注廢；自朱子《集注》行，而何氏《集解》及邢、皇二疏又廢。然元陳天祥有《辨疑》之作，明高拱又有《問辨録》之作，皆於紫陽之説不無异同。至我朝之毛西河，而大肆攻擊，遂使漢宋之學判若冰炭。竊謂《論語》一書乃聖人之微言大義，自漢至今學者循誦，各有所得。世謂漢儒專攻訓詁，宋儒偏主義理，此猶影響之談，門户之見。其實漢儒於義理亦有精勝之處，宋儒於訓詁未必一無可取也。元儒張存中作《四書通證》六卷，凡朱注引經數典者，一一注其所本。詹道傳作《四書纂箋》二十八卷，就朱注正其句讀，考其名物，所引成語亦各證其出典。善哉！此二家之書，皆以漢學治宋學，意在發明，不主攻擊，而自足以救空疏之弊。蓋元代去宋未遠，士大夫尚知讀古書，講實學，异於有明一代奉《大全》爲圭臬，陳陳相因，使人生厭者也。乃今又得莖林梁先生《論語集注旁證》之書，先生博學閎才，箸述繁富，而此書尤義蘊精深，體例詳慎。大都原本紫陽，比附古義，又博采通儒之論，折衷師友之言。繁而不冗，簡而不漏。視張氏、詹氏之書，未知何如。然合漢宋而貫通之，使空疏者不至墨守講章，高明者亦不敢拾西河唾餘，輕相訴病，於學術士風非小補也。先生下世，此書始刻於閩中。樾與其嗣君敬叔觀察爲同年友，常以文字過從，因得及剞劂之未竟而先睹之。乃敬書數語於其簡端，俾讀先生書者知從事宋學仍當不廢漢學，以救白明以來時文家之積弊。此則先生著此書之意也夫。

沈肖巖《田間詩學補注》序

余治經不專主一家之學，意在博采衆説，擇善而從。嘗謂三禮之學，名物制度，後儒推測終不如漢儒近古所得爲多。《易經》尤以漢學爲是，後世雜以道家邪説，創分先後天，不經甚矣。雖紫陽頗用其而究終始。《春秋》三傳，微言大義，漢儒亦有所受之，未可一概掃除，抱遺經説，未敢苟同。獨至《詩》之一經，則發抒本乎性情，音節純乎天籟，此何必拘拘於齊、魯、韓之異同，毛、鄭、孔之得失，漢學、宋學之門户哉？惟後人作詩必有題目，而古人無之，是故國史采詩，詩必有序，序即可以當詩之題目矣。後人不信序說，於是有詩而無題，爲說《詩》一大病。國朝錢飲光先生《田間詩學》一以小序爲斷，而於漢唐以來諸家之說無所偏主。其凡例曰：「舍序說《詩》，非附會即穿鑿。」又曰：「吾之從朱，猶之從毛、鄭，取其是者而已。」竊謂治《詩》當以錢氏此言爲法。其凡例又云：「宋元明三朝治《詩》數百十家，以余所覽僅數十種，擇其議論精當、能發昔人所未發者具録之，餘未能遍及。」然則先生采輯猶有所遺，此肖巖沈君所以有《補注》之作也。君爲先通奉君門下大弟子，官上虞校官。爲人好學不倦，而尤致力於《詩》。博采唐宋至昭代說經之書，凡有涉於《詩》學者，以補錢氏之所未備。中間遭值亂離，參預戎事，而卒未嘗一日廢。今年九月，訪我於西湖詁經精舍，出此編見示。蠅頭細字，無寸紙之隙，知其用力勤矣。辱君不棄，問序於余。余謂錢氏之書，《提要》已稱其精核，君又從而補之，則其精而且核所不待言。惟淺陋如余，所箸《群經平議》亦刺取至數十條，殆昌黎所謂「貪多務得，細大不捐」者乎？然《詩》教至廣，學者各得其所得，與他經不同，實有不必拘守一先生之說者。君與錢氏之意，蓋一揆也。世有深於《詩》者，請以此言質之。

雷甘杞《説文外編〔一〕》序

孔子曰：「必焉正名乎！」鄭康成謂「正書字也」。自周内史達書名之職廢，而文字之間無復考訂。漢人改篆爲隸，但求便美，罔顧形聲。許叔重於是有《説文解字》之作，古人制字之精意粗有存者，此書之力也。然經典爲後人傳寫，多非本真，字體苟簡，動成詭异。學者童而習之，以爲固然。而許君所收之九千三百五十三文，轉有似乎隱僻而不適於用者。積非成是，良可慨也。一二好古之士搜輯遺文，冀存古意，若宋張有之《復古編》，元周伯琦之《六書正譌》，明焦竑之《俗書刊誤》，糾正俗體不爲無功。然小學之晦久矣，以王厚齋之博學，而猶懵然於「孶」「孝」之辨，重惟眊繆之後，欲一一理而董之，宜其得失之參半也。本朝經術昌明，超逾唐宋。乾嘉間大儒輩出，於諸經皆有論定，而小學之精，亦遂非宋元明諸儒所能及。嘗見錢氏大昕《潛研堂集》、陳氏壽祺《左海經辨》，皆以經典相承之俗字於許氏之書求其本字，得數百字。而嘉定李鄦齋所著《炳燭編》有《文字證古》一篇，辨明某字之爲某字，亦不下百餘條。然未有

〔一〕編，原訛作「篇」，據蔡啓盛《校勘記》改。

專著一書，爲後學準繩者。余同鄉湖州周蓮士明經曾著《經字考》，而余未之見，亦未知成否，但聞其書仍依《康熙字典》分部，則未免童牛角馬，不今不古之譏，未善也。吴縣雷君甘杞，閉户讀書，專事樸學，君子人也。今年春訪余於春在堂，以所著《説文外編》見示。其書十五卷，先舉四書中字，次及諸經中字。凡《説文》所無者，皆於《説文》中求其本字，各有辨證，疑則蓋闕。而《玉篇》《廣韵》中字之常用而不可少者亦附考之。其用力可謂勤矣。余嘗語君：《大學》《中庸》兩篇可歸并《禮記》中，不必别出；諸經以《周易》爲首，《論語》《孟子》宜列於後。君頗以爲然，而以寫定既久，不能改。然此亦編次之小疵，不足論也。其大要辨别正俗，皆有根據。自是治經學小學者不可不讀之書，宜急刊行之，傳布藝林，俾承學之士家置一編，如宋元憲之寶玩《佩觿》，則於正名之道所裨非淺也。

《歷代長術輯要》序

汪剛木先生精於史學，又精於算學，於是有《二十四史月日考》之作。其書上起共和，下迄有明，各就當時所用之術依法推算，詳列朔閏、月建大小、二十四氣，略如萬年書之式。經始於道光十有六年，至同治十有二年而書成，都凡五十三卷。既而病其繁也，又删繁就簡，仿《通鑒目録》之例，專載朔閏。其後朔與前朔天干相同，則亦不記，改日乃記之。成書十卷，命之曰《歷代長術輯要》，而以《古今推步諸術考》二卷附於後。蓋推步諸術，固此書之條例也。既成，問序於余。余於史學粗疏，而算學又素未問津，何足以序先生之書哉？惟念長術之名本於杜征南。杜氏嘗著《術論》，大旨謂天行不息，日月星辰皆動物也。物動則不一，累日爲月，累月爲歲，不得不有豪毛之差，而算守恒數，故術無有不差失。《易》言「治曆明時」，言當順天以求合，非苟合以驗天。杜氏此論雖若通達，然不求之術而徒求之紀載之文，則其爲術勞而終不免於疏且舛。今杜氏《長術》具在，不過就前後推排以成其說。孔穎達於《隱二年傳》云：「杜觀上下，若月不容誤，則指言日誤；若日不容誤，則指言月誤。」蓋杜氏所恃以考定經傳者，止於如此，非知術者也。本朝經學昌明，諸老先生講求實學。而顧震滄氏著《春秋朔閏表》，其法用方幅之紙横書十二月，每月繫朔晦於首尾，細求經傳之干支，日數不合即爲置閏。則亦猶夫杜氏之術也。今先生此書雖襲杜氏「長術」之名，而各就當時所用之術以布算，則非苟以求合者，視杜氏异矣。且以一人持籌握管而坐致二千餘年之日至，其精力固有大過人者。讀其書自周迄明，歷歷然如指諸掌，而群書所見朔閏有不合者，則備載於每年之下。蓋存其説以待後人之考定，固不至削足合屨，如杜氏所譏也。余於是書雖無能贊一辭，然其用力之勤、用意之精，則固深知之，故不辭而書數語於簡端。既喜其書之成，又冀其書之流布於世，爲讀史者一助也。

余芊皋《史書綱領》序

長沙余芊皋司馬著《史書綱領》如干卷，而李次青廉訪爲之序。序目既出，得而讀之者咸曰：盛乎哉！余君之爲此書也，是可與秀水朱氏《經義考》并爲不朽之大業矣。朱氏之書所考者經籍，凡經籍之大旨無不具。余君之書所考者史書，凡史書之大概無不具。自有此兩書，而甲乙兩部固已得其輨轄矣。君獨謂予曰：「以吾書比朱氏之《經義考》，固吾所大願也。然而吾之意則有進焉。吾此書以『綱領』名，綱者若網之有綱；領者若衣之有領。區區之意，蓋欲網羅古今史書、志書義例，以垂示後世，使夫後世之修史者、修志者皆於是乎得其義例之所在，而不至無所適從，倀倀乎如擿埴而冥行也。故吾於史書不徒録其序目而已，其有凡例者亦備録而無遺。蓋視《經義考》加詳焉。」予聞而嘆曰：然則君之志大矣。古者經止於六，《樂經》亡而存者五。後世附益以《論語》《孟子》《孝經》《爾雅》諸書，而列爲經者十有三。自此以往，雖説經之書日出不窮，而十三經之外固不能益其一矣。史則不然。有一代必有一代之史，而後之史必視前史而加繁。又況編年、紀事各自成書，故事、職官分類編纂。山水有志，金石有録。

自郡國以至於一村一聚，悉有紀載。此豈特倍蓰於經而已乎？苟無以提其綱挈其領，則惟有望洋向若而嘆，斯已矣。自同治以來，東南大亂初定，郡縣徵求文獻，修輯志書。以予舊官杜下，粗習紀事之文，往往就予而商榷焉。予每思博考古志書，自《元和郡縣志》以下，若《乾道臨安》、《嘉定赤城》之類，一一考其體例，輯爲一書，以備志局諸君之采擇。而頻年從事研經，未遑致力於此。今得君此書，則史家體例囊括乎其中，又豈特志乘之準繩哉？予所有志而未逮者，可輟筆不作矣。惟君此書卷帙繁重，視《經義考》不啻倍之，寫録一通已非易事。若欲付之剞劂，流播士林，事更難矣。予故書此於簡端，欲讀者知君以數十年心力始成此書，其爲力也勤，而其爲用也又甚廣，未可聽其閉置於塵篋中也。

何崍青《五經典林》序

自來治經者，其要有三，曰義理，曰名物，曰訓詁。三者之中，固以義理爲重，然義理於何寄？亦寄之於名物、訓詁而已。名物之不辨，訓詁之不明，而曰吾已得其義理，此可以談空空、核玄玄，而非所以治經也。國朝經學昌明，實事求是。儀徵阮文達公《經籍纂詁》一書，於諸經訓詁集大成矣。而經籍之名物，尚未有彙萃成書者。婺源江氏《四書典林》體例甚善，惜其止於四書，而不及群經，學者猶以爲憾。慈溪何峽青先生博聞强識、敦行不倦之君子也，仿江氏之書爲《五經典林》六十卷，大都以十三經注疏爲主，旁及子史暨前人文集、諸家類書，無不廣搜博采，鱗羅布列。自阮文達《經籍纂詁》後又得此書，則群經中名物訓詁若網在綱，可以展卷瞭然。學者先致力於此，然後研求義理，則用力省而功倍矣，豈非「握六藝之鈐鍵，廓九流之潭奥者」乎？書成無力付梓，其邑人董君仰甫力任剞劂之資，遂克刊布。余雖未識先生，而其大弟子馮夢香茂才乃余詁經精舍中高材生也，先生介夢香索序於余。余學植荒落，何足爲此書重？姑書數語於其簡端，俾學者知所從事焉。

吴康甫《慕陶軒古甎圖録》序

三代以上金多而石少，三代下則石多於金，而晋宋以後又益之以甎。夫由鐘鼎而碑碣，由碑碣而甎甓，其事愈降而亦愈細。一甎之文多不過十廿，若以方之湯盤、禹鼎，得無如《抱朴子》所譏「拊甂瓴於洪鐘之側」者乎？雖然，余經生也，欲通經訓，必先明小學。而欲明小學，則豈獨商周之鐘鼎、秦漢之碑碣足資考證而已？雖甎文亦皆有取焉。《詩・江漢篇》「肇敏戎公」，傳曰：「公，事也。」蓋讀「公」爲「功」，故訓「事」。《後漢書・宋閎傳》正作「肇敏戎功」，可證也。而磚文書某年月日「立功」，亦有作「立公」者。如云「興寧二年七月廿三日立公」是也。「功」「公」通用，可證經義者一。《易·豐》象傳：「豐其屋，天際翔也。」鄭康成、王肅、虞翻本「翔」皆作「祥」，孟喜以「惡祥」説之。蓋古字古義如此，今作「翔」者，假字耳。而磚文「吉祥」字亦有作「吉翔」者，如云「赤烏七年，造作吴家，吉翔，位至公卿」是也。「翔」「祥」通用，可證經義者又其一。《莊子》云「道在瓦甓」，夫文在即道在，斯言洵不虚矣。好古之士搜求於瓴甋之間，鈎摹點畫，考訂文字，豈得以玩物喪志譏之哉？吾湖爲古磚淵藪，磚之出其土者甚衆。余奔走四方，不獲措意於此。道光癸卯，余館於荻港吴氏，獲交於章子紫伯。紫伯有磚癖，收藏頗富。嘗以一磚贈余，文曰「永嘉元年八月，吴興俞道初、俞道由兄弟治作之」。余喜曰：「是吾宗也。」爲作七言古詩一章，詩不存於集，載入《春在堂隨筆》中。而是磚已於亂後失之。一磚之不能守，愧莫甚焉。吴君康甫博學好古，殘磚零甓罔不搜羅，彙而刊之，爲《慕陶軒古磚圖録》如干卷。同治甲戌之春訪余西湖講舍，手是編見示，并屬序其卷端。嗟乎！余固一磚之不能守者，何以序君之書哉？姑以證明經義可也。按《録》中有一磚曰「富且貴至萬在」，「萬在」之文甚不可曉，疑「在」乃「載」之假字。載從𢦏聲，在從才聲，亦或從𢦏聲。《州輔碑》「𢦏貴不濡」，「在」作「𢦏」，與「載」聲同，例得假借。「萬在」即「萬載」也。《國語·周語》「陽失而在陰」，余作《群經平議》讀在爲載，謂陽在陰下，以陽載陰也。惟彼時未見君書，故不能引是磚爲證。今得是磚證明之，爲之狂喜。書以報君，即以爲序，亦見磚文之有裨經義不淺也。

吴康甫《問禮盦彝器圖》序

昔阮文達博考古器源流，稱三代以上至漢唐之世及趙宋以來，風會好尚凡歷三變。然余觀《史記》稱梁孝王「有罍樽，直千金」。孝王誡後世，善保罍樽，無得以與人」，則收藏古器以爲寶物，亦與趙宋以來士大夫好尚不甚相遠。又推而上之，郜鼎、紀甗列國以相賂遺，則此風由來古矣。余又疑古時彝器相傳，亦必有圖其形製流播人間者。《史記》載：「少君見上，上有故銅器。少君曰：『此器齊桓公十年陳於柏寢。』已而案其刻，果齊桓公器，一宫盡駭。」此蓋少君曾見其圖，熟其形製，故一見即識之，而假此以欺人也。李義山云：「禹鼎湯盤有述作，今無其器存其辭。」誠使古器各有圖以傳於後，則豈獨存其辭，兼存其器，豈非好古者所大快乎？聖清同天稽古，古器畢出，爰集大成，以成《西清古鑒》之書。宣和所儲，方兹褊矣；歐趙諸家，又何足論？海内士夫，亦各會萃成書，而阮文達《積古齋鐘鼎款識》尤爲巨觀，然其書止録銘辭，不具形製，洵如韓公所謂「無其器，存其辭」，讀者猶有憾焉。吴君康甫耄而好學，信而好古，搜輯商周至秦漢鐘鼎彝器凡若干事，準其大小廣狹而爲之圖。又摹其銘辭，無毫髮出入，使人一展對而數千年之物如在目前。設或遇諸他所，即可指目爲某王某公之器，人人爲少君，不難矣。抑又思之，漢時一罍樽已直千金，今距漢時又二千餘年，去古愈遠，古物愈珍，所直當不啻此。吾儕寒士，雖好古物，其能如邳公之鐘鼎什物、珪璽錢貝必具哉？恐彭淵材布橐中不過李廷珪墨一丸而已。得君此書，則金敦玉豆、圓壺方鼎，皆吾几席間物也。君之貺我，不已多乎？因書此於其卷尾，即以爲謝。若其裒集之盛意，則我同年生徐侍郎序已盡之，故不及也。

吴平齋《兩罍軒彝器圖釋》序

余嘗著《群經平議》，解《尚書》「巽朕位」，謂「巽」爲「纂」之假字。及讀薛尚功《鐘鼎款識》有辛辟敦三，其文并云「用饌乃祖考事」，則固嘗假「饌」爲「纂」。又著《諸子平議》，解《晏子春秋》「賴君之賜，得以壽三族」，謂「壽」爲「保」之假字。而薛書載叔液鼎、魯正叔鰷并云「永壽用之」，則固已假「壽」爲「保」。古彝器銘詞之可寶貴如此，吾人欲讀古書，安可不觀古器哉？老友吴君退樓癖嗜金石，收藏富有，因出其所儲鼎彝鐘罍之屬，鈎摹而精刻之，爲《兩罍軒彝器圖釋》十二卷。其中戣、戵兩器即《顧命》七兵之二，歷三千餘年鄭孔諸大儒所不能言者，而今得見之。古器之裨益經義爲不淺矣。兩齊侯罍乃君所以名其軒者，故爲説加詳，足補古饗禮、食禮之闕。余讀其銘屢言「璧玉」「備玉」，乃悟《周官》玉府之職「共王之服玉」，「服玉」即「備玉」也。古「服」「備」字通，《趙策》「騎射之服」，《史記·趙世家》作「騎射之備」，可以爲證。鄭司農解服玉爲冠飾十二玉，殆未得乎。余從前未讀君書，故《群經平議》中不克援引此器，以解「服玉」之義。益嘆古器之可寶貴也。李義山云：「商盤禹鼎有述作，今無其器存其辭。」若君此書，則存其辭兼存其器，大小輕重悉依本朝權度而詳載之。一展卷而古器宛然在目，非好古者所尤幸乎？是蓋於阮氏《積古齋》後又成一巨觀，洵考古家必傳之書矣。余識見淺陋，不足以考訂异同，辨别真僞。惟研求古訓，積有歲年，深知其有裨於經義。故輒書所見於卷端，亦欲讀是書者勿徒以爲耳目玩賞之資也。

顧駿叔《畫餘盦古錢拓本》序

三代以下石多而金少，觀王蘭泉司寇《金石萃編》金不及石十之二三，此可驗矣。然余以爲古鐘鼎雖號重器，不過紀一人之功，彰一家之美而已。若夫自秦漢至今，歷代所必有爲帝王御世之大寶，而可以考見世之治亂、時之盛衰者，則莫如錢之一物。漢武帝鑄白銀爲三品，新莽之世多至二十八品。唐宋以降，尤留意錢文。唐開通元寶錢爲歐陽詢所書，宋太宗鑄太平通寶錢，至宸翰親書之，作真、行、草三體。其爲製厚輪大郭，歷久如新。此其可寶，豈在古鐘鼎下乎？及世衰道微，人官物曲咸趨苟簡。如宋廢帝時千錢長不滿三寸，隋大業後裁皮糊紙以爲錢，班駁黑澀，風飄水浮。觀其錢而其時可知矣。至於千秋萬歲，語取吉祥；北斗龜蛇，事歸厭勝。他如安息國之文爲王面，幕爲夫人面；拂箖國之鑄彌勒佛於其上，則尤極詭异之觀。視古鐘鼎之刻畫雲雷，圖寫人物，殆有甚焉。余考《史記索隱》於漢武白金三品皆引《錢譜》爲説，則知錢之爲譜，唐以前即有之。宋代士大夫好尚古物，網羅放失，於是古錢大出，譜録日繁。至本朝《西清古鑒》所收，集錢譜之大成矣。余親故中惟孫古雲襲伯家藏古錢甚富，其家在吴中，亂後殘破，錢亦亡失不可問。顧子駿叔爲吴門佳士，癖嗜金石，收藏古錢幾及千數，自上古之刀布及秦漢唐宋元明，無所不有，而安南、高麗諸外國之錢亦附列焉。年號無考者别爲一册。其中《錢鑒》一種，尤爲古箸録家所罕及。物聚所好，其信然乎？偶出拓本見示，因書數語於其上，俾世之好古者知求吉金於三代下莫重於此，勿以錐刀之末而小之也。

陸星農觀察《百磚硯齋硯譜》序

三代以上多金而少石，鐘鼎彝器皆金也。三代以下彝器罕見，而碑碣如林，於是金少而石多。考古者由金而及石，又由石而推之，以至於磚。洪氏《隸續》始收漢永平建初等磚，自是厥後，搜羅益廣，考求益精。古磚之出於世者，亦日益衆。諸家著録遂有成書，而瓴甋之微與鐘鼎并重矣。余同年生陸君星農以庚戌第一人出爲監司，宦游湖南十許年，生平酷嗜古磚。先後得磚數百，考定文字，辨别形模。其可爲硯材者礱之琢之，背窳就攻，成大小硯百餘枚，以成數命所居曰「百磚硯齋」。歲在丁丑，季秋之月，其長君馨吾過余吴下寓廬春在草堂，以君之命贈余宋泰始磚及石羊殘磚硯各一，并以一巨册見示，則百磚硯脱本之副也。每一硯皆摹其形，釋其文，附有考證，往往足以證明經史疑義。蓋古物之可貴如此，而君考古之功亦甚深矣。余頻年從事研經，因究心小學，於金石之文時有采獲。即如此册中，宜侯王磚「王」字中畫獨長，蓋古人作字初無定形，後人不知，遂誤作「壬癸」之「壬」。如《文七年左傳》之「宋公王臣」或作「壬臣」是也。乃《尚書・牧誓》「厥遺王父母弟」，漢石經竟作「厥遺任父母弟」，不特誤「王」爲「壬」，并且從人作「任」。蔡邕等正定六經文字，無乃鹵莽邪？又此册中「太歲」或作「泰歲」，

「大吉」或作「太吉」，蓋「大」「太」「泰」三字古通用。相如《上林賦》「蕩蕩乎八川分流」，又曰「東注太湖，衍溢陂池」，此「太湖」即「大湖」，泛指湖之大者。《説文》：「湖，大陂也。」《廣雅》：「湖，池也。」是湖與陂、池同類，下句「陂池」無一定之地名，則上句「湖」字亦無一定之地名。注家不知「太」「大」同字，而以震澤實之，則上文所言八川皆在秦中，安能東注吴縣之太湖乎？故余謂欲讀古書，當識古字，而非博考古金石文字及古磚古瓦之類，未免少見而多怪矣。觀君此册，有會余心，因書此於其卷端。湘中僻遠，自來搜訪古磚者均未之及，爬羅剔抉，自君始也。風氣所開，殆亦有非偶然者乎？

《四裔年表》序 代

《爾雅》所載四極、四荒之名，莫知其所在。古者必有紀載，學者罕能言之。《帝王世紀》稱「神農以上有大九州」，而《史記》載騶衍之説亦稱海外有「如赤縣神州者九」。當時斥爲迂怪，莫之信也。乃歷漢唐至於今，海外諸邦交乎中國，於是始有五大洲之名，曰歐羅巴，曰利末亞，曰阿細亞，曰南、北亞墨利加，曰墨瓦蠟泥加。乃嘆騶衍大九州之説，必本於古書紀載。一孔之儒所見不能及遠，燕齊之民與言甌越，零桂之人與談秦隴，則已口張而不能噜矣，況又其遠者乎？雖然，今之世與古异。古者德澤不加則不饗其質，政令不施則不臣其人。所自治者冠帶之倫，此外不過而問焉。今則不然，自與泰西互市以來，東洋亦踵而行之。禮樂刑政通乎中外，苟執拘虚之見而不馳域外之觀，其何以長駕而遠馭哉？余嘗謂今之人才固不如古，而事則有難於古者。如《左傳》稱「公孫揮能知四國之爲」，然其所謂「四國之爲」者，不過如晉、楚、齊、秦之類。今則自日出至於日入，鱗集仰流，同我太平。士生今日而求知四國之爲，豈特倍蓰古人乎？此余於《四裔年表》一書所以深有取也。其書爲吴縣嚴君良勛與美國林君樂知所同譯，而崇明李君鳳苞彙集成編。其上層紀中國之年，自少昊氏始至於本朝，其下層以西曆紀年，自漢哀帝元壽二年以前則逆數而上，至少昊氏之四十年，爲二千三百四十九載。自漢平帝元始元年以後則順數而下，至咸豐十一年，爲一千八百六十一載。所列日本、印度諸國皆考其沿革，紀其治亂興廢。四千餘年之事若視諸掌，其搜輯之功可謂勤矣。《梁書·裴子野傳》稱：「是時西北徼外有白題及滑國，遣使入貢，莫知所出，子野據《漢書》知之，時人服其博識，敕使撰《方國使圖》，自要服至於海表凡二十國。」是古人於海表諸國亦嘗紀載成書。然欲若此之原原本本，鱗羅布列，恐古人亦有所不逮矣。上海製造局刊行此書，問序於余。余謂此書之作真所謂能知四國之爲者也。方今天子神聖，懷柔遠人。士大夫有宏才遠略者或樽俎折衝於内，或仗節奉使於外。家置一編，以備參考，此其爲益甚巨，固非徒侈談海外九州，使拘拘者爲之盱洋向若而嘆也。

重刻《詞律》序

《唐書・藝文志》經部樂類有崔令欽《教坊記》一卷，其書羅列曲調之名，自「獻天花」至「同心結」，凡三百二十有五。而今詞家所傳小令如南歌子、浪淘沙，長調如蘭陵王、破陣樂，其名皆在焉。以此知今之詞即古之曲也。而《唐志》列之樂類，又以此知今之詞即古之樂也。推而上之，蓋即清商署之遺音。《唐書・禮樂志》謂「南朝文物最盛，人謡國俗，世有新聲。隋平陳，因置清商署，武后時猶存六十三曲」，其所列諸名如「白紵」「采桑」「烏夜啼」「玉樹後庭花」之類，至今詞家猶循用之。夫近世儒者與言十二律之還相爲宫，六十律之由執始而終南事，皆茫乎莫辨，而獨與言詞，則曰「小道也」，伸紙染翰，率爾而作。嗟乎！詞即樂也，可易言乎？此萬氏《詞律》一書所以發憤而作也。《詞律》之作，蓋以有明以來詞學失傳，舉世奉《嘯餘圖譜》爲準繩，但取其便乎吻，而不知其戾乎古。於是掃除流俗，力追古初，一字一句皆取宋元名作，排比而求其律，律嚴而詞之道尊矣。惟因行篋之中書籍無多，且成於康熙二十六年，其時《欽定詞譜》未出，無所據依，故考訂之疏猶或不免。道光中，吴縣戈君順卿、高郵王君寬甫均議增訂之，而卒未果。咸豐中，秀水杜筱舫觀察乃始有《詞律校勘記》之作。萬氏原文有誤叶者，有失分段落者，有脱漏至二十餘字者，有并作者姓名而誤者，一一爲之釐訂，洵乎萬氏之功臣矣。同治中，吾鄉徐誠庵大令又撰《詞律拾遺》，補其未收之調一百六十有五，補其未備之體三百一十有六。雖遺漏尚多，然搜輯之功亦不可没也。恩竹樵方伯久任蘇藩，去煩蠲苛，與民休息。公事之暇，不廢咏歌，而尤工於倚聲。所著《蘊蘭吟館詩餘》深入宋賢之室，每以《詞律》一書爲詞家正鵠，而原版漫漶已甚，乃與筱舫觀察重校刻之，即以筱舫《校勘記》散附各闋之後，以便學者檢閲。又購得誠庵《拾遺》原版，使附《詞律》以行，以廣其傳。此在詞學中亦可云「學覽之潭奥，擒翰之華苑」矣。余幸與諸公游，樂觀厥成，乃書此於其簡端，俾學者知萬氏創造之功與諸君子精益求精之意，勿以詞爲小道而易言之。且由今樂而推古樂，則漢初所謂「制氏之鏗槍」者，或猶可得其仿佛也。

徐誠庵大令《詞律拾遺》序

余嘗謂唐宋以後至有明一代而學術衰息，無論其餘。即詞爲小道，亦骫骳無足觀。雖以楊升庵之淹博，而所爲詞龐亂鉤裂，他可知矣。及聖清之興，大儒輩出，論學則務實行而掃空談，治經則守師法而恥臆説。舉義理、名物、聲音、訓詁，無一不實事求是，力追古初。而萬氏《詞律》一書亦出於其間，宗《花間》《尊前》之典型，而痛闢《嘯餘圖譜》之紕繆。苟合乎古，雖盭於吻而必遵；或背乎法，雖熟於耳而必斥。蓋就詞而論，亦庶幾所謂「吾從先進」者乎。然掃除榛楛，大輅權輿，廓清之績雖著，補苴之功或疏。吾友徐君誠庵，固詞人也。廣搜博采，涉書獵史，成《詞律拾遺》八卷。卷一至卷六補萬氏所未備。原書未收之調今爲補之，曰「補調」。原書已收之調而體有未具，今亦補之，曰「補體」。卷七卷八則訂正萬氏原注者居多，曰「補注」。書成，出以示余，且屬爲之序。余不知音，何足序君之書？顧念詞學之衰久矣，宋沈義父撰《樂府指迷》，謂詞中去聲字最吃緊，入聲可代平聲，不可代上聲。所論皆入微，而三百年來莫窺斯秘。至萬氏出，而規矩先民不逾尺寸，爲詞家一大功臣。今徐君拾遺補闕，繩愆糾繆，又爲萬氏一大功臣。從此兩書并行，用示詞林正軌，俾後之論詞者知我朝詞學之盛直接兩宋，亦猶經學之盛直接兩漢也，又不獨有功萬氏而已。余幸與誠庵游，獲觀此書之成，故不辭而序之，欲學者知萬氏之後復有是書，家置一編，以爲凱式，庶不負其拳拳編緝之雅意也。

陳子莊太守《庸閑齋筆記》序

昔《春秋》於隱、桓間書家父、凡伯、仍叔之子，蓋皆《大雅》舊人，見故家遺俗猶存也。《孟子》亦稱故國不在喬木，而在世臣。三代以下如晋之王、謝，唐之崔、盧，皆以衣冠舊族爲時所重。求之我朝，若海寧陳氏，其亦所謂名宗望姓、鼎族高門者乎。余於陳氏識子莊太守，蓋吾舅氏姚平泉先生之高足弟子也。出方雅之族，兼文學、政事之才。同治初受知於左季高相國，疏薦於朝，筮仕吴中。曾文正公及李少荃相國皆器重之。歷宰大縣，所至有聲，論者至比之陸清獻。近年歸老於家，泉石優游，居多暇日，乃娱情翰墨，著《庸閑齋筆記》一書。首述家門盛迹、先世軼事，次及游宦見聞，下逮詼諧游戲之類，斐然可觀。昔宋范公偁爲仲淹玄孫，所撰《過庭録》多述祖德，間及詩文、雜事。此書殆其流亞乎？余勸付剞劂，以廣其傳。讀是書者，當嘆王氏青箱具有家學，叢談瑣語亦見典型，固與寒門素族殊也。

春在堂雜文續編三

《枝山文集》序

往年吴中重修唐六如居士桃花仙館，而以祝京兆、文待詔兩公附祀。余爲題四絶句，其一云：「重將祠墓訪圖經，三百年來夢墨亭。仙館桃花還似舊，草堂何處問懷星？」蓋深惜京兆之流風餘韵不可復見也。越三載而京兆之族裔耔庵大令以《枝山文集》殘本四卷見示，乃明嘉靖中謝君雍所手録以贈文衡山先生者。謝君字元和，集中有《贈謝元和序》，盛稱其能子能友，而期以德業大成者，即其人也。寫此時年已八十一歲，筆墨黯淡，編次不苟，洵舊帙之幸存者。耔庵因録副本，付之剞劂，而問序於余。余惟京兆與六如居士齊名，六如以畫傳，京兆以書傳。然六如詩文率易頹唐，不稱其畫，而京兆之文則戛戛獨造，猶有古作者遺意，詩詞亦清麗可誦，在明代詩文中不依傍門户而自成一家，視六如居士殆有過之。《四庫全書》收《懷星堂集》三十卷，今此本止四卷，非其全者，故止云殘本。然記傳、雜説、詩詞無所不備，讀此亦可見《懷星堂集》之大概矣。謝君以通家子弟，垂暮之年，手録其文，耔庵以三百年後裔孫重刻以行世，是皆可風也。海内好古之士不能盡見《懷星堂全集》，而獲睹是編，則京兆之流風餘韵庶幾其不沫矣。

《蘆槎詩稿》序

近時曾沅浦中丞刻《王船山先生遺書》，以勝國遺老之書閱二百餘年而大顯於世，士林詫嘆，以爲奇觀。然船山先生之書王氏世守之，未嘗失墜，且其諸經《稗〔一〕疏》、《四庫全書》久已著録，則其書固不甚晦也。若蘆〔二〕槎逸士亦勝國遺老，其所撰述雖不及船山之富，然其自爲小傳稱於兵農、錢穀、禮樂、刑名、曆算、漕河、水利、茶馬諸政皆有著撰，而二十一世孫凌颿臚舉其目至二十三種，凡一百五十二卷，則亦不爲少矣。乃問之世，世無知者；問其家，家無藏者。

〔一〕稗，原訛作「禆」，據蔡啓盛《校勘記》改。
〔二〕蘆，原訛作「盧」，據上下文改。

獨此古今體詩五百餘首，其裔孫名書賢者同治庚午歲於他所得之，初猶不知爲誰何之作，因詩中事實與其家譜所載逸士合，而末卷有聯句詩自署其名，即逸士名也，乃大驚喜，編次寫定，將以壽諸剞劂，而問序於余。嗟乎！事之顯晦，洵有時哉！此一編也，雖不及《船山全書》之十一，然沉玉淪珠不致泯没，則亦幸矣。逸士姓沈氏，名潛，字乾初，寧波慈溪人。明諸生，入本朝抗志不仕，以明經終。蘆槎逸士蓋其自號云。

逸士所著書有《四書五經尊王録》二十卷、《尊聖録》六卷、《九經開卷大義》一卷、《御覽五經大義》五卷、《五經詳節》十四卷、《諸史人物第一》四卷、《諸史詳節》十卷、《名臣録》四卷、《歷朝政務》六卷、《大學衍義參略》八卷、《私議官制》一卷、《蘆槎文集》廿卷。其外制義、試牘、詩選、文選尚甚衆。

《馮氏清芬集》序

陳思王有言，家有千里，騏驥勿貴。是以世擅著述，昔人所難。一門之中，人人有集，史氏以爲美談。宋劉元高編《三劉家集》，祖孫父子詩各一卷。明代有長洲《文氏五家詩》，亦祖孫父子也。焕往輝來，士林美之。南海馮氏爲嶺南巨族，余與竹儒觀察交，觀察大父子皋先生以翰林作令山左，而其舉於鄉也，實與先君子爲同歲生，辱有通家之誼，因得悉其家世。承以叔祖子良先生詩録見示，并以贈公尹平刺史畫卷屬題。駿烈清芬，亦粗見大略矣。今年春，余來滬上，又出示《馮氏清芬集》三卷，蓋皆子良先生所編輯者。其曰《水豹堂詩選》，則觀察六世祖南浦先生詩也；曰《白蘭堂詩選》，則其高祖石門先生詩也；其曰《拙園詩選》，則子臯先生詩也。詩雖不多，而琢磨風雅，陶寫性情，讀其詩皆可想見其爲人。《水豹堂詩》有《咏白牡丹》詩十首，其發端云：「清如冰雪淡如雲，富貴叢中只見君。」胡君承謨作序，稱其超然於富貴之外。至石門先生遂以「白蘭」名堂，亦可見其清白相傳，家風勿替矣。子臯先生以玉堂中人出爲循吏，未竟所施，於濟南城外買荒園一區，雜蒔花木，小有泉石，是名拙園。與賓朋觴咏其中，不以升沉爲念，識者謂「清白吏子孫」，天固宜昌大其家。而尹平刺史又坐事戍塞外，没齒不歸。鬱久而發，將於觀察徵之。觀察負幹濟才，長於議論，文學政事兼而有之。又嘗於席間見觀察公子，美秀而文，蘭茁其芽。杜少陵云「詩是吾家事」，韓昌黎云「固宜長有人，文章紹編劃」，觀於馮氏，其勿信矣乎？世德之芬，相承未艾。此一編以「清芬」名，臨風三嗅，久而彌芳，亦如蘭之爲香祖矣，豈止若黄庶《伐檀集》僅附《山谷集》後哉？

石琢堂先生《竹堂文類》序

琢堂先生爲余六十年前同館前輩，蓋先生乃乾隆庚戌廷試第一人，而余亦以道光庚戌入詞館，後先相距適甲子一周也。咸豐中，余自河南罷歸，故里無家，僑寓吴下，即居先生獨學廬中，所謂「城南老屋」者是也。其中微波之榭、眠雲之舍，猶尚無恙，園中五柳存者三焉。余徘徊其間，不勝景仰之意，而先生之遺書顧未得一讀，蓋其時鏤版已殘缺過半矣。俄而大亂猝至，倉皇出走。亂定復歸，則城南老屋化爲邱墟。再過經史之巷，兔葵燕麥，摇蕩春風而已。乃有先生之孫曰鼎清子和者過余春在草堂，手巨編見示，則先生全集也。凡爲文者八卷，爲詩者十有六卷。余讀而嘆曰：我朝乾嘉之間氣運隆盛，文物休明。士大夫遭際盛時，享升平之福，故發爲文章，有俯仰揖讓之態，無志微噍殺之音，蓋亦時使然哉！先生根柢深厚，議論名通，讀其與姜中丞三書及上成邸書，又代擬河道及海運各奏議，老成深識，通達治體，非徒以文字見長。詩亦風格遒上，有盛唐人遺音。自道光中葉[一]至咸豐之季，海内多故，運會少衰，詩

[一] 葉，原訛作「棄」，據蔡啓盛《校勘記》改。

文體格亦流於骫骳。數十年中，未見有與抗行者。烏乎！讀先生之文，亦可以觀時矣。夫故家喬木，古人所重；凡伯、家父，皆《大雅》舊人，《春秋》貴之。方今大難削平，剥極而復，世運與文運皆將起而紹乾嘉之舊，則先生之集固宜播之士林，以爲模楷，不可聽其銷歇於蠹朽蟫斷之中也。原版因寇亂全毁，子和以世家子抱守遺書，不敢失隊。昌黎云「文章紹編劘」，庶幾不愧。然亂離之後，以筆耕自食，剞劂之資未能任也。吴下士大夫多憙文章、重道義，必有能任其事者，子和其謹待之。惟余忝與先生先後六十年同爲庚戌翰林，又嘗寓先生獨學之廬，而世事變遷，恍如一夢，烏衣門巷不可復識。讀集中《城南老屋記》，不勝今昔之感矣。

《蓮溪文集》序

古無所謂「文集」也，集者，其身後子若孫與夫門生故吏裒集其所爲詩文以行於世，於是乎有「集」之名。今所傳漢人文集，若《蔡中郎集》《孔北海集》，皆卷帙不多，非如後人文集動輒數十卷也。然其根柢深厚，故其光油然而幽，其味黯然而長。雖或寥寥數篇，而使人尋繹不能竟。烏乎！此所謂古人之文歟？秀水沈蓮溪先生自幼有神童之目，博涉群書，尤邃於三《禮》。中年後敭歷中外，政績爛然，而仍不廢學。其著述已刊者《詩集》八卷、《續集》三卷、《懷小編》

二十卷以及時文試帖各如干卷，而古文固未出也。光緒二年，距先生之殁十有九年，其嗣君書森太守乃編纂其遺稿，得三十餘篇，次第爲二卷，刻以行世。蓋文之可傳者，固不在多也。余讀先生時文試帖，皆粹然經史之言，异乎世俗之爲時文試帖者。及讀《懷小編》，於經史疑義雖至隱僻至瑣屑者，鱗羅布列，原原本本。其典核似葉大慶之《考古質疑》，而簡要勝之；其精審似袁文之《瓮牖閑評》，而詳贍勝之。在近人説部中，罕與倫比。然後嘆先生之學之博而有要，宜其發爲詩文者之與世俗殊也。時文試帖且然，况進於此者乎？然則此文之必傳而無疑，正不必如《弇州山人四部稿》以多爲貴也。其中有駢儷之文，合而編之，蓋古人文集原不分駢散也。先生於嘉慶丙子歲以優行貢成均，而先君子亦於是年舉於鄉，至今歲而甲子周矣。樾叨在年家子之列，因得讀先生遺書，輒書數言於簡端，俾學者知以根柢爲重，非可徒求之文也。時樾亦編次先君子遺文爲三卷，將刻之吴中。吾兩家於兵燹之後，抱守遺編，幸無失墜，而先疇舊德念之憬然。《小宛》詩人之義，又當與書森共勉之者也。

沈蓮溪先生《筆記》序

宋王明清撰《投轄録》，所載皆奇聞异事，而其書止寥寥四十餘條。蓋事果可喜可愕，正不必以多爲貴。如洪景廬之《夷堅志》至四百二十卷之多，轉爲陳振孫所譏矣。秀水沈蓮溪先生著述繁富，其文集及《懷小編》殫見洽聞，久已風行一時。嗣君書森觀察又出《筆記》一卷見示，事迹新奇，叙次雋永，而「盧提督」「唐將軍」諸條更足補史乘之遺。當良朋萃至，縱談及之，人人傾耳，不待投轄而客自留。是亦《投轄録》之比也。末附《小慧戲録》一卷，雖屬文人游戲，亦見前輩典型。因勸書森并付剞劂，以貽好事者，當不下公是先生之《極没要緊》書也。

馮景庭先生《顯志堂稿》序

自孔氏諸弟子各以其所學散處諸侯之國，原遠而末分，至於今益甚，有曰性理之學，則究性命、辨義利者也；有曰經世之學，則策富强、課農戰者也；有曰經籍之學，則窮訓詁、考制度者也；有曰載記之學，則志得失、鏡古今者也；有曰曆算之學，則精推步、測高廣者也；有曰詞章之學，則研聲律、儷青白者也。是數者各得其質之所近，各行其業之所習，彼此相笑而莫能通。孔子曰：「吾道一以貫之。」苟不得其所以貫，萬猶不給也；苟有以貫之，則此數者固可得而一。若景庭馮先生，其有以貫之乎？先生於余爲同館前輩，同治中余寓吴下，主講紫陽，先生亦主正誼講席，時相過從。其後先生移家木瀆，距城稍遠。然歲必一再至，談經史疑義，又或縱言及於時事。甲戌正月猶過我春在草堂，而是年夏余自武林歸，則已聞先生之訃矣。先生既殁，相國李公言於朝，建祠於其鄉，俾後進之士俎豆尸祝有所矜式。而先生之書亦遂次第刊刻行於時，其嗣君申之、培之以《顯志堂稿》十二卷求序於余。余讀而嘆曰：是吾所謂「能貫之」者也。先生於學無所不通，而其意則在務爲當世有用之學。所著有《抗議》十五篇，蓋漢仲長公理《昌言》之流。方咸豐、同治間，吴會可謂多故矣，而於先生集中見二事焉，則皆大局之所繫。其一迎師於皖。皖軍至而東南以次底定，旋乾轉坤，於是乎在。其一減三吴之浮賦。四百年來積重難返之弊，一朝而除，爲東南無疆之福。而是二者，稿皆出於先生。先生治經通小學，故不爲浮詞。尤精隸首之學，能推而行之，清丈之法生焉。叙庚申間事有史筆，間爲小文，清而腴。烏乎！豈非吾所謂「有以貫之，則此數者固可得而一」乎？先生以廷試第二入官翰林，負重望。咸豐初，潘文恭公以先生與林文忠同薦，使先生大用於時。其所設施，必將赫然爲中興名臣之冠，豈止於此而已哉？然使後之人拜先生之祠而讀其書，皆務爲有用之學，則先生之澤固遠而大矣。

《小滄洲詩鈔》序

《小滄洲詩鈔》二卷，會稽朱庸堂先生撰。余與其嗣君璞齋太守交最久，亦最深，乃得受而讀之。其爲詩陶冶性靈，琢磨風雅，有縫月裁雲之妙，無紙勞墨瘁之音。小杜詩所謂「玉白花紅三百首」，方處士詩所謂「裁霞曳綉一篇篇」，可以移贈此編矣。昔蜀韋縠選《唐詩才調集》十卷，所取多晚唐人詩，專以穠麗秀發爲宗。及北宋之初，有《西昆酬唱集》，乃楊億等十七人唱和之作，其詩皆組織工緻，鍛鍊新警。誦之而音節鏗鏘，詞采工麗，使人之情爲之一往而深。竊謂詩主温柔，固應如此。及歐、梅迭出，詩格遂變。雖踪横排奡，突過前人，而纏綿悱惻之意或反遜之。近代學者喜言蘇、黄，山谷詩尤爲時尚。其生硬之致固自可喜，然温柔之教無復存矣，風雅遺意將遂散微。余讀先生詩所以手不忍釋者，愛其用意微婉，立言深穩，與古詩教有合也。先生詩舊有刊本，亂後亡失。璞齋將重刊之，余因書數言於其卷端，願世之讀先生詩者知此爲詩家之正軌，勿以側艷少之也。

朱鏡香《竹南精舍駢儷文》序

昔楊子雲以詞賦起家，論者以比相如。使守其少作而不變，則其沈博絶麗之才亦足雄視漢廷矣。乃晚而自悔，思托經術以自尊，遂有《太玄》《法言》之作，後世卒未嘗列之於經。而《長楊》《羽獵》之後，不復發翰林、子墨之麗藻，或亦文人之左計乎？余三十歲前好爲駢四儷六之文，今《賓萌外集》四卷，皆其時所作也。四十歲後研求經義，旁及周秦諸子，兩《平議》粗有成書。回視少作，頗有雕蟲之嘆。卒之於經義所得至粗，而欲復爲曩時妃青儷白、佯色揣稱之作，則遂不能矣。含毫擲簡，爲之慨然。鏡香大令登道光丁酉拔萃科，余亦於是歲副賢書，得附同年生之末，及甲辰歲又與同舉於鄉。君文章爾雅，以詞華傾後輩。咸豐間，君需次吴門，余亦僑寓於是，時相過從。每見其涌思雷出，書篋几杖之外，殷殷留金石聲。著壁成繪，在泉成珠，輒驚喜贊嘆而不能已。俄而東南離亂，朋輩星散，彼此不相知。及今歲之夏，復相遇於吴中，鬢毛斑矣，乃出示所刻《竹南精舍駢儷文》稿，則左挈江、鮑，右提徐、庾，其搜逑索偶之工，翦月裁雲之妙，猶曩時也。余痴抱一經，江郎才盡，讀君之文，真不啻聆九奏中之新聲，食八珍中之异味矣。因書此於其簡端，既識吾愧，且賀君文字之興，老而不衰，後福未有量也。

丁濂甫同年《蜀游草》序

予與君同年成進士，同得館選，在京師時文酒宴游，甚樂也。每見君所爲詩賦雍容大雅，不矜才使氣，而他作者狂搜險覓，終莫能出其右。散館日爲《乾清宫賦》，予輩爲題所懾伏，率皆掇拾《文選》字句，模擬《靈光》《景福》，而才實不足以稱之，辭殫韵竭，龐亂鈎裂。而君仍爲近體小賦，餘波綺麗，寬然有餘，然後知君伐毛洗髓之功深也。同治庚午歲，君奉使典蜀試。試事畢，又拜視學浙江之命。既下車，刻其所爲時文、律賦以示多士，余既得而讀之。而今年春，君又出《蜀游草》一卷見示，蓋自京師首塗，由秦入蜀，又由蜀而楚，以至吾浙，所歷如井陘之險、太華之高、劍閣之嶄岩、瞿塘之轟輵，無不見之於詩。初不必如韓昌黎所謂「險語破鬼膽」者，而每讀一篇，令人如身履其地，如目睹其景。姚武功云「格調江山峻，功夫日月深」，君詩之謂矣。余小有點定，君頗不以爲謬。猶憶三月間君招杜蓮衢侍郎及余小飲署齋，蓋三人者皆庚戌同年也，酒間出是編共讀之，光景猶如昨日，而豈知君之遽作古人哉？晨星零落，可勝太息。哲嗣麗生庶常以君遺意索序於余，云將壽之梨棗。因於西湖精舍重讀一過，不勝人琴之感矣。

楊性農同年《移芝室集》序

功令，凡歲陰在辰戌丑未之年季春之月，聚天下鄉試中式[一]之舉人而試之禮部，禮部以其數聞，天子親定其中式之數，率較每科成進士者率二三百人，此二三百人相謂曰同年。既同年矣，然或相識或竟不相識。既相識矣，或相處如親昆弟，亦或否焉。蓋仍各以其氣類合也。予與性農楊君爲庚戌進士同年，然予在京師簡於交游，同年諸君多不相識，即與君亦止一再見而已。未幾皆乞假而歸，相隔數千里。君歸遂不出，予歸復出，旋以事失官，亦不復出。蓋自與君爲同年未嘗得數日聚，踪迹之疏如此。然予意中實未嘗忘君，非以同歲成進士之故，蓋氣類固有合焉。君重節概，喜文章，不樂仕進，一以著述爲事。數十年來士大夫文體骩骳，其卑者惟妃青儷白取悦俗目，其高者矜言古文桀𤸫，貌爲簡老，而無馳騁自得之樂。獨君則不然，凡所爲文章皆道其胸臆所欲言，無所規橅，而自合乎古之法度。其詩亦然。蓋以詩文論，已卓然成一家矣。嗟乎！天下雖大，而講求學問文章，得與於作者之列者，落落然不過十數人。視夫

〔一〕式，原訛作「試」，據蔡啓盛《校勘記》改。

進士同年，每科率二三百人者，孰難而孰易邪？君往歲與予書言始見吾駢儷之文而美之，後見吾所爲《琴西同年詩序》，斂華就樸，有一變至道之嘆。然則如予者固亦日往來於君之意中，古人所謂「海内知己，天涯比鄰」，又豈在形迹之疏密邪？因讀君《移芝室集》，輒書數語於其卷首，所以見吾兩人之交以此而不以彼也。

王夢薇《入越吟》序

王君夢薇，蓋才而隱於下位者也。能爲詩歌，又善丹青，而尤長於駢儷之文，古艷幽秀，有六朝人筆意。以君之才，求之館閣諸公，亦未易覯，而以末僚需次兩浙，浮沉簿尉間，良可慨矣。余從前主講蘇州紫陽書院，曾讀君時文，而未見其人。今年春君始來見余於西湖精舍，出所作詩文見示，并以《入越吟》乞序，蓋君之近作也。余讀其詩，五言如「雲牽危石墮，濤挾暗沙奔」「雲開鷹翮健，風細鴿鈴圖」；七言如「寒欺酒骨眠難穩，愁擁詩腸句不新」「雲勢欲拖雙塔去，雨聲陡合四山來」，皆可誦也。讀既竟，喟然而嘆，爲誦白香山詩云：「袖裏新詩十首餘，吟看句句是瓊琚。如何持此將干謁，不及公卿一字書？」因即書此於其卷端。

胡春波遺文序

同治乙丑，余自天津浮海南回，適吳下紫陽書院主講乏人。今相國合肥李公時以蘇撫攝江督，與余有同歲之誼，遂延主紫陽講席。丙寅、丁卯承乏二年，遂得遍觀吳下人文之盛。十載以來，舊時同學諸子如吳清卿大徵、誼卿大衡、馮聽濤松生、戴青來兆春皆捷南宫、入詞館，其餘歌《鹿鳴》而舉於鄉者指不勝屈。然余於吳下諸君子所尤心折者，則爲胡君春波。凡二年中行一十八課，而春波之文往往在高等。乃自戊辰以後，余移主浙江之詁經精舍，遂與春波疏闊。始猶歲一再見，比年來則久不相聞矣。然余每逢鄉試之歲，江南題名小録至蘇，必問春波中否，而春波竟不售，余大詫嘆。去歲有欲延名師課其子弟者，余猶以春波告。乃今年夏蔣心香比部過我春在草堂，出一編見示曰：「春波之遺文也。」屬爲之序。噫！春波卒矣，余甚悲。春波在諸子中以文而論固不居人後，乃餘子半皆掇巍科登上第，而春波竟抱璞以終也。又念春波雖失意以死，而其遺文幸尚可編纂，或沈玉淪珠其身後得顯於世，則又未始不爲春波幸也。春波之文不務以雕琢爲工、剽竊爲富，而俯仰寬博，無噍殺之音；前後融洽，無凌躐之弊。每拈一題，必使題理題神表裏俱到，所謂「清真雅正」者，庶幾近之。宜其投之場屋無往不利，而卒不得志於有司，科名得失，其命也夫。余主講江浙間，每歲閱文多矣。求如春波之理真法密者，不可多得。誠得此種文，懸以爲鵠，厖亂鈎裂之習吾知免矣。是宜早付剞劂，傳播藝林，不獨藉以傳春波身後之名，且使讀者知文以理法爲主，從此上窺先正法程，於文運未始無小補也。獨余紫陽校藝時，所期於春波者豈止於此？至今日而序其遺文也，楊子不云乎：「鍾期死而伯牙絶弦，獿人亡則匠石輟斤。」三復兹編，可爲長太息矣。

日本竹添井井《棧雲峽雨日記》序

文章家排日紀行，始於東漢馬第伯《封禪儀記》。其造語之奇，狀物之妙，洵柳州游記之濫觴，然所記不過登岱一事耳。至唐李習之之《南行記》，宋歐陽永叔之《于役志》，則山程水驛，次第而書，遂成文家一體。然其書頗略，聊志游迹而已，未足模範山川、鎸劖造化也。夫吾人北轅南柁，束囊晨征，車行則轣馬鈴騾，舟行則檣烏水狗，此豈細旃廣厦可以仰屋梁而著書哉？又况游覽所至，未必能如惠子之載書五車自隨，某山某水，不過聞郵童而諮津吏，而欲考訂古今，窮極原委，抑又難矣。竹添君以東國儒官來游中土，又非生長於斯者比。余初以爲游屐經臨，不過吟弄風月，藉以排遣旅懷耳。乃讀其所著《棧雲峽雨日記》，則自京師首塗，由直隸、河南、陝西而至四川，又由蜀東下，道楚以達於吴。綿歷九千餘里，山水則究其脉絡，風格則言其得失，政治則考其利弊，物産則察其盈虚。此雖生長於斯者猶難言之，而君航海遠來，乃能於飲風衣日之際，紙勞墨瘁之餘，歷歷指陳如示諸掌，此足以觀君之學識矣。君重意氣，喜交游，在海外知余之名，及至中土，訪余於杭州詁經精舍不值，又至吴下寓廬春在草堂，始得修相見禮，而以此問序焉，因書此詒之。

金眉生《六幸圖》序

往歲客有問余者曰：「子何著書之多也？」余告之曰：蓋得力於三無。其一無錢。孔子謂顔淵曰：「使爾多財，吾爲爾宰。」然多財必孔顔乃可，他人而多財，則受其累矣。余郭無一畝之田，家無一歲之儲。筆硯耕耨，歲食其入，僅足而無餘，以故目不能識秤星，手不能撥算珠，終日終年一編而已。此得力於無錢者一也。其二無官。凡居是官必有是官之事，即近世以來未必各舉其職，然出則僕僕風塵，大寒暑無間；歸而車滿其門，屨滿其户。既罷去，而吏抱文書至高等身，尚何暇治其他邪？余三十歲始入承明廬，未四十即失官而歸，嗣後不復出。無衣冠褦襶之苦，無簿書填委之勞。此得力於無官者二也。其三無能。《詩》曰「我從事獨賢」，賢者固多勞也。余有生以來人間可謂多事矣，干戈遍於海内，冠蓋交於海外。賢士大夫苦其心思，勞其筋骨，敝其脣舌，猶若不足以勝之。而余閉一室而坐，無過問者。不材之木，固無所用之。此得力於無能者三也。乃今觀六幸翁之自紀，其一爲貧，即余三無之一也。而君悉數其幸事以至於六，則視余三無而倍之。多乎哉，君之幸乎！余雖以三無自足，至是又不能無愧於君，何也？余讀書苦不能記憶，每讀諸史列傳，未終篇輒忘其姓名。偶得一義，不筆之，明日遂失之。而君讀書無不能記。余所不及者一也。余未通籍以前伏處三家村中，作村夫子而已。罷歸後又杜門不輕見一客，故落落寡交游。而君恙雁滿天下。余所不及者二也。有此二不及，豈得以三無傲君哉？雖然，君之不及余者亦有一焉，余無能而君多能也。君自朝章國典以及河渠、鹽務、水利、荒政與夫寰内之形勢、域外之情狀無不犂然於心，如示諸掌。名公巨卿咸就君而諮訪焉，得失可否，待一言而决。君坐是不得安居於家，一歲日月舟車者半，視余之偃蹇曲園中者迥不侔矣。君得無幸者六而不幸者一乎？或謂余曰：「子惟無能也，故以有事爲苦。若才大如海者，雖處盤根錯節，從容談笑綽有餘裕，夫何病焉？」余曰：若然，則君之多能又一幸矣。天使君耳目無恙，猶以爲幸，况賦君以絶人之才智乎？今而後請益君之六幸爲七幸。

范月槎觀察《仕隱圖》序

范君月槎以觀察使者需次江南，丁丑之春以事至姑蘇，過我春在草堂，手一編屬爲之序，則曩者官國子監助教時所爲《仕隱圖》也。余曰：所施不同，故有异名。君前爲國子先生，飽閑散而寡參尋，有古人避世金馬之風，謂之隱，宜也。今官觀察使者，方將振飭紀綱，激揚風化，爲一道之福星，純乎仕矣，其尚謂之隱乎？斯圖也，宜於昔不宜於今，奚以序爲？君曰：「否，否。吾今猶昔也。昔備儒官，固所謂廣文官冷者。今以監司候缺，亦惟掃地焚香，彈琴咏風，如是而已。斯固隱者之事也，吾今猶昔也。」余聞而异之，既而憬然曰：此殆有道者乎？古之至人尸居而龍見，淵默而雷聲，神動而天隨。從容無爲，而萬物炊累焉，尚何仕隱之足言哉？且夫仕而謂之仕，隱而謂之隱，世俗之見也。有道者不然，無仕非隱，無隱非仕。范文正公爲秀才時便以天下爲己任，隱而仕者也。謝太傅大人之容、王公之度，而寢處常有山澤間儀，仕而隱者也。仕亦隱，隱亦仕，蓋不以外物爲物，有君形者存爾。余觀君之爲人和調而不緣，溪盎而不苛，蕭然自得於窮達之外。昔之官儒官，今之官觀察使，一也。雖使异日者建朱節、震華鼓，總十連而督八州，在他人視之以爲仕宦之至榮矣，而以君自視，固與助教、閑曹無异也。則《仕隱》一圖，君固終身以之矣。昔之隱，小隱也；今之隱，中隱也；异日以大仕成其爲大隱，斯爲仕隱之極乎？姑書其卷端，以爲之券。

羅景山軍門《思痛録》序

壬申之春，余於家兄壬甫福寧郡齋見羅景山軍門，爲述咸豐十一年收復嚴州，與賊相持，以千七百人據斗大孤城，當賊四五十萬之衆，糧盡援絶，然猶守死至三月之久然後去。方言此時，意氣慷慨，口講手畫，若太史公叙述楚漢間戰事，委曲詳盡。余固已心偉其人。越數日招飲於其署齋，酒後出所自述《思痛録》二卷見示。携歸讀之，乃知君少負大志，年十七徒步從軍，大小千餘戰，無不搴旗斬將，身先士卒，所擒馘不可勝計。即間有敗衄，亦能全其卒伍，自引而歸。蓋卓然中興名將也。我國家承平二百餘年，地大物博，稂莠蘖芽，大盗起於粤西，延易乎東南，爲從古未有之劇寇，論者謂唐黄巢之亂不是逮也。乃自咸豐二年，賊由永安州走昭平，爲燎原之始，以迄同治四年，盡殲其餘黨於嘉應州而後已。首尾凡十餘年，而君無日不在行間，幾於無役不與，無戰不先。及軍事大定，乃覼縷生平，年經月緯，著此一編。戰功之多，於此可見。而十餘年中，凡官軍與賊勢之盛衰及同時共事之人賢否功罪，無不具於此編，豈獨見君之將才哉？抑亦可以觀史才矣。君雖絳、灌之倫，而雅好文墨。嘗得晋江陳亹齋大令所緝《史緯》一書，謂其簡不失要，約不傷嚴，心好之，爲補刊其原版之殘缺者，使成完書，分貽同好。因以全帙見贈，并知余從事撰述，已付剞劂者積百餘卷，亦索全集一部去。嗟乎！余，章句陋儒，無用於世。當江浙初定之日，曾寓書李少荃爵相同年，訪求中興來名臣名將事實，妄思撰著一書，備柱下采輯，而年逾五十，蹉跎未就。辱君不棄，問序於余，余何足以序君之書？重違雅意，漫書數語，以志執鞭之慕。抑余此次自浙來閩，由錢塘江泝流而上，道嚴州過蘭溪，所經如七里瀧、童子灘，皆君昔年鏖戰之處。請携此編，於歸舟讀之，泉聲山色中猶想見君英姿颯爽、横槊指揮時也。

《梔子同心圖讀法》序

昔蘇氏《璿璣圖》縱横往復，皆成章句。宋元間有僧起宗者以意推求，分爲十圖，得詩三千七百五十二首，而明人康萬民又增一圖，更得詩四千二百六十首。今《四庫全書》集部有《璿璣圖詩讀法》一卷，即此兩家所演合成一編者也。夫《璿璣圖》止八百餘言，而得詩幾及八千首，其神妙真非意計所及矣。嗣是以後，寂寥千載，未有嗣音。至國朝康熙間，永康才女吴絳〔一〕雪又有《梔子同心圖》之作，其圖凡一百六十五字，左旋右折皆可成詩。舊讀止回文詩數聯，《長相思》詞數闋，未盡其妙。咸豐初，應棻園明經瑩復就其圖潛心玩索，得五言絶句六首、七言絶句四首、詞三十二首、又六言詩八首。其鈎心鬥角之巧乃始稍稍呈露，亦不負作者苦心矣。絳雪以才女而兼節烈，事湮没幾二百年。吴康甫大令爲其縣丞訪求得之，屬黄君韵珊製《桃溪雪傳奇》以張其事，又刻其詩集，附以此圖，固表揚節烈之盛心，亦憐才之雅意也。余因勸并刻應君讀法以詒好事者，使海内錦綉才人因此讀法交相推廣，或更有不盡於是者，他日彙爲一集，與《璿璣圖讀法》并傳千古，不亦足見昭代之多才，而爲藝林之佳話乎？

余蓮村《勸善雜劇》序

天下之物，最易動人耳目者最易入人之心，是故老師巨儒坐臯比而講學，不如里巷歌謡之感人深也；官府教令張布於通衢，不如院本平話之移人速也。君子觀於此，可以得化民成俗

〔一〕絳，原訛作「絳」，據蔡啓盛《校勘記》改。

之道矣。《管子》曰「論卑易行」，此蓮村余君所以有《勸善雜劇》之作也。今之雜劇，古之優也。《左傳》有觀優魚里之事，《樂記》有「優侏儒」之語，其從來遠矣。弄參軍之戲始於漢和帝，梨園子弟始於唐明皇。他如踏摇娘、蘇中郎之類，無非今戲劇之權輿。而唐咸通以來有范傳康、上官唐卿、吕敬遷等弄假婦人爲戲，見於段安節《樂府雜録》，則俳優不已，至於淫媟，亦勢使然乎？夫床笫之言不逾閾，而今人每喜於賓朋高會、衣冠盛集演諸淫褻之戲，是猶伯有之賦「鶉之賁賁」也。余子既深惡此習，毅然以放淫辭自任。而又思因勢利導，即戲劇之中寓勸善之意，爰搜輯近事，被之新聲，所著凡二十種，梓而行之，問序於余。余受而讀之，曰：是可以代遒人之鐸矣。《樂記》〔一〕曰：「人不能無樂，樂不能無形。形而不爲道，不能無亂。先王恥其亂，故制《雅》《頌》之聲以道之，使足以感動人之善心，不使放心邪氣得接焉。是先王立樂之方也。」夫制《雅》《頌》之聲以道之，誠善矣。而魏文侯曰：「吾聽古樂，則唯恐卧；聽鄭、衛之音，則不知倦。」是人情皆厭古樂而喜鄭、衛也。今以鄭、衛之音節而寓古樂之意，《記》所謂「其感人深，其移風易俗易」者，必於此乎在矣。余願世之君子有世道之責者廣爲傳播，使之通行於

〔一〕《樂記》，當爲「《荀子·樂論》」。

天下。誰謂周郎顧曲之場，非即生公説法之地乎？

蒯子範太守判詞序

《唐·選舉志》吏部擇人之法，其四曰判，「凡試判登科謂之入等，甚拙者謂之藍縷」，故唐人無不工判語。張鷟所撰《龍筋鳳髓判》至今膾炙人口，明人有以張文成判、蘇文忠表并課子弟者。蘇文忠亦工判語，然今所傳如「五日京兆，判斷自由；九尾野狐，從良任便」及「敦《召南》之化，此意可佳；空冀北之群，所請不允」，類皆游戲之筆。此外不傳者蓋已多矣，由當時未曾薈集成書故也。蒯子範太守爲當代龔、黄，政事、文學兼而有之。嘗攝長洲令，余寓吴下，聞其折獄時手自判牘，時作雋〔一〕語，有古人「雹掃庭訟、響答詩筒」遺意。輒爲之忻慕，曰：佳乎吏也。顧君事煩而余性懶，未得常見。及君攝蘇州太守，乃時相過從。未久而君移鎮江，旋入都展覲，拜夔州太守之命，於是踪迹又疏闊矣。今年自蜀中詒書，并寄示《判語》一册，皆昔年爲牧令時據情定斷、援筆直書者也。其處事之公平、察奸之明允，固不待言，而率爾命筆，燦

〔一〕雋，原訛作「儁」，據蔡啓盛《校勘記》改。

然成章，有他人支頤搖膝竟日不能得者。君於堂皇高坐、隸卒環侍之時，成誦在心，借書於手，所謂「文章本天成，妙手偶得之」，與東坡判語同一風趣。青錢學士獺祭雖富，轉無此雋永矣。至丁四姐、王金妹等事，尤見其用心之厚。隨園詩云「他生願作司香尉，十萬金鈴護落花」，請爲君誦之。余山中筆墨不過批風抹月，評量山水，得讀此編，詫爲奇絶。因勸君早日付梓，傳布藝林，無使此零珠碎玉長沈埋於司空城旦書中也。

春在堂雜文續編四

湖南永明縣知縣陳君墓志銘

君諱濟鈞，字貫千，别字西卿。先世自福建遷廣西潯州府之貴縣，遂爲貴縣人。世居縣城之西，曰松柏社。祖諱某，有隱德，能以《周易》筮，多奇中，尤精於醫。父諱某，孝弟誠篤，工詩文，通曉星學，隱居教授。道光紀元，由府學生舉孝廉方正，以母老不仕，詔賜六品銜。君其第三子也。生而聰敏，讀書能見大義。弱冠補博士弟子員，道光九年舉於鄉，屢試春官不第。俄遭父喪，既葬，廬於墓者三載，鄉黨稱焉。二十四年，以大挑一等得知縣，分發湖南。是時楚中有雷再浩之亂，君從事兵間，鞫所獲纍囚，脅從者輒免之。補永明縣知縣，歷署攸縣、酃縣、沅江縣、桂陽縣，皆有政聲。其攝沅江也，適遇水災，請發常平倉以賑之，活數萬人。其攝桂陽也，賊環攻之，守禦有法，城賴以完。後因言軍事忤大府意失官，大府旋悔，議復之，君以母老不願復仕，遂已。

咸豐二年，賊陷貴縣，君全家避城南柳村。賊至，君夫人及適湯氏之孀妹及冢婦黄皆死之。君聞難，悲且憤。逾二年又丁母王太夫人憂，道梗不得歸，焦肝灼肺，始有心胃疾。君次子璚官浙江杭嘉湖兵備道，請於朝封君如其官。璚旋以吏議左遷，大吏知其才，留治海塘，君詒書戒勉甚切。同治八年至浙，縱游湖山。時學使徐壽蘅侍郎乃君分校所得士，相見極歡。而君以第四子珩官湖南，爲生平宦游舊地，樂其風土，遂往就養。十二年冬十一月二十七日卒於湖南，年七十有六。君配覃〔一〕夫人，以死難旌。子七人。璿，早卒。璚，咸豐十一年拔貢生，浙江杭嘉湖兵備道，降同知，特用知府，奏保道員。乃璣〔二〕，江西候補知縣。珩，湖南候補知州。璵，候選從九品。瑢，殤。瑛，未仕。諸子奉君喪歸，將卜葬。樾，湖人也，於璚爲舊部民。璚以狀乞銘，誼不得辭。銘曰：

君仕於楚，而卒於楚。楚人謳思，曰我召父。位不甚達，其齡孔修。名不甚顯，其澤孔攸。

〔一〕覃，原訛作「徐」，據俞樾《陳鹿笙方伯八十壽序》改。

〔二〕乃，疑衍。

陳寔子孫，爲龍爲鳳。丹桂五株，我識其仲。天祚令德，報在後昆。百世而下，式此墓門。

贈中憲大夫章公墓志銘

國家當隆盛之時，非特朝多君子也，其布衣韋帶之士亦必有孝弟著於閨門、至行立乎鄉黨者。雖抱淑守貞不聞於時，天必將厚其積而發之〔一〕於子孫，以大昌其家。烏乎！此吾所以銘瑩齋章公也。公諱某，字士玉，瑩齋其自號也。浙江金華人。生有至性，七歲入鄉塾，塾師爲説《論語》入孝出弟之義，輒有感發，出告反面，動如成人。家故清貧，無菽水之資，慨然曰：「瓶之罄矣，惟罍之耻。雖微毛生捧檄之望，敢忘仲氏負米之義？」乃以舞勺之處棄儒術、習會計，以養其親。一日負甑石自外歸，飢疲少憩，有父老憫之曰：「孺子得無餒乎？」遺以糗餌粉餈。公辭曰：「吾親未得食，吾敢先諸？」力負而歸。厥考啓和公不善治生，念兒曹況瘁，恒鬱鬱。公每日必密置錢數百於父床頭，俾得携錢就二三老友游飲爲樂。或是日囊無一錢，必稱貸以供之。雖甑釜生塵，而老人杖頭錢無匱也。啓和公嘗貸宋翁錢如干千，貧未有以庚也。

〔一〕之，原訛作「諸」，據蔡啓盛《校勘記》改。

公錙銖積累數歲之久，始親負而還之。宋翁曰：「吾券已燔矣。」公曰：「父命也。」卒償如數。烏乎！宋翁之不責償，公之必償以成父志，皆古君子哉！

公之事親也，食必精鑿，飲必清旨。有珍果嘉殽，必以饌。凡賈所入，必歸之親。己有所需，則請之，無私財焉。執親之喪，水漿不入口者三日，杖而後能起，遇忌日必疏食。尤篤於兄弟，有妹爲母所奇愛，既嫁，公體母意，饋問無虛日。同産弟樸齋公自幼從公學賈，教之書數，晝食同柈，夜卧同裯，視寒暖問飢飽，若慈母之於弱子然。縣令張君手書「誼篤塤篪」四字顔其門，欲以其事上聞，力却之，乃已。樸齋公卒，公已卧病，外舍諸子秘不以聞。疾稍間，始聞之，即輿疾歸，哭之其室，泪盡，繼以血，曰：「吾兄弟相依六十年，無須臾離，今先我死，我何獨生爲？」自是病益不斟，逾歲而卒。

公喜讀書，雖服賈，而一鐙一卷與老儒無异。每讀南北朝及五代諸史，輒廢書嘆曰：「吾儕幸生聖明之世，無兵燹之灾，休養生息，皆君恩也，宜何如圖報乎？」或謂草野微賤，雖欲報無繇，公曰：「循分守己，勉爲聖世良民，是即所以報也。」鄰里鄉黨有壯不能娶、死不能葬、貧不能自活者，皆賙之。歲大無，糴穀於多田之家，轉而糶之，如市之賈，而陰溢其升斗之數。冬日製棉衣三百襲，以施寒者，歲以爲常。嘗曰：「必待力有餘而始謀濟人，則終無濟人之日矣。」生平盛德事不勝舉，其熟於鄉人之口至今稱道者有數事焉。其一事，公東郭外有地數畝，栽柏〔一〕樹百餘株，歲收柏實十數石。一歲爲人私斫之，守者以告，公曰：「今歲饑饉，是皆貧無食，不得已耳，勿禁也。」於是東郭之柏樹遂盡。又一事，公之鄰某氏子以圃質於公，公厚予之值，歸其券。明年，復以質，亦如之。又明年，復以質，應之無倦。又一事，公里中有不孝子詈其父母，公曰：「是豈性與人殊哉？」每見之，必與言父母鞠育劬勞，及人子事親之道，又歷舉古孝子事實以告之。越半載，子不復詈。越一載，具酒肉養焉。又一事，公之戚某行年五十，止一子，將娶婦而夭，投杖曰：「天乎！予之無罪也。」公曰：「君誠長者，然嗜食牛犬肉，或亦當戒乎？」某謹受教，無何生丈夫子二。

公之言曰：「人以愛子之心愛親，則孝子矣；以愛身家之心愛民，則良吏矣。以責人之心責己，以恕己之心恕人，則賢人君子矣。」又曰：「農工商賈皆有益於人，士而無益於人，可乎？在一鄉當思爲一鄉所效法，在一邑當思爲一邑所效法，使不善者皆化爲善，此士之益於人者也。」公所言皆中理解，雖樸直無文，可書而誦也。公之子果堂太守纂集公遺言爲一卷，曰《誦

〔一〕柏，原訛作「柏」，據蔡啓盛《校勘記》改。

芬録》，今撮其大旨著於篇。

《詩》有之：「肆成人有德，小子有造。」傳者又推本君德，謂文王之德如此，故大夫士皆有德，子弟皆有所造成。烏乎！知言哉！夫惟有聖人爲之君，故久道而成化，化行而俗美，雖桑户棬樞間彬彬多君子矣。其父老既有君子之德，則其子弟服習其教訓，觀摩其行事，謹愿者可以無過，而其才智者則必能負聲振采，大顯於世，而其尤者至爲朝廷楨幹之臣，盤盂鍾鼎，焜耀無窮。故《詩》又曰：「濟濟多士，生此王國。王國克生，維周之楨。」我國家當乾隆之時，重熙累治，比户可封。觀公之所爲，而時之清平、俗之休美可知也。果堂太守以名進士爲賢太守，得公之教者深矣。苟終身服膺而弗失，則必且金幹玉楨，爛然爲中興名臣。其所造成豈可量哉？樾生也後，不及識公。而兄林與太守同舉於鄉，故獲在年家子之末。太守不以樾無似，以狀乞銘，樾不得而辭焉。

按狀，公生於乾隆三十三年，卒於道光十六年，壽六十有九。初娶方氏，生子二，曰紅，幼殤；曰倬雲，亦早卒。繼娶李氏，有賢德，嘗侍公疾，衣不解帶月餘，焚香祝天，請以身代。公愈，而李竟得勞疾，先公卒。生子二，曰倬標，曰格格，亦幼殤。倬標即果堂太守也，道光二十七年進士，由禮部主事轉陝西道監察御史，授福建泉州府知府，於是請於朝，贈公中憲大夫，方、李皆恭人。有孫男四人，女七人，曾孫男九人。即於公殁之年葬於縣東鄉之望府墩。銘曰：

雖無位而有公輔之器，雖不豐而有濟物之功。雖不食報於其身，於其後人。烏乎！百世而下，欲知公之遺澤，視此石。

童嘯泉墓志銘

吾邑有躬行君子曰童君嘯泉，其居家以實行爲主，而不務名譽；其爲學以致用爲要，而不尚文藝，古所謂君子儒也。余蓋與同補博士弟子員，而未得與之交。光緒建元之歲，距君之殁十有六年矣，其孤寶善乃始具狀乞銘。余既與同縣，又同入學，誼固不得而辭焉。

按狀，君姓童氏，諱履康，嘯泉其字也。浙江德清縣新市鎮人。曾祖近臣，祖繼宗，父桂芳。君生七歲而孤，母朱太孺人命偕其兩弟入塾〔一〕讀書，夕自塾歸，必使背諷其日所受經。年二十一歲入德清縣學。君念家無恒産，無以爲養，乃出而教授於杭州馮氏。新市距杭州百里，

〔一〕塾，原訛作「塾」，據蔡啓盛《校勘記》改。

舟一夕可達。君之在杭也，間日必作書問太孺人起居，佐以甘旨之物，歷十有五年無間焉。

其兩弟以貧廢讀，君積脩脯所餘使營什一利以自食。既爲仲弟娶婦，又爲季弟聘焉，而己顧未有室。朱太孺人曰：「宜順長幼之序。」君曰：「不然，貧家作事非易，在己者必能急也，宜先弟。」其後仲與季皆生子，而後君乃娶。烏乎！有弟而兄啼，世俗之恒情也。漢魯恭不欲先弟成名，魏崔光韶於官婚榮利之事未嘗不先以推弟。君此舉，其有古人之風乎！及朱太孺人疾，君刲臂血爲書禱於神，求減己算以益母。凡懸衾篋枕斂簟及洗滌中裙厠牏，必以屬其妻曰：「長婦職也。」時適大水，兩弟皆失業，君典質服物，具饔飧。其冬至不能衣枲著，而治太孺人之喪一皆如禮。仲弟婦卒，撫其子女如己子女。有再從子葆禾，少而孤，亦養於家。「孝乎惟孝，友于兄弟」，君之謂也。

君讀書不爲辭章雕琢之學，好觀史書，論兵法，推古今成敗所由，慨然有經世之志。粵寇之方熾也，君發憤作十策，曰《原德》，曰《議戰》，曰《論守》，曰《料賊》，曰《任將》，曰《鍊兵》，曰《籌餉》，曰《安民》，曰《勸後治》，曰《保邦本》，皆切實可用。今粵寇既平，士大夫謀所以善其後，言人人殊。竇善爲余言君《勸後治》一篇有三大端，曰復庠序以宏正教，曰一文武以起衰懦，曰勸耕稼以備蓋藏。余謂復庠序、勸耕稼，此孔子富教之成法也。文武之不一，教之失也。

春合諸樂，秋合諸射，古之士未有不兼文武者。君此言豈俗士所能識歟？咸豐十年，杭城初陷，君適在城，盡棄其囊篋而携《通鑒》一帙、酒一鴟夷徙至破屋中，且讀且飲如平時。會賊即棄城去，君乃出，謂其親故曰：「吾居患難中，静以待命而已，無憂焉。」大亂之後米價驟貴，君采救飢古方，凡方書中所言服之不飢者輒身試之，欲以活人。其年秋，偶得微疾遂卒，年四十有五。娶卜孺人，生子二，寶善其長也，同治癸酉科拔貢生。次子葆良，殤。女子子一。銘曰：

古之君子，内行爲先。維孝維友，斯其本根。聞君之風，可式人倫。古之學者，耻爲章句。不能折衝，奚取俎豆？讀君之書，可覘建樹。昔年泮水，與君同游。今日仙潭，宰樹蕭蕭。克家有子，其又奚求？我刻貞石，以銘其幽。

恤贈知府銜安徽鳳臺縣知縣孟君墓志銘

咸豐八年三月，賊陷安徽全椒，前知縣事孟君死之。其明年，給事中方公濬頤等以聞，詔贈知府銜，蔭一子州判，賜祭葬銀如例。又越十載，爲同治七年，兩江總督大學士一等毅勇侯曾公從紳士薛時雨等言，請於全椒縣城建立專祠，下部議，從之。於是其孤沅乃始設位招魂，葬衣冠於山陰縣栖鳧之原，爰具狀就樾乞銘。樾方主詁經精舍講席，而沅適奉檄監院事，朝莫見焉，故誼不得而辭。

按狀，紹興山陰之有孟氏，蓋孟子四十七世孫宋信安郡王諱忠厚者之裔，從宋南渡，因家於越，子姓繁衍，析爲六支，鳳墺其一也。有諱英人者，由鳳墺而遷郡城之香橋，即君六世祖也。祖諱明章，父諱封，以縣令起家，官至順天府東路同知。母戴宜人生子五，君居長。生有异禀，讀書一過輒成誦。同知君教子嚴，懼染貴游子弟積習，不令居官廨。弱冠即遣詣都下，肄業成均。君僦居僧廬，躬執炊，讀不輟。

嘉慶二十四年應順天鄉試中式，是時同知君方任繁劇，公私事旁午，乃始命君隨任襄家事。君因於其間諮民情，講吏治。至道光十六年大挑一等，以知縣分發安徽，同知君戒之曰：「州縣之官，民命繫焉，奈何不慎？吾服官二十載，無他長，惟耐煩忍欲而已。汝往矣，苟分外取一錢，非吾子也。」君至徽，權知旌德縣。縣有汪四者以殺人繫獄，刑有日矣。君察其辭色，疑其冤，請重讞之，不可。至於再，至於三，大吏怒，褫君職，仍留訊是獄。君研鞫，竟得實，殺人者，出汪四。大吏大驚，亟還君官。旋丁同知君艱，服闋還徽。適太湖有積案，命君往受事，甫半載，案牘爲空。十七年，題補全椒縣。縣東南多圩田，每夏秋霪雨，江潮漲溢，圩堤稍缺，即成巨浸。君在任兩遇水災，嘗冒雨乘小舠督民修築，晝夜立泥淖中無倦容。民咸感泣，百其力，有撤屋材助成之者。君又相視圩岸之不如法者，命改築。自是圩田皆獲全。被災之衆餽之於城，活無算。邑之中民衛、田户參半，而衛籍困苛派，不聊生，甚者破家。君籌巨貲，佽運費，刻文於石，永禁苛派，衛户以蘇。其催科不遣吏役，方春時親歷村聚，勸諭父老，使早納租課。終君之任，賦畢輸無逋税。邑有井養書院，垂廢矣，君復之，豐其既稟，拔其高才生，飲食焉，教誨焉。風雪之夕，循行閭里，聞誦讀聲輒識其門户，旦而使偵焉，曰寒士也，則月有饋。饋以粟，佐以銀。於是士争向學矣。惟西北鄉風俗雕悍，爲盜淵藪。盜有巨魁曰陳、曰孫，君禽治之，境遂無盜。鄰邑有巨猾湯氏子，武斷鄉曲，而罔市利。捕獲置法，一邑肅然。

已而調鳳臺縣。鳳臺與壽州同城，民素悍，小有言刃相向。吏尤詭譎，匿其凶頑以要重賞，乃罔恒獲。君至，履行四鄉立保伍鉤攝之法，奸無所容，未及一稘，盜賊屏息，囹圄空焉。父老嗟嘆，謂數十年來未之見。而君亦由是得怔忡疾，浸衰矣。君性廉潔，稟同知君嚴訓，一介不苟取。又伉直，不畏彊禦，不阿上官。遇事不合，侃侃言不少屈。故二十餘年不得轉一階。時戴安人春秋高，又聞君以勞成疾，命之歸，君遂以養親行，奉戴安人寓金陵。俄粤賊自長江東下，金陵戒嚴，因奉戴安人避江北。已而賊由浦六北犯，滁人聳。大吏以全椒君舊治，命協理團練事。全椒四面受敵，城中故無民團，君倡爲之隨地設守，東西扞禦，與賊相持數年。咸豐六年大旱，斗米錢二千。君出舊治縣時所積穀，平糶於市，兵民賴之。當是時，官軍營於和、全接壤之河村步。至八年三月，賊大至，軍潰，賊遂乘勝犯全椒城。或語君曰：「公非守土官，何俱死爲？」君怒叱之，率團勇至北關迎敵。二十七日，賊至益衆。鏖戰三時許，君受創墮馬，賊環刺之，遂遇害。有勇丁自賊中跳身出，述君死狀甚詳。烏乎！君故縣令也，或不死，人猶諒之，卒赴義如歸，所謂致命遂志者乎？璽書褒美，俎豆百世，亦足慰君九泉矣。距生於乾隆五十九年，年六十有五。配張恭人，生子一，沅也，咸豐二年舉人，仁和縣學教諭。女四，上元黄家聲、吴縣石霖、六合劉家炘、江寧甘元焕咸其婿。銘曰：

戢暴安良，古之循吏。百里域之，未竟厥施。曰歸將母，終死王事。孟氏遺言，舍生取義。君允蹈之，無忝其裔。天祚忠孝，將昌爾嗣。俞樾作銘，以告來世。

余蓮村墓志銘

同治十有三年冬十月丁丑，蓮村余君卒於蘇州。蘇之人無識不識，咸大息曰：善人亡矣。越二月，其門下大生有鄭君者以《余孝惠先生年譜》來乞銘其墓。孝惠先生，蓋其門弟子所私謚也。謹按謚法，慈惠愛親曰孝，勤施無私曰惠。君之行允副此二者矣。余初不識君，辱君見訪於吳中寓廬。屬纊之際，猶手一册，屬其弟子轉以示余，期以昌明正學，廓清异端，所責望者甚厚。然則銘幽之文，余安得而辭？

謹按《年譜》，君姓余氏，諱治，字翼廷，蓮村其自號也。先世居武威，元淮南宣慰副使忠宣公守安慶，死之，其次子德旺避居梁溪青城鄉浮舟村，遂爲今常州府無錫縣人。十四傳至維樛，維樛生昭燎，昭燎生兹恬，兹恬生來貢，是爲蕙田君，則君之考也。君生時母孫宜人夢五色雲墮其室。及生，以叔父書田君無子，爲之後。季父藍田君亦無子，兼祧焉。九歲讀書於塾，或授以俗本《酒詩》，君曰：「酒乃誤人之物。」辭弗習。其後從李申耆先生游，先生甚重之，爲書田、蕙田兩君作家傳曰：「二公篤行碩德，雖未獲自顯，令子治克自振拔，爲吾黨重。其益勵所學，立身行道，上慰先人乎？」君感其言，始有濟世之志。當是時，江南方承平，風俗浮靡，市井之子酒食徵逐，士大夫亦徒以文藝相尚。君獨慨然以人心世道爲憂，思有以維持補救，挽回劫運。以爲聖賢經傳非愚蒙所能通曉，宜以淺近之言發明之。鄉塾舊有《神童》《千家詩》諸書，蓋宋時村書之流亞，詞意卑陋。君仿其體例，别撰五七言詩以課童蒙。又以功令重四書文，乃從先正文稿中擇其可以感發懲創者，都爲一編，俾求名之士知以積德爲本。蓋君之爲教，皆在因勢而利導之，其後遂有《勸善雜劇》之作。大意以俳優侏儒最害風俗，然由來久遠，既不能廢，則莫如因而用之。乃仿元人雜劇，采取近事被之管弦，使善者可以爲法，惡者可以爲戒。烏乎！君之用心可謂曲而至矣。

生平善事不勝書，其規條詳所著《得一録》中。而戒溺女、禁淫書，則其尤致意者。東南大吏頗采其説，下所屬施行焉。當江浙陷賊時，君著《劫海回瀾》文，又繪《江南鐵泪圖》，見者無不感泣，鄉愚婦豎咸切齒腐心，願與賊俱亡。東南之底定，固由師武臣力，而君之書未始無功也。余嘗寓書合肥相國，言及君，相國復書曰：「蓮村余君，吴中善士，久耳其名。」然則君之善聲，固藉藉公卿間矣。君爲金匱縣學生，五應鄉試不中式，遂絶意進取。大吏録君功，由附生保舉訓導，加光禄寺署正銜。妻顧宜人，無子，以兄子蔭培兼祧。女子子三，長適陶育，二三未行。是歲十一月己未，蔭培奉君之喪歸，權厝於浮舟村之東圩。余爲之銘，須其葬納之壙。其銘曰：

古三不朽，曰德言功。言之可重，功德與同。如何後人，鞶帨求工？無益於世，或興厥戎。君獨不然，意在發蒙。其説彌淺，其效彌崇。惟將忠孝，化彼愚蠢。海外景教，流行域中。不端其本，言乃愈哤。詒我一編，其理平庸。未充營衛，勿去其癰。欲除盗賊，宜崇其墉。君言孔嘉，我衰且窮。愧無以報，有惡予衷。敬將此意，銘君幽宫。

王梅庵處士墓志銘

台之黄岩縣有隱君子曰梅庵先生，余不及見其人，而獲交於其子；不得親炙其言論，而獲讀其書。以書之所言合之其子子莊孝廉所爲行狀，蓋敦行不怠之古君子也。先生姓王氏，諱維祺，字道齡，梅庵其自號也。先世居縣之南鄉曰道奥，其九世祖諱世補，始遷縣東之柔橋村。曾祖諱聖倫，祖諱文標。父諱宣澤，字兑齋。母盧孺人。先生於兄弟行最幼，居第四。自童孺時資性純謹，不與群兒伍。七歲入小學，所業倍他兒。年十一從符先生龍文學爲制義。後屢以貧輟業，符先生與先生之姑之夫馬君朝陽縱臾之，遂就學如初。先生既屢廢學，懼無所成，益自刻厲，學日進。年二十四補博士弟子員，是時盧孺人已前卒。兑齋君以一門數十人無内主，析其産爲四，俾諸子自爲計，先生由是不得專力於學。一應鄉試，不中式，遂不與試。出授徒，藉〔一〕脩脯供甘旨。凡十年，兑齋君卒，乃謝生徒，家居讀書，不復出矣。

先生貌清癯，長不逾中人，而舉止端重，望之儼然。事兑齋君以敬以順，無幾微之忤。事

〔一〕藉，原訛作「籍」，據蔡啓盛《校勘記》改。

諸兄尤友愛，方析産時，諸兄或有所慊，輒損己貲以和解之。其居家也，稱有無以給衣食，存赢餘以備不虞。雖一錢尺帛，皆有文籍可稽也。自奉甚約，而族黨故舊之貧者必周之，不以匱乏辭。或爲人解紛息訟，不自以爲功，而受人之惠罔不報。方從符先生時，館於蔡氏，蔡媪視先生甚厚，愛之如子。後媪貧不能自存，月餽之粟。媪卒，經理其喪葬焉。與人交必以誠信，非其人則遠之。所與善者，終身無間言。配徐孺人，無子，勸納簉室，先生曰：「二女同居，其志不相得，吾懼焉。盍子兄之子？」徐不謂然，乃副以何孺人。何柔婉，徐愛之，先生又撫御有方，閨門之内賓如也。已而孝廉生，先生教之以義方，大要歸於樹氣節、慎交游、存寬厚。孝廉輯之爲《家訓》六篇，曰述德第一，曰立品第二，曰勸學第三，曰治生第四，曰雜訓第五，曰遺聞第六。先生雖以貧廢學，而好之不衰，至老而四書五經尚能背誦，子史諸書亦皆流覽，得其要領。孝廉嘗曰：「吾少侍先君，隨所質問，其應如響，以爲爲師者類然。及就外傅，每有所叩，師或不能應，歸以質先君，無不知者。然後知先君之學之深也。」所著《時鳴集》一卷、《有真意齋雜纂》二卷、《醫學約鈔》四卷，余皆未之見。所見者《家訓》六篇，孝廉所編次也。又爲《柔橋王氏譜》未成，孝廉卒成之。先生生於乾隆四十四年閏六月十一日，卒於咸豐七年十月二十三日，年七十有九。徐孺人生女子子三，其婿曰符禹九，曰趙仁山，曰夏印卿。側室何孺人生丈夫子棻，字子莊，同治六年丁卯科舉人； 又女子子六，喻興雲、何福饒、虞大用、徐維齡、牟泰豫、顧用光皆其婿也。 其適符氏、喻氏者俱早寡，守義不嫁。 適何氏者亦早寡，遇賊不屈死。孫四人，曰憲，曰恪，曰愷，曰恂。 孝廉既合葬先生及徐孺人於白龍山之原，虚其左爲何孺人生壙，書來乞銘。 銘曰：

位不列於廟堂，而行則信於父兄。 名不出於鄉里，而澤則被於孫子。 名位雖晦德孔修，厚其本者豐其條。 烏乎！ 先生之風永無斁，千載而下視此石。

朝議大夫炳南婁公側室陳孺人墓志銘

故朝議大夫炳南婁公有側室曰陳孺人，順天府霸州沙筏村人。 其家世故微也，而莊姝婉孌，有大家風。 年二十有四，始以巾櫛事公。 當是時，公年逾六十矣，其諸子皆仕宦，家門鼎盛，中外戚屬恒四十餘人。 孺人日惟事公之事，暇則事針管綫纊，又暇則静坐，不臧否一人，不縱臾一事，家人以是咸敬愛之。 其明年冬公寢疾，逾年不瘳，孺人奉侍惟謹，藥石焉，饘酏焉，悉手治之。 下至中裙厠牏，身自浣滌，不委之僂御。 俄而疾革，孺人刲臂肉羹之以進，秘其事無聞者。 及公卒，始涕泣言之，自傷誠意微薄，不足感動，晝夜哀號，欲以身殉。 防閑者衆，不得間。越月餘，竟歐血死，時咸豐七年三月也，年二十有七。生女子子一，殤，無子。遺言願附公兆域，以終侍公之意。嫡諸子從之，禮也。嫡孫椿來乞銘，銘曰：

三心五噣其光微，彼姝者子乃有齋。莊事所天無詬誒，夫病不辭刲其肌，夫亡遂欲摩其笄。卒從地下相扶持，同穴之義非有私。我書貞石薶其隄，欲表女宗兹可稽。

候選訓導連君墓志銘

濱東南皆海也。而吾浙海濤异他處，衍溢漂疾易爲患。朝廷歲糜金錢以巨萬計，築塘捍之，海水猶或嚙人，蕩田廬，淩岡壟。然則塘工尤要哉！余於咸豐末避地上虞之查浦，其地負海而前臨曹娥江，土人謂之前海、後海。前後皆有塘，塘工險要，爲浙東最。父老每爲余言：「樂川連君從事於江海兩塘者十餘年，吾儕至今安全者，連君之力也。」余固已知君之爲人。至光緒二年，君之孤以君事略乞銘其墓，則君已古人矣。按事略，君諱仲愚，連川其字也。上虞人，曾祖雄飛。祖彭年，四川忠州直隸州知州。父聲佩，候選通判。君自幼爲忠州君所奇，撫其背曰：「可兒，可兒。异日興我家者，此子也。」及應童子試，冠其曹，然君不屑爲科舉之學。友於兄弟，厚於本支，信於朋友。其器識之宏，學養之深，言行之篤實，材幹之優裕，事略所載未得其十一，余無以言也。舉其一瑣事云：兒時偶大啼，鄰人趙傻抱至瓜田，摘一瓜予之，乃喜爲之笑。六十年後追念此事，買田二畝與其孫，爲趙傻祭田。即此一事，可見君之爲人矣。

君生平落落大者在前江後海兩塘。上虞之西鄉，曹江在焉，其上爲新昌、嵊縣。萬山重疊，衆流奔赴，下接大海，潮汐洶涌。而乾隆以後，外來流民盜種山場，每逢大雨，山中泥沙隨流俱下，溪河先淤，而江身亦日以高。江高而水大，水大而塘危。道光三十年秋八月，霖雨連日，風潮大作，決大口十有七。布政使汪公臨視，借庫銀三千兩，命知縣張公致高修築之，張公以屬君。君寢食於工次者一年有餘，而十七決口皆合。咸豐三年，海水逼塘下，護沙不盈十丈，而江塘適又決大口三。權知縣事林公鈞議築決口及修前後塘，又以屬君。君自是奔走於前江後海，無暇日矣。君以爲善治病者必治病之所自來，善用兵者必不使敵臨城下，於是有創修臨江大墻之舉。墻成，凡三千六百丈，而其内土塘有重關之固。於是首險、次要各工乃得次第經理，而賀家步柴塘厥工尤巨。先是，塘之最險者曰孫家渡，爲江海互激之區。其後因孫渡嚴守無可乘，乃移而衝突賀家步。海潮西上，江水東下，激而怒起，高過於塘。塘内一河之隔，皆民居也。地形局促，不能加廣，即無可增高。君乃議築柴塘八十餘丈，以分水勢，至今賴之。然君之言曰：「水勢遷移不定，則堤工夷險無常。安知今日之次要，非异日之首險？孫家渡、賀家步，其明徵也。而後海石塘歷年既久，日就傾圮。數百里民命，全係於此。」每至塘上，輒徘徊不能去。同邑有邵培福者，感君高義，創設管塘會，君甚嘉焉，命其會曰「衆擎」，捐田四十畝入會中。鄉里慕義者咸附之，先後得田二百餘畝，歲入其租以供修築之費。君以孫家渡爲全塘扼要之地，即於其地建別業一區，藏皮書籍，雜蒔花木，顔其堂曰「留耕山房」，平時養老於此，有事即爲公所。其中有捍海樓，憑欄而望，則江海形勢皆在目中。君雖老且病，猶可於此中卧而治之。孰意樓成而君旋卒也。君卒於某年月日，年七十歲，上虞縣學生，候選訓導，加光禄寺典簿銜。配某氏，生丈夫子六人：茹，副貢生，候選内閣中書；芳，候選州同；萼、藻、荇，俱國學生；蘅，優廩生。孫十一人，入邑庠者三人。曾孫一人。君所自著有《塘工紀略》四卷，都凡海塘四千七百六丈，江塘六千六百二十六丈，皆君手所規畫，故言之甚詳。余剌取其事銘君墓，又附敬睦堂條規，則以贍〔一〕族黨鄰里之貧者，連氏子孫所宜世守者也。銘曰：

庚辛之際，道路荆榛。君運於海，以食飢民。大亂初定，百度一新。凡百有爲，惟君是詢。功在黌舍，利及民田。君所措意，尤在海濱。經之營之，垂二十年。前江後海，無役不親。微

〔一〕 贍，原訛作「瞻」，據文意改。

君之力，民其介鱗。何以報之？視彼後人。

候選訓導葛君墓志銘

自昔循良之吏，必以教化爲首務。兩漢所紀修横舍、立校官，皆良有司事也。厥後有司與學校分職，政教始歧而爲二。然士大夫有世官庠序、克稱其職者，往往起家爲循吏，不於其身，即於其子孫。嗚呼！吾持此論久矣，乃今以銘雲莊葛君之墓。

君姓葛氏，諱龍光，字穎波，雲莊其自號也。先世於明初自山西洪洞縣遷河南許州城北蘇橋村，遂爲許州人。曾祖廷敬，本生曾祖，丙辰雍正十年舉人。祖元福，候選州同。父萬全，由孟津柘城教諭升南陽府教授。君生於儒族，幼穎悟。嘉慶十八年入州學，旋補廩膳之額。君之仲兄重光爲安徽泗州州判，君往省之。州判駐洪澤湖之濱，其地距州城百里，民俗剽悍。道光八年大無，亂民蜂起，闌入州判署。君率家衆禦之，傷焉。既而察其衆皆烏合耳，曉以利害，咸解散，遂以無事。道光十五年，君父教授君爲柘城教諭。明年，君攝鹿邑訓導。柘與鹿，鄰邑也。父子鄰比爲校官，時人榮之。至道光三十年，而君之子兆堂爲鹿邑訓導，又即君秉鐸故地。家世相承以俎豆爲職，世以比孔穎達之三世司業，可謂盛矣。君嘗訓兆堂曰：「凡人志氣精力難振作而易銷沉，宜及時自勵，以冀成立。陶士行之運甓，可法也。」故不止授以詩文格律，并爲招延拳勇之士，使之習射御角力。及兆堂應州試入學，冠其曹。君手書數百言戒之，勉以有用之學。蓋君雖終於儒官，然其所藴蓄固甚宏矣。兆堂以軍功由訓導遷知縣，在江蘇歷宰大縣，有循聲，蓋由承君之教。又其家爲學校官者且三世，耳目濡染，無非禮樂教化之事，故與俗吏殊也。孔子曰「君子學道則愛人」，斯其徵歟？君未仕前曾幕游於皖，既謝鹿邑事，又一攝光州學正。其晚年復客靈璧，先後在皖者十餘年，所交多知名士，以詩畫自娱樂。道光十八年自靈璧還柘城學舍，省教諭君起居，俄而得病，十二月丙申卒，年四十有一，蓋即兆堂入學之歲也。

君自經史外，雜藝無不通曉。常侍其母喬夫人瘧疾，時夫人年七十矣，諸醫咸束手，君用大黄治之，即愈。又研究音律，善絲竹。所著詩文經兵亂散佚，故無傳也。配李夫人，長葛人。其在室也，值歲饑，即能鬻衣襦質釵鐶，佐家人食餓者，既歸君而賢益著。君之卒也，念親老子幼，忍不死；治舅姑之喪，皆如禮。方析爨時，止受屋之半及田九十畝，其餘固不較也。及兄公亡，撫其子女如己出。兆堂官鹿邑時從之官，感念今昔，每爲慨然。咸豐二年，鹿邑有劉同源者創邪説惑衆，將作亂，邑人聳，左右私相告語。太夫人聞之，命兆堂言於邑宰，掩捕得之，脅從皆散，境内帖然。其明年，粤賊陷歸德，鹿邑亦戒嚴。太夫人時在里，寓書勉其與同城文武努力戰守。歸德屬邑先後失守，而鹿邑獨完。及宦江蘇，太夫人就養來吴，於光緒二年二月癸亥朔卒於吴縣署。距君之卒，三十九年矣，年七十有八。子二人：長兆堂也，江蘇蘇州府吴縣知縣，候補直隸州知州，奏保以知府用，加道銜。光緒初恭遇覃恩，遂加四級，贈君通奉大夫，而太夫人亦受封焉。次震堂，候選訓導。孫六人，世薰、世苞、世藟、世蕙、世芳、世蔭。孫女三人，韓元啓、高其嘉、高其文咸其孫婿。曾孫五人，雨臣、喜臣、潮臣、鼎臣、賡臣。

當咸豐中，余奉使河南，已知兆堂賢。及罷官寓吴下，而兆堂適宦吴，遂相習也。兆堂兄弟奉太夫人之喪歸，而乞銘於余。蓋君之葬於許州蘇橋河陽之原，已三十七年。至是啓而合葬焉，禮也。銘曰：

學校之職，古昔所崇。教始於身，由家而邦。移風易俗，庶幾時雍。維君家世，學爲儒宗。祖孫相繼，俎豆是共。被服嫻雅，不與俗同。有子起家，爲黄爲龔。學道愛人，報之者豐。謂余不信，銘此幽宫。

候選郎中徐君墓志銘

同治之初，朝廷削平禍亂，詔下各督撫，撫循其民，與天下休養生息。而其時賢士大夫亦能仰承德意，完殘奮怯，起瘡痍而衽席之。蓋禽薙草剃，戡定四方，諸將帥之功也；教養兼籌，以奠其後，則賢有司之功，而其鄉之士大夫亦與有力也。江蘇之震澤縣有震澤鎮，亦一大鄉聚也。鎮人有寅階徐君者，其鄉之賢士大夫也。今年夏，徐君之子澤之以狀乞銘其墓。余讀而嘆曰：此於大亂之後助朝廷勞來安集者也，於法宜銘。

謹按狀，君姓徐氏，其先爲徐偃王之後，以國爲氏。明季有諱曠者，自淮渡江，十傳至永昭，始居震澤鎮，是爲君高祖。永昭生覲光，覲光生學健，同治初以孝子旌。學健生三子。長諱醞，字玉書，君所考也。次諱榮森，字湘波，是爲君本生父。自高祖以下，咸以子孫貴顯，迭膺封贈，爲鎮巨族。道光二十九年，大水，湘波君爲粥以食餓者。君時尚幼，已能左右之，湘波君异焉。君有二弟，皆以劬學死，湘波君乃命君輟讀治家事。當是時，金陵久陷於賊，而蘇杭諸巨室猶承平，舊俗繁富夥够，以奢靡相高。君喟然曰：「燕巢幕上而以爲安，不亦傎乎？」乃務爲節儉。有餘貲輒市穀，以備緩急。俄而大營潰，蘇垣陷，君以搏力句卒之法衛鄉里，有衆一旅。賊至，苦戰却之，然衆寡勢不敵。時吾湖趙忠節公奉命總理湖郡團防，君乞援焉。忠節以出境剿賊，慮餉不繼，君乃盡出所儲以助兵食。忠節喜曰：「蕞爾一隅，乃有同志如君者乎！」率偏師來鎮會。攻平望，克之，而賊來益衆。湖軍適有他警，旋撤去。賊圍四合，火於上風，君知事不可爲，身殉無益，突圍出，而鎮遂陷。君奉湘波君走滬上，尚圖再舉，而君亦病。病中猶時捶床，大呼「殺賊也」。

同治元年，今爵相合肥李公以巡撫駐上海，聞君之才，檄辦上海撫恤事。湘波君諭之曰：「今東南淪陷，惟存上海一邑，四方之民走來歸者如爵叢獸壙。汝既與斯役，盡一分心，造一分福，毋惜費，毋憚勞。」又曰：「家鄉故舊流離可憫，汝其念之。」君泣受教，乃謀於同里施君少欽，鳩巨貲郵鄉里，以振乏絶，命之曰「興仁之會」。其時爲賊蹂躪之區皆不得耕；間有耕者，賊伺其熟刈之，民耕而不得食，大困。洋人趨利，載米數十艘以往，官曰「是賫〔一〕盗糧也」，議有禁。君争之曰：「賊何患無米？其患無米者陷賊之民也。是濟民，非濟賊，請勿禁。」且請勿抽其釐。米船咸集，灾黎以蘇。三年，江蘇平，邑令萬公屬君以善後事，君請先施粥一月，一月後擇其尤貧者旬饟之粟，以三百人爲額。至今循之。大亂初定，百廢未舉，而君適奉檄辦内地絲捐，因請於絲捐内計包抽釐，以供善後之用。於是平治道涂，修造橋梁，建復書院，疾病者藥之，物故者櫘之，暴骨者埋而楬之。孤無父者育之，是曰保嬰；寡無夫者衣食之，是曰恤嫠。

〔一〕賫，原訛作「齎」，據蔡啓盛《校勘記》改。

兵革之後，向之質庫皆廢，鄉民重息以貸，無應者。甌在箔至無以飼，生計益窘。官議集富商設公典，商皆峙躕。君首出貲爲之倡。兩浙江南之有公典，自君始也。邑中善舉無不取决於君，日講指畫，每日自辰逮於酉。凡事之待舉者及有宜變革者，隨時書寸紙粘卧室壁，次第行之，雖細無遺。亂民畢永泉、陸效庭期其黨於某日起事，君偵知其期，密言於巡撫丁公，檄縣令掩捕得之，竿其首，遂以無事。太湖漊港久淤塞，有詔開浚。君隨同沈太守偉寶履行其地，度深淺，計窊隆，開竇灑流，數月而畢。又以本鎮運河爲蘇湖往來要道，瓦礫填積，舟楫不通，乃言於官，開正河自西迤東，又開支河之在南北者凡二百八十丈有奇。

君勇於任事，尤好奬勵後進，族黨之無恒産者，其子弟十齡以上，君察其才器秀穎者，使之讀書，樸愿者亦授以所業，賴以成立者不下百餘人。歲在癸酉，子濟之舉於鄉，僉曰爲善之報也。君在道光中已議叙光禄寺署正，後以籌餉功得候選同知，賞藍翎。以善後事竣，易花翎，君遂援例改郎中，加五級，躋二品，封祖父母、父母如其秩。而君精力猶壯，至是擬率濟之入都，俾應禮部試，而自赴部供職。乃未及成行，而母沈太夫人卒。君悲號成疾，綿歷年餘，竟以不起。光緒元年元旦，君集族人議修宗譜、建義莊。及病篤，又手書數百言訓其子，猶拳拳以修譜、建莊二事爲言。是年九月乙巳，君卒，年三十有八。娶周夫人，生子二。長澤之，同治十二年舉人，候選内閣中書；次望之，湘波君之存也。以君弟鎔甫、咸甫兩君俱無子，命以望之爲鎔甫後，而兼承咸甫之祧。女子子三人，皆殤。光緒二年九月癸未，澤之等葬君於浙江烏程縣馬要村。余雖不識君，然重君之爲人，是能於大亂之後爲國家勞來安集者也，故撰次其事，而係以銘。銘曰：

東南底定，同治之初。疆宇雖復，元氣猶虧。惟良有司，奠厥攸居。誰其佐之？賢士大夫。恢恢徐君，密慮深圖。曰莠宜去，曰粟宜儲；曰湖宜浚，曰道宜除；曰幼宜學，毋任呶呶；曰嫠宜恤，毋使歔歔。浸仁沐義，民氣以蘇。求民之利，忘躬之劬。未登中壽，咸曰於戲。雖不永年，澤在鄉閭。有子英英，卑登賢書。積善至蕃，斯言豈誣？千載而下，式此幽墟。

沈懋卿事釋疑

桐鄉沈君懋卿，一鄉所稱善士者也。其嗜善也如芻豢，其赴義也如不及。其於人也，寒者衣之，飢者食之，病者藥之，死者棺之、槥之，埋而楬之，嬰兒失其母者乳之、餼之。當庚辛之亂，扶携提挈其三黨之族姻以避寇鋒，辛苦墊隘，卒不相舍，以安以全者無慮數十家。由是數百里間，無識不識，咸以善士稱之。初無子，中年以後舉丈夫子二。其鄰有不戒於火者，火及其間，天反風以免，僉曰善士之報也。乃於乙亥之冬，竟以墻壞壓而卒。《禮》有之：「死而不吊者三：畏、厭、溺。」沈君善士，宜備五福而反死於三不吊之一。向之稱善慕義者，至是而不能無疑，曰：「是殆有隱慝焉？」

有舉其事以問於樾者，樾曰：隱慝之説，始於左氏。《僖公十有五年》「震夷伯之廟」，《傳》曰：「展氏有隱慝焉。」使展氏誠有隱慝，則天且震其廟，必不昌其子孫。而展氏之後乃盛於魯，且生和聖焉，其無隱慝明矣。夫隱惡而揚善者，舜也；不逆詐，不億不信者，孔子也。奈何襲左氏之誣辭，以疑善士乎？然則其壓而死奈何？曰：此古人所謂「遭命」也。《禮記・祭法篇》正義引《援神契》云，命有三科，有受命，有遭命，有隨命。又從而説之曰：「受命謂年命〔一〕也。遭命謂行善而遇凶也。隨命謂隨其善惡而報之。」是人之壽命有此三科。受命者，正命也，餘二者雖皆非正，而有遭與隨之异。沈君之死，行善而遇凶，正所謂「遭命」者。世人不讀古書，不知古義，挾私意以測之，謂必有以致此，則是有隨命而無遭命，古人所謂三命者缺其一矣。且子不聞禍虚之説乎？漢王充著《論衡》，有《福虚》《禍虚》之篇，大旨謂世人以受福佑者

〔一〕 年命，《禮記正義》作「年壽」。

爲行善所致，被禍害者爲行惡所得。其實窮達有時，遭際有命；一身之行，一行之操，前後無异，而一成一敗，一全一壞，乃遭遇適然耳。以是言之，沈君之無子而有子，遇火而反風，福也；福固虚也，遭遇之適然也。其後以墻壓而死，禍也；禍亦虚也，遭遇之適然也。世人不察，見其得福從而夸美之，見其得禍從而譏笑之，其亦未離乎流俗之見矣。《論衡·禍虚篇》廣徵博引，娓娓千言，謂子夏喪命〔一〕，以有三罪，則伯牛癘疾，宜有十過；子路葅醢，當有百罪也。蒙恬之死，以絶地脉，則顔子何以夭亡？李廣之不侯，以殺降卒，則孔子何以不王？其言可謂辨矣，而其理猶有未明。及讀其《命義篇》，始有以得其理。《命義篇》曰：「性與命异，或性善而命凶，或性惡而命吉。操行善惡者，性也；禍福吉凶者，命也。或行善而得禍，是性善而命凶；或行惡而得福，是性惡而命吉。性自有善惡，命自有吉凶。命吉之人，雖不行善，未必無福；凶命之人，雖勉操行，未必無禍。」烏呼！斯言盡之矣。余故以沈君之死歸之遭命，又引王充「福虚」「禍虚」之説，而以性善命凶爲沈君定論。世之致疑於沈君之事者，其亦可以釋然矣。

〔一〕命，原訛作「明」，據蔡啓盛《校勘記》改。

春在堂雜文續編五

恩竹樵中丞五十有五壽序爲張子青前輩作

昔白香山以五十四歲官蘇州刺史，其明年賦詩有云「今歲花前五十五」，又云「且喜年年作花主」，蓋在蘇州所作也。夫白公以文學而兼政事，爲政風流，照曜千古。然以遭逢唐室之衰，黨事方興，不樂居要路。其在蘇也，亦不久而去。所謂「年年作花主」者，徒付之虚語而已。竹樵中丞由奉天府尹拜蘇藩之命，亦適届五十四歲，與香山莅蘇年齒相符。至今年，則香山所謂「今歲花前五十五」者也。而是年春公已被命攝漕督，旋權蘇撫。玉節金符，緑軿紺幰，蓋不久而真除之命下矣。夫今之督撫，唐之節鎮也。香山詩所謂「萬人開路看，百吏立班迎」，仕宦之榮，無逾於此，而公已身被之。然則年齒雖同符香山，而遭遇盛時，致身通顯，蓋遠過之矣。

公家世文通武達，軒冕相襲。公以門資，在擁樹之中已注官牒。及歲就試，輒居高等。内歷白雲之司，外居黄堂之位。俄遷觀察，旋擢都轉，陳臬事於皖江，臨事侃侃，有赤石不奪之節。昔范純夫數上疏，極激切，文潛、少游輩懇勸不回，曰：「吾出劍閣關，稱范秀才，復爲布衣，何所不可？」公之風節，正與相似。角巾野服，退就私第，闔門養威，將及十載。中興之始，蹶而復興，仍由觀察而都轉而廉訪，光復其初。瀋陽古黄龍府爲昭代龍興豐沛之邑，長〔一〕白之山，鴨緑之江，雄秀甲天下。公尹京作翊，六載於兹，訪四樓之遺迹，尋三河之舊壤。政事多暇，嘯咏方滋。吏肅民和，帝用嘉焉。不次之遷，肇始於此。今由方伯而開府，水大鱗舒，風高翼展。其造福三吴之民，而上副聖天子倚畀之重者，豈有涯與？羊叔子以寬厚宏其化，杜征南以文雅播其猷，吴人至今稱頌不衰，公其兼之矣。之萬嘗與同官於吴，當公攬揆之辰，竊獻此言，爲稱觥之助。夫公之豐功偉略，隆隆日上，夫人而知之；其曼福綝齡，如川方至，亦夫人而信之，不待鄙言爲之肸飾也。姑誦香山太傅「年年作花主」之詩爲公慶，且爲吴人慶，公其欣然而進一觥乎？

〔一〕長，原訛作「太」，據蔡啓盛《校勘記》改。

方子穎觀察五十壽序

壬申之春，余發錢塘江，溯流而上，自嚴而金華而處而温。水行則有七里瀧之回沈縈浥，陸行則有桃花嶺之崒巍嵯峨。其間澗曲崖深，岩層岫衍，丹青綺分，望若圖綉。清風鳴條，山壑俱響。顧而樂之，不復知有登涉之勞矣。既至温，則崇山峻流，爽秀尤异。觀察使者子穎方君，吾故人也。一刺入，詑曰：「豈來游雁宕乎？」遂留飲於其署中之且園。且園者，康熙間司寇高公所建也。司寇名其佩，字韋之。嘗爲温處道，工詩，能以指濡墨作畫，至今海内猶珍之。園其所手葺，林疏石瘦，頗有畫意。歲久傾圮，君又新之。花嶼竹齋，風亭月榭，視舊有加〔一〕焉。是夕小飲既酣，翦燭清話，夜午未休，并出示《雁山游記》一編。余讀未終，恍如置身七十二峰間，看大小龍湫從岩澗中飛流而下矣。次日又觴我於曾氏之怡園。園有花木泉石，亦東甌一勝地。余詩云：「領略怡園好風景，不辭半日此流連。」謂此也。夫余以省親閩中，假道永嘉，小住半日，猶流連而不能已；君乃於山水鄉爲雁山作主人，此其福爲何如邪？昔高公官至

〔一〕加，原訛作「如」，據蔡啓盛《校勘記》改。

刑部侍郎，而終身以「且園」自號。蓋雖歘歷中外，不能忘且園也。君詩畫不下高公，而政治之美過之，行見金符玉節，爲國家宣力四方。其智名勇功，未可限量。

然而論山水之樂，則或視今兹有間矣。君自言官温處久，樂其政簡而民樸，每當風日晴和，簿書多暇，春之日菜花黄，秋之日楓葉赤，或命巾車，或棹輕舟，角巾野服，與僚佐數人倘佯於山巔水涯，酒村魚市。於是斑白之叟，羈貫之童，相與迎拜曰：「吾公來矣。」有瀹茗進者，有擷園蔬野簌獻者，君笑而受之，解杖頭錢以犒之。俄而夕陽在山，炊烟四起，乃相與披襟岸幘，吟風弄月而歸。樂哉游乎！雖山公之游習家池、歐陽子之在醉翁亭，不是過矣。余前年五十生日有詩五章，偶爲君誦之，而君今歲亦行年五十，乃和余詩，即以自壽。其詩有云「賓朋争欲投佳句，父老渾忘是長官」。誦此詩也，不獨見君之風流文采，而其政平訟理，流愛於人，亦可想見矣。余山中人，不與聞世間事。君之惠政不能具言，而惟借且園一夕之談，爲君發一笑之樂。君本由刑部郎外擢，异時天子思君治行，或擢君刑部侍郎如高公故事，豈非且園中一佳話乎？

其二　爲潘芸臺太守作

温、處在漢初爲東甌國，其地襟山而帶海，距省會絶遠。島嶼綿邈，林麓黝儵，磝碒乎數州之間。國家建置郡縣，而統以兵備道，俾宣布朝廷威德於山陬海澨間，專方面之寄而分牧伯之任，蓋視諸路尤重哉！今觀察子穎方公於同治三年由刑部郎中京察一等，特簡斯任，凡榷關防海諸大政咸屬焉。公既下車，以温爲濱海劇郡，瑰异叢育，商賈駢坒，潮波汨起，回復萬里，群盗出没其中，長鯨修鯢，往往而有。乃躬自巡歷，講求方略。仿古飛雲，蓋海之制，增製龍艚、快蟹諸船，馭以習流之卒，督以下瀨之將。輕舠巨艦，連舳接櫓。金鼓所震，嶰澗闃如。大盗數百，先後授首。閭閻安堵，闤闠填溢。水浮陸行，四隩來曁。永嘉一縣，古岩邑也。含溪懷谷，岡巒糾紛。曰西溪，曰楠溪，乃莽罠之野，昧莫之坰，爲萑蒲淵藪，由來舊矣。公募勁卒，親駐要隘，禽奸戔猾，兩溪肅清，行旅歌於涂，農夫舞於野。荀子曰「善附民者善用兵」，公其有焉。公又以祁祁生徒未知嚮學也，謀益書院膏火之資，出俸錢爲之倡。廣招秀艾，挾册負素，諷誦其中，以時習之，月則有試。公又以屨縷之甿貧無以自存也，乃即舊有養濟院擴而大之，蘗房井匽，罔不肸飾。矜孤頤老，胥匡以生。孔子曰：善爲吏者樹德。公其有焉。退食之暇，無他嗜好，惟耽圖籍，手自讎定，黄墨精謹，縢帙充積，數逾萬卷。

署有且園，康熙中司寇高公其佩所建也。館宇清華，竹木幽邃，閲歲已久，小有撓廎。公稍稍葺治之，披襟岸幘，坐嘯於風亭月榭之間，與達者數子雅歌投壺，悠然自得，所謂「居官無官官之事，處事無事事之心」者乎？性又愛山水，雖居冠蓋，不廢登臨。如温之雁蕩、仙岩，處之南明、仙都，皆浙東勝地，風谷雲溪秀甲天下。公於暇日，命駕往游。或臨流賦詩，或摩厓作書，仰矚俯映，流連忘返，林徒雲客，詫爲神仙中人。於是温、處二郡之人既安公之政教，又慕其風化。神君、慈母之稱遍於一道，若廉州之謳顔有道、澶州之誦韓大中也。有雅知公者作而言曰：此知其細，未知其巨。但知其造福於温、處之一隅，未知其有功於中興之大局也。昔唐建中、貞元間，宗社危而復安，一時名將若李晟、渾瑊、馬燧諸人皆號定難功臣，而後世尚論之士往往歸功於陸贄。當涇師之變，事出倉卒，贄從幸奉天，遠近調發，奏請報下，書詔日數百，皆周盡事理，衍繹熟復，人人皆曉，旁吏承寫不及。興元赦令下，人心大悦。李抱貞入朝言山東宣布赦書，士卒皆感泣。人情如此，知賊不足平也。以是而言，李晟、馬燧諸將血戰之功不如陸宣公一内相之力矣。咸豐間，公以刑部主事值樞垣。文廟之狩熱河也，公簪筆隨扈。軍書旁午，千緒萬端，倚馬視草，筆不及涷。每有大政，樞邸輒與密議。公勸以久任宿將，優容言官，以故臺諫竭忠，將士效命，猰貐鑿齒之倫以次翦除，衝棚息而輶軒騁，威械藏而俎豆布。乾清坤夷，天下光融。議者以曾文正公及合肥相國并稱「曾李」，以配唐之「李郭」，而不知居中當局以房謀而兼杜斷，是攝是贊，成此巍巍之功，則公一人之力爲多。然則公其今之陸宣公乎？宣公遭德宗昏暗，不能竟其用。方今朝廷清明，天子神聖，有殷宗中興之則，有成周隆平之制。公歇歷中外，如日之升。异時樹六纛、總十連，繫天下之輕重，豈止温、處之民仰澤懷風，想望德音乎？歲在横艾涒灘則壯之月，爲公五十縣弧之辰。某忝守括蒼，叨隸宇下，敬獻此言，以侑壽觴。《詩》曰：「樂只君子，德音不已。」此温、處之民所私祝者也。《傳》曰：「觸石而出，膚寸而合，不崇朝而遍雨乎天下。」此海内賢士大夫所共望於公者，非温、處所得私也。

吴母胡太恭人七十壽序

同治紀元之十有一年，皇帝大婚禮成。仰式乾文，俯憲坤典。延期流祚，普泛無私。乃發德音，降璽書，凡天下婦人年七十以上者咸與恩賜。而吴母胡太恭人適於是歲十有一月稱七十眉壽之觴，鄉人士君子相與言曰：方今聖上家環海而子蒸黎，惠浸萌生，仁沾葭葦。推娥臺姒幄之恩，引年曠典及於門内。雖棬樞桑户，得被大賚，况華鏌六樹，受加命之服；金齒鐵牙，衍宜家之壽。而珍禕懿鑠之行溢於壼史，其可無一言以侑春酒、介兕觵乎？惟太恭人生安定之門，嫺習詩禮，事父母以孝聞。年二十有一歸贈中憲樂亭君爲繼室，琴瑟静好十有六年。其始來歸也，君舅遠宦巴蜀，不得親執棗栗之摯，每感卜子之言曰：「古之嫁者，不及舅姑，謂之不幸。」若節春秋嘗魚菽之祭，必豐必潔；節饔飧粥，罔不肸飾，數十年如一日也。贈公始官七閩，繼仕三秦。宦轍所至，魚軒必偕，是攝是贊，吏民頌内助焉。及贈公捐館舍於秦安，服用無副，笥餘一縑。太恭人百計經營，始得奉旅櫬歸先兆。維時前室子仁山、竹平兩君皆未成立，所生子友麓大令年甫十有二。太恭人撫之，有尸鳩均平之德。積紡績所蓄，具摯幣，腆修脯，聘名師，禮賢者，命諸子從之游。蚤暮敦慔，使讀先人書。旦而受業，夕必自鈎稽之。訓之曰：「汝家自黄葉老人以至汝父，居家爲孝子，居鄉爲良士，居官爲循吏。吾見世之人有薄其兄若弟而不恤者焉，有多取其先人之貲田而不知讓者焉，有篤於聲色而不顧父母之養者焉，有役役於貨財而没齒不饜者焉。之數者，吾家無一也。汝曹承其遺澤，可不勉乎？」諸子禀承慈訓，争自琢磨。友麓壯歲有聲庠序間，視科第如拾芥。會遭庚申之亂，奉母避兵滬瀆。大府聞其名，聘居戎幕。今合肥相國屢上其功，奏加運同銜，以同知直隸州用，補常州府陽湖縣知縣。

江蘇自收復後，户籍〔一〕田結混淆無別，吴縣地尤大，暗丁匿口愈治愈棼。上游知友麓才，使推勾之，數月而已，簿注釐然，如示之掌。此可知其賢且能矣。他日雙旌五馬，臨隸大郡，太恭人康强逢吉，由八九十而至期頤，黄髮垂肩，曾玄繞膝。天子方敬奉兩宫，用孝治天下，恩從祥風翔，德與和氣游。太恭人以名門之壽母爲熙朝之人瑞，其必有馮親荀母之褒、金尊玉杖之賜。曼齡駢福，垂曜億軨。然則此日所陳，其猶嚆矢乎？

杜筱舫觀察六十壽序

端蒙汭漢之歲，余見今相國合肥公於金陵。合肥公曰：「子見觀察杜君乎？」余曰：「未也。」合肥公曰：「是賢而才，且工文辭，宜往見。」乃投刺於其行館，適君他出，門者辭焉。已而君來余舟，一見如舊相識。其明日，以巨帙來，發而讀之，君所著《古謡諺》也。舟窗無事，日讀一卷，嘆其取材之富，體例之精。合肥公所謂「工文辭」者，洵不虚矣。未幾，君權蘇藩，又攝臬事。余寓吴下，過從益熟，又有以信君之賢而且才，非徒文辭之工也。越十年，太歲在閼逢閹

〔一〕籍，原訛作「藉」，據蔡啓盛《校勘記》改。

茂，值君六十攬揆之辰，鄉人士君子皆言於余曰：「子熟於君，而又工於文，宜以文爲君壽。」余謝曰：「熟於君則信矣，工於文則未也。」夫文之不工，而徒以縟旨繁文、星稠綺合爲瑰瑋連犿之辭，豈切人不媚之義乎？

然則余將何以壽君？無已，請即爲君歌古謠諺。自來名人魁士，其生也必有所自來。如東坡前身爲五戒，王梅溪前身爲嚴闍黎，往籍所載非盡虛罔。君之生也，其大父夢老僧擔簦入室，殆杜少陵所謂「釋迦抱送」者乎？故生而穎悟，神識湛然。請誦古謠諺曰：「少達妙理婁居士。」古之名流，多有法學。釋〔一〕之、定國，聲光漢臺；元常、文惠，績映魏闕。君始舞象勺即治申韓家言，弱冠之歲受任明府，聘三閱月而手治大獄七十有三。唐張文瓘於旬日間決疑事四百餘事，君殆庶幾矣。故雖在幕府，而具文武幹用，隱然負公輔才。請爲誦古謠諺曰：「令德日新裴鏡民。」國朝承平日久，地大物博。至道光之季，群盜萌芽，始爲封豕長蛇，以薦食我黎庶。楚督東巖裕公整旅討賊，檄君從行。始治文牘，供資糧扉屨；既而從方伯夏公旗旝首塗，玉桴金鐸，隨流而攘，自楚南至於粤西。所經如芙蓉之江，銅鼓之山，皆苗猺峒寨，風土詭异。

〔一〕　釋，原訛作「識」，據《南齊書·孔稚圭傳》改。

君金鼓鐵馬之間不廢嘯咏，著有《南行》《北行》詩各一卷，《南征傳奇》四卷。所謂「上馬殺賊，下馬草露布」，君兼之矣。請誦古謡諺曰：「有文有武是曲大，有謀有勇是吴大。」自是厥後，軍事孔亟，朝廷命將出師，東屠西翦，君輒參豫其間。袁浦之陷也，以海船駐守清江；姑蘇之陷也，以民兵保衛江北。暨乎江浙肅清，東南底定，諸大帥〔一〕論功於朝，謂君才大心細，簡核精詳，屢克名城，咸資贊畫，洵無愧斯語矣。請誦古謡諺曰：「入粗入細李普濟。」海王之國，謹正禺筴。齊有渠展之鹽，燕有遼東之煮，由來舊矣。國家歲入，鹽官爲大。軍興以來，榷法弛廢，鐺户疲焉。君手定章程一十四事，行於淮北，條制得宜，時以爲便。其梟散之民非官與牢盆，以奸利相市者，名捕其十一人置之法。積弊一清，貲課充足，少府之儲用是饒裕。請爲誦古謡諺曰：「鹽政奚廢公未逢，鹽政奚興逢我公。」君以明敏之材，濟之以練達，大府引重，朝議翕然。嘗權江安糧道，權江藩，權蘇藩，權蘇臬，權蘇松太道，所至綏撫僑舊，鎮静流末，完殘奮怯，皆有條次。其陳臬於三吴也，值如皋有冤獄，君平反之，活三人於歐刀之下、砧質之上。《唐書》所謂「遇徐杜者生」，君其有杜景儉之風乎？請誦古謡諺曰：「一問得竟，皋陶鄧盛。」東

〔一〕帥，原訛作「師」，據蔡啓盛《校勘記》改。

南兵事，自咸豐二年賊由永安州走昭平，爲燎原之始，以迄同治四年盡殲其餘黨於嘉應州而後已，首尾十餘年。君在戎幕久，聞見最真，乃手著《平定粵寇紀略》及《江南北大營紀事本末》兩書，文贍事詳，森然起例，宏纖巨細，鱗羅布列，有良史體裁。乃其餘事，又工爲小令，因萬紅友《詞律》宗《花間》《尊前》之典型，闢《嘯餘圖譜》之紕繆，有功詞學不淺，而大輅權輿，容有疏略，著《詞律校勘記》，爲紅友彌縫其隙。故讀君《采香詞》二卷，格律精嚴，合於紫霞翁之「作詞五要」。請誦古謡諺曰：「曲有誤，周郎顧。」

昔范攄自序其《雲溪友議》引諺曰：「街談巷議，倏有裨於王化。」君所輯《古謡諺》亦古太史陳詩之遺意也。余所徵引，皆本是書。以君所輯爲君歌之，可以欣然而進一觴矣。君雖年登耳順，精神淵著，器宇端凝，望其風采似四五十歲人。而峻級清階，已至方伯。他日回豐貂以步文昌，聳高蟬而趨武帳，華鼓朱節，宏總上流，智名勇功，豈在杜征南下乎？勛位愈崇，年德彌劭，自七八十以至期頤，仰承天子靈壽杖之賜，而俯聆海内士大夫《鶴南飛》之曲，祥圖瑞史，焜燿無窮，余又將何以壽君哉？請仍爲君誦古謡諺曰：「且貴且富，有南山之壽。」

袁母郭太夫人百歲壽序

昔在咸豐紀元之十載，恭逢文宗顯皇帝三旬萬壽，乃加恩於大臣之「耆壽俊在厥服」者，而及其父母。維時故漕運總督袁端敏公之母郭太夫人，行年八十有四矣。有詔存問，御書「懿粲頤齡」四字賜其家。海内稱述，以爲至榮。逾十有三載，太夫人年九十有七，準故事，計閏月爲百歲。河南巡撫以聞，詔曰：「年届百齡，精神强固，洵是熙朝人瑞。」下禮部，旌賞如例。於是文孫筱隖詹事移書中外知交，具事實徵詩文。《禮》曰：「古者有吉事，則樂與賢者歡成之。」〔一〕其斯之謂與？海内士大夫善頌善禱，比物荃蓀，連類龍鸞，裔裔皇皇，極天下之大觀。樾與詹事同歲成進士，誼不能無言，而聞見偏僿，文辭儉僿，又不知所以爲言，乃竊從文廟御書「懿粲頤齡」四字敬繹其義，而憬然曰：至乎哉！顯皇帝之與天合靈符，先天而天弗違也。在《禮》「百歲曰期頤」，然則太夫人之年登百歲，顯皇帝知之矣，故以「頤齡」二字錫之也。古人多大年，往往有至百歲以上者。《傳》稱召公百八十歲，殷高宗、周穆王皆百三四十歲。而自百年以

〔一〕引文出自《儀禮·士冠禮》鄭玄注。

上，不更爲之名，則皆以「期頤」統之，亦猶自始生至十九皆曰「幼」也。百年者，壽之大齊，太夫人已符其數。過此以往，二十年而甲子再周，又二十年而古稀再屆。進而上之至百八十歲，爲巾幗中之召公，安神閨房，飲食頤頤，無不可以「頤齡」稱也。雖然，頤齡由於懿榘。太夫人之頤齡，信有徵矣。其懿榘可得聞歟？曰：太夫人之在母氏也，年未十齡，值歲大無，即能佐家人煮糜鬻、紉衣繻，以施貧者。及歸贈光禄公，事尊章以孝，處築里以和，御臧甬以寬而有制，待鄰里鄉黨以仁。道光二十六年，中州大旱。端敏公時官京師，太夫人命出白金千兩爲之倡，於是鄉人士君子官京師者咸效之，得金萬，由户部下河南。奏庶艱食鮮食，同鄉官之醵金，助本籍賑，自此始也。咸豐六年，項城大饑，族有不能舉火者五十餘家，月饋之粟；又煮粥於路，待餓者而食之，人一盂。荀子云「美意延年」，兹非太夫人頤齡之所自致乎？

雖然，懿則懿矣，猶非其榘之大者。太夫人之落落大節，則在視國事如家事，勉其子若孫，以移孝作忠，而爲中興大局之所攸賴。咸豐間，群盜磐牙，遠者自五嶺外，近者自兩河間，所在蜂起。端敏公佩使者印，督師於皖，太夫人寓書戒勉甚切。公嘗乞假歸省，太夫人惟問軍中疾苦，剿撫次第，不及其他。歲在丙辰，太夫人年八十矣，設帨之日，以軍事孔亟，戒勿稱觴。以書諭端敏公曰：「聞捷音勝聞祝嘏也。」端敏公念天子憂勤之意，又感慈母之拳拳，景思内昭，英風外發，龍驤鳳矯，掃清逋殘，俘其名賊，克其崇墉。臨淮鳳陽，以次收復。太夫人又以所居項城當蒙、亳西，而皖北之賊出入恒於斯，命諸子諸孫用摶力之法捍禦鄉里，郛其野以守，鼓其民以戰。每寇至，諸孫年十五以上能執干戈者咸列睥睨間，賊往往衄而去。用是寇在其垣，耕穫無廢，綿歷年歲，元氣不傷。中州者，畿輔之門户也。中州安，而畿輔亦安；功在一方，事關大局。太夫人之懿榘，兹爲尤矣。筱塢以詞臣起家，累參軍事，又奉詔駐關中，治西征糧食。資糧扉屨，無闕於供，士馬飽騰，秦隴底定。自兹以往，滅烽卧鼓，九服清怡，使粒食之民粲也晏也，享泰和之福。太夫人教忠之意，至是而大慰矣。惟文宗顯皇帝至誠如神，以太夫人之懿榘卜太夫人之頤齡，用是有「懿榘頤齡」之賜。太夫人善承天貺，徯福貞貞，未可限量。范望之注《太玄》曰：「古者天子世孝，天瑞之鼎；諸侯世孝，天子鑄鼎以賜之。」今天子敬奉兩宫皇太后，琱輿彩仗，祇詣慈宫，蒸蒸至孝，洞三光而貫九幽。鈎鈐明，延嘉生，受天之瑞昭昭矣。太夫人生舒長之日，登期頤之壽；筱隝疏聞於朝，乞歸爲太夫人壽，是合於古者諸侯世孝，天子賜鼎之禮。樾故舉「懿渠頤齡」四字，敬繹其義而敷陳之。他日鑄爲鼎鐘，紀恩榮而蕲眉壽，其有取乎斯義歟？

其二 為衛静瀾廉訪作

同治建元之十有三載，爲聖天子親政後初届元日令辰。是歲恭逢慈禧端佑康頤皇太后四旬萬壽，爰乃涣汗大號，首親親，次賢賢，縟儀既登，鴻釐大來。維時鈞鈐明，延嘉生，蒼烏見，而海内士大夫家亦往往有眉黎之壽母，其達於朝聽特加异數者二人，一爲李大司空母姚氏，一即太夫人也。李母年逾八秩，而太夫人則行年滿百，尤爲曠古所希聞，而當代所僅見。此聖天子睿感通寰，孝思浹宙之徵，而亦兩宫皇太后泰元神筴，永永無極之符應也。於是河南巡撫上言，宜加優禮，用彰人瑞。帝曰：「俞哉！其應得賞賚之典。」禮部以聞，特賜御書額一方，以介大年，示優寵禮也。先是，咸豐十年太夫人年八十有四，文廟御書「懿棐頤齡」四字賜其家。及同治六年，復以壽逾九旬，今天子賜以御書「彤管揚輝」四字。至是，天章三錫，昭回雲漢。四方士仁游鳴珂之里，登晝錦之堂，莫不黎收而拜曰：「楊子有云：『金齒鐵牙，壽考宜家。』其太夫人之謂乎？」雖然，嘗聞徐幹《中論》之論壽矣，有王澤之壽，有聲聞之壽，有行仁之壽。太夫人遭逢聖世，吟德懷和，其王澤之壽，優渥若此，寶書文册，錫自天府，善頌善禱，遍於藝林。其聲聞之壽，彪炳若彼，盍亦窺其致此之原，而推其所謂行仁之壽乎？榮光幸同鄉里，竊聞其略，敬爲諸君子揚扢而陳之。

方太夫人之在母氏也，值歲大無，時年未十歲，即佐家人煮糜鬻縫衣襦，爲濟貧事。其來歸也，事君舅君姑以孝，處先後宛若以和。及贈光禄公捐館舍，諸孤稚幼，太夫人朝夕悉慎之，曰：「爾父讀書未竟其志而殁，爾等不能承先志，是不子也。」於是豐摯幣，腆脩脯，聘名師，禮賢者，命諸子從之游。晚自塾歸，篝燈自課之。閉廬精誦，丙夜未休。諸子稟承慈訓，朝益暮習，枕經藉書，方在庠序間，已蔚然爲遠近師表矣。道光初，河决大梁，長君松農公以校官奉檄，莅版築事。露立風雨中，晝夜不息。或勸少休，曰：「毋避勞苦，吾母教也。」三子相友公爲禹州訓導，以身爲教，士民景從。寇至，佐有司捍禦危城，咸倚爲重。後卒於官，巷哭罷市，謳思弗衰。蓋亦母教也。若夫德業事功，震鑠今古，海内户知之者，實惟端敏公，太夫人次子也。方居臺諫時，直聲動天下，曾被詔詰問，公揚言於朝，稱不敢負老母。然則陶歐偉望，實有自來，已上達九重清聽矣。洪惟我國家建立四維，中參成位。承平既久，理大物博。至咸豐間，群盜萌芽，猰貐、鑿齒之倫如猬毛而起。遠者自五嶺外，近者自兩河間，趁譚狉獉，延易乎常羊之維。是時端敏公久居言路，執憲轂下，臺閣生風，謇諤之誠，無愧黯、鮑。文廟知其忠誠，可屬大事，命督師皖北。太夫人寓書訓之曰：「兵者凶器，不得已而用之，當行以不嗜殺人之心，殲厥巨魁，脅從罔治，則其黨涣散，群盜自平。」端敏公奉太夫人教，弗迓克奔，蘇刃者死，順刃者生。以故動如雷電，發如風雨，莫當其前，莫蓋其後。旗旝首塗，郊壘疊卷。向之驫駥驫矞爲蚩虻巨雄者，至是皆睽瞿奔觸，禽僵而獸斃。露布上陳，璽書褒美，真拜公漕運總督、欽差大臣。論者謂禽奸戔猾，禀於廟謨者遠也；義征仁育，得之慈教者深也。厥後端敏公扼守臨淮，當南北要衝，忠誠慷慨，在險彌亮。貴謀賤戰，與賊相持；食少事煩，鞠躬〔一〕盡瘁。太夫人以國步之孔艱也，戎事之未集也，上念天子宵旰之憂勤，下念端敏未竟之志，日以成父志、報國恩爲諸孫勖。

筱隖同年起家詞林，以禁中頗牧出而宣力四方，先後參李肅毅伯、左恪靖伯軍事。旋奉命治關中軍餉，秦黔底定，厥功偉焉。自兹以往，乾亨坤慶，九服清怡。丹冥投鋒，青徼釋警。定三革而偃五兵，驅一世之民躋之仁壽之域，以副朝廷之隆遇，而慰端敏之遺意。太夫人於此，可以欣然進一觴矣。其生平辭隆從窊，嗇於自奉，惟以利物濟人爲事。寒者衣之，饑者食之，病者藥之，物故者槥之。陰行其德，不可更僕數，而落落大者則有二端。道光甲辰之歲，黄流

〔一〕躬，原訛作「恭」，據蔡啓盛《校勘記》改。

溢於中牟，波及於項城。民用蕩析離居，不遑啓處。端敏公時官京師，太夫人命出白金二千兩爲之倡，於是鄉人士君子官京師者畢出金，得金萬，由户部下河南，助民粒食。遠近慕義，傳爲美談。嗣後各行省有偏灾，同鄉京官醵金以賑，自太夫人始。此一事也，非直鄉里之福，天下郡國遍受其賜。太夫人命四子惺軒公及諸孫受臣司馬、篤臣觀察，團民兵，築保城，人爲戰，家爲守。每遇警，諸孫年十五以上能執兵者咸登陴，與邱民同甘苦。故被賊雖久，而民間耕鑿無廢，且扼賊踪，使不得大逞。草薙禽獮，卒歸於盡，兩河安而畿輔亦安矣。此一事也，雖功在梓桑，而有關全局，是爲一大端。其他珍禕懿鑠之行，不可勝書。宜其曼齡絣福，神明不衰。靈既畢甄，家門鼎盛，有孫十人，曾孫十有二人。太夫人扶靈壽之杖，被只孫之服，課孫曾讀書，與曩時課諸子無异。徯福貞貞，未可限量。由百歲而甲子兩周，古稀再届，其仰承兩宫皇太后之慈福，而被天子之龍光者，行見祥圖瑞史，大書特書不一書，又豈止期頤之慶而已乎？王充曰：「太平之世多長壽。」此太夫人之遭於時者也。楊子雲論壽曰：「物以其性，人以其仁。」此太夫人之修於身者也。榮光服官吴下，不得希鞲登堂，奉觴稱賤子上壽，而敬獻此一言以侑春酒。雖詞旨淺薄，未足揄揚盛美，然以熙朝盛瑞，歸本於聖天子以孝治天下之效，海内士大夫當以爲知言也。

趙母蔣太恭人八十壽序

同治建元之十有二載，天子方敬奉兩宫皇太后，琱輿彩仗，鳴玉慈庭，於是鈎鈐明，蒼烏見。海内士大夫家亦往往有眉壽之母，殆所謂「睿感通寰，孝思浹宙」者乎？同時徵文於樾，以壽其親者二家。一爲袁筱隖詹事之祖母郭太夫人，其一即太恭人也。袁母年届百齡，詹事以聞於天子，得褒揚之盛典。而太恭人則五代一堂，準功令亦在慶賞之例。哲嗣雨田大令方宦吴下，敬請於大中丞，上其事於朝，璽書褒美，恩禮有加。然則此兩家之壽母皆鮮有倫比，非尋常眉黎耋鮐者儔也。或謂袁母以端敏爲之子，詹事爲之孫，顯庸光大，似視太恭人爲優。樾竊謂是非可以優劣論者。夫華釵寶鏌，外觀之耀也；金友玉昆，人倫之盛也。袁母雖享大年，而端敏諸昆弟已不獲侍盤匜之側矣。太恭人所生三子，長即雨田，次爲某甫别駕，三爲某甫貳尹，并以通材偉識馳譽當時，有長離鸑鷟鵷雛之目。今者不遠千里，届期畢集，帣韝鞠𦠆，奉觴上壽，豈非吉祥之善事，門庭之至榮？以視袁母，豈有恧歟？

樾寓吴下，得交於雨田，因得備聞太恭人之懿行，而後嘆天之降福非偶然也。太恭人之歸贈中憲公，年甫十有九。前室生丈夫子三，長、次皆前卒，三爲式如少府，亦未成立。太恭人法《鳲鳩》均平之德，撫之如己出，有梓潼季姜之風。幼則束以禮義，長則訓以詩書。諸子率教，戚黨稱賢。贈公爲山陰名諸生，一爨之俊也。試於鄉者二十有二次，文章爾雅，屢與舉元薦凱之數，而沈玉淪珠，卒未一登天府。家居以文學教授，户外屨滿，四方秀艾挾册負素，諷誦相摩，注弟子籍者數百人。其門下諸生多掇巍科躋顯仕，而鏟迹銷聲，角巾終老，唐人所云「弟子已折桂，先生猶灌園」，其斯之謂歟？太恭人淑慎其躬，不以窮通得喪幾微見顏面。其接物也平以和，其治家也嚴以整。性又好施與，樂善不倦。用能上以佐成夫子之名，下以垂裕後昆，雲摶水擊，鬱爲鼎門，非德厚慶鍾，安能致此？今式如雖已下世，而膝下子若孫森然玉立，且有曾孫於太恭人爲玄孫，此五代同堂之慶所由來也。其所生君子女五人皆適良奥之家，歲時宴集，中外孫曾瑶環瑜珥，畢集於前。太恭人顧而樂之，欣然忘老。今歲四月二十有九日爲八秩設帨之期，雨田與諸弟諸子各自其游宦之所乞假而歸，歸則設毦氍，布氍毹，陳六曲連環之屏，張九光雙花之鐙。重樓疏堂，爛焉如錦。又爲魚麗之優，兩晝夜以娱賓客，所謂「能竭其力」者，諸君有焉。且聞是日承太恭人教止，用蔬食，不事牲殺。伊蒲之饌，既潔且精，楚桂胡鹽，以芼芳卉；醬醯麥豉，具有式法，不啻游護世之城，而飫郇公之庖也。揚子雲之論壽曰：「物以其性，人以其仁。」夫以大恭人之懿行，重之以仁愛，宜乎年已大耋，神明不衰。由九十以至期頤，殆可操券。他日繼袁母而以百齡達天聽者，必太恭人也。

薛覲唐中丞六十壽序爲應敏齋同年作

昔在咸豐之季，大盜爲封狐雄虺，以薦食我黎苗，竄於金陵，蔓於天下。維蘇維杭，終受其毒，而卒藉海上一彈丸之地旋乾轉坤，繳大風而誅窫窳。於是中興諸巨公勒功於景鐘，紀名於庸器，龍驤麟振，論者比之唐之李、郭。而實時淵乎深思，竊不禁憬然於我大中丞覲唐薛公也。方癸丑之歲，公猶以前金山令需次吴中，以籌餉爲向忠武公所器，蒙文廟特恩，越次而遷五馬。適撫軍吉勇烈公駐軍上海，聞公之名，貽書向公求之，向公未許也。公曰：「上海爲海口門户，無上海是無門户也。」力請於向公，率川勇千有五百赴滬。蓋公之深識遠慮，固知滬上一隅有關東南全局矣。既至滬，適有小警，全軍十七營皆潰，公所部三營堅壁不動。吉公按視，嘆曰：「兵不在多，在將得人耳。」事聞，旋拜松江太守之命。公之受主知，膺大任，實基始於此。已而蘇有潮勇之已汰者踞城外恣淫掠，有司不能戢。大吏知公才，檄攝蘇州府事。受事未二旬，值中秋，潛軍往捕之，禽剃無遺，蘇人始得安枕卧。至今三吴父老謳吟弗衰，亦猶松江之人嘖嘖於公之單騎犒師也。初，公守松江，值上海諸軍凱撤，薄城下而過，民情洶洶，咸登陴，軍嘩且怒。公單騎出慰諭之，始按隊去。松江人繪圖紀其事，是謂單騎犒師云。豐功偉績，不可勝書。嗣是之後，由太守而觀察，而廉訪，而方伯，特加巡撫銜，勷理五口通商之事。乃至庚申夏，而金陵大營告潰矣。公方駐上海，議外國互市事，旋奉命遷巡撫，權總督，并攝欽差大臣。當是時，賊焰熾甚，全局已土崩瓦解，不可收拾。賊以二十萬衆攻上海，志必克。城中羸卒無多，不任戰，居民逃亡，城爲之空。或勸移駐江北，公怒曰：「上海爲海口門户，無上海是無門户也。」誓與城俱存亡，固守七晝夜，賊始解去。嗟乎！使當日公一動足，則上海必陷於賊。上海陷於賊，而軍餉無出，文報不通，從此蘇杭遂成絶域。异日者雖有方叔、召虎之臣，李廣、程不識之將，其何所托始以廓清江浙，奏中興之第一功哉？此實時所以淵乎深思，而憬然於我公也。既而謝巡撫事，專治通商。於壬戌之春奉命入都，兩宫召見，慰勞有加，特命署禮部左侍郎。旋授工部右侍郎，充總理各國大臣。公由縣令起家，十年之間，外至督撫，内至卿貳。聳高蟬而趨武帳，回豐貂而步文昌。遭際之盛，千載一時。俄而引疾歸旋，抗陳情之疏，角巾野服，蕭然自得。消摇乎桑梓之間，倘徉於伏臘之會。或經歲不入城市，而鄉里善舉，悉躬倡之。訓諸子曰：「儉刻二字，所宜明辨，處己宜儉，待人戒刻。」諸公子各能禀承家學，有聞於時。綴組雲臺，彰纓天閣，海内榮之。賓時事公久，承公知遇最深，當官軍收復松江時，列名薦牘，遷直隸州牧，綴翠羽於冠，至今戴德焉。今歲爲公六十攬揆之辰，不敢以常詞爲壽，輒述公之治績有關於聖朝中興之大局者，爲公侑一觴。想海内知言之士，必不河漢斯言也。

蒯子範太守〔一〕六十壽序

同治十有三年，天子親政。既逾歲，益習於庶事。方諮民瘼、課吏治，以應中興景運。適有客自蜀來，以夔州太守子範觀察政績徵求詩文。余得而讀之，嘆曰：昔人有言：「得一良令則百里之民安，得一良守則千里之民悦。」君之治行無愧龔、黄，天子或法漢廷故事，增秩賜金，璽書褒美，公卿有缺，即以補之，君其首選乎？夫夔之相去遠矣，君所以治夔者，余雖聞其略，未得其詳。然吴固君之舊治也，而余則吴下之賓氓也。方君宰長洲、守蘇州，余皆寓吴。雖杜門息轍，不與聞外事，然言君之善政者旦暮溢吾耳。市之人告曰：「降寇散卒驛騷於衢，君執而戮之矣。」野之人告曰：「驛路鼿卼，君平治之矣。橋梁撓傾，君營建之矣。河渠壅塞，君疏

〔一〕守，原訛作「子」，據正文改。

浚之矣。」庠之人告曰：「先賢之祠墓已繕完，生徒之講舍已修葺。凡名流之故迹及匹夫匹婦義烈之遺風流韵，已表彰矣。」南畝之人告曰：「吾儕小人，輸粟於倉。向苦不足，今有贏餘，負而歸矣。」縉紳之徒告曰：「某某之獄，糾繚數十年，今片言而決矣；某也某也以冤獄株連，今扶老携幼而歸矣；某也非官與牢盆而擅鹽官之利，捕之急則白刃見，今竿其首於郊矣。」屨縷之氓告曰：「吾無食，官與吾粟也；吾無衣，官與吾帛也。」窮巷之婦女告曰：「吾無夫，無所依，官設清節堂，吾往依之也；吾有子未出痘，官設牛痘局，吾往就之求種痘也。」噫！君之善政何其衆歟？亦有謗者曰：「吾邑納糧舊有大小户之别，小户重而大户輕，由來久矣。今乃一之，何也？」識者曰：「此君之持正也。考之《周禮》，雖有士田之名，然在近郊之地，同出什一之税，豈當有别乎？」又有謗者曰：「自來言道學者，其居官所在必首禁妓。今未聞焉，何也？」識者曰：「此君之通達也。昔齊高帝以建康居民錯雜多奸盗，欲立符伍，王儉諫曰：『謝安所謂「不爾何以爲京師」也。』深識宏論，豈一孔之儒所能識乎？」君以明敏之才，重之以練達，故相國曾文正公及今合肥相國倚君如左右手。於是輿誦騰於野，薦剡交於朝，其入覲也，群公動容，天語褒寵。召對後六日，即拜夔州太守之命，中外驚詫，以爲殊遇。昔漢丙吉與魏相書曰：「朝廷已知弱翁治行，方且大用。」其是之謂乎？

君之治夔，雖道遠不能悉知。然聞其創設書院、修築堤岸、積儲米穀、勸課蠶桑，則知其治夔也猶之治吴也。余與令弟蔗農觀察甲辰之歲同舉於鄉，故在吴下得時相過從。既至夔，猶時有書問往來。今歲之春，寄所刊《帶耕堂時文》二册，理法清真，格律遒上，猶見先正典型。又寄《判語》一册，則皆昔年爲牧令時據情定斷、援筆直書者也。青錢學士《龍筋鳳髓》有此典雅，無此俊永。余爲弁言，勸付剞劂。蓋雖山川悠遠，而文字之交固不隔也。歲之九月爲君六十稱慶之辰，同鄉沈羲民明府亦甲辰同年也，向辱君知遇最厚，因與余議所以爲壽者。余曰：君子贈人以言，舍文字何以壽君哉？且徵求詩文，固君之雅意也。余爲小文，子其書之，郵寄蜀中，以明吾兩人拳拳之意無日不在白鹽、赤甲間，亦猶君之不能忘吴中舊雨也。夫以君之治行，而又值聖天子旰食宵衣勤求上理，必將一歲九遷其官，由觀察而陳臬開藩，爲期非遠。他日金符玉節，重莅三吴，余以吴下寄奴再陪觴詠，其以君善政來告者必日益衆矣；自七八十以至期頤，余之所以壽君者當更有進，羲民其執筆以待可也。

金眉生廉訪六十壽序

去歲爲眉生金君六十生辰，余思爲小文以壽之，而因循未果，但和君《晚菊》詩四章，聊侑一卮而已。今年正月君來吴下，出一巨編見示，則皆海内士大夫以文壽君者也。余受而讀之，笑曰：《禮》有之，「多文以爲富」，君可謂富矣。雖然，未足以盡君也。諸君子之言雖皆臚列君一生行事，然謂君長於治禹筴〔一〕，則唐之劉晏優爲之矣；謂君長於治河渠，則漢之賈讓優爲之矣；謂君長於治軍餉，則西漢之蕭何、東漢之寇恂優爲之矣。安見君之空前而絶後哉？然則將何以壽君？曰：余聞君今歲將至滬瀆，創設同倫書院。此黄帝以來所絶無之事，意當時若風后、力牧之徒尚未足以辨此，其大於前三事非止倍蓰而已。君嘗與余言其略：同倫講院分十二門，若經學，若史學，若天文，若地理，若性理，若典章，下而至於詩賦、時文，無不延訪名師，分門教授。而於東洋、西洋諸大國中擇其秀穎之士，使之自行束脩謁吾徒而來，請讀中國之書焉，受中國之業焉。烏呼！豈非黄帝以來所絶無之事乎！考之紀載，神農以上有大九州。然則今所謂歐羅巴、利末亞諸洲，神農以前固與吾中國通者也。黄帝以來不能及遠，乃就一州之中畫爲九州而治之，此外存而弗論。雖堯舜之聖，所治者冠帶之倫而已。乃至今日，而海外之州復與吾通，飈輪往來，視道若咫。中國士夫見所未見，棄所學而師之。孔子曰：「學在四

〔一〕筴，原訛作「莢」，據蔡啓盛《校勘記》改，下同。

夷。」此固不足爲中國之辱。雖然，孟子不云乎，「吾聞出幽谷而遷喬木者，未聞下喬木而入幽谷者」也。夫風會所開，聖人不能止。則與其化我而爲彼，曷若化彼而爲我哉？子思子作《中庸》，論至聖之聲名「施及蠻貊」，推之「舟車所至，人力所通，日月所照，霜露所隊，凡有血氣，莫不尊親」。竊謂自今以往，更數百年，必將如子思之言，而未始非君同倫講院之設有以發其端。造物者必將永君之年，以成君之志。然則君之眉壽無有害，即於此舉操其券矣。

張少渠五十壽序

予嘗署所居曰「讀先秦兩漢書室」，蓋漢人之書予皆喜讀之，而獨不喜讀王充之《論衡》，以爲有大謬於聖人者。其書有《福虚》之篇，大旨謂世人以受福佑爲行善所致，實則遭遇使然耳。嗟夫！福善禍淫，聖人之所以爲教也。餘慶餘殃之説著於《周易》，天人相應之理備於《春秋》。充之立言如此，豈其然乎，豈其然乎？張子少渠，樂善不倦之君子也。其婦爲余外姊之女，在余婦則爲女兄之女，故相習也。嘗有術者爲少渠推算行年，謂曰四十有九當有大厄，恒惴惴焉。是歲適奉檄與於海運之役，凡從事海運者必至滬瀆，附火輪船以行。有輪船曰福星者，行有日矣，江蘇海運局之官附是船者二十餘人，少渠初亦預焉。忽有一輪船先福星二日而首塗，少渠乃捨而就之，同釋之友咸摻其袪，竟不爲留。問其故，不能言焉。既行而風逆船遲，於二十四日解維，二十九日始抵丁沽。至三月六日，即其生日矣。少渠之姊婿姚訪梅觀察官津門，以其符大衍虛一之數，潔尊爲壽。有來告者曰：「福星輪船於二月廿二日没於海矣。」一坐皆驚，訪梅乃手一樽以進，曰：「始吾以此酒爲君壽，今敢以此酒爲君賀也。」天佑善人，固如是哉！少渠南歸，爲余述其事，余笑謂之曰：「子不福星，子真福星矣。」至今歲少渠年五十矣，凡在親串例以詩文爲壽。余亦不能不循世俗之禮，因即書此言以詒之。既使世人知天道福善之不爽，用以折王充福虛之説，而又勉少渠益勖於善，將見自五十而至期頤，受福更無量也。

金廉訪夫人師夫人六十壽序

嘗讀《北門》之詩，而有喟焉。夫既「終窶且貧，莫知我艱」矣，乃并其室中之人而不能相諒，交謫也，交摧也。至《女曰鷄鳴》之詩則不然。其夫若婦鷄鳴而起，弋鳧與雁，相與爲樂。有酒肴之宜，有琴瑟之好。又能以雜佩佐其君子，通殷勤於賢士大夫。其夫賢矣，其婦亦非常人也。三代下，是夫是婦吾見罕矣，乃今得之於眉生廉訪與師夫人。廉訪服官三十年，免官以來二十餘年，其名滿天下，其文章經濟，焜燿人間，自王公大臣以至兒童走卒無知不知，皆曰眉生先生當代之魁士名人也。至夫人則内言不出，知者或鮮。余辱與廉訪游，又同居浙右，故竊聞其略。

夫人爲韓城右姓，祖若父皆顯宦也。生而高賢姣孋，習禮明詩。學琴於胡知珠夫人，兼長書畫。然其在室也，惟助母氏庀家事，不以才藝自多。及歸廉訪，年二十一矣，以不逮事姑爲恨，每誦《魯語》之辭曰：「夫婦人〔一〕學於舅姑者也。」事舅如其父，遇先後宛若如其女昆弟。廉訪官南河，食指數百，三黨咸來就之，一饘一粥無私焉。下逮臧獲，遇之如一門以内，皆感而敬之，小有不韙，輒相戒曰：「夫人雖不言，吾曹能無愧乎？」庚申之變，奉其君舅渡海避寇，闔門百口無一失所者。及廉訪以事去官，居患難中，夫人陽陽如平常，中外依附者仍與同居，不以盛衰而异。生平豐於施人，嗇於自奉，四十年來未嘗獨裁一帛，至今所曳婁者猶嫁時衣也。夫人生女子子七人，中年即爲廉訪納篷室，得一子，子之如己子，見者不知非其所出也。廉訪負經世大略，喜談天下事，有王景略、陳同甫之風，米鹽瑣屑固不甚措意。夫人量入爲出，防匱於豐，故常綽然有餘。使廉訪無内顧之憂，得以縱游山水，遍交海内賢豪長者。夫人欲佽之益，

〔一〕「人」字疑衍。

爲甚宏矣。當廉訪半野樓落成，以詩張之，夫人及公子、女公子更唱迭和，流傳海内，一門風雅，望若神仙。而讀夫人詩夷猶自得，有詩人樂道忘饑之意。彈琴咏風，古之女士也，視《鷄鳴》三章何愧哉？异乎《北門》之詩矣。余不才，而廉訪頗不鄙棄，於蘇於杭，時共觴咏。每語余：「自滬而杭必取道魏塘，當掃徑以待，勿以風利不得泊爲辭。」余敬諾之。然則如余者固當在「雜佩贈之」之列。夫人少廉訪二齡，今年適當六十曰耆之歲，余可無一言爲壽哉？敬誦《鷄鳴》三章，爲夫人壽，即以爲廉訪壽。因思吾儕久謝軒冕，世間榮落頗不以關懷，惟名教樂地，未肯多讓耳。廉訪有此賢内助，雖古《北門》之詩人，亦當且羨且妒於千載之上，况他人乎？其何修而得此？廉訪自號「六幸翁」，夫人之賢乃其一大幸也。歷數六幸，而不及此，負夫人之賢矣。毛鄭説《詩》以「兕觥」爲罰爵，余援此例，即借公子輩介壽之兕觥，罰廉訪一觥焉。

恩竹樵方伯六十壽序

昔孔門分政事、文學爲二科，然竊謂長於文學者容或不能政事，而長於政事者未始不可以兼文學。歐陽子言「劉、柳無稱於事業，姚、宋不見於文章」，此亦各從其重者言耳。唐宋文人如韓、蘇諸大家孰非蓋代名臣，即歐陽子亦豈專以文章見歟？寇萊公風節動一世，而詩情清麗；趙清獻立朝議論，侃侃不屈，而所爲詩亦諧婉多姿。吟風弄月，古人不廢。「爲君援筆賦梅花」，奚損廣平相業哉？竹樵方伯恩公，當代之韓、蘇也。自同治九年由奉天府尹拜蘇藩之命，其明年，緑軿紺幰，莅至胥臺，而樾適爲吴下賓萌。承公不我遐棄，時相過從，始以所著《南游集》見示。誦之清妙絶倫，因次集中詩韵奉贈一律，是爲酬唱之始。嗣後詩筒往返，幾無虚日。傳箋之使，日或再三，遂有《吴中唱和》三集之刻，傳誦藝林。自是以來，公有所作必以示樾，而樾偶爲詩歌亦必就而正焉。文字之交，日以加密；更唱迭和，形迹兩忘。溯公莅吴之年與白香山之官蘇州刺史同爲五十四歲，至是七易暑寒，而公則行年六十矣。吴下士大夫與凡吾儕之寓於吴者咸思以文爲壽，乃皆就樾而謀，謂樾固深知公者也。雖然，樾之與公不過道義相切劘，文章相討論；至其智名勇功，高掌遠蹠，爲國家宣力四方者，固未得窺其涯涘。即其藩吴七載，中間攝蘇撫者再，攝漕督者一，經文緯武，造福三吴。而樾杜門謝客，聞見褊僿，亦未能揚榷而陳之也，其將何以壽公哉？無已，請就公之文章政迹兩極其盛者言其大略焉。

公出蘇垣瓜爾佳氏，爲昭代著姓。道光初元，公甫四齡，已以任子讀中秘書。及歲試列高第，釋褐雲司，有聲郎署。繼而一麾出守，典郡齊魯間，旋由都轉而陳臬於皖。是時大盗磐牙，所在皆有。公嘗出鋭師扼之烏江，再戰再勝。以視世之嚄唶宿將，亦無愧焉。及其綜理儲胥，統籌全局，危言深論，感動朝聽。雖坐是左遷，嶽嶽然不爲之動。公之節概，上媲古人，豈猶夫突梯滑稽、脂韋絜楹者乎？同治之初，蹶而復起，旋有尹京作翊之命。瀋陽爲我朝豐沛之邑，士信民敦，工樸商慤。公在任六載，政簡刑清，遂以大治。天子知其才，擢拜蘇藩。下車以來，民安其政，士服其教，僚友稱其仁恕，守令感其寬和。蓋不務爲察察之政，赫赫之功，而務於瘡痍之後、凋敝之餘，與民休息，以復其元氣。史稱謝芳明「深達政體，闊略苛細」；又稱王弘「斟酌時宜，每存優允」，公之謂矣。政理之暇，酷探騷雅，發爲詩歌，戛寒玉之清韵，揚天葩之奇芬。手定其詩十卷，曰《承恩堂集》，詞一卷，曰《蘊蘭吟館詩餘》。昌黎有言「餘事作詩人」，公則以政之餘作詩，詩之餘作詞，而三者皆能獵微窮精，揮常取特，异夫世之野麋蒙象者，殆其稟受有獨優乎？楊德祖云：「銘功景鍾，書名竹帛。斯自雅量素所畜也，豈與文章相妨害哉？」觀於公而益信矣。至其憙交游，篤風義，憐才愛士，不殊存歿。在京師時與曹艮甫觀察同官，相善也。及以廉訪使駐合肥，又善於徐君荔庵。兩君皆前卒，乃取其遺詩手校付梓，俾淪玉沈珠卒顯於世。其用心可謂厚矣。楊子曰：「我心孔碩，乃後有鑠。」公宅心寬博，祥源福緒，如日方升。今歲之秋，將以三年述職入覲京師。天子知人善任，必將有不次之擢，封疆節鉞，固在意計中，不必以風語華言瀆陳於公之側也。惟樾以江湖孳叟，自忘疏賤，雲鵬籬鷃，相與論交，七載周旋，亦不异萱之逢杜矣。當公六十稱觴之日，不敢以常詞爲侑，而惟舉公文章政績之卓然者粗述大端，以明聖門政事、文學兩科未始不可合而爲一，而歐陽子之言猶未爲定論也。公其听然而一笑乎？

其二 爲吴子健中丞作

皇帝御極之三年，氣調而時豫，均禧於九垓。星紀之野，燦如晏如。竹樵方伯以三年述職之期拜疏於朝，願一登文石之陛，涉赤墀之塗。優詔許焉。先是，廉訪勒君亦請入覲，行有日矣。元炳乃與制府上言，請暫留方伯，以待廉訪之還。制曰可。維時斗南中繩，九暑乃至。考之《管子》，夏之日，「君子修游馳，以發地氣」。稽之漢制，伏日不干他事，謂之伏閉。方流金鑠石之時，簿書小簡。方伯既未首塗，清篁疏簾，綸巾羽扇，頤性養壽，無廢嘯歌。而是歲太歲在疆梧汭漢，距嵩生嶽降之年甲子一周矣。六月乙未，按《憲書》爲聖心守日最吉之辰，則方伯生日也。凡在寮寀，僉謀所以爲壽。珠零錦燦，華藻雲飛，而屬元炳以一言爲之喤引。楊子云：「翕其羽，朋友助也。」元炳幸與同官，深得翕羽之助。《易》美金蘭，《詩》咏百朋，其敢以不文辭哉？竊嘗淵淵深思，自古題期立象之世，將模唐範虞，齊烈乎羲農，必有名宗望姓，鼎族高門爲海内冠冕者。晋稱王、謝，唐稱崔、盧。世家喬木，爲時所重。方伯出蘇垣瓜爾佳氏，重侯累將，世爲右姓。蟬冕交映，臺衮相襲。斯固昭代之王、謝、崔、盧也。故在勝帶之初，已以任子荷天之寵。及歲與試，輒居高等，詔以文職用。内歷爽鳩之職，外剖銅虎之符。蒙羽之山，夾谷之臺，隼旟莅臨，不肅而治。俄權安徽按察使，兩攝藩條，兼總儲胥。方是時大盗爲封狐雄虺，睽瞿奔觸，所在皆是。方伯兩以鋭卒勝之烏江，帝用嘉焉，錫以孔烏之羽，用焜燿乎其冠。蓋金符玉節，儲以有待矣。方伯峨然守正，直而不阿，無蓬轉隨衆之心，有赤石不奪之節。懼芻茭之不給，感時事之多艱。危言高論，忠憤激發，舉朝動容，海内想望。雖坐此下除，然光名滿天下矣。同治建元之初，朝論以方伯文通武達，宜蒙抽擢，俾復雁門之踦。雹飛景拔，高步雲衢。仍由都轉而廉訪，光復其初。方伯寵辱不驚，逌然任運。奪戟還笏，喜愠兩忘。古人之風，不可及也。昭代龍興之地，實惟瀋陽。滄海南回，混同東注。體大物博，是曰倍京。方伯拜師尹帝鄉之命，握玉麟符者首尾六年。尋三河之舊壤，訪四樓之遺址。登唐宗駐蹕之山，尋仙人對奕之坪。政簡刑清，觴咏間作。古稱「前尹赫赫，後尹熙熙」，方伯以一身兼之矣。吴會者海内之名區，東南一大都會也。財賦之盛，甲於天下。非有體國經野之才，不能班條理務，顜若畫一。天子以爲舟大者任重，馬駿者遠馳。蘇藩之劇，宜得其人，特降璽書，九命作伯。

震華鼓，建朱節，雙旌六纛，翩然南來。至則宣布德意，搜揚人物，完殘奮怯，皆有條理。和調而不緣，溪盎而不苛。政事之暇，輒從魁士名人游，與之更唱迭和，有古人電掃庭訟、響答詩筒之意，殆所稱「化洽行春，風澄坐嘯」者乎？中間攝漕督者一，攝蘇撫者再。威騰乎閫外，禮縟乎區中。遵五迸四，務崇寬大。元炳承乏於斯，每檢故牘，所謂「舊令尹之政」，猶可按也。方今天子旌賢寶臣，知人善任。近者獻其明，遠者通其聰。方伯起金張之族，膺柱石之寄，稱譽葉語，溢於朝聽。不次之遷，可豫卜矣。异日玉露金風，商秋應節，碧油紅旆，恭詣闕廷。華林飾館，延英召對，占《周易》之三接，遵漢法之四見。上奏治平之策，下陳方俗之宜，天子嘉之，必將擢居外相，宏總上流。智名勇功，從此其隆隆日上乎？元炳忝撫三吴，與方伯晨夕過從，先趨後息，藉以匡其不逮。當兹覽揆之辰，奚可無一言以爲壽？然而切人不媚，信言不美。飛蓬之問，不在所賓。則凡瑰瑋連犿之辭，固未足以陳於前矣。其何説於處此？竊意方伯深於《詩》者也，謹爲誦《詩》。《詩》曰：「樂只君子，遐不眉壽。」「樂只君子，遐不黄耇。」請以祝延長而祈綽綰。又曰：「樂只君子，天子命之。樂只君子，福禄申之。」是則「路車乘馬，君子來朝」，《湛露》《彤弓》，自天申命，又可於此徵之也。

其二代作

昭代龍興遼左，襲九稼，重九熱，神合乎太乙。一時蕭、曹、房、杜之元臣，衛、霍、韓、耿之宿將，各樹閥閱，傳子孫。鼎族高門，軒冕相襲。而蘇垣瓜爾佳氏尤爲著姓，蓋金之諳班，元之怯薛，重侯累將，世濟其美。古稱金、張世族，袁、楊鼎貴，不能逾也。竹樵方伯恩公以名宗望族爲天下甲門，武達文通，源淵有自。生甫數齡，即以名公孫拜。道光初元，恩詔瑶環瑜珥，蘭茁其牙，而已以虎門胄子與青領之生同受上庠謨訓，所謂「玉映觿辰，蘭芬綺歲」者與？及歲就試，按鑾文雅之場，環絡藻繪之府，高文典册，揚班之儔。群公嗟嘆，以高第奏御，詔用京職。懷香握蘭，趨翔廊閣。依光日月，上應列星。白雲之司，古稱司憲，國家明刑弼教，尤重其選。殆公居郎署，執憲詳平，參處法意，至析秋豪。而雷霆之震，仍合仁恕。遠邇疑讞，平決攸歸。所稱「張于二氏，陳郭兩族，決獄無冤，慶昌枝裔」者乎？大稽百憲，積優成陟，帝用嘉焉，乃錫以銅虎竹使之符，俾典大郡。初莅沂州，《禹貢》徐州之域，古齊、魯、莒三國地也。登蒙羽之山，訪郯費之域。宣風展義，民大和會。於是依流平進，移守濟南。夾谷之臺，想宣尼之遺迹；伏鄭之祠，尋漢儒之故里。公之德業，從此遠矣。煉玉量珠，典司禺筴。朝議旋以爽鳩舊屬，俾陳梟於皖。而是時大盜起於粤西，絳頭毛面之屬，所在有之。公兩以精士練材，多力五百、利距三千，扼之烏江之滸，午其將，取其軍，若撥𪎊然。古有一日而破十二壘、三日而九捷者，練迹校名，亦無讓焉。夫興師十萬，日費千金。楨幹芻茭，魯公申儆；資糧扉屨，陳鄭疲焉。

公既任儲胥之重，感時事之艱，自以受國厚恩，世家喬木，休戚共之，不敢以劉勝寒蟬委蛇隨俗。讀集中詩，有曰：「萬竈無烟倉無粟，戰馬哀嘶僵四足。朝發封奏達九重，隻手上撼天門哭。」其意氣忼慷，忠義奮發，握蛇騎虎，不避艱難，可以想見矣。張蒼左遷，汲黯中廢，逌然任運，無失其常。同治之初，天子有故舊不遺之意，仍還公笏，殊階榮級視昔有加。爰有奉天府尹之命，其地爲我朝豐沛邑，長白之山，鴨緑之水，乃聖清神源，福緒之所鍾也。風俗敦龐，山川雄秀。公雍容坐鎮，歲稔民和。因與二三僚友張銷寒之會，攄懷古之情。凡永祚之宫，薰風之殿，覽秀之亭，誓師之臺，望古遥集，逸興遄飛。登高而賦，固大夫九能之一，而其政簡刑清，亦可驗矣。

三吴財賦甲於天下，地大物博，紱冕所興，方牧之寄，廟堂重之。公九命作伯，金符玉節，翩然南來，莅臨吴會。東南當大亂之後，民困未蘇。公下車以來，宣朝廷德意，務與父老休養生息，不以苛細爲事，不以操切求功。禁罔闊疏，風績清簡。中間攝蘇撫者再，攝漕督者一。曹無留事，神無滯用。疏簾清簟，不廢嘯歌。與吴下諸名流唱妍酬麗，積成篇帙。非劉輿長才、裴邈清才兼而有之，其能若是乎？今歲爲三載述職之期，疏請入覲，優詔許焉。九和時節，西灝沉碭，將以秋請之禮，乘朝車詣闕下，嘉謨嘉猷，揚扢而陳之。天子素知公才，必有不次之擢。馬燧之總十連，陶侃之督八州，不在指顧間乎？其在《大雅》曰：「文王孫子，本支百世。凡周之士，不顯亦世。」此周之所以興也。及東周之衰，吉甫申伯之後皆不克紹先世之美，論者惜焉。我國家重熙累洽，浸仁沐義，故家遺俗，光藻不渝。方雅之族，勛賢之里，稟仰太和，枝附葉著。爵位蟬連，臺袞相襲。公以任子起家，而功名之盛彪炳一時，華藻雲飛，鬱爲文棟。此固間氣所鍾，而益足以徵聖朝源遠流長，繩繩未艾。《詩》所謂「不顯亦世」者，可以此觀之也。是歲六月，其日乙未，爲公六十懸弧之慶。凡銅墨下吏，仰盛德之光而戴二天之庇者，咸願以一樽爲壽，而屬某以文侑之。夫支離曼衍之詞，金箱玉笈之記，非可陳於大君子之前也。敢以野人之嚌言粗述公文章勛業之盛美，而推本所由，不特祝公之富貴壽考，媲美汾陽，且以卜我國家之翔禨集嘏，薦祉登祥，永永年代。麟儀儀而鳳師師，建中和之極，無疆惟休也。立言之君子，儻有取乎？

其四

嘗讀《南山有臺》之詩矣，其首章曰：「南山有臺，北山有萊。樂只君子，邦家之基。樂只君子，萬壽無期。」其詞美，其旨永，夫亦可以無加矣。乃必衍之，而至於五章，則不過變文以協韵，而初無加乎首章之意，無乃可已而不已歟？曰：古人之愛敬其人也，言之不足，又長言之；長言之不足，又從而咏嘆淫泆之。所以見其愛敬之深，而不自知語之緟、意之複也。豈獨《南山有臺》之詩，凡詩人之詞類然。而樾今者之壽竹樵方伯，則有合乎詩人之義。歲在彊梧汭漢，月在圉且，其日乙未，爲公六旬覽揆之辰。樾既爲文以壽之，又譜《長壽仙》小詞一闋，書齊紈以獻焉。區區之忱，所謂「善頌而善禱」者，如祖咏〔一〕之賦終南，其意盡矣。而諸君子之宦游於吴者，仰下風而望餘光，咸欲以一樽效詩人「稱彼兕觥」之意，而屬樾侑之以文。樾笑曰：「余既賦《南山有臺》之首章矣，又將賦其二章乎？」雖然，古人之愛敬其人也，言之不足又長言之，長言之不足又從而咏嘆淫泆之。則樾之於公雖至再至三，誼固不得而辭。

〔一〕咏，原訛作「約」，據《唐詩紀事》卷二〇改。

夫樾之得交於公，交於詩也。以文爲壽，不如即以公之詩爲壽。嘗受公《全集》而讀之矣，讀《緑筠仙館吟草》春柳、秋柳諸作，風神絶世，想見公三五少年時蘭芬玉暎，王謝佳子弟也。讀《南鴻小草》抒寫胸臆，不假塗澤，憶京華之舊游，尋歷下之勝迹，想見公一麾出守，政簡刑清，古之循吏即詩人也。讀《臨淮江上録》及《壽陽行役集》，多即事感懷之作。其時盜賊磐牙，東南淪陷，公以世臣受恩深重，故見之歌咏者有杜少陵「感時花濺泪」之意。如云「歲月隨流水，干戈逼海天」，又云「淮皖幾曾留浄土，干戈何日解征衣」，懷抱可見矣。讀《歸里集》及《蔬香小圃集》，時公以抗言時事，朝議左遷，在他人必有不能釋然者，公角巾歸第，怡然自得。開咏菊之社，賦銷寒之詩。春宵花月之吟，城東九秋之咏，平章風月，管領烟霞，幾欲與樂天、天隨諸公平分半席，若忘前此之金戈鐵馬爲國家宣力四方者。蓋其智深勇沈，蓄之者愈厚，而用之者將愈遠矣。讀《灤水重游集》，則公蹶而復起時所作也。有《酬李蒓客》七古一章，忠義激發，慨然有攬轡登車、澄清四海之志。讀《嘉禾堂集》，則公尹奉天時所作也，其地爲我朝豐沛之邑，山川雄秀，風俗善良。公坐鎮陪京，不勞而理。訪四樓之遺迹，經五國之故城。集中所謂「簿書餘暇會詩友，追踪元白揚風騷」者，極一時文酒宴游之盛焉。嗣是爲《貞白堂集》，則公藩蘇以後之詩。而《荷芳坐嘯集》，又奉命攝漕督在淮上所爲詩也。勛業益隆，而詩格亦進而日上。樾與公交自辛未歲始時，公初莅蘇臺，行年五十有四，與白香山太傅初任蘇州刺史年齒適同。至於今茲，七易寒暑矣。唱和之作別爲一編，不入《貞白堂集》。蓋此數歲中詩筒往返，無月無之。而公所著《承恩堂詩集》固日在案頭也。故承諸君子之屬，而即以公之詩爲稱觴之助，斯固樾之善於藏拙哉？公承天子知遇，勛名爵位如日方升，而詩亦必一官一集，有加而無已。自七八十以至期頤。諸君子苟徵余文，樾取之大集，清新無窮，視《南山有臺》之詩變文協韵、五章而仍如一章者，或轉勝之乎？

沈母李氏蔣氏兩夫人壽序

光緒建元之三年，天子方受學緑圖，問道柏招，未親庶政。兩宫皇太后内持維、外紐綱，陶天下爲一家。稽之前史，母后臨朝，自漢和熹至宋宣仁，代有其事，然未有兩宫并聖、娥臺姒幄、巍巍比崇如今日者也。天子琱輿彩仗，祇詣慈宫，尊履蒸蒸，奉承洪業。於是鼎大可觴，蒼烏見而延嘉生，織女明而鈎鈐耀。一時士大夫家咸有壽母之慶，所謂「喜洽祥流，雲蒸川增」者歟？而書森觀察暨其金友玉昆，適爲尊慈兩太夫人合而稱眉壽之觴，蓋兩太夫人者方今之鍾郝，古所稱先後宛若也。金罍兕觥，同時并舉，左篪而石笙，左麟而右鳳，此尤聖世之祥，兩宫皇太后曼福駢齡之兆矣。凡獲交於觀察昆仲者，莫不披華啓秀，傾液漱芳，以將其善頌善禱之意，而屬樾以一言爲乘韋之先。緬維先大夫以嘉慶丙子領鄉薦於秀水，沈氏有同歲生二，其一爲雪門公，同列賢書；其一爲蓮溪公，以優行貢成均。兩太夫人即兩公之德配也。樾以年家子姓桊韝而拜堂下，敢以譾陋辭哉？竊嘗讀其壼史，於兩太夫人珍禕懿鑠之大者有以得其都較。今者愔愔醧宴，酣湑無嘩，敬請揚扢而陳之。

惟李太夫人之歸蓮溪公也，公方以名進士官比部。京朝官食玉而炊桂，自昔難之。太夫人黽敏有無，量入爲出，上以奉君姑，外以佐夫子，秩秩如也。蓮溪公出守京江，旋移秣陵。太夫人皆從之官，馭下以寬，持躬以儉，内政井然，罔不肸飾。蓮溪公無内顧憂，循聲大起，遷淮徐觀察使者，行且大用矣。以病免歸，文史自娱，優游終老，皆太夫人襄助之功也。至蔣太夫人之歸雪門公也，公時甫舉於鄉，書生門户清寒如舊。而蔣故素封，漿酒藿肉，把珠載金。太夫人既來歸，則屏去珍髢，躬操井臼，有桓少君之風焉。雪門公官樂清教諭，儒官清苦，惟以琴劍自隨。太夫人不從之官，家居十餘年，椸無新衣，篋無舊蓄，而接遇族姻，撫御臧甬，一以寬厚爲本，内外無閑言。古稱富而能貧，儉而能廣，太夫人之謂矣。兩太夫人皆能以令德相其夫，及其繼也，又皆能以懿榘教其子。諸子亦能敬承家學，雲搏水擊，鵲然而起。書森觀察嘗爲姑蘇太守，有政聲。寅甫大令奉檄滬上，亦以幹局稱。達夫、子美兩孝廉，於庚午之歲同舉於鄉，以天府賢能之書，爲《竇氏連珠》《李氏花萼》之集，士林傳述，以爲美談。此外三筆六詩，外朗内潤，酪酥醍醐，并有令譽。所謂謝有覽舉，王有養炬，復見於今矣。至於列孫，行者二十有四人，列曾孫行者十人。鷄鳴盥漱，咸至寢門，幾如郭令公之於群孫，不盡能辨，頷之而已。其大者崢嶸見頭角，今歲有應童子試而冠其軍者，觀察公子也。兩太夫人之教，至是而益遠矣。

先是，李太夫人居京師，而蔣太夫人家居，初未謀面。及中年以後，乃始同居里閈，歡然如女兄弟。已而遭庚申、辛酉之亂，避居海鹽之澉浦，崎嶇轉徙，而達申江，益相依如左右手。蓮溪公始無子，以雪門公長子爲子，即書森觀察也。故觀察事兩太夫人如一，諸子諸孫亦事之如一。兩太夫人安神閨房之内，優游北堂之上，含飴弄孫，頤性養壽，樂可知也。又皆耽禪悦樂，無事清簟疏簾間焚香静坐，手牟尼珠，口伊蒲饌，六鑿之擾不足以滑和，不久於靈府，怕然無感，體氣和平。兩太夫人之由八九十而期頤，爲熙朝人瑞，可於此卜矣。

今歲五月爲李太夫人設帨之辰，行年七十。而蔣太夫人又十年以長，届八十常珍之歲，三月上浣，其生日也。觀察昆仲諏八月之吉，爲兩太夫人壽。是月也，金風届節，玉露啓塗。一年景物之美，無逾斯時。於以祝延長而祈綰綽，不其美歟？樾念嘉慶丙子至今，六十有二年矣。先大夫同譜之友晨星寥落，而兩太夫人康彊逢吉，神明不衰。且吾母今歲亦年逾九十矣。《詩序》云：「南陔者，孝子相戒以養也。」此非樾與觀察昆仲所當共勉者乎？故承諸君子之屬，不敢以辭，又不敢以常詞進，輒爲誦束廣微《南陔》之詩曰：「馨爾夕膳，絜爾晨餐。」願爲兩太夫人侑一觴。更誦其卒章曰：「勖增爾虔，以介丕祉。」則又祝兩太夫人祥源福緒，如日方升。而觀察昆仲名位亦隆隆日上，异日以一品百齡之兩壽母，恭逢兩宫皇太后萬壽慶典，聖天子以孝治天下，錫類推恩，必有靈壽上尊之賜。樾舊史氏也，又將執筆而紀其盛矣。

樊母余太夫人七十壽序

著雍攝提格之歲，方春始和，余在吴下曲園。冢婦樊請於余曰：「吾母今歲行年七十矣，遠在黔中，不克奉春酒介眉壽。區區之意，冀得大人一言增榮益譽，以爲光華，可乎？」余曰：「玉笈、金箱之記，翠嫣、玄扈之册，固有識者所嗤鄙。余切人不媚，非所願也。爾欲有言，願聞其略。」婦乃舉其珍衛懿鑠者於朝夕佐餕之餘，畢言於余。余嘆曰：「允若。兹所謂『式瞻清懿』者矣。」乃撰次其言，命兒子紹萊書之以獻焉。維太夫人之歸我親家玉農都轉也，年甫十有七。家故素封，食指繁總總然。太夫人處之裕如，巨細咸舉。一門少長無閑言，事其姑尤得其歡心。歲在辛卯，都轉公舉於鄉，旋選授河南中牟令。太夫人主內政，以儉助廉，故都轉公循聲大起，由邑令而秉牧鞭，綰郡符，又積功加鹽運使銜，錫以孔翠之羽，用飾其冠。當是時，群盜如牛毛，起於皖豫之間，趁趕猭䝐，所至飄忽。都轉公守河南郡，力扼虎牢之險，以爲藩籬。方與賊相持於殽之嵚岩，而郡中訛言寇且至，左右請出城避之，太夫人執不可，傳太守教，命門者毋出居民，簡民之壯者諭以大義，使助官兵登陴，人心大定，賊亦旋爲都轉公擊退。是役也，微太夫人有定力，一舉足則城中不逞之徒且乘間起，都轉公兵懸於外，不能反顧，伊雒之間危矣。其時鄂之被兵尤甚，族人皆走中州，太夫人咸厚遇之，若從子，若從子婦，若從子之子與婦。資糧焉，扉屨焉。兒童之褿褯，婦女之薗結，凡有所需，罔弗具。歷六年之久無缺，而太夫人之簪珥、之衣帔，盡付質庫矣。

及都轉公歸道山，太夫人家居，益好施與，親族待以舉火者數家，其幼稚不能成立者招至家，或使之讀，或使之學賈於外。歲庚午，鄂大水，維時辜較歲所入穀不足以食一歲，太夫人曰：「塗有餓莩，吾豈忍獨飽？」命諸子籍〔二〕鄉里之無食者計大小口而授之食，賴全活者無算

〔二〕籍，原訛作「藉」，據蔡啓盛《校勘記》改。

焉。諸公子守都轉公家學，又禀承太夫人之教，克自樹立，後先競爽。讓村觀察、芾林太守、蕚樓方伯、稚農比部，金友玉昆，輝映於時，所謂「韋趙兄弟，人之杞梓」也。雲嶠郡丞雖早世，然有子克家，且抱孫矣。蕚樓官黔，久有文武幹用，大府引重，以公才公望期之。太夫人於丙子之冬御安輿、陳棨戟，浮南明之河而望銅鼓之山，黔中士女羅拜車下，瞻望慈容，塗歡而里忭。今兹春日載陽，風和氣晼，讓村諸君彩服媥爛，鞠跽上壽。有孫四人，曾孫一人。瑶環瑜珥，蘭茁其芽。太夫人顧之，而喜可知矣。余忝在姻家，與聞德門盛事，雖微子婦之請，固將有以壽之。《易林》不云乎：「金齒鐵牙，壽考宜家。」自兹以往，讓村諸君名位勛業隆隆日上，太夫人由八九十以至期頤，天子推恩錫類，必有靈壽上尊之賜，余更將載筆而紀其後也。

潘玉泉方伯六十壽序

天子在位之三年，太歲在彊梧汭漢，其月曰涂，其日庚戌，爲吴下玉泉方伯潘公六旬覽揆之辰。公以名公之子早歲通籍[一]，有位於朝，嫻習政事，通達政體。當庚申、辛酉間，崎嶇戎

[一] 籍，原訛作「藉」，據蔡啓盛《校勘記》改。

馬，攝贊機宜，卒以耆定東南，紓朝廷南顧之憂，而造吴會無彊之福，其勛名爛焉，與李郭諸賢比肩相次。當兹六十曰耆，扶杖於鄉，碩德清望冠吴中而動海内，所謂「人之杞梓，國之楨幹」也。張子青制府歷與其生平行事，爲文以壽之。瑰〔一〕瑋連犿，華藻雲飛，洵文章之冠冕，述作之楷模矣。而吴下諸君子以爲善言必二，更屬樾以一言進。樾曰：制府之言盡之矣，又何言哉？無已，請更舉其大者言之。

夫公之官雲司、總秋典，參處法意，小大以情。劉孔才所謂「法家之材，司寇之任」，雖推重一時，未足見公之逸群絶倫也。其卓然關乎中興之全局，而大有造於三吴者，則於咸豐之季得三事焉。溯自庚申蘇城之陷，大江以南惟上海、松江、寶山、奉賢、南滙、川沙、金山數城獨完，而上海以撫藩所駐，稱重鎮。然所募兵雖逾五萬，皆市井無賴，不習戰，甚者與賊通。而江浙間遺黎麇集於滬，洋涇之上築室萬區，商賈輻輳，賊所覬覦非一日矣。當是時，曾文正公之師已克安慶，其介弟沅浦中丞沿江東下，次於蕪湖。公乃與同人謀創迎師之議，力言於中丞薛公，團練大臣龐公，馳書達皖。遂以今大學士肅毅伯李公總統援滬之軍，由輪船至滬。其後由

〔一〕瑰，原訛作「環」，據文意改。

滬規復三吴，實基此也。其大有造者一也。迎師之議甫定，而賊大至。防兵之在金山、嘉定、青浦者四五萬人不戰而潰。於是滬人大聳，而泰西人之在滬者觀望靡有定。公又與同人謀，謂非借助於彼則滬上未可安枕卧也。或曰：「如大體何？」公曰：「吐蕃、回紇、沙陀，古人嘗用之，不足爲病。」或又謂用之恐有後患，公曰：「前年七月之役，不已藉彼力乎？至今年餘，未見其患。且患之有無，不在借兵否也。」或又慮索費且無饜，公請先與議定其費，議者無以難。於是有會防局之設，賊聞之退去。及歲除，烽火寂然，皆公之力也。其大有造者二也。迨蘇城之既復也，降賊八人自部署其衆爲二十營，分屯閶、胥、盤、齊四門，不受約束，髪鬖鬖如故。合肥相國知其意叵測，命八人者入見，數以要挾之罪而誅之。泰西之將曰戈登者助戰有功，而得一城必大掠，相國乃與之約勿入蘇城，其意固已恚矣，至是以殺降將爲名，謂背其前所與議者，移營昆山，招降賊之子與同起居，募廣勇千人，將助之復讎。是時蘇城初克，外患猝至，則又大嘩。公奉相國檄，駕一葉之舟親至其軍。戈登盛氣逆之，降賊之子在坐，所持其父之頭血漉漉在側。公告以賊情，責以大義，指天畫地，辨論三日，异謀遂寢，欣然受賞而歸。使當日無公爲之排解，事幾不可問矣。此其大有造者三也。是三者皆有關乎中興之全局，非煦煦孑孑鄉里稱善者比。

今東南砥屬，静析沈烽，吴中士女昌逸，閭閻殷富，甘食美服，棚車鼓笛，相與游敖嬉戲於鸝坊鶴市之間，夫孰知公之維持桑梓者如此其勤且艱也？公今年六十矣，豪飲雄談仍如少壯。有丈夫子四人，金友玉昆，後先競爽。女子子二人，内外孫三十一人，晨夕問安，都不能辨，如郭汾陽頷之而已。傒福貞貞，未可限量。天之報施，固不虚也。公方且欿然自下，口不言功。知交中有欲以一觴爲壽者，謹謝勿受。惟賦《水調歌頭》四章，自述其懷。有曰「豪情壯采，已隨風卷與雲氣」，其志趣之高雅可知矣。養之愈深，發之愈大。异日名位勛業隆隆日上，必將如子青制府所言。切人不媚，不敢雕琢曼辭以瀆清聽，謹舉其落落大者爲公誦之，想吴下諸君子亦必以樾爲善言德行也。

其二 爲張子青前輩作

昔《春秋》於隱、桓間書「家父」「凡伯」，又書「任叔之子」，蓋皆《大雅》舊人，聖經持筆書之，見故家遺俗猶存也。孟子亦稱故國不在喬木。三代以下，如漢之袁、楊，晋之王、謝，唐之崔、盧，皆以衣冠右姓，軒冕相襲，爲時所重。聖清襲九竅，重九熱，神合乎太乙，維時蕭、曹、房、杜之元臣并樹閥閲，傳子孫，鼎族高門，代濟其美，規箴榘模，彝式斯在。非徒家乘之光榮，乃國脉所繇靈長，運會所繇洪鬯者也。之萬以丁酉拔貢，丁未進士，出吾師吴縣相國潘文恭公之門，因得與諸公子游，接芬錯芳，如萱逢杜。其後奉命撫蘇，與玉泉方伯尤相習也。方伯爲文恭公季子，幼禀异資，官太常博士，積優成陟，將外擢矣，特命以員外郎用。懷香握蘭，趨翔廊閣，依光日月，上應列星。白雲之司，古稱司憲。國家明刑弼教，尤重其選。方伯由奉天司員外郎遷福建司郎中，金行既御，循故事報囚，遠邇疑獄，平決攸歸，實總厥成，一時頌明允焉。

當咸豐之初，大盗起於粤西，趁趕狉獉，延易乎東南，而金陵爲增巢靨穴，三吴之民睽瞿奔觸，不遑啓處。方伯時讀禮家居，受詔以搏力句卒之法衛桑梓，斂千數甲，鴪然成軍。先是，當事者用漢代奔命舊制，於材官騎士外選取精勇，以赴急難。而所募選皆粤東人，素剽悍，後又罷遣之，益不靖。翔於郊，哄於廛，攘於塗，大爲閭里患。方伯言於大府收捕之，駢誅數百人，遂以無事。金陵既陷於賊，民之流離失職者扶老携幼，望蘇臺而來歸，若獸走壙。方伯創議留養，城内外設廠十餘處，衣之食之，病者藥之，物故者櫝之，所全活者無算。積前後功，以道員用，加鹽運使銜，錫孔翠之羽，用飾其冠。而方伯之有大造於東南，爲中興大局所繫者，則尤在會防之役。當庚申、辛酉間，蘇杭并陷，江浙已土崩瓦解，不可收拾，惟滬瀆一彈丸地僅存。賊以數十萬衆攻之，志在必得。方伯從海道走京師，力言於樞廷諸公，請如唐用蕃將故事。雖在風車火徼之民有棄逆助順者，録用無遺。於是合中外爲一家，遂有會防局之設。合肥相國來撫三吴，以方伯主局事。其後由海上一隅規復東南，旋乾轉坤，基始於此。蘇垣已復，賊之有名號者雖已乞降，跋扈如故，乃禽殘翦猾，以安反側。而殊裔遐圻，未達機要，拘執小諒，思發大難。安危之端，間不容髮。方伯奉合肥公之命，親詣其軍，指天畫地，譬喻萬端，遂使涣然冰釋，自引而去。雖魯仲連之排難解紛，郭令公之單騎見虜，不是過也。此方伯之有大造於東南，而爲中興大局所繫者也。夫舊家大族與國家同休共戚，固與寒門素族有殊。方伯以門資早歲通籍，有位於朝，故能嫻習故事，通達治體，才博智贍，方圓可施。自曾文正公及合肥相國，皆所器重，深圖密慮，咸與聞之，卒以奠金湯而鞏磐石。孟子所謂故國不在喬木，有以哉！嗣是厥後，凡遺散降衆、安集難民、招徠商旅、興修學校，事無巨細，方伯悉借箸謀之。累以功加布政司銜，紫泥之封，視從一品。

而方伯澹於名利，優游家衖，築養閑草堂，即以「養閑」自號，日於其中摩挲金石，評量花木。一二知己之友角巾野服，時相往來，飲酒賦詩，以樂其志。文恭公曾集先賢語録爲《正學編》，方伯一一爲之疏解，發明其義，視宋范公偁之《過庭録》、項安世之《項氏家説》，其紹聞衣德之意雖同，而義藴則過之，粹然儒者之言也。德配汪恭人，本吴中望族。其事親孝，其相夫敬，其教子嚴，其御下寬。持盈以約，處泰而謙，中外族黨無閑言。諸子禀承家學，金友玉昆，後先競爽。或以優行貢成均，或食餼於庠，皆列仕版，膺清秩。賦詩鳳池，講經虎門，容臺嚴重，醞署清閑，一時有「李氏四桂」之譽。孫十有五人，長者已青青其衿矣。天倫之盛，人爵之榮，兩者并臻其極。海内言高門鼎貴者，首屈一指焉。之萬以養親久居吴下拙政園，與方伯過從甚密。文酒宴游，無月無之。今歲十有二月，爲方伯六旬初度，自爲《水調歌頭》六章，高唱入雲，蘇、辛避席。其精神淵著，可以想見。异時天子有人惟求舊之思，方伯名公之子，無忝前脩，書名帝屏，爲日久矣，必將受特達之知，膺非常之遇，封疆節鉞，在指顧間。自七八十以至期頤，名位勛業如日之升，視曩時之造福鄉閭，當有遠過之者。請以斯言爲券也。

春在堂雜文三編一

上虞重建儒學記

惟聖清稽古若時，敦崇聖緒。設教導化，叙經志業。天下郡縣無大小咸建學，典墳既章，禮樂具舉，和化普暢，雍雍如也。有邑於曹娥江之東者，曰上虞。稽之志乘，蓋猶秦之舊縣。厥地負海，島嶼綿邈，林麓黝儵。民風敦龐，士習修飭。學庭顯敞，悉如典禮，若節春秋。以上丁舍采，祁祁髦俊，巾卷在庭，耆德故老，於是觀禮。咸豐之季，粤寇雲擾，皓壁頹垣，毁於兵火，講舍邱墟，生徒離散。無何大亂底定，乾清坤夷，頖林舊制有待修復。邑令王公下車伊始，周觀横舍，慨然大息，乃諮乃諏，進縉紳耆老而謀焉。爰有邑人王君某爲之籌費用，集貲財，木石粗給，畚築始具。又有邑人連君某理而董之。是時文武官廨同時營建，皆由連君敦理，晝夜不輟，寒暑無間。盛夏烈日中猶躬親簦笠，往來達觀。未匝一歲，厥功告成，不雕不繪，體尚質之意；背𡵆就攻，昭子來之美。故時崇聖祠，規模卑隘，彇而大之，高堂邃宇，有加於舊。徵文於余，用紀本末。余惟先舅氏姚公光晋字平泉曾秉鐸於兹土，至今多士謳思弗諼。余昔避寇，亦曾假一廛焉。以瞻以儀，樂觀厥成。故述斯記，俾刻之石。

鎮海尊經閣記

素王既殁，道在遺文。小戴《禮》有《經解》之篇，經之名所由立矣。暴秦閏位，焚如棄如。炎劉代興，稍稍修葺。《七略》之作，一曰六藝。師古曰：「六藝，六經也。」然《樂經》亡，而經之存者五。《漢·藝文志》有《五經雜議》十八篇。蓋自武帝置五經博士，而石渠諸儒所論説者惟五經矣。乃史家記載或云七經，或云九經，後世就《釋文·叙録》所列分三禮、三傳而六之，去《老》《莊》，進《孟子》，而十三經之名立。國朝因之，上自太學，下至郡縣學，官師以此爲教，而士以此爲學。經正民興，可謂盛矣。凡郡縣學咸建尊經閣，以庋諸經，俾多士得以誦習於其中，意甚善也。

鎮海之爲縣，亦寧波一大邑也。民物昌阜，人文日新。其縣學明倫堂後故有尊經閣，其始建於何時，蓋不可考。明嘉靖中，邑人薛文介言於都御史温公，檄縣重建，而文介爲之記。自嘉靖至今，三百餘年，閣廢久矣。又自明倫堂改建後堂基恢拓，并閣之遺址亦不復存。光緒五年，邑人周君茂榕言於陳君某曰：「吾學無尊經閣，於制未備。明倫堂後固無餘地，而泮池之東有鯤池書院者，去黌舍百步而遠，尚有隙地，可以建閣。今雖無文介其人，然學校之事責在吾黨，盍圖之？」陳君曰：「然。」爰告之衆，衆論翕合。乃相陰陽，乃卜時日，乃庀群材，乃鳩衆工。歷若干月，而尊經閣成。規制崇閎，丹雘艶熾。落成之後，購經籍以充牣之。凡歷代國史以及諸子之書、諸家之集，亦略具焉。以經統之，所以尊經也。美哉斯舉乎！是可與文介匹休矣。余研求經訓，沾沾於章句之末，未足以窺微言大義。然竊謂人材之盛衰，由於經術之顯晦。兹閣之建，豈獨有舉無廢，存學校故事已哉？异時邑中人士有以文章勛業顯者，必自此舉始之矣。余故書其建閣緣起，刻石閣下，俾後之人知余言之有驗也。

孫文節公祠記

咸豐五年，吾師孫文節公以安徽學政死寇難。顯皇帝憫焉，賜謚，賜祭葬，賜世職，悉如典禮。於原籍原任地方敕建專祠，春秋致祭。所以勸獎忠臣，風厲百世，意深遠矣。太平府爲公駐節之所，宜建祠宇。當塗縣知縣張君攀桂從士民之請，請於大府，祠公於采石磯。既得請，乃於太白樓後卜地而經始焉。鳩工庀材，百堵皆作。棟宇既立，俎豆以陳，而使樾紀其事於石。謹按，公姓孫氏，諱銘恩，字蘭檢，江蘇通州人也。道光十四年中式舉人，其明年成進士，改庶吉士，授編修。已而遷司業，遷右中允，遷右庶子，遷翰林院侍講學士，轉侍讀學士，遷詹事府詹事。歷官清要，垂二十年。入則簪筆，出則輶軒。光譽令問，溢於朝野。道光三十年，英人之在閩者欲賃居城中神光寺，寺故閩士讀書之所。官已諾之，士乃大嘩。公言於朝，其事遂寢。咸豐二年，公由廣東正考官還朝，時粵賊已由岳州東下，陷漢陽府。公請於九江以下沿江兩涯多置木簰，支帳屯兵，蟬聯魚貫，綿亘數百里，束江面而窄之。并條陳用簰之法，凡十二事。朝廷以公知兵，可大用，遷内閣學士，權工部左侍郎，授兵部右侍郎。

會安徽學政缺員，詔命公往。瀕行入辭，諭以安徽寇氛方熾，學政無守土之責，如途梗，可迂道行。公叩頭謝曰：「蒙天恩體恤，臣不敢稍有趨避。」既至皖，皖中大吏皆以安徽學政駐太平府，而賊據金陵爲巢窟，太平與之逼近，城郭不完，兵餉俱乏，勸勿遽往。公不可，遂至太平受事。召縉紳耆老，激以忠義，命之摶力，以衛鄉里。出白金千爲之倡，名捕其與賊通者置之法。部署粗定，而蜀兵之亂作。其時大營餉匱，兵勇多逃，逃則爲草竊奸宄。當塗令王乃晋廉知蜀兵劫城外居民，捕三人讞之。而蜀兵三十餘人入縣署劫之去，旋闌入學政署，皆手白刃，勢汹汹。公從戈鋋中出，坐堂皇問故，衆氣懾，乃呼冤。公詰其魁，則明正邦、黄利中也。召而諭之曰：「有冤固宜雪，然白晝擁兵入使者署，大不道，罪且駢死矣。」兩人見公神氣嚴凝，不敢犯，願候察治，率其衆出。越數日，又有熊正武三人者，亦蜀人也，擁衆數百至，稱奉蘇將軍檄，自爲一隊，隨地殺賊立功。公曰：「太平、寧國見俱無賊，至此何爲？廬州府新被圍，汝曹欲立功，盍如廬乎？」命巡捕官爲之具舟。舟具，皆帖然去。公之處危城中，遇事鎮定如此。

四年三月，有詔命公協同前任河道總督潘錫恩守徽寧諸郡，而公陳情之請適至。先是，公父光禄公與公同舉於鄉，後公十年成進士，授知縣，不赴，里居養疴。至是年六十有六矣，卧病三月，不愈。公不得已，疏請省視，而不料前二日適有防守徽、寧之命也。疏入，忤上意，命如所請，俟銷假日降補三四品京堂。公拜命，未逾月，代者未至，而太平府陷，從者以公已開缺，請避之。公曰：「吾一日未去官，即一日不出此城。寇至，吾死之，亦以明吾心也。」及寇至，公衣冠出坐大堂，賊擁之去。僕范源從。既至金陵，賊皆稱公爲忠臣，勸之降。公大罵不屈，遂與范源同遇害。是歲七月，我舟師奪獲賊首秦日綱之船，於船中得衆賊奏稿一册。五月二十四日，有楊秀清等會奏之稿，言公死難本末甚具。五月二十四日，實五月十五日，賊從天主教無閏月，與《時憲書》不同也。欽差大臣向公、安徽巡撫福公以聞，璽書褒獎，典禮優渥。公雖死，而公之心白矣。采石磯當太平府北，公仗節死難，實經臨其下。靈爽所憑，其在兹乎？廟食千祀，禮亦宜之。樾以道光三十年會試出公門下，受知遇最深。追惟盛德，爲之流涕。敬述大略，用諗來者，俾後之人拜公祠宇，想其生平，頑廉懦立，裨益名教，於聖世褒忠勸義之意，或亦有當與？

鎮海李氏養正義莊記

自范文正創立義莊之後，近世士大夫多踵而行之者。而吴中爲文正故里，義莊尤盛。余自僑寓姑蘇，見搢紳之家義莊林立。其官大者或自言於朝，不者則介疆吏以聞，璽書褒美，傳示家乘，何其盛也！及余與修《鎮海邑志》，乃知鎮海李氏亦有義莊之舉，而疆吏不以上，朝廷未之知。同一義莊，何顯晦之不同邪？然則余安可以無記？李氏之在鎮海，聚族而居者數百家。生長海濱，率以煮鹽爲業，故貧者居多。有粥庵君與弟也亭君，以貨殖起家，謀建義莊，未果而卒。兩君有賢子曰聽濤、曰梅塘，承先志，卒成之。都凡置田二千畝，歲入穀四千餘石，分給貧者。生無以養，予之粟；死無以斂，予之棺。以所入較所出，僅足而無餘，則又儲金數萬兩，備异時之恢拓焉。乃卜吉地，建屋宇，署曰「養正義莊」。其中爲堂，堂有樓，麗廔開明，前後洞達。南挹太白，北抱笠山，左右眺大海，極登臨之勝，俾一族之士角文藝於斯樓。樓之前鑿池於庭，面以小軒，以待賓客。設義塾四，塾各一師，選族之秀者使課之讀。讀則分課，食則會焉。即奉弼庵、也亭兩君栗主於義塾之堂，歲時祀之，禮也。嗚呼！觀於李氏之義莊，洵所謂「意美而法良」者矣。夫君子之爲義也，非以爲名也，何爭乎顯晦之迹也哉？然而弼庵、也亭兩君之高義與聽濤、梅塘之善承先志，則固不可以不記也。余舊史氏也，記述吾職，其敢遺諸？因書其事之本末著於篇，并附諸縣志，俾後有考焉。

鎮海方氏寶善義莊記

余自與修《鎮海縣志》，始得與其邑之賢士大夫通束脩之問，知其人多富而好禮，肫肫其仁，往往有置義莊以贍宗族者。余於李氏之養正義莊已爲之記矣，居無何，又有以方氏義莊告者。方氏世居邑西之柏樹村，有曰鑒航君者，諱亨寧，字建康，鑒航其別字也，孝弟義俠，邑志有傳。晚歲嘗議建家祠，纂宗譜，創義莊，未果厥志，晻忽徂逝。有賢子曰仁詰，字仰喬，念古人堂構之言，又感詩人葛藟之義，乃霰然隕涕曰：「是余之責也夫，是余之責也夫！」凡鑒航君所欲爲者，次弟成之，末乃及於義莊。蓋其事愈巨，而爲力彌勤矣。先置義莊之田，自割膏腴之産凡一千畝，而其從弟名承者，其從子名瀛者各助以田百畝，辜較田一千二百畝，乃營義莊之屋。其屋五十有七楹，前後中正屋九楹，左右旁屋三十有六楹。又爲倉屋十有二楹，繚以周垣，榜其外曰「寶善義莊」。土事不文，木事不鏤，而高堂邃宇，望之翼然，庖湢井匽，罔不肸飾，過者美焉。乃定義莊之條例，略如范文正戒法而損益之。凡族之鰥寡孤獨廢疾者，貧不能自存者，月有饋，饋以米；死不能斂者，予之棺；久而不能葬者，予之磚與石。其子弟之秀者，置塾於莊，命曰「正性」，延師而教之。族中之人有應試者，自試於縣府以至試於禮部，皆有佽也。烏乎！斯可謂「法良意美」者矣。余讀《蜀志》，稱許文休「與九族中外同其饑寒」；又讀《唐書》，稱李英公「所周給無親疏之間」，方氏此舉，何愧斯言？鑒航君可謂有子矣。義莊既建，乃奉鑒航君栗主於堂，春秋祀之，禮也。余舊史氏也，粗習紀載之文。李氏之莊既爲之記，則於方氏之莊義不得而辭，故書其本末刻之石。

鎮海試館記

功令，凡歲陰在子、卯、午、酉之年，聚天下郡縣學生而試之於各直省，是爲鄉試。子、卯、午、酉之明年，聚鄉試所得士而試之於禮部，是爲會試。凡鄉、會兩試，爲士子出身之途，海内之士争趨之。然自各直省至京師皆有會館，以弛其負擔，而自郡縣至省城則無有焉。其挾册負素而來者，求一廛之庇而不得，擔簦躡屩，屏營歧路間。噫！憊矣。此試館之所以始也。吾浙鄉試之士莫多於寧波一郡，其於省城有試館者，惟鄞與慈溪，而此外各縣無之。鎮海於寧郡亦大縣也，縣人兵部郎中贈榮禄大夫夢香方君始創試館之議，未就而歿。其哲嗣正甫觀察慨然曰：「此余之責也夫！」乃買仁和縣平安坊黄氏老屋一區而改築之。其地曰純陽庵巷，屋背西而面東，外爲大門，門有樓以祀魁星，是爲魁星閣。由門而進爲笙鹿堂，堂後復有門，顔以四字，曰「群賢畢至」。由門而進則爲樓屋，樓上祀文昌之神，是爲文昌閣。樓下則奉鄉賢栗主於其中，春秋祀之。又進，則亦爲樓屋，於樓下奉夢香駕部栗主，亦春秋祀之，崇德報功，禮也。其旁有便坐以待賓客，其後則庖湢井匽，罔不肹飾。士之以鄉試至者咸於此少休焉，顧居者聽之，悉視鄞、慈溪之例。都凡黄鸞户下地二畝有奇，又朱義功户下地七分有奇，其外餘地又三分有奇，實得地三畝有奇，歲輸糧如額。其規條經費及館中什物悉以簿籍之。經始於光緒二年，至五年三月而成，凡費緡錢一萬餘貫。烏乎！正甫可爲能成先志矣。夫外郡縣之人之至省城，亦猶外省之人之至京師也。余從前驅車入春明門，輒就會館而棔車焉。然則省會之不可無試館，從可知矣。顧安得每縣悉有如方氏父子其人者乎？鎮海固爲人文所萃，而試館既建，則應試之士必益多。异時科第之盛甲於浙東，可以此徵之，方氏之澤孔長矣。余故書其本末而勒之石，俾居是館者毋忘其所自始也。

方正甫觀察生壙記

觀察方君既營生壙，而屬余爲文以記之。或曰：「墓志非古也，况生壙乎？」余曰：不然。生壙之作，始於趙岐，而後世若盧照鄰、司空圖皆嘗爲之，韓文公之子昶并自爲墓志。然則生壙之有記，奚不可者？雖然，必視乎其人。夫人苟無卓犖可傳之事，則死而志之，亦諛墓也。其人苟有可傳，則及其生存之日叙次其事，俾過而讀之者嘆美其賢，而願友其人，君子固有取焉。此余所以樂爲方君述也。君名義路，字正甫，浙江鎮海人，世居西管鄉柏墅村。高祖上曜，曾祖元祚，祖亨學，俱贈榮禄大夫。考仁榮，字夢香，輸家財助軍興，授光禄寺署正，累遷兵部郎中，以子貴，贈榮禄大夫。夢香君賢且才，常居滬上，其季父介堂君、兄潤齋君先以貨殖起家，夢香君復蹟大之，遂巨富。性好施與，有義舉必先之。君侍夢香君於滬，日習其所爲，亦勇於爲善。今滬上有四明義莊，自君成之也。夢香君以邑人之秋試者衆，而省城無館舍以弛負擔，議建試館，未就而殁。君慨然曰：「是在我矣。」當析産時即割己貲萬餘金，别儲之，越數年，遂築鎮海試館於仁和之平安坊。承先志焉，孝也；恤寒士焉，仁也。此一舉也，仁孝備矣。又置義莊以贍其族人，其於塗之人則寒者帛之，饑者粟之，物故者櫝之，暴露者楬而埋之。

其樂善好義，固由秉夢香君之教，亦其天性然也。至其臨大事決大疑，則不動聲色，而所擘畫悉中窾郤。近而江厦，遠而滬瀆，又遠而漢口，咸置廛舍，貨別隧分，賓客之司會計者無慮數十人，無不當其才，故事無巨細悉有條理。每當諸務叢雜，千緒萬端，而君從容應之，剖豪晰芒，部分如流。雖老於事者，或謝不如，而君之年固甚少也。其居家也，事母以孝，遇宗族戚黨以和而敬。其待人也以誠，故能恢宏先業，自顯於時。由國子監生加國子監典籍銜，以同知試用於福建，賜藍翎，易花翎，晋加道銜。嗣由侯相左公奏保，特恩予三品銜，加四級，授資政大夫，晋榮禄大夫。配吴氏封淑人，叠晋一品夫人。非君器宇恢拓，識量淵深，何能遭際盛時，致身通顯若是哉？子二人。長積驊，爲君側室吴氏出，聘户部福建司主事慈溪張君宏訓之第三女。次積馭，聘郡學生慈溪楊君家騵之長女。君以五叔父無後，故以積馭後之，禮也。女子二人，皆許嫁同邑人。長婿乃江西廣豐知縣、同治辛未進士陳君聿昌之子。次婿乃兵部職方司郎中鄭君受祺之子。家門鼎盛，姻婭皆貴顯，君又富於歲月，祥源福緒，正未有艾。而君有鑒於世之營葬者每惑於堪輿之説，拘忌陰陽時日，積久不葬，爲識者所譏，是以既營先隴，即自造生壙於杜山之原，其所見可爲達矣。余去歲亦營生壙於錢塘之右台山，自惟碌碌無可稱道，故惟以詩紀之而已。若君之行事，乃所謂卓犖可傳者。余舊史氏，敢以不文辭乎？惟君之齒猶未也，异時耆年舊德，推重一鄉，顯融光大，必當不止於此。余姑以此言爲乘韋之先也。

鎮海鯤池書院記

鎮海梓山之陽，有鯤池書院焉，始建於乾隆之初，爲蛟川書院，後改今名。院中奉沈端憲、黄文潔二公粟主，春秋祀之，皆鄉先賢也。咸豐十一年毁於兵，大亂既夷，百度草創，釐補穿敝，日不暇給。顧瞻講舍，猶爲邱虚，牧兒蕘豎薪刈其下，過者唏焉。邑有傳君曰昌理、曰昌珩者，昆弟也。富而好禮，趨義若不及，乃喟然興嘆曰：「有舉無廢舊貫，必仁。僧廬道觀，尚或新之，况先儒俎豆在堂，諸生巾卷在庭，而使兔葵燕麥摇蕩春風，責在吾黨，其敢忘乎？」爰出巨貲，庀材鳩工。經始於同治之十年，凡用錢四千餘緡，逾年而畢功。前堂後室，悉還舊觀，材美工巧，有加於昔。落成之日，仍奉沈、黄二公粟主而祀之如故事焉，禮也。精廬既建，多士咸集，挾册負素，諷誦相摩，僉曰：「是不可以無記。」乃以屬樾。樾嘗與修《鎮海縣志》，故於其本末粗能言焉。自來講學家每以沈端憲、黄文潔兩公學術微有异同，爲紫陽之學者率右文潔而左端憲。

嗟乎！尊德性道、問學聖門本爲一事，斤斤於朱、陸之辨，已爲多事，况沈、黄兩公同爲鎮海先賢，其在古制皆所謂國故者也。鄭康成解「國故」曰：「若周有周公，魯有孔子。」古人釋奠於學，必祭之。沈、黄兩公之在鎮海，庶足以當此。鎮海之士讀兩公之書，而各有得焉，則於沈潛高明一無偏倚，進於聖賢之域不難矣，又何事斤斤辨論於其間哉？樾考之舊志，其地在前明爲純陽閣，後又爲羅漢堂。今一變而爲諸生横經講藝之所，非吾道之光歟？然則居斯院者但當尊其所聞，行其所知，以尋兩公遺緒，勿執門户之成見，入主出奴，而轉爲异端之徒所竊笑也。樾章句陋儒，何足言學？於兩公學術之异同不敢輒有辨論，而嘉傅氏昆弟之意，若無文字紀述，懼不足以毖久遠，故不辭而爲之記。自兹以往，學術昌明，人文益盛，庶不墜沈、黄兩公之遺風，而傅氏昆弟重建書院之雅意亦可以無負矣。

半園記

往歲余卜宅於姑蘇，得倉米巷老屋一區，議以千緡易之，而稍修葺焉。後得地於馬醫巷，乃罷前議。未幾復經其地，則石工木工咸集其門，築之丁丁，聲達於外。問之，則曰史方伯所爲也。逾年而方伯果來，訪余於曲園，則偉堂史君也。其人和調而不緣，溪盎而不苛，與余一見如舊。相識越日，報謁登其堂。藻室華榱，綺疏青瑣，赫然改觀。余乃嘆曰：「地果以人美乎？使曩者爲余所得，則因陋就簡，不過環堵之室，辟潤濕，圉風寒，其能崇麗若斯哉？」已而方伯索余書榜曰「半園草堂」，余率然寫付之，亦不知所謂園者何如也。今年春，余往過之，方伯欣然曰：「吾園成矣，盍一游乎？」乃與偕往。園在屋西，所謂半園草堂者，園中之主屋也。其屋南嚮，東北有小室曰「安樂窩」。迤東有屋三間，曰「還讀書齋」。又以修廊亘之，中有小亭二，曰「風廊」「月榭」。東南隅有室，正方前臨荷池，後栽修竹，以竹與荷花皆有君子之稱，因名之曰「君子居」。其西南隅有屋如舟，顏曰「不繫舟」。從其後繞出，西廊有樓屋三重，其下層顏以四字，曰「且住爲佳」。中曰「待月樓」，上曰「四宜樓」。憑欄而望，則闔廬城中萬家烟火，了然在目矣。斯園也，高高下下，備登臨之勝，風亭月榭，極樫柏之華。視吴下諸名園無多讓焉。余曰：「此即所謂半園者歟？」君曰：「然。」余曰：「園至此，嘆觀止矣。奚以『半』名？」君曰：「不然。吾園固止一隅耳，其鄰尚有隙地，或勸吾籠而有之，吾謂事必求全，無適而非苦境，吾不爲也。故以『半』名吾園也。」余因喟然而嘆曰：「美哉君之名斯園乎！《老子》曰：『知足不辱。』《禮記》曰：『知不足然後能自强。』君之名園，具此二義矣。」君請其説，余曰：「以君之力，固足以籠有餘地，乃甘守其半，不求其全，此君之知足也。然君之園視吴下諸名園，固無愧矣。君乃以『半』名之，曰吾園固止一隅耳，此又君之知不足也。合知足、知不足兩義，而君進乎道矣。余於馬醫巷手治曲園，輒援《老子》『曲則全』之義以解嘲。聞君之言，不禁爽然自失也。」

李弼庵墓志銘

君姓李氏，諱承輔，字弼庵，浙江鎮海人。曾祖某，祖某，父某，皆有潛德。君幼而孤，家貧甚，恃其母葉太夫人織紝以食，君與厥弟也亭君同力作以助之，故廢鉛槧之業。已而也亭君游於滬，以貨殖起家，君喜曰：「善樂生者不窶，吾弟之謂矣。吾弟斡乎外，吾管乎内，吾家其昌乎？」於是手治家政，皆有條理。督率子弟輩，以身先之。能學者使之讀，不者使之商。數年之間，家果大起。咸豐、同治間，軍事方棘，君輸金數萬，供資糧扉屨之需，朝議嘉焉，優叙如例。時太夫人猶在堂，以八旬老母膺二品之封，鶴髮朱顔，笄伽翟茀，鄉里榮之。及太夫人殁，君年逾六十矣，日處苫塊，爲孺子泣。人或慰之，君曰：「吾少寒微，吾母撫搰以長養我，今幸稍羸餘，而不獲奉母至百年，此恨豈有極邪？」與弟也亭君終身同居，垂老無間。以故居湫溢，廓而大之，重臺高閣，望之焕然。別治家廟，以妥以侑，若節春秋、修饋食之禮，份如也。自奉儉約，而好施與。矜孤頤老，施而不德。貧賤之交，恒滿坐上。晚歲議立義莊，與也亭君謀之，欲得十畝之地營建屋宇，而未得其地。俄也亭君卒，君慟之甚，未幾亦病。同治十一年七月之晦，啓手足於正寢，年七十有七。君娶於張，生丈夫子三。源，國學生，江蘇補用同知，加鹽運司運同銜，賜藍翎，易花翎。濂，國學生，同治六年補行二年浙江鄉試，中式舉人，光緒二年進士，户部四川司兼山東司主事。沛，國學生，福建補用同知。女子子二人，沈建勛、向照青、林長清皆其婿。孫五人，昌祥、葆祥、咏祥、寅祥、燕祥。某年月日，源等葬君於某原，兼爲張夫人營生壙於其右，以狀乞銘。銘曰：

惟孝惟友，任恤睦姻。君之内行，肫肫其仁。積善成德，獲祐於天。以昌其家，以康其身。我銘其幽，昭示億年。欝欝宰樹，庇其後人。

李也亭墓志銘

嗚呼！吾嘗銘弼庵君之墓矣，有云厥弟也亭君以貨殖起家者，今又得而銘其墓。按狀，君姓李氏，諱容，也亭其自號也。少穎异，有幹才。八歲而孤，恃母葉太夫人機杼以生。十三歲棄柔翰而賈於滬，挾貲北行，歲獲利三倍，家驟富。然君雖商也，而實具經世之略。往來南北洋，凡島嶼之險害，潮汐之上下，皆熟察而默識之。道光二十八年，閩盜起，君請於大吏，造戰艦，募死士，出洋擊之，戰屢捷，閩盜熸焉。咸豐三年，粵東盜復熾，君又捐貲買輪船，載習流之士追盜於山東，粵盜亦戢。當是時，朝議以運道多梗，謀轉漕於海。大吏知君才，命董之。是歲賊陷上海，乃移運於婁江。與其役者皆慮劉河淤淺，憚不行。君所部船獨先進，餘船從之，漕事以濟。及官軍復上海，君贊襄善後之事，仍董海運如故。於是江浙諸大吏叠以君功上於朝，賞六品銜，加鹽提舉銜，旋擢鹽運司運同，賜藍翎，易花翎。而君恂恂如平常。與人交有終始，嘗與人共居積，其人以他事亡其貲，君分財恒多與之，論者謂有管鮑之風。葉太夫人殁，君時隔重洋八百里，自雇輪船奔赴。及至家，猶及視含斂，鄉里稱其孝焉。與兄弼庵君白首同居，門無异爨。視兄子如己子，謂弼庵君次子濂也才，尤愛之，曰：「吾家千里駒也。」爲捐郎中，使宦學於京師，後果成進士，官户曹，有聞於時云。先是，族無家廟，君與弼庵君創爲之。又議立義莊，未果而卒，諸子遵先志成之。君卒於同治七年八月甲寅，年六十有一。以子嘉貴，封榮禄大夫。娶欒氏，繼娶彭氏，俱封一品夫人。子一人，嘉也，國學生，江蘇補用同知，賞三品冠服，由藍翎賞花翎。女一人，適張錫璇。孫六人，兆祥、鍾祥、增祥、慶祥、瑞祥、鴻祥。

某年月日，葬君於某原，嘉以狀乞銘。嗚呼！如君者豈獨以貨殖起家云爾哉？蓋古所謂豪杰之士也。弼庵君之葬，余既銘其墓矣，安得無辭以識君之幽宫？乃爲銘曰：

古有巨商，國受其福。弦高犒師，功在鄭國。惟君之才，兼有其識。雖隱於賈，時議翕服。當咸同間，時事孔亟。雲帆轉漕，霜鋋殺賊。君與其事，事無不克。宜受褒揚，赤韍有艴。子子孫孫，食其舊德。我作銘詞，垂曜罔極。

靳君芝亭墓志銘

君諱芝亭，字嵐友，姓靳氏。其先山西洪洞縣人也，明永樂初有諱尚質者始遷居山東東昌府館陶縣，遂爲館陶人。曾祖宗魁，祖福生，父館陶縣學生廷相，并以君貴，累贈資政大夫；曾祖妣杜，祖妣劉，妣張與李，累贈夫人。自曾祖以下，咸高行篤學，鄉里稱焉。君甫髫齔，敏達异常，兒事其親，蒸蒸其孝；事其二兄，温温其恭。年二十有一試於縣，冠其曹。故事，縣試弟一者必補博士弟子員，而君適丁父憂，未逮乎學使者之試。及服闋，仍艮然以縣試弟一籍〔一〕諸

〔一〕籍，原訛作「藉」，據蔡啓盛《校勘記》改。

生。俄餼焉，充道光二十九年拔貢生。逾年朝考，用教職。咸豐二年，選授濟南府禹城縣訓導，旋攝陵縣教諭。所至以砥學礪行，忞慔其士，而是時粵寇已踞金陵爲堀穴，分兵北犯，烽火及高唐州。山東巡撫崇公檄君至軍，使治軍書。會和碩僧親王督師山左，録君功以聞，詔以知縣用，加直隸州銜。七年，選授安徽涇縣。涇故與賊密邇，君拊循其民，教以句卒搏力之法，使扼要以守，高其壘，廣其壍，敿干敹甲，峙其糗糧。終君之任，賊不得逞。九年，江南鄉試借浙闈以行，君與其事。事已，奉檄偵賊於常州。曾文正公督兩江，以軍營尤重火器，設子彈局，以君管〔一〕之。叙功升直隸州知州。

馬端敏公久於皖，知君才。及其撫浙也，以公牘調君往，命治儲胥。時浙中初定，吏治尤亟，公言於朝，留君浙江，權海寧州事，以人與地宜，遂借補焉。州城濱海，亂後塘圮，海水嚙入，蕩田廬，毁城郭。君白大府，先修繞城石塘，復築大小山圩，以衛民田，竟内瀦水停洿，咸疏浚之，以障以泄。海不爲灾，而田疇饒衍，舟楫通利，農夫忭於野，行旅歌於塗。君曰：「民懷生矣，是宜教之。」舊有安瀾書院，亂後鞠爲園蔬，君修復横舍，采召生徒，月必有試，巾卷盈廷。

〔一〕　管，原訛作「莞」，據文意改。

儲金錢若干爲母，入其子爲書院費。然君在官弗取焉，師儒脩脯、諸生膏油，悉捐奉錢與之，曰：勿用其子，母錢愈饒，庶無匱乎？安瀾而外，精廬校舍所在多有，曰雙山，曰龍山，曰仰山，一視此。君官海寧九年，自學校倉廥下及《管子》書所謂「慈幼恤孤養疾」之法，罔不畢舉。積優成陟，以卓异聞，且叙塘工之功，擢知府。大吏又揚言於朝，曰：「是其於民也，盡心焉耳矣。」有詔送部引見，而州之人知君當去也，籲於臺司，願如潁川借寇恂故事，不可，乃刊石勒銘，以識去思。又爲君設位於安瀾書院中，俎豆而尸祝之，用於公生祠之例也。觀州之人之惓惓於君，則君之治州者可知矣。後以會辦石塘，加三品銜。會東塘海防同知缺員，以君權之。杭所屬海塘分爲三，曰東，曰西，曰中，而東塘尤險。光緒三年五月，颶風大作，塘上木石飛走如籜，海水贔怒，柴塘蘇蘇然陷，而土堰一綫亦兀兀動。君晝夜立風雨中，督丁夫修築，不遑暇食，卒轉危爲安。用是功陟監司，而君之精力耗矣。四年五月得疾，遂不起，於八月癸卯卒於官。君生平輕財重然諾，寒門後進多所識拔，尤爲於宗族。一族二百餘，人歲饑饉輒計口授之粟，病中尚念晋豫大無，輸金賑之。朝廷嘉其義，賜花翎以奬焉。元配梁夫人生子曰喆，以後其兄。繼配吴夫人生子曰玨，妾王氏生子二，曰琦，曰珂。玨與珂皆諸生。女子子四人。君殁之明年，玨等奉君之喪，歸葬於館陶縣蔡家口祖塋之側，梁夫人祔焉，乃以狀乞銘於余。讀君之狀，嘆君之賢而才，是合銘法矣。銘曰：

大亂之後，是需循吏。循吏而才，無出君右。君治鹽官，曰教曰富。以穀其民，以秀其士。民不曰官，曰我父母。鰟渚魦滈，大波怒起。而君莅之，靡險不治。有桑滿畦，有禾盈畝。惟君之賜，非神之佑。丹旐北歸，甘棠斯在。父老謳思，來何不再。銘其幽宫，用示千載。

兩浙鹽運使高君墓志銘

君諱卿培，字滋園，姓高氏，安徽貴池人也。曾祖懷獲，祖君輔，并有潜德。父燦，歷官浙江海鹽、餘杭、天台縣尉，所至有聲。三代并以君貴，贈如君官。君生而明敏，讀書能通大義。少孤，奉母陳太夫人家居，以貧故不克事章句之學。然義氣磥落，與常兒异。年甫弱冠，槖筆游京師，則名姓已隱然動公卿間。道光二十三年，入貲以縣尉發浙江試用，即奉檄攝南潯巡檢，旋補西水驛丞。會陳太夫人卒，以憂去官。服闋，仍至浙江。當是時粤賊已踞金陵爲巢穴，東南諸行省咸震動。浙與江蘇、江西、安徽皆接壤，議防議剿，日不暇給，尤苦無餉，乃設局專治其事，曰籌防，曰助餉。君從事於中，器幹恢張，綜理微密，不苛征於民，而財用充牣。大吏倚之如左右手，疏薦於朝，以知縣用。俄擢知府，賜戴孔雀翎。咸豐之季，杭城再陷，君皆以勸捐催餉在外，不及於難。然顧大局糜爛，江浙間無可以辦賊者，而湖南自曾文正公起義師，名將輩出，士氣奮揚。君默計异日爲朝廷滅賊、奏中興之功者將於此乎在，乃如楚。會今相國一等侯左公帥師入浙，知君之才，謂君曰：「用兵必先裕餉，餉之所出惟鹽惟釐。君在浙久，熟其利弊，今以此二事專屬於君，君其勉之！」

君感左公知遇，亦力以自任。所謂釐者，計商賈所廢著百物，千而入其一，是謂抽釐。而浙中以絲茶爲大綱，乃明定章程，顜若畫一，至今遵守，莫能易也。鹽則鹺綱廢弛，引商疲病，乃改行票運，仍按引抽釐。鹽茶兩課，歲入四百萬。左公一軍糗糧楨幹無闕於供，士飽馬騰，所向克捷。未逾再稔，全浙廓清，固由師武臣力之故，而君之功亦非細矣。左公上君之功，詔授兩浙鹽運使。君益以廉節自勵，又以禺筴爲國家大利，宜籌經久之計。票運可以濟變，難以持久，力以招復引商爲事。中間兩權臬使事，析愿禁悍，不爲苛察繳繞之政，時論稱焉，僉謂封疆之任非公莫屬。行且開幕府受節鉞，而君以積勞得目疾，又傷長公子之秀而不實，目疾益甚，遂引疾去官，未竟其用，海内惜之。逾年，大吏又强起君，使督辦釐局，君不獲辭，又管局務者數年。所用惟悃愊無華之士，其紛更擾民者率罷斥之。故君在釐局，民無謗言，至今浙中推善治釐者蓋無出君右云。君雖服官數十載，無中人之産，齋厨蕭然，不异寒素。以故里無一椽之庇，而其仲子以鹽運副使需次兩浙，乃遂僑居於杭。相國左公以君歷年籌解協餉，厥有成績，揚言於廷，詔賜二品冠服，旋以覃恩封榮禄大夫。君謝事家居，惟與諸故舊銜杯酒，叙殷勤，頤性養壽，宜登耄耋。乃感重膇之疾，綿歷數年，於光緒六年四月戊午卒於家，年六十有六。娶陳氏，繼娶裘氏，皆封一品夫人。子二人：尚綸，貴池縣廩膳生，候選郎中，早卒；尚縉，兩浙候補鹽運副使。孫二人，春榮、春森。某年某月，尚縉等葬君於杭州之某原，以樾雅知君，具狀乞銘。銘曰：

我交於君，由王文勤。君賢且才，文勤實云。惟君服官，垂三十載。積優成陟，宦迹咸在。其迹伊何？在浙西東。統籌全局，佐成大功。厥功伊何？功在轉餉。餉以不匱，師乃用壯。文勤之殁，我文其碑。今君逝矣，我又何辭？鬱鬱佳城，森森華表。銘其幽宫，萬世永保。

柳母俞太宜人墓志銘

柳君商賢以狀來乞銘其母之墓，而又以不合葬，懼不當於禮，就樾而諮焉。樾曰：合葬，禮也。雖然，唐嚴善思述古《葬法》有云：「尊者先葬，卑者不合於後開入。」今太宜人之殁距先德之葬不已久乎？卜地别葬，禮固宜之。惟古人志墓之文，詳於夫而略於妻，婦從夫也。今既不合葬，而太宜人之令德又於法宜銘，則固不得而略。

謹按狀，太宜人姓俞氏，某縣人，歸柳府君爲繼室。府君初娶金氏，生二女而卒，宜人撫二女如所生。已而生二子三女。長子商賢也，次曰養賢。道光十九年秋九月，柳府君病，宜人日夕侍。歲暮病日臻，自歲盡前一日至明年三月庚子，柳府君卒。凡七十二日，宜人無一夕帖枕席卧，繇是得奇疾，臍中出水，甚者流血。自度且不治，盡籍所有歸之兄公。時商賢才七歲，養賢四歲。兄公二人，勉以撫孤子，乃稍稍進飲食，厥疾有間。然瘦癯日甚，欒欒然終其身。其自奉也儉。非祭祀非賓客，庖無肉也。而遇有應出之費，必與兩兄公均。命二子從師學，豐摯幣，腆修脯。子若女婚嫁皆以時。其治家也勤。井臼焉，針管綫纊焉，朝莫恒於斯。及子納婦，始以家政付之，然未嘗一日坐以嬉也。

方蘇郡之陷於賊也，所居横金鎮距城遠，地且僻，寇踪猶未至，城中避寇者咸來歸，族姻畢至，宜人皆納之。其素不相識者牽率而來，亦舍以外舍，無慮二百餘人。既商賢等謀奉母至滬，族姻或尼之，宜人曰：「從子，順也。」遂行。行未匝月，聞故里被寇。宜人念親故流離，凄愴不樂，遂日益羸病矣。同治二年，江蘇平復，還所居，戒商賢等曰：「大難獲免，幸也。毋躁功名，毋騖交游，修身讀書，繼先人志，足矣。」七年，商賢等以宜人守節年月籲大府，聞於朝，旌如例。十年，商賢舉於鄉。明年試禮部，罷歸。宜人曰：「吾固不望汝以禄養也。」是時宜人益衰老，其年八月病，藥之不瘳，遂勿藥。謂商賢等曰：「吾志願粗慰，死亦無憾，何藥爲？」九月甲辰卒，年六十有一。商賢以舉人揀選知縣，充國史館謄録。養賢，太學生。長、次女婿曰錢榮高，曰王汝鎔。三女許嫁錢國柱，未嫁，殤。其金宜人所出之二女，長亦殤，次適俞繩矽。凡子女非所出例不書，宜人視之如己出，故書。孫二，曰紹澂，曰紹湜。孫女二。初柳府君之殁也，與金宜人合葬。先塋地稍卑下，宜人遺命毋合葬。光緒三年冬十二月甲申，商賢等葬宜人於吴縣高峰山，來告窆。乃銘曰：

昔宜人之喪，議稱繼母。余曰不然，是視其子。子實所生，何繼之有？今宜人之葬，或議其不祔。余曰不然，是所以嚴其父。不震不動，安先人之遺魄。惟宜人之賢，有以詒其後。人維子之孝，不違而道。我作銘，銘其幽。以此義，垂千秋。

訓導謝君墓表

仲諧謝君之卒也，吾鄉陳無軒先生既爲文以志其墓矣。至光緒改元之三載，距君之卒六十年，而其孫駿德復求余文，以表於其墓之原。君姓謝氏，諱篪賢，字仲諧，浙江鎮海人。其先吴人也，始祖宇自宋建炎中官於是，乃家焉。傳十有五世而至於君。君祖諱泰宗，考諱佑績，佑績生三子，君其仲也。大興朱文正公視浙學，取君爲縣學生。逾十年，又受知於儀徵阮文達公，以君熟於《周禮》，能言成周爵禄之制，置高等，補廩膳之額。嘉慶六年，充歲貢生，議叙儒學訓導，然卒不仕。讀書樂道，以圖書、字畫、金石自娱，名其所著詩文曰《秋鳴集》。其他討論經史，自記其所得者，曰《瞥觀集》。定海黄君式三，篤學士也，嘗稱君能集古人所長，不偏於一，則可知其所學矣。其爲人也，孝於親，友於昆弟。伯兄早世，遺二子一女，撫之成立。有再從嫂嫠也而貧，月繼之粟。有六世從祖絶無嗣，失其墓。君詢於故老，走數十里，於崩榛荒葛中爬羅剔抉，而墓碣見，視之，信也，歲時祭拜如禮。佃者樂某卒，其妻寡居，子始齔。君憫之，歲蠲其租。鎮海故事輸税以錢，吏故昂銀之直，浮於市賈者倍蓰。其納糧也，輸三斗粟不足當二斗。君言於阮文達裁抑之，謝氏至今賴焉。又以謝氏先世傳志多出吴梅村、黄梨洲、姜西溟諸公手，裒集其文而移書之。或有墨迹在，雖殘闕必加標飾。梁山舟學士見而嘆曰：「此仁人孝子之用心也。」然性嚴重，尤嫉惡。有疏族某横於鄉里，每來必予以錢米，饜乃去。及君之父卒，益無忌，來益數。君年甫十七，直前訶之曰：「吾與若同六世祖者也。吾父在殯，不哀吾喪而肆無禮，行縛送官矣！」其人氣懾而去。仁者必有勇，信夫！君娶朱氏，生子二，輔衮、輔冕。

衮之子三，曰驤德、馭德、駿德。冕之子三，曰馴德、駉德、騂德。同治十二年，駿德官縉雲教諭，加五品銜，乃以覃恩貤〔一〕贈君爲奉直大夫。昔歐陽公爲《連處士墓表》，稱其「行之以躬，不言而信」；又爲《太常博士周君墓表》，稱其「孝於其親，友於其兄弟」。余之文雖不敢望歐陽氏，而君則無愧夫二子矣。故輒據墓志及黄君式三所爲傳，及其孫駿德所述遺事，粗加次弟，書之碣，以表其阡。

候選同知葛君墓表

平湖之鄉有古君子人焉，曰壽芝葛君，其爲人，乃古所謂孝友、睦婣、任恤之君子也。厥先爲江南之江寧人，明之季有諱如宇者避亂而至浙江平湖之乍浦鎮，其地曰牛橋，是爲遷浙之始祖。四傳而有諱元舉者，以雍正五年武進士官山西大同參將，《嘉興府志》《平湖縣志》皆有傳，則君之高祖也。曾祖諱鏇，祖諱淞。考諱楨，字价人，爲縣學生，工書，善射，挽强弓，左右發悉中，士林异之。是生三子，而君爲長。諱肇基，壽芝其字也。幼磊落，與常兒异，以家貧，棄鉛

〔一〕貤，原訛作「馳」，據蔡啓盛《校勘記》改。

槧之學，奔走衣食。年十五渡海至崇明，白波若山，巨艑掀舞，舟中之人愕眙相顧，君陽陽如平常。价人君之卒，君年甫十有六。有弟曰承基，字克齋，小於君一歲，而有羸疾；季弟曰丕基，字子秋，藐焉始孩。君日在外，謀升斗猶不足。母張太淑人製黄白紙錢鬻諸明器之肆，以佐饔飧。君夜歸輒助之作，至丁夜弗休。其艱苦如此。而事母孝，撫弟妹厚，簞瓢捽茹宴如也。年二十三始游於閩，出所學以佐人，人争以厚幣聘之，家稍稍裕，乃歸兩女弟於良奥之家，裝送甚盛。或問之，曰：「吾母所憐愛，敢不盡心乎？」然力實未足，撧搨營辦不使太淑人知也。

道光中葉，夷釁始構，創艾於粤東，而棄疾於吾浙。君在閩聞警，遄歸奉母，以避於鄉，匰先世木主以行。其餘出器處器，勿顧也。所居地甚僻，距城且二十里，日徒步爲太淑人市鮭菜，雖雨無間。及寇退而返，家中什器蕩然無復存者，君壹不以介意，曰：「吾家故貧，此復吾故耳。」以母老不欲遠出，而太淑人以室毀於寇，强之行，乃復如閩。未一年，太淑人卒。君以不獲親含斂，啼曰：「吾不可爲人矣！」既免喪，爲兩弟授室。自後復游於閩，凡客閩三十餘年。其兩弟亦賢且才，佐君成家，日益饒衍，族姻之待以舉火者數十家。而粤寇之亂又作，君挈家轉徙兵火間，凡十有七遷。始由滬而達於閩，惄焉以先人邱隴爲憂。亂定復歸，松楸無恙。君乃躬自節省，銖積寸累，創建宗祠，創立義莊，置田千有餘畝，廛十有三區，歲入其息，上以供祭祀，下以賙族之貧者。手定條例，垂示子孫。讀君所自爲記，藹然仁人孝子之言也。生平篤於天性，其女弟之歸朱氏者早卒，遺一女，君携歸育之，長而嫁之，一如嫁兩女弟。時克齋、子秋兩君亦先下世，君教養其遺孤，與己子等。有同祖兄頑嚚不友，以酒爲凶，至則謾罵無人理。君問所需而予之，始去。去數日則復至，則又予之。及其人死，君爲養其嫠，撫其孤。而其孤亦無狀，甚於其父。君卒善遇之，父若子仰給於君者凡四十年如一日。其避粤寇之亂，恒以所乘舟濟人於斷潢絶港間，耄倪之顛仆道路者多賴以免焉。方帆風出吴松口，有二孺子號於海之澨。使問之，曰羅店鎮郭氏子也，今無歸矣。則挈之之閩，復使人至滬，踪迹其父母所在而歸之。媿屬中有孤女依君以居，君擇婿嫁之，其所嫁婿今爲官人焉。有故交以負人錢訟〔一〕繫於官，君以己錢償所負，出其人。凡君所爲類如此，豈非所謂孝友、睦婣、任恤之古君子哉？君雖不仕，嘗以同知注選籍，累授奉政大夫，封中議大夫。元配許，繼室以劉、以丁，皆封宜人，晋淑人。生丈夫子二，曰金烺，光緒五年舉人，内閣中書；曰金銘，縣學生，是爲克齋君

〔一〕訟，原訛作「頌」，據文意改。

後。女子子一人，其婿沈賡詔早卒，以節孝旌其門。孫男三人，曰嗣濼、嗣濂、嗣澎。孫女四人。

君生於嘉慶十二年七月□□，卒於光緒六年四月丁未，年七十有四。金烺等於君卒之年十月庚申葬君於平湖縣太平橋之謝字圩，三淑人祔焉，而屬余爲文以表其阡。余惟表墓之例在舉其大節，表示後人，不必覼縷其細者。然君既未仕，不獲設施於世，而其行誼則實有合於古者孝友、睦姻、任恤之道，故刺取其子所爲行略而備書之，使人知《周官》大司徒以六行教萬民者不外乎此。後之人過斯墓讀斯文，薰其德而善良焉，則於國家化民成俗之道或亦有裨與？

翰林院侍讀學士林君墓表

光緒四年十一月己酉，翰林院侍讀學士提督江蘇學政林君卒於官，巡撫以聞，皇太后以其在穆宗毅皇帝時曾預君疇務成之列，緬懷舊學，有惻聖懷，璽書悼惜，賜次子開棻爲舉人，异數也。於是諸孤奉其喪以歸。其明年十有一月丁酉，葬於侯官縣陣坂山之陽，先期具書狀走吴下乞銘於樾。書至，而君之葬逾月矣，銘幽之文無及焉，乃舉君行誼之大者表於其阡。

按狀，君諱天齡，字受恒，又字錫三，姓林氏，福建長樂人。其十世祖由長樂遷省城，遂家焉，而仍籍長樂。曾祖輔廷。祖逢春，雄於財，喜施與，耗其貲。父經光，能承其志，以舉人官黔中二十年，歷任劇縣，權牧守，多惠政。然性鯁直，不能事上官，年未六十引疾歸。所得俸錢輒以贍族姻之貧者，無銖金寸錦之儲，而稱貸者猶踵於門，解衣質錢以應之，無吝也。生丈夫子三，而君爲長。幼穎悟，异常兒，然以廉吏子，又少孤，一家十餘人皆恃君生母劉太夫人織紝以食。太夫人泣，君亦泣，機聲鐙影間漣如也。長樂陳公學瀾以耆年舊德教授鄉里，知君之才，許以其子妻之，招之就學，畀以膏火之資。每語同學者曰：「如林生者，豈長貧賤者哉？」年十八充府學生，以詩賦受知於長洲彭文敬公。公授以《儒門法語》一書，曰：「士先器識，吾願子不徒以文章名也。」君自是始博覽先儒之書。其所造於姚江爲近，然其論學曰：「主敬、主静，一也。而學者必從主敬始，則程朱之説尤爲無弊矣。」

咸豐五年應鄉試，中式副榜。九年舉於鄉，其明年成進士，改庶吉士。請假南歸，主臺灣海東書院講席者兩年。臺灣縣大海中，風濤滉瀁，行者畏之。君與陳夫人俱往，舟至澎湖，颶風大作，砰訇淙射，波而上，摇而下，釜甑皆毁，不能具食者五六日。同舟之人惶悑失措，有號哭者。君手一編讀之，陽陽如平常。既至，立課程，校文藝，講求義理，陳説古今，與諸生相勉，爲根柢之學，暇則或爲歌詩以娱之。臺灣之俗富而悍，僿而不文，主講席者率鄙夷之；又以瘴癘之地，不久輒求去，無有勤懇如君者。於是諸生咸大喜，南北兩路彬彬多文學之士矣。

同治二年假滿還朝，散館授編修。瀋陽相國倭文端公方掌翰林院事，獨器重君。每與縱論古今學術得失，未嘗不稱善。又見君所擬《治安策》四篇，奇賞之，薦於朝，遂有上書房行走之命。當是時朝政清明，宫府無間，而不得志者有所觖望，從而媒孽之，意叵測。君力言於文端，又以書進，反復數千言。文端韙之，事遂寢。越數日，廷臣亦有疏論是事者，不知君已先之矣。俄奉命視學山右，所至嚴關防杜弊竇，試之日鍵内外門，禁僕隸出入。終日危坐堂皇，食於是，飲於是，皆以一人於門隙傳送，茶銚、飯筥必驗也。閲試卷遇有佳者，或字句有疑，則召而試之，以定去取；其或議論權奇，能馳騁筆力，則文雖未純，亦皆甄録，曰：「其文如此，是非庸庸者也。收之，或可爲國家得一士之用；棄之，則鬱邑侘傺，頹然自放於禮法之外。而其甚者以跅弛之材挾不軌之志，如唐之黄巢，明之牛金星、李巖，皆其已事也，是尤可懼矣。」君之所慮者遠而所見者大，類如此。未滿三載，以上書房需人，召還朝，命授孚郡王及惠王二子讀。九年，以贊善充江南鄉試副考官，闈中積勞歐血，復命前一夕猶歐血至升許。已而擢侍講，轉侍讀。京察一等記名，以道府用。政府中有知君貧者，議出之爲監司。皇太后以廷臣品學無逾君者，命在弘德殿行走。君拜疏辭，疏入，召見，温諭慰勉之。君感激流涕，遂入直。寅而入，申而出，每當天寒風勁，驅車東華門，輪鐵碾冰雪中輷輷然，霜霰騰蹂入帷，齒相擊也。君素有風欬疾，至是益劇。然以聖學爲重，雖甚病不敢以休沐請。穆宗每間數日必問曰：「汝嗽稍可邪？」十一年轉右庶子，權國子監祭酒。是歲大婚禮成，上始親政。以萬歲無暇，不能日御書房。君與同直諸公合辭言十餘事，其尤要者曰「勤聖學，保聖躬，罷土木」，上韙其言。未幾有江蘇學政之命，君出都時賦詩曰：「三年講幄慚無補，但願群公輔聖明。」情見乎辭矣。未至江蘇，道拜侍講學士，尋轉侍讀學士。其視蘇學也，與視晋學同，而遇士較寬，士亦無敢干之者。手書數百言榜諸堂，惓惓以砥學勵行爲多士勖。又會同督撫言於朝，請以太倉陸桴亭氏從祀文廟，部議從之。故事，鄉試中式者必自書年貌及三代名氏呈學使者，謂之「親供」，由使者咨禮部，而吏胥即因以爲利，江蘇尤甚。君嚴禁之，士林稱焉。

十三年冬，穆宗崩，明年正月，遺詔下。君自以講幄舊臣，不獲攀髯一慟，北望擗踊，欷歔澎濞。每言先朝故事，未嘗不涕泗橫流也。光緒二年，學政報滿，奉命留任，於是視事如故。四年八月，自江陰行部至太倉而疾作。十月辛未至松江，甫入試院，氣逆上不可止。或勸回署，不許，力疾行試事。至卒之日，天遲明即起手書四書文題四道，發提調官，考試童生，猶以不克親莅爲憾。午後尚進糜粥，與幕中諸友談文藝相酬答。薄暮小極，將就枕，甫登床，奄然逝矣。手加膝，猶趺坐也。事出倉卒，故無遺疏。而事聞之日朝廷震悼，下詔褒嘆，賞延於世。蓋君直内廷久，其學行固兩宫所深悉矣。配陳夫人賢而才，主内政三十年，咸有條理，故君未嘗一問家事也。子五人。長開章，光緒元年恩科舉人，官郎中。次開棻，即君殁後賜舉人者也，官内閣中書。又次開馥、開鈞、開淦。女子子二人。孫一人，胥生。孫女二人。夫以君之賢，又爲甘盤舊學，後之過是墓者宜何如矜式歟？樾自君視學江蘇始相識，不足以知君之深，謹就行狀掇大略，刊貞石，毖來世。乃系以銘曰：

天啓穆宗，聖神文武。削平禍亂，乂安區宇。一二儒臣，日侍禁籞。啓心沃心，豈曰小補？懿歟林君，宇量高雅。三十登朝，通籍金馬。敬奉丹書，親承天語。出其緒餘，聲動朝野。三晋三吴，同被時雨。厥德之純，厥學之裕。雖嗇於年，垂曜千古。謂余不信，視此抔土。

兵部候補主事汪君行述

君姓汪氏，諱丙照，字蓮府，安徽休寧人。世居縣之四都，其族繁，所居成聚，遂以姓姓其村曰汪村。曾大父諱秩，大父諱承炘。考諱彦瑞，始娶程氏，生一子而卒；繼娶吴氏，生五子，君其四也，於兄弟行居五。家素富厚，長兄東垣君承父業，奉吴恭人僑居常州。君時猶年少，事吴恭人孝，事東垣君敬，於諸兄弟怡怡如也。所師事者如丁君士元、馬君晋蕃，皆東南知名士。而予舅氏平泉姚公及先君子先後主其家尤久。余與同學爲時文，君之文出，先君子每欣賞之。余雖與俱學，弗如也。

道光十六年，以浙江商籍入杭州府學。咸豐元年，應浙江鄉試，中式舉人。君家自國初來雖號素封，然未有以科第顯者，其得科第自君始。是時大盜已起廣西，俄據金陵爲巢穴，東南大擾，而皖南北尤爲往來之衝。君家自吴恭人之卒，仍還休寧舊居，君即在本籍用古摶力之法捍衛鄉里。五年春，休寧陷，君適至郡請兵，故免於難，遂道浙江如京師，入貲得主事，分兵部職方司行走。居久之，念家鄉屢經兵燹，諸親故流離失所，中夜思維，展轉達旦。乃請假出都，寄孥於南昌，而自赴安慶，謁曾文正公於行營。今相國合肥李公猶在幕府，方將率舟師順流而下，由海道以達於滬，見君而器之，欲與俱。君願還徽，辭焉。李公乃爲書薦之，皖南葉觀察以君管茶局事。嗟乎！李公一至滬，遂由滬上規復江蘇，旋乾轉坤，爲中興元功；君當日苟從之東下，以君之才必能襄贊戎機，裨益大局，其功名詎可量歟？而君惓懷桑梓，辭隆就窳，行誼之過人遠矣。茶局故無定程，君既至，手自規畫，整紛剔蠹，茶税有加於昔，軍餉饒裕，而商人悦服。徽與閩壤相接也，時閩亂未紓，故徽防猶亟，駐重兵焉。主是兵者適乞假回籍，營中不逞之徒遂謀爲變，以索餉爲名，聚衆而噪。觀察張公、太守劉公禁之不可，勢且岌岌矣。君力勸發餉以杜其口，散其衆。括本局所有猶不足，又貸之於鹽局、釐局。餉既發，衆乃無辭，其勢遂定，主兵者亦歸，誅其首亂者，因以無事。使非君力主發餉之議，其事未可知。此君之大有造於鄉里者也。

汪村亂後井里荒蕪，人民零落，户籍田結，混淆無别，君皆綜而理之。族有竹坪君者，以書畫有聞於時，殁已久矣，絶無後，棺猶未葬，君爲葬焉。族之人倚君爲重，不願君出，君亦遂不復出。其兄弟五人皆前卒，伯兄東垣君諱翔麟生三子；仲兄早世無子；三爲友士君諱夢魁，生二子；四爲杰士君諱振翎，生一子；季弟爲琴軒君諱兆蓉，生四子。諸子中東垣君仲子曰鴻逵，咸豐十一年舉人，候補工部主事；季子曰鴻運，候補浙江鹽場大使；琴軒君長子曰鴻禧，候補禮部司務，充倉監督。此三人者尤君所才也，而數年來諸子相繼下世，無一存者。孀婦遺孤，煢煢相向，皆賴君以活。顧之畫然，而君亦老且病矣。晚歲謝茶局事，優游鄉黨間。嘗自爲楹聯，屬余書之，其辭曰：「柳下惠阨窮遺佚，魯仲連排難解紛。」亦可見君之爲人矣。光緒三年秋患痢疾，久不差，至四年二月甲申遂卒，年六十有七。娶洪淑人，從君之京師而卒，生六女一子，子曰鴻祺。妾吴生三女，無子；胡生二子，曰鴻福、鴻祥。有孫一人，曰原璿，鴻祺所生也。余與君爲四十年前共學之老友，故因其孤之請而撰次其事，俾後有考焉。

春在堂雜文三編二

海壇鎮總兵孫公家傳 附其孫古愚君傳

孫公諱大剛，字劍凌，浙江寧波府鎮海縣人。祖諱玉，父諱燕杰，俱隱居不仕。公年十八充鎮海水師營兵，旋補定海鎮標右營額外外委，五遷而至黄岩鎮標右營游擊，時嘉慶元年也。當是時，閩浙洋盜方熾，北接山東，南通兩粤，出没數千里。其渠魁曰蔡牽，次則朱濆。牽之艇百數十，濆數十，皆乘風潮往來，飄忽無定。朝廷切責督撫提鎮，務獲盜。公率兵船巡洋，遇則擊之。疆臣以聞，兩奉硃批曰「好」，又於奏報功狀尤翕赫處，奉硃筆作圓圍於旁。蓋天子聰明神武，於行間將士功罪不啻若目擊，而將士奉詔書則感且泣，又震懾股栗，若天威之臨其上，罔敢不力。公素勇敢，至是益奮。四年，補福建烽火門參將。五年，署閩安水師副將，旋升廣東順德内河副將，護理南澳鎮總兵。閩浙總督王德以堪勝水師總兵，聞有旨引見，未至，升福建海壇鎮總兵，遂入京謝。召見兩次，賜克食兩次。

公起行伍至節鎮，最大小數十戰。戰潭頭，禽王杜；戰拍脚灣，禽楊店；戰東西柱，禽范中材；戰瑞安海口，禽周伯元；戰竿塘，禽李車；戰白犬洋，禽林秋秋；戰南圯，禽陳發；戰北竿塘，禽劉紫紫；戰四礵，禽林免、吴有；戰馬迹，禽駱然；戰青龍港，禽彭求；戰白沙塝，斬茭青，六禽陳宗章；戰嶼頭，禽陳六六、鄭康康；戰永寧，禽陳角；戰臺山，禽楊法；戰馬砌，禽王松；戰披山，禽郭淡；戰浮鷹，禽陳飽；戰大岞，禽李貫；戰崇武烏坵，禽林民；戰高麗外島，禽王香；戰東呇，禽不懂簫；戰韭山，禽王長；戰獺窟，禽胡解；戰積穀，禽許但；又戰竿塘，禽陳海；戰北茭，禽陳養；戰崇武，禽李得順、陳元；戰祥芝牛山，又戰烏坵，禽楊亞、豪翁亞二亞目；戰石圳，禽陳據、江茅；戰南日，禽陳亮；戰小岞，禽王標；又戰祥芝，禽許智明；戰壁頭，禽陳加舵；戰鐘門，禽何平平；戰小日，禽邱金；戰下里，禽陳談；戰五椆厝，禽金抄；又戰小日，禽嚴東邱；戰浯嶼，禽曾辛；四戰東壁，禽高四；四戰赤表，禽林星。

當日文書上幕府，率曰禽某某等，今略記其姓名如此。其草剃禽獮無姓名可考者，蓋不可以數計。又其餘緝獲奸宄非洋面力戰所禽斬者，今亦不盡録也。所獲盗船七十餘艘，大炮、器械、糧食稱是。烏呼！多矣。當崇武洋面之戰傷於額，傷於左股，仍躍過賊船，禽其魁十有八人，斬首十級，璽書嘉獎焉。方李忠毅公之中炮而殁也，軍氣大沮，公策勵將士，揚揚如平常。十四年八月，會同福建水師提督王得禄追蔡牽於浙，遇之於漁山，麾衆直攻其所坐船，轉戰一晝夜，至於黑水洋，卒裂其舟，蔡牽斃於海。時朱濆已前死，海盜悉平。先後叙功，交兵部記名者一，交總督存記者一，照一等軍功例給與軍功，加一級紀録二次者再。賞戴花翎，賜翎管、小刀、搬指。韭山之役，以失蔡牽降參將，護理海壇鎮總兵，逾年仍還其官。蓋公之忠勇，仁廟深知之也。每入覲召見，賜克食悉如前。二十四年，恭逢仁廟六旬萬壽，入京祝嘏，恭詣太和殿朝賀，恩禮優渥，同時介胄之士莫能及也。公自幼好學，能讀兩《漢》、《三國志》諸書。馭士卒嚴而有恩，或以緩急告，輒周恤之。歲散數千金，不少吝。有降盜無食，公予之資，使聚其族墾某嶴地以自食。子孫繁衍，遂成村聚，因姓公之姓，奉公爲始祖焉。公爲人如此，宜其以功名始終，稱一時名將矣。道光元年卒於位，年六十有八。子六人：奉堯，候選知州；灝，二品蔭生，候選通判；鼎鰲，福建福寧鎮總兵，署厦門提督；餘三子曰奉廷、曰鼎晟、曰鳳儀，皆不仕。灝之子懷邦，余爲作《古愚君傳》者也。

古愚君諱懷邦，字承寵，古愚其自號也。其祖海壇鎮總兵諱大剛，父灝，二品蔭生，候選通判，未選官卒。咸豐二年，君由監生補蔭應朝考，列二等，亦以通判注選籍。君讀書尚氣節，兼習兵家言，孫、吴之書背誦不失一字。嘗六至京師，慨然有經世之志。時粤寇踞金陵，陷姑蘇，浙東西戒嚴。十一年，寧波陷。君團練民兵於鄞之大雷，得二萬餘人，謀復寧波。維時諸暨有包立身，大嵐有吴芳林，樟村有范邦祚，皆與大雷合，賊至互相應，輒大勝，於是勢愈振。君遣諜者走間道約官軍夾擊賊，道梗不得達，乃命其長子琳、幼子琅留大雷辦賊，而跳身走定海，與官軍期會。同治元年二月丁丑，賊陷定海，搜得君書，知與官軍有約，乃大索得之，遂遇害，年六十有一。浙江巡撫左公宗棠以聞，詔贈道銜，視四品官陣亡例議恤，給雲騎尉世職。方君之遇害也，琳、琅猶在大雷。四月甲戌，賊由大嶴出十字港，攻賊壘，毁之。乙亥，賊破大嵐，攻樟村。琅往援，賊焚樟村，范邦祚死，琅墜深溪中，半日始出，遂自此得脾疾。四月甲子，琳、琅隨官軍收復郡城，而琅益病。越二年卒，未幾琳亦卒，今存者其中子瑛。

舊史氏俞樾曰：余主講詁經精舍，始識瑛。瑛言於余，請爲家傳。然總兵公事實瑛已不能言之，出示履歷一紙，則服官本末頗具所載，戰功皆本當時公牘，尚有條理，余因次弟之如此。乾隆、嘉慶間天下承平，一二海盜出没風濤中，上煩朝廷宵旰，而將帥之臣各出其死力以求稱上意。自咸豐以來，中原擾攘，而濱海亦日以多故。君子聞鼓鼙而思將帥，何能無慨然乎？古愚君以名將之孫有至性，母卒廬於墓，又慷慨有大略，卒死王事，可謂不隤其家聲者矣，故以附焉。瑛亦權奇自喜，將門之後固與尋常佔畢者异乎？

沈文節公家傳

沈公諱炳垣，字紫卿。其先自元至元間由烏程遷海鹽，遂世爲浙江海鹽人。祖諱三祝，精天文句股算法，著《步天歌輯注》《春秋推步》諸書，爲朱文正、阮文達諸公所推重。父諱奎中，性至孝，不求聞達。兩代皆封贈如公之官。公生四歲，能辨四聲，有神童之目。年十一歲，大母張太安人謂之曰：「吾晨起見朝暾已升，而月色猶在，案頭燈熒熒未滅，乃成十字云：日光月光火光，三光并照。汝可對之？」公應聲云：「君道臣道父道，一道同風。」太安人欣然，決其爲偉器矣。

道光十五年公年十有七，入郡庠。十七年丁母陳太夫人憂，其明年大母張太安人及父奉直公相繼卒。公一年之中三遭大故，哀毁逾常，而治喪葬皆如禮，撫諸弟有加焉。二十三年舉於鄉，二十五年成進士，改翰林院庶吉士。是歲舉家病喉風甚危，其夜忽風雨交作，霆砰電射，煜爚有光，滿室皆硫黄氣，病者皆若失。遲明，視墻壁類霹靂礌所刻畫者，僉曰有妖物爲雷所擊矣。由後思之，殆公忠義之氣所感召乎？二十七年散館，授編修。咸豐改元，奉敕分寫《朱子全書》。書成，蒙恩賚焉。二年大考翰詹，列二等弟九，遷中允，旋被命副太僕寺少卿徐公繼畬爲四川鄉試考官。取士如額，遂寧郭伯塤與焉，蜀中知名士也。逾年補右春坊右中允。都中舊有悦生堂以養老病，兼設義塾，公尸其事者數年，每歲捐白金百兩助之。又以海内兵禍方亟，勸人戒殺生以回劫運。是時粤寇已據金陵爲窟穴，東南震驚；北犯及直沽，畿輔聳焉。公數上封事，言時事甚切。

五年秋，拜廣西〔一〕學政之命。瀕行，僚友祖餞，或諷以寇踪飄忽靡常，行部所至宜見機引避。公出佩刀示衆，光瑩可鑒，因伉慨語坐客曰：「吾受恩重，設遇寇，必以此刀手刃渠魁，然後就義。」方言此時意氣浩然，有嚙齒穿齦之意。聞者咸大息，或泣數行下也。遂驅車竟去。行抵衡山縣，聞永明失守，從者咸懼。公曰：「行也。使者多一日遷延，則州縣多一日供億。當官民交困之時，其忍累之？」自京師首塗，七十日而至廣西，共駭异曰：「使君行何速也！」

〔一〕西，原訛作「東」，據蔡啓盛《校勘記》改。

六年，廣西鄉試，巡撫勞公以有軍事奏請以公代充監臨官。鄉試畢，復出按試諸郡。是歲於南寧度歲。其明年舉行南寧試事未畢，而所屬之永淳陷，距郡城二百里。公親臨陴睨間，助府縣守禦三晝夜，賊乃退。將由南寧而試鎮安，鎮安告警，不果試，乃於四月二十日啓行還桂林。五月晦至梧州府，適有艇賊來攻府城，僚屬以公無守土責，勸從間道行，假途廣東，可達桂林。公曰：「余奉命視廣西學，可涉廣東境乎？且學政爲士林表率，學政一動足，則士心搖。士心搖，則民心渙矣。吾甘死此，不出城一步也。」諸搢紳乃言城外有廟，素著靈异，請禱於神。公偕之往，行數里，不見有廟，知其詒己出城，將與之遠遁也，拂衣而歸。爰與右江鎮總兵蔣公福長及梧州府知府陳公瑞芝共商戰守之策，拊循士卒，勉以忠義，令曰：「殺賊首一級，賚銀五十兩。」盡出其行篋所賫以供犒勞。已而糧盡，履行市廛，勸分同食。又出衣物易粟食餓者。八月十日城陷，仰藥未死，賊救之蘇，擁之至船，以言甘之。公揚聲大罵，遂糜於亂刃之下，年三十有九。廣西巡撫以聞，詔贈内閣學士，兼禮部侍郎銜，予謚文節，賞騎都尉世職，視總兵官陣亡例賜恤，入祀昭忠祠。又於廣西省城建立專祠，春秋官爲致祭，禮也。公娶李氏，封夫人，生三子：長守廉，詔以主事用；次守誠，詔以光禄寺署正用；次守謙，詔以七品京官用。女子子一人，適刑部主事樓汝達。

舊史氏俞樾曰：咸豐朝以學政死寇難者三人，一爲湖北學政馮公，一爲安徽學政孫公，與公而三焉。天子褒崇忠義，一例哀榮。易名之典，公與孫公皆曰文節。烏乎！以文而往，以節而歸，固其所遭之不幸。然身雖隕，而令名無窮矣。公與吾兄福寧君同舉於鄉，辱有同歲之誼，而於翰林又爲前輩，在京師頻相過從。恂恂儒雅，善翰墨，至今爲吾兄所書便面墨色猶新，而公已爲古人，與常山、睢陽比烈矣。公於國史宜有傳，而其諸子又屬余爲家傳，因據其弟秉樞所爲年譜及其諸子所爲行述，稽合廣西巡撫勞公奏疏，粗舉大略，附其家乘焉。

味琴吴公傳

吴公諱鼇，字青鼇，别字味琴，浙江歸安人。吴故右族，累世富厚。父諱世傑，字鯉泉，善廢舉之術，能通流財物，使相歸移。恒往來楚蜀間，候時轉物，致貲累巨萬。公生而敏悟，授之書不再讀，誦如流，父老嗟嘆，有奇童之目，以大器期之。會鯉泉公春秋高，有所往，命公從行，遂廢鉛槧之業。當是時，公年甫冠也，而營理産業，課役童隸，各得其宜，有東漢樊君雲之風。鯉泉公以爲能，事無巨細一以付之。米鹽靡密，罔有遺漏；整紛剔蠹，白黑分明。不數年間，增贏十倍。遠而楚蜀，近而蘇滬，咸置廛舍，貨别隧分，千緒萬端，衎衎辦舉。鯉泉公年七十後不復出游，與德配徐夫人家居，頤性養壽，極栖游之適。公與兄静巖君將車扶杖，迭奉壽觴，泄泄如也。公性嚴重，每入内雖盛暑不袒。事兄嫂極敬，有事必諮之，故家庭間無閑言。

好讀《管》《商》《申》《韓》《吕覽》諸書，凡醫卜之術與相人相地諸雜家言咸獵精窮微，得其窾郤。蜀中有單先生者，佚其名，奇士也。公從之游，壬遁之學得之單者爲多。又嘗從之學琴，故於摟搉擽捋尤極其妙。每長夏無事，焚香垂簾，鼓《歸風送遠》之曲，望之如神仙中人也。生平精於鑒别，所藏書畫悉名人真迹，無一贋本。喜李北海書，每日必臨摹數百字。後得趙文敏行書《胡笳十八拍》長卷，寶愛之，寢食恒於斯。中年以後書法益進。咸豐之季東南大亂，公所遺翰墨散佚無存。其子平齋觀察於故紙中得數字，標飾成册。其筆意神似趙吴興，洵可寶也。爲人頎身山立，聲如洪鐘，眼爛爛如岩下電。喜與人排難解紛，或以緩急告，罔勿應，然從不言於人。施而不德，公之謂矣。

俄鯉泉公與徐夫人相繼逝，未滿喪，公繼配康夫人卒。公疊遭變故，年甫四十鬚髮蒼然，自知不能永年，凡資産之在楚蜀者皆使人辜較之，銖金寸錦咸有籍也。嘉慶二十五年八月痁作，繼以痢，遂以某日捐館舍，年四十有四。配李氏，繼室以康、以朱，生子二：鎮，候選布政司理問；鈞，改名雲，歷官寶山、金匱縣知縣，鎮江、蘇州府知府，以道員留江蘇補用，即平齋觀察也。鎮之子承泠，候選訓導；承淵，江蘇候補縣丞。雲之子承潞，同治四年進士，官江蘇太倉直隸州知州，以道員候補，賜孔雀翎，詔俟補道員後錫用二品冠服；承溥，江蘇候補同知。曾孫八人，玄孫二人。公以雲與承潞貴，三遇覃恩，累贈榮禄大夫，李、康、朱皆一品夫人。光緒六年，太歲在庚辰，距公之卒甲子一周矣，平齋觀察緬懷先德，懼就淪没，手具行狀，乞友人俞樾爲之傳。樾舊史官也，義不得以不文辭。乃按狀粗加次第，俾附家乘焉。

論曰：歐陽公稱「爲善無不報，而遲速有時」。以公之行誼，名不挂朝籍，年不登中壽，造物者於公豈有吝歟？然公之子若孫鵲然而起，雲搏水擊，蔚爲高門。又遭際聖朝，凡遇國大慶，天子輒推恩錫類，封贈有差。公於身後三膺恩命，至於極品。顯融光大，亦足以芘蔭其子孫矣。平齋歷典名郡，官至監司，卓然有聞於時。中年以來怡情金石，壹意撰述。而其子廣庵又以科弟起家，治行之美，不墜家聲。然則公之遺澤，其未艾乎？樾與平齋文字至交，平齋行年七十，樾亦六十矣。念先通奉公生於辛丑，至今歲庚辰，適滿百歲。而樾碌碌，不能顯揚萬一。每念及之，爲之汗下。《詩》不云乎：「夙興夜寐，無忝爾所生。」《小宛》之義，願與平齋共勉之也。

王孝子傳

光緒六年某月日，寧波府知府宗君源瀚具王孝子事實上院司，浙江巡撫譚公循例於歲終彙題旌如律，於是王孝子之名動海内。或曰：是奇孝曠百世而無二者也。或曰：嘻，父死必殉乎？是非聖人之中道，苟以奇行取名者也。孝子之兄曰：繼香子獻者痛厥弟之已死而論未定，乃爲書哀於舊史氏俞樾，請爲之傳，且論定其人。樾時方著《右台仙館筆記》，已於弟九卷中備載王孝子事。至是重違子獻之請，乃刺取筆記之文爲《王孝子傳》，且著論以告天下後世焉。其傳曰：

王孝子名繼穀，字子詒，於兄弟行居六，故自稱漱六道人，會稽人也。父英瀾，字杏泉，爲鄞縣教諭。光緒五年，教諭君病，孝子禱於城隍神，請於身代，然父竟不起。孝子大慟，曰：「神不鑒我，由我不以身先之也。」事母俞益謹。一日私語兄曰：「昨夢父告以母禄將盡，奈何？」明年三月母果病。時其家猶在鄞，其兄子獻孝廉奉父喪歸會稽，獨孝子留侍母病。夜夢齒盡脱，指裂見血，則啼曰：「是非吉徵也。」聞兄將歸，則又喜曰：「事母有人矣。」於四月五日冒雨走出，至暮不歸。明日或言有素衣冠者僵立月湖賀公祠外水中，往視之，孝子也，死矣。

立而不仆。於祠前衆樂亭黏黄紙一幅，大書「漱六道人歸真處」七字。又有小字云：「漱六道人，會稽諸生也。年二十隨父至鄞，己卯十月二日父卒，越一百八十日入月湖以去，時年二十九。」已而又於其書案得二書，一致其兄子獻，一致其弟繼業子虚。致兄書言本欲留數日面訣，乃去來有定時，不能如願。致弟書則處分身後事，斂用白布道袍，勿用僧道作法事。一時咸共悲嘆，然莫知其何以死也。久之於廢紙簏中得其禱神疏稿，其略云：「繼穀於去年臘月之望，夜夢不祥，次旦即瀝誠上疏，請折兒算以益母年。乃入春以來母體違和，日益沈頓。因憶去秋父病乞以身代，良由志願未堅，以致精誠莫達。椎心泣血，悔恨何追。今母抱疴日亟，而兄在越未歸，力竭計窮，泪枯腸裂。若空言籲禱，恐難感格神明；刲股剖肝，不免傷殘肢體。曷若踵汨羅之行，嗣曹江之志，削兒紀算，續母桑榆。至於晨昏侍奉，尚有諸昆。似續宗祧，已延弱息。塵世利名，固非本懷；身後毁譽，在所不計。湛湛月湖，寸心可鑒。神聽不遠，哀此愚忱。」乃知孝子實因代母而死，遺筆不言者，懼傷母心也。

嗚呼！是誠奇孝，曠百世而無二者矣。世之訾孝子者，誤以孝子爲殉父耳。夫父死而必殉之，天下無人子矣。是非聖人之中道，不可以訓者也。然使孝子而誠殉父歟，則教論君之卒，宜即從之死矣，何以越一百八十日之久始入月湖以去哉？是故孝子之死，非以殉父，實以在代母。蓋有鑒於前者代父之請不以身先之不爲鬼神所許，故母病垂危，亟圖一死。雖其兄在越將歸，而不能待也。夫請代之事則古之聖人固有行之者，周公是也。周公既請於太王、王季、文王，乃卜於龜，而聽命焉。其曰「體，王其罔害」，知武王不死也。又曰「予小子新命于三王，惟永終是圖」，知己亦不死也。蓋公有請代之言，武王不死則公宜死，而三王有永終是圖之命，則未許公以死。此公所以不死也。不然，公既請代矣，自言之而自食之，曩所謂請代者苟爲美言，以知之也。此公所以不死也。不然，公既請代矣，自言之而自食之，曩所謂請代者苟爲美言，以動神聽耳。曾謂聖人而若是乎？周公，聖人也。武王殁，成王幼，非周公則遂無周矣。故請代而神不許其死。其後周公相成王成太平，此所謂「惟永終是圖」者，三王假卜以命公，而公知之也。王孝子，一儒生耳。其生其死，非獨無與於天下，即在王氏上有諸昆、下有子姓，亦無大輕重，故不死則神不許其代。此則其人之异，而其用心則固與周公無异也。王孝子事世多知之者，故余止就筆記之文删次爲傳，其他有不詳焉。惟世人不知，誤以孝子爲殉父而死，故爲詳論之，使知孝子之死非殉父，而實代母。孝子死而母病愈，則神許之矣。孝子之孝誠曠百世而無二者也。且其死不於父而於母，蓋其請代父也猶冀不死而可以得請也。不死不得請，故其請代母也必先死之。是亦甚重乎其死，豈苟以一死求名者哉？世有訾議孝子者，子獻其以此義曉之可矣。

浙江海寧州知州惲公家傳

惲公諱敷，字子寬，別字遜堂，江蘇武進人。明時有湖廣按察司副使諱巍者，以忤劉瑾知名，公之十世祖也。父諱輪，字印槐，積學，工爲文，而不得志於有司，垂老猶不籍於學官，則盡以所學授其二子。其長子諱敬，字子居，能爲古文詞，所著《大雲山房集》學者宗之，世稱簡堂先生者是也。公則其次子，與簡堂先生互相砥礪，嘗曰：「吾兄綜貫三才，吾但欲通知人事耳。」乾隆五十九年應順天鄉試中式，旋以知縣注選籍。逾數年，天子命王大臣選其材之可用者，而公在一等，以知縣分發浙江。嘉慶二十三年，權知歸安縣。其明年，權臨安，未幾又權定海。是時定海未爲直隸廳，猶以縣隸寧波府，而斗絶海外，爲重鎮，額設兵五千。邑子之剽悍者竄名軍籍中，則凌轢鄉里，不可制。公至，痛治之。又爲清釐田畝，民大悦服。及受代去，爲立生祠焉。道光二年，宣平縣闕員，公以次當補。會嘉、湖兩郡大水，而嘉興所屬之嘉善地尤卑下，被害重。浙江巡撫帥公曰：「是非惲君莫能治。」乃調補嘉善。公請於大府，發錢粟振之，又勸邑中富民爲粥以食餓者。日坐小舟行四鄉，溺者拯之，棺槥漂没者鈎撈而出之。民間男女乏食者如干人户知之，故所賚錢米無虚者。事定辜較其數籍以示人，命之曰《徵信録》。

其計口授食外，每日必增與一錢不入籍，外此胥吏廪食及簿書之費亦不入籍，數且巨萬。或爲公難之，公曰：「此窮民活命之錢，可他用乎？苟得多活一民，則吾受其累無恨也。」及冬當漕，請緩，大吏皆曰：「湖州所屬之歸安、烏程灾與嘉善同，彼皆漕，此獨緩，不可。」公争曰：「湖擅蠶桑之利，蠶既登，民未大困。嘉善以陶埴爲業，四境皆水，陶者失業，灾雖等於湖，民之困倍於湖。」争不已，卒緩嘉善漕。

公敏於事，而性仁恕，事母鄭夫人至孝，每笞囚必貸其五，曰：「吾爲太宜人貸汝也。」於獄囚夏必使人糞除其室，冬則衣以纊絮，食以糜粥，曰：「太宜人所賜也。」有母訴其子不能奉養者，公留其母子於署中。母見鄭夫人勤儉如寒素時，則大悔。子見公年五十餘而事鄭夫人婉孌若孺子，泣曰：「吾乃非人子也！」亦大悔。其後母子皆以慈孝聞。公聽訟必坐堂皇，縱民觀聽。每決一獄，民間率傳述之。至今嘉善之民猶能言其數事。其一爲錢氏子至縣應試，館某氏樓下。樓有女悦之，投書與期，錢托故去。有屠者陸姓得其書，如期往，既登樓即滅鐙。及出，爲女父母所覺，逐之。陸出刃擊殺其父，遁去。其家訟錢氏子殺人。公察錢非殺人者，問女曰：「鐙既滅矣，安知爲錢氏子？」其身亦有斑瘢可辨識乎？」女曰：「其臀有瘤。」驗錢無有，公使人物色於浴堂，得陸屠，一訊而服。又其一，有民某甲者與季父同居，聲相聞也。甲自遠歸，疑其婦，欲試之。以所齎金置社廟香鑪中，僞爲貧窶也者而歸，婦事之如初。既卧息，乃以實告，質明往取，亡矣，訟於官。公至其家廉得狀，又知其季父故嘗謀鬻婦，非端人，必夫婦密語爲季父所竊聞，晨往攫取之耳。乃佯曰：「此當問之神。」翼日使舁社廟神。至，問之不答，以杖敲其頭，有片紙自神耳出，曰：「攫金者其季父也。」其季父在旁失色，叩頭服罪。神耳中書實公僞爲之。公發奸擿伏類如此，然讞定後必申説以孝弟之義。嘗有富民曹某死，族人利其財，訟其遺孤爲他人子，願以金二萬爲壽。孤之生母亦使言於公，請倍之。公皆不答，判其子爲曹後，而謂其生母曰：「汝主善士，天與以一子，豈他人所能摇？然汝以數萬金賂我求勝，何如以此贍族人，上承先人之志，下爲子孫計乎？」堂下聞者皆感泣。

嘉善故有陋俗，喪家延僧誦經畢輒繼以絲竹，男女雜坐聽之，曰「鬧喪」。公嚴禁之，遂絶。縣城東曰張涇灣者，東南鄉之民率往來於是，舊無橋梁。公出錢爲倡，遂成大橋，至今便之。俄以前在定海時曾獲巨盜，叙功升知州。五年，遷海寧州知州。甫下車即修葺文廟，創建奎星閣。其治海寧如治嘉善，方將有所設施，丁鄭夫人艱，遂歸，賃城外南鄉小屋以居。九年三月己未，以咯血卒，毁也。年六十有一。身後貧甚，無以治喪，定海、嘉善諸父老咸來吊且致賻。而嘉善人思公尤深，咸云公已爲城隍神，有爲不善者暴死，則曰公殛之也。光緒元年，嘉善人臚舉公政績上臺司，請入祀名宦祠。巡撫楊公以聞，詔下禮部議，從之。公初娶張夫人，生子二，曰儉，曰侃。繼配梁夫人，生子世臨，字次山，道光二十五年進士，改翰林院庶吉士，官至湖南巡撫，祀湖南名宦祠。父子同祀名宦，海内榮之。儉之子峻，侃之子琪，孫世臨之子桂孫、頌孫、俟孫、炳孫、秀孫，皆以仕學世其家。

舊史氏俞樾曰：先兄壬甫太守與次山中丞同歲舉於鄉，而中丞又爲余詞館前輩。晚年居吴下，余亦寓吴，相善也。中丞撫楚，被吏議歸，然楚之人卒俎豆而尸祝之，其居官可知矣。中丞卒而其諸子猶以執友視余，述其母鄭夫人之命，請余爲海寧君家傳，余乃得備聞海寧君遺事。豈非古所謂「政平訟理」者與？雖古循吏何以加兹？余乃益嘆中丞之賢爲有自來矣。

鮑公吴夫人合傳

鮑公諱某，字嗣僑，一字潤之，號古村。其先世東海青州人，晋咸和間有諱宏者爲新安太守，遂家於歙。傳四十六世至國朝康熙間，有諱啓忠者自歙遷和州，居梁山鎮，遂爲安徽和州人。曾祖諱偉，字嵐皋，見《州志·義行傳》。曾祖妣張。祖諱暟，字修亭。祖妣沈。考諱本泰，字小山。妣吴。自曾祖以下至於公四世，皆以公次子源深貴，贈光禄大夫、振威將軍。曾祖妣以下皆一品夫人。修亭公無子，以弟之子爲子，是爲小山公。小山公生二子，長爲柘庵公諱東疆，次即公也。

公生二歲而小山公殁，時柘庵公亦甫八歲，有姊妹二人皆稚。吴太夫人撫之以至成立，延名師課公讀甚嚴。然公素羸弱，年十五應童子試，方盛暑，坐鋪席作文，文成納卷，甫下堂，瞑眩仆地，衆掖之出。吴太夫人自是不令應試，公亦絶意進取，然誦習經史如故。嘉慶十年娶吴夫人，逾三年生子源進。以柘庵公年十五而殤無子，遂以後之。二十二年，吴太夫人卒，哀毁逾常。方是時修亭公有篷室二猶在堂，曰顧夫人、曰傅夫人。修亭公之殁也，小山公幼，保抱携持，兩夫人之力爲多。張夫人臨終有遺命謂兩夫人皆賢，且有功，宜優之。以故道光二年顧夫人卒，公喪之如祖母，命源進喪之如承重曾孫。九年傅夫人卒，公功服，命源進期服，遵張夫人遺命，且以申小山公之孝思。禮以義起者也。

道光四年，吴夫人卒，公賦詩十六章悼之。自是家事無巨細畢集於公，上奉傅夫人，下撫諸子，日不暇給。或勸繼娶，公曰：「茲事良不易。一不得人，慈孝兩傷，不如其已也。」及諸子娶婦，始命分任家政。後次子源深元配亡，有富人欲女之。公辭焉，而使繼室以其元配之女第，曰：「吾家貧，貧女宜吾家也。」公既不繼娶，而其兄柘庵公及長姊之適章氏者皆早卒，所與往來慰藉者惟適汪氏妹一人。至八年而妹亦殂謝，公益蠹然傷懷。顧以諸子皆賢，稍自解。十七年，源深充拔貢生。明年試京師，初在高等，覆試黜焉。十九年應順天試，已中式在前列，改置副榜，公聞之不樂。二十一年正月感寒疾，二月己未卒於家，年五十有三。

蓋公數十年來所歷之境皆悲傷憂鬱，得開口而笑者月不數日，宜其不克永年也。其天性純篤，每遇吴太夫人忌日，設祭必流涕。先世所遺書籍、衣服、器皿，偶見之必愴然不怡。蓋終其身如是。鄉黨中貧富無異視，雖敝衣草履而來者必延之坐，必送之於門外，有求必與之。嘗有族人屢告貸於公，一日不告而私發公之囷，取穀如干石以去。公聞之，乃自責曰：「我賙之不早故也。」坐是家中落，每歲除索逋者盈於門，而族姻之貧乏者仍饋之粟。其族姻之貸於公而未償者，一日悉燔其券，曰：「無使兒輩知其姓名也。」訓諸子必以義方。源深居其母吴夫人喪，已屆禫服，未畢者數日耳，不使應試，曰：「此大事，不可遷就也。」世俗應試輒減年歲，公戒源深曰：「進身之始即欺罔其上邪？」命以實年注籍。其教子一出於正，類如此。所著有《釀齋詩稿》，又有《史鑒節要》《孔門諸賢姓氏》《十三經源流》《廿四史評語》《帝王統系》，皆爲口訣以授童蒙，學者便之。又嘗爲《陳其年、童藻功兩家四六補注》，亂後失其稿矣。

生丈夫子六人。源進，廩膳生，爲兄後；源深，道光二十五年進士，翰林院編修，山西巡撫兼提督；源煦，廪膳生；源薰，從九品；源灝，殤；源滋，光緒五年舉人。有孫七人，孝威、孝愉、孝光、孝裕、承詔、孝先、孝述。孫女十一人。曾孫二十三人，友敬、友益、友尚、友叙、友誼、友善、友嘉、友喆、友恂、友恪、友忱、友懌、友恒、友欣、友松、友棣、友楨、友楷、友芝、友荀、友荃、友芷、友菊。曾孫女五人。玄孫一人，傳厚。人倫之盛，海内推之。公生前雖若侘傺不自得，然天之報之者固已優矣。公不再娶，其子孫繁衍皆自吴夫人出也。

吴夫人，和州含山人。父諱焕，字朗山。母汪，早卒。夫人於姊妹行居次，而長姊幼殤，其幼弟、幼妹皆夫人撫之。年十七歸於鮑，事顧、傅兩太夫人及吴太夫人，悉得其歡心。吴太夫人卒，事顧、傅兩太夫人仍如初。每晨起詣堂上問安否，即入厨率家人具饌。事已手治女紅，口處分家事，無一刻休暇。田租出入雖有主者，其簿籍必躬受而鈎考之。事無巨細，咸宿具。故吴夫人之存，古村公不知有家事也。族姻及鄰里有乞貸者，言於古村公，必如所請。婢女有過，訓誡之，不施鞭棰。遇傭婦尤寬，見一婦竊物，秘之，以他故遣去，不欲敗其名也。其長厚類如此。其在室時所撫兩女弟猶未嫁，皆爲相攸歸之鮑氏，一適古村公之族兄，一適其族弟。適族兄者偶與夫反目，夫人召之歸，反復勸導，仍歸於好。夫人於兩女弟雖兄弟，實猶慈母嚴師焉，兩女弟亦敬事之不衰。夫人勞於家事，早衰多病。道光四年夏，偶感時疾，自知不起，曰：「吾死無恨，恨未見子婦耳。」於是長子婦王、次子婦陳同日以童養來歸。七月病篤，召子若婦至床前謂之曰：「吾不及見爾曹成立矣。吾於爾曹亦無他望，但望砥行勵學，勿墜家聲。异日無論出處，勿忘忠厚二字，吾瞑目九泉矣。」又指幼子源滋曰：「是呱呱者最稚，兄若嫂善視之，無貽爾父憂。」翼日丁亥遂卒，年三十有六。夫人之卒，諸子皆幼，故莫得其詳。鮑氏有叙眉刺史者曾爲夫人作傳，今佚。

舊史氏俞樾曰：余與公次子花曇中丞於翰林爲前後輩，而於道光丁酉科又有同歲之誼。今年夏中丞以書狀來乞爲公與吴夫人家傳，自惟名位卑微，不足表揚先德，重違來意，撮其大略著於篇。公抱道不仕，又未及中壽而殁，故無大表襮之事。然其過人之行，則有二焉。柘庵公之殤，執大宗之義必爲立後，一也；居顧、傅兩夫人之喪皆有加禮，一也。烏乎！世俗之習於薄久矣。公與夫人務從其厚，不亦賢乎？語曰「積厚者流光」，宜其子孫衆多，蔚然爲高門鼎族矣。

鮑母陳夫人傳

陳夫人，安徽和州人。父諱鼒，母楊，生女子子二，夫人其次女也。生而婉娩，不苟言笑。

家素貧，井臼之事童而習之。道光十四年，年十有九，歸同里鮑氏花雲中丞爲繼室。中丞初娶即夫人之姊，早卒。有富人欲女之，中丞父古村公不欲，乃繼室以夫人。夫人至，凡其姊之簪珥衣裙襲而藏之，不敢褻用。事古村公甚謹，嘗因事譴謫之，愉然順受而已。後察非其過，曰：「吾誤責爾，爾何不辨？」益愛重之。及病篤，謂之曰：「吾諸子婦惟爾最賢，善相爾夫，必膺厚福。」

事中丞和且敬，雖燕坐見之必起；雖謔謔小言，未嘗相爾汝也。中丞夜讀於堂，則夫人於閨中治女工，不敢先寢。有憂愁恚怒，多方解之；有善事，力贊成之。中丞初館於田氏，歲入二十緡，古村公命歸十緡於其私室，夫人悉公之。古村公卒，家益貧。黄州太守徐君延中丞司記室，中丞稱貸得十金，以半治行，以半留家中。夫人受而儲之，饘粥之費仍取辦於針黹。中丞自黄州寄金歸，夫人以三之二佽諸娣姒，歲以爲常。二十六年，中丞應江南鄉試，有請代作文字者，捷則以二千金饋。中丞故謀之夫人，夫人正色曰：「無論外犯科條，内損德行，且舍己耘人，非計也。君將以二千金了此生乎？」中丞笑曰：「君言實獲我心矣。」是歲舉於鄉，明年成進士，入翰林。夫人從之京師，布衣蔬食，與曩時無异。咸豐四年，中丞奉命視貴州學，偕夫人之官。時貴州苗頑逆命，塗次聞警者屢矣，甚或望見賊兵旗幟，從者皆失色，夫人陽陽如平常。及至黔，勸中丞出養廉銀爲僚友倡，以除戎備。事甫集，寇薄城。城中川滇之勇交哄，夫人使健僕負次子孝裕及一孫一外孫，夜縋城出避，而自與長子孝光及子婦輩從中丞居城中，曰：「寇至死耳，何懼焉？」後又從中丞於同治元年之廣西學政任，道河南之新野聞戒，夫人鎮定如赴黔時。及五年，中丞爲江蘇學政，則東南已大定，而故鄉亂後族姻多失所，相距又近，來告貸者無虛日。夫人率有以賙之，然莫能干以私。御奴隸寬而嚴，每中丞出行部，必戒之曰：「爾曹無需索供億，損主人清名。」十年，中丞開府山西，夫人曰：「巡撫更重於學政，不可以纖芥累有司。累有司，即累民矣。」請中丞申前禁尤力。晉地苦寒，夫人有宿疾，時發時止，然不欲以内政擾中丞，力疾治事不輟。中丞治官書，見賓客，黎明即起，夜分未息。夫人雖念之，未嘗勸休息。子婦輩或以爲言，夫人曰：「封疆重任，敢徇私愛乎？」及聞乞休得請，欣然曰：「自此庶可息肩矣。」

中丞於屬吏有饋率不納，夫人嘗至京師嫁女，屬吏有以兼金助裝送者，或曰：「在京師非在晉也，受之可。」夫人曰：「在京在晉，庸异乎？」卒却之。其明大義類如此。天性純篤，以來歸時未及事君姑，又在京師欲迎養其父贈奉直公不果，嘗以爲恨。居古村公喪及奉直公喪皆素食三年，每朔望日及先人忌日及己生日皆素食。山西節署中值六十生辰，齋厨蕭然，但以食二案餉幕中賓客而已，外人莫知爲巡撫夫人生日也。性慈善，雖微物不欲傷之，蟻入水，蛾投火，必救之出。鷄鶩魚蝦，生者不入於庖。所縱生物無慮六七十萬。歲施寒衣、施糜粥、施藥餌、施棺櫘。居京寓，聞門外有丐者病卧風雪中，使人衣食之，其人竟得活。嘗泊舟沙岸間，有哭聲甚哀，問之，曰死無以斂也，使人持洋錢乘昏暮投其家。中丞在晋慮囚有孀婦衣甚單，夫人賜以棉衣，且遍及諸囚婦焉。光緒三年，中丞將去晋，時晋灾已有象，中丞刊救饑丸方檄行之，夫人制丸數千，散之百里内。及還南，知晋大饑，乃與中丞出巨貲振之。他如和州修文廟，山西、安徽置義園，山西創保嬰局，湖口設救生船，中丞諸善舉夫人率縱臾之。又置義田以贍族人，建義祠以祭外姻之無後者。晚年議創牛痘局，未及成而夫人歿矣。

夫人生平惡僧尼，不令入門，且未嘗舍財營立寺刹，然實深達佛理。未卒前二年，兩孫殤焉。夫人雖悼之，旋自解曰：「吾此身終須棄去，何況其他？」病中與中丞兩次訣别，惟以諸善事未成爲念，不及他事。時諸子女未盡在側，或請促之歸。夫人曰：「何必在我前，乃爲送我邪？」及子女畢至，亦無所悲喜。每日必西向坐移時，病凡百五十日，然未嘗終日偃卧也。易簀前兩時許，使人扶掖下床小坐，乃復上床，家人扶之東向卧，命扶起易西向。食粥少許，微語曰：「我將歸矣。」光緒六年四月癸丑卒於寶應縣寓正寢，年六十有六。以夫貴，封一品夫人。

子二：孝光，刑部主事，今官江西知府，加道銜；孝裕，兵部主事，今官兩淮運判，加提舉銜。孫八人，友善、友嘉、友喆、友恂、友恪、友忱、友懌、友恒。曾孫三人，傳纓、傳綸、傳厚。女四，孫女二，曾孫女一。

舊史氏俞樾曰：夫人之殁也，彭雪琴侍郎已爲志墓之文，瘞之幽宮矣。然墓志體嚴，有不能具載者，於是其長子伯熙太守又具事狀請余爲家傳。余讀魏晋間人所爲家傳，皆極纖悉，故爲夫人傳不嫌稍詳焉。夫人賢明而有才，慈祥而有體，古稱女士，此之謂與。至其暮年了然於死生之故，超然於來去之際，已似有得於「幻滅亦滅，非幻不滅」之旨者。噫！吾不得而測之矣。

光禄大夫漁臣徐公家傳

公諱夔，字俞臣，别字漁臣。姓徐氏，其先爲浙江人，元時有諱志弘者自浙東衢州路遷湖南道長沙縣，遂爲今湖南長沙府長沙縣人。曾祖諱雲上，妣何。祖諱光楚，妣羅。考諱國搢，妣羅。以公長子樹銘官，曾祖考妣贈二品，自祖考妣至於公與夫人贈封皆一品。公修幹而晩容，少從其父笏亭公學，鏓通經訓，工爲文章，尤精義理之學，於宋元明諸大儒皆有以得其涂畛。出所學以教授其鄉，鄉之子弟從者甚衆。所爲文原本心性，根柢經術，一依先輩法程，而不屑爲雷同景附之詞，以諧合衆目。故雖爲識者所推服，而亦坐此連蹇於有司。當是時，祖母羅夫人年百歲矣，父母皆在堂。公上事重親，下與諸弟曉瀛、价紉、芸渠三君研核所學，亦不復有仕進意。益博覽古書，講求先儒修己治人之道。每與同志之友以議論相往復，初若淼漫無厓涘者，然其大要則在推之事物而返之身心，參之古人所已行，而繩之以今之法度。諸子稟承其學，皆有所立。長子樹銘由詞臣歷官鄉貳，每欲迎養，公輒以親在不許。嘗一至山東學政署中，訓之曰：「賊踪飄忽，而搜乘補卒，猝不易辨，宜使民間人自爲戰。《商子》所謂『摶民力以待外事』者，其意可師也。」於是濟南、濟寧皆治民摶，寇不敢犯。又嘗一至福建學政署中，以士習浮僞，命刊《朱子全書》以授諸生。

已而母羅夫人及笏亭公相繼卒，公既畢窀穸之事，乃履行先代墳域。雖十數世以上，悉修葺之。又建宗祠，修族譜，以副笏亭公遺意。沅湘數被大水，公出貲爲鄉里先，積米粟，振流亡。鄉人有訟者，以片言開諭之，立解；族黨有貧者，歲時必周之；孤獨者月有餼焉。山居數十年，布衣疏食，雖貴不易。爲諸孫延師，必道義之士。嫁女娶婦，必於士大夫之家。其御下尤恕，曰：「勵節砥行，士君子所難，可責之若輩乎？」公素無疾，晚年偶患欬，樹銘以《東坡志林》所載青騰方進，即愈。光緒五年二月微有眩疾，三月丁巳晨起櫛髮沐浴，具衣冠而坐。召集子若孫與講《中庸》第一章，以爲：「位育之效本之中和，中和之實徵之喜怒哀樂，而持守之要則在戒慎恐懼。吾生平不敢行一疚心之事，而今而後，庶幾保吾本性，還之太虚。願汝曹皆以吾心爲心，吾無恨矣。」方言此時，陽陽若無病者。翼日戊午子時，焚香端坐而逝，年七十有七。配張夫人，先公七年卒，生子六人：樹銘其長也，道光二十四年舉人，二十七年進士，由翰林官兵部侍郎，左遷大理寺少卿；樹鈞，江西補用同知；樹録，太學生；樹釗，江蘇六合縣知縣；樹鋒，同治九年副貢生，浙江候補知縣；樹鐸，議叙布政司經歷。孫八人，豐立、慤立、毅立、成立、儉立、敬立、友立、端立。樾與公長子樹銘同歲舉於鄉，於翰林又爲前後輩，承以行略屬爲家傳，乃撮大略，俾附其家乘焉。

論曰：自古盛德之士砥學厲行，不自顯於世者，往往食報於其子。東坡謂李部「博學隱德之報在其子固」，今於漁城徐公益信矣。然觀公易簀之時，爲子若孫講《中庸》首章，自明戒慎恐懼之意，雖老不衰，至得正而斃而後已。此與曾子啓手足示門人何异？然則公之所造，豈李部之流所能望哉。愷悌君子，神所勞矣。徐氏之興，未有艾也。

孫宜人傳 附其子肇禮

孫宜人諱采芙，字韵珊，江蘇儀徵人，故休寧張氏也。其先世以禺筴之商至揚州，從其外家姓，遂姓孫氏。父諱庚，候選鹽大使，於六十一歲生宜人。母吴，生母荀。宜人幼慧，其父課之讀，自經史外凡醫卜星算之書咸使涉獵。九歲辨四聲，十三歲能詩，尤工刺綉。道光二十八年歸績溪胡君爲繼室。胡君名培系，字子繼。績溪胡氏自明諸生東峰先生以來，以經學世其家。子繼學有根柢，克紹先業，一時稱嘉耦焉。當娶宜人時，方寓杭州，其母章、吴兩宜人皆在里中。已而相繼卒，宜人慟曰：「吾竟不獲親事吾姑乎！」凡遇時物，非薦之寢不敢嘗，終其身如是。

宜人家故饒富，靡衣鮮食。及歸胡而子繼方窮困，無儋石儲，宜人安焉，攻苦食啖，未始有不豫色。客至，質衣裝供膳飲，必豐腆。衣皆手製，箴管綫纊，寒暑不去手。子女衣履，無不鮮
黼，而已所衣者褸裂挾斯，非甚敝不易。自其四十歲時子繼爲製白鵬補服一襲，宜人服之十餘年，未嘗更也。道光三十年子繼爲夫已氏所齮齕，誤傳已死，宜人脱耳上金環吞之。及暮子繼至，亟飲莼羹下之。宜人曰：「吾與君相依爲命，脱有不諱，吾義不獨生。今兩無恙，豈非天乎？」咸豐三年，子繼館於杭州同知繆武烈公所，聞安慶陷。時宜人方歸寧[illegible]武烈曰：「賊順流下，揚州危矣。」助子繼資，使迎宜人。子繼至揚州，揚已戒嚴。二月戊戌犂旦，聞人聲喧哄，曰「至矣，至矣！」則皆走，城中爲空。子繼偕宜人登舟至仙女廟，而揚陷。乃道通州，由蘇達杭。自是子繼游歷浙東西諸郡縣，紹興、諸暨、湖州、龍游、壽昌、海鹽、秀水、石門、衢州，又嘗至江蘇之溧陽，所如輒與宜人俱。時子女皆幼，間關戎馬間，不遑啓處。同治元年，子繼偕鄧觀察輔綸入楚，寓居寶慶府。俄子繼以仲弟之喪歸里營葬，又嘗如江寧應鄉試。宜人留楚，益自刻苦。薪米之外，每月所用纔白金二三兩而已。東南平，仍回浙江。八年，子繼選授寧國府訓導，乃與宜人俱之官。其地兵燹之後，雕攰殊甚。宜人居官舍仍如寒士時，凡祭祀賓客及日用飲食皆躬自料量。嘗語子繼曰：「吾銖積寸累爲君營邱中之費，异時得就山水佳處，結屋數椽，買田二頃，與君偕隱，而使兒輩於其中且耕且讀，吾願足矣。」所善溧陽史母，陳宜人與有同居之約，擬往相度之。適其弟三子肇禮殤，素所尤憐愛者也，遂不果，而宜人亦自此病矣。先是，肇禮生於寶慶，未彌月而子繼有長沙之行，强起治裝，遂得疾。疾發輒咯血，歷久不愈。至是益劇。光緒七年二月壬子，卒於寧國府訓導署，年五十有七。

宜人性廉介而好施與，一味之甘必以分人。子繼之甥曰程廷對，從軍於浙物故，宜人迎其妻子以歸，撫其子至於成人。寧國學生孫雲錦貧甚，所居毁於火，厚賙之。其他諸生有貧而好學者必有佽焉。嘗仿胡氏先世《漁隱叢話》體例，剌取自南宋至國朝諸家所作詩話小説有涉閨閣者摭録之，曰《宫闈叢語》。官舍有小園，於其中一室署曰「叢筆軒」，春秋佳日與子繼觴咏於是。子繼望其子成名頗切，宜人曰：「以君之才尚不能掇一第，况兒輩乎？惟君家累世傳經，不可使不讀書耳。」蓋其意趣高遠如此。生丈夫子三。長肇穀，今名鏐，浙江錢唐縣附生；次肇履，幼殤；三即肇禮。女子子四，存者二，涇縣翟福海、陽湖趙潁其婿也。

肇禮後改名鎔，字傳孫，胡君子繼弟三子也。子繼次子曰肇履，於同治元年殤於衢州，母孫宜人思之不已，日爲寫《金剛經》，祈其再生。二年生肇禮於寶慶府，故小名寶慶。甫二齡，聞人誦詩，能效其聲。稍長授以朱子《小學》，則益知事親敬長之道。以父母年且老，家中事無巨細悉習治之。子繼中年善忘，肇禮爲日記，記其父言動，有問則以對。或某器置某所，某書庋某架，如言求之，無不得。嘗從子繼歸里營葬，子繼欲繪墓圖，肇禮知之，即私自摹畫，山川向背具有條理。天性尤篤厚，幼時恒從其伯姊卧起，姊病輒繞床哭。兄肇穀將如杭州，肇禮跪而言曰：「兄某事恐貽親憂，願革之。」事其嫂如事其姊。聞人言母生己時有寫《金剛經》之事，每月朔望必與其仲姊誦《金剛經》一卷，爲父母祈壽，病篤始止。其病也，蓋由感受寒濕，自兩足腫及胸腹。或言用田螺雜葱搗之納臍中可愈，肇禮曰：「戕物之生以治我之病，不可。」悉縱之泮池。初病時夢至神廟，神以蟒服加其身，懼而不言。未幾竟卒，時光緒六年十月乙巳也。年十有七。

舊史氏俞樾曰：余於光緒五年春悼先室姚夫人之亡，有《百哀篇》之作。流傳至宣州，子繼持示孫宜人。宜人讀之，泪涔涔下，謂子繼曰：「如我不幸，君能如曲園先生之情深誼重乎？」嗚呼！死生固有定數，宜人殆自知其不永年歟？子繼所爲孫宜人并附其子肇禮事狀甚詳，余撮其大略如此。宜人固《范史》所謂「端操有踪，幽閑有容」者，而肇禮亦楊子之童烏也。胡氏清門，世有令德。余文雖不足爲逝者重，然附其家乘中，儻可不朽，子繼之意其亦可以稍慰矣夫。

謝老人傳

謝老人名可明，德清中初鳴人也。德清有金鵝山，相傳有金鵝集於此，凡三鳴，故山之南有上中下三村皆名初鳴云。老人年二十四歲時，傭於唐西姚氏，姚氏所居曰致和堂，其額猶董文敏所書。自前明時得秘方爲藥丸以施人，至國朝而貲財不繼，乃始取直，二百年來以姚丸名天下。老人初至，執役於肆中，久而姚氏察其人忠實可恃，日益親信。事無巨細，悉以委焉。

時余親家翁子謙司馬甫七歲，老人日提抱之。及子謙舉於鄉，入都應禮部試，老人管家政益勤慎。子謙生二子二女，老人撫愛之如子謙少時。咸豐、同治間，浙中大亂。子謙已前卒，子女皆幼兒，家中器用財賄皆在老人手，豪釐無所苟。及賊平復，啓肆賣藥，老人之力爲多。時子謙妻張宜人亦卒，其次子晉卿輒從老人眠起。每於鐙下讀書，雖夜漏且盡，老人必坐守之。或讀少懈，始而怒，繼之泣下。後晉卿與兄魯卿先後入仁和學，老人乃喜。同治十二年，晉卿病於嗌，頗危，老人不解衣而寢者匝月。及病愈，老人舉杯語晉卿曰：「爲阿官已戒飲十日矣。」蓋老人性簡默，無他嗜好，惟喜飲酒，雖至數升不醉也。晉卿生一子，老人又提抱如前。姚氏三世皆視老人如阿保云。老人終身不娶，故無子，以兄子爲子。光緒七年，年七十有四矣。晉卿言於余曰：「老人之在吾家，歷四代無二心，積五十年如一日。求諸儕輩，罕有倫匹。今老人老矣，不忍其泯没，願先生爲傳存集中，庶後世知有老人，而老人聞之亦可銜杯一笑也。」余曰諾，因爲《謝老人傳》。

論曰：余次子婦即子謙司馬次女也，故余常至姚氏，見謝老人鬚髮蒼然，而事姚氏之事仍如少壯時。勸之休息，不可。余甚敬之。嘗讀侯朝宗《壯悔堂集》有《郭老僕傳》，馮山公《解春集》有《命老僕傳》，余之文固不足以及二子，若老人者固其流亞哉！

孫孺人傳

孫孺人名寶貞，浙江仁和之臨平鎮人。故大學士一等謀勇公謚文靖者之玄孫也。父長熙，兩淮候補鹽運分司。孺人生而秀外惠中，父奇愛之。七歲授以《毛詩》《孝經》，輒成誦。甫十歲而父卒，水漿不入口者累日。所生母謂之曰：「汝以身徇父，若我何？」乃稍稍進飲食，然自此肝氣鬱不舒，恒有疾。年十七歸德清沈少齋爾繩。初，少齋之姑歸臨平孫氏，於孺人則諸母也。少齋讀書於孫氏，孺人母一見欲婿之。少齋父蓉齋君不欲，曰：「吾家貧，恐异日不能安耳。」然不可却，卒以禮聘焉。孺人既歸，裝送甚盛，悉屏棄不用。布衣練裳，躬事井臼。蓉齋君乃大喜。時沈氏居嘉興，咸豐十一年春孺人歸寧於臨平。俄賊陷嘉興，少齋從其父避城外。事稍定，蓉齋君使少齋至臨平視其婦。少齋曰：「寇亂如此，安得離大人側？」固命之，乃往。孺人見而驚曰：「寇亂如此，安得離大人側？」意甚不懌。居兩月，蓉齋君卒。方是時，賊勢甚熾，或曰且先成服，徐謀奔喪。孺人曰：「親在不能事，親喪又不奔，非人子矣。」少齋從之，治喪粗畢，奉母至臨平。孺人曰：「臨平亦非善地也。」乃納金珠一枕函中，而緘縢之。其明年春二月，大兵潰於石門，臨平亂。倉卒出走，由紹興、寧波道上海而北至泰州。其舟車之費，皆枕函中物也。居泰州久之，貧益甚。有一婢，或欲以數十金買爲妾，孺人曰：「吾家雖貧，此造孽之錢胡可用也？」卒爲擇良奥而歸之，婢價一無所取。嘗以銀針置鐙盞中，爲傭媪王氏之姑所廋。孺人瞥見之，秘不言，恐王媪知之，詈其姑也。其長厚類如此。事繼姑尤謹，謂少齋曰：「舅亡矣，獨繼姑在耳，不謹事之，何以慰君舅地下哉？」臨卒猶謂少齋曰：「君舅窀穸之事尚宜改卜，不可因循。」蓋蓉齋君之卒正在亂時，渴葬鄉閭。亂定，少齋謀遷葬，而墓域生朱藤一株，花葉繁盛，懼傷地脉，遷延未果，故孺人以爲言。此後遂不復能語。孺人初患癖疥之疾，不以爲意，綿歷數月，肝疾大作。於光緒六年九月辛巳卒於泰州寓舍之正寢，年止三十有七。少齋哀之，乞爲傳，因書其大略焉。

論曰：孺人事父母舅姑以孝，事夫以敬且和，御奴僕以寬，何其賢也！《詩》有之：「彼君子女，謂之尹吉。」孺人爲文靖玄孫，固今之尹吉哉！聞其就木也，鄰比婦女皆來送之，謂如此賢媛，乃不登大年享厚福，有哭失聲者。嗚呼！孺人之賢益信矣。

先壬甫兄家傳

嗚呼！自吾兄之殁至於今九年矣。兄子祖綏嘗具事略請爲家傳。余念吾兄仕閩二十餘年，傾側擾攘，幸獲安全，以官壽終。然其涉歷艱難，蓋亦甚矣。且其事頗有關係七閩大局者，余懼未足以達之，故雖諾其請，遲之又久而未作也。雖然，以吾兄之賢且才，而壽不逾六十，余之不肖而入此歲，則已六十有一矣。精力衰頹，宿疾時作，其能久乎？苟不及今撰述，無論他日無以見吾兄於地下，且亦何以副祖綬區區之意邪？因就其所爲事略，粗加次弟，著於篇。

君諱林，字壬甫，號芝石，晚歲自號柯九老人。姓俞氏，浙江德清人，世居東門外之南埭。祖贈通奉大夫南莊府君，祖妣夏夫人、戴夫〔一〕人。考贈通奉大夫瞯花府君，妣蔡夫人、嵇夫人、姚夫人。君幼慧，以家貧不能延師，而先贈公又恒客游於外，故十歲以内姚太夫人親教之。弱冠爲縣學生，名在弟一。道光二十三年鄉試中式舉人，於本房亦居弟一。兩與禮部試，不售。以工書法取謄録，會修《宣宗成皇帝實録》，君預繕寫之役。咸豐三年《實録》告成，以例得議叙，遂以知縣分發福建。福建故瘠苦，其時寇盜充斥，紅巾賊方熾，仕宦者視爲畏途。督撫累疏請分發，而部中發往人員率托故弗至。君獨挈眷屬間關赴閩，人皆奇之。逾年，署沙縣知

〔一〕夫，原訛作「天」，據蔡啓盛《校勘記》改。

縣。其地多訟，胥吏緣以爲奸，一小事輒株連數十人。隸持符句攝，量肥瘠索賄賂。君於來訟者呼至案前，多方開導，小事已之，其事大者立予判决。兩造及一二要證外，悉罷遣，無所問，所保全甚衆。地又多盗，有楊三者盗魁也，適其兄爲他盗所殺，君使人謂楊三曰：「來，吾復爾仇。」楊三乃率其徒降，捕殺其兄者論如律，於是群盗攝服，境内悉平。後楊三官至參將，戰死汀州，得優恤焉。

五年秋，調充鄉試同考官。民閉城請留，君夜啓北門去。入闈閲卷，每達旦不寐，或既棄復取閲。榜發，得士胡夢得等十一人。時澎湖通判闕員，大吏意屬君，而欲使出門下，命福州守示意。君以母老辭，由是忤其意。當是時，閩中尚奔競，習侈靡，上下狎游無度。其善夤緣者以數十金得一官，不數年擁符節。君遼落至不得序補縣令，寮友皆非笑之。已而御史林公壽圖以閩中積習白簡上聞，制撫方伯皆免官。當日之附門墻供奔走者或罷斥、或遣戍，自道府至州縣凡二十餘人，無一幸免者。乃始服君有先見云。六年，署永安縣知縣。地故與汀州鄰，其民交惡。汀人有至邑者輒誣爲盗，縛送官。官不爲理，則擁去毆殺之，官不能禁。君遇有執送者立出坐堂皇，薄責之，置諸獄，以好語慰勸衆人使去，乃出其人於獄，衛之出境，全活無算云。永安自被寇亂，殘破特甚。君招集流亡，使之復業。又以地處衝要，賊所必争，使民摶力護鄉里，五日一集，較其技藝，課其惰勤。鉦鼓旗幟悉合法度。於其中選得勁卒千餘人，皆精鋭可用。

七年夏，紅巾餘黨復爲亂，據汀州，所在響應。七月陷連城，提督某公與戰敗績，退保延平。於是將樂、順昌、沙縣、尤溪相繼陷，賊將長驅犯延平，窺省垣。而延平所屬縣皆爲賊據，惟永安獨存，與延平相犄角。賊攻延平，懼我躡其後，乃以大隊撲永安，意在必得，勢張甚。按察使裕公裕鐸督師來援，而四面皆賊，轉戰不得達。君入謂吾嫂孫夫人曰：「寇深矣，吾與城俱亡耳。幸爲我護持老母。」夫人笑曰：「君死忠，吾死節，兒輩死孝，尚何求？」乃謀以輕舟，使長子祖壽奉姚太夫人由間道出走。謀既定，入白太夫人，太夫人怒曰：「吾累被國恩，爲命婦，乃草間苟活邪？死則俱死耳，無多言。」而是時外間訛傳縣官眷屬已宵遁，太夫人乃親詣城隍廟行香，搴帷而出，搴帷而入。邑士大夫有以公事至者，召使入内室，則太夫人方觀書，孫夫人方刺繡。於是人心大定。然苦無食，乃勸富人輸錢若粟，書券與之，鈐以縣印，數日間輸者頗衆。而寇警顧日急，太夫人命積薪於門，事急則自燔。召祖壽至，手爲易衣，以屬幕客孫福礽，若城破速亡去。君以死守孤城，且坐困，乃留民兵二百，使千總率之登陴，而自率兵出城列寨，分據要害，檄鄉團隨所在助殺賊。一日猝遇悍賊千餘人，君所部才三百人，大呼奮擊，無不以一當百。賊勢且不支，而援賊大至，分兵斷我後。君麾衆登山，賊蟻附而上，炮矢如雨，聲如雷霆。有鉛丸摩頬過，一持蓋之卒隕焉。然士卒殊死戰，賊不能上。俄鄉團四集，别隊兵亦有至者，金鼓之聲震山谷，賊驚顧。君即率衆自山馳下乘之，賊大潰，自相蹂，墜澗谷者相枕藉。是役也，我軍二千破賊萬餘，惟賊魁率數百人突圍遁，餘衆悉殲。而西路鄉團亦同日大捷，軍威益振。賊猶徘徊境上，君簡精兵，佐以鄉團，使繞出賊後，擊其背，三戰皆捷。賊精鋭略盡，自是不敢復窺永安。而按察使裕公亦次弟收復所失諸縣，前鋒及縣境。君以兵迎之，且作書言八月以來戰守狀。蓋文報阻絶者三月矣。裕公得書，送行省，大吏傳觀，相謂曰：「賊蔓延數州郡，所至官吏輒委城走，不圖一書生乃能死守彈丸，屢挫賊鋒。賊之不敢犯省垣，蓋以此也。」特疏以聞，天子嘉之，有「俞林力守危城三月，深可嘉尚」之諭，特擢同知。時連城猶未克，裕公攻之，數戰不利。有袁艮者，故武貢士殿試一甲第二人，以都司守連城。連城陷，省符下所在逮治之。賊之犯永安也，袁適至，君接見與語，察其人猶可用，示以省符，勸自效。袁曰：「敗軍之將，生死惟公。儻有所用，敢愛其死？」遂從君戰守，頗得其力。君以袁守連久，習其地勢，言於裕公，用爲前部。袁益感奮，未浹旬克連城。大府以上游肅清，言於朝，擢君知府，而袁亦復官，積功至汀州鎮總兵，有聲於時。論者以君爲知人焉。

九年，補泉州府厦防同知。部議以要缺宜調員補授，不得以應升之員升補，奏駮之，特旨允焉。君下車見積牘如山，縲繫者數百人，旬日間悉判結之。監司某公嘗從容謂曰：「君治獄誠明敏，然旬日決數百案，得無太易乎？」君對曰：「重案例移縣，其歸同知判決者皆細故，片言可折。久懸不決，徒飽胥吏，無謂也。」某公嘆服。君治獄必得其情，尤嚴杜苞苴。有以兄子毆其季父者，君逮之急。或請以三千金免其罪，君陽許之，密使人偵其出而逮治之。凌兔者，亦盜魁也，爲鄉里患，莫敢誰何。按察使名捕之，不能得。君乘夜將徒隸搶之其家得焉。凌獻金剛鑽念珠一串，值萬緡，峻拒之。即日械送省中，凌至省竟得釋，然終君之任不敢歸。時諸海口皆通商，而厦門亦設夷官，號領事，多恣睢不法。其譯者輒魚肉民，民怒執之。夷官率數十人持械至同知署，君出問故，夷氣沮，曰：「從公往取人耳。」君笑曰：「吾民皆循良守吾法度，焉用多人？」命一隸往取之，須臾而至，夷大服。自是益敬畏君，每見必以免冠垂手爲禮。

同治元年舉行恩科鄉試，復充同考官，得士十三人，解首王彬與焉。三年八月，粵賊李世賢陷漳州。自漳至厦止二百里，厦爲全省出海門户，商賈所集，富衍甲閩南。賊既得漳，將由厦入臺。偵知君有備，意稍沮，乃餌土寇使爲内應，而群不逞之徒亦躍躍欲起。君出貲募勇，數日得四千人，勢稍定。適前任水師提督曾公玉明以舟師千人將赴臺，道厦門。君登舟説之曰：「無厦門，則無臺矣。今日之勢，厦重於臺。」曾公乃留屯厦門。時英法各國兵船十餘艘泊鼓浪嶼，名爲自衛，其意實叵測。米利堅人白齊文舊爲常勝軍統領，歷保至總兵官，叛降賊後爲官軍所禽，詔貸其死，逐回國。至是潛入漳州，挾紅衣賊目二人至厦門，匿夷官所窺虚實。一日，夷官招觀察飲。酒半，三人者出，夷揖使就坐，觀察大駭，遽起命駕歸。歸而謀之君，君伏勇士於塗，伺其出禽之，械白文齊送行省，梟賊目於市。翼日，置酒召諸夷，諭以順逆禍福，皆俯首聽命。會賊諜陳金龍以僞國書至英領事所。陳金龍者，漳州人，相傳其先世避明季亂入深山中，至今不剃髮。洪秀全未起事時，嘗至其地，與之爲异姓兄弟。及是年八十矣。詣李世賢，自陳爲李奉書説英領事圖厦門。英領事懲白文齊之事，執陳金龍以獻。君白觀察斬之，以狀聞。有詔賜英領事，奬武金牌一，荷包、佩刀各二，下所司頒發。君陳兵衛，鼓吹導從，賫賜物至英領事館。領事再拜受，出入佩之以爲榮。由是群夷争爲遮邏，有潛以軍械糧食濟賊者，悉縛送官。中外之交合，厦門之守益固。

閩俗故信鬼，有巫者自言爲神所馮，握利刀刳其腹，血漉漉注盤盂，不膚撓，俄創合如故；

取竹箸百，寸寸斷之，雜碎甆咽之；又或跣足行烈焰中，均無所苦。信者甚衆，所至環問賊狀。巫張目叱曰：「爾曹尚不去乎？賊於某日至矣。」厦人皆聳。一日，君出道遇之，先驅邀喝不爲止，且大呼賊來。君命收之，隸卒相顧莫敢動。有騎者下而捽其髪，乃仆之地，杖之數十，始呼譽乞免。君諗知其惑衆，言於觀察，將以軍法斬之。士民咸集爲之請，君笑曰：「神如有靈，我受其咎，無與汝曹。」竟斬之，訛言頓息。時避兵者麇集，君行保甲法，躬自巡數，故户口益增，而盜賊絶迹。惟米價翔貴，君請減税以來客米。厦門故有兩關，一爲鎮閩將軍海關，委協領監收雜費，倍正税；一隸同知，則譏察出入而已，然胥吏亦不免小有需索。君莅任已嚴禁之，至是議減正税之半，其雜費一切罷之。協領不可，齗齗與君争，乃上其事於省，卒如君議。一月之間，米商大至。及援軍雲集，日食千石，而市有餘粟，人恃無恐焉。

四年五月，大軍收復漳州，諸縣皆平，厦乃解嚴。巡撫徐清惠公謂僚佐曰：「賊輕兵襲漳，意在臺、厦，將踵國初鄭氏故智耳。當陸路提督林公文督戰没，勢且岌岌，非厦門有備，力遏其衝，事不可問矣。」將疏薦之。兵備道鄧公廷枏上防剿功，亦以君功列第一。會清惠薨，鄧公遷按察使，以議獄失大吏意，投劾去，事遂寢。總督左公彙保歷年文武官弁，賜加道銜。七月，調充鄉試内監試官，尋改内收掌官。將行，貧不能辦裝，民醵金以贐。度必不受，乃具薪米之屬，鼓吹導之。先以鏡一枚、水一盂，曰：「吾公清如水，明如鏡也。」周歷市廛，至於廨舍。君辭不獲〔一〕，乃受之。及行，民數萬人送至金鷄嶺，皆哭失聲，君亦爲憮然。鄉試畢，調補福州海防同知。君仕閩久，資格最深，又爲人望所屬。而君顧落落與當事諸要人皆不合，坐是不得之官。

五年六月，奉檄署漳州雲霄同知。其官廨自兵燹後盛傳有鬼，前官死於是者三人。君居之竟無恙。李公福泰自粵藩撫閩，既入竟，士民之愬其長吏者踵至，而雲霄獨無。公爲留三日，微服周歷城鄉，嘆曰：「入閩以來，弟一好官也。」七月，調充鄉試内監試官。七年二月，赴福防同知本任。有土豪號著翅虎者，黨羽數百人，爲暴於鄉里。君逮而笞之，閉目若瞑。蓋其人蓄有异藥，服之刀杖不能傷。君知之，命閉寘密室，夜漏將盡，忽提出鞫之。倉卒不及服藥，自知不免，叩頭乞命，立杖殺之。九年八月，升授福寧府知府。君於屬吏中某某廉能、某某貪劣，有小册置案頭，疏其事甚詳，歲終具密揭上之。俄而有罷斥者，衆論皆服焉。郡學校官於歲科考入學諸生索册費甚巨，第一名必百金，以次遞減，亦數十金。寒士難之，謁太守求緩頰。君曰：「是固有之，不可廢。」命各以一二金爲贄。越半月，省檄下，則府學訓導以簠簋不飭免

〔一〕獲，原訛作「護」，據蔡啓盛《校勘記》改。

矣。郡僻陋，文風久不振。君擇書院中高才生十人入署中讀書，月再課之。逾年，而余慶元、黄文元俱充拔貢生，林龍璋鄉試中式，皆預十人之列〔一〕者也。

十年十月甲申，孫夫人卒。君自至閩所歷皆艱難辛苦，精力衰耗。同治五年，自京師引見還。塗次得足疾，旋愈。官福防時嘗驟得風眩疾，藥之而瘳。及是撫存悼亡，意興蕭索，而病作矣。然以太夫人年高，勉承歡笑如平時。十一年春，忽患氣逆，猶力疾視事，夜不能寐，則披閲案牘，危坐達旦。十月戊寅，距孫夫人歿期年，設祭内寢。君忽眩仆，急扶歸，猶能至太夫人前坐語，移時始就寢。十二年正月，穆宗毅皇帝親政，覃恩及中外官。君以本官加級，授通奉大夫，贈三代如君官。三月癸未，恩詔至，率僚屬出迎如禮。禮畢還署，甫釋朝服，神色驟變。乙未晨起，呼刀鑷工修鬚髪，取水盥漱，徐登床卧，顔色益紅潤，日加辰遂卒。

君性和易，而廉介有守。一羊裘三十年，兩袖皆穿，以紫色布補綴之，雖見客弗易。當江浙淪陷時，故鄉親友來依君者相繼，君悉賙之，無吝色、無德色。居官一介不苟取，而勢要不能以非禮干，所至有聲，所去常見思。既歿，福寧人皆言君代晋江施襄壯公爲海神云。君生於嘉

〔一〕列，原訛作「例」，據蔡啓盛《校勘記》改。

慶十九年四月壬午，卒年六十。娶仁和孫氏，封夫人。有子三人：祖壽，早卒；祖福，福建候補鹽場大使；祖綏，光緒二年舉人，與先贈公於嘉慶二十一年舉於鄉相距適六十年，族黨咸嗟异之。女子子一人，嫁仁和周氏，早卒。孫五人，同元、同愷、同倫、同文、同章。孫女三人，皆幼。

余既爲先兄立家傳，乃論其後曰：方君令永安時，四面皆賊，焰甚熾。非君死守，則延平必殘破，而省垣危矣。當時之論謂賊不敢長驅犯省垣，皆君之功，洵知言哉！及在厦門，力扼李世賢之鋒，使不得由厦而窺臺灣。其後論閩事者輒以臺灣爲要區，至使督撫大吏歲履行之。然則君之保全臺灣，其功豈小也？咸豐以來，天子聽鼓鼙而思將帥，往往有守一郡保一邑而受朝廷特達之知，不數年間遂授節鉞者。以君方之，曾不少愧，而官止郡守。嗚呼！豈非命歟？然其位雖未大顯，而其人固已不朽矣。余自成進士後與君别甚久，同治中一再至閩，省太夫人起居，乃與君復尋連床之好，而君已病矣。故於在閩事不得其詳，以祖綏所爲事略頗有條理，因據而書之，使世世子孫知吾兄之爲人，而祖福等食其舊德，亦尚勉所以自立哉！

春在堂雜文三編三

《王子安集注》序

物相雜謂之文，《説文》曰：「文，錯畫也。象交文。」蓋必相交相錯而後成文，故駢儷之文，文之正軌也。孔子贊《易》多儷語，老子著《道德經》，亦多儷語。周秦諸子之書，大率同之。至東漢之文，斯駢儷之極則矣。六朝文氣衰弱，而體格未變。逮乎唐初四傑崛起，彬彬乎盛哉！四傑之中，王子安哀然居首。韓文公作《滕王閣記》曰：「得三王所爲序、賦、記等，壯其文辭。」是韓未嘗薄王也。杜少陵云：「王楊盧駱當時體，輕薄爲文哂未休。爾曹身與名俱滅，不廢江河萬古流。」是杜未嘗薄王也。自宋人以八代爲衰，掃而空之，奉昌黎爲鼻祖，而不知探原於初唐之四傑。自此以往，有語言而無文字矣。夫宋元以後之文率多憑臆而造，洋洋灑灑，一掃千言，而實則羌無故實者也。若唐以前之文，則所謂「無一字無來歷」者。以張燕公、段柯古之殫見洽聞,而於王子安所云「帝車南指,華蓋西臨」者,莫詳所出。其《滕王閣序》至今三尺之童能誦之,而「紫電青霜」數語,則博學如楊升庵未能質言也。余幼時讀林西仲《古文析義》,見其於《滕王閣序》云「所用故事皆習熟語,坊本頗詳之,故不屑注」。嗟乎斯言也!何其言之易歟?

吴縣蔣君敬臣以縣令需次吾浙,承其先德廣文君之家學,一行作吏,丹槧無廢。以《王子安集》自來未有注者,乃鋭意爲之。經始於同治之甲子,至光緒甲戌歲紀一周,而後脱稿。將付剞劂,問序於余。余讀其注,見其所引書不僅舉書名,必兼舉篇名。其無篇名,則云弟幾卷。蓋用唐李匡義《資暇集》之例。可知其學有本原,非同稗販矣。余從前亦喜爲駢儷之文,中年以後研求經訓,輟不復作。今則精力衰頹,記問荒落,於君此書,無能爲豪髮之裨益。惟文章體例粗能言之,因書以詒君,亦欲使學者知君之致力於此書,非徒綉其鞶帨也。

《任彦昇集箋注》序

吴縣蔣君敬臣曾注《王子安集》,余已爲序其端矣。光緒庚辰冬,君訪余於吴下春在堂,又以所注《任彦昇集》求序。時余適爲孫兒陛雲納婦,未遑暇也。明年春,自蘇至杭,乃於舟中讀之。其每事必求其所自出,不苟從類書鈔撮,以貽稗販之譏。蓋與注《王集》體例無异。然余謂《任集》之難注，有甚於《王集》者。夫王子安爲唐初人，其所徵引之書至今已十亡六七。若任則前乎王者又百有餘年矣。李善注《文選》，於任文多有未詳。如《爲范尚書讓吏部表》「金章有盈笥之談，華貂深不足之嘆」，《王文憲集序》「挂服捐駒，前良取則」，皆二事并舉，李知其一，而不知其一。是在唐人已不知其所徵引矣，況在今日乎？君此注實事求是，不務穿鑿。無稽勿言，不知蓋闕。誠善讀古書者也。然古書傳世既久，不無亥豕之訛。集中《齊明帝謚議》云「大足協律」，「大足」二字不得其解。余疑「大足」當作「大疋」，《說文·疋部》「疋，或曰胥字」，蓋「胥」字本從「疋」得聲，故古文或以「疋」爲之，亦猶以「哥」爲「歌」、以「臤」爲「賢」之比耳。「大疋」即「大胥」，《禮記·王制篇》注：「大胥小胥，皆樂官屬也。」故曰「大胥協律」。作「足」者古文，作「足」者誤字。雖無他證，而所見似確。故因君求序而及之。以此而推，或有可資啓發者乎？

謝信齋《秋審條款》序

《月令》：「季秋之月，乃趣獄刑，毋留有罪。」注謂：「殺氣已至，有罪者即決也。」是古者決囚以季秋之月。漢制冬月報囚，非古制也。國家先陽春以布化，後秋霜以宣威。順時行戮，辟以止辟。秋審之典，列聖重之。各直省重囚其陷於辟者，有情實、有緩決，由臬司擬議而上之督撫，由督撫覆核而達之刑部，刑部堂司各官又會同大學士、九卿、科道而審定其爲實爲緩而死生之。蓋聖人矜嚴民命，其重如此。從事其間者，可不慎歟？

會稽謝信齋先生誠鈞習申、韓家言，居直隸幕府數十年。嘗受《秋讞條款》於戴蘭江少司寇，既又得《秋録比案》一書，乃先取條款一一訂正，參以己意，附以成案，合二書爲一編。千緒萬端，若綱在綱。若者宜實，若者宜緩，猶燭照而數計也。書成，擬刻之於直隸而未果，乃以授女夫陳仲泉觀察。仲泉藏之篋笥，不敢失隊，至今二十有二年，紙墨猶新，而先生已早歸道山矣。恩竹樵方伯開藩吴下，固刑部秋審處老輩也。仲泉視以此書，嘆爲不刊之作，即取而付之剞劂。先生數十年苦心庶幾不泯乎？乃刻未成而方伯先逝，不及一見，是可悲也。仲泉與余爲同年友，屬書數言以識緣起。余惟仲泉抱殘守缺之意，與方伯表章前哲、嘉惠來學之心皆不可没。至其書之精審，則老於折獄者自能知之。余不習法家言，固無能贊一詞也。

《説文考略》序

吴江陳侃府先生耄期好學，鋭意著述。生平於算學、輿地之學皆有成書，而於小學尤致力焉。先生既没，遺書乃稍稍出，余得讀其《説文考略》四卷。其第一卷爲部目分韵，蓋以便初學之檢閱。此下則博考假借、通用諸字以及音義之正俗、古今之分合、文義之异同。字體字音，正訛辨似；雙聲叠韵，羅列無遺。學者奉此一編以讀許書，不第涉其藩籬，固已究其壼奥矣。先生自序引昌黎韓子之言曰：「凡爲文詞，宜略識字。」余謂識字也者，豈惟甲則言甲，乙則言乙而已哉？果如是也，則童子束髮抱書入村夫子塾，翦紅紙作方寸字，日識四五，即謂之識字矣，何大儒如韓子猶不敢易言之，而但求略識之也？蓋識字之難，不第辨别其形聲，而尤在通知古文假借之例與古今文義异同、分合之詳。不然，讀曆書而不知注之爲咮，則天文昧矣；讀《禹貢》而不知河之爲荷，則地理淆矣；讀《戴記》而不知導之爲禫，則服制疑矣；讀《周官》而不知濯之爲祧，則廟制失矣。福陽、傅陽，即偪陽也。明津、盟津，即孟津也。無二地也。伯翳、柏翳、伯繄，即伯益也。逢門、蜂門、蓬蒙，即逢蒙也，無二人也。《春秋》之邾國，戰國之鄒國也。《左傳》之陳氏，《國策》之田氏也。《孟氏易》有齊卦，即晋卦也。《古文尚書》有柒誓，即費誓也。不知其所以通，异義於是乎蜂起。而在通知古音古義者，則固無疑於其間也。此其人所謂識字者也。以毛西河之博洽，而作《春秋簡書刊誤》猶齦齦焉辨所不必辨，然則識字難矣。先生此書雖止四卷，而視明焦氏之《俗書刊誤》、國朝沈氏之《九經辨字瀆蒙》轉以簡要勝之。吾願學者熟復先生此書，而推闡以盡其餘，則以遍讀秦漢以上之書不難矣，豈僅略識字而已哉？

蔣生沐《東湖叢記》序

昔孔子將作《春秋》，先聚寶書，蓋網羅放失之盛心也。之杞而得夏時，之宋而得坤乾，搜訪古書，亦云勤矣。班固本《七略》作《藝文志》，於每書之下往往撮舉其大旨。雖史家體例略而未詳，然如《古五子十八篇》注云「自甲子至壬子」，《説易陰陽讕言十一篇》注云「陳人君法度」。雖後世不見其書，而得此一語，猶可見其梗概。至宋王厚齋氏又捃拾遺文，爲之補志，古書古義賴有十一之存，厥功偉矣。自是以後，搜遺補逸遂成一家之學。至我朝而巨儒輩出，皆信而好古，崇實學而掃空談。若竹垞朱氏之《經義考》，義門何氏之《讀書記》，原本經史，提要鈎玄，使承學之士窺制述之藩籬，識文章之體要，而麻沙傳刻之譌亦藉以辨別，意甚善也。海昌生沐蔣君自十齡即喜購書，其家藏書甲於浙右，所得多宋元槧本及舊鈔本。既出其所藏者刻爲《別下齋叢書》，而又有《東湖叢記》六卷，則皆記其所見异書秘籍，而金石文字亦附見焉。《自序》稱：「破籍斷碑，性所癖嗜。叢零掎拾，自備遺忘。」然其書實精審，與同時嘉興錢警石先生《曝書雜記》可相伯仲。原版毁於兵燹，哲嗣澤山孝廉謀重刻之，乃以示余，且屬爲之序。余自惟譾陋，汾河委筴，夙非成誦，何足序君之書哉？重違孝廉之請，又嘉孝廉昆仲皆能讀父書，於大亂之餘抱殘守闕，孜孜不倦。昌黎不云乎：「固宜長有人，文章紹編劙。」余讀此編，既嘆老輩人讀書之精審，而又深爲孝廉昆仲望也。

吴牧騶《小匏庵詩》序

往時曾文正師嘗與余言：「國家三載一開科，得舉人進士如干人，其外任封疆、内躋卿貳者，每科必有之，但有多寡耳。至於文章行世、著述傳後者，或一科無一人焉，或數科無一人焉。殆所難者在此不在彼乎？」余初聞斯言，笑而不信也。既而思之，余自道光十七年應丁酉科鄉試，厠名副榜。越七年，至甲辰恩科而舉於鄉。又越六年，至庚戌科而成進士。中間先兄壬甫太守又於癸卯科領鄉薦。余於此四科者皆得稱同歲生，約而計之，殆不下四千人矣。其外任封疆、内躋卿貳者，指不勝屈。而求如文正所言「文章行世、著述傳後」者，果幾人歟？文正難易之説，或者其信乎？雖蓄此説，不敢聞於人。乃今以序牧騶吴君之詩，君固先兄壬甫癸卯同年也，後余一科而成進士。入詞林，改官滇南，由縣令陟郡守，權觀察使。是時滇事方棘，使君得竟其用，屏藩節鉞，安知不在指顧間歟？乃之官未久即引疾而歸。歸而徜徉於鴛湖烟水中，以文字自娱。手定其詩曰《小匏庵詩存》六卷，刻以行世，而問序於余。余讀其詩，蓋滇中之作居其大半。憂時感事之作與夫采風問俗之詞，所謂詩史者也。雖至高卧鄉山，而念大難之初平，憫瘡痍之未復，所作新樂府諸章，沈著則老杜也，條暢則香山也，昇乎世之妃青儷白以爲工者。烏呼！是可傳矣。使曾文正之言而信，則此六卷詩亦足自豪，視世之高牙大纛者，果孰難而孰易也哉？余因序君之詩，而有感於曾文正之言。惜文正已騎箕天上，不及以君之詩而一質之也。

謝琴山《壽花室詩》序

道光丁酉之歲，余年十有七，初應省試，厠名副榜，蓋即宋人所謂「待補小榜」者也。與是科鄉舉諸君例稱同年生。而余年幼，鍵一室而讀書，自族姻外無過從者，亦未知同年之足重也。歲月不居，時序如流。丁酉至今，忽已四十三年矣。曩時同譜諸君，大半物故。檢視題名小録，存者不過十之一二。同年之誼，益以增重。思其人而不及見，得見其子若孫，則幸矣；得見其子若孫而其子若孫又能出其詩文以相示，則雖不及見其人而如見其人，且不啻與其人同坐於一堂，上下其議論，相與劇談大笑也，則尤幸矣。嗟乎！此余所以序琴山謝君之詩也。琴山謝君，蓋丁酉同年也。余乙巳入都，則君已於甲辰歲以知縣試用於江蘇，余始終與君不一見，而今見其詩。君之詩清而不枯，腴而不俗，合唐宋人爲一手。其未仕時游揚州之東臺縣，主其地西溪講席者垂二十年。友朋文字，極一時之盛。故詩有優游閑適之意。及官江蘇，中更離亂，入王壯愍、瑞勇壯兩公幕府，治軍書參密議。江浙淪陷賊中，市廛煨燼，田土污萊。君實親見之，故其爲詩或幽愁抑鬱，或悲憤慨慷，隨所遇而异。而君亦老且病矣，生平爲詩甚多，遭亂失其稿，今存詩五百餘首，皆君病中手自補録者，是尤可寶也。余忝與君同年而不識君，幸得識君之嗣君筱珊大令，遂得從而讀君之遺詩，而君之墓草則已宿矣。聞君爲人敦孝友，重氣誼，固不僅以詩見者。然以詩論，亦丁酉榜中一詩人也。讀君之詩而知君之爲人，余雖不識君，亦可以無憾矣。

《春風并轡》前後兩圖序

子穎方君以《春風并轡》前後兩圖見示，其前圖乃羅兩峰山人於乾隆庚戌爲立堂、蘭嵎兩先生作，皆君曾大父行、乾隆己酉同舉於鄉者也。至咸豐辛亥壬子，距乾隆庚戌六十年矣，而君與其兄元仲先生又聯登賢書，於是有弟二圖之作。伯霜仲雪，後先輝映，何其盛與？余與家兄壬甫於道光癸卯、甲辰先後領鄉薦，差足希君家二難之盛；庚戌同試禮部，亦嘗并轡於春風。至今三十年，春草池塘，已成昔夢。展君此圖，殊增我鴒原之感矣。兄子祖綏，光緒丙子舉人。上溯嘉慶丙子先君子歌《鹿鳴》之歲，亦相距六十年，足與君家盛事同爲科名佳話。然祖孫繩武，而不克弟兄競爽，則并轡之樂未易言也。圖中諸老輩題跋甚多，余方居五五之戚，不爲詩歌，重違君意。拉雜書此。世有王定保，當采入《摭言》矣。

史偉堂《思補圖》序

《傳》曰：「作《易》者其有憂患乎？」聖人作《易》，所以示人處憂患之道也。六十四卦中，惟坎爲加憂之卦。聖人遇坎則憂之。天下之險，莫險於水，而坎實爲水。凡《易》言水、言大川，皆指坎而言。天下之凶頑，莫甚於盜賊，而坎實爲盜。凡《易》言盜、言寇、言有戎，皆指坎而言。是故坎者，聖人之所大憂也。偉堂方伯歷述生平所遇危險之事，屬其友李君永之繪圖紀之。凡厄於水者六，厄於兵者四。余合十圖觀之，嘆曰：君所遇，其皆坎象乎？雖然，聖人有入坎而出坎之法。以坎初之離四，坎二之離五，坎三之離上；即以離四之坎初，離五之坎二，離上之坎三，則成既濟。所謂「既濟，定也」。是道也，在丹家爲取坎填離之術，在吾儒即爲息黥補劓之方。故曰：「无咎者，善補過也。」君以「思補」名是圖，得《易》義矣。自兹以往，成既濟定，自天祐之，吉無不利。

《金剛經句解易知》序

《金剛經》精義，惟在「無所住而生其心」一語。然此非佛氏之言，實吾孔子之言也。昔孔子論列逸民諸人而曰：「吾則异於是，無可無不可。」夫有可即住於可，有不可即住於不可。無可無不可，即無適無莫之謂。無適無莫，即無所住也。是以門弟子之稱孔子曰：「毋意毋必，毋固毋我。」而子思作《中庸》，發明其義曰：「素富貴，行乎富貴；素貧賤，行乎貧賤；素夷狄，行乎夷狄；素患難，行乎患難。」斯言也，所謂無所住也。繼之曰：「君子無入而不自得焉。」則「無所住而生其心」之説也。然則《金剛經》之理，不外儒書。乃吾讀《太平廣記》報應一門列《金剛經》報應，凡七卷，至一百有三事之多。如盧景裕枷鏁自脱，王令望猛獸不傷，陳利賓赤龍扶舟，劉逸淮巨手遮背，并是《金剛經》之力。且云「冥間號《金剛經》最上功德」，「若日持《金剛經》一遍，即萬罪皆消，鬼官不能拘矣」。此又何説也？曰：天下之患莫大於有所住。烏，吾知其能飛；魚，吾知其能游；獸，吾知其能走，各有所住者存焉。是故走者可以爲網，游者可以爲綸，飛者可以爲矰。至於龍，吾不知其乘風雲而上天，彼何所住哉？不飛於叢，惡乎用吾矰？不游於淵，惡乎用吾綸？不走於曠，惡乎用吾網？《金剛經》之力亦若是而已矣。彼惟無所住，故天地、鬼神、水火、盜賊皆不得而傷之。佛弟子附會其説，侈爲報應，非無理也。

是經凡六譯，今多行鳩摩羅什本。辜較五千一百八十七言，其精者實與聖言相表裏。而誦習者不達其義，則見爲複沓而曼衍。乾隆間，蓬萊王巨川著《金剛經句解易知》，原序謂「斟酌群言，録長棄短，義惟求是，語不避粗。洵初學之津梁也」。姚訪梅觀察得其書，喜其切近，乃屬其妻弟張少渠大令重刊之於吴門，而問序於余。余惟歷來所記載是經功德不可思議，王君切實指陳，發明經義；觀察又信受奉持，刊刻流傳，洵足以淑其身、壽其親矣。余於西來大義一無所知，姑舉其「無所住」一語比附於吾儒之學，使學者由是而進於程子所謂「活潑潑地」，則儒理、佛理一以貫之矣。

會稽王氏《銀管録》序

《柏舟》之詩曰「之死矢靡它」，固以死自誓矣，然實未嘗死也。史傳所載，若代君妻之磨笄，欒陵妃之握玦，大率迫於不得已而死；未有身處無事之時，從容閨房之內，不忍其夫之獨死而以身從之者也。唐高宗下詔褒賜于敏直妻張氏，令史官録之，是爲表揚烈婦之始。然張氏以一慟而絶，則亦非自殺以從其夫也。歷考前史烈婦徇夫，宋以前未有聞。至《元史·列女傳》云：「其間有不忍夫死，感慨自殺以從之者，特著之，以示勸勵之義。」傳中所載，自李君進妻王氏以下二十餘人，皆早寡不忍獨生，以死從夫。當時悉命褒表，或賜錢、贈謚。然則烈婦之有褒表，在元時固著之令甲矣。聖朝敦崇倫紀，樹之風聲。凡節婦烈婦、咸表其閭。而儒者之論，動謂爲節婦難、爲烈婦易。以節婦之節成於百年，而烈婦之烈或激於一旦也。嗟乎！死生亦大矣。士君子首鼠兩端，遇事變不能引決，艾炷灸〔一〕頞，瓜蒂歕鼻，以偷活草間者，往往有之，而謂烈婦易乎？

乃今觀於會稽王烈婦，則其難更有甚矣。當其夫根仙茂才之卒也，固已毁面截髮，誓不獨生。會其父笑庵孫公以哭女婿而亡，又扶服奔赴，躬視含斂。禮畢，仍歸王氏，送其夫之葬，乃曰：「吾可以死矣。」自是遂絶食，雖水漿不入於口。當是時，其舅勸之食，姑勸之食。其母居

〔一〕 决，原訛作「決」；灸，原訛作「炙」，據蔡啓盛《校勘記》改。

夫之喪不獲來，而其祖來勸之食。然烈婦卒不爲動，不食至七日，垂絶矣，其祖强飲以西瓜汁一杯。又七日而後絶。宛轉床笫之間，綿歷浹辰之久。烏呼！豈易言哉？此非猶夫扼吭斷脰、一瞑不視者，或可取决於一日也。《太玄・度》次八曰：「赤石不奪，節士之必。」其烈婦之謂矣。其夫弟子獻孝廉狀其事實，博徵詩文，萃而刻之，是爲《銀管集》，而余爲之序。讀是集也，知烈婦之所爲更有難於節婦者。程嬰死易立孤難之説，固未可以概論；而朝廷一律表彰，意深遠矣。

陳慎甫先生《退耕堂集》序

先通奉君以嘉慶丙子舉於鄉，至於今六十有六年矣。與先君同舉之友，百不存一。每展題名小録，輒誦「雖無老成，尚有典型」之句，爲之大息。夫思其人而不見，見其姓名如接其言論風采焉，況得而誦其詩乎？海鹽陳慎甫先生於道光癸未成進士，而其舉於鄉也，實與先君爲同歲生。方先生宰江陰時，樾侍先君讀書於常州，與先生書牘往來，猶及見之。已而先生改官直隸，遷深州牧。咸豐三年，寇陷州城，先生死之。事聞，賜加道銜，世襲雲騎尉，祀昭忠祠，其他祭葬悉如例。然則先生在嘉慶丙子榜中，其亦所謂「磊落軒天地」者乎？樾不及見先生，而今乃得見先生之詩。蓋先生所著有《楚游集》《五溪游稿》《菰蘆老屋集》《退耕堂集》，無慮數千首。兵火之後，遺佚過半。先生有令子曰賡笙，字介石，就殘稿中考之輿地，按之歲月，編爲十卷，存七百餘首，而從其晚年所定之名命之曰《退耕堂集》。

其詩上攀漢、魏，下揖歐、蘇。求之當代，罕有倫比。蓋先生論詩有云：「漁洋詩自佳，所惜修飾太過耳。宛陵施愚山五古最爲遒上，梅村而外，嶺南陳元孝尚可比肩，餘子皆碌碌矣。」又曰：「時髦巨手，大抵宗尚國初諸老。至於元明，俱未窺及，何論漢、魏、晉、唐？才華日盛，根柢日薄，不讀經史，而徒於聲律中求之。是沿流而未討源也。」先生之論如此，宜其詩之高出儕輩矣。夫先生之治行有輿論，其大節有國史。如先生者，豈必以詩傳哉？然以詩論，亦自必傳而無疑。介石以廉吏子久困場屋，棬樞桑户中，授徒自給。而手抱遺文不敢廢墜，觚編毫絡，遂有成書，其志可嘉矣。樾自先君見背以來，又三十餘年。衰病侵尋，學術荒落。乃承不棄，屬以一言序之。樾讀先生之詩，敬先生之爲人，又嘉介石之克承家學也。昌黎公不云乎：「固宜長有人，文章紹編劇。」樾願與介石共勉之矣。

潘氏《奉思録》序

《孟子》稱故國不在喬木，而在世臣。三代而下，如漢之袁、楊，晋之王、謝，唐之崔、盧，皆以衣冠右姓，軒冕相襲，播之史策，以爲美談。我國家重熙累洽，浸仁沐義，故家遺俗，光耀不渝。而在東南，則吴縣潘氏實爲之冠。夫江河之水，其始濫觴；豫章之木，其初拱把。荀子有言：「積土成山，風雨興焉；積水成淵，蛟龍生焉。」余年來僑寓吴中，與其地賢士大夫游。潘君麐生以所著《奉思録》之已刊者一卷見示，則其六世祖敷九先生自定年譜也。先生生於順治十五年，其先世爲安徽歙縣人。自其祖筠友公以浙鹾起家，往來吴、皖，而先生乃生於姑蘇之南濠。先生之父其蔚公卜居於黄鸝坊橋，至先生又移居劉家濱，實爲潘氏自皖遷吴之祖。今吴縣潘氏枝附葉〔一〕著，爵位蟬聯，皆自此始也。昔周之興也，詩人頌之曰：「凡周之士，不顯亦世。」及東周之衰，吉甫、申伯之後皆不克繼，論者惜之。麐生美於才而工於文，其爲《奉先録》乃所謂「咏世德之駿烈，誦先人之清芬」者，而以此卷爲首。川廣自源，有開必先，其此之謂

〔一〕葉，原訛作「棄」，據蔡啓盛《校勘記》改。

乎？又以原譜止於康熙四十二年，時敷九先生年四十六歲，下距先生之殁於雍正二年尚有二十一年，乃搜輯遺聞軼事以賡續之。杜少陵云「藉藉名家孫」，如麐生者，信可以無愧矣。余讀此書，知潘氏原遠流長，方興未艾，《詩》所謂「不顯亦世」者，於此徵之，非徒爲潘氏一家慶也。

《合刻歸顧朱三先生年譜》序

古人重國故，所謂「國故」者，鄭康成謂「若周有周公，魯有孔子」，凡釋奠於學則必祭之。後世學宫之祀鄉賢，其昉此乎？夫十步之内必有芳草，十室之邑必有忠信，况高山景行，人所嚮往。是以過大梁者伫想夷門，游九原者流連隨會。表彰前哲，弘奬方來，意深遠矣。昆山在吴郡，一大縣也。地有山水之勝，爲人文所萃。前言往行，炳彪載籍。而若歸震川、顧亭林、朱柏廬三先生，則尤著者也。震川先生之文，二百年來猶在人口。而其原本道德，根柢六經，實足追配韓、歐，非徒以文名傾天下者。至亭林先生之學，有體有用，綜貫百家，上下千載，於朝章國典、民風土俗歷歷言之。其講求古音，發明古義，亦足爲本朝諸大儒道其先路，無論言漢學、言宋學，而皆以先生爲一大宗。柏廬先生名迹稍晦，然其人實卓然一代醇儒，以父節孝先生死難，棄諸生冠服，稱朱布衣，居鄉教授。以博學宏辭薦，不就。其律己嚴，其接物恕，其教是三先生者，雖出處不必同，而學行則同。學者必以誠，古所稱躬行不怠之君子，先生有焉。其在昆邑，皆古所謂國故者也。

金君螺青宰是邑，緬懷三先生之遺風而不可見，訪其生平行事，得邑人孫守中岱所爲《震川先生年譜》，吴止狷映奎所爲《亭林先生年譜》，乃合而刻之。以柏廬先生未有年譜，而先生所撰《毋欺録》自順治十五年始，至康熙三十七年止，其明年先生即捐館舍。此四十年中，按年編纂，本末略具，是即先生之譜也。乃刻此録，與歸、顧兩譜并行。於是三先生事迹粲然可見矣。昔賈生常嘆俗吏惟以簿書期會爲事，螺青一行作吏，即惓惓於是邦之文獻，訪先哲遺書而表襮之，可謂知所本矣。余與螺青有連，素聞其通達治體，長於爲政。而此一舉也，尤非俗吏所能爲。學道愛人，於此徵之矣。邑之人士沐浴於弦歌之化，又聞鄉先生之風而興起焉，學術修明，人材輩起，皆基於此。此螺青刻三先生譜之本心，亦即古人祀國故之遺意也夫！

《生春詩録》序

白香山「何處春深好」二十首，蓋和元微之作，興到語耳；後人擬之者亦不過評量烟景，料理風花，未必有深意存其中也。黼堂同年寓居武林，以《香山九老圖》中人爲西湖六橋游客。

己卯之歲，嘉平之月，陰雨浹辰，杜門不出，游興小減，而吟興大來。乃用元白舊體，賦「何處生春早」三十首。蓋是歲十二月癸亥立春也，明年春郵寄余吴下春在堂，屬以一言序之。余讀其詩，自第一首至第五首，雍容揄揚，有唐人鳳皇池上、一曲陽春遺韵。自第六首以下，則君一生宦迹游迹，具見於斯。蓋君以文恭公季子，禀承家學，遭際盛時，由監司起家，跻歷屏藩，兼權節鉞，駸駸大用矣。俄以疾乞身，怡情泉石，放浪江湖。近年游覽兩浙，遍探雁蕩、天台、普陀之勝。笠屐所至，望若神仙。綜計君之一生，蓋得春氣最多，宜其見之於詩者，風和而氣畹，每讀一過，令人如坐春風中矣。願君從此以往，長樂無極，以八千歲爲春，則白香山所謂「且喜年年作花主」者，當爲君咏之。余雖秋士，而《易林》有之：「東風啓户，黔啄翻舞，各樂其類。」亦思與君頡頏於桃花渌水間也。

秦膚雨詩序

楊子云：「詩人之賦麗以則，詞人之賦麗以淫。」是知古所謂詩人詞人者，雖有則與淫之别，而麗則一也。孔子曰：「言之無文，行而不遠。」豈有不麗而可謂之文者乎？吾人立言以古爲法，如邵康節之《擊壤集》以理學語入詩，沿至有明爲陳白沙、莊定山一派，則而不麗，不足與言詩也。若夫唐人温、李之詩，寄托遥深，實古風騷之遺韵。而沿其體者，徒拾浮華，不存古意。至宋初楊、劉諸公，衍爲西昆體，則又麗而不則矣。其弊也，以韓致光《香奩》爲濫觴，極而至於國朝，王次回之《疑雨集》麗而不則，又入於淫，斯風雅之罪人矣。吾嘗持此論以觀當代詩人之詩，求其麗且則者，今乃得之秦君膚雨。君年少而工於詩，且能爲詞曲，持律深細，异夫不知而苟作者。承以所刻詩詞乞序於余，余讀之圓美流轉如彈丸，而無骫骳之辭，無靡靡之音。斯非楊子雲所謂「麗以則」者乎。余少時粗習爲詩詞，比歲以來，意興衰落，摇筆染翰，都無佳語。始信江文通才盡之説，甚矣吾衰！又何足以序君之詩哉？姑綴數語如此，俾學者知麗而不淫，斯謂之則。《擊壤》遺音，《香奩》流弊，均詩家所不取也。

顧訪溪《四禮權疑》序

顧訪溪先生篤學敦行，粹然爲當代儒者。其所著書皆有體有用，有裨世道。而《四禮權〔一〕疑》八卷，則其晚年所手定之稿也。四禮者，冠、昏、喪、祭也。《王制》之言六禮曰冠、昏、喪、

〔一〕 權，原訛作「摧」，據蔡啓盛《校勘記》改。

祭、鄉、相見；而宋司馬温公之爲《書儀》則有冠儀、昏儀、喪儀，無祭儀，蓋合喪、祭而一之矣。是四者人道之所尤重。舉冠、昏、喪、祭四者，而其餘鄉飲、鄉射及士相見之禮古今异宜、南北异俗，有不必概論者矣。明黄氏佐著《鄉禮》七卷，以鄉禮爲綱領，而次列冠、昏、喪、祭四禮，斯可謂紀事而提其要者也。國朝秦氏蕙田著《五禮通考》，本徐氏《讀禮通考》而推廣之，吉、凶、軍、賓、嘉燦然羅列，所謂冠、昏、喪、祭者無不包舉乎其中，誠説禮者之淵藪也。然其書浩如烟海，學者未易推尋，殆又不免乎或失則煩之弊。今先生此書約而能精，辯而不煩，信乎好學深思、通知其意者矣。然愚竊謂自乾隆中敕撰《大清通禮》，凡等威之隆殺，節文之次第，固已秩然大備；而士大夫家或囿於鄉隅，習於世俗，不能一一如禮，亦無以禮繩之者，率以從俗、從宜爲解。先生初定是書，實先具儀節，各繫以説，而以附論終焉。後乃專取附論損益之，成此八卷，則儀節不復存矣。先生所定儀節必有宜乎今不盭乎古者，惜乎其不復存也。雖然，世之君子誠有志乎復禮，得先生此書而推求夫古人制禮之意，則冠、昏、喪、祭諸大端雖不能悉如古禮，吾知其必有合矣。

杜小舫《重刻宋七家詞》序

詞源於唐，盛於宋，至元明以下衰矣。國朝正學昌明，人文蔚起，實事求是，力追古初。詞雖小道，而別裁僞體，矩矱先氏，亦斷斷然不少假借，剖豪析芒，森然起例，與箋經注史同一謹嚴，此有明一代諸公所未見及者也。蓋自萬紅友《詞律》一書出，而詞之道固已尊矣。然萬氏之書以律爲主，而不論辭之工拙。故如黄山谷《望遠行》之俳體，石孝友《念奴嬌》之媟辭，亦具録之，非所以存大雅之遺音，示風騷之正軌也。戈順卿先生生萬氏之後，持論益精，執律愈細，以詞學提唱江左者數十年。其所選《宋七家詞》無一齟齬之律，無一骫骳之辭，蓋自來宋詞選本未有精於此者也。杜筱舫方伯爲詞場老斫輪，所著《采香詞》深入宋賢之室。前官江蘇時，與竹樵方伯校刊萬氏《詞律》。今歸林下，又手自校定戈選七家詞，壽之黎棗，而問序於余。余謂戈《選》誠善矣，然亦有沿訛而未正者，且有率臆而妄改者。筱舫一一訂正，不特宋賢之知己，抑亦戈氏之功臣哉！詞家奉《詞律》爲楷式，猶病其博而不精。今得此七家之詞章摹而句仿之，格律既嚴，情文兼美，將駕元明而上，與宋賢抗手，不難矣。曩者《詞律》之刻，余既爲序之，此刻也不復掇拾舊説，惟願世之學詞者博求之《詞律》，而又精求之此《七家》，則人人皆梅溪、白石也。此筱舫校刊戈《選》之雅意也夫！

姚子白《懷芬館詩鈔》序

昔有以詩集示袁隨園先生者，先生見其集中多「雁」字「夾竹桃」等題，遂不復觀，曰：「非大家體格也。」是説也，余竊以爲不然。夫論詩者當論其工否耳，如不工也，雖日擬曹、劉《公宴詩》、顔延年《郊祀歌》，何取焉？如其工也，則陸士衡之《咏園葵》，沈休文之《咏湖雁》，何嘗不與京都巨製并入選樓哉？歷觀唐宋以來，若宋劉辰翁之《四景詩》，元郭豫亨之《梅花字字香》前後集，在詩家皆爲小品，而亦未嘗不流傳至今。故知詩論工拙，不論題之大小也。秀水姚君子白以名諸生不得志於有司，身後詩文散佚。其哲嗣鞏石、蓉裳兩君於兵燹之後搜輯之，得《懷芬館詩》四卷，賦一卷，而乞序於余。余讀其首篇即《咏鴨餛飩》五言古詩一首，其他亦多「茄牛」「艾虎」「晝叉」「簾押」之類，賦題稱是。初疑其過涉纖小，然其詩則寄托遥深，意味雋永，置之作者之列，固無愧焉。如君之詩，豈得以題之小而薄之哉？及觀楊君象濟、王君壬澤之序，乃知君詩文不自收拾，此集所存半皆書院課作，朋舊間傳鈔而幸存者。然則題之纖小，固無怪矣。余恐讀者執隨園之説以獻疑，故書其詩集之前如此。

丁怡生《重文》序

今所謂「字」，古所謂「文」也。《傳》曰：「物相雜謂之文。」《説文》曰：「文，錯畫也，象交文。」蓋必相交相錯而後成文。昔伏羲氏既畫一以象陽，又以所畫之一并之爲⚋以象陰，於是文字生焉。然則文字之中有并二字爲一字者，正如有一而又有⚋，斯固文之所以爲文矣。籀古之文多繁重，如孖茤厵輚之類，率重叠成文。而傳世既久，日趨簡易。學者既不循用，浸至失其音讀。《説文》所載如「祘讀若算」「秝讀若歷」，明白無疑者，固有之矣。而如「从」之但云「兩從此」、「棘」之但云「曹從此」，不傳其音讀者，又豈少哉？余今年曾以「兹」字音義詢之詁經精舍諸君子，或云宜音胡涓切，或云宜音子絲切，迄無定論。然則《左傳》所謂「何故使我水兹」者宜何讀歟？丁君怡生，固精舍中高才生也。其家藏書爲大江南北最，怡生篤學嗜古，有子勝斐然之志。余方謂天假之年，必大有成就，孰意其秀而不實，與顔氏子同慨也。其從兄松生明經出示其遺書，有《重文》一卷，皆就重叠成文者如「从」字、「棘」字之類，博考諸書，求其音義。此在小學中止爲一端，然其用力固已勤矣。余因勸松生付諸剞劂，以廣其傳，使學者藉此以窺古人制字之原，其於小學也亦庶乎導𡿨巜而至於巛矣。

《咸寧汪氏義莊録》序

國家含仁吐惠，一民同俗，其甄陶天下者，悉本古者孝友、睦姻、任恤之遺則，而士大夫亦能激薄停澆，啬用廣施，以副朝廷德意。故二百年來，用宋范氏義莊成法以贍其族者所在有之，而今者又見之於咸寧汪氏。咸寧汪耕餘觀察以縣令起家，臻歷監司，所至稱循吏。汪氏義莊，其所創建也。先是，觀察之尊甫觀瀾先生習申、韓家言，爲諸侯老賓客。生平勇於爲善，矜孤頤老，惟力是視，而尤惓惓於義莊一事。蓋嘗述其母王太夫人之言，而王太夫人又述其祖母劉太夫人之言。兩太夫人皆以窮嫠守志，備嘗艱苦，於煢煢一鐙形影相吊之時慨然有九族中外同其饑寒之意，遺命子孫，粗能樹立必建義莊。觀瀾先生奉承先志，不敢失墜。耕餘觀察乃卒成之。烏乎！兩太夫人高誼，雖士大夫有所不逮。而有兩太夫人之貽謀，必有觀瀾先生與觀察之善繼善述。天人合應，理有固然，而天下事之有志竟成，亦即此可見。世之媍婀不自立者，可以興矣。義莊既立，述其本末及其章程，以示厥後。余寓吴下，與觀察善乃得受而讀之。上以供祭祀，下以恤宗族，貧乏有養也，婚喪有助也，子弟能讀者有塾也，應試而成名者有慶也，婦女之嫠而能守者有賙也。是可謂詳且善矣。《禮》曰「善歌者使人繼其聲」，其兩太夫人與觀瀾先生之謂乎？《莊子》曰「美成在久」，其觀察之謂乎？皖之大吏上其事於朝，又臚舉觀瀾先生生平事實以聞。詔書褒美，建綽楔於其門，錫以「樂善好施」四字。汪氏義莊於是大顯，而觀瀾先生之行誼异時亦必列入國史《孝義傳》中，可以千古矣。余承觀察之意，弁言於其端，則又推本兩太夫人之遺言，庶汪氏後昆勿忘所自食舊德而服先疇，子子孫孫勿替引之也。

《禮書通故》序

自唐以前，多有以禮學名家者。宋元以來，禮學衰息，儒者説經喜言《易》而畏言《禮》。《易》可空談，《禮》必徵實也。國朝經術昌明，大儒輩出。於是議《禮》之家，日以精密。於衣服、宫室之度，冠昏、喪祭之儀，軍賦、官禄之制，天文、地理之説皆能考求古義，歷歷言之。而彙萃成書，集《禮》家之大成者，則莫如秦味經氏之《五禮通考》。曾文正公嘗與余言：「此書體大物博，歷代典章具在於此。三通之外，得此而四，爲學者不可不讀之書。」余讀之誠然。惟秦氏之書桉而不斷，無所折衷，可謂《禮》學之淵藪，而未足爲治《禮》者之藝極。求其博學詳説，去非求是，使學者得以窺見先王制作之潭奥者，其在定海黄氏之書乎？

定海黄君元同爲薇香先生之哲嗣。往歲吴和甫同年視學吾浙，録先生《明堂步筵説》見示，謂與余説明堂大旨相合，余深惜不及一見。未幾，余來主講詁經精舍，始得交於君。後又與同在書局，知君固好學深思之士也。曾以所撰《禮書通故》數册示余。余不自揣，小有獻替。至今歲，又以數巨編來，則裒然成書，已得十之六七。而余精力衰頽，學問荒廢，流覽是書，有望洋向若而嘆而已。永不鄙棄，問序於余，余何足序此書哉？惟《禮》家聚訟，自古難之。君爲此書，不墨守一家之學，綜貫群經，博采衆論，實事求是，惟善是從。故有駁正鄭義者，如冕有前旒無後旒，射者履物正足非方足是也。有申明鄭義者，如古者冠卷殊謂殊材，非謂殊色；婦饋舅姑共席於奥，謂二席并設，非謂同席是也。略舉數事，雖其小小者，然其精審可知矣。至其宏綱巨目，凡四十有五，洵足究天人之奥，通古今之宜，視秦氏《五禮通考》博或不及，精則過之。向使文正得見此書，必大嗟嘆，謂秦書之後又有此作，可益三通而五矣。余經義粗粗，無能爲益，而所説《冠義》「母拜之」、《鄉射禮》「乏參侯道」，皆頗與鄙説合，亦未始不自幸也。

錢氏《綱目考訂》序

自朱子作《綱目》之後，劉友益有《綱目書法》，尹起莘有《綱目發明》，汪克寬有《綱目考異》，孔克表有《綱目音訓》，孫吾與有《綱目音釋》，王幼學有《綱目集覽》。諸儒之書，或存或否，而其用力於此書可謂勤矣。國朝則有芮長恤之《綱目分注拾遺》，陳景雲之《綱目訂誤》，《四庫》著録焉。乃康熙間尚有懷寧錢氏之書，其書實精審，卓然爲紫陽功臣，而《四庫》未收，學者不盡得見，甚可惜也。錢氏名選，字枚一，學者稱涉園先生。康熙二十四年進士，以知縣官廣東，未半歲即解組歸。生平致力於《綱目》一書，以九法讀之。一曰音，二曰注，猶孔氏之《音訓》，孫氏之《音釋》也。三曰考，猶汪氏之《考异》也。四曰補，猶芮氏之《拾遺》也。五曰辨，猶陳氏之《訂誤》也。六曰記，猶王氏之《集覽》也。七曰評，八曰訂，自序謂即評之稍异者。猶尹氏之《發明》也。九曰按，蓋自抒所見，有諸家之所未及者。是先生之書集諸家之大成，得先生書而諸家囊括其中矣。其書舊有刊本，兵亂以來原版毀焉。同縣人楊君鳳儀及宿州邵君景書僉謂此書不可無傳，求得舊時印存之本重付剞劂。兩君皆服官吳下，因介其鄉人汪耕餘觀察問序於余。以書帙繁重，不能悉致，致其弟一函。余受而讀之，如秦誅李斯，辨其月誤；漢相蕭何，辨其年誤；建武三年書「揚州平」，時揚州未平，定爲衍文；建武十年書「隗囂將」，時隗囂已死，决爲誤字；成帝綏和元年封孔吉爲殷紹嘉侯，當作孔何齊，此人名之誤；明帝永平八年以「宋均爲尚書令」，當作「宗均」，此人姓之誤。諸如此類，皆釐然有當。至謂王莽時匈奴但可書「入塞」，不可書「入寇」；赤眉破廉丹但可書「殺之」，不可書「誅之」，則并及書法之未當者。朱子亦宜引爲諍友，劉友益猶未見及此矣。其書名「考訂」，蓋即九法之中舉其二以名其書也。余深喜先生此書久而復顯，而楊、邵二君抱殘守缺，爲鄉先生表章墜緒，其功亦不可没也。故紀其大略如此。

薛心農《北行日記》序

光緒六年，慈禧皇太后以宵旰〔一〕憂勤，有堯癯舜黴之疾，詔徵天下通知醫術者咸詣闕下。而浙江巡撫譚公以君與淳安教論仲君應詔書，君乃偕仲君於七月己卯首塗，逮十月丙辰還浙江，首尾九十有八日。其中間於八月壬寅恭詣長春宫起居，逮九月甲申奉懿旨賜歸，首尾四十有三日。此四十三日中，辨色而入，日旰而歸。在他人處此，真所謂自朝至於日中昃不遑暇食者矣，豈廣厦細旃之上，可以從容偃息，仰屋梁而著書哉？乃讀君所著《北行日記》一卷，又何其斐然而成章也！夫文章家排日紀行，始於東漢馬第伯《封禪儀記》，而所記止登岱一事。其後唐李習之《來南録》，宋歐陽永叔《于役志》，所歷較遠，所記較詳，然不過山程水驛間聊志游

〔一〕 旰，原訛作「旴」，據蔡啓盛《校勘記》改。

迹而已。君之此記，則宫殿之壯麗，恩禮之優渥，與所交京師士大夫人物之瑰奇，無不備載。而又論醫、論詩、論經、論史，悉中肯綮。至其附載各詩，或紀游或咏古，有他人支頤摇膝竟日不能得者，而君於供奉之暇，矢口而成之。君之才自不可及，而君之精於醫亦可見矣。不然，方惴惴焉切脉處方，懼不得當，而能以餘事作詩人哉？巡撫譚公以君應詔，誠知人，而君异日必以名醫入國史《方伎傳》。此一編也亦必爲《藝文志》所著録無疑矣。

徐若洲《檐蔔室詩詞》序

徐氏爲武林望族，文敬、文穆兩公以來，簪纓相繼。至若洲先生雖沈淪下位，然文采風流，固足紹其家聲也。惜不得志，落拓一官，不得展其驥足，而又遭逢離亂，鄉關淪陷，崎嶇戎馬之間，故其爲詩多王郎拔劍斫地之氣，亦有《離騷》幽怨美人香草寄托之辭。讀其詩，可知其人矣。先生年十四補學官弟子員，有《觀潮賦》一篇，傳誦人口。使其得游承明著作之庭，豈出東塗西抹諸少年下哉？且亦安知不以勛業顯，繼文敬、文穆兩公而起也？乃位不副才，而天又不永其年，至今徒以詩詞傳。即其詩詞亦多散佚，僅於兵燹之後煨燼之餘得此二册，亦可慨矣。花農抱守殘編，不敢失墜，其志可嘉。余識花農於微時，即决其爲玉堂人物。今果成進士，入詞林。先生之遺意可以少慰，先生之遺詩亦必將大顯於時。余既爲先生幸，又爲花農勖之也。

徐花農《玉可盦詞存》序

温柔敦厚，詩教也。詞爲詩之餘，則亦宜以此四字爲主。近世詩人多好黄山谷詩，余雅不以爲然。至山谷之詞尤多俚俗語，以此爲詞，詞之道卑矣。余於詞非所長，而遇好詞輒喜誦之。嘗謂吴夢窗之「七寶樓臺」照人眼目，蘇學士之「天風海雨」逼人而來，雖各極其妙，而詞之正宗則貴清空，不貴餖飣；貴微婉，不貴豪放。《花間》《尊前》，其矩矱固如是也。花農庶常風度端凝，而詩文并極清妙。自幼喜爲詞，皆散佚不存。光緒庚辰入玉堂，後乞假出都，自保定至津門。道中追憶得如干首，録爲一册。及辛巳春，示余於湖上俞樓。余讀之，無觓觢之音，無聱牙之句，圓美流轉如彈丸，想見張緒少年時風致。蓋其所爲詞與余論詞有暗合者。昔人稱秦七詞「情辭兼勝」，又稱梅溪詞「有清新閑婉之長，無訑蕩污淫之失」。余於花農詞亦云。

顧少卿《校經草廬集》序

《校經草廬集》二卷，長洲顧少卿先生著。先生名曾，字駿文，少卿其别字也。自幼讀書，好窮究經史，不屑爲章句之學。嘗游廣東，爲惠州博羅書院山長。晚年館杭州蔡氏，蔡劬庵太史念慈，其門下大生也。此集即太史昆弟所刻，亂後失其版，其後人謀重刻之，問序於余。余讀其集，嘆乾嘉間老輩學問具有根柢，文章亦雅健有法度，非苟以浮詞悦人耳目者。當是時，言漢學者方盛，先生若不屑依附者。然論《易》不取先天圖，論《尚書》不信古文，則其大者固已得之矣。至其《與莊司臬書》論治盜當先治内地，不當專治外洋，其言尤爲切要。天下事徒騖乎其外，而不求之於内，未有不敝者。先生生當我朝全盛之時，所論不過盜賊而已，然其意可深長思矣。惜原刻讎校未精，余信手翻帣，而亥豕之訛所在皆有，未知尚可訂正否。集中有《尤袤傳》一篇，蓋先生曾與修《無錫縣志》，此即志中之文。尤文簡固無錫人也，其傳止就《宋史》本傳稍節之，末云：「乞致仕歸，八年卒。」則與史大异。史云：「積憂成疾，請告，不報，疾篤乞致仕，又不報，遂卒。明年，轉正奉大夫致仕。」是尤文簡卒於官，卒後始致仕。蓋宋時自有此例，此乃云「致仕歸，卒」，殆别有所據歟？余少時亦嘗客杭州蔡氏，距先生之館蔡氏不過六七年，而先生之集余顧未之見。今始見之，則不特先生墓木已拱，即劬庵昆弟亦久作古人。而先生之集乃幸存於兵燹之餘，至今又復顯於世，亦可知其文章學問固自有不可澌滅者存也。

《名山福壽篇》序

余築書冢於右台〔一〕仙館西南隅，李黼堂中丞用蘇文忠公《石鼓詩》韵紀之，余從而和之。已而諸同人得福壽殘磚於僧舍壞垣，歸之右台仙館，余又用前韵紀之。是二詩也，屬而和者數十人，徐子花農聚而刻之。刻成，問序於余。嗟乎！空山老屋中仰屋著書，髮白齒落，粗有成就而狼藉於塵土之中，零落於婦孺之手，不得一顯於世者豈少哉？余書甫成而傳播人間，旁及海外，至區區殘稿猶不棄捐，卜名山而藏之，入諸賢之咏歌，供後人之憑吊，造物者之於我不太厚歟？故於茲篇之成，漫書數語，自幸也，亦自愧也。

〔一〕冢，原訛作「家」；台，原訛作「臺」，據蔡啓盛《校勘記》改，下同。

蔡子瑾《瑶田遺詩》序

先通奉公初娶於蔡，蔡爲吾邑大姓，凡邑中之蔡於吾皆母黨也。其較親者爲厚齋先生，於吾爲舅氏。先生有三子，於吾皆兄弟也。其仲子曰銘珏子瑾，娶於姚，則又吾母姚太夫人歸孫也，於是又加親焉。子瑾年少而劬於學，雖崎嶇於戎馬之間，讀書不輟。尤好爲詩，其詩雖未能成家，而力追漢魏盛唐之軌度，不屑爲近世淫哇之音，則其所主者正也。如子瑾者，吾方望其必有所立也，未及三十遽夭天年，其娶於姚者亦不久而逝，無子與女。烏乎悕矣！厥兄鎮璠瑜卿輯其遺詩，得一卷，命之曰《瑶田遺詩》，以示余曰：「子瑾之所遺者，止此矣。」讀其詩，蓋如鍾記室之品袁彦伯所謂「文體未遒，而鮮明緊健，去凡俗遠」者。然其中多志微噍殺之音，殆精神渫越有發於不自知者邪？抑所遭之時然邪？蓋子瑾以此一卷詩傳，而此一卷詩未足以盡子瑾也。

《日本國史紀事本末》序

自古記事之史，本於《尚書》；編年之史，本於《春秋》。二者皆史之正軌也。至司馬子長作《史記》，於十二本紀略具編年之意，於八書稍循紀事之規，而其所尤致意者在三十世家、六十九列傳。夫世家猶或備一國之始終，列傳則惟載一人之本末。史之作爲一代而作，非爲一人一家而作也。乃使盛衰治亂之大散見諸臣傳中而無所統一，將何以提其要歟？荀、袁《漢紀》，體本編年，而其書不甚傳。至司馬温公作《通鑒》，朱子之《綱目》繼之，始復《春秋》編年之舊。袁機仲又就温公《通鑒》分事排纂，以一事爲一篇，各詳其起訖。節目分明，經緯條貫，是爲《通鑒紀事本末》。自此以後，明陳邦瞻又踵而爲宋元兩史《紀事本末》。於是《尚書》紀事之體亦爲史家所不廢矣。

日本建國東瀛，溯神武元年，在中國周惠王之十七年，以至於今一姓相承，垂三千年矣。歷世久則事實愈繁，紀述亦愈不易。其國舊史有曰《六部國史》者，編年體也；有曰《大日本史》者，紀傳體也。而紀事之體顧未有聞。於是青山博士徵文考獻，著《國史紀事本末》四十卷，自神武之開基以至天智之中興，大寶、元明、元正之治，眉輪、田狹、承久之變，蝦夷、準人之叛，服平氏、源氏之廢興〔一〕，原原本本，若網在綱。其功力勤矣，其體例善矣。博士君有令子曰

〔一〕 興，原訛作「與」，據蔡啓盛《校勘記》改。

勇，介其國人竹添井井問序於余。余聞博士君爲東國世家，自其曾大父以來累居史職。博士君紹承家學，蓋不止如太史公之父子相繼也。合數世之見聞以成此書，宜其書之博而精矣。余固中朝舊史官也，而去職既久，史學荒蕪[一]，不足贊一辭，粗述史家體例，以弁其端云爾。

《鎮海縣志》後序

《周官》外史掌四方之志，此即後世郡縣志之權輿。自唐以來，總志莫古於唐《元和郡縣志》，州郡志莫古於宋《長安志》及《吴郡圖經續記》。其始惟詳載四至八到、山川鎮戍而已。自《太平寰宇記》録及人物，并載藝文，於是條例愈繁。蓋雖一邑之志，而全史體裁具矣。鎮海之爲縣，自隋以前屬於句章，唐始於其地置望海鎮。梁開平時改鎮爲縣，未幾又改望海爲定海。宋元明因之，而明洪武時又廢昌國縣并入焉。國朝康熙二十六年復於昌國故址置定海縣，而故定海縣則命之曰鎮海，此今縣之所繇始矣。夫自唐至今千有餘年，始而鎮，繼而縣，枕海跨江，爲甬東保障，徵文考獻，顧不重歟？邑之有《志》，創始於明嘉靖間。國朝兩次修輯，今存者

[一] 蕪，原訛作「無」，據蔡啓盛《校勘記》改。

惟明《嘉靖志》及國朝《乾隆志》，而康熙間知縣王公士元、郝公良桐、唐公鴻舉所修之《志》則無存者矣。欲稽邑故者，舍嘉靖、乾隆兩《志》何觀哉？今備載其修《志》姓名，并録其序，以存崖略焉。

明《嘉靖志》

纂修某某等備載職名

原序均備録原文

雷金科序

何愈序

張時徹序

國朝《乾隆志》

鑒定某某等備載職名

原序均備録原文

陳鳴夏序

同德序

胡邦祐序

王夢弼序

自《乾隆志》之後，至今百有餘年矣。中間兩經兵燹，事迹益繁。若不及今搜討，更數十年故老云亡，遺文散佚，歲月愈久，亦愈無徵，其何以信今而傳後歟？同治九年，豐順于公萬川來宰是邑，以爲欲考來者必觀其往，欲善後者必監於前，乃進邑士大夫與之參稽諸志，旁搜博采，擇善而從。凡歷數年之久，乃成書若干卷。書成，懼其體例之未能㪺若畫一也，以余舊官柱下，粗習記載之文，將全稿寄余吴下曲園，俾審定之。余時居太夫人憂，而是年夏又遘内子姚夫人之變，家運轗軻，心神忉怛，學問之事日以荒落，何足以定得失哉？重違來意，流覽一周，間亦小有獻替，捫籥叩槃，固不足爲全書之損益也。

凡纂修郡縣志，則歷次纂修之人與其序文不能不録。然一展卷而連篇累牘不休，亦殊取厭。余重前預修《上海志》，偶出新意，於全書之末附《序録》一卷，即將歷次修志姓名與其序文均納入其中。光緒五年《鎮海志》成，于印波明府求序於余，因爲仿上海之例作《序録》一卷。其文本不足存，而此法似可用，故録存之。

湯文端公手書九經跋

蕭山湯文端公爲嘉道間名臣，清德碩望，當代罕有。余於庚戌之歲以門生門下之門生拜公堂下，蒙賜楹聯十六字。後毁於吴下庚申之亂，至今惜之。己卯春日，其文孫伯述觀察以公手書九經見示，《易》《書》《詩》《禮記》《論語》《孝經》《孟子》《爾雅》皆全文，惟《左傳》爲節録本。蓋公自入翰林以寫經爲日課，凡三寫全經，此其一也。觀其所署年月，自道光丙午至咸豐元年，蓋公暮年之筆矣。《齊書》稱：「沈驎士年過八十，鐙下細書二三千卷，滿數十篋，時人以爲養身静嘿之所致。」公之所養，何愧古人？而其德望則豈纖簾先生所能企哉？《詩》云：「雖無老成，尚有典型。」敬觀翰墨，如對典型，烏呼！其可寳夫。

書王氏兩墓志銘後

王子夢薇以其十三世祖賓溪君、十五世祖東安君兩墓志銘見示，蓋皆新出自土者。其家乘初未載，及兵亂之後修葺先塋而得之，五百年後復顯於世，非偶然也。賓溪君志云：「宋南渡時自汴遷吴，以善賈致雄貲，因姓，其地曰王店。」今嘉興所屬有小村聚曰王店，豈即其地歟？抑吴江鄉間别有地名王店也？如果即嘉興之王店，則吾與夢薇爲鄉人矣。東安君志所云大學士梁公，即梁儲也。《明史》稱「梁儲字叔厚」，而此云「厚齋」，與史小异，亦如深寧先生之或稱「厚齋」或稱「伯厚」矣。據《明史·宰輔表》，梁儲於正統五年庚午九月入閣，蓋即賓溪君出四千斛振飢民之年，東安君受知梁公，當即在是歲。其祖行善於鄉，而其孫即策名於朝，亦可見爲善之報矣。東安君志爲文衡山待詔所書，而賓溪君之志則書者爲瀞陰岳梁，名迹稍晦，然其書實可與文待詔并傳。他日金石家必當著録，不止爲王氏家乘之光而已。

書《岳忠武奏草》後

岳忠武十年之功敗於一旦，千古惜之。今讀此奏，有「不出三日，掃金必矣」之語，烏乎！孰知十年之功止少此三日哉！真所謂功虧一簣者矣。今年二月間，在吴下寓廬見前明史忠正公於崇禎十六年咨漕督路振飛文書，鈐「行在兵部」之印，硃墨猶新。及來湖上，又見此册，洵眼福矣。惟史公咨文乃當時胥吏所爲，且其事亦止咨留一將官，無大關係，不如忠武此册尤可寶也。册中奏草八篇，申尚書樞密狀一篇。汝玉倪公題曰《忠武奏草》，乃概言之耳。

書朱椒堂先生《鍾鼎款識》遺稿後

朱椒堂先生《鍾鼎款識》遺稿四册，乃阮文達公《積古齋鍾鼎款識》之藍本，自湯文端以下諸家跋語言之詳矣。今年秋，其從孫竹石觀察出以示余。余觀一本題「鉏經堂金石跋」六字，文達以硃筆改書「積古齋續鐘鼎款識」八字，則其爲《積古》之先河，固無疑矣。然其中有先生原文而文達改定者，亦有文達草稿附入先生之書者。蓋文達當日本以編定審釋屬之先生，《積古齋序》固明言之。則兩家之書即一家之書，不可得而别矣。故如《商舉己卣》抹去「謂」字改作「平湖朱某云」，此固采取先生書之明證。而如《周季娟鼎》引朱云「王疑是王子朝」，至《積古款識》竟云「案周王無徒居楚麓事，此王疑是王子朝」，不復明其爲先生之説，可見兩家之不分彼我矣。其中亦間有异同之處，殆偶未商定者乎？然如《商雕伯癸彝》「雕」下一字阮作「伯」，此作「祖」；《商單父辛彝》「作」下一字阮作「好」，此作「民」；《周姬單匜》弟一字阮作「尨」，此作「奕」，觀其筆迹，實是文達手書。殆初説如此，而後又改易之也。《周伯據敦》有文達手書，謂：「非據字，當作木旁虎。梡下虘字乃櫖之省。梡櫖爲作器者名字。」及觀《積古款識》，則仍作「據」字，而以「虘」字爲「祖」之假字。《周正考父鼎》先生用錢獻之、吴侃叔説，云蔡宣公名考父,并述文達説,云孔子七世祖不當作文王尊鼎,定爲蔡侯器。及觀《積古款識》,則仍主孔子七世祖説,而以「文王」爲商之「文丁」。蓋古人著書不厭反復詳求。文達筆削之精意,非先生此書則不可得而見矣。惟如《丁師卣》「叡」下一字先生作「霊」,謂見《集韵》。阮則作「雫」,謂即「霝」字,而又疑其辭。然則不如竟從先生作「霊」矣。《子荷貝父乙》先生云未詳何器,據阮本則是商彝。豈先生當日但見其銘未見其器乎?然亦有此有而阮無者,如《商己癸》《商戊己》《商父辛》《商父乙》《商父甲》諸鼎,《商尊綦壺》《周吝尊》《周主父乙彝》《漢啓封鐙》之類是也。諸器中多有阮筆增益字,不知《積古款識》何以遺之。然則此書也不特可見文達之精意,并可補《積古》之缺遺。後世講求吉金文字者,讀《積古齋》書尤不可不觀先生此書也。

春在堂雜文三編四

張任庵同年六十壽序

余於道光庚戌成進士，前乎此者爲丁未榜，後乎此者爲壬子榜。是兩榜者，内而卿貳，外而封疆，踵相接也。吾榜介其中，稍形落寞，談者有蜂腰之誚。然而同榜諸君子實多奇偉英俊之士，其秉心公亮，方圓可施者，不乏其人。蓋以榜運論，雖若少遜；以人材論，固不居丁未、壬子後也。余頻年僑居吴市，霄漢故人，日就疏闊。而任庵觀察張君適需次江蘇，乃余庚戌同年也。追惟曲江游宴之雅，迄今二十有九年，而君之齒亦既六十矣。吴下諸君子與君同官者咸願爲春酒介眉壽，而屬余文之以言。余既有同歲生之誼，而君數十年來政績之卓卓可傳者又惟余粗知其略，然則安敢以鄙陋辭哉？竊惟吾榜中奇偉英俊者固所不乏，而如君者尤余所心折者也。君以弱冠游庠，每試輒冠其曹。己酉領鄉薦，庚戌捷南宫，釋褐授山西嵐縣令。其地爲隋時樓煩故郡，林麓黝儵，風俗善良。君鳴琴治之，不勞而理。舊無書院，乃集秀艾之士月一試之，出奉入所贏爲士子膏火之資。每進諸生討論經史，兼爲講説宋五子書。一時化之，若鮑德之在南陽，任延之在武威焉。

瀋陽爲我朝豐沛舊都，陪京重地。君以首善之邦，宜先清犴圄，以昭聖世時雍之化。維時簿書填委，積至二百餘事，君於一年之内掃而空之，疑獄數事立與平反，父老嘆爲霹靂手。相國倭文端公方兼尹事，以之上聞，璽書褒美焉。及其牧寧遠州也，有姚氏者以季父與兄之子訟，紛拏不解垂十年矣。君曰：「父子無獄，兄弟之子猶子也。」反復開導，各流涕而去。昔韓延壽治昆弟之獄，閉閤自咎；梁彦光治母子之獄，使觀韓伯俞像，所謂以德化民者歟？寧遠，古柳城也，實爲夷庚孔道，往來之衝。君下車之始，四郊多壘，東則義州，西則永平府，皆以民變戕官圍城。而島夷之内犯者，飛櫓巨艦〔一〕，雲集乎其南。大盜李鳳奎聚黨萬人，驫駃飍矞乎其北。君親率搏〔二〕力勾卒禦之四竟，禽殘翦猾，緩爰有衆。故雖寇在其垣，而民不知兵，沈鋒

〔一〕艦，原訛作「艫」，據蔡啓盛《校勘記》改。
〔二〕搏，原訛作「摶」，據蔡啓盛《校勘記》改。

靜柝，遂以無事。緬維中興以來，朝廷旁求熊羆之士，不二心之臣，凡有守一城捍一邑，俾封狐雄虺不薦食我黎甿者，輒不次用之，往往以守令之官超擢監司，甚或總十連而督八州，赫然居都府之重。若君之在寧遠，其龍驤鳳矯之略，抱冰握火之誠，亦豈有恧歟？而依流平進，曾無超棘之兆，何也？得無庚戌榜運實有以使之然乎？然君之居憂而僑寓於晉也，今相國香巖英公方爲晉撫，實奉大廷密諭，以君性情樸實，勇於任事，宜量加委任。漢丙吉所謂「朝廷已知弱翁治行」者，不以此徵之乎？英公命君佐理團練之事，豫寇叠犯茅津，以備嚴不得渡，君與有力焉。

及其來江蘇也，先攝行丹陽縣事。丹陽爲賊踞最久，收復之後雕㓕尤甚。君招集流亡，開墾田畝。餓者予之糜，呱者予之乳。開横舍以課士，修祠宇以祀神。辭訟以平，賦役以均。良善者右之，暴亂猶犯令者嚴治之。丹陽大治。時曾文正公及今相國合肥李公皆大奬异，曰：「佳乎吏也！」乃使之宰吴縣。吴縣漕糧甲天下，輸納者舊有大小户之分。君一律徵收，無所偏庇。創設恤孤堂，凡幼而無父者鞠養之，教之讀書，教之技藝。又設官醫局，疕瘍皆造焉。他如平江書院及昭忠祠、節烈祠，以及韋、白、周、況之祠諸載在祀典者，繕完葺之，百廢咸舉。而其所以爲治者悉與丹陽同，吴縣亦大治。積優成陟，報最於朝，詔以知府用，加道銜焉。君恂恂儒雅，雖任繁劇，不廢丹鉛。所著有《鑒古齋稿》《仕學類編》《臨民隨筆》諸書，蓋學古入官之君子也。諸公子稟承家學，咸克有聞於時。而其長君以孝廉方正徵，砥學勵行，尤爲鄉里推重。其弟三子中書君以癸酉舉人成甲戌進士，適與君之以酉戌聯捷若合符節，士林艷稱之。桑哲配吴夫人事舅姑以孝，治家以儉且勤，長君二歲，其生辰後君一月，一以仲春一以季春。桑弧綉帨，後先暉映。時和氣畹，草長鶯飛，於以祝延齡而慶多祉，不亦美歟？余切人不媚，不爲浮詞，惟願君康强逢吉，眉壽無疆。异時治績彰著，天子用漢廷黄霸故事徵拜三公，使海内知庚戌榜中固多奇偉英俊之士，而爲談榜運者一雪此言也，則余雖跧伏田野，與有榮施矣。

吴母張太夫人八十壽序

光緒建元之四年，太歲在著雍攝提格，子健大中丞以壽母張太夫人行年七十有九，乃卜正月之吉，於吴中節署預稱八觲之觴，禮也。其時游列戟之門、登戲彩之堂者，莫不帣韝鞠牋，奉觴而雅拜，善頌善禱，華藻雲飛，誦《窈窕》《德象》之篇，寓眉黎、臺駘之祝。於是吴下搢紳先生及四方士仁之來游於吴者，咸就樾而謀，俾獻一言以侑兕觥，以祈黄耇。然樾西浙之鄙儒也，聞見偏僿，語言樸陋，奚足以焜緑純而耀彤管哉？既而思之，伯陽父有云：「美言不信，信言不福。故孟子所言，爲千古不易之論。事有大小，其揆一也。厥美可以達於苞瓜。」蓋造物者不妄以福澤予人，雖聖賢君相，必先使閱歷艱難，然後錫之以多從而咏嘆之、歌舞之，而不知數十年來動心忍性如此其勤恁也。其在《太玄》曰：「蒼木維流，者，羲《易》之微言也；前沈後揚者，《越書》之精語也。人徒見太夫人之縵福絣齡，增榮益譽，伏瘕之疾，職是故也。即是以徵，而太夫人之黽勉有無，不違寢饋，可以想見矣。夫來伸往屈倦𠷏告。當中丞之始生也，因積勞故乳湩不繼，煮米作糜，擣粉爲餌，以止輖饑。中丞少時有秋韭冬菁之饌。籯筲桶檖焉，針管綫纊焉。尊者之厠窬，兒童之褿褫，煩撋之，肸飾之，未嘗以莊以敬，其事祝夫人也柔以恪。凡女君所有事者，率以身任之。上而營蘋蘩行潦之薦，下而具擬。然事雖不類，而理則相同。方太夫人之歸贈光禄公也，婉嫕淑慎，不愆於儀。其事贈公也是人，必先苦其心志，勞其筋骨」。斯言也，爲傅説諸人言之，似非閨門之内婦德母儀所可比

竊嘗三復太夫人之嘉言懿行，爲之淵乎深思，而不禁有感於孟子之言，所謂「將降大任於

荃蓀，連類龍鸞，裔裔煌煌，以瑰瑋連犿爲能哉？亦紀其實而已矣。

「余生平無他長，恭儉勤慎，至老不渝。但當紀實，無取諛詞。」然則獻言於太夫人者，豈必比物

美。」昔歲太夫人七十生辰，中丞方官京師，將乞壽，言於輦下諸君子。太夫人貽書戒之曰：

以太夫人之令德，又克勤於厥職，祥源福緒，積愈厚而流愈光。中丞起而承之，宜其金幹玉楨，倜然不可及矣。當中丞爲諸生時，已負文武幹濟。咸豐八年，粤寇犯固始，圍其城。中丞佐邑令張公力求捍禦之法，罚以鐵鏁，縱礧而升之。又穴浚塹，寘壺鐳瓶甀以偵之，備梯備突，悉如古法。三閲月而圍解，一時翕然，稱知兵焉。旋舉於鄉，至庚申而成進士，以朝考第一人入詞館，群公卿士咸知中丞以文通而兼武達。俄有詔使從團練大臣毛公治兵於中州，敿干敹甲，鳩然成軍。轉戰陳宋汝息之間，稜威首塗，多壘雲徹。麾城摲邑，若振槁、若撥麷。其受主知而膺大任，基此矣。天子疇咨海内，并建豪英，冀得非常之人，以副不次之遇。中丞乃由翰林學士拜湖南布政使，登文石之陛，涉赤墀之塗。兩宫皇太后召對，垂詢太夫人年齒，并問：「汝母同行否？」拳拳慰問，恩意有加，方之古人，所謂馮親入舍，荀母從官，未足喻此榮遇也。屏藩南楚，未逾再稔而拜鄂撫之命。一歲三遷，由鄂而皖，由皖而蘇，節鉞所臨，奉慈輿而俱至。太夫人安神閨房之内，優游北堂之上。頤性養壽，有睟其容。猶以爲清福者造物所忌，深有味乎魯敬姜之言「君子能勞，後世有繼」，是故貴而勤，富而儉，持盈以約，處泰而謙，夕惕若夤，不敢自暇自逸，則太夫人之恭儉勤慎，至老不渝，信而有徵矣。

中丞之爲湘藩也，湘中莠民群聚爲亂，太夫人謂「天地好生，朝廷仁愛」，命中丞粲散其黨，毋多戮。一言省刑，所謂仁人之言，其利溥也。及來江蘇，適江北州縣有荒於旱者，饑民就食南來。太夫人出己貲助施粥，又命中丞捐貲爲僚屬先，集銀盈萬，資遣北歸。嘗讀《後漢書·崔寔傳》，寔母有淑德，博覽書傳，常訓以臨民之政。寔之善績，母有功焉。以太夫人方之，亦何愧乎？當百卉含花之始，爲八十常珍之慶，太夫人御貂裘，扶鳩杖，拜緑純黄玉之誥，而羅金罍玉觴之奉。樾以年家子拜宣文君堂下，不敢以風語華言瀆陳清聽，敬體太夫人雅意，紀實而陳之。且推本其所以致此之由，皆所謂切人不媚者。太夫人聞之，或亦听然而笑，不以尋常鞶帨之詞屏之乎？

其二 爲文澧帥作

昔後漢馮勤之母年八十，每會見，詔敕勿拜，謂諸王曰「使勤貴寵者，此母也。」又宋王禹偁母嘗至禁中，賜寶冠霞帔，問所以教子，對曰：「幼則束以禮義，長則訓以詩書。」太宗嘆曰：「孟母也。」此二母者，皆以生有賢子名動九重，天語褒嘉，流傳史策，豈非笄珈之至榮、閫門之盛事歟？乃今又於吴母張太夫人見之。方子健中丞之官翰林也，兩宫皇太后召見，問母年歲，又問「精神如何」；及開藩南楚，又承垂問「汝母同行與否」。兩宫皇太后加意大臣之母，拳拳慰勞，恩禮有如此，固聖朝孝治天下之至意，而非太夫人之賢，其何以膺多祉而承异數歟？太夫人之教子，一以詩書禮義爲主，而今歲七旬晋九，開第八嶓，又適與馮母年歲相符。春日載陽，風和氣晼，吴下諸君子瞻慈姥之峰，拜宣文之坐，咸願作爲詩文，博太夫人之一笑。珠零錦粲，華藻雲飛，而屬文彬爲乘韋之先。文彬以一江之隔，未克登堂拜母。然同官爲寮，式瞻清懿，敢不揚扢而陳之？

惟太夫人以清門淑質，及笄而歸贈光禄公漪園先生。小心翼翼，受命不遷。事贈公及祝夫人前後五十餘年，莊以敬，和以順。撫嫡諸子，推燥居濕，咽苦吐甘，與所生無异。佐理家政，上而春秋魚菽之薦，下而晨昏井臼之事，無一不身任其勞。數十年中，未嘗一日坐而嬉也。當中丞之生也，太夫人方佐贈公暨祝夫人治先人大事，千緒萬端，寢饋不遑，焦肝灼肺，乳湩告竭。乃煮糜粥和饃餌粉餈，以就口食。食而不化，結痛在腹，厥病爲伏瘕。太夫人曰：「是脾病也。脾之言裨，宜用良藥裨益之。」十齡以外，乃始有瘳。即此一端，而太夫人之勤於所職具見矣。《傳》有之：「賢者急病而讓夷。」《詩》有之：「恩斯勤斯，育子之閔斯。」可爲太夫人誦焉。嘗撫中丞而勉之曰：「吾先後生子三，惟汝獨存，而幼極羸弱。今幸成立，宜守身自愛，勿忝所生。」中丞禀承慈訓，益劬於學。玉楨金幹，大顯於時，自爲諸生時已卓然有聞矣。咸豐七年，固始大饑，謂中丞曰：「先公在日，與祝夫人俱好施與。冬寒則衣之，衣吾手紉也；夏暑則藥之，藥吾手丸也。今餓莩相望，其何以承先志哉？」中丞奉命，乃謀於同人，用黔敖故事，爲粥於路，以食餓者。

其明年，有寇自亳來，圍其邑。激矢虹飛，炮石雷駭，十有九日，烽火燭天。太夫人在危城中，處之夷然。命中丞與諸兄率族人以登陴，勖以勿怠，慰以勿恐。是歲之秋，粤寇又大至。長圍外合，潛隧内攻，木石將盡，樵蘇俱困。中丞與於守城之事用墨子備梯突、蛾附之法，佐邑令張公捍禦强寇，無晝無夜，栖止敵樓。偶一歸省起居，太夫人必詳問賊勢盛衰及戰守機宜。其後賊穴地發機，火烈具舉，城東南隅陷焉。用木石楮柱之，危於累卵。太夫人陽陽如平時，曰：「是有命也。」自冬至春，三閱月而圍始解。中丞經文緯武之略，於此可見一斑。而太夫人之深識定力，亦迥非恒情所可企矣。中丞旋舉於鄉，至庚申而成進士，以朝考第一人入詞館，廷議推重，有禁中頗、牧之譽。詔隨團練大臣毛公以搏力句卒之法保衛鄉里。嗣是崎嶇戎馬，轉戰於陳宋汝息間，屢瀕於危。太夫人勉以王事爲重，嘗舉霍票姚「何以家爲」之語爲中丞勖。數年中風纚露沐，不遑啓處。麾城撕邑，掃清逋殘。中丞之受主知，膺大任，蓋始基於此矣。故雖以嚴、徐、東、馬之才備文學侍從之選，天子知其才可大用，先試之屏藩之任，於是有湖南布政使之命。逾年而撫鄂，俄自鄂而撫皖，又自皖而撫蘇。國家以翰苑爲儲才之地，東垣上相、西垣上將，咸隸文昌。然出承明而膺節鉞，一歲三遷，未有如中丞之速者也。太夫人安車就養，傒福貞貞，規筴榘模，遇事垂範。

方中丞之莅湘也，湘中莠民麇集爲亂。太夫人曰：「天心仁愛，宜仰體聖慈，俾就解散。」及中丞來蘇，適奉朝命籌議海防。太夫人曰：「爲政當持大體，勿遷就目前，留貽後患。」此其所見度越尋常，豈僅丸熊畫荻之戔戔者乎？去年江北州縣有荒於旱者，饑民就食而南，太夫人出貲千緡以助施粥。今年又命中丞捐貲爲倡，集金巨萬，遣送北歸。語曰「仁者壽」，宜太夫人之縵福絣齡，虹洞無厓也。方今天子敬奉兩宮，蒸蒸至孝，推恩於大臣之母，有加無已。太夫人年登耄耋，神明不衰，异日以百齡壽母，恭逢慶典，嘉錫便蕃，優禮隆密，視前所稱馮勤、王禹偁之母必有大過之者。文彬幸與中丞同官，當得與聞其盛也。

其二為沈制府作

光緒建元之四載，天子方敬奉兩宮皇太后。琱輿彩仗，鳴玉慈庭。尊履蒸蒸，奉承洪業。於是蒼烏見而延嘉生，織女明而鈎鈐耀。一時士大夫家咸有眉黎之壽母，祥流喜洽，雲蒸川增。蓋非徒聖世之祥，實亦兩宫皇太后曼福緐齡之兆也。方春始和，温氣應節，百卉含〔一〕花，萬物棣通。大中丞子健吴公於三吴節署爲尊慈張太夫人稱八斛之觴，蓋是歲太夫人行年七十有九矣。古者奉觴上壽非有常期，以歲之正，以月之令，爲此春酒，以介眉壽，禮也。吴中諸君子莫不披華啓秀，傾液漱芳，以將其善頌善禱之意，而屬葆楨以一言爲乘韋之先。雖然，玉笈、金箱之記，翠嫣、玄扈之册，固有識者所嗤鄙，豈足以陳於宣文君之前哉？往歲太夫人行年七十，中丞方官京師，徵文於其僚友。太夫人戒之曰：「余生平無他長，惟恭儉勤慎，至老不渝。但當紀實，無取諛詞。」竊敬體此意，即以太夫人之言爲太夫人壽。徵之壼史，考其大端，屏浮詞而紀實事。

惟太夫人之歸贈光禄公漪園先生也，堂上固具慶，饘酏酒醴，佐女君而敬進之，請漱請浣，必以其時。其事贈公也莊姝而禮，其事祝夫人也淑嫕而和，數十年中無纖芥之失。温温恭人，維德之基，於斯覘之矣。此太夫人之恭且慎也。嘗訓中丞曰：「自汝曾祖以來，蟬冕交映，台衮相襲，凡四世矣。語有之：『再實之木，其根必傷。』宜戒子孫，毋蹈世族奢淫之習。」故其生

〔一〕含，原訛作「舍」，據蔡啓盛《校勘記》改。

平務以節儉爲家人表率，一衣一帔，非敝不易。雖副笄六珈，象服是宜，然所曳婁者往往猶微時笥中物也。此太夫人之儉也。贈公以名翰林官西曹，陳情歸養，絶意仕進，終身以泉石自娛，不屑屑於家人生産。而祝夫人又體弱善病，故家政無巨細悉委之太夫人。井臼焉，刀尺焉，節羹臤粥以祀先人，袨衳鞞皷以撫諸子。有無黽敏，朝斯夕斯。當中丞之生也，以積勞故乳湩竭焉，爲粥縻以飲之，和餖餌粉餈以食之。其勤恁可想矣。近歲以來，安神閨房之内，優游北堂之上，宜乎頤性養壽，與物爲春。而太夫人顧有味乎魯敬姜之言曰「君子能勞，後世有繼」，無日不進諸孫而忞慔之，曰：「清福者造物所忌，自暇自逸，非吾所敢出也。」此太夫人之勤也。夫恭慎若彼，儉且勤若此，太夫人所自道者洵不虚矣。

乃更有出於恭儉勤慎之外者。當中丞爲諸生時，適粵寇犯固始，圍其城。長圍外合，潛隧内攻，彤珠星流，飛矢雨集。群情猶猶與與，傀焉若不可終日。已而焚杅燒掇，屋瓦皆飛。太夫人處之夷然，曰：「是有命也。」命中丞從縣令張公登陴固守。高臨有備，蛾傅有備，梯突有備，凡三閲月而圍解。中丞以知兵聞於朝，實始於此賢母之教也。是太夫人持身慎而遇事勇也。方中丞之爲湘藩，適湘中有莠民嘯聚爲亂。或議芟夷蘊崇之，太夫人曰：「是非所以體朝廷德意也。」命中丞殲厥渠魁，餘皆縶殺，遂以無事。及中丞移皖撫之節，來撫三吴，江北州縣有荒於旱者，流民就食，渡江而南，萍浮蓬轉，不遑啓處。太夫人命中丞捐俸錢爲僚友倡，而又出己貲助之，用齊黔敖故事，爲粥於路，以食餓者。春和氣晼，遂予以資糧屝屨，使得扶老携幼，繦負而歸；屨縷之氓謳吟盛德，厥聲載路。是太夫人之治家儉而惠下仁也。中丞出方雅之族，負文武幹濟，而又禀太夫人之教，故能蜚英騰茂，大顯於時。由翰林起家，敭歷中外，出承明之廬，而即受方牧之任。未逾再稔，遂授節鉞。當其登文石之陛，涉赤墀之塗，兩宫皇太后召對，詢及太夫人年齒精神。雖古人所謂馮親入舍、荀母從官，不是過也。此固中丞之立身揚名，自顯其親，而太夫人之令德獲報於天，亦至優且渥矣。自此以往，康强逢吉，眉壽無疆，以德門之壽母爲熙朝之人瑞，增始昌而永極長。葆楨幸與中丞同官江南，與聞盛事，而爲官守所拘，未克登堂上壽。謹獻此言，以侑春酒而祝臺萊，與太夫人「但求紀實，無爲浮詞」之雅意庶幾其有合乎？

其四 爲許信臣前輩作

昔在道光中葉，乃釗奉使中州，典司學校。行部申息間，逾春風之嶺，登修竹之臺。其地爒朗，其人威紓，文物之盛，甲於兩河。而固始吴氏尤爲衣冠著姓，蟬冕交映，台衮相襲。於其時，識今大中丞子健吴公焉。玉質金相，英髦秀達，懷文抱質，鷹揚其體，望而知爲當代之名人魁士矣。光緒之初，中丞移安徽之節，來撫三吴。下車逾年，適江北州縣有荒於旱者，屢縷之氓就食南來，流飄千里，道盡途殫，扶老携幼，不遑啓處。中丞以太夫人命捐廉俸，爲僚友倡。而太夫人又出己貲以益之，饘粥焉，袵席焉，資糧屝屨焉，俾萍浮蓬轉之人隱隱得所。時和氣暆，襁負而歸。於是塗懽里忭，咸含和而頌太夫人之德，曰：「是殆所謂天布者乎？」昔罕樂以陽施長世，景惠以陰德遐紀，宜太夫人之登壽車行福塗，翔機集椴〔一〕，虹洞無厓矣。

乃釗作而言曰：諸君子但知其一，未知其詳也。乃釗幸得在通家之列，蓋嘗讀其壼史，而知太夫人富仁寵義，裳信衣忠，有非尋常婦德所能及者。請揚扢而陳之。太夫人之歸贈公漪園先生也，佐祝夫人庀家政，剖豪析芒，巨細咸舉。撫嫡諸子，推燥居濕，擁樹之，餔啜之，與所出無异。中丞之生也，太夫人以疲羸券倦，乳不流湩。乃煮米使糜爛，和餌餈之屬，黏黐而食之。中丞齠齔之歲恒有癥瘕之疾，職是故也。贈公及祝夫人晚年多病，稱藥量水，出入扶持，惟太夫人是賴。常有味乎敬姜「勞逸」之言，故雖中年以後可以少休，而瞿瞿然不敢自暇自逸。

〔一〕椴，原訛作「椵」，據蔡啓盛《校勘記》改。

聚諸孫而課之，所謂「民生在勤，勤則不匱」者，一日之間三致意焉。當粤寇之犯固始也，中丞以諸生從縣令張公守城。外則隆衝以攻，内則渠幨以守，鼓角鳴於地中，梯衝舞於樓上。焚杅燒掇，屋瓦皆飛。太夫人處之夷然，曰：「是有命也。」其雅達而聰哲爲何如歟？中丞既成進士，入詞林，朝議以其兼有隨、陸之文，絳、灌之武，爰命從團練大臣毛公治兵中州。由是纚風沐雨，轉戰陳宋汝息間。兔起鳧舉，若奉漏瓮而沃燋釜。太夫人勉以戮力王事，無以家爲念，用能禽渠翦猾，所至有功。昔唐畢諴以學士召對，論列破羌之狀，懿宗大悦，謂不期頗、牧在吾禁署。中丞以詞臣躬履行間，視古人有過之矣。天子知其才可大用，由翰林學士拜湖南布政使，未再稔，遂授節鉞，由鄂而皖而蘇，一歲三遷，爲人臣希有之遇。其始赴湖南也，兩宫皇太后召對便殿，問太夫人年歲精力，又問「汝母同行否」。拳拳之意，厚地隆天，非太夫人之賢，其何以副此异數乎？竊嘗聞於中丞，而得二事焉。其官湘藩時，適湘中有莠民煽亂。或議禽獮而草剃之，太夫人曰：「毋。朝廷寬大，若劓殄無遺，非所以副德意也。其解散之，便。」此太夫人之仁也。及中丞甫至江蘇，奉命籌議海防。維時風車火徼之民麇集於内地，持羈縻之議者率多依阿其間。太夫人曰：「毋。爲政宜持大體，若過於遷就，何以善其後乎？」此又太夫人之智也。仁且智，是謂賢矣。太夫人之賢如此，宜其享大年而受多祉，仁者之壽、智者之樂備集於一身也。

歲在著雍攝提格，太夫人行年七十有九矣。中丞乃於節署稱觴，預慶八䄷，禮也。古者奉觴上壽，非有常期，以歲之正，以月之令。爲此春酒，以介眉壽。吴下士大夫登戟門而拜猊座，咸欣欣然有喜色，而相告曰：「此盛世之休，亦三吴之慶也。」以瑰瑋連犿之辭，寓眉黎臺駘之頌，星稠綺合，瓏瓏其聲，極文章之大觀矣。惟是往歲太夫人七十生辰，中丞徵詩文爲壽，太夫人戒以「但當紀實，毋爲諛詞」。然則辭宏意淺，飛蓬不賓，雖復含跨劉、郭，陵轢潘、左，豈太夫人所樂聞哉？乃釗幸與中丞有一日之雅，獲聞太夫人珍禕懿鑠之行，知其上承聖朝恩命，而下詒令子賢孫無疆之休者，固自有在，謹舉其大端著於篇。若夫閨門之瑣節，鞶帨之恒詞，固不足以陳於前矣。

譚序初觀察五十壽序（代吴子健中丞作）

徐州，古彭城也。地形便利，人民勇悍，爲南北之襟要，而秦漢以來用武之地。昔東坡守徐州，上言其地三面被山，其城三面阻水，其民皆長大，膽力絶人，喜爲剽掠。是以項羽既入關而還都彭城，魏太武以三十萬衆攻彭城不能下，其險要可知矣。自宋至今又數百年，而山川風俗未改於昔。國家特設徐州道一員，轄邳、宿、銅、豐、桃源諸州縣，而駐徐州，於以蔽遮江淮，聯絡梁宋，固視他路尤要哉！光緒四年，徐州道缺員。制府沈公與元炳合言於朝，請以蘇州府知府序初譚君權攝是職。誠以除暴安良，整紛剔蠹，非得開達理幹、綜事精良如君者不能勝任而愉快也。君以銅虎符權觀察使，舟大者任重，馬駿者遠馳，一道福星，行有日矣。而是歲二月其日壬辰爲君五十初度，同官諸君子咸願以一尊爲壽，而屬元炳爲揚觶之言。元炳幸與君周旋，雅知其治行，誼固不得而辭。然而祝嘏之浮詞，非君所樂聞，亦非鄙人所屑爲也。請爲諸君子徵其實。

君於己未歲登賢書，壬戌歲成進士，旋膺清華之選，以文學備侍從，群公卿士咸器重之。在翰林時已負重望，内制外制諸文半出其手。玉堂清要之職，擇人而任，君久於其事，學士院諮報、中書樞密多所裁定。京兆之試兩充分校官，所得皆知名士。俄行取江西道監察御史。天子知君之才，命督理五城街道兼巡視中城。於是奏改爐房銀市章程，以杜積弊。又鑒於唐代回紇之留京師者創造邸第，或伏甲其中，出中渭橋，與軍人格鬥，乃申明先王荒服之制，嚴戎夏之辨，而峻出入之防。有輸金幣欲易地一區者，力持不可。方是時，君猶爲京朝官，而風采隱然，孔愉公才、丁潭公望已兼而有之矣。元炳雖與君同官京師，然以從戎中州，方轉戰於陳宋汝息之郊，崎嶇戎馬，不遑寢處，以故相從之日較淺。及奉命撫吴，而君適以臺諫出守南蘭陵，於是其風政修明，卓然比美於古之龔、汲、張、杜者，乃有以得其詳矣。君之治郡也，令則行，禁則止，法之所及，如百體之從心。綱維補緝，隨宜經理，完殘奮怯，皆有條次。仁如春陽，威如秋霜。銅斗鐵尺，市不豫賈。常州所屬有馬迹山者，島嶼綿邈，林麓黝儵，時出田豕，殘民禾稼。君躬履其地，搜原剔藪，籠山絡野，青滕白豵，聚而殲旃，殆所稱「亂羊永除，害馬長息」者乎？胠篋發匱之盜，每於歲暮逾人墻垣，竊人金玉蚤紊。雖有沈命之法，莫之能禁。君嚴定相保相受之令，每十家輒使縣一鐙。萬喧沈寂之時，蠟烟如纛，照耀街衢，宵人望而裹足。比户晏然，犬足生氂。毗陵之民，至今稱焉。

及移守姑蘇，政如其舊，而益之以沈毅之力。以吴下爲繁華淵藪，女閭三百，相沿成俗。乃痛治之，姏婆婦駔，有犯必懲。又以市所用錢不如律令，斑駁黑澀，風飄水浮，乃稽大農成式，每一錢以重二銖八十有八黍爲率，著爲金布令甲，罔敢逾焉。至於海外腐腸之藥流毒中國，逐臭之夫趨之若鶩，通闤帶闠之間，桑户棬樞，籧篨葦席，抽簪招燐，熒熒相望，談者比之峪山之鬼市。藏垢納污，無所不有。不軌之徒，麇集其中。君尤惡之，有厲禁焉。昔元公治周，設萍氏以禁酒，況其弊百倍於酒者乎？首匿知從之律，正宜施於此矣。大都君之爲政，有冬抱冰、夏握火之誠，有石不奪堅、丹不奪赤之志，故始雖群情疑殆，嘖有煩言，終能析愿禁悍，化鴟爲鳳。其聽獄訟，高坐堂皇，縱民觀聽。苞苴竿牘，不敢入其門；左右便辟，不能食其意。下車未及再稔，而走卒兒童謳吟德政，若廉州之歌顔有道、澶州之頌韓大中矣。漢時二千石有治理，輒以璽書勉勵，增秩賜金，或爵至關内侯，公卿缺則選諸所表，以次用之，故漢之吏治比隆三代。方今天子勤求上理，加惠黎元。君起家詞臣，出而典郡，政平訟理，積優成陟。丙吉所謂「朝廷已知弱翁治行，方且大用」者，可計日而待。彭城之行，爲之兆也。君精神淵著，家門鼎盛，諸公子金友玉昆，後先輝映，其長君已官農部矣。春日載陽，氣和時畹，爲春酒以介眉壽。三吴父老咸懷去思，而黄樓之下歌來暮矣。不才忝持使節，深幸與君同官，得以相助爲理也，因臚舉君之善政而著於篇，以自附於古朋友見善相告之義。視彼祝嘏之浮詞，庶有异乎？

嚴母王太淑人八十壽序 代錢湘吟同年作

《詩・大雅・既醉》之八章曰「釐爾女士」，鄭康成以「女士」爲「女而有士行者」。又繼之曰「從以孫子」，康成謂「生賢知子孫以隨之」。然則子孫之賢且知，固由祖若父之積善餘慶，而亦由於其母之賢，於《詩》固有明徵矣。雖然，《斯干》不云乎：「女子之生」「惟酒食是議」而已。歷觀諸史，自東漢而後必有《列女》一傳。其中所載或以節著，或以才見，要皆女之行非士之行也。女而有士行者，自漢至今不多見，乃今見之於嚴母王太淑人。婺源王氏，固右族也。其大父葑亭先生，父竹嶼先生，敭歷中外，光名滿天下。太淑人在室時明詩習禮，淑慎其儀。年十八歸某甫先生。當是時，嚴氏號素封，靡衣鮮食，家貲累數巨萬。太淑人從容言於君姑蔡太恭人曰：「富之以涯，其富已足者也。善逸身者不殖，盍積德以詒子孫乎？」新婦奩中有《敬信録》一書，惟大人留意焉。」蔡太恭人從其言，寒者衣之，病者藥之，物故者槥之，嫠無依者賙之。行十數年不倦。其在《周易》坤爲吝嗇，然則吝嗇固坤德之常也。太淑人始來歸已宅心醇粹若此，有古鍾離子、葉陽子之風，所謂「女而有士行者」非歟？最太淑人數十年重名義、輕貨財，實於此乎肇之。

某甫先生以郡丞官滇中，遷太守，陟監司，至輒有聲。而所官多瘠土，奉入不足，仍取給於家，先業秏焉，殆古所稱以久宦減其產者。甲午歲，以昭慶府同知駐大關。是歲其地大侵，民匱於食，剥榆掘草，煮木爲酪。先生出白金四千兩振之，謀於太淑人，無難色焉。嘗以轉運滇銅入京，道出於蜀，蜀江之險甲天下，雷响雹激，下五上百，决帆摧檣，日或數見。有善士李君募人鑿石，剗險爲夷，請於先生，願得兼金五百以助厥役。適有以翡翠條脱求售者，問其直，亦五百。先生曰：「吾橐所賫，五百金耳。購此乎？飲彼乎？」太淑人曰：「是不待再計而決者也。臂支腕約，非吾所須，即傳之子孫，亦一玩物而已。若助彼善舉，醳艱即安，使行者享無窮之利，不亦美乎？」先生欣然從之。及知順寧府也，有土司無嗣，議旁襲，權在郡守。有奇爲後者，載寶而來。南金北毳，瓘瓁滿前，峻却之。太淑人喜曰：「使馬如羊，不以入廐；使金如粟，不以入懷。君之謂矣。」先生之疾且篤也，太淑人爲文籲天，請以身代，刺十指出血，書而焚之，竟無效。身後蕭然，敗氈弊席，無銖金寸錦之儲，且嘗以公事假用官錢二千餘緡。太淑人曰：「吾夫子生平以清節自勵，不負民，可負國乎？」凡親故賵賻承含之物，悉出以償官；猶不足，斥買衣飾以濟之。可謂皭然不滓者矣。

歸自滇，而道梗，遂留於黔。五五既畢，其少子某甫太守故留黔奉母者，由丞遷令，琴鶴所至，奉版輿以臨之。風政修明，流愛於人，母教也。以邊地無良醫，親製藥餌以施病者，歲活無算，民尤感之。壬戌之秋，攝郎岱同知，而寇大至。長圍外合，彤珠星流。太淑人惟勉以效死勿去。城竟獲全，用是功晋二千石。俄由思州移知石阡府，所屬荆竹園乃莽買之野，昧莫之坰，固萑蒲淵藪也。乙丑夏，五賊乘間突至，諜者應之，城遂陷。太守巷戰，戕焉。太淑人聞變，急命臧獲輩抱其孫及孫女三人逾垣出，匿民舍，而自率子婦及兩女投荷池中。水淺不死，賊去，僕媪咸集，出之池中。是時仲子緇生同年適請假在籍，聞難奔赴，而太淑人已由大江東下，遇於漢，奉之歸。歸里數年，患暴痢甚劇，其幼女刲肱肉和藥以進，翌日乃瘳，而女俄以微疾卒，其事始顯。同鄉士大夫之宦京師者請於朝，旌其閭，烏頭綽楔，一如故事。太淑人雖甚痛之，然曰：「吾子死忠，吾女死孝，爲老人光榮，不已多乎？」其中女歸沈仲復廉訪爲繼室，太淑人謂諸子曰：「汝父五踏棘闈，不獲一歌《鹿鳴》之詩。心艷玉堂，如在天上。今一子成翰林，一女嫁翰林，亦足慰先人地下矣。」緇生同年奉北堂之訓，居鄉惟以行善爲樂。嘗賑飢民七萬有奇，誓於神，無秒忽之私。創建書院於青溪，俾秀艾之士諷誦相靡，命曰「立志」。繩樞瓮牖中，嫛倪婠妠，多棄不育，會集同志〔二〕，與之乳、與之餼，命曰「保嬰」。而其尤善者在革樣盤。樣盤者，縣官收漕之時盛米於盤，呈盤於官驗米質也。相沿既久，吏緣爲奸，樣米不反於民，樣盤日大於舊。緇生力言於大府革除之。此一事也，尤爲太淑人所喜云。

丁丑、戊寅間晉、豫大無，長君伯雅太守奉合肥相國之命，設賑局於滬，得金十二萬兩有奇。太淑人喜見顔色，謂：「饉色饑顔得此續命，與爾弟之革樣盤同一功德也。」蓋太淑人好施

〔二〕　志，原訛作「忘」，據蔡啓盛《校勘記》改。

樂善，老而不衰，殆其天性然乎？反坤性之吝嗇，而爲乾德之普施，所謂「女有士行者」，至此益信；則其子若孫之多而且賢，正詩人所謂「從以孫子」者，又曷怪焉？自幼工書畫，嫻吟咏，著有《寫韵樓詩鈔》。今年四月爲太淑人八十壽，神明不衰，人有求詩畫者猶能應之。寶廉幸與緇生同年，敬獻此言，明太淑人爲當代之女士，於以奉春酒而祝眉黎，庶有异於尋常鞶帨之詞乎？

何竹君八十壽序

余昔嘗服膺馬少游之言：「乘下澤車，騎款段馬，稱鄉里善人。」以爲士能若是，亦庶幾守約而居冲者矣。雖然，余猶惜其抱雌節而不知所以恢之也。夫鞠躬履方者，縛絀之操也；意行如天者，孔德之容也。苟徒錤然不滿，輷録疾力而已，亦何足以稱天布哉？若竹君封翁則不然。何氏在徽，固名宗望姓也。自其五世祖時由歙而遷於杭，以西湖山水甲天下，遂占籍焉。越至於君，若文中子之家銅川，六世矣。君之生，甫及香山居士識「之」「無」二字之月，靈椿之蔭霰然頽謝。逾數月，祖已之爵又廢而不舉。君藐焉始孩，易羅繃綉被而麻之。尊慈任太夫人停辛儲苦，是拊是育，由扶扶赤子以至於羈貫成童，嘻其僊矣。當是時，家已中落。昔也陶白程羅，今也樵蘇弗繼。君之初意亦思枕經藉書，閉廬精誦，登文詞雅麗科，爲門户光。既而喟然曰：「瓶之罄兮，惟罍之耻。吾母缺然無甘旨之奉，尚侈談青紫哉！日月逝矣，歲不吾與。雖微毛生奉檄之望，敢忘仲氏負米之義？」乃棄詩書，習會計。徽人故多以畀筴起家者，握亭户鹽籌，其家與千户侯等。君亦從事其間，器幹恢張，綜理微密。鼠尾之帳，畸零之錢，千緒萬端，罔有遺漏。

而性至孝，以所業在城中，太夫人猶居江干，每數日必一省視。雖盲風怪雨，霹靂燮燮，瀸濡袍裘，亦不爲止。及後家稍裕，乃卜宅於城，奉版輿而安居焉。太夫人有洞泄寒中之疾，厥病在脾。君左右扶將，中裙廁牏，身自浣滌。孝乎惟孝，君之謂矣。枯魚銜索，忽如過隙。《蓼莪》之詩，潸焉而不能讀。乃以太夫人一生苦節籲於大吏，而聞於朝。綽楔烏頭，旌於其門，一如律令。君乃感且泣曰：「帝有恩言，榮及泉壤。吾母有知，其亦當含笑乎？」蓋内行之篤有如此者。自奉甚嗇，篋無舊蓄，椸無新衣。疏帳縹被，帶梨而袂列。一日再食，尤爲清省；三弋五卵，苔菜而已。然不速客至，則縹醪之酒、雕胡之飯，鷇臏雁羹，金虀玉膾，可咄嗟而辨也。以故坐上客滿，有孔北海之風。君又輕財賄、重然諾，凡三黨之戚以緩急告者罔弗應。其或半面之交、一日之雅，有所稱貸，貧不能償，君笑而語之曰：「孟嘗燔契，彼何人哉？」焚如棄如，拉雜摧燒之。傳别書契，不足復道也。」性不佞佛，而時就福庭寶地設伊蒲精饌，方袍之侣咸飲食之。食堂齊肅，器鉢無聲。錫影瓶光，與梵筵香飯交相暉映。君顧而樂之，蓋好施樂善，天性然也。夫劉勝寒蟬，古人所笑。君門内之行夰然清皓，而其出與人交際，則又磦落炳焕。卓公寬中，文饒洪量，兼而有之，所謂「和調而不緣，溪盎而不苛」者乎？以視馬少游所稱，方兹褊矣。天降雄彦，萃於一門。其長君承父業，操贏制餘，有加於昔。其第三子則以一黌之俊，有聞於時。今爲校官，秉鐸安吉。雒誦之孫，斑連繞膝，符王氏三珠之數。君年逾大耋，神明不衰。今歲九月癸巳爲君八秩懸弧之期，以簪茱泛菊之辰，爲雪藕冰桃之宴。老圃秋容，黄花晚節，可爲君賦之矣。所願頤神保年，康强逢吉，由是而至期頤，以百歲翁爲熙朝人瑞，曼齡駢福，垂曜億軨。此日所歌，乃衛武公八十之詩，以爲《賓之初筵》可也。

譚文卿中丞六十壽序

光緒四年秋八月，詔以陝西巡撫譚公爲浙江巡撫。故事巡撫必兼兵部侍郎銜。至是部臣以請命加兵部尚書銜，异數也。公由陝入覲，兩宫皇太后召見，撤簾垂問，眷注良厚。并以公在陝積有即墨大夫之毁，諭以「疆吏行事，朝廷悉知，勉盡乃心，毋畏多口」。公親承玉音，感激流涕。是歲十一月丙午朔，越三日戊申，公在浙江行省拜受巡撫之章。蓋自同治七年由杭州太守遷河南廉訪使者以去，至是十有一年矣。僚寀賀於庭，商旅歌於市，屨縷之氓忭於野，咸曰：「吾公來乎！」其明年，氣調時豫，田疆畢登，粟滿於篝，絲滿於籰。而公猶以時事方艱，滿則慮嗛，翩翩如畏，不敢自暇逸。又明年，是爲昭陽大芒落之歲，公行年六十矣。時官浙中者多飛翰騁藻之人，咸思進一言爲壽。公曰：「嘻！今何時乎？鐵峴虵洲，阻絕聲教。朝廷旰食宵衣，乾乾若惕。封畺之臣引咎不遑，敢言慶乎？」於是僚吏震慴，莫敢以詩文獻者。德清民俞樾，舊史氏也。粗習紀載之文，方受公書幣，主詁經精舍講席。乃盱衡而言曰：昔王襃，益州刺史耳。非有茂績殊勛，可以耀玉牒而勒金策也。而王子淵爲作《四子講德論》以稱頌其美，《中和》《樂職》之篇至今傳焉。況龍文虎武、智名勇功如我公者，而過豐樂之樓，登有美之堂，寂寂無頌聲。公則一嗛而四益矣，吾儕謳謠，得無爲王子淵所笑乎？夫瑰瑋連犿，以巵言爲曼衍，誠非公之所樂聞也。然兩浙之間，户受覆燾，心歌腹咏，又非公之所得而禁也。樾切人不媚，請爲公言其大者：

當穆宗御極之初，朝政清明，宮府無間，而不得志之士意有所觖望，輒以危言媒蘖其間，舉朝猶猶與與，未有所決。公密疏於朝，言深辭篤，黑白分明，下析群疑，上回天聽。論者謂當時事勢，正猶成王冲幼，周、召夾輔，宏濟艱難，小有摇動，事未可知。公從容風議，於文石之陛、赤墀之塗，不待風雷之警，克協遇雨之吉，任賢勿貳，光啓中興。此公之功在廟社也。

同治十年，公開藩秦中，創設桑綿局，由浙西募蠶師以往，灞滻涇渭間蠶事大興。陝人所謂「譚公綢」，由公始也。又浚鄭白渠，修灞橋，以收八川之利。當是時，關輔初定，廥積空虚，而邊事未艾，軍需尤亟。省垣舊設官錢之肆，部頒鈔版，由藩司月印萬紙以給軍餉官奉及商賈懋遷之用，而圜法日壞。公整紛剔蠹，剖豪析釐，鈎稽出入，不使有秒忽之濫。行之朞年，軍府饒裕，乃請停官鈔。泉布流通，民間便之。及公由陝藩開府，郡縣積穀逾數百萬石，而藩庫之銀溢於舊者六十萬，皆累年所節省者也。別儲之，戒勿動。已而秦中大無，即出穀以食餓者，又出銀買穀以繼之。雖饑不害，公之力也。其時山東、山西、河南皆赤地千里，天子爲之聽朝不怡，發内帑之金，留南漕之粟，猶不足，至鬻爵以贍之。而三秦寂然，若無其事者。臺諫諸公不得其詳，鰓鰓焉議公之膜視而不顧。噫！曲突徙薪，洵不如焦頭爛額哉！公過詁經精舍，與樾語，偶及之。樾曰：「活千人者封子孫。公所全活豈止千人乎？」此公之功在閭閻也。

及公之撫浙也，距守杭之日遠矣，而十年前舊牘猶能覆舉，百不一失。清理庶獄，稽核荒田，整飭鹽綱，汰除浮費，具有條理。下車三月，巡歷沿海郡縣，慨然嘆曰：「浙亦東南海疆一門户也。守土吾職，其敢忽諸？」乍浦、澉浦、鎮海、定海、温、台諸處故有炮臺，公一一履行其地，圮者修之，未得地勢者徙之，孤峙海口者增建以翼之。國家設兵有定額，兵之外佐以民力，則曰勇。公於緑營之兵選其精壯者教誨而調一之，勇則汰弱留强。又募台民之趫卞者爲新營，營五百人。咸豐以來，楚軍舊制然也。水師則有裁〔一〕有并，船數人數顜若畫一。蓋自公至浙，而浙已隱然有金湯之固矣。士大夫恇怯者惡聞兵革，其銜膽自厲者又空言無實用。公不動聲色，隨在有備，而不使人知我之有備。其智深勇沈何如哉？異時天子或有事四夷，則執殳前驅，敵鹼禦侮，惟上所命，非獨爲浙東西綢繆牖户而已。此公之功在海疆也。

公始以文學受主知。咸豐中大考翰詹，公名稍居後，文宗親擢置前列。在翰林時屢主文衡，門下備三鼎甲鍾君駿聲、歐陽君保極、余君聯沅，士論榮之。圖籍之外無他嗜好，犀軸牙籤，充箱照軫。先達著作，躬加題帖，或付剞劂，以廣其傳。浙江西湖文瀾閣爲庋藏《四庫全書》之地，兵燹之後堂構撓廎，皓壁丹柱風斑雨駁。乃鳩工庀材，鼎而新之。以千金購《古今圖書集成》一部，尊藏閣中。行將訪求墜簡，使還舊觀。又以《宋史》蕪雜，文未該備；李燾《長

〔一〕 裁，原訛作「栽」，據蔡啓盛《校勘記》改。

編》繼美涑水，北宋事實具見於斯，爰出巨貲，鏤版行世。妙選英俊以任校讎，兩浙之士負素挾册而來，如登龍門之阪。或疑時方多故，此非所急。然古人如祭遵之雖在軍旅，不忘俎豆；伏湛之倉卒造次必於文德，豈淺見所能測哉？此公之功在藝林也。

樾以部民忝與賓筵之末，辱有周旋之雅。竊以爲公之服官本末有國史存，人倫之盛有家乘在，不必以詹詹小言瀆陳清聽，故特舉其大者四端，自附於《四子講德》之義。公倘不以浮辭而擯之，則异日由七八十以至期頤，延洪納祉，山崇川增，樾之所以壽公當更有進於是者，此猶《中和》《樂職》之首章也。

鄒母張太夫人七十壽序代

浙東西皆擅山水之勝，而吴興尤以清遠著稱，爲浙西名郡。己卯夏，湖州太守缺官，大府以爲一郡領方非兼劉輿長才、裴邈清才者未克勝任愉快也，揚言於中朝，請以鄒某甫觀察往攝其事。於是朱轓之車、銅虎之符，翱翔於下菰高弁間，而苕霅之濱頌聲作矣。是歲之秋，爲尊慈張太夫人七旬設帨之期，將登會景之樓，張幔亭之宴，采日精之秀，侑眉壽之觴。士大夫之與觀察游者咸願爲詩歌以介之，爲文詞以張之。然而玉笈、金箱之記，翠嫣、玄扈之册，固有識者所嗤鄙，非所以增榮益譽也。切人不媚，敢不避席而擇言乎？惟太夫人固方氏之祥女也。資政張公與方氏有連，同業禺筴，往來其家，見其明嫿瞭惠，心愛之，請以爲己女，乃姓張氏。其歸贈資政公也，年二十有三。事君舅君姑，得其歡心。家事悉委之，襞積褰縐，具有條理。處先後築里無閑言。贈公性至孝，感詩人《白華》《華黍》之義，夕膳晨羞必豐以腆。又以兄茝香先生慕於陵灌園之潔，築室於野，爲人外游，慮其不給於鮮，時以珍饌詒之。太夫人韭芼梅蘇，躬自簡閱，推甘讓美，肫如也。方是時，江南猶承平，巨家漿酒藿肉，雕橑而爨之，習以爲常。太夫人雖生長華膴，而屏去珍毼，躬操井臼，有桓少君風。以贈公體羸多病，稱藥量水，必躬必親，不假手鼎娥竈妾，十許年如一日也。

贈公負經世才，以佐餉功得丞一縣。其族祖壯節公素所器也，敦勸出山。太夫人曰：「夫子體弱，於繁劇非宜。青袍黃綬，聽鼓應官，豈若休神家衖之爲美哉？且一命之微，射鴨哦松，於世無濟。范文正有言：『不爲良相，則爲良醫。』夫子精於醫者也。若本四然二反之理，治十起九，其爲利益不甚宏歟？奚以仕爲？」贈公韙之，竟謝不出。有求醫者必應之，貧者輒予之藥物。每愈一人，太夫人喜曰：「今日不虛度矣。」及庚申之亂，贈公奉父避居於鄉，遇耦沙之盜，探囊發匱，空其所儲。茅居蒿墻，樵蘇弗繼。意必誦雍門子之言，昔富今貧，以爲太息。而太夫人陽陽如平常。俄一日贈公爲人治疾，去二十里外，而城中之賊出掠於村聚，太翁年八十五矣，聞變率里中練士以出，寡不衆敵，隕焉。未幾，鄰里諳習之衆悉至，賊籠東散去。而贈公歸，枕股號慟，涕泗憉㦒，若不欲生。雖經太夫人力勸，稍稍納水漿。然自此鬱悒侘傺，戚戚無歡。夢寐之中，時呼殺賊。鼠思泣血，卒以不起。太夫人撫觀察而丞慎之曰：「爾祖戕於賊，爾父以賫志不遂，晻忽霣絶。夫不共戴天，《禮》有明訓。汝誠丈夫也，宜力爲國家殺賊，以報私讎，毋碌碌久居牖下也。」

觀察於是投筆而起，歷佐省三劉公、琴軒潘公戎幕，先後六年，轉戰齊楚燕秦皖豫吴越間。身屢典軍，搴旗者數矣。其後諸賊以次削平，麾城撕邑，若撥孌然。而觀察實親履行間，躬與其事。每禽名賊，必手刃之。同儕皆笑曰：「悍人哉！」不知觀察之公憤私讎久鬱於中，至是而逞也。大亂既定，乾清坤夷，而觀察已由太守涉監司，錫用二品之冠。大吏知其才也，咸委重焉。嘗奉檄榷蘭溪之税，逾年而榷衢州，又逾年而榷温州，又逾年而管省會總局。剖豪析芒，部分如流，千緒萬端，罔有遺漏。其行己也，奉太夫人「見利思義」之教，不妄名一錢。身處脂膏，不以自潤。古之人遺絲藏閣，駒犢還官，不是過也。宦轍所至，必奉版輿以臨之。太夫人流連山水，温乎其容，編户之氓、婦人、竪子咸來瞻拜，載色載笑，飲人以和。或以疾疢告，則青黏之散，絳雪之丹，手自封題，告以方法。其在蘭也，有棄嬰兒於河者，惄然傷之，命觀察設保嬰之會，籌經久之費，予乳予餼，全活無算。其在温也，謂觀察曰：「天民之窮者有四，而嫠其尤也，可無以恤之乎？」觀察敬諾。温州清節堂之設，自是始也。比年以來，晋、豫大無，太夫人聞而傷焉，悉出所蓄以助輸粟。一家化之，雖諸孫中之幼稚者亦手奉瑜珥瑶環以裨益其數，所謂天布者歟？夫美意延年，兹理不爽。太夫人樂善如此，宜乎永膺多福，富壽宜家。上承翟茀之恩，内極庭幃之樂。愛女在側，無持踵之戚；諸孫滿堂，有含飴之喜。帙開第八，而神明不衰，百歲期頤，可以操券。某等幸與觀察同官，敬獻此言，爲太夫人壽。青蔞戒節，黄華延年，想太夫人必欣然一酌烏程之酒也。